Karl Ove Knausgård is in 1968 geboren in Noorwegen, waar hij inmiddels een bezienswaardigheid is. Na zijn roman *Engelen vallen langzaam* schreef hij in twee jaar tijd de zesdelige autobiografische reeks *Mijn strijd*. De serie is een van de grootste literaire projecten ooit in Noorwegen. Deel 1, *Vader*, verscheen in 2011 bij De Geus en werd zeer goed ontvangen door de pers. *Liefde* stond meer dan dertig weken op de Noorse bestsellerlijsten.

Boeken van Karl Ove Knausgård

Engelen vallen langzaam
Vader (Mijn strijd 1)
Zoon (Mijn strijd 3)

KARL OVE KNAUSGÅRD

LIEFDE

MIJN STRIJD 2

Uit het Noors vertaald door Marianne Molenaar

DE GEUS

Vierde druk, 2013

Deze uitgave is mede tot stand gekomen dankzij een bijdrage van NORLA (Oslo)

De vertaalster ontving voor deze vertaling een werkbeurs van
het Nederlands Letterenfonds

Oorspronkelijke titel *Min kamp. Andre bok*, verschenen bij Forlaget Oktober
Oorspronkelijke tekst © Forlaget Oktober A/S 2009
Nederlandse vertaling © Marianne Molenaar en De Geus BV, Breda 2012
Omslagontwerp Studio Ron van Roon
Omslagillustratie © Christina Ottosson
ISBN 978 90 445 2204 4
NUR 302

Niets uit deze uitgave mag verveelvoudigd en/of openbaar gemaakt worden door middel van druk, fotokopie of op welke wijze dan ook, zonder voorafgaande schriftelijke toestemming van De Geus BV, Postbus 1878, 4801 BW Breda, Nederland. Telefoon: 076 522 8151. Internet: www.degeus.nl.

Wilt u het gratis magazine *Geuzennieuws* met informatie over onze nieuwe uitgaven ontvangen, ga dan naar www.degeus.nl en meld u aan.

DEEL 3

29 juli 2008

Het is een lange zomer geweest en hij is nog steeds niet voorbij. Op 26 juni had ik het eerste deel van mijn romancyclus af en sindsdien, al meer dan een maand, zijn Vanja en Heidi thuis van de crèche met alles wat dat aan dagelijkse drukte met zich meebrengt. Ik heb de zin van vakantie nooit begrepen, er nooit behoefte toe gevoeld, altijd alleen het verlangen gehad om door te blijven werken. Maar als het moet, dan moet het. De eerste week zouden we eigenlijk in het huisje bij onze volkstuin doorbrengen, die we vorig jaar herfst op initiatief van Linda hadden gekocht, enerzijds bedoeld als plek om te kunnen schrijven, anderzijds als weekendhuisje, maar na drie dagen gaven we het op en vertrokken weer naar de stad. Drie kleine kinderen en twee volwassenen samen op een klein areaal met overal vreemde mensen om je heen zonder verder iets te doen te hebben dan onkruid wieden en grasmaaien, is niet per se een goed idee, vooral niet als de sfeer toch al niet zo harmonieus is. We hadden daar een paar keer luidkeels ruzie, vermoedelijk tot vermaak van de buren, en het gevoel dat die honderden keurig onderhouden tuintjes met al die oude, halfnaakte mensen bij mij oproepen, maakte me chagrijnig van claustrofobie. De kinderen vangen dergelijke stemmingen snel op en spelen ze uit, vooral Vanja: ze reageert bijna onmiddellijk op veranderingen in klank en intensiteit en als het dreigt te ontsporen, doet ze precies datgene waarvan ze weet dat het ons het meest irriteert en waarbij we, als het maar lang genoeg duurt, onze zelfbeheersing verliezen. Als je dan toch al stijf staat van de frustratie, heb je nauwelijks verweer en dan hebben we de poppen aan het dansen: geschreeuw, gekrijs en ellende. De week daarna huurden we een auto en reden naar Tjörn, iets buiten Göteborg, waar Linda's vriendin Mikaela, Vanja's peettante, ons had uitgenodigd om bij hen te komen logeren in het zomerhuisje van haar vriend. We vroegen of ze besefte wat dat inhield met drie kinderen en of ze echt zeker wist dat ze ons op bezoek wilde hebben, maar dat wist ze, zei ze, zij kon koekjes bakken met het grut, had ze bedacht, en ze meenemen naar buiten om te zwemmen en krabben te vangen, zodat wij een beetje tijd voor onszelf hadden. Daarop hapten we toe. Op naar Tjörn dus, we parkeerden voor het zomerhuisje, helemaal aan het uiterste puntje van dit wonderlijke, op de Noorse zuidkust lijkende landschap, en met alle kinderen en ons hele hebben en houden vielen we binnen. Het was de bedoeling dat we de hele week zouden blijven, maar al na drie dagen pakten we onze spullen in de auto en zetten we weer koers naar het zuiden, zichtbaar tot opluchting van Mikaela en Erik.

Mensen die geen kinderen hebben, begrijpen zelden wat dat inhoudt, hoe ontwikkeld en intelligent ze verder ook zijn – dat gold in elk geval voor mij voordat ik ze zelf had. Mikaela en Erik zijn carrièremensen, zolang ik haar ken heeft Mikaela al een leidinggevende functie in de culturele sector en Erik is directeur van een of andere wereldomvattende stichting met Zweden als standplaats. Na Tjörn moest hij naar een vergadering in Panama, waarna ze hun vakantie in de Provence zouden voortzetten, want zo ziet hun leven eruit: de plaatsen waar ik alleen over heb gelezen, staan voor hen open. Bij deze mensen vielen wij dus binnen met onze vochtige doekjes en luiers, met John die overal rondkruipt, met Heidi en Vanja, die ruziemaken en schreeuwen, lachen en huilen, die nooit aan tafel eten, die nooit doen wat wij zeggen, in elk geval niet als we bij andere mensen zijn en graag wíllen dat ze zich gedragen, want dat merken ze natuurlijk; hoe meer er voor ons op het spel staat, hoe onhandelbaarder ze worden, en hoewel het een groot en ruim zomerhuis was, was het niet zo groot en ruim dat je ze over het hoofd kon zien. Erik deed alsof hij niet bang was voor de spullen in het huis, hij wilde graag een ruimhartige en kindvriendelijke indruk maken, maar zijn lichaamstaal sprak hem voortdurend tegen: de armen dicht tegen zijn zij gedrukt, de manier waarop hij de hele tijd dingen op hun plaats zette en de grote afstandelijkheid in zijn blik. Zijn hart ging uit naar de spullen en het huis, die hij zijn hele leven had gekend, en niet naar hen die daar toevallig een paar dagen vertoefden, hij keek naar ze zoals je naar mollen of egels kijkt. Ik begreep hem en ik mocht hem. Aan de andere kant, ik bracht dit allemaal mee, en een echte ontmoeting tussen ons was onmogelijk. Hij had in Cambridge en Oxford gestudeerd en enige jaren als aandelenhandelaar in de Londense financiële wereld gewerkt, maar tijdens een wandelingetje met Vanja naar een rots aan zee liet hij haar een paar meter voor zich vrij rondklauteren terwijl hij roerloos het uitzicht stond te bewonderen zonder erbij stil te staan dat zij nog maar vier was en het risico zelf niet kon inschatten, dus moest ik er met Heidi op mijn arm op een holletje achteraan om het over te nemen. Toen we een half uur later een café binnengingen, ik stijf in de benen na die steile klim, en ik hem vroeg of hij John hapjes van een kadetje wilde geven dat ik naast hem neerzette, aangezien ik op Heidi én Vanja moest letten, plus dat ik eten voor hen moest halen, knikte hij, dat zou hij doen, maar hij vouwde de krant waarin hij zat te lezen niet dicht, hij keek niet eens op en merkte niet dat John, een halve meter van hem vandaan, steeds opgewondener raakte en het ten slotte zo uitgilde dat hij rood aanliep van frustratie omdat het hapje dat hij zo graag wilde hebben, vlak voor hem lag, maar buiten reikwijdte. Linda, die aan het andere uiteinde van de tafel zat, werd woedend over het voorval, dat zag ik aan haar, maar ze hield zich in, zei niets, wachtte tot we buiten waren, onder ons, en zei toen dat we naar huis gingen. Nu meteen. Gewend aan haar buien zei ik dat ze haar mond moest houden en dergelijke beslissingen niet moest nemen als ze zo boos was. Daar werd ze natuurlijk nog bozer van en zo gingen we door tot we de volgende ochtend in de auto zaten, op weg naar huis.

Door de weidse blauwe hemel en het licht gecoupeerde, winderige maar mooie landschap in combinatie met de uitgelatenheid van de kinderen en het feit dat we in een auto zaten, en niet in een treincoupé of aan boord van een vliegtuig, zoals we de laatste jaren altijd op reis waren geweest, verbeterde de stemming, maar het duurde niet lang of het was weer zover, want we moesten iets eten en het restaurant dat we vonden en waar we stopten, bleek bij een jachthaven te horen, maar, zei de kelner tegen mij, we hoefden alleen de brug over te lopen, dan kwamen we in de stad en daar, misschien vijfhonderd meter verderop, was nog een restaurant, zodat we ons twintig minuten later op een hoge, smalle maar drukke brug bevonden, zeulend met twee buggy's, hongerig en met alleen een industriegebied in zicht. Linda werd razend, haar ogen waren zwart, wij belandden altijd in dergelijke situaties, siste ze, zoiets overkwam niemand anders, ons lukte nooit iets, nu zouden we eens ergens gaan eten, met het hele gezin, dat had gezellig kunnen worden, en in plaats daarvan liepen we hier in de wind midden tussen de langssuizende auto's en de uitlaatgassen op een of andere klerebrug. Had ik andere gezinnen met drie kinderen ooit zo'n uitstapje zien maken? De weg die we daarna volgden, liep dood bij een ijzeren poort met het logo van een beveiligingsdienst. Om naar de stad te komen, die er tot overmaat van ramp ook nog armoedig en triest uitzag, moesten we een omweg door een industriegebied maken van minstens vijftien minuten. Nu ging ik bij haar weg, ze was altijd alleen maar aan het jammeren, ze wilde altijd net iets anders, maar deed er zelf nooit iets voor, klaagde aan één stuk door, accepteerde de situatie nooit zoals hij was en als de werkelijkheid niet met haar voorstellingen overeenkwam, kreeg ik de schuld, of het nu om iets belangrijks ging of om een onbenulligheid. Oké, we waren dus uit elkaar, maar de logistiek bracht ons zoals altijd weer samen: we hadden één auto en twee buggy's en er zat niets anders op dan te doen alsof wat er was gezegd niet was gezegd, de smoezelige, rammelende buggy's terug over de brug naar die chique jachthaven te duwen, ze in de auto te leggen en de kinderen vast te maken om naar de eerstvolgende McDonald's te rijden; het werd een benzinestation vlak buiten het centrum van Göteborg, waar ik mijn worstje buiten op een bankje zat te verorberen terwijl Vanja en Linda het hunne in de auto opaten. John en Heidi sliepen. Het plan om onderweg naar het pretpark Liseberg te gaan lieten we varen, dat zou alles alleen nog maar erger maken zoals de sfeer nu tussen ons was, en in plaats daarvan stopten we een paar uur later spontaan bij een goedkoop zogenaamd sprookjesland, een samengeraapt zootje waar alles van de allerslechtste kwaliteit was, en gingen eerst met de kinderen naar een klein 'circus', wat erop neerkwam dat een hond op kniehoogte door een paar ringen sprong, een stevig gebouwde, mannelijk uitziende dame, waarschijnlijk ergens uit Oost-Europa, in bikini gekleed diezelfde ringen de lucht in wierp en rond haar heupen liet slingeren – kunstjes die op de lagere school alle meisjes uit mijn klas konden – en een blonde man van mijn leeftijd met puntschoenen, een tulband en vetrollen die over zijn harembroek puilden, een mondvol benzine nam en vier keer vuur spuwde naar het lage plafond. John en Heidi staarden naar hem met ogen als schoteltjes. Vanja dacht alleen aan de lootjeskraam waar we langsgekomen waren en waar je een knuffel kon winnen, ze trok voortdurend aan me om te vragen wanneer de voorstelling was afgelopen. Af en toe keek ik even naar Linda. Ze zat met Heidi op schoot en had tranen in haar ogen. Toen we buitenkwamen en elk achter onze buggy langs een groot zwembad met een lange waterglijbaan naar de kleine kermis liepen, waarachter een enorme, misschien wel dertig meter hoge trol troonde, vroeg ik haar waarom.

'Ik weet het niet', zei ze. 'Maar het circus heeft me altijd al ontroerd.'

'Waarom dat?'

'Nou ja, het is zo triest, zo klein en goedkoop. En aan de andere kant zo mooi.'

'Ook dit hier?'

'Ja. Heb je Heidi en John niet gezien? Ze waren helemaal gehypnotiseerd.'

'Maar Vanja niet', zei ik glimlachend. Ook Linda glimlachte.

'Wat?' vroeg Vanja en ze draaide zich om. 'Wat zei je, papa?'

'Ik zei dat toen we in het circus waren, jij alleen maar aan die knuffel dacht die je daar verderop hebt gezien.'

Vanja glimlachte zoals ze altijd deed als we het over iets hadden wat zij had gedaan. Tevreden, maar ook ijverig, klaar voor meer.

'Wat deed ik dan?' vroeg ze.

'Je trok aan mijn arm', zei ik. 'En je zei dat je nu meteen lootjes wilde kopen.'

'Waarom?' vroeg ze.

'Hoe moet ik dat nou weten?' zei ik. 'Omdat je die knuffel graag wilt hebben, neem ik aan.'

'Gaan we dat nu doen?' vroeg ze.

'Ja', zei ik. 'Daar verderop is het.'

Ik wees langs het geasfalteerde pad naar de kermisattracties, die we tussen de bomen door vaag konden zien.

'Mag Heidi ook?' vroeg ze.
'Als ze wil', zei Linda.
'Dat wil ze', zei Vanja en ze boog zich naar Heidi, die in de buggy zat: 'Wil je dat, Heidi?'
'Ja', zei Heidi.
We moesten voor negentig kronen lootjes kopen tot ze elk met een kleine knuffelmuis in de hand stonden. Boven ons aan de hemel brandde de zon, de lucht in het bos stond stil, een kakofonie aan rinkelende en tinkelende geluiden van de apparaten mengde zich met de jarentachtig-disco uit de kraampjes om ons heen. Vanja wilde een suikerspin, dus tien minuten later zaten we aan een tafeltje bij een kiosk, omzoemd door driftige, opdringerige wespen en in de volle zon zodat de suiker overal aan bleef kleven waar het maar bij in de buurt kwam, dat wil zeggen: het tafelblad, de achterkant van de buggy, armen en handen, tot luide irritatie van de kinderen, zo hadden ze zich dat niet voorgesteld toen ze de pan met de ronddraaiende suiker hadden gezien. Mijn koffie smaakte bitter en was bijna niet te drinken. Een klein, vuil joch kwam met zijn driewieler op ons af gefietst, botste in volle vaart tegen Heidi's buggy op en keek ons verwachtingsvol aan. Hij had donker haar en donkere ogen, Roemeens of Albanees zo te zien, of Grieks misschien. Nadat hij nog een paar keer met zijn wiel tegen de buggy op was gereden, zette hij zijn fietsje zo dat we er niet uit konden en bleef daar staan, nu met zijn blik op de grond gericht.
'Zullen we gaan?' vroeg ik.
'Heidi wilde toch nog paardrijden', zei Linda. 'Zullen we dat eerst maar doen?'
Er kwam een stevig gebouwde man met flaporen aanlopen, ook donker, hij tilde het jongetje met fietsje en al op en droeg hem naar het pleintje voor de kiosk, aaide hem een paar keer over zijn bol en liep naar de mechanische spin, die hij bediende. Aan de poten hingen kleine manden waarin je kon zitten en die omhoog- en omlaaggingen terwijl ze langzaam in het rond cirkelden. Het jongetje begon het pleintje over te fietsen, waar zomers geklede mensen in een onafgebroken stroom kwamen en gingen.

'Ja, natuurlijk', zei ik en ik stond op, pakte de suikerspinnen van Vanja en Heidi, wierp ze in een vuilnisbak en duwde de buggy met John, die zijn hoofd van de ene kant naar de andere liet tollen om maar niets te missen van al dat interessants wat hier gebeurde, het pleintje over naar het pad dat naar de 'Cowboystad' voerde. Maar in de 'Cowboystad' – een zandheuvel met drie pasgebouwde schuurtjes waarop respectievelijk MIJN, SHERIFF en PRISON stond, de twee laatste vol 'wanted dead or alive'-affiches, aan de ene kant omzoomd door berkenbomen en aan de andere grenzend aan een platform waarop een paar jongeren op plankjes met wieltjes eronder reden – bleek het paardrijden gesloten. Achter het hek vlak bij de 'mijn' zat de Oost-Europese vrouw uit het circus op een steen te roken.

'Paardrijden!' zei Heidi en ze keek om zich heen.

'Dan moeten we maar naar de ezels bij de ingang', zei Linda.

John wierp zijn zuigfles met water op de grond. Vanja kroop onder het hek door en holde naar de mijn. Toen Heidi dat zag, klauterde ze uit haar buggy en ging haar achterna. Aan de achterkant van het sheriffkantoortje ontdekte ik een rood-witte cola-automaat, ik diepte de inhoud uit de zak van mijn korte broek op en bekeek het resultaat: twee haarbandjes, een haarspeldje met een lieveheersbeestje erop, een aansteker, drie stenen en twee witte schelpjes die Vanja in Tjörn had gevonden, een briefje van twintig kronen, twee munten van vijf en negen van een kroon.

'Ik rook even een sigaretje', zei ik. 'Ik ga daar zitten.'

Ik knikte naar een boomstam die aan het eind van het terrein lag. John hief zijn armen in de lucht.

'Doe dat', zei Linda en ze tilde hem op. 'Heb je honger, John?' vroeg ze. 'O, wat is het warm. Is er nergens wat schaduw? Waar ik even met hem kan gaan zitten?'

'Daarboven', zei ik en ik wees naar het restaurant op de top van de heuvel, dat de vorm had van een trein met het buffet in de locomotief en de tafeltjes in de wagon. Er was geen mens te zien. De stoelen stonden met de leuningen tegen de tafelbladen geleund.

'Dan ga ik daar even naartoe', zei Linda. 'Om hem te voeden. Hou jij de meisjes in de gaten?'

Ik knikte, liep naar de cola-automaat en kocht een blikje, ging op de boomstam zitten, stak een sigaret op en keek naar het haastig in elkaar getimmerde schuurtje, waar Vanja en Heidi in en uit holden.

'Het is helemaal donker hierbinnen!' riep Vanja. 'Kom maar kijken!'

Ik hief mijn hand op en zwaaide naar haar, wat ze gelukkig accepteerde. De muis hield ze de hele tijd met haar ene hand tegen haar borst geklemd.

Waar was die van Heidi trouwens?

Ik liet mijn blik langs de helling glijden. Daar lag hij, met zijn kop in het zand, vlak bij het kantoortje van de sheriff. Boven op de heuvel bij het restaurant trok Linda een stoel tegen de muur, ging zitten en begon John de borst te geven, die eerst met zijn benen lag te schoppen, maar toen doodstil bleef liggen. De vrouw uit het circus kwam de heuvel op. Een paardenvlieg stak me in mijn been. Ik sloeg met zo'n klap toe dat hij over mijn huid werd uitgesmeerd. De sigaret smaakte afschuwelijk in de warmte, maar ik zoog de rook standvastig diep in mijn longen terwijl ik omhoogstaarde naar de toppen van de sparren, zo intens groen waar de zon erop scheen. Er kwam nog een paardenvlieg op mijn been zitten. Ik sloeg er geïrriteerd naar, kwam overeind, wierp mijn sigaret op de grond en liep met het halfvolle, nog steeds koude blikje cola in mijn hand naar de meisjes.

'Papa, jij gaat naar de achterkant terwijl wij hierbinnen zijn en dan kijk je of je ons door de kieren heen kunt zien, oké?' zei Vanja terwijl ze met half dichtgeknepen ogen naar me opkeek.

'Dat kan ik wel doen', zei ik en ik liep om het schuurtje heen. Hoorde ze daarbinnen stommelen en giebelen. Boog mijn hoofd naar een van de kieren en gluurde erdoorheen. Maar het verschil tussen het licht buiten en het donker binnen was te groot om iets te kunnen zien.

'Papa, ben je daar?' riep Vanja.

'Ja', zei ik.

'Zie je ons?'

'Nee. Zijn jullie onzichtbaar geworden?'

'Ja!'

Toen ze buitenkwamen, deed ik net of ik hen niet zag. Hield mijn blik strak op Vanja gericht terwijl ik haar riep.

'Hier bén ik!' zei ze met haar armen zwaaiend.

'Vanja?' riep ik. 'Waar ben je? Kom tevoorschijn, het is nu niet leuk meer.'

'Ik ben hier! Hier!'

'Vanja …?'

'Zie je me echt niet? Ben ik echt onzichtbaar?'

Ze klonk intens tevreden, maar aan de andere kant hoorde ik ook een lichte ongerustheid in haar stem. Op dat moment begon John te schreeuwen. Ik keek omhoog. Linda kwam overeind en hield hem dicht tegen zich aan. Het was niets voor hem om zo tekeer te gaan.

'O, daar ben je!' zei ik. 'Was je hier al die tijd al?'

'Jaha', zei ze.

'Hoor je John huilen?'

Ze knikte en keek naar boven.

'Dan moeten we gaan', zei ik. 'Kom.'

Ik wilde Heidi bij de hand pakken.

'Wil niet', zei ze. 'Wil niet hand houden.'

'Nou goed', zei ik. 'Maar ga in elk geval in de buggy zitten.'

'Wil niet buggy', zei ze.

'Zal ik je dragen, dan?'

'Wil niet dragen', zei ze.

Ik liep weg om de buggy te halen. Toen ik terugkwam, was ze op het hek geklommen. Vanja was op de grond gaan zitten. Boven bij het restaurant was Linda een stukje heuvelafwaarts gelopen, ze stond vanaf de weg naar ons te kijken, zwaaiend met één hand. John schreeuwde nog steeds.

'Ik wil niet lopen', zei Vanja. 'Ik heb moeie benen.'

'Je hebt de hele dag nauwelijks een meter gelopen', zei ik. 'Hoe kun je dan moeie benen hebben?'

'Ik heb geen benen. Je moet me dragen.'

'Nee, Vanja, wat een onzin. Ik kan je toch niet dragen.'

'Jawel.'

'Ga in de buggy zitten, Heidi', zei ik. 'Dan gaan we paardrijden.'

'Wil niet buggy', zei ze.

'Ik heb geen benèèèh!' zei Vanja. Dat laatste gilde ze uit.

De woede vlamde in me op. Mijn eerste impuls was om ze op te tillen en hard vastgeklemd elk onder een arm te dragen. Het was meer dan eens gebeurd dat ik op die manier met hen spartelend en krijsend onder mijn armen was weggebeend zonder op of om te zien naar de voorbijgangers, die altijd zo geïnteresseerd toekeken als we onze scènes hadden, alsof ik een apenmasker droeg of iets dergelijks.

Maar nu lukte het me me te beheersen.

'Kun jij dan in de buggy gaan zitten, Vanja?' vroeg ik.

'Als jij me optilt', zei ze.

'Nee, je moet het zelf doen.'

'Nee', zei ze. 'Ik heb geen benen.'

Als ik niet toegaf, zouden we hier de volgende ochtend nog staan, want ook al ontbrak het Vanja aan geduld en gaf ze bij de minste of geringste weerstand op, als het erom ging haar zin door te drijven, was ze mateloos koppig.

'Oké', zei ik en ik tilde haar in de buggy. 'Jij wint weer.'

'Hoezo winnen?' vroeg ze.

'Niets', zei ik. 'Kom, Heidi, dan gaan we.'

Ik tilde haar van het hek en na een paar maal halfhartig 'nee, wil niet', waren we op weg de heuvel op met Heidi op mijn arm en Vanja in de wagen. Onderweg raapte ik Heidi's knuffelmuis op, borstelde het stof eraf en stopte hem in het net.

'Ik weet niet wat er met hem aan de hand is', zei Linda toen we boven aankwamen. 'Hij begon zomaar opeens te huilen. Misschien is hij door een wesp gestoken of zoiets. Moet je zien ...'

Ze trok zijn truitje omhoog en liet me een rood puntje op zijn buik zien. Hij spartelde in haar armen, rood aangelopen en met klam haar van alle gehuil.

'Arm kereltje', zei ze.

'Ik ben net door een paardenvlieg gestoken', zei ik. 'Misschien was dat het. Maar zet hem in de buggy, dan gaan we. We kunnen er nu toch niets aan doen.'

Toen hij het tuigje om had, draaide hij zich om en boorde gillend zijn hoofd in de buggy.

'Laten we maar naar de auto gaan', zei ik.

'Ja', zei Linda. 'Maar ik moet eerst zijn luier verschonen. Daar is een wc met een luiertafel.'

Ik knikte en we liepen die kant op. Er waren al een paar uur verstreken sinds we waren gekomen, de zon stond intussen lager aan de hemel en iets in het licht waarmee hij het bos vulde, deed me denken aan de zomernamiddagen thuis als we met papa of mama naar de uiterste punt van het eiland reden om daar in zee te zwemmen of zelf naar de rots in de zee-engte bij de nieuwbouwwijk gingen. Een paar seconden lang was ik vol van die herinneringen, niet in de vorm van concrete gebeurtenissen, meer van stemmingen, geuren, gewaarwordingen. Hoe het licht, dat midden op de dag witter en neutraler was, in de loop van de namiddag voller werd en alle tinten donkerder kleurde. O, in een zomer in de jaren zeventig over het pad door het schaduwrijke bos hollen! In het bremzoute water duiken en naar Gjerstadholm aan de overkant zwemmen! De zon die op de scheren scheen en ze bijna verguldde. Het stijve, droge gras dat in de kuilen tussen de rotsen groeide. Het gevoel van diepte onder de waterspiegel, zo donker waar die in de schaduw van de rotsen lag. De vissen die langsgleden. En de boomkruinen boven ons met hun ranke, in het zonnebriesje bevende takken! De dunne schors en het gladde, op gebeente lijkende hout eronder. Het groene gebladerte ...

'Daar is het', zei Linda en ze knikte naar een achthoekig houten gebouwtje. 'Wacht je even?'

'Wij lopen langzaam door', zei ik.

In het bos achter het hek stonden twee uit hout gesneden kabouters. Daarmee werd de status als 'sprookjesland' gerechtvaardigd.

'Kijk, *tompen!*' riep Heidi. Tompen was de *tomten*, oftewel de kerstkabouter die in Zweden de kerstcadeautjes bracht. Ze was al een hele tijd door hem geobsedeerd. Tot diep in de lente had ze naar het balkon gewezen, waar hij op Kerstavond vandaan was gekomen, en gezegd: 'Tompen komt', en als ze met een van de cadeautjes speelde die ze van hem had gekregen, constateerde ze altijd eerst waar het vandaan kwam. Wat de kerstkabouter zelf precies voor haar betekende, viel niet zo gemakkelijk te zeggen, want toen ze na de Kerst per ongeluk het kabouterpak in mijn kast zag, was ze helemaal niet verbaasd of uit haar evenwicht, er was niets verraden, ze wees er alleen naar en riep 'tompen', alsof hij zich daar verkleedde, en als we de oude dakloze met zijn witte baard tegenkwamen die op de markt voor onze flat bivakkeerde, kwam ze soms in haar buggy overeind en riep uit alle macht: 'Tompen.'

Ik boog voorover en zoende haar op haar mollige wangetje.

'Niet soen!' zei ze.

Ik lachte.

'Mag ik jou dan een zoen geven, Vanja?'

'Nèh!' zei Vanja.

Er liep ononderbroken een kleine maar regelmatige stroom mensen langs, de meesten in lichte zomerkleding, korte broek, T-shirt en sandalen, sommigen in joggingbroek en joggingschoenen, opvallend veel dikkerds, bijna niemand goedgekleed.

'Mijn papa in gevangenis!' riep Heidi vergenoegd.

Vanja draaide zich om in de buggy.

'Nee, papa zit niet in de gevangenis!' zei ze.

Ik lachte weer en bleef staan.

'We moeten hier maar even op mama wachten', zei ik.

Je vader zit in de gevangenis, dat zeiden de kinderen in de crèche tegen elkaar. Heidi had dat als iets buitengewoon positiefs opgevat en zei het altijd als ze over me wilde opscheppen. Toen we laatst van ons huisje in de volkstuin naar huis vertrokken, had ze het volgens Linda aan een oudere mevrouw achter hen in de bus verteld. Mijn papa in gevangenis. Aangezien ik er niet bij was, maar nog met John bij de halte stond, bleef de bewering onweersproken in de lucht hangen.

Ik boog mijn hoofd en veegde met de mouw van mijn T-shirt het zweet van mijn voorhoofd.

'Mag ik nog een lootje kopen, papa?' vroeg Vanja.

'O, nee', zei ik. 'Je hebt toch al een knuffel gewonnen!'

'Lieve papa, nog ééntje?' vroeg ze.

Ik draaide me om en zag Linda aankomen. John zat rechtop in zijn

buggy en maakte een tevreden indruk onder zijn zonnehoed.
'Alles goed gegaan?' vroeg ik.
'Hm. Ik heb die steek met koud water gedept. Maar hij is moe.'
'Dan slaapt hij in de auto', zei ik.
'Hoe laat is het, denk je?'
'Half vier, misschien?'
'Acht uur thuis, dus?'
'Zoiets.'
Weer liepen we over het kleine kermisterrein, langs het piratenschip – een armoedige houten façade met een paar bruggen erachter, waar hier en daar een man met één been of één arm stond, compleet met zwaard en hoofddoek – langs de afzetting met de lama's en die met de struisvogels, over het kleine plateau, waar een paar kinderen op vierwielers rondfietsten, en ten slotte kwamen we in de buurt van de ingang, waar een hindernisparcours lag, dat wil zeggen, een paar boomstammen en wat houten wanden met netten ertussen, een statief voor bungeejumpen en een manege met ezels, waarbij we bleven staan. Linda pakte Heidi, liep met haar naar de rij en zette haar een helm op, terwijl Vanja en ik samen met John bij het hek bleven staan toekijken.

Er waren vier ezels per keer in actie en de ouders begeleidden ze zelf. Het traject was niet langer dan dertig meter, maar de meesten hadden er een hele tijd voor nodig, want dit waren ezels, geen pony's, en ezels blijven staan wanneer ze willen. Vertwijfelde vaders en moeders stonden uit alle macht aan de teugels te trekken zonder dat de beesten in beweging kwamen. Gaven de dieren een klap op de flanken zonder dat het hielp, de ezels bleven gewoon stokstijf staan. Een van de kinderen huilde. De vrouw die de kaartjes aannam, riep de hele tijd adviserend: 'Trek zo hard als u kunt! Harder! Gewoon trekken, dat maakt ze niets uit. Hard! Zo, ja!'

'Zie je, Vanja?' vroeg ik. 'De ezels weigeren te lopen!'
Ze lachte. Ik werd vrolijk omdat zij vrolijk was. Aan de andere kant maakte ik me een beetje zorgen, want wat moest dat worden met Linda: ze had net zo weinig geduld als Vanja. Maar toen ze aan de beurt was, wist ze het er elegant van af te brengen. Iedere keer als de ezel bleef staan, draaide ze zich om zodat ze met haar rug naar het beest toe stond, ter-

wijl ze met haar mond een paar smakkende geluidjes maakte. Ze had paardgereden tijdens haar jeugd, haar leven had lange tijd om paarden gedraaid, daar kwam het waarschijnlijk door.

Heidi zat op de rug van de ezel te stralen. Als het beest zich niet langer door Linda's trucje om de tuin liet leiden, trok ze zo hard en zo resoluut aan het bit dat het gewoon geen kans kreeg met zijn koppigheid.

'Wat zit je daar mooi!' riep ik naar Heidi. Ik keek op Vanja neer: 'Wil jij ook?'

Vanja schudde verbeten haar hoofd. Zette haar bril recht. Ze had sinds ze anderhalf was pony gereden en de herfst dat we naar Malmö verhuisden, toen ze tweeënhalf was, was ze met paardrijles begonnen. De manege lag midden in Folkets Park, een armoedige, sjofele hal met zaagsel op de vloer, die voor haar iets sprookjesachtigs had, ze zoog alles in zich op en na afloop wilde ze er altijd over praten. Met rechte rug zat ze op haar voddige pony en werd ze in het rond geleid door Linda of, die keren dat ik er alleen met haar naartoe ging, door een van de elf of twaalf jaar oude meisjes die daar hun dagen leken door te brengen, terwijl in het midden een instructeur rondliep die vertelde wat ze moesten doen. Dat Vanja de instructies niet altijd begreep was niet erg, het belangrijkste was de ervaring met paarden en met de sfeer eromheen. De stal, de kat die jongen had in het hooi, de lijst waarop stond wie die middag op welk paard zou rijden, de helm die ze uitkoos, het moment dat het paard naar de hal werd gebracht, het rijden zelf, het kaneelbeschuitje en het appelsap daarna in de cafetaria. Het was het hoogtepunt van de week. Maar in de loop van de volgende herfst kwam daar verandering in. Ze kregen een nieuwe instructeur, en aan Vanja, die er voor haar nauwelijks vier jaar groot uitzag, werden eisen gesteld waar ze niet aan kon voldoen. Hoewel Linda daarop wees, hield het niet op en Vanja begon te protesteren als we erheen gingen, ze wilde niet, absoluut niet, dus uiteindelijk zijn we ermee gestopt. Zelfs toen ze Heidi geheel vrijblijvend dat kleine rondje op de ezel door het park zag maken, wilde ze niet.

Iets anders waarmee we waren begonnen, was een zanguurtje waar de kinderen samen zongen of tekenden en puzzelden. De tweede keer dat Vanja er was, moesten ze een huis tekenen en Vanja had het gras buiten blauw gekleurd. De leidster was op haar afgestapt en had gezegd dat gras niet blauw was, maar groen, of ze een nieuwe tekening kon maken? Vanja had haar tekening in stukken gescheurd en was zo recalcitrant geworden dat de andere ouders hun wenkbrauwen optrokken, blij met hun eigen goed opgevoede kroost. Vanja is heel veel, maar in de eerste plaats gevoelig, en dat het leven nu al harder voor haar wordt, want dat doet het, verontrust me. Haar te zien opgroeien verandert ook het beeld van mijn eigen jeugd, niet zozeer op grond van de kwaliteit, maar van de kwantiteit, zuiver en alleen de tijd die je met je kinderen doorbrengt en die onmeetbaar is. Zo veel uren, zo veel dagen, zo eindeloos veel situaties die ontstaan en beleefd worden. Uit mijn eigen jeugd herinner ik me slechts een handjevol momenten die ik altijd als doorslaggevend en belangrijk had beschouwd, maar die, naar ik nu begrijp, in een zee van andere gebeurtenissen dreven waardoor ze alle betekenis verloren, want hoe kon ik weten dat juist de gebeurtenissen die me zijn bijgebleven, beslissend waren en al die andere, waarvan ik dus niets meer wist, niet?

Als ik het met Geir over dit soort dingen heb, met wie ik elke dag ongeveer een uur aan de telefoon zit, citeert hij altijd Sven Stolpe, die ergens over Bergman schrijft dat hij Bergman zou zijn geweest waar hij ook was opgegroeid, met andere woorden: je bent wie je bent, onafhankelijk van de omstandigheden. De manier waarop je met je gezin omgaat, is er eerder dan je gezin. Tijdens mijn jeugd werd mij geleerd dat alle eigenschappen, handelingen en verschijnselen konden worden verklaard vanuit het milieu waarin ze hun oorsprong vonden. Het biologische en genetische, dat wat gegeven is dus, bestond nauwelijks en deed het dat wel, dan werd het argwanend bekeken. Een dergelijke houding kan op het eerste gezicht humanistisch aandoen, aangezien ze zo nauw is verbonden met het idee dat alle mensen gelijk zijn, maar bij nader inzien kan het net zo goed een uitdrukking zijn van een mechanistische houding ten opzichte van de mens, die, blanco geboren, zijn leven door zijn omgeving vorm laat krijgen. Lange tijd heb ik me puur theoretisch opgesteld ten opzichte van deze probleemstelling, die zo fundamenteel is dat ze in welk verband ook als springplank kan dienen – is bijvoorbeeld het milieu de doorslaggevende factor, dan is de mens in wezen zowel gelijk als vormbaar en kan de goede mens worden gecreëerd door in te grijpen in zijn omgeving, vandaar dat de generatie van mijn ouders in de staat, het onderwijssysteem en de politiek geloofde, vandaar hun verlangen om alles van vroeger van de hand te wijzen, en vandaar hun nieuwe waarheid, die niet in het innerlijk van de mens te vinden was, in het op zichzelf staande en unieke, maar daarentegen in het uiterlijk, in het collectieve en algemene, misschien wel het duidelijkst tot uitdrukking gebracht door de Noorse schrijver Dag Solstad, die altijd al de chronograaf van zijn tijd is geweest, in een tekst uit 1969 waarin zijn beroemde uitspraak 'we willen de koffieketel geen vleugels geven' voorkomt: weg met het geestelijke, weg met het innerlijke, vóór een nieuw materialisme – maar dat diezelfde houding voor het slopen van oude wijken, het bouwen van wegen en parkeerplaatsen stond, waar de intellectuele linkervleugel natuurlijk tegen was, viel hun nooit op, en misschien was dat ook onmogelijk tot nu, nu het verband tussen het idee van de gelijkheid en het kapitalisme, de welvaartsstaat en het liberalisme, het marxistisch materialisme en de consumptiemaatschappij immers overduidelijk is, want wat het meeste gelijkheid schept is geld, dat nivelleert alle verschillen en als je karakter en je lot maakbare grootheden zijn, is geld de meest voor de hand liggende vormgever. Op die manier ontstaat het fascinerende fenomeen dat een heleboel mensen hun eigen individualiteit en originaliteit tot uitdrukking brengen door identiek te handelen, terwijl zij die ooit het pad effenden door het idee van gelijkheid aan te hangen, door de nadruk te leggen op het materiële en hun geloof in verandering, nu tegen hun eigen werk tekeergaan en denken dat het door de vijand is geschapen – maar zoals alle simpele argumentaties klopt ook deze niet helemaal, het leven is geen mathematische grootheid, het kent geen theorie, alleen praktijk, en ook al is het verleidelijk om het op zijn kop zetten van een maatschappij door een generatie vanuit haar visie op de verhouding tussen erfelijkheid en milieu te bezien, het is een literaire verleiding en ze bestaat meer uit de behoefte te reflecteren, dat wil zeggen je gedachten over de meest verschillende gebieden van het menselijk doen en laten te laten gaan, dan uit de behoefte de waarheid te zeggen. De hemel in Solstads boeken hangt laag, ze zijn ongelooflijk gevoelig voor de tijdgeest, van het gevoel van vervreemding in de jaren zestig tot het toejuichen van de politiek in het begin van de jaren zeventig en vervolgens, net als de wind begint te draaien, het afstand nemen ervan aan het eind van die jaren. Dat windvaanachtige hoeft noch sterkte noch zwakte in een schrijverschap te betekenen, maar kan gewoon onderdeel uitmaken van het materiaal, van de oriëntering, en in het geval van Solstad was het wezenlijke eigenlijk altijd elders te vinden, namelijk in de taal, die sprankelt in zijn nieuw-ouderwetse elegantie en die een volkomen eigen glans uitstraalt, onnavolgbaar en vol geest. Die taal kan niet worden geleerd, die taal kan niet voor geld worden gekocht en juist daarin ligt alle waarde ervan. Het klopt niet dat we allemaal gelijk worden geboren en dat onze levensvoorwaarden onze levens van elkaar onderscheiden, het is omgekeerd, we worden verschillend geboren en onze levensomstandigheden zorgen ervoor dat onze levens op elkaar gaan lijken.

Als ik aan mijn drie kinderen denk, zie ik niet alleen hun karakteristieke gezichten voor me, maar stralen ze ook een heel eigen gevoel uit. Dat gevoel, dat onveranderlijk is, is wat ze voor mij 'zijn'. En wat ze 'zijn' was vanaf de eerste dagen dat ik ze zag in hen aanwezig. Toen konden ze nog niets en het weinige wat ze konden, dat wil zeggen aan de borst zuigen, in een reflex hun armpjes optillen, hun omgeving bekijken, naäpen, konden ze alle drie, wat betekent dat wat ze 'zijn' niets met hun eigenschappen te maken heeft, niets met wat ze kunnen of niet kunnen, maar meer een soort licht is dat in hen straalt.

Hun karaktertrekken, die al na een paar weken voorzichtig aan het licht traden, zijn op vergelijkbare wijze onveranderd gebleven en zijn onderling zo verschillend dat het moeilijk is je voor te stellen dat de omstandigheden die wij hun bieden, met ons gedrag en onze manier van doen, van doorslaggevende betekenis zouden zijn. John heeft een zachtaardig en vriendelijk temperament, houdt van zijn zusjes en van vliegtuigen, treinen en bussen. Heidi is extravert en legt met alle mogelijke mensen contact, ze houdt van schoenen en kleren, wil alleen een jurk aan en voelt zich prettig in haar kleine lijf, wat bijvoorbeeld bleek toen ze in het zwembad naakt voor de spiegel stond en tegen Linda, of mama, zei: 'Kijk eens wat een mooi kontje ik heb!' Ze kan er niet tegen terecht te worden gewezen, verhef je je stem tegen haar, dan wendt ze zich af en begint te huilen. Vanja op haar beurt, bijt van zich af, ze heeft een enorm temperament, is wilskrachtig, gevoelig en rationeel van aard. Ze heeft een goed geheugen, kent de meeste boeken die we haar voorlezen en de dialogen uit films die we zien, uit haar hoofd. Ze heeft gevoel voor humor, we lachen thuis altijd veel om haar, maar als ze ergens anders is, laat ze zich door de sfeer daar beïnvloeden en is er te veel nieuw of onbekend, dan sluit ze zich af. Die verlegenheid vertoonde ze al toen ze zo'n zeven maanden oud was en uitte zich doordat ze gewoon haar ogen dichtdeed als vreemden haar benaderden, net alsof ze sliep. Dat doet ze een enkele keer nog: als ze bijvoorbeeld in de buggy zit en we onverhoeds een van de ouders van een kind uit de crèche tegenkomen, glijden gewoon haar ogen dicht. In de crèche in Stockholm, die aan de overkant van onze flat lag, hechtte ze zich na een voorzichtig en aarzelend begin sterk aan een jongetje van haar eigen leeftijd, hij heette Alexander en samen met hem vloog ze zo wild in de speeltoestellen rond dat het personeel zei dat ze Alexander af en toe tegen haar in bescherming moesten nemen, hij kon haar intensiteit niet altijd aan. Maar meestal begon hij te stralen als ze kwam en was hij verdrietig als ze wegging, en sinds die tijd geeft ze er altijd de voorkeur aan met jongens te spelen, iets aan dat fysieke en offensieve heeft ze duidelijk nodig, misschien omdat het eenvoudig is en algauw het gevoel geeft dingen onder controle te hebben.

Toen we naar Malmö verhuisden, begon ze in een nieuwe crèche, die vlak bij Västra Hamnen lag, in het nieuwbouwgedeelte van de stad waar de mensen met geld woonden, en aangezien Heidi nog zo klein was, was ik verantwoordelijk voor de gewenningsperiode. Iedere ochtend fietsten we door de stad en langs het oude werfterrein naar de kust, Vanja met haar helmpje op haar hoofd en haar armen om mij heen, ik met mijn knieën tot op mijn buik op die kleine damesfiets, opgewekt en blij, want alles in de stad was nog nieuw voor me en de veranderingen van het licht aan de hemel 's morgens en 's middags waren nog niet ingebed in de verzadigde blik van de routine. Dat Vanja 's ochtends als eerste zei dat ze niet naar de crèche wilde en dat ze af en toe huilde als ze dat zei, beschouwde ik als een overgangsfase, natuurlijk zou ze het naderhand naar haar zin krijgen. Maar als we er dan waren, wilde ze krampachtig bij me op schoot blijven zitten, wat de drie jonge vrouwen van het personeel ook deden om haar te lokken. Ik dacht dat het het beste was haar in het diepe te gooien, gewoon weg te gaan zodat ze zichzelf moest zien te redden, maar van een dergelijk bruut gedrag wilden zij noch Linda weten, dus daar zat ik op een stoel in de hoek van het lokaal met Vanja op schoot te midden van spelende kinderen terwijl de stralende zonneschijn buiten voor de ramen naarmate de dagen verstreken langzamerhand iets herfstachtigs kreeg. Bij het tussendoortje, dat uit stukjes appel en peer bestond en door het personeel werd uitgedeeld, wilde ze alleen op tien meter afstand van de anderen gaan zitten en als we dat dan deden, ik met een verontschuldigende glimlach om mijn lippen, gebeurde dat van mijn kant niet zonder verwondering, want dit was toch de manier waarop ík me ten opzichte van andere mensen gedroeg: hoe had zij, tweeënhalf jaar oud, dat kunnen oppikken? Natuurlijk wist het personeel haar na een tijdje bij me weg te lokken en kon ik naar huis om wat te schrijven terwijl zij hartverscheurend huilend achterbleef, en toen er een maand was verstreken, bracht en haalde ik haar zonder probleem. Toch gebeurde het nog steeds dat ze 's ochtends zei dat ze niet wilde, huilde ze nog steeds af en toe en toen een andere crèche vlak bij onze flat belde omdat er een plaatsje vrij was, aarzelden we niet. Dat kinderdagverblijf heette de Lynx en was een oudercoöperatie. Dat betekende dat alle ouders twee weken per jaar mee moesten draaien als personeel en bovendien dat ze een van de vele administratieve of praktische posten bekleedden. Hoe diep die crèche in ons leven zou ingrijpen, daar hadden we toen nog geen idee van, integendeel, we hadden het over alle voordelen die het bood: in die twee weken zouden we alle speelkameraadjes van Vanja leren kennen en door de overige werkzaamheden en de vergaderingen die deze met zich meebrachten, hun ouders. Het was gebruikelijk, kregen we te horen, dat de kinderen regelmatig met elkaar meegingen naar huis zodat er algauw van enige verlichting sprake kon zijn als we dat nodig hadden. Bovendien, misschien wel het belangrijkste argument, kenden we niemand in Malmö, geen mens, en was dit een eenvoudige manier om contacten te leggen. Dat bleek te kloppen: na een paar weken werden we uitgenodigd voor een verjaardagsfeestje van een van de kinderen. Vanja verheugde zich er enorm op, niet in de laatste plaats omdat ze een paar goudkleurige schoentjes had gekregen die ze aan mocht, terwijl ze er anderzijds niet naartoe wilde, begrijpelijk genoeg, aangezien ze de andere kinderen niet zo goed kende. De uitnodiging lag op een vrijdagmiddag in ons vakje op de crèche, het feestje was 's zaterdags de week daarna en elke ochtend gedurende die week vroeg Vanja of het feestje bij Stella vandaag was. Als we nee zeiden, vroeg ze of het overmorgen was, zo ver lag ongeveer de uiterste horizon van de toekomst voor haar. De ochtend dat we eindelijk konden knikken en zeggen: ja, vandaag zouden we naar Stella gaan, sprong ze direct uit bed en holde naar de kast om haar gouden schoentjes aan te trekken. Ze vroeg wel een paar keer per uur of het nog lang duurde, en het had een ondraaglijke ochtend vol gezeur en taferelen kunnen worden, maar gelukkig wisten we hem met andere dingen te vullen. Linda nam haar mee naar een boekwinkel om een cadeautje te kopen, daarna zat ze aan de keukentafel om een verjaardagskaart te tekenen, we stopten de kinderen in bad, deden hun haar en trokken hun witte maillots en mooie jurkjes aan. Toen sloeg plotseling Vanja's humeur om, plotseling wilde ze geen maillot of jurk aan, geen sprake van dat ze naar een feestje wilde en haar gouden schoentjes slingerde ze tegen de muur, maar na de paar minuten die de uitbarsting duurde geduldig te hebben doorstaan, wisten we alles om en aan te krijgen, zelfs de witgebreide sjaal die ze voor Heidi's doop had gekregen, en toen ze ten slotte voor ons in de buggy zaten, waren ze weer vol verwachting. Vanja zat stil en ernstig met haar gouden schoentjes in haar ene hand en het cadeautje in de andere, maar als ze zich naar ons omdraaide om iets te zeggen, had ze een glimlach om haar lippen. Naast haar zat Heidi, enthousiast en blij, want ook al begreep ze niet waar we heen gingen, de mooie kleren en de voorbereidingen waren ongetwijfeld een aanwijzing dat het om iets anders ging dan anders. De flat waar het feestje was, lag een paar honderd meter verderop in dezelfde straat als waarin wij woonden. Op straat was het vol van de bedrijvigheid die zo kenmerkend is voor de late zaterdagmiddag in de stad, wanneer de laatste winkelende mensen met hun draagtasjes zich mengen met de jeugd die naar het centrum is gekomen om bij Burger King en McDonald's rond te hangen, en de stroom auto's die langsrijdt niet langer puur functioneel is, vol gezinnen op weg van of naar een parkeergarage, maar er steeds meer van die lage, zwart glanzende wagens opduiken met dreunende bas en autochtone mannen van in de twintig achter het stuur. Voor de supermarkt was het zo druk dat we even moesten blijven staan en toen de oude, broodmagere dame met haar verweerde gezicht, die daar om die tijd altijd in haar rolstoel zat, Vanja en Heidi in het oog kreeg, boog ze zich naar hen toe en rinkelde met een bel die ze aan een stok had hangen, met een glimlach die van haar kant beslist kindvriendelijk bedoeld was, maar die voor hen iets angstaanjagends moest hebben. Ze zeiden echter niets, keken haar slechts aan. Aan de andere kant van de ingang zat een junk van mijn leeftijd met een pet in zijn uitgestrekte hand. Naast hem stond een kooi met een kat erin en toen Vanja die zag, draaide ze zich naar ons om.

'Als we naar het platteland verhuizen, krijg ik een poes', zei ze.

'Poes!' zei Heidi en ze wees naar het beest.

Ik reed de buggy de straat op om drie mensen te passeren die zo godsklere langzaam liepen dat ze leken te denken dat het trottoir van hen was, liep een paar meter zo snel als ik kon en duwde hem weer terug toen ik hen voorbij was.

'Dat kan nog een hele tijd duren, weet je, Vanja', zei ik.

'Op een flat kun je geen poes hebben', zei ze.

'Precies', zei Linda.

Vanja draaide zich weer om. Ze hield de zak met het cadeautje in beide handen geklemd.

Ik keek naar Linda: 'Hoe heette hij ook alweer, de vader van Stella?'

'Hm, ik kom er niet op …' zei ze. 'O ja, was het niet Erik?'

'Ja, dat was het', zei ik. 'Wat doet hij?'

'Ik weet het niet zeker,' zei ze, 'maar iets met design of zo.'

We liepen langs de snoepwinkel Gottgruvan en zowel Vanja als Heidi boog voorover om door het raam te kijken. Direct daarnaast lag een lommerd. De winkel daar weer naast verkocht kleine beeldjes, sieraden, engelen en boeddha's plus wierook, thee, zeep en andere new-ageprullaria. Voor de ramen hingen affiches die lieten weten wanneer yogagoeroes en bekende zieners naar de stad zouden komen. Aan de andere kant van de straat zat een kledingzaak met goedkope merken, RICCO JEANS EN CLO-THINGS, MODE VOOR HET HELE GEZIN, daarnaast TABOO, een soort 'erotische' winkel, die in de etalage bij de deur, verborgen vanaf de straat, met dildo's en poppen met verschillende negligés en korsetachtig ondergoed lokte. Daarnaast had je achtereenvolgens BERGMAN – TASSEN EN HOEDEN, dat vanaf het moment waarop het ergens in de jaren veertig was opgericht, zowel qua interieur als qua assortiment onveranderd moest zijn gebleven, en RADIO CITY, dat net failliet was gegaan, maar nog steeds kon bogen op een etalage vol oplichtende beeldschermen te midden van de meest uiteenlopende elektrische apparaten met de prijzen op grote, bijna fluorescerende kartonnen bordjes in oranje en groen. Het was immers regel dat hoe verder je een straat in liep hoe goedkoper en twijfelachtiger de winkels werden. Hetzelfde gold voor de mensen die er rondhingen. In tegenstelling tot Stockholm, waar we ook midden in de stad hadden gewoond, waren de armoede en de ellende die hier bestonden, zichtbaar. Dat beviel me.

'Hier is het', zei Linda en ze bleef voor een deur staan. Voor een bingohal een stukje verderop stonden drie dames van in de vijftig, met vale huid, te roken. Linda liet haar blik over de rij namen naast de deurtelefoon glijden en toetste een nummer in. Vlak na elkaar denderden twee bussen langs. Kort daarop klonk er gezoem en we liepen de donkere gang in, zetten de buggy tegen de muur en namen de trappen naar de derde verdieping, waar we moesten zijn, ik met Heidi op mijn arm, Linda met Vanja's hand in de hare. De deur stond open toen we boven kwamen. Ook in de woning daarachter was het donker. Ik voelde een lichtelijk onbehagen bij het idee zomaar naar binnen te lopen, zou het liefst aanbellen, dan zou onze komst duidelijker zijn, want zo stonden we daar maar in de gang zonder dat iemand ons opmerkte.

Ik zette Heidi op de grond en trok haar jas uit. Linda wilde hetzelfde bij Vanja doen, maar ze protesteerde, eerst moesten haar laarsjes uit zodat ze de gouden schoentjes aan kon trekken.

Aan beide kanten van de gang lag een kamer. In een ervan speelden opgewonden wat kinderen, in de andere stonden een paar volwassenen te praten. Verderop in de gang, die doorliep, zag ik Erik, hij stond met zijn rug naar ons toe met een stel ouders van de crèche te praten.

'Hallo!' zei ik.

Hij draaide zich niet om. Ik legde Heidi's jas op een mantel op een stoel, ving Linda's blik op, die een plek zocht om Vanja's jas op te hangen.

'Zullen we dan maar naar binnen gaan?' vroeg ze.

Heidi sloeg haar armen om mijn been. Ik tilde haar op en deed een paar stappen de gang in. Erik draaide zich om.

'Hoi', zei hij.

'Hoi', zei ik.

'Hoi, Vanja!' zei hij.

Vanja wendde zich af.

'Wil jij Stella haar cadeautje geven?' vroeg ik.

'Stella, Vanja is er!' riep Erik.

'Doe jij dat maar', zei Vanja.

Stella kwam te midden van het groepje kinderen overeind. Ze glimlachte.

'Gefeliciteerd met je verjaardag, Stella!' zei ik. 'Vanja heeft een cadeautje voor je.'

Ik keek op Vanja neer: 'Wil jij het geven?'

'Jij', zei ze zachtjes.

Ik pakte het cadeautje en overhandigde het Stella.

'Dat is van Vanja en Heidi', zei ik.

'Dank je wel', zei ze en ze scheurde het papier eraf. Toen ze zag dat het een boek was, legde ze het op tafel, bij de rest van haar cadeautjes, en ging terug naar de andere kinderen.

'En?' vroeg Erik. 'Alles goed?'

'Ja, hoor', zei ik. Ik voelde hoe mijn overhemd aan mijn borst kleefde. Zou het te zien zijn?

'Wat een mooie woning heb je', zei Linda. 'Twee slaapkamers?'

'Ja', zei Erik.

Hij had iets listigs, wekte altijd de indruk dat hij meer afwist van degenen met wie hij praatte en het was moeilijk hoogte van hem te krijgen, die halfslachtige glimlach kon net zo goed ironisch bedoeld zijn als vriendelijk of onzeker. Had hij een uitgesproken of sterk karakter gehad, zou dat me eventueel hebben verontrust, maar hij was op een zwakke of willoze manier vaag, dus om wat hij vond of dacht maakte ik me absoluut niet druk. Mijn aandacht was op Vanja gericht. Ze stond dicht tegen Linda aan met haar blik op de vloer gericht.

'De anderen zitten in de keuken', zei Erik. 'Daar is ook wijn, als jullie zin hebben.'

Heidi was de kamer al in gegaan, ze stond voor een kast met een houten slak in haar hand. Hij had wieltjes en er zat een touwtje aan waarmee je hem achter je aan kon trekken.

Ik knikte naar het stel verderop in de gang.

'Hoi', zeiden ze.

Hoe heette hij toch? Johan? Of Jacob? En zij, was het niet Mia? Nee, verdorie, hij heette Robin.

'Hoi', zei ik.

'Alles oké?' vroeg hij.

'Ja, hoor', zei ik. 'En met jullie?'

'Goed, dank je.'

Ik glimlachte naar hen. Ze glimlachten terug. Vanja liet Linda los en ging aarzelend de kamer in waar de kinderen aan het spelen waren. Ze bleef even naar hen staan kijken. Toen leek het alsof ze besloot het erop te wagen.

'Ik heb gouden schoenen!' zei ze.

Ze bukte en trok haar ene schoen uit, hield hem in de lucht voor het geval iemand hem wilde zien. Maar dat wilde niemand. Toen ze dat doorkreeg, trok ze hem weer aan.

'Wil je niet gaan zitten en meespelen?' vroeg ik. 'Kijk, ze zijn met een groot poppenhuis bezig.'

Ze deed wat ik zei, ging naast hen zitten, maar ondernam verder niets, bleef toe zitten kijken.

Linda tilde Heidi op en nam haar mee naar de keuken. Ik liep achter hen aan. Iedereen groette ons, we groetten terug, gingen aan de lange tafel zitten, ik bij het raam. Het gesprek ging over goedkope vliegtickets: dat de oorspronkelijke spotprijs steeds hoger werd omdat je het ene extra na het andere bij moest bestellen tot je ticket net zo duur was als die van de duurdere vliegmaatschappijen. Toen kregen ze het gaandeweg over het kopen van milieuquota en vervolgens over de nieuwe chartertreinvakanties, die net waren geïntroduceerd. Daar kon ik beslist iets over zeggen, maar dat deed ik niet, over koetjes en kalfjes praten hoort tot de talloze dingen die ik niet beheers, dus ik bleef zoals gewoonlijk zitten knikken bij wat er werd gezegd, glimlachte als de anderen glimlachten terwijl ik eigenlijk alleen maar weg wilde. Bij de aanrecht stond Stella's moeder, Frida, iets dressingachtigs te maken. Erik en zij waren niet langer bij elkaar en ook al lukte het hun goed de zorg voor Stella te verdelen, tijdens de bestuursvergaderingen van de crèche was de wrok en de irritatie tussen hen van tijd tot tijd te merken. Ze was blond, had hoge jukbeenderen en smalle ogen, een lang, slank lichaam en ze wist zich goed te kleden, maar wat mij betreft was ze veel te veel van zichzelf overtuigd en te veel met zichzelf bezig om aantrekkelijk genoemd te worden. Ik heb geen probleem met oninteressante of onoriginele mensen, ze kunnen andere, belangrijkere eigenschappen bezitten zoals warmte, zorgzaamheid, vriendelijkheid, gevoel voor humor of talenten zoals een gesprek gaande houden, een gevoel van zekerheid om zich heen verspreiden, een gezin draaiende houden, maar van oninteressante mensen die zelf denken dat ze ongelooflijk interessant zijn en daarmee koketteren, word ik bijna lichamelijk beroerd.

Ze zette het schaaltje met wat ik voor dressing had aangezien, maar wat een dip bleek, op een dienblad, waarop er al een met stukjes wortel en een met komkommer stonden. Op dat moment kwam Vanja binnen. Toen ze ons ontdekte, liep ze naar ons toe en kwam dicht bij ons staan.

'Ik wil naar huis', zei ze zachtjes.

'Maar we zijn er net!' zei ik.

'We blijven nog even', zei Linda. 'Kijk, nu krijgen jullie wat lekkers!'

Bedoelde ze het dienblad met de groente?

Dat moest wel.

Ze waren gek in dit land.

'Ik ga met je mee', zei ik tegen Vanja. 'Kom.'

'Neem je Heidi ook mee?' vroeg Linda.

Ik knikte en met Vanja op mijn hielen droeg ik Heidi naar de kamer waar de kinderen waren. Frida kwam met het dienblad in haar handen achter me aan. Ze zette het op een tafeltje dat midden in de kamer stond.

'Hier is wat te eten', zei ze. 'Tot de taart komt.'

De kinderen, drie meisjes en een jongen, waren nog steeds voor het poppenhuis aan het spelen. In de andere kamer holden twee jongetjes rond. Ook Erik stond er, met een cd in zijn hand voor de stereo-installatie.

'Ik heb hier wat Noorse jazz', zei hij. 'Ben je in jazz geïnteresseerd?'

'Jawel ...' zei ik.

'Er is een goede jazzscene in Noorwegen', zei hij.

'Wie heb je daar?' vroeg ik.

Hij liet me het hoesje zien. Het was een band waar ik nog nooit van had gehoord.

'Wat goed', zei ik.

Vanja stond achter Heidi en probeerde haar op te tillen. Heidi protesteerde.

'Ze zegt nee, Vanja', zei ik. 'Niet doen.'

Toen ze niet ophield, ging ik naar hen toe.

'Wil je niet een stukje wortel?' vroeg ik.

'Nee', zei Vanja.

'Maar er is een dip bij', zei ik. Ik liep naar de tafel, pakte een stukje wortel, doopte het in de witte dip, waarschijnlijk op roombasis, en stopte het in mijn mond.

'Hm,' zei ik, 'lekker!'

Waarom konden ze niet gewoon worstjes, ijs en fris krijgen? Lolly's? Chocoladepudding?

Wat een stom kloteland was dit toch. Alle jonge vrouwen dronken in zulke grote hoeveelheden water dat het hun neus uitkwam, ze dachten dat dat 'verantwoord' en 'goed' was, maar het enige wat er gebeurde was dat de curve met het aantal jonge incontinenten omhoogschoot. Kinderen aten volkorenpasta en volkorenbrood en allerlei merkwaardige, grove rijstsoorten die hun maag niet volledig kon verwerken, maar dat maakte niet uit, want het was 'verantwoord', het was 'goed', het was 'gezond'. O, ze haalden eten en geest door elkaar, ze dachten dat ze betere mensen werden door wat ze aten zonder te begrijpen dat eten één ding is, de voorstellingen die eten oproept, iets anders. En als je dat zei, als je iets in die geest beweerde, was je of reactionair, of gewoon een Noor, dat wil zeggen, iemand die tien jaar achterloopt.

'Ik wil niet', zei Vanja. 'Ik heb geen honger.'

'Oké', zei ik. 'Maar moet je eens kijken. Heb je dat gezien? Daar ligt een trein. Zullen we die in elkaar zetten?'

Ze knikte en we gingen zitten, vlak achter de andere kinderen. Ik begon de rails in een halve boog neer te leggen terwijl ik Vanja behoedzaam hielp de hare op zijn plaats te krijgen. Heidi was naar de andere kamer gegaan, waar ze langs de wandkast liep en alles bekeek wat erin stond. Elke keer als de twee jongens daar zich wild gedroegen, draaide ze zich om en keek naar hen.

Erik zette eindelijk een cd op en draaide het volume omhoog. Piano, bas en zo'n warboel aan percussie-instrumenten waar een bepaald type jazzdrummer weg van is, het type dat met stenen tegen elkaar tikt of op een andere manier gebruikmaakt van materiaal uit de natuur. Ik vond dat soms nergens op slaan, soms belachelijk. Ik haatte het als er tijdens jazzconcerten werd geapplaudisseerd.

Erik knikte wat met zijn hoofd, draaide zich om, knipoogde naar me en liep naar de keuken. Op dat moment ging de bel. Het was Linus met zijn zoontje Achilles. Linus, die pruimtabak onder zijn bovenlip had, was gekleed in een zwarte broek en een donkere jas, waaronder hij een wit overhemd droeg. Het blonde haar zat enigszins in de war, de blik waarmee hij de kamer binnenkeek, was eerlijk en naïef.

'Hé!' zei hij. 'Hoe gaat-ie?'

'Goed', zei ik. 'En met jou?'

'Te gek goed.'

Achilles, die klein was en grote, donkere ogen had, trok zijn jas en zijn schoenen uit terwijl hij naar de kinderen achter mij staarde. Kinderen zijn net honden, ze ontdekken in mensenmenigten altijd hun gelijken. Vanja keek naar hem. Hij was haar favoriet, ze had hem uitverkoren om de rol van Alexander over te nemen. Maar toen hij zijn jas uit had, liep hij regelrecht naar de andere kinderen zonder dat Vanja er iets tegen kon doen. Linus slenterde naar de keuken en de gretigheid die ik in zijn blik meende te bespeuren, kon alleen van voorpret zijn om weer eens lekker te kunnen bomen.

Ik stond op en keek naar Heidi. Ze was naast de yucca voor het raam bezig de aarde uit de pot op kleine hoopjes op de grond te leggen. Ik ging naar haar toe, tilde haar op, schepte met mijn hand zo veel mogelijk aarde terug en liep naar de keuken om een doek of iets dergelijks te halen. Vanja liep achter me aan. Toen we in de keuken kwamen, klom ze bij Linda op schoot. In de kamer begon Heidi te huilen. Linda keek me vragend aan.

'Ik ga naar haar toe', zei ik. 'Moet alleen even iets pakken om wat op te nemen.'

Het was druk bij de aanrecht, zo te zien werd er een maaltijd voorbereid en in plaats van me ertussen te dringen, ging ik naar de wc, rolde een stevige handvol toiletpapier af, bevochtigde die onder de kraan en ging naar de kamer om de vloer schoon te maken. Ik tilde Heidi op, die nog steeds huilde, en ging met haar naar de wc om haar handjes te wassen. Ze probeerde spartelend aan mijn greep te ontkomen.

'Stil maar, liefje', zei ik. 'We zijn zo klaar. Nog even, toe nou. Zo!'

Toen we eruit kwamen hield ze op met huilen, maar ze was niet helemaal tevreden, wilde niet op de grond worden gezet, maar zomaar wat in mijn armen blijven hangen. In de kamer stond Robin met zijn armen over elkaar naar zijn dochter Theresa te kijken, die slechts een paar maanden ouder was dan Heidi, maar al lange zinnen kon zeggen.

'En?' vroeg hij. 'Ben je nog aan het schrijven op het moment?'

'Een beetje, ja', zei ik.

'Schrijf je thuis?'

'Ja, ik heb daar een kamer.'

'Is dat niet moeilijk? Ik bedoel, krijg je geen zin om tv te kijken of kleren te wassen of iets dergelijks in plaats van te werken?'

'Dat gaat wel. Ik heb iets minder tijd dan wanneer ik ergens een kantoor had, maar ...'

'Ja, dat ligt voor de hand', zei hij.

Hij had blond, halflang haar dat krulde in de nek, heldere, blauwe ogen, een platte neus, brede kaken. Hij was niet gespierd, maar ook niet slap. Hij kleedde zich alsof hij in de twintig was, ook al liep hij al tegen de veertig. Ik had geen idee wat hij dacht, ik kon niet zeggen wat er in hem omging, hoewel hij niets geheimzinnigs had. Integendeel, zijn gezicht en zijn uitstraling wekten de indruk van openhartigheid. Toch was er iets, voelde ik, een schaduw van iets anders. Hij was bij de gemeente, deed vluchtelingenwerk, had hij een keer verteld en na een paar vragen, zoals hoeveel vluchtelingen er hier werden opgenomen en dergelijke, liet ik het erbij omdat mijn standpunten en sympathieën zo ver afweken van de norm die hij, naar ik aannam, vertegenwoordigde dat het vroeg of laat zou doorschemeren, waarop ik al naar gelang als de kwaaie pier of de onnozele hals te boek zou staan, iets waar ik geen reden toe zag.

Vanja, die een stukje van de andere kinderen vandaan op de grond zat, keek naar ons. Ik zette Heidi neer en het was alsof Vanja daarop had gewacht, want op hetzelfde moment stond ze op en kwam ze naar ons toe, pakte Heidi bij de hand en nam haar mee naar de kast met speelgoed, waar ze haar de houten slak gaf met antennes die ronddraaiden als je het ding achter je aan trok.

'Kijk, Heidi!' zei ze en ze pakte haar het ding weer af en zette het op de grond. 'Je moet aan het touwtje trekken, zo. Dan gaan ze draaien. Snap je?'

Heidi greep het touwtje en gaf er een ruk aan. De slak viel om.

'Nee, zó niet', zei Vanja. 'Ik zal het je laten zien.'

Ze zette de slak weer overeind en trok hem voorzichtig een paar meter achter zich aan.

'Ik heb een klein zusje!' riep ze luid. Robin was naar het raam gelopen, waar hij naar de binnenplaats bleef staan staren. Stella, een energiek persoontje en waarschijnlijk extra druk aangezien het haar feestje was, riep opgewonden iets wat ik niet verstond, wees op een van de twee kleinere meisjes, dat haar de pop gaf die ze in haar arm hield, haalde een kleine poppenwagen, legde hem erin en liep ermee naar de gang. Achilles had Benjamin ontdekt, een jongen die een half jaar ouder was dan Vanja en meestal diep geconcentreerd over iets gebogen zat: een tekening, een berg lego of een piratenschip met poppetjes als piraten. Hij had fantasie, was zelfstandig en vriendelijk en zette nu samen met Achilles de spoorbaan in elkaar waar Vanja en ik aan waren begonnen. De twee kleine meisjes liepen Stella achterna de gang in. Heidi stond te pruilen. Ze moest honger hebben. Ik liep naar de keuken en ging naast Linda zitten.

'Ga jij even naar ze toe?' vroeg ik. 'Ik geloof dat Heidi honger heeft.'

Ze knikte, legde even haar hand op mijn schouder en stond op. Ik had een paar seconden nodig om me te oriënteren wat betreft de twee gesprekken die aan tafel werden gevoerd. Het ene ging over carpoolen, het andere over auto's en ik begreep dat de conversatie zich net moest hebben gesplitst. Buiten voor het raam hing een dichte duisternis, het licht in de keuken was spaarzaam, in de rimpels in de Zweedse gezichten rond de tafel hingen schaduwen, de ogen glansden in het schijnsel van de kaarsen. Erik en Frida en een vrouw van wie ik me de naam niet herinnerde, stonden met hun rug naar ons toe bij de aanrecht en waren met het eten bezig. Ik was boordevol tederheid voor Vanja. Maar ik kon niets doen. Ik keek naar degene die het woord voerde, glimlachte even als er een grapje werd gemaakt, nipte aan het glas rode wijn, dat iemand voor me had neergezet.

Recht tegenover me zat de enige persoon die uit de toon viel. Hij had een breed gezicht, wangen vol putjes, grove trekken, een intense blik. Zijn handen, die op het tafelblad lagen, waren groot. Hij was gekleed in een jarenvijftigachtig overhemd en een blauwe spijkerbroek waarvan de pijpen tot op de kuiten waren omgeslagen. Ook zijn haar was in jarenvijftigstijl en hij had bakkebaarden. Maar dat was niet wat hem anders maakte, het kwam door zijn uitstraling dat je duidelijk merkte dat hij daar zat, hoewel hij niet veel zei.

In Stockholm was ik een keer op een feestje geweest waar een bokser was. Ook hij zat in de keuken, ook zijn fysieke aanwezigheid was tastbaar en riep een duidelijk, maar onbehaaglijk gevoel van minderwaardigheid in me op, dat ik de mindere was dus. De avond zou me op merkwaardige wijze gelijk geven. Het feestje was bij een van Linda's vriendinnen, Cora, ze had een klein appartement, dus overal stonden mensen te praten. Uit de installatie in de kamer stroomde muziek. De straten buiten zagen wit van de sneeuw. Linda was hoogzwanger, dit was misschien het laatste feestje waar we bij konden zijn voor het kind kwam en alles zou veranderen, dus hoewel ze moe was, wilde ze proberen nog wat te blijven. Ik dronk wijn en praatte met Thomas, een fotograaf en een vriend van Geir; Cora kende hem via zijn vriendin Marie, die dichteres was en Cora's begeleidster op Biskops-Arnö was geweest. Linda zat vanwege haar buik een stukje van de tafel vandaan op een stoel, ze lachte en was vrolijk en waarschijnlijk was ik de enige die een idee had van het naar binnen gerichte, zachtjes stralende wat ze de laatste maanden had gekregen. Na een tijdje stond ze op en ging de kamer uit, ik glimlachte naar haar, richtte mijn aandacht weer op Thomas, die iets over de genen van roodharigen zei, die avond in zo'n opvallend aantal aanwezig.

Er werd ergens geklopt.

'Cora!' hoorde ik. 'Cora!'

Was dat Linda?

Ik kwam overeind en liep naar de gang.

Het kloppen klonk aan de binnenkant van de badkamerdeur.

'Ben jij dat, Linda?' vroeg ik.

'Ja', zei ze. 'Ik geloof dat het slot van de deur vastzit. Kun jij Cora halen? Er moet een trucje zijn of zoiets.'

Ik ging naar de kamer en tikte Cora, die een bord eten in haar ene hand en een glas rode wijn in haar andere hield, even op haar schouder.

'Linda zit opgesloten in de badkamer', zei ik.

'O, nee!' zei ze, ze zette haar glas en haar bord weg en haastte zich de kamer uit.

Ze beraadslaagden een tijdje door de dichte deur, Linda probeerde de instructies te volgen die ze kreeg, maar niets hielp, de deur was en bleef gesloten. Intussen was de aandacht van iedereen in de flat op de situatie gericht, de stemming was tegelijkertijd vrolijk en opgewonden, in de gang stond een hele groep bij elkaar die Linda van advies diende terwijl Cora, bezorgd en in de war, steeds weer zei dat Linda hoogzwanger was: nu moesten we iets ondernemen. Ten slotte werd er besloten een slotenmaker te bellen. Terwijl we op hem stonden te wachten, stond ik voor de deur met Linda te praten, me onbehaaglijk bewust van het feit dat iedereen hoorde wat ik zei en van mijn eigen gebrek aan daadkracht. Kon ik die deur niet gewoon intrappen om haar te bevrijden? Simpel en direct?

Ik had nog nooit eerder een deur ingetrapt, ik wist niet hoe solide hij was, stel dat er door de trap geen beweging in kwam, wat voor een domme indruk zou dat niet maken?

De slotenmaker kwam een half uur later. Hij sloeg een stoffen hoes met zijn gereedschap open op de grond en begon aan het slot te morrelen. Hij was klein, droeg een bril en had diepe inhammen bij zijn slapen, zei niets tegen de kring mensen die om hem heen stond, probeerde het ene stuk gereedschap na het andere zonder dat het hielp, de deur zat nog net zo godvergeten op slot. Uiteindelijk gaf hij het op en zei tegen Cora dat het niet ging, die deur kreeg hij niet open.

'Wat moeten we dan doen?' vroeg Cora. 'Ze is hoogzwanger!'

Hij haalde zijn schouders op.

'Jullie moeten hem maar intrappen', zei hij en hij begon zijn gereedschap in te pakken.

Wie moest hem intrappen?

Dat moest ik doen, ik was Linda's man, ik was voor haar verantwoordelijk.

Mijn hart ging tekeer.

Zou ik het doen? In het bijzijn van iedereen een stap achteruitgaan en dan uit alle macht een trap geven?

En wat als er geen beweging in die deur kwam? Of wat als hij opensloeg en Linda raakte?

Ze moest beschutting zoeken in de hoek.

Ik haalde een paar keer rustig adem. Maar het hielp niets, inwendig beefde ik nog steeds. Op deze manier de aandacht op me vestigen was het ergste wat er was. En als er een kans bestond dat het niet zou lukken, werd het nog erger.

Cora keek om zich heen.

'We moeten de deur intrappen', zei ze. 'Wie kan dat doen?'

De slotenmaker verdween. Als ik het wilde proberen, moest ik nu naar voren stappen.

Maar ik kon me er niet toe zetten.

'Micke', zei Cora. 'Hij is bokser.'

Ze wilde naar hem toegaan.

'Ik vraag het hem wel', zei ik. Dan hield ik het vernederende in de situatie in elk geval niet verborgen, dan zei ik hem open en eerlijk dat ik, als Linda's man, het niet waagde die deur in te trappen, maar dat ik 'jou, een reus van een bokser, vraag het voor me te doen'.

Hij stond met een biertje in zijn hand bij het raam met twee meisjes te praten.

'Hé, Micke', zei ik.

Hij keek me aan.

'Ze zit nog steeds opgesloten in de badkamer. De slotenmaker heeft de deur niet open gekregen. Zou jij hem in kunnen trappen, denk je?'

'Natuurlijk', zei hij en hij keek even naar me voor hij zijn flesje wegzette en naar de gang liep. Ik ging achter hem aan. De mensen stapten opzij toen hij kwam.

'Ben je daar?' vroeg hij.

'Ja', zei Linda.

'Zorg dat je zo ver mogelijk van de deur vandaan blijft. Ik ga hem intrappen.'

'Oké', zei Linda.

Hij wachtte even. Toen tilde hij zijn voet op en hij gaf zo'n enorme trap dat het hele slot eruit werd gerukt. De splinters vlogen rond.

Toen Linda verscheen, begonnen een paar mensen te klappen.

'Arme stakker', zei Cora. 'Het spijt me zo. Dat juist jou dat moest overkomen, en net nu …'

Micke draaide zich om en liep weg.

'Hoe gaat het met je?' vroeg ik.

'Goed', zei Linda. 'Maar ik geloof dat we maar gauw naar huis moesten gaan.'

'Natuurlijk', zei ik.

In de kamer werd de muziek uitgezet, twee vrouwen van begin dertig zouden hun hoogdravende gedichten voordragen, ik gaf Linda haar jas, trok die van mezelf aan en nam afscheid van Cora en Thomas, ik brandde van schaamte, maar er stond me nog één ding te doen, ik moest Micke bedanken voor wat hij had gedaan, baande me een weg door de toehoorders en bleef voor hem bij het raam staan.

'Dank je wel', zei ik. 'Je hebt haar gered.'

'Ach', zei hij en hij haalde die enorme schouders van hem op. 'Kleine moeite.'

In de taxi op weg naar huis keek ik Linda nauwelijks aan. Ik was niet voor haar opgekomen toen het nodig was, ik was zo laf geweest het aan iemand anders over te laten en dat lag allemaal in mijn blik besloten. Ik was een zielepoot.

Toen we in bed lagen, vroeg ze wat er was. Ik zei dat ik me schaamde omdat ik de deur niet had ingetrapt. Ze keek me verwonderd aan. Die gedachte was niet bij haar opgekomen. Waarom had ik dat moeten doen? Daar was ik toch helemaal het type niet naar?

De man die nu aan de andere kant van de tafel zat, straalde net zoiets uit als die bokser in Stockholm. Het had niets met lichaamsomvang of spiermassa te maken, want hoewel een aantal mannen hier een goedgetraind en stevig bovenlichaam hadden, maakten ze niet de indruk zwaargewichten te zijn, hun aanwezigheid in het vertrek was vluchtig en onbetekenend als een toevallige gedachte, het ging om iets anders en iedere keer als ik dat tegenkwam, schoot ik tekort, zag ik mezelf als de beperkte, zwakke man die ik was, die zijn leven in de wereld van de woorden leidde. Daar zat ik over na te denken terwijl ik met onregelmatige tussenpozen naar hem keek en tegelijkertijd met een half oor naar het gesprek luisterde dat gaande was. Het ging intussen over verschillende pedagogische richtingen en welke scholen de verschillende ouders voor hun kinderen op het oog hadden. Na een klein intermezzo, waarin Linus over een sportdag vertelde waar hij aan had meegedaan, kregen ze het over de huizenprijzen. Er werd geconstateerd dat die de laatste jaren sterk waren gestegen, maar in Stockholm meer dan hier, en dat het waarschijnlijk slechts een kwestie van tijd was voor dat weer zou veranderen en ze misschien net zo sterk weer zouden dalen. Toen wendde Linus zich tot mij.

'Hoe zijn de huizenprijzen in Noorwegen eigenlijk?' vroeg hij.

'Ongeveer zoals hier', zei ik. 'Oslo is net zo duur als Stockholm. En verderop in het land is het een beetje goedkoper.'

Hij bleef me even aankijken voor het geval ik de opening die hij me had geboden, wilde benutten, maar toen dat niet het geval bleek, draaide hij zich weer om en zette zijn gesprek voort. Bij de eerste algemene vergadering waar wij bij waren geweest, had hij hetzelfde gedaan, maar toen met een soort kritische ondertoon, want, zoals hij zei toen de vergadering op zijn eind liep en Linda en ik nog steeds niets hadden gezegd, het was de bedoeling dat iedereen zei wat hij op zijn hart had, dat was waar het bij een oudercoöperatie om ging. Ik had geen idee wat ik moest vinden van het onderwerp waarover werd gediscussieerd en het werd Linda die met een lichte kleur op haar wangen de voors en tegens voor ons gezin moest afwegen terwijl de hele algemene vergadering haar aanstaarde. Het punt waar het om ging was ten eerste of de crèche de kok die aangesteld was, zou ontslaan en in plaats daarvan op catering over zou gaan, wat goedkoper was, en vervolgens wat voor eten we in dat geval zouden kiezen: vegetarisch of gewoon? De Lynx was eigenlijk een vegetarisch kinderdagverblijf, dat was destijds de reden geweest dat het was opgericht, maar intussen waren slechts twee ouderparen vegetarisch en aangezien de kinderen niet zo veel aten van de groentevariaties die ze voorgezet kregen, vonden veel ouders het eigenlijk prima om van het principe af te stappen. De discussie duurde een paar uur, waarna het onderwerp zo uitgeput was als de zeebodem na een sleepnet. Zo werd bijvoorbeeld het percentage vlees in de verschillende soorten worst ter sprake gebracht: dat stond wel op de worstjes die je in de winkel kocht, maar hoe zat het met de worstjes die een cateringbedrijf gebruikte, hoe kon je weten hoeveel vlees daarin zat? Ik dacht dat een worstje een worstje was, had geen idee van de wereld die die avond voor me werd ontvouwen, en nog veel minder van het feit dat er mensen waren die zich daar zo in konden verdiepen. Was het niet gezellig voor de kinderen dat een kok eten voor ze klaarmaakte in hun eigen keuken? dacht ik, maar ik zei het niet en na een tijdje hoopte ik dat die hele discussie voorbij zou gaan zonder dat wij iets hoefden te zeggen, tot Linus dus zijn zowel fanatieke als naïeve blik op ons liet rusten.

In de kamer klonk gehuil van Heidi. Ik dacht weer aan Vanja. Normaal gesproken loste ze situaties als deze op door precies hetzelfde te doen als de anderen. Pakten die een stoel, pakte zij ook een stoel, gingen die zitten, ging zij ook zitten, lachten die, lachte zij ook, zelfs al begreep ze niet waar ze om lachten. Holden ze rond terwijl ze een naam riepen, holde zij ook rond en riep een naam. Dat was haar strategie. Maar Stella had haar door. Een keer toen ik er toevallig bij was, hoorde ik haar zeggen: 'Jij aapt alleen maar na! Je bent een papegaai! Een papegaai!' Dat had haar er niet van weerhouden er gewoon mee door te gaan, daarvoor was de strategie vermoedelijk te succesvol gebleken, maar hier, waar Stella zelf hof hield, voelde ze zich waarschijnlijk geremd. Dat ze begreep waar het om ging, wist ik. Ze had een aantal keer hetzelfde tegen Heidi gezegd, dat ze alleen maar na-aapte en een papegaai was.

Stella was anderhalf jaar ouder dan Vanja, die haar meer dan wie ook bewonderde. Of Vanja mee mocht doen, hing van Stella's goodwill af en dat overwicht had ze op alle kinderen in de crèche. Het was een mooi meisje, ze had blond haar en grote ogen, was altijd leuk en doordacht gekleed en dat tikkeltje wreedheid dat ze bezat, was niet erger of minder erg dan bij andere kinderen die bovenaan in de hiërarchie stonden. Dat was ook niet de reden dat ik moeite met haar had. Problematisch vond ik dat ze zich zo bewust was van de indruk die ze op volwassenen maakte, en de wijze waarop ze dat innemende, onschuldige wat ze had, inzette. Tijdens mijn verplichte dienst in de crèche had ik me daar nooit iets van aangetrokken. Hoe stralend de blik ook was waarmee ze me aankeek als ze iets vroeg, ik reageerde ongeïnteresseerd, iets wat haar natuurlijk in de war bracht en waardoor ze nog meer haar best deed me te charmeren. Een keer toen ze na de crèche met ons meeging naar het park en naast Vanja in de dubbele buggy zat terwijl ik Heidi op mijn ene arm hield en hen met de andere duwde, sprong ze er een paar honderd meter voor het park uit en wilde het laatste stuk hollen, iets waar ik scherp op reageerde: ik riep haar terug en zei streng dat ze netjes in de buggy moest blijven zitten tot we er waren, er reden hier auto's, zag ze dat niet? Ze keek me verbaasd aan, die toon was ze niet gewend en hoewel ik niet tevreden was over de manier waarop ik de situatie had opgelost, bedacht ik dat 'nee' niet het ergste was wat dit schepsel kon overkomen. Maar ze had het onthouden, want toen ik hen een half uur later aan hun voeten door de lucht rondzwaaide, tot eindeloos plezier, en daarna op mijn hurken ging zitten om met hen te stoeien, iets waar Vanja gek op was, vooral om me na een aanloop omver te duwen in het gras, schopte Stella me in plaats daarvan tegen mijn scheenbeen als ze kwam aanhollen, en dat gebeurde één keer, dat gebeurde twee keer, maar toen ze het een derde keer deed, zei ik tegen haar: dat doet pijn, Stella, niet doen, iets waar ze zich natuurlijk niets van aantrok, nu werd het spannend en luid lachend schopte ze me nog een keer terwijl Vanja, die altijd deed wat zij deed, luid meelachte, waarop ik overeind kwam, Stella om haar middel pakte en neerzette. 'Luister eens, jij klein loeder', had ik zin om te zeggen en dat had ik ook beslist gedaan als haar moeder haar niet over een half uurtje zou komen halen. 'Luister, Stella', zei ik in plaats daarvan, met harde stem en geïrriteerd terwijl ik haar aankeek. 'Als ik nee zeg, bedoel ik nee. Begrijp je dat?' Ze sloeg haar blik neer, wilde geen antwoord geven. Ik tilde haar kin op. 'Begrijp je dat?' vroeg ik nog eens. Ze knikte en ik liet haar los. 'Dan ga ik nu daar op die bank zitten en moeten jullie verder alleen spelen tot je moeder komt.' Vanja keek me verward aan. Toen lachte ze en trok Stella mee. Voor haar behoorden scènes als deze tot het dagelijks leven. Gelukkig liet Stella het daarbij, want ik bevond me werkelijk op glad ijs, wat moest ik in hemelsnaam doen als ze begon te huilen of te gillen? Maar ze ging met Vanja mee naar de grote 'trein', waar het krioelde van de kinderen. Toen haar moeder kwam, had die twee kartonnen bekertjes met *caffe latte* in haar handen. Normaal gesproken zou ik meteen zijn weggegaan, maar toen ze me de beker koffie aanreikte, kon ik niet anders dan blijven zitten luisteren terwijl zij over haar werk vertelde, mijn ogen halfdicht in de lage novemberzon en met een half oog de kinderen in de gaten houdend.

 De week dat ik verplicht dienst had in de crèche en in wezen een normale werknemer was, was ongeveer naar verwachting verlopen: ik had vroeger veel in inrichtingen gewerkt en handelde de routines af op een manier die het personeel van de ouders niet was gewend, naar ik begreep, terwijl ook het aan- en uitkleden van de kinderen, luiers verschonen en zelfs spelen als dat vereist was, niet vreemd voor me waren. De kinderen reageerden natuurlijk verschillend op mijn aanwezigheid. Een van hen bijvoorbeeld, een klein, slungelig ventje met wit haar dat maar wat rondhing zonder vriendjes, wilde de hele tijd bij me op schoot kruipen, of om te worden voorgelezen, of om daar gewoon te zitten. Met een ander bleef ik nog een half uurtje spelen nadat de rest al weg was, zijn moeder kwam wat later, maar dat vergat hij volkomen toen we verdiept raakten in een piratenschip en ik daar tot zijn plezier steeds nieuwe elementen in introduceerde, zoals haaien, aanvallende schepen en brand aan boord. Een derde jongetje, het oudste, wist daarentegen onmiddellijk een van mijn zwakke punten bloot te leggen door toen we aan tafel zaten en zouden gaan eten, mijn sleutelbos uit mijn zak te halen. Alleen al dat ik hem niet tegenhield hoewel ik boos werd, bracht hem op het spoor. Eerst vroeg hij of er een autosleutel bij was. Toen ik ontkennend mijn hoofd schudde, vroeg hij waarom niet. Ik heb geen auto, zei ik. Waarom niet? vroeg hij. Ik heb geen rijbewijs, zei ik. Kun jij niet autorijden? vroeg hij. Je bent toch volwassen? zei hij. Alle volwassenen kunnen toch autorijden? Toen hield hij mijn sleutelbos rinkelend onder mijn neus. Ik liet hem begaan, dacht dat hij het wel gauw zou opgeven, maar dat deed hij niet, integendeel, hij ging maar door. Ik heb jouw sleutels, zei hij. En jij kunt ze niet pakken. En hij bleef er maar mee onder mijn neus rinkelen. De andere kinderen keken toe, de drie volwassen personeelsleden ook. Ik beging de fout dat ik ze plotseling probeerde te grijpen. Het lukte hem ze weg te trekken en hij lachte luid en spottend. Ha, ha, je kunt ze niet pakken! zei hij. Weer probeerde ik te doen alsof er niets aan de hand was. Hij begon met mijn sleutels op tafel te slaan. Niet doen, zei ik. Hij glimlachte alleen maar brutaal naar me en ging ermee door. Een van de vaste personeelsleden vroeg hem op te houden. Toen hield hij op. Maar hij bleef ermee in zijn hand bengelen. Je krijgt ze nooit meer terug, zei hij. Opeens bemoeide Vanja zich ermee.

'Geef papa die sleutels!' zei ze.

Wat gebeurde hier?

Ik deed alsof er niets aan de hand was, boog me weer over mijn bord en ging door met eten. Maar die kleine duivel hield niet op met zijn gepest. Rinkelderinkel. Ik besloot hem de sleutels te laten houden tot we gegeten hadden. Dronk wat water, met een merkwaardig warm hoofd in aanmerking genomen dat het zo'n kleinigheid betrof. Zag Olaf, de leider van de crèche, dat? Hij gaf Jocke in elk geval te verstaan me de sleutels terug te geven. En dat deed Jocke, zonder tegensputteren.

Gedurende mijn hele volwassen leven heb ik afstand gehouden tot andere mensen, dat was mijn manier om me te handhaven, natuurlijk omdat ik hun in mijn gedachten en gevoelens zo ongehoord dicht op de huid kom, ze hoeven maar een seconde afwijzend te kijken of er barst een storm los in mijn binnenste. Dat geldt uiteraard ook ten opzichte van kinderen, het is de reden dat ik met hen kan zitten spelen, maar het feit dat het hun volkomen aan het vernis van beleefdheid en fatsoen ontbreekt dat volwassenen bezitten, betekent ook dat ze ongehinderd achter de uiterlijke verschijning van mijn karakter kunnen doordringen en daar ongehinderd hun gang kunnen gaan. Het enige wat ik ertegenover kon stellen als het zover kwam, was mijn puur fysieke overmacht, die ik echter niet kon inzetten, of gewoon doen alsof ik me er niets van aantrok, misschien wel het beste, maar niet iets waar ik zo goed in was aangezien kinderen, in elk geval de voorlijksten onder hen, altijd onmiddellijk doorhadden hoe weinig ik me op mijn gemak voelde in hun aanwezigheid.

O, wat was het toch allemaal onwaardig!

Plotseling stond alles op zijn kop. Ik, die eigenlijk nauwelijks belangstelling had voor de crèche waar Vanja naartoe ging, maar alleen wilde dat ze voor me op haar pasten zodat ik elke dag een paar uur rustig aan het werk kon zonder er enig idee van te hebben wat ze daar beleefde of hoe het met haar ging, ik, die geen intimiteit in mijn leven wenste, voor wie de afstand nooit groot genoeg was, die niet genoeg alleen kon zijn, moest daar plotseling een week als personeelslid doorbrengen en me intensief bezighouden met alles wat er gebeurde, en daar bleef het niet bij, want als je je kinderen bracht of haalde, was het gebruikelijk om een paar minuten in het speellokaal of in de eetkamer of waar de andere ouders zich ook ophielden, met hen te blijven zitten praten of eventueel wat met de kinderen te spelen, en dat elke dag van de week ... Meestal maakte ik korte metten, nam Vanja mee en trok haar haar jas aan voordat iemand goed en wel doorhad wat er aan de hand was, maar zo nu en dan werd ik aangeschoten op de gang, werd er een gesprek aangeknoopt en hup, daar zat ik op die lage, diepe banken te kletsen over iets voor mij absoluut volkomen oninteressants terwijl de vrijmoedigsten van de kinderen aan me trokken en sjorden en wilden dat ik hen de lucht in gooide, hen optilde, hen rondzwaaide of, zoals in het geval van Jocke, de zoon van de vriendelijke boekenliefhebber en bankier Gustav trouwens, me met een spits voorwerp prikten.

Op een zaterdagmiddag en -avond opeengeperst aan een tafel groente zitten eten met een gespannen, maar beleefde glimlach rond de lippen maakte deel uit van dezelfde verplichting.

Bij de aanrecht haalde Erik nu een stapel borden uit de kast terwijl Frida messen en vorken stond te tellen. Ik nam een slok wijn en voelde hoe hongerig ik was. Stella bleef met een rood en een beetje bezweet gezicht in de deuropening staan.

'Krijgen we nu taart?' riep ze.

Frida draaide zich om: 'Straks, mijn schat. We gaan eerst eten.'

Toen richtte ze haar aandacht van haar kind tot de mensen die rond de tafel zaten.

'Zo, alsjeblieft', zei ze. 'Tast toe. Hier zijn borden en bestek. En dan kunnen jullie meteen voor jullie kinderen opscheppen.'

'O, iets te eten, dat zal goed doen', zei Linus terwijl hij overeind kwam. 'Wat hebben jullie te bieden?'

Ik was van plan geweest te blijven zitten tot de aandrang minder werd, maar toen ik zag waar Linus mee terugkwam, namelijk bonen, sla, de eeuwige couscous en een warm gerecht waarvan ik aannam dat het prut met kikkererwten was, stond ik op en liep naar de kamer.

'Het eten is klaar', zei ik tegen Linda, die met Vanja tegen haar benen en Heidi op haar arm met Mia stond te praten. 'Zullen we ruilen?'

'Ja, dat is goed', zei Linda. 'Ik heb honger als een paard.'

'Gaan we nu naar huis, papa?' vroeg Vanja.

'Eerst is er eten', zei ik. 'En daarna komt er taart. Zal ik wat eten voor je halen?'

'Ik wil niet', zei ze.

'Ik haal in elk geval een beetje voor je', zei ik en ik nam Heidi op de arm. 'Dan neem ik jou mee.'

'Heidi heeft een banaan gehad, trouwens', zei Linda. 'Maar ze wil vast nog wel wat eten ook.'

'Kom, Theresa, dan halen wij wat voor jou', zei Mia.

Ik liep achter hen aan, tilde Heidi op en ging in de rij staan. Ze legde haar hoofd tegen mijn schouder, iets wat ze alleen deed als ze moe was. Mijn overhemd kleefde aan mijn borst. Elk gezicht dat ik zag, elke blik die ik ontmoette, elke stem die ik hoorde, bleef als lood aan me hangen. Als me iets werd gevraagd of als ik zelf een vraag stelde, was het alsof de woorden met geweld moesten worden losgebikt. Heidi maakte het gemakkelijker, haar op mijn arm te hebben betekende een soort beschutting, én omdat ik dan iets had om mijn aandacht op te richten én omdat zij de aandacht van de anderen afleidde. Ze glimlachten naar haar, vroegen of ze moe was, streelden haar over haar wang. Een groot deel van de verhouding tussen Heidi en mij was erop gebaseerd dat ik haar droeg. Dat was het fundament van onze relatie. Ze wilde altijd worden gedragen, wilde nooit lopen, strekte zodra ze me zag haar armen uit, glimlachte tevreden als ze tegen mijn schouder mocht leunen. En ik vond het prettig haar tegen me aan te hebben, dat kleine, mollige schepsel met die grote ogen en die gulzige mond.

Ik schepte wat bonen, een paar lepels kikkererwtenprut en wat couscous op een bord en nam het mee naar de kamer, waar alle kinderen nu rond de lage tafel in het midden zaten met hier en daar een helpende ouder achter zich.

'Ik wil niet', zei Vanja zodra ik het bord voor haar neerzette.

'Dat is prima', zei ik. 'Je hoeft niet als je niet wilt. Maar misschien wil Heidi wel wat?'

Ik prikte een paar bonen aan de vork en bracht die naar haar mond. Ze kneep haar lippen op elkaar en wendde haar hoofd af.

'Toe nou', zei ik. 'Ik weet dat jullie honger hebben.'

'Mogen we met de trein spelen?' vroeg Vanja.

Ik keek naar haar. Normaal gesproken zou ze of naar de spoortrein of naar mij hebben gekeken, het liefst smekend, maar nu keek ze recht voor zich uit.

'Natuurlijk mag dat', zei ik. Ik zette Heidi op de grond en ging naar de hoek van de kamer, waar ik mijn knieën bijna tegen mijn borst moest drukken om ruimte te hebben tussen die kleine kindermeubelen en speelgoedkisten. Ik haalde de rails uit elkaar en gaf Vanja het ene stuk na het andere terwijl zij probeerde ze weer in elkaar te zetten. Als het haar niet lukte, drukte ze de stukken uit alle macht tegen elkaar aan. Ik greep pas in op het moment dat ze ze woedend leek te willen weggooien. Heidi wilde ze de hele tijd weer uit elkaar trekken en ik keek zoekend rond of ik haar iets ter afleiding kon geven. Een puzzel? Een knuffel? Een kleine plastic pony met grote wimpers en lange, roze manen? Het werd allemaal op de grond gesmeten.

'Papa, kun je me helpen?' vroeg Vanja.

'Ja, ja', zei ik. 'Kijk, we maken hier een brug, dan kan de trein eronderdoor en eroverheen rijden. Is dat niet gaaf?'

Heidi pakte een van de klossen van de brug.

'Heidi!' zei Vanja.

Toen ik hem haar afpakte, begon ze te gillen. Ik tilde haar op en ging staan.

'Het lukt niet!' zei Vanja.

'Ik kom zo. Breng alleen Heidi even naar mama', zei ik en ik liep als een volleerd huismoeder met Heidi op mijn heup naar de keuken. Linda zat met Gustav te praten, de enige van de ouders bij de Lynx die een degelijk, ouderwets beroep had, en met wie ze om de een of andere reden goed overweg kon. Hij was joviaal, zijn gezicht straalde, hij was klein en compact van postuur, altijd keurig gekleed, had een brede nek, een brede kin, een rond gezicht, maar was open en gemakkelijk in de omgang. Hij praatte graag over boeken die hem bevielen, op dat moment over die van Richard Ford.

Die zijn fantastisch! kon hij zeggen. Heb je ze gelezen? Ze gaan over een makelaar, over een doodnormale man, ja, en over zijn leven, zo herkenbaar en alledaags, terwijl Ford aan de andere kant heel Amerika weet te vangen! De Amerikaanse sfeer, de hartslag van het land!

Ik mocht hem ook, niet in het minst vanwege dat nette wat hij had en wat door iets zo simpels als een gewone, fatsoenlijke baan kwam, die geen van mijn bekenden verder hadden, allerminst ikzelf. We waren even oud, maar als ik hem zag, had ik altijd het gevoel dat hij tien jaar ouder was. Hij was volwassen op de manier waarop onze ouders dat waren tijdens mijn jeugd.

'Ik geloof dat Heidi zo naar bed moet', zei ik. 'Zo te zien is ze moe. En ze heeft vast honger ook. Ga jij met haar naar huis?'

'Ja. Ik eet alleen eerst even, is dat goed?'

'Natuurlijk.'

'Ik heb jouw boek in handen gehad!' zei David. 'Ik was in de boekwinkel en daar stond het. Het zag er interessant uit. Is het bij Norstedts uitgekomen?'

'Ja', zei ik en ik glimlachte gespannen. 'Dat klopt.'

'Maar je hebt het niet gekocht?' vroeg Linda, niet zonder een plagerige toon in haar stem.

'Nee, daar kwam het deze keer niet van', zei hij en hij veegde zijn mond af met een servet. 'Ging het niet over engelen?'

Ik knikte. Heidi was een beetje gezakt in mijn greep en toen ik haar weer optrok, voelde ik hoe zwaar haar luier was.

'Ik zal haar verschonen voordat jullie weggaan', zei ik. 'Hebben we de luiertas mee naar boven genomen?'

'Ja, die ligt in de gang.'

'Oké', zei ik en ik liep de keuken uit om een schone luier te halen. In de kamer holden Vanja en Achilles rond, ze sprongen van de bank op de grond, lachten, klommen er weer op en sprongen er weer af. Er golfde een warm gevoel door me heen. Ik bukte en pakte een luier en een pakje vochtige doekjes terwijl Heidi zich aan me vastklampte als een kleine koalabeer. In de badkamer was geen luiertafel, dus legde ik haar op de vloertegels, trok haar maillot uit, scheurde de beide klittenbandjes van haar luier open en wierp die in de afvalbak onder de wastafel terwijl Heidi me ernstig aankeek.

'Alleen plas!' zei ze. Toen draaide ze haar hoofd opzij en staarde naar de muur, als het ware onaangedaan door mijn verrichtingen terwijl ik haar een schone luier omdeed, op een manier zoals ze al had gedaan toen ze nog een baby was.

'Zo', zei ik. 'Nu ben je klaar.'

Ik pakte haar handjes vast en trok haar overeind. De maillot, die een beetje vochtig was, vouwde ik op en stopte ik in de luiertas, waarna ik haar een joggingbroek aantrok die daarin zat, en daarna het bruine ribfluwelen jasje met de gewatteerde voering, dat ze voor haar eerste verjaardag van Yngve had gekregen. Linda kwam terwijl ik met haar schoentjes bezig was.

'Ik kom ook gauw', zei ik. We gaven elkaar een zoen, Linda nam de tas in haar ene hand, Heidi's handje in de andere en toen gingen ze weg.

Vanja holde in volle vaart door de gang met Achilles achter zich aan en ze stoven de kamer binnen die de slaapkamer moest zijn, van waaruit haar opgewonden stem kort daarna te horen was. Het idee terug te gaan en weer aan de keukentafel te zitten was nu niet bepaald aanlokkelijk, dus maakte ik de deur van de badkamer open, deed hem achter me dicht en bleef daar een paar minuten roerloos staan. Toen waste ik mijn gezicht met koud water, droogde het zorgvuldig af met een witte badhanddoek en ving mijn eigen blik op in de spiegel, zo donker en in een gezicht dat zo stijf stond van frustratie dat ik bijna schrok toen ik het zag.

In de keuken nam niemand er notitie van dat ik weer terug was. Ja, toch wel, een kleine, streng uitziende vrouw met kort haar en onopvallende, een beetje hoekige trekken staarde me even van achter haar brillenglazen aan. Wat kon zij nou willen?

Gustav en Linus hadden het over verschillende pensioenregelingen, de zwijgzame man met zijn jarenvijftigoverhemd had zijn kind, een druk jongetje met blond, bijna wit haar, op zijn schoot en praatte met hem over Malmö FK terwijl Frida Mia over een clubavond vertelde die zij met een paar vriendinnen wilde organiseren, en Erik en Mathias een discussie over beeldschermen voerden, waar Linus graag aan wilde meedoen, begreep ik uit de lange blikken die hij hun toewierp en de evenredig korte op Gustav, om niet onbeleefd over te komen. De enige die niet in een gesprek was verwikkeld, was de vrouw met het korte haar en hoewel ik alle kanten op keek behalve de hare, boog ze zich toch algauw over tafel en vroeg of ik tevreden was met de crèche. Ik beaamde dat. Er was misschien wat veel te doen, voegde ik eraan toe, maar dat was het absoluut waard, zo leerde je de speelkameraadjes van je kinderen goed kennen en dat had iets ontzettend positiefs, vond ik.

Ze glimlachte mat bij wat ik zei. Ze had iets kwetsbaars, iets ongelukkigs.

'Verdorie!' zei Linus plotseling en hij ging met een ruk rechtop zitten. 'Waar zijn ze daar eigenlijk mee bezig?'

Hij stond op en liep naar de badkamer. Het volgende moment kwam hij met Vanja en Achilles voor zich naar buiten. Vanja met haar breedste glimlach, Achilles zag er iets schuldbewuster uit. De mouwen van zijn kleine colbertje waren kletsnat, Vanja's blote armen glommen van het vocht.

'Ze hadden hun knuisten zo ver in de wc-pot als ze ze konden krijgen toen ik binnenkwam', zei Linus. Ik keek Vanja aan, en kon een glimlach niet onderdrukken.

'Dit moeten we allemaal maar uitdoen, jongeman', zei Linus en hij nam Achilles mee naar de gang. 'En dan moet je je handen goed wassen.'

'Dat geldt voor jou ook, Vanja', zei ik en ik kwam overeind. 'Hup, naar de badkamer.'

Ze strekte haar armen boven de wastafel toen we binnenkwamen en keek naar me op.

'Ik speel met Achilles!' zei ze.

'Dat zie ik', zei ik. 'Maar daarom hoef je je handen toch nog niet in de wc te steken?'

'Nee', zei ze en ze lachte.

Ik maakte mijn handen nat onder de kraan, wreef ze in met zeep en waste haar armen vanaf haar vingertoppen tot aan haar schouders. Toen droogde ik ze af, daarna gaf ik haar een kus op haar voorhoofd en stuurde haar weg. Het verontschuldigende glimlachje waarmee ik ging zitten, was onnodig, niemand had er behoefte aan om verder op het kleine intermezzo door te gaan, ook Linus niet, die toen hij terugkwam onmiddellijk doorging met een verhaal waar hij in was blijven steken, over een man die hij in Thailand had gezien en die door een paar apen werd aangevallen. Hij bewoog nog geen wenkbrauw toen de anderen lachten, maar snoof het gelach als het ware in zich op alsof hij het verhaal daarmee nieuwe kracht kon geven, wat dan ook gebeurde, en pas bij het volgende lachsalvo glimlachte hij, niet veel, en niet over zijn eigen grapje, viel me op, het was meer een uitdrukking van de tevredenheid die hij ervoer als hij zich kon koesteren in de vrolijke stemming die hij had opgeroepen.

'Ja, ja, ja?' zei hij terwijl hij even een gebaar met zijn hand maakte. De strenge vrouw, die tot nu toe uit het raam had gekeken, schoof haar stoel dichterbij en boog weer over tafel.

'Is het niet zwaar met twee kinderen zo dicht op elkaar?' vroeg ze.

'In zekere zin wel, ja', zei ik. 'Het vergt wel wat. Maar het is hoe dan ook beter met twee dan met een. Dat enigkindgedoe heeft iets triests als je het mij vraagt ... Ik heb me altijd al voorgesteld dat ik drie kinderen zou krijgen. Dan kunnen ze tussen verschillende constellaties kiezen. En dan zijn de kinderen in de meerderheid ten opzichte van de ouders ...'

Ik glimlachte. Ze zei niets. Plotseling werd het me duidelijk dat zij maar één kind had.

'Hoewel, één kind kan natuurlijk ook prima', zei ik.

Ze steunde met haar hoofd in haar hand.

'Maar ik zou graag willen dat Gustav nog een broertje of een zusje kreeg', zei ze. 'Het wordt te veel "wij tweetjes".'

'Ach wat', zei ik. 'Hij heeft toch een heleboel vriendjes in de crèche? Dat is toch voldoende?'

'Het probleem is dat ik geen man heb', zei ze. 'En dan gaat het natuurlijk niet.'

Wat ging mij dat verdomme aan?

Ik keek haar meelevend aan en concentreerde me erop te verhinderen dat mijn blik onzeker werd, iets wat snel het geval was in dergelijke situaties.

'En de mannen die ik ontmoet, kan ik me niet voorstellen als vader van mijn kind', ging ze verder.

'Ach,' zei ik, 'het komt wel goed.'

'Dat geloof ik niet,' zei ze, 'maar toch bedankt.'

Vanuit mijn ooghoek zag ik vaag een beweging. Ik draaide me om naar de deur. Vanja kwam binnen. Ze kwam dicht bij me staan.

'Ik wil naar huis', zei ze. 'Kunnen we niet weggaan?'

'We blijven nog even', zei ik. 'Nu komt de taart gauw. Dat lust je toch wel?'

Ze gaf geen antwoord.

'Wil je bij me op schoot zitten?' vroeg ik.

Ze knikte, ik schoof mijn wijnglas opzij en tilde haar op.

'Dan blijf je even hier bij mij zitten en daarna gaan we weer naar binnen. Ik kom met je mee. Oké?'

'Oké.'

Ze zat naar de anderen aan tafel te kijken. Wat zou ze ervan denken? Hoe zou het op haar overkomen?

Ik keek naar haar. Het lange, blonde haar viel al over haar schouders. Een kleine neus, een kleine mond, twee kleine oren, allebei met een elfachtig puntje bovenaan. De blauwe ogen, die altijd haar stemming verrieden, keken een beetje scheel, vandaar dat ze een bril droeg. In het begin was ze er trots op geweest. Nu was het het eerste wat ze afdeed als ze boos werd. Misschien omdat ze wist hoe graag wij wilden dat ze hem droeg?

Als ze alleen met ons was, was haar blik levendig en vrolijk, als hij zich tenminste niet in zichzelf terugtrok en onbereikbaar werd wanneer ze een van haar enorme woedeaanvallen kreeg. Ze was vreselijk melodramatisch en wist het hele gezin haar wil op te leggen met haar temperament, ze voerde grootse, gecompliceerde relationele drama's op met haar speelgoed, vond het heerlijk te worden voorgelezen, maar misschien nog heerlijker om films te kijken en wel het liefst speelfilms met karakters en dramatiek, waar ze dan over nadacht en met ons over praatte, vol vragen, of die ze met veel plezier navertelde. Een tijdje draaide alles om *Madieke* van Astrid Lindgren, dan sprong ze van haar stoel, lag met gesloten ogen op de grond en moesten wij haar optillen, eerst denken dat ze dood was, dan inzien dat ze bewusteloos was en een hersenschudding had om haar vervolgens met haar ogen dicht en haar armen slap naar beneden hangend naar bed te dragen, waar ze drie dagen moest blijven liggen, dat alles het liefst terwijl we het droevige muzikale thema van die scène neurieden. Daarna sprong ze op, holde naar haar stoel en begon het hele schouwspel opnieuw. Tijdens de kerstafsluiting van de crèche was ze de enige die een buiging maakte voor het applaus dat ze kregen, en zichtbaar genoot van de aandacht die hun ten deel viel. Vaak had het idee ergens over meer betekenis voor haar dan het voorwerp of het gebeuren zelf, snoep bijvoorbeeld: ze kon er een hele dag over praten, zich erop verheugen, maar als de snoepjes dan eindelijk in een schaaltje voor haar lagen, proefde ze er nauwelijks van of spuugde ze ze weer uit. Daar trok ze echter geen lering uit, de volgende zaterdag was haar verwachting omtrent het fantastische snoepgoed weer even hooggespannen. Ze wilde dolgraag schaatsen, maar toen ze op de ijsbaan stond met de kleine schaatsjes die oma voor haar had gekocht aan haar voeten en de kleine hockeyhelm op haar hoofd, gilde ze het uit van woede omdat het haar duidelijk werd dat ze haar evenwicht niet kon bewaren en dat naar alle waarschijnlijkheid ook niet zo snel zou leren. Des te groter was de vreugde toen ze begreep dat ze zomaar kon skiën, een keer toen we in de tuin van haar andere oma op een stukje sneeuw de uitrusting wilden uitproberen die ze van haar had gekregen. Maar ook die keer waren het idee van het skiën en de vreugde dat ze het kon belangrijker dan het plezier in het skiën zelf, daar kon ze heel goed buiten. Ze vond het heerlijk om met ons op reis te gaan en vreemde plaatsen te bezoeken en ze had het nog maanden later over alles wat er was gebeurd. Maar het allerfijnst vond ze spelen met andere kinderen, uiteraard. Het was een hele gebeurtenis voor haar als een van de kinderen uit de crèche met haar mee naar huis kwam. De eerste keer dat Benjamin zou komen, liep ze de avond daarvoor rond om haar speelgoed te bekijken terwijl ze zich vertwijfeld afvroeg of het wel goed genoeg voor hem was. Ze was net drie geworden. Maar toen hij er eenmaal was, lieten ze zich door elkaar meeslepen en losten alle eerdere overwegingen op in een wervelwind vol opwinding en pret. Tegen zijn ouders zei Benjamin dat Vanja de leukste van de crèche was en toen ik dat aan haar doorvertelde – ze zat in bed met haar barbapapafiguurtjes te spelen – reageerde ze zo emotioneel als ik nooit eerder bij haar had gezien.

'Weet je wat Benjamin zei?' vroeg ik in de deuropening staand.

'Nee', zei ze en ze keek op, plotseling gespannen.

'Hij zei dat jij de leukste was van iedereen in de crèche.'

De gloed waarvan ze vervuld raakte, was volkomen nieuw voor mij. Ze straalde van vreugde. Ik wist dat Linda noch ik ooit iets zou kunnen zeggen waardoor ze op die manier zou reageren en met de helderheid van een plotseling inzicht begreep ik dat ze ons niet toebehoorde. Dat haar leven helemaal van haarzelf was.

'Wat zei hij?' vroeg ze, ze wilde het nog een keer horen.

'Hij zei dat jij de leukste was van iedereen in de crèche.'

Haar glimlach was verlegen, maar vol blijdschap en daar werd ook ik blij van, hoewel er aan de andere kant een schaduw over mijn vreugde hing, want was het niet onrustwekkend vroeg dat de mening van anderen zó veel betekenis voor haar had? Was het niet veel beter dat alles vanuit haarzelf kwam, zijn basis in haarzelf vond? Een andere keer dat ze me in dat opzicht verraste, was in de crèche: ik kwam de gang in om haar te halen, ze holde me tegemoet en vroeg of Stella daarna niet meekon naar de manege. Ik zei dat dat niet zo goed uitkwam – zoiets moest van te voren worden geregeld, we moesten eerst met haar ouders praten – en Vanja stond me duidelijk teleurgesteld aan te kijken terwijl ik dat zei, maar toen ze Stella het bericht overbracht, maakte ze geen gebruik van mijn argumenten, hoorde ik terwijl ik op de gang haar regenkleding bij elkaar zocht.

'Het is vast heel vervelend voor jou in de manege', zei ze. 'Het is niet leuk om alleen maar te kijken.'

Die manier van denken, namelijk om eerder uit te gaan van de reacties van anderen dan van die van haar, herkende ik van mezelf en toen we door de regen in de richting van Folkets Park liepen, dacht ik erover na hoe ze dat kon hebben opgepikt. Hing het gewoon om haar heen, onzichtbaar, maar grijpbaar, ongeveer zoals de lucht die ze inademde? Of was het genetisch bepaald?

Geen van dit soort gedachten die ik over de kinderen had, bracht ik ooit tegen anderen onder woorden dan tegen Linda, want die complexiteit hoorde alleen daar thuis, in mezelf en onder ons. In de werkelijkheid, dat wil zeggen in de wereld waarin Vanja leefde, was alles simpel en werd alles op een simpele manier tot uitdrukking gebracht, de complexiteit ontstond slechts in de som van alle delen, die zij natuurlijk niet kende. En dat we veel over hen praatten, hielp geen zier in het dagelijks leven, waarin alles onoverzichtelijk was en voortdurend op de rand van de chaos balanceerde. Tijdens het eerste zogenaamde 'ontwikkelingsgesprek' dat we met het personeel van de crèche hadden, ging het er voor een groot deel om dat ze geen contact met hen zocht, niet bij hen op schoot wilde zitten, geen liefkozing toeliet en dat ze verlegen was. We moesten eraan werken dat ze een beetje stoerder werd, haar leren een spel te leiden, het initiatief te nemen, meer te praten. Linda zei dat ze thuis stoer was, bij alle spelletjes de leiding nam, initiatief toonde en praatte als een waterval. Ze zeiden dat het weinige wat ze in de crèche zei, niet goed verstaanbaar was, ze praatte onduidelijk, haar woordenschat leek niet zo groot, dus ze vroegen zich af of we al eens aan een logopedist hadden gedacht. Op hetzelfde moment werd ons een brochure van een van de logopedisten in de stad overhandigd. Ze zijn gek hier in dit land, dacht ik, een logopedist? Moest alles worden geïnstitutionaliseerd? Ze is toch nog maar drie!

'Nee, van een logopedist is geen sprake', zei ik. Tot op dat moment had Linda het woord gevoerd. 'Dat komt vanzelf. Ik was drie toen ik begon te praten. Daarvóór heb ik niets gezegd op een enkel woord na, dat voor iedereen onverstaanbaar was behalve voor mijn broer.'

Ze glimlachten.

'En toen ik begon te praten, deed ik dat vloeiend, in lange zinnen. Het is iets individueels. We kunnen haar niet naar een logopedist sturen.'

'Nee, dat is jullie keus', zei Olaf, de leider van de crèche. 'Maar jullie kunnen de brochure toch meenemen en er eens over nadenken?'

'Jawel', zei ik.

Nu verzamelde ik haar haar in mijn ene hand en streelde met een vinger van de andere haar nek en het bovenste gedeelte van haar rug. Normaal gesproken vond ze dat heerlijk, vooral voor het slapen gaan, dan kwam ze volledig tot rust, maar nu wendde ze zich af.

Aan de andere kant van de tafel was de strenge vrouw een gesprek met Mia begonnen, die haar alle aandacht schonk terwijl Frida en Erik de borden en het bestek inzamelden. De witte slagroomtaart, het volgende punt op het programma, stond mooi en met frambozen versierd op de aanrecht, met vijf kleine kaarsjes erop, naast een stapel vierkante pakjes met de suikervrije appeldrank Bravo.

Gustav, die tot op dat moment halfafgewend naast me had gezeten, wendde zich nu tot ons.

'Hoi, Vanja', zei hij. 'Heb je plezier?'

Toen hij antwoord noch oogcontact kreeg, keek hij mij aan.

'Je moet een keer met Jocke mee naar huis komen', zei hij met een knipoogje naar mij. 'Lijkt je dat leuk?'

'Ja', zei Vanja en ze keek hem aan met ogen die op slag wijd opengesperd waren. Jocke was de grootste jongen in de crèche, een bezoekje bij hem thuis was beslist meer dan waar ze op had durven hopen.

'Dan regelen we dat', zei Gustav. Hij tilde zijn glas op en nam een slok rode wijn, veegde zijn mond af met de rug van zijn hand.

'Ben je al aan iets nieuws begonnen?' vroeg hij.

Ik haalde mijn schouders op.

'Ja, ik ben bezig', zei ik.

'Werk je thuis?'

'Ja.'

'Hoe is dat? Zit je op inspiratie te wachten?'

'Nee, dat gaat niet. Ik moet net als jij elke dag aan de slag.'

'Interessant. Interessant. Word je thuis niet erg afgeleid, dan?'

'Dat gaat wel.'

'Zo, dus dat gaat wel. Ja …'

'Dan kunnen jullie nu allemaal naar de kamer gaan', zei Frida. 'Daar gaan we voor Stella zingen.'

Ze haalde een aansteker uit haar zak en stak de vijf kaarsjes aan.

'Wat een mooie taart', zei Mia.

'Ja, hè?' zei Frida. 'En hij is nog gezond ook. Er zit nauwelijks suiker in de slagroom.'

Ze tilde hem op.

'Ga jij naar binnen om het licht uit te doen, Erik?' vroeg ze terwijl iedereen opstond en de keuken uit liep. Ik ging hand in hand met Vanja achter hen aan en wist nog net bij de achterste muur te gaan staan toen Frida met de verlichte taart in haar handen door de donkere gang aan kwam lopen. Toen ze vanaf de tafel gezien kon worden, begon ze te zingen: 'Lang zal ze leven', onmiddellijk gevolgd door de rest van de volwassenen zodat er op het moment dat ze de taart voor Stella op tafel zette, die er met stralende ogen naar keek, een galmend gezang in de kleine kamer klonk.

'Moet ik nu blazen?' vroeg Stella.

Frida knikte al zingend.

Iedereen klapte toen het achter de rug was, ik ook. Daarna werd het licht weer aangedaan en verstreken er een paar minuten terwijl er taart aan de kinderen werd uitgedeeld. Vanja wilde niet aan tafel zitten, maar op de grond tegen de muur, waar we allebei een plekje vonden, zij met het kartonnen bordje met taart op haar schoot. Pas toen viel me op dat ze haar schoenen niet aanhad.

'Waar zijn je gouden schoentjes?' vroeg ik.

'Die zijn stom', zei ze.

'Nee, die zijn hartstikke mooi', zei ik. 'Dat zijn echte prinsessenschoentjes!'

'Ze zijn stom', zei ze weer.

'Maar waar zijn ze?'

Ze gaf geen antwoord.

'Vanja', zei ik.

Ze keek op. Haar lippen zagen wit van de slagroom.

'Daar', zei ze en ze knikte naar de andere kamer. Ik stond op en liep erheen, keek om me heen, geen schoenen. Ik liep weer terug.

'Waar heb je ze neergelegd, dan? Ik zie ze nergens.'

'Bij de plant', zei ze.

Bij de plant? Ik liep weer terug, keek tussen de bloempotten op de vensterbank, maar daar waren ze niet.

Zou ze de yucca bedoelen?

Ja, hoor. Ze lagen in de pot. Ik pakte ze op, borstelde de aarde er boven de pot af, nam ze mee naar de badkamer en veegde de rest er daar af, daarna zette ik ze onder de stoel waar haar jas op lag.

De onderbreking met de taart, waar alle kinderen zich volledig op concentreerden, bood haar misschien de kans op een nieuw begin, dacht ik, mogelijk dat het hierna gemakkelijker werd om aansluiting te vinden.

'Ik neem ook wat taart', zei ik tegen haar. 'Ik zit in de keuken. Kom maar als er iets is, oké?'

'Oké, papa', zei ze.

Op de klok boven de keukendeur was het net half zeven. Er was tot nu toe nog niemand weggegaan, dus we moesten nog een tijdje blijven. Ik sneed bij de aanrecht een dun stukje van de taart af, legde het op een bordje en ging aan de andere kant van de tafel zitten, aangezien de plaats die ik tot dan toe had gehad, bezet was.

'Er is ook koffie als je wilt', zei Erik, hij keek me met een soort slepende glimlach aan, alsof er meer besloten lag in zijn opmerking en in wat hij zag als hij naar me keek, dan zo op het oog leek. Voor zover ik wist was dat slechts een foefje dat hij zich had aangeleerd om indruk te maken, net zoiets als de trucjes van een doorsneeschrijver om zijn verhalen zin te geven en de indruk te wekken van afgrondelijke diepzinnigheid.

Of had hij echt iets gezien?

'Ja, graag', zei ik en ik stond op, pakte een kopje van de stapel en schonk er koffie in uit de grijze Stelton-kan die ernaast stond. Toen ik weer ging zitten, was hij op weg naar de kamer. Frida had het over een koffiemachine die ze had gekocht, het ding was duur geweest en ze had hevig getwijfeld, zo te horen, maar ze had er geen spijt van, het was het absoluut waard, de koffie was fantastisch en het was belangrijk zichzelf juist dergelijke dingen te gunnen, misschien belangrijker dan je normaal gesproken dacht. Linus vertelde iets over een sketch van Smith & Jones die hij ooit had gezien, twee mensen aan een tafel met zo'n cafetière voor zich, de een drukt, hij drukt echter niet alleen de koffiekorreltjes naar beneden, maar alles wat er in de kan zit, die uiteindelijk volkomen leeg raakt. Niemand lachte en Linus haalde zijn schouders op.

'Een eenvoudig koffieverhaal', zei hij. 'Heeft iemand er misschien een die beter is?'

Vanja stond in de deuropening. Haar blik gleed langs de tafel en toen ze me had ontdekt, kwam ze naar me toe.

'Wil je naar huis?' vroeg ik.

Ze knikte.

'Weet je wat,' zei ik, 'dat wil ik ook. Ik eet alleen mijn taart even op. En drink mijn kopje leeg. Wil je zolang bij me op schoot zitten?'

Ze knikte weer. Ik tilde haar op.

'Fijn dat je kon komen, Vanja', zei Frida en ze glimlachte vanaf de andere kant van de tafel naar haar. 'Nu begint de visvijver gauw. Daar doe je toch wel aan mee?'

Vanja knikte en Frida wendde zich weer tot Linus, ze had een tv-serie van hbo gezien die hij had gemist en waarover ze niet genoeg kon opgeven.

'Wil je dat?' vroeg ik. 'Zullen we op de visvijver wachten tot we gaan?'

Vanja schudde haar hoofd.

De visvijver hield in dat de kinderen een kleine hengel met een snoer kregen dat ze over een opgehangen kleed gooiden, waar een volwassene achter zat die er een zakje met iets lekkers of iets leuks aan bevestigde, snoep of een speeltje of iets dergelijks. Hier zou het wel gevuld zijn met bonen of artisjokken, dacht ik en ik bracht mijn vork langs Vanja naar mijn bordje, sneed met de zijkant een stukje taart af, die onder de witte slagroom een bruine korst had met daartussen geel-rode strepen van de jam, draaide mijn pols zo dat het stuk op de vork bleef liggen en bracht die weer langs haar gezicht naar mijn mond. De bodem was te droog en er zat veel te weinig suiker in de slagroom, maar met een slok koffie erbij viel het wel mee.

'Wil je een stukje?' vroeg ik. Vanja knikte. Ik stopte het in haar open mond. Ze keek glimlachend naar me op.

'Ik kan even met je meegaan naar de kamer', zei ik. 'Dan kijken we wat de anderen daar aan het doen zijn. En misschien dat we toch aan de visvijver meedoen?'

'Je zei toch dat we naar huis gingen', zei ze.

'Je hebt gelijk. Dan gaan we.'

Ik legde mijn vork op het bordje, dronk mijn koffie op, zette haar op de grond en kwam overeind. Keek om me heen. Niemand die me aankeek.

'Wij gaan ervandoor', zei ik.

Net op dat moment kwam Erik binnen met een kleine bamboestok in zijn ene hand en een plastic zakje in zijn andere.

'Nu begint de visvijver', zei hij.

Een paar mensen stonden op om mee te doen, anderen bleven zitten. Niemand had mijn afscheidsgroet opgemerkt. En aangezien de aandacht rond de tafel plotseling verdeeld was, zag ik er de zin niet van in die te herhalen, in plaats daarvan legde ik mijn hand op Vanja's schouder en duwde haar de keuken uit. In de kamer riep Erik: 'Visvijver!' waarop alle kinderen langs ons heen naar het einde van de gang holden, waar een wit laken van de ene muur naar de andere was gespannen. Erik, die als een herder achter hen aanliep, verzocht hun te gaan zitten. Toen ik met Vanja voor me in de gang stond, bezig haar jas aan te trekken, keken we hen recht aan.

Ik trok de ritssluiting van haar rode, al wat krap zittende gewatteerde jack dicht, zette haar de rode Polarn-och-Pyret-muts op, bond het bandje onder haar kin vast, zette haar laarsjes voor haar neer zodat ze zelf haar voeten erin kon steken, en trok toen die op hun plaats waren, de rits aan de achterkant dicht.

'Zo,' zei ik, 'nu moeten we alleen nog afscheid nemen, dan kunnen we gaan. Kom.'

Ze tilde haar armen naar me op.

'Je kunt toch zelf wel lopen?' vroeg ik.

Ze schudde haar hoofd, hield haar armen in de lucht.

'Oké, dan', zei ik. 'Maar ik moet eerst mijn eigen jas aantrekken.'

In de gang was Benjamin de eerste die mocht 'vissen'. Hij wierp het snoer over het laken en iemand aan de andere kant, waarschijnlijk Erik, trok eraan.

'Ik heb beet!' riep Benjamin.

De ouders, die tegen de muur stonden, glimlachten, de kinderen, die op de grond zaten, riepen en lachten. Het volgende moment trok Benjamin aan de hengel en kwam er een rood-wit zakje snoep over het laken gevlogen, bevestigd met een knijper. Hij maakte het los en stapte opzij om het in alle rust open te maken terwijl het volgende kind, Theresa, de hengel overnam, geassisteerd door haar moeder. Ik wikkelde mijn sjaal rond mijn hals en knoopte de blauwe, ietwat korte jas dicht, die ik vorige lente bij Paul Smith in Stockholm had gekocht, zette mijn muts op, die ik in dezelfde winkel had gekocht, bukte me naar de hoop schoenen die tegen de muur stonden, ontdekte de mijne, een paar zwarte Wranglers met gele veters, die ik in Kopenhagen had gekocht toen ik daar op de boekenbeurs was en die ik nooit mooi had gevonden, zelfs niet toen ik ze kocht, bovendien waren ze belast met de herinnering aan de catastrofaal slechte indruk die ik daar had gemaakt, aangezien ik niet in staat was geweest een verstandig antwoord te geven op een enkele vraag die de enthousiaste, begripvolle interviewer mij op het toneel had gesteld. Dat ik ze niet allang had weggegooid, kwam alleen omdat we zo weinig geld hadden. En dan die gele veters!

Ik strikte ze en kwam overeind.

'Nu ben ik klaar', zei ik. Vanja strekte haar armen weer in de lucht. Ik tilde haar op, liep door de gang naar achteren en stak mijn hoofd om de deur van de keuken, waar nu nog zo'n vier of vijf ouders zaten te praten.

'We gaan ervandoor', zei ik. 'Tot ziens en bedankt voor alles.'

'Jij ook bedankt', zei Linus. Gustav tilde zijn hand tot halverwege zijn voorhoofd.

Toen liepen we de gang door. Om haar aandacht te trekken legde ik een hand op de schouder van Frida, die tegen de muur stond, glimlachend en verdiept in wat zich op de grond afspeelde.

'We gaan', zei ik. 'Bedankt voor de uitnodiging! Het was een ontzettend leuk feestje. Ontzettend gezellig!'

'Maar wil Vanja niet meedoen aan de visvijver?' vroeg ze.

Ik maakte een veelzeggende grimas, die iets moest betekenen als: je weet hoe onlogisch kinderen soms zijn.

'Nou ja,' zei ze, 'in elk geval leuk dat jullie er waren. Tot ziens, Vanja!'

Mia, die met Theresa voor zich naast haar stond, zei: 'Wacht even.'

Ze boog over het laken heen en vroeg Erik, die daar op zijn hurken zat, of hij haar een zakje snoep kon geven. Dat deed hij en zij gaf het door aan Vanja.

'Kijk, Vanja, dat kun je mee naar huis nemen. En misschien met Heidi delen als je wilt?'

'Dat wil ik niet', zei Vanja en ze hield het zakje tegen haar borst gedrukt.

'Dank je wel!' zei ik. 'Tot ziens iedereen!'

Stella draaide zich om en keek naar ons: 'Ga je weg, Vanja? Waarom?'

'Tot ziens, Stella', zei ik. 'Bedankt dat we op je feestje mochten komen.'

Toen draaide ik me om en vertrok. De donkere trappen af, beneden de gang door en de straat op. Stemmen, geroep, voetstappen en gebrom van motoren zwollen in de open ruimte tussen de muren onophoudelijk aan en ebden weer weg. Vanja sloeg haar armen om me heen en leunde met haar hoofd tegen mijn schouder. Dat deed ze nooit. Dat deed Heidi altijd.

Er reed een taxi langs met brandend daklicht. Een stel met een kinderwagen passeerde ons, zij had een sjaal om haar hoofd en was nog jong, twintig misschien. Een grove gezichtshuid, zag ik toen ze langsliepen, waar ze een dikke laag poeder op had gedaan. Hij was ouder, van mijn leeftijd, en keek rusteloos rond. De wagen was zo'n belachelijk ding met zo'n dunne, stengelachtige stang vanaf de wielen, waarop de mand met het kind rustte. Vanaf de andere kant kwam een groep jongens van een jaar of vijftien, zestien ons tegemoet. Zwart, achterovergekamd haar, zwartleren jasjes, zwarte broeken en zeker twee van hen met van die Puma-schoenen met het logo op de teen, wat ik er altijd zo idioot vond uitzien. Gouden ketting om de hals, een beetje waggelende gang, armbewegingen die halfafgemaakt leken.

De schoentjes.

Verdomme, die lagen nog boven.

Ik bleef staan.

Zou ik ze gewoon laten liggen?

Nee, dat was zo slap, we stonden toch nog vlak voor de deur.

'We moeten nog even naar boven', zei ik. 'We hebben je gouden schoentjes vergeten.'

Ze richtte zich even op.

'Die wil ik niet hebben', zei ze.

'Dat weet ik', zei ik. 'Maar we kunnen ze niet zomaar laten liggen. We moeten ze mee naar huis nemen, dan moeten ze daar maar niet meer van jou zijn.'

Haastig liep ik de trappen weer op, zette Vanja neer, duwde de deur open, deed een stap naar binnen en pakte de schoentjes zonder op te kijken, maar toen ik me oprichtte ontkwam ik daar toch niet aan en ik ontmoette Benjamins blik, die in zijn witte overhemdje met in zijn ene hand een autootje op de grond zat.

'Hoi!' zei hij en hij zwaaide met de andere.

Ik glimlachte.

'Hoi, Benjamin', zei ik, ik deed de deur achter me dicht, tilde Vanja op en liep weer naar beneden. Het was koud en helder buiten, maar al het licht in de stad, van de straatlantaarns, de etalages en de koplampen, steeg op en hing boven de daken als een glanzende koepel, waar geen straaltje sterrenlicht doorheen drong. Het enige zichtbare hemellichaam was de maan, die bijna vol boven het Hiltonhotel hing.

Vanja drukte zich weer tegen me aan terwijl ik haastig door de straat liep, met onze adem als witte rook rond ons hoofd.

'Misschien wil Heidi mijn schoenen wel hebben?' zei ze plotseling.

'Als ze net zo groot is als jij nu, kan ze ze krijgen', zei ik.

'Heidi is gek op schoenen', zei ze.

'Ja, dat is waar', zei ik.

Zwijgend liepen we een stukje door. Voor Subway, de grote broodjeszaak naast de supermarkt, zag ik de witharige, gekke vrouw door het raam naar binnen staan staren. Agressief en onvoorspelbaar liep ze in onze wijk rond, meestal in zichzelf pratend, altijd met het witte haar strak in een knot gebonden en in dezelfde beige mantel gekleed, zomer en winter.

'Krijg ik ook een feestje als ik jarig ben, papa?' vroeg Vanja.

'Als je wilt', zei ik.

'Dat wil ik', zei ze. 'Ik wil dat Heidi en jij en mama komen.'

'Dat wordt zo te horen een fijn, klein feestje', zei ik en ik tilde haar van mijn rechter- op mijn linkerarm.

'Weet je wat ik vraag?'

'Nee?'

'Een goudvis', zei ze. 'Krijg ik die?'

'Tja ...' zei ik. 'Om een goudvis te kunnen hebben moet je er goed voor kunnen zorgen. Hem eten geven en het water verschonen enzo. En dan moet je toch een beetje groter zijn dan vier, geloof ik.'

'Maar ik kan hem eten geven! En Jiro heeft er ook een. Hij is kleiner dan ik.'

'Dat is waar', zei ik. 'We zullen wel zien. Verjaardagscadeautjes horen geheim te zijn, daar gaat het juist om.'

'Geheim? Als een echt geheim?'

Ik knikte.

'O, verdomme! O, verdomme!' zei de gekke vrouw, van wie we nu nog slechts een paar meter vandaan waren. Gewaarschuwd door de beweging draaide ze zich om en keek me aan. Brr, wat een kwaadaardige blik.
'Wat draag je daar voor schoenen?' vroeg ze achter ons.
'Papa! Wat draag je daar voor schoenen? Maar geef dan toch antwoord!' En toen luider: 'O, verdomme! O, verdómme!'
'Wat zei die tante?' vroeg Vanja.
'Niets', zei ik en ik drukte haar steviger tegen me aan. 'Jij bent het mooiste wat ik bezit, Vanja, weet je dat wel? Het aller-, allermooiste.'
'Mooier dan Heidi?' vroeg ze.
Ik glimlachte: 'Jullie zijn allebei precies even mooi, jij en Heidi. Echt precíes even mooi.'
'Heidi is mooier', zei ze. Ze klonk volkomen neutraal, alsof ze iets onbetwistbaars vaststelde.
'Wat een onzin', zei ik. 'Jij kleine dwaas.'
Ze glimlachte. Ik keek langs haar heen de grote, bijna lege supermarkt in, waar de koopwaar glanzend lag uitgestald aan weerszijden van de smalle paden tussen schappen en toonbanken. Twee caissières zaten elk achter hun kassa voor zich uit te staren terwijl ze op klanten wachtten. Bij het kruispunt met de stoplichten ertegenover brulde een motor en toen ik mijn hoofd omdraaide, zag ik dat het een van die enorme, jeepachtige auto's was die het straatbeeld de laatste jaren steeds meer domineerden. De tederheid die ik voor Vanja voelde, was zo groot dat ik er bijna door werd verscheurd. Om daar iets tegenover te stellen zette ik het op een holletje. Langs Ankara, het Turkse restaurant dat zowel buikdans als karaoke aanbood en waar 's avonds vaak verzorgd uitziende oosterse mannen stonden die naar tabak en aftershave roken, maar dat nu leeg was, langs Burger King, waar buiten een ongelooflijk dik meisje met een muts op en vingerwanten aan in haar eentje op een bankje een hamburger naar binnen zat te werken, het kruispunt over, langs de slijter en de Handelsbank, waar ik bij rood bleef staan hoewel er op geen van de rijstroken auto's onderweg waren. En al die tijd hield ik Vanja stevig tegen me aangedrukt.
'Zie je de maan?' vroeg ik en ik wees naar de hemel terwijl we daar stonden.

'Hm', zei ze. En toen, na een korte pauze: 'Zijn daar mensen geweest?'

Ze wist heel goed dat dat het geval was, maar ze wist ook dat ik haar graag over dergelijke dingen vertelde.

'Ja, dat klopt', zei ik. 'Toen ik net was geboren, zijn er drie mannen heen gezweefd. Het is ver, de reis duurde verscheidene dagen. En toen hebben ze daarboven rondgelopen.'

'Ze zijn er niet heen gezweefd, ze zijn er in een ruimtevaartuig heen gevlogen', zei ze.

'Daar heb je gelijk in', zei ik. 'Ze zijn met een raket gevlogen.'

Het stoplicht sprong op groen en we staken over naar de kant van het plein waaraan onze flat lag. Voor de geldautomaat stond een magere man in een leren jasje, met haar tot onder op zijn rug. Hij pakte er met zijn ene hand zijn pasje uit terwijl hij met de andere zijn haar uit zijn gezicht streek. Het was een vrouwelijk gebaar, komisch aangezien de rest aan hem, die hele heavymetaluitrusting, een dreigende, harde en masculiene indruk moest maken.

Het hoopje geldautomaatbonnen dat voor zijn voeten op de grond lag, werd door een windvlaag opgewaaid.

Ik stak mijn hand in mijn zak en pakte mijn sleutelbos.

'Wat is dat?' vroeg Vanja en ze wees op de twee slushmachines buiten voor de kleine afhaal-Thai naast onze huisdeur.

'Slush', zei ik. 'Dat wist je wel.'

'Dat wil ik hebben!' zei ze.

Ik keek haar aan. 'Nee, dat krijg je niet. Maar heb je honger?'

'Ja.'

'We kunnen een kipsjasliek kopen als je wilt. Wil je dat?'

'Ja.'

'Oké', zei ik, ik zette haar op de grond en deed de deur van het restaurant open, dat niet veel meer was dan een hol in de muur en dat elke dag ons balkon, zeven verdiepingen hoger, met de geur van noedels en gefrituurde kip vulde. Ze verkochten twee gerechten in één doos voor vijfenveertig kronen, dus het was niet bepaald de eerste keer dat ik voor de glazen toonbank stond om mijn bestelling te doen bij dat broodmagere, uitdrukkingsloze en hardwerkende Aziatische meisje. Haar mond stond altijd open, boven haar tanden was het tandvlees zichtbaar, haar blik was altijd neutraal alsof hij nergens verschil tussen maakte. In de keuken werkten twee net zo jonge mannen van wie ik slechts af en toe een glimp had opgevangen, en tussen hen door gleed een man van in de vijftig rond, ook hij met een uitdrukkingsloos gezicht, maar ietsje vriendelijker ingesteld, in elk geval de keren dat we elkaar in de lange, labyrintische gangen onder het gebouw waren tegengekomen, hij om iets uit het magazijn te halen of erheen te brengen, ik om de vuilnis weg te gooien, kleren te wassen of mijn fiets naar binnen of naar buiten te brengen.

'Kun je het zelf dragen?' vroeg ik Vanja en ik overhandigde haar de warme doos, die twintig seconden na mijn bestelling voor me op de toonbank had gestaan. Vanja knikte, ik betaalde en toen liepen we de gang ernaast in, waar Vanja de doos op de grond zette om het knopje van de lift in te kunnen drukken.

Op weg naar boven telde ze hardop alle verdiepingen. Toen we voor onze flat stonden, gaf ze mij de doos, deed de deur open en begon al naar haar moeder te roepen voordat ze binnen was.

'Eerst je schoenen', zei ik en ik hield haar tegen. Op dat moment kwam Linda de kamer uit. Daar stond de tv aan, hoorde ik.

Uit de grote zak met afval en de twee kleine luierzakken die in de hoek achter de in elkaar geklapte dubbele buggy stonden, steeg een flauwe geur van verrotting en iets nog ergers op. Heidi's schoenen en jas lagen ernaast op de grond.

Waarom had ze die verdómme niet in de kast gedaan?

Overal in de gang lagen kleren, speelgoed, oude reclame, buggy's, tassen, waterflessen. Zij was toch al die tijd thuis geweest?

Maar tv liggen kijken, dat kon ze.

'Ik heb een zak snoep gekregen, ook al deed ik niet mee aan de visvijver!' zei Vanja.

Dus dát was belangrijk geweest, dacht ik terwijl ik bukte om haar schoenen uit te trekken. Haar lichaam stribbelde tegen van ongeduld.

'En ik heb met Achilles gespeeld!'

'Wat leuk', zei Linda en ze ging voor Vanja op haar hurken zitten.

'Laat eens zien wat er in dat zakje snoep zit', zei ze.

Vanja maakte het voor haar open.

Dacht ik het niet. Verantwoord snoepgoed. Dat moest uit die nieuwe winkel zijn, die net in het winkelcentrum tegenover was geopend. Verschillende noten met een laagje chocolade in verschillende kleuren. Kandijsuiker. Iets rozijnachtigs.

'Mag ik dat nu opeten?'

'Eerst de kipsjasliek', zei ik. 'In de keuken.'

Ik hing haar jas aan een haakje, zette haar schoenen in de kast en ging naar de keuken, waar ik de kipsjasliek, de loempiaatjes en wat noedels op een bord deed. Ik pakte mes en vork, vulde een glas water en zette alles voor haar op tafel, die nog steeds vol viltstiften, doosjes waterverf, glazen met verfwater, penselen en papier lag.

'Ging het goed verder?' vroeg Linda en ze ging naast haar zitten.

Ik knikte. Ging met mijn rug tegen de aanrecht staan, sloeg mijn armen over elkaar.

'Is Heidi snel in slaap gevallen?' vroeg ik.

'Nee. Ze heeft koorts. Daarom was ze zo hangerig waarschijnlijk.'

'Nu alweer?' vroeg ik.

'Hm. Maar niet hoog.'

Ik slaakte een zucht. Draaide me om en keek naar de afwas, die op de aanrecht en in de gootsteen gestapeld stond.

'Het ziet er hier verschrikkelijk uit', zei ik.

'Ik wil een film zien', zei Vanja.

'Nu niet,' zei ik, 'het is allang bedtijd geweest.'

'Maar ik wil!'

'Waar keek je naar op tv?' vroeg ik en ik keek Linda aan.

'Wat bedoel je?'

'Niets bijzonders. Je keek tv toen we binnenkwamen. Ik vroeg me alleen af waar je naar hebt gekeken.'

Nu slaakte zij een zucht.

'Ik wil niet naar bed!' zei Vanja en ze tilde de kippensjasliek op alsof ze hem weg wilde gooien. Ik greep haar bij haar arm.

'Leg dat neer', zei ik.

'Je mag tien minuten kijken met een schaaltje snoep', zei Linda.

'En ik zei net dat ze dat niet mocht', zei ik.

'Maar tien minuten', zei ze en ze kwam overeind. 'Dan kan ik haar naar bed brengen.'

'O ja?' zei ik. 'En dan moet ik zeker de afwas doen?'

'Waar heb je het over? Doe wat je wilt. Ik heb Heidi hier al die tijd gehad, dus wat dat betreft. Ze was ziek en huilerig en …'

'Ik ga even roken.'

'… absoluut onmogelijk.'

Ik trok mijn jas en mijn schoenen aan en ging naar het balkon dat op het oosten lag en waar ik altijd zat te roken, én omdat het overdekt was én omdat je vandaar zelden een mens zag. Het balkon aan de andere kant, dat langs de hele flat liep en meer dan twintig meter lang was, was niet overdekt en bood uitzicht op het plein beneden, waar altijd mensen liepen, op het hotel en het winkelcentrum aan de andere kant van de straat en op de gevels helemaal tot aan het Magistratpark. Maar ik wilde van mijn rust genieten, ik wilde geen mensen zien, dus deed ik de deur van het kleine balkon achter me dicht en ging op de stoel in de hoek zitten, stak een sigaret op, legde mijn benen op de balustrade en keek over alle binnenplaatsen en daken uit, over al die strakke vormen waarboven de hemel zich hoog en machtig welfde. Het uitzicht veranderde voortdurend. Een tijdje kon het worden beheerst door enorme wolkenverzamelingen die net bergen leken, met kloven en ravijnen, dalen en spelonken, geheimzinnig midden in de blauwe lucht zwevend, het volgende moment kon er van verre een regenfront komen aandrijven, zichtbaar als een enorm grijs-zwart dekbed aan de horizon, en als dat in de zomer gebeurde, konden een paar uur later met slechts enkele seconden tussenpozen de meest spectaculaire bliksemflitsen het donker openscheuren terwijl de donder over de daken gerold kwam. Maar ik hield ook van de minder opzienbarende verschijningsvormen van de lucht, zelfs van de onveranderlijk grijze, regenachtige tegen de donkere achtergrond waarvan de kleuren op de binnenplaatsen onder me helder en bijna glanzend afstaken. Het kopergroen van de dakplaten op zo'n moment! Het oranjerood van de bakstenen! En het gele metaal van de hijskranen, hoe helder kleurde dat niet tegen al dat grijswit? Of neem nu zo'n gewone zomerdag als de lucht licht en blauw was, de zon scheen en de weinige wolken die langsdreven, licht en bijna contourloos waren, dan glinsterde en schitterde de huizenmassa die zich voor me uitstrekte. Als het avond werd, vlamde het eerst roodachtig op aan de horizon alsof het land daaronder in brand stond, en vervolgens viel er een lichte, milde schemering in onder wier vriendelijke hand de stad tot rust kwam, uitgeput en voldaan na een hele dag in de zon, leek het. Aan die hemel lichtten sterren op, zweefden satellieten, vlogen vliegtuigen knipperend van en naar Kastrup en Sturup.

Wilde ik mensen zien, dan moest ik vooroverbuigen en naar beneden kijken, naar het flatgebouw aan de andere kant, waar af en toe een paar gezichtloze gedaantes voor de ramen verschenen in die eeuwige rondgang tussen kamers en door deuren: hier gaat de deur van een koelkast open, een man, slechts in boxershort gekleed, haalt er iets uit, doet hem weer dicht en gaat aan een keukentafel zitten, ginder slaat een buitendeur dicht en haast een vrouw in een jas en met een tas over haar schouder zich de trappen af, steeds maar in het rond, weer ergens anders staat wat naar het silhouet en de traagheid van de bewegingen te oordelen een oudere man moet zijn, hij is aan het strijken, als hij klaar is, doet hij het licht uit en sterft het vertrek. Waar nu naar kijken? Naar boven, waar soms een man op en neer springt en met zijn armen zwaait naar iets wat je niet kunt zien, maar wat alles in overweging genomen een klein kind moet zijn? Of naar de vrouw van in de vijftig die zo vaak voor het raam naar buiten staat te staren?

Nee, deze levens hadden niets te vrezen van mijn blik. Die richtte ik in de verte en naar boven, niet om te onderzoeken wat zich daar bevond of om overweldigd te worden door de schoonheid ervan, maar alleen om hem te laten rusten. Om helemaal alleen te zijn.

Ik pakte de halfvolle tweeliterfles cola light, die naast de stoel op de grond stond, en schonk wat in een van de glazen op tafel. De dop was eraf en er zat geen prik meer in de cola zodat de smaak van het lichtelijk bittere zoetmiddel, die normaal gesproken in het prikkelen van het koolzuur verdween, duidelijk te proeven was. Maar dat deed er niet toe, het had me nooit bijzonder geïnteresseerd hoe dingen smaakten.

Ik zette het glas terug op tafel en drukte mijn peuk uit. Van al mijn gevoelens voor hen met wie ik net nog verscheidene uren had doorgebracht, was niets meer over. Die hele meute had kunnen verbranden zonder dat ik iets voor hen had gevoeld. Dat was een regel in mijn leven. Als ik samen met anderen verkeerde, was ik aan hen gebonden, de intimiteit die ik voelde, was ongekend, mijn inlevingsvermogen groot. Ja, zo groot dat hun welbevinden altijd belangrijker was dan het mijne. Ik onderwierp me, bijna tot aan de grens van de zelfverloochening: aan wat zij zouden vinden of denken hechtte ik vanuit een of ander voor mij onbestuurbaar innerlijk mechanisme meer gewicht dan aan mijn eigen gedachten en gevoelens. Maar zodra ik alleen was, betekenden anderen niets meer voor me. Niet dat ik hen niet leuk vond of een hekel aan hen had, integendeel, de meesten mocht ik wel en bij hen die ik niet echt mocht, ontdekte ik altijd wel iets waardevols, een of andere eigenschap die mijn sympathie had of die ik op zijn minst interessant vond en die me op dat moment bezig kon houden. Maar het feit dat ik hen mocht, betekende niet dat ik om hen gaf. Ik was met deze mensen verbonden door de sociale situatie, niet vanwege henzelf. Tussen die beide perspectieven bestond niets. Óf dat kleine, zelfverloochenende óf dat grote, afstand scheppende. En daartussen, daar speelde zich het dagelijks leven af. Misschien was dat de reden dat het me zo moeilijk viel erin te leven. Het dagelijks leven met zijn plichten en sleur was iets wat ik verdroeg, niet iets waarop ik me verheugde, niet iets wat me zin schonk of gelukkig maakte. Het had er niets mee te maken dat ik geen zin had om vloeren te boenen of luiers te verschonen, het ging om iets fundamentelers, namelijk dat het leven hier en nu geen waarde voor me had, maar dat ik altijd ergens anders naar verlangde en dat altijd al had gedaan. Dus het leven dat ik leidde, was niet dat van mezelf. Ik probeerde het tot het mijne te maken, dat was de strijd die ik voerde, want dat wilde ik immers, maar het mislukte, het verlangen naar iets anders holde alles wat ik deed volledig uit.

Wat was het probleem?

Kwam het door de schrille, zieke toon die overal in de maatschappij doorklonk en die ik niet verdroeg, die opsteeg van al die pseudomensen en pseudoplekken, pseudogebeurtenissen en pseudoconflicten te midden waarvan we ons leven leidden, kwam het door alles wat we zagen zonder er deel aan te hebben en door de afstand die het moderne leven op die manier had geschapen tot ons eigen, eigenlijk onmisbare, hier en nu? In dat geval, als ik naar meer werkelijkheid, naar meer tastbaarheid verlangde, moest ik alles om mij heen toch eigenlijk toejuichen? En juist niet naar iets anders verlangen? Of reageerde ik misschien op het geprefabriceerde van de dagen in deze wereld, op de vastgelegde routines die we hadden en die alles zo voorspelbaar maakten dat we in vermaak moesten investeren om een sprankje intensiteit te voelen? Iedere keer als ik de deur uit ging, wist ik wat er zou gaan gebeuren, wat ik zou gaan doen. Dat was het geval in het klein – ik ga naar de supermarkt om boodschappen te doen, ik ga naar een café met een krant, ik haal mijn kinderen uit de crèche – en in het groot – vanaf de eerste keer dat je de maatschappij werd binnengesluisd, de crèche in, totdat je uiteindelijk werd buitengesluisd, het verzorgingstehuis uit. Of kwam de afschuw die ik voelde door de gelijkvormigheid die zich in de wereld uitbreidde en die alles kleiner maakte? Als je tegenwoordig door Noorwegen reed, zag je overal hetzelfde: dezelfde wegen, dezelfde huizen, dezelfde benzinestations, dezelfde winkels. Nog in de jaren zestig zag je de cultuur veranderen als je door het Gudbrandsdal naar het noorden reed, bijvoorbeeld, met die merkwaardige zwarte houten gebouwen, zo puur en somber, die nu als kleine musea ingekapseld waren in een cultuur die zich niet onderscheidde van die waar je vandaan kwam of naar op weg was. En Europa, dat steeds meer samensmolt tot één groot land waar alles hetzelfde was. Hetzelfde, hetzelfde, overal hetzelfde. Of kwam het misschien omdat het licht dat de wereld verlichtte en alles erin begrijpelijk maakte, alles tevens van zijn betekenis ontdeed? Waren het misschien de bossen die verdwenen waren, de diersoorten die uitgestorven waren, de oude leefwijzen die nooit meer terug zouden keren?

Ja, daar dacht ik allemaal over na, dat maakte me allemaal verdrietig en gaf me een machteloos gevoel, en als er al een wereld was waar ik me in gedachten toe wendde, dan was het die van de zestiende en zeventiende eeuw met zijn enorme bossen, zijn zeilschepen en paardenkarren, zijn windmolens en paleizen, zijn kloosters en kleine stadjes, zijn schilders en filosofen, ontdekkingsreizigers en ontdekkers, priesters en alchemisten.

Hoe zou het zijn om in een wereld te leven waarin alles met handkracht, wind of water werd gedaan? Hoe zou het zijn om in een wereld te leven waarin de Amerikaanse indianen nog in vrede leefden? Waarin dat leven een feitelijke mogelijkheid betekende? Waarin Afrika nog niet veroverd was? Waarin de duisternis viel met zonsondergang en het licht werd met zonsopgang? Waarin de mensen én te gering in aantal waren én te simpele werktuigen hadden om het dierenbestand te beïnvloeden, laat staan het uit te roeien? Waarin je niet zonder inspanning van de ene plaats naar de andere kwam en comfort alleen aan de rijken voorbehouden was, waarin de zee vol walvissen zat, de bossen vol beren en wolven en er nog steeds land bestond dat zo vreemd was dat geen enkel sprookje eraan kon tippen, zoals China, dat een reis betekende die niet alleen maandenlang duurde en slechts een ontzettend kleine minderheid zeevaarders en handelslieden vergund was, maar die bovendien verbonden was met dodelijk gevaar. Natuurlijk was die wereld grof en armoedig, vuil en door ziekte geplaagd, vol dronkenschap en onwetendheid, vol pijn, was de levensverwachting gering en het bijgeloof groot, maar hij bracht de grootste schrijver, Shakespeare, de grootste schilder, Rembrandt, de grootste wetenschapper, Newton, voort, allen nog steeds onovertroffen op hun gebied, en hoe kan het dat juist die tijd zo'n overvloed kende? Kwam dat omdat de dood dichterbij was en het leven daardoor intenser?

Wie weet.

Terug kunnen we sowieso niet, alles wat we ondernemen is onherroepelijk en als we terugkijken, zien we niet het leven, maar de dood. En wie denkt dat de stand van zaken in de huidige tijd er de oorzaak van is dat hij zich niet op zijn plaats voelt, lijdt aan grootheidswaan of is gewoon dom, in beide gevallen ontbreekt het hem in elk geval aan zelfinzicht. Ik had aan veel in de huidige tijd een hekel, maar daar kwam het verlies aan zin niet vandaan, want dat was immers niet constant … In de lente dat ik naar Stockholm verhuisde en Linda ontmoette, bijvoorbeeld, had de wereld zich plotseling voor me geopend terwijl de intensiteit erin pijlsnel toenam. Ik was uitzinnig verliefd en alles was mogelijk, ik barstte bijna de hele tijd van een allesomvattende vreugde. Als iemand het toen met mij over zinloosheid had gehad, had ik hem recht in zijn gezicht uitgelachen, want ik was vrij en de wereld lag voor me open, boordevol zin, van de treinen die glimmend en futuristisch over Slussen onder mijn raam langsreden, tot de zon die de kerktorens op Ridderholmen rood kleurde in de negentiende-eeuws aandoende, onheilspellend mooie zonsondergangen waar ik die maanden elke avond getuige van was, van de geur van vers basilicum en de smaak van rijpe tomaten tot het geluid van klikklakkende hakken op de straatstenen bij het Hiltonhotel laat op een nacht toen we op een bankje zaten, elkaars hand vasthielden en wisten dat wij bij elkaar hoorden, nu en voor altijd. Die toestand duurde een half jaar, een half jaar lang was ik volkomen gelukkig, volkomen aanwezig in de wereld en in mezelf, voordat hij langzamerhand aan intensiteit verloor en verdween, tot hij weer buiten reikwijdte was. Een jaar later gebeurde dat nogmaals, zij het op een heel andere manier. Dat was toen Vanja werd geboren. Die keer opende de wereld zich niet voor me, die hadden we buitengesloten in een soort absolute concentratie op het wonder dat ons overkwam, maar er opende zich iets ín mij. Terwijl mijn verliefdheid wild en onstuimig was en bruiste van leven en vervoering, was dit iets behoedzaams en gedempts, vol van een eindeloze aandacht voor wat er gebeurde. Dat duurde vier weken, misschien vijf. Als ik de stad in moest voor een boodschap, holde ik door de straten, pakte snel wat ik nodig had, stond bevend van ongeduld voor de kassa en met de tas in mijn handen bungelend holde ik weer terug. Ik wilde geen seconde missen! Dagen en nachten liepen in elkaar over, alles was tederheid, alles was teerheid en als ze haar ogen opsloeg, kwamen we aangevlogen. O, daar ben je! Maar ook dat ging voorbij, ook daar wenden we aan en ik begon weer te werken, zat elke dag in mijn nieuwe kantoor in de Dalagata te schrijven terwijl Linda thuis was met Vanja en voor de lunch bij me op bezoek kwam, vaak bezorgd om het een of ander, maar ook blij, meer betrokken bij het kind en wat er gebeurde dan ik, want ik schreef: wat eerst slechts een lang essay was, begon langzaam maar zeker uit te groeien tot een roman, had bijna het punt bereikt waarop het alles voor me betekende en ik niet anders kon dan schrijven, en ik verhuisde naar mijn kantoor, waar ik dag en nacht doorschreef en slechts zo nu en dan een uurtje sliep. Ik was vervuld van een absoluut fantastisch gevoel, er brandde een soort licht in me, niet warm en verterend, maar koud en helder en stralend. 's Nachts nam ik een kop koffie mee naar buiten en ging op de bank voor het ziekenhuis zitten roken, de straten lagen stil om me heen en ik kon nauwelijks rustig blijven zitten, zo groot was mijn vreugde. Alles was mogelijk, alles gaf zin. Twee keer had ik in mijn roman een punt bereikt dat ik niet voor mogelijk had gehouden, en die twee passages, waarvan ik niet kon begrijpen dat ik ze had geschreven en die niemand anders zijn opgevallen of waar niemand anders iets over heeft gezegd, waren de vijf jaar vol mislukking en verkeerd bezig zijn die eraan vooraf waren gegaan, meer dan waard. Dat zijn twee van de mooiste momenten in mijn leven. En dan bedoel ik in mijn hele leven. Naar het geluk waarmee me dat vervulde en het gevoel van onoverwinnelijkheid dat me dat schonk, ben ik sindsdien op zoek, zonder ze te vinden.

Een paar weken nadat mijn roman af was, begon mijn leven als vader met vaderschapsverlof en het was de bedoeling dat dat helemaal tot de volgende lente zou duren terwijl Linda het laatste jaar van haar opleiding afmaakte. Het schrijven van de roman was ten koste gegaan van onze relatie, ik had zes weken op kantoor geslapen, zag Linda en onze vijf maanden oude dochter nauwelijks en toen het eindelijk voorbij was, was zij opgelucht en blij en was ik het haar verschuldigd er te zijn, niet alleen in hetzelfde vertrek, puur lichamelijk, maar ook met al mijn aandacht en toewijding. Dat kon ik niet opbrengen. Maandenlang voelde ik verdriet omdat ik me niet langer daar bevond waar ik me had bevonden, in dat koude, heldere, en het verlangen ernaar terug was sterker dan de vreugde over het leven dat we leefden. Dat de roman het goed deed, speelde geen rol. Na elke positieve recensie zette ik een kruisje in het boek en wachtte op de volgende, na elk telefoongesprek met de agent van de uitgeverij, waarbij ik te horen kreeg dat een buitenlandse uitgever belangstelling had getoond of een bod had gedaan, zette ik een kruisje in het boek en wachtte op het volgende, en dat ik uiteindelijk werd genomineerd voor de Nordisk Råds Litteraturpris, de belangrijkste Scandinavische literatuurprijs, deed me niet zo veel, want als ik al iets had begrepen dat laatste half jaar, was het dat het enige waar het bij het schrijven om gaat, het schrijven zelf is. Daarin lag alle waarde besloten. Toch verlangde ik naar meer van wat erop volgde, want de aandacht van het publiek is net een drug, de behoefte die erdoor wordt bevredigd is kunstmatig, maar als je eenmaal de smaak te pakken hebt, wil je meer. Dus daar liep ik tijdens mijn eindeloze wandelingen achter de kinderwagen naar Djurgården in Stockholm te wachten tot de telefoon ging en een journalist ergens naar zou vragen, een organisatie me ergens voor zou uitnodigen, een tijdschrift me om een tekst zou verzoeken, een uitgeverij met een bod zou komen tot ik ten slotte de consequentie trok uit de weerzin die het bij me opriep en tegen alles en iedereen nee begon te zeggen, terwijl tegelijkertijd de belangstelling taande en alleen het leven van alledag overbleef. Maar hoe hard ik ook mijn best deed, het lukte me niet erin te komen, er was altijd iets wat belangrijker was. Vanja zat in haar kinderwagen om zich heen te kijken terwijl ik nu eens op weg hierheen dan weer daarheen door de stad holde, of ze zat met een schepje in haar hand in de zandbak op de kinderspeelplaats in het park Humlegården, waar de lange, magere Stockholmse moeders om ons heen de hele tijd in hun mobieltjes zaten te praten terwijl ze eruitzagen alsof ze aan een of andere verdomde modeshow meededen, of ze zat in haar stoel thuis in de keuken en slikte het eten door dat ik haar voerde. Mij verveelde dat alles zo waanzinnig. Ik voelde me dom als ik binnen tegen haar liep te praten, want ze zei immers niets terug, alleen mijn idiote stem en haar stilzwijgen, blije gekeuvel of ontevreden gehuil, dus dan zat er niets anders op dan haar kleertjes aan te trekken en weer op pad te gaan, naar het Moderna Museet op Skeppsholmen, bijvoorbeeld, waar ik tenminste een paar mooie schilderijen kon bekijken terwijl ik op haar paste, of naar een van de grote boekhandels in het centrum of naar Djurgården of naar Brunnsviken, waar de stad de natuur het dichtst benaderde, als ik de lange tocht naar Geir niet maakte, die in die tijd een kantoor op de universiteit had. Langzamerhand beheerste ik het hele kleinekinderarsenaal, ik draaide nergens mijn hand voor om wat Vanja betrof, we waren overal, maar hoe goed het ook liep en hoeveel tederheid ik ook voor haar voelde, de verveling en de doelloosheid waren groter. Vaak ging het erom haar zover te krijgen dat ze in slaap viel zodat ik kon lezen, en de dag door te komen zodat ik hem in mijn agenda kon afkruisen. Ik leerde de meest achteraf gelegen cafés in de stad kennen en er was nauwelijks een parkbank waar ik vroeg of laat niet ging zitten met een boek in de ene en het handvat van de kinderwagen in de andere hand. Ik had Dostojevski bij me, eerst *Boze geesten*, daarna *De gebroeders Karamazov*. Daar vond ik het licht weer. Maar het was niet het hoge, heldere en zuivere licht zoals bij Hölderlin, bij Dostojevski kwamen geen hoogtes voor, geen bergen, geen goddelijke perspectieven, alles bevond zich laag in het menselijke, gehuld in de voor Dostojevski zo typerende armoedige, vuile, ziekelijke en bijna benauwde sfeer, die altijd dicht aan hysterie grensde. Daar scheen het licht. Daar roerde zich het goddelijke. Maar moest je daarheen? Moest je op de knieën? Zoals gewoonlijk dacht ik niet na terwijl ik las, ik leefde me alleen maar in, en na een paar honderd pagina's, waarvoor ik verscheidene dagen nodig had, gebeurde er plotseling iets, alles wat zo moeizaam was opgebouwd, begon langzamerhand op elkaar in te werken en plotseling was de intensiteit zo groot dat ik er volkomen in verdween, volledig werd meegesleurd, tot Vanja in de diepte van de kinderwagen haar ogen opsloeg, bijna wantrouwig, viel me op: waar heb je me nu weer heen gebracht?

Dan zat er niets anders op dan het boek dicht te slaan, haar op te tillen, de lepel, het potje met eten en haar slabbetje tevoorschijn te halen als we ergens binnen waren, of koers te zetten naar het dichtstbijzijnde café als we buiten waren, een kinderstoel te pakken, haar erin te zetten en naar de bar te gaan om het personeel te vragen of ze het eten konden opwarmen, iets wat ze altijd met tegenzin deden, want de stad wemelde van de baby's in die tijd, het was een ware *boom*, en aangezien er zo veel vrouwen van in de dertig onder de moeders waren die tot dan toe hadden gewerkt en hun eigen leven hadden geleid, verschenen er glamourtijdschriften voor hen waarin kinderen een soort accessoire waren, terwijl de ene bekende Zweed na de andere zich liet fotograferen met en interviews gaf over zijn gezin. Wat eerder in de privésfeer had plaatsgevonden, werd nu de openbaarheid in gepompt. Overal las je over weeën, keizersneden en borstvoeding, babykleertjes, kinderwagens en vakanties voor ouders met kleine kinderen, er werden boeken uitgegeven, geschreven door vaders die met vaderschapsverlof waren of door verbitterde moeders die zich bedrogen voelden aangezien ze zo kapot waren van de combinatie kinderen – werk.

Wat vroeger iets normaals was waarover niet speciaal werd gepraat, namelijk kinderen, werd nu helemaal op de voorgrond van het bestaan geschoven en met een frenesie vereerd waarbij iedereen zijn wenkbrauwen zou horen op te trekken, want wat had het te betekenen? Midden in die hysterie duwde ik dus de kinderwagen met mijn kind rond als een van vele vaders die het vaderschap ogenschijnlijk boven al het overige stelde. Als ik Vanja in een café zat te voeren, zat er altijd minstens nog één andere vader, meestal van mijn leeftijd, dat wil zeggen rond de vijfendertig, en bijna altijd met een kaalgeschoren hoofd om te verbergen dat hij kaal werd – je zag immers nauwelijks een kale kruin of diepe inhammen meer – en als ik hen daar zag, steeg er altijd een licht gevoel van onbehagen in me op, het kostte me moeite het vrouwelijke in wat ze deden te accepteren, ook al deed ik precies hetzelfde en was ik net zo vrouwelijk bezig als zij. De lichtelijke verachting waarmee ik mannen beschouwde die achter de kinderwagen liepen, was op zijn zachtst gezegd ambivalent aangezien ik er zelf meestal een voor me had als ik hen zag. Dat ik de enige was met dit soort gevoelens, betwijfelde ik, soms meende ik bij een paar mannen op de speelplaats de onrustige blik en de rusteloosheid in hun lijf te herkennen, dat zich terwijl de kinderen aan het spelen waren, zomaar een paar keer kon optrekken aan de speeltoestellen. Maar een paar uur per dag op een speelplaats doorbrengen met een kind was niet het ergste. Er waren dingen die veel erger waren. Linda ging sinds kort met Vanja naar een soort ritmische babygymnastiek in de stedelijke bibliotheek en toen ik de verantwoordelijkheid overnam, wilde ze dat Vanja daarmee doorging. Ik voorvoelde dat me daar iets vreselijks te wachten stond, dus ik zei nee, in geen geval, Vanja is nu onder mijn hoede en dan is er geen sprake van babygymnastiek. Maar Linda bleef het zo nu en dan aanroeren en na een paar maanden was mijn weerstand tegen mijn rol als zachte man zo radicaal gebroken – bovendien was Vanja zo groot geworden dat haar dagen een zekere variatie hoorden te bieden – dat ik op een dag ja zei, ja, vandaag waren we van plan naar de babygymnastiek in de stedelijke bibliotheek te gaan. Denk eraan dat je vroeg moet zijn, zei Linda, het is gauw vol. En zo kwam het dat ik de kinderwagen met Vanja vroeg op een middag langs de Sveaväg naar het Odenplan duwde, daar de weg overstak en de stedelijke bibliotheek binnenging, waar ik om de een of andere reden niet eerder was geweest hoewel het een van de mooiste gebouwen in de stad was, ontworpen door Asplund ergens in de jaren twintig van de twintigste eeuw, de periode in die eeuw die mij het meest aanstond. Vanja was voldaan, uitgerust en droeg schone kleertjes, nauwkeurig uitgezocht voor de gelegenheid. Ik duwde de wagen de grote, geheel ronde hoofdzaal binnen, vroeg een vrouw achter de balie naar de kinderafdeling, volgde haar aanwijzingen naar een zijvleugel vol planken met kinderboeken en met helemaal achterin een deur met een briefje waarop bekend werd gemaakt dat hier de babygymnastiek om twee uur begon. Er stonden al drie kinderwagens. Op een paar stoelen vlakbij zaten de eigenaressen, drie vrouwen in zware jassen en met vermoeide gezichten, allemaal ongeveer vijfendertig jaar oud, terwijl wat naar alle waarschijnlijkheid hun kroost was, snotterig tussen hen in op de grond rondscharrelde.

Ik zette de kinderwagen bij die van hen, tilde Vanja eruit, ging met haar op mijn schoot op een kleine verhoging zitten, trok haar jasje en haar schoentjes uit en liet haar voorzichtig op de grond zakken. Dacht dat ook zij wat rond zou kunnen kruipen. Maar dat wilde ze niet, ze kon zich niet herinneren dat ze hier al eens eerder was geweest, dus wilde ze dicht bij mij blijven en ze stak haar armpjes omhoog. Ik tilde haar weer op mijn schoot. Van daar zat ze de andere kinderen geïnteresseerd gade te slaan.

Toen kwam er een mooie, jonge vrouw aanlopen met een gitaar in haar hand. Ze was misschien een jaar of vijfentwintig, had lang, blond haar, droeg een mantel die ongeveer tot haar knieën reikte, lange, zwarte laarzen en ze bleef voor me staan.

'Hoi!' zei ze. 'Jou heb ik hier nog niet eerder gezien. Kom je voor de babygymnastiek?'

'Ja', zei ik en ik keek naar haar op. Ze was echt mooi.

'Heb je je aangemeld?'

'Nee,' zei ik, 'moet dat?'

'Ja, dat moet. En het is helaas vol vandaag.'

Dat was goed nieuws.

'Jammer', zei ik en ik stond op.

'Maar aangezien je dat niet wist,' zei ze, 'kunnen we je er wel tussenproppen. Voor deze ene keer. Dan kun je je daarna aanmelden voor de volgende keer.'
'Bedankt', zei ik.
Ze glimlachte met een mooie glimlach. Toen deed ze de deur open en ging naar binnen. Ik boog een klein stukje naar voren en zag dat ze de gitaarkist op de grond legde, haar jas uittrok, haar sjaal afdeed en beide over een stoel achter in het vertrek hing. Ze had een frisse, lichte, lenteachtige uitstraling.

Ik had er een voorgevoel van waar het op uit zou draaien en ik had moeten opstaan en weggaan. Maar ik was daar niet voor mezelf, ik was daar voor Vanja en Linda. Dus bleef ik zitten. Vanja was acht maanden oud en werd volkomen betoverd door alles wat aan voorstellingen deed denken. En dat zou ze mogen beleven.

Er druppelden nog meer vrouwen met kinderwagens binnen en het vertrek was al gauw vol gebabbel, gehoest, gelach, gehuil, geritsel van kleren en gerommel in tassen. Zo te zien kwamen de meesten met zijn tweeën of drieën. Ik leek een hele tijd de enige te zijn die alleen was. Maar een paar minuten voor twee kwamen er nog twee mannen. Uit hun lichaamstaal maakte ik op dat ze elkaar niet kenden. Een van hen, een klein ventje met een groot hoofd en een bril, knikte me toe. Ik had hem wel een schop kunnen geven. Wat dacht hij, dat we van dezelfde club waren? Toen ging het winterpak uit, de muts af, de schoentjes uit, werden er een flesje en een rammelaar tevoorschijn gehaald en hup, op de grond met het kind.

De moeders waren intussen het vertrek binnengegaan waar de babygymnastiek plaats zou vinden. Ik wachtte zo lang mogelijk, maar toen het één minuut voor twee was, kwam ik met Vanja op de arm overeind. Er lagen kussens verspreid op de grond, daar moesten we op gaan zitten terwijl de jonge vrouw die het geheel leidde, op een stoel voor ons zat. Met de gitaar op haar schoot keek ze glimlachend rond. Ze droeg een beige, kasjmierachtige trui. Ze had mooi gevormde borsten en een smalle taille, haar benen – het ene, waarmee ze op en neer wipte, over het andere geslagen – waren lang en nog steeds in de zwarte laarzen gehuld.

Ik ging op mijn kussen zitten. Zette Vanja op mijn schoot. Ze staarde met grote ogen naar de vrouw met de gitaar, die ons intussen welkom heette.

'We hebben een paar nieuwen vandaag', zei ze. 'Misschien willen jullie je even voorstellen?'

'Monica', zei iemand.

'Kristina', zei iemand anders.

'Loel', zei een derde.

Loel? Wat was dat nou voor een naam?

Het bleef stil. De mooie vrouw keek me met een bemoedigend glimlachje aan.

'Karl Ove', zei ik somber.

'Dan beginnen we met ons welkomstlied', zei ze en ze sloeg het eerste akkoord aan, dat wegstierf terwijl ze uitlegde dat de ouders de naam van hun kind moesten zeggen als zij naar hen knikte, en dat daarna iedereen de naam van dat kind moest zingen.

Ze sloeg het akkoord weer aan en iedereen begon te zingen. Het lied hield in dat je hallo zei tegen je vriend terwijl je met je hand zwaaide, waarbij de ouders van de kinderen die te klein waren om het te begrijpen, hen bij de pols pakten en met hun handje wuifden, ik ook dus, en toen het tweede couplet begon, had ik geen excuus meer om er stil bij te blijven zitten en moest ik wel meezingen. Mijn lage stem klonk als een ziekte in het koor van heldere vrouwenstemmen. Twaalf keer zeiden we hallo tegen onze vriend voordat alle kinderen waren opgenoemd en we verder konden gaan. Het volgende lied ging over lichaamsdelen, die de kinderen natuurlijk moesten aanraken als ze werden opgenoemd. Hoofd, schouders, knieën, teen, knieën, teen. Oren, ogen, puntje van je neus ... Hoofd, schouders, knieën, teen, knieën, teen. Daarna werden er verschillende rammelaarachtige instrumenten uitgedeeld, waar we mee moesten zitten rammelen terwijl we nog een lied zongen. Ik was niet pijnlijk beroerd, het was niet beschamend daar te zitten, het was vernederend en beledigend. Het was een en al lievigheid, vriendelijkheid en goeiigheid, alle bewegingen waren klein en ik zat ineengedoken op een kussen samen met moeders en kinderen een lied te lallen dat tot overmaat van ramp werd begeleid door een vrouw met wie ik graag naar bed was gegaan. Maar doordat ik daar zat, was ik volkomen buitenspel gezet, van alle waardigheid ontdaan, impotent, er was geen verschil tussen haar en mij behalve dat zij mooier was, en die gelijkschakeling, waarbij ik afstand deed van alles wat mij vormde, zelfs van mijn lichaamsgrootte, en dat nog wel vrijwillig, maakte me razend.

'Dan mogen de baby's nu eventjes dansen!' zei ze en ze legde haar gitaar op de grond, kwam overeind en liep naar de cd-speler, die op een stoel naast haar stond.

'We gaan allemaal in een kring staan en dan lopen we eerst die kant op terwijl we met onze voeten stampen,' zei ze en ze stampte met haar mooie voet, 'dan draaien we om en gaan we de andere kant terug.'

Ik kwam overeind, tilde Vanja op en ging in de kring staan die werd gevormd. Ik keek of ik de twee andere mannen zag. Ze hadden allebei hun aandacht volledig op hun kind gericht.

'Ja, ja, Vanja,' zei ik zachtjes, 'er is heel wat te koop in de wereld, zoals je overgrootvader altijd zei.'

Ze keek naar me op. Tot nu toe had niets van wat de kinderen moesten doen, haar kunnen bekoren. Zelfs met een samba heen en weer schudden wilde ze niet.

'Dan beginnen we!' zei de mooie vrouw en ze drukte de cd-speler in.

Een volksmuziekachtige melodie vulde de ruimte en ik begon achter de anderen aan te lopen, elke pas op de maat van de muziek. Ik hield Vanja met een hand onder elk armpje vast zodat ze voor mijn borst hing te bungelen. Toen moest ik met mijn voet stampen en haar rondzwaaien, waarna het weer terugging. Een heleboel mensen hadden hier veel plezier in, er klonk gelach en zelfs wat gegil. Vervolgens moesten we alleen met ons kind dansen. Ik waggelde met Vanja op mijn arm rond terwijl ik bedacht dat zo de hel eruit moest zien: lief en aardig en vol vreemde moeders met baby's. Toen de dans was afgelopen, volgde er een spel met een groot, blauw zeildoek, dat eerst de zee moest voorstellen terwijl we een lied zongen waarbij we het zeil allemaal samen op en neer wapperden zodat het begon te golven, en waar de kinderen daarna onderdoor moesten kruipen tot we ze opeens optilden, ook dat al zingend.

Toen de jonge vrouw ten slotte bedankte voor de belangstelling, haastte ik me het vertrek uit, wist Vanja aan te kleden zonder iemand aan te kijken – ik staarde naar de grond met om me heen de gonzende stemmen, vrolijker nu dan voordat ze naar binnen waren gegaan –, zette haar in de kinderwagen, gespte haar tuigje vast en duwde haar zonder dat het opviel zo snel ik kon naar buiten. Eenmaal op straat had ik zin om uit alle macht te schreeuwen en iets kapot te slaan. Maar ik moest er genoegen mee nemen zo snel mogelijk zo veel mogelijk meters af te leggen, weg van deze smadelijke plek.

'Vanja, Vanja', zei ik terwijl ik me langs de Sveaväg haastte. 'Heb jij dan tenminste plezier gehad? Daar zag het toch niet echt naar uit?'

'Ta ta taa', zei Vanja.

Ze glimlachte niet, maar ze keek blij.

Ze wees.

'O, een motor', zei ik. 'Wat is dat eigenlijk met jou en motoren?'

Toen we bij de Konsumwinkel op het kruispunt bij de Tegnérgata kwamen, ging ik naar binnen om eten te kopen. Het gevoel van claustrofobie was er nog, maar mijn agressie was minder geworden, ik was niet langer boos toen ik de wagen langs de schappen met levensmiddelen duwde. De winkel riep herinneringen in me op, daar had ik altijd boodschappen gedaan toen ik drie jaar geleden naar Stockholm was verhuisd en een paar weken in een flat van uitgeverij Norstedts had gewoond, een stukje verderop in de straat waar ik me nu bevond. Ik woog meer dan honderd kilo en had me in een soort half catatonisch duister bewogen, op de vlucht voor mijn vroegere leven. Echt leuk was dat niet. Maar ik had besloten dat het vanaf dat moment bergopwaarts zou gaan, dus ging ik elke avond naar het park Lill-Jansskogen om te joggen. Ik haalde nog geen honderd meter voordat mijn hart zo tekeerging en mijn longen zo naar lucht snakten dat ik moest blijven staan. Nog honderd meter en mijn benen begonnen te trillen. Dan weer terug naar dat hotelachtige appartement om knäckebröd en soep te eten. Op een dag had ik hier in de winkel een vrouw gezien, ze stond opeens naast me, voor de vleesvitrine nog wel, er was iets met haar, met haar puur lichamelijke verschijning, dat van het ene moment op het andere een bijna explosieve begeerte in me opwekte. Ze hield haar mandje met boodschappen met beide handen voor zich, haar haar had iets rossigs, de bleke huid van haar gezicht was sproetig. Ik rook haar geur, een flauwe lucht van zweet en zeep, en stond met kloppend hart en dichtgesnoerde keel recht voor me uit te staren, misschien vijftien seconden, want zo veel tijd kostte het haar om naast me te komen staan en een pakje salami uit de vitrine te pakken voor ze wegliep. Toen ik wilde afrekenen zag ik haar weer, ze stond bij de andere kassa en de begeerte, die was gebleven, nam weer volledig bezit van me. Ze stopte haar boodschappen in een tas, draaide zich om en liep de deur uit. Ik had haar sindsdien nooit meer gezien.

Vanuit haar lage positie in de kinderwagen had Vanja een hond in de gaten gekregen, waar ze naar wees. Ik vroeg me altijd af wat ze eigenlijk zag als ze de wereld om zich heen zag. Wat betekende die eindeloze stroom mensen, gezichten, auto's, winkels en bordjes voor haar? Ze kon dingen onderscheiden, dat was in elk geval zeker, want ze wees niet alleen regelmatig naar motoren, katten, honden en andere baby's, maar ze had ook een volkomen duidelijke rangorde voor zichzelf ontwikkeld wat de mensen om haar heen betrof: eerst Linda, dan ik, dan oma en dan alle anderen, afhankelijk van de tijd die ze gedurende de laatste dagen in haar buurt hadden doorgebracht.

'Ja, kijk, een hond', zei ik. Ik pakte een pak melk en legde dat op de wagen, nam een pakje verse pasta uit de vitrine ernaast. Toen haalde ik twee pakjes serranoham, een potje olijven, mozzarella, een potje basilicum en een paar tomaten. Het zou in mijn vorige leven niet in me opgekomen zijn dit soort eten te kopen, omdat ik er geen idee van had dat het bestond. Maar nu was ik hier, midden in het Stockholm van de culturele middenklasse, en ook al vond ik dat gedweep met alles wat Italiaans, Spaans of Frans was en het verguizen van alles wat Zweeds was, dom en ging het me tegenstaan toen zich na verloop van tijd een groter beeld aftekende, het was niet echt iets om mijn energie aan te vergooien. Als ik karbonade met kool, stoofschotel, groentesoep, aardappelknoedels, gehaktballen, longhachee, viskoekjes, gestoofde kool met schapenvlees, warme worst, walvisbiefstuk, sagosoep, griesmeelsoep, rijstepap en roompap miste, miste ik de jaren zeventig in even hoge mate als de smaken op zich. En aangezien eten niet belangrijk voor me was, kon ik net zo goed iets maken wat Linda lekker vond.

Ik bleef een paar seconden voor het rek met kranten staan en vroeg me af of ik de twee avondkranten zou kopen, de twee grootste die los werden verkocht. Als je ze las was het alsof je een vuilniszak in je hoofd leegde. Soms deed ik dat, als ik het gevoel had dat een beetje meer afval daarboven geen rol meer speelde. Maar vandaag niet.

Ik betaalde en ging de straat weer op, waar het asfalt flauwtjes het licht van de zachte winterhemel reflecteerde en de auto's die aan alle kanten van het kruispunt stonden te wachten, net een enorme hoop in elkaar verstrikt vlothout leken. Om het verkeer te ontlopen nam ik de Tegnérgata. In de etalage van het antiquariaat daar, een van de antiquariaten die ik in de gaten hield, zag ik een boek van Malaparte, waar Geir het enthousiast over had gehad, en een van Galileo Galilei uit de Atlantisreeks. Ik keerde de kinderwagen, duwde de deur open met mijn hiel en ging met de wagen achter me aan achterwaarts naar binnen.

'Ik zou graag twee boeken uit de etalage willen hebben', zei ik. 'Galileo Galilei en Malaparte.'

'Neem me niet kwalijk?' zei de in het zwart geklede man van in de vijftig die de zaak bestierde, en hij keek me aan over zijn vierkante bril, die op het puntje van zijn neus hing.

'In de etalage', zei ik in het Zweeds. 'Twee boeken. Galilei, Malaparte.'

'De hemel en de oorlog, hè?' zei hij en hij draaide zich om om ze voor me te pakken.

Vanja was in slaap gevallen.

Was die babygymnastiek zo vermoeiend geweest?

Ik haalde het hendeltje onder de hoofdsteun in de wagen naar me toe en liet haar voorzichtig zakken. Ze wuifde met haar ene handje in haar slaap en balde hem tot een vuist, net als ze had gedaan toen ze pas was geboren. Een van de gebaren die in haar hadden klaargelegen en die langzaam verdrongen waren door die van haarzelf. Maar als ze sliep, kwam het weer tot leven.

Ik duwde de wagen een stukje opzij zodat de mensen erlangs konden, en draaide me om naar de plank met de kunstboeken terwijl de antiquaar de prijs van de twee boeken aansloeg op zijn ouderwetse kassa. Nu Vanja sliep had ik een paar minuten extra de tijd en het eerste waar mijn oog op bleef rusten was een fotoboek van Per Maning. Wat een gelukstreffer! Ik had altijd al een zwak gehad voor zijn foto's, vooral voor deze, de series met dieren. Koeien, varkens, honden, zeehonden. Op de een of andere manier was het hem gelukt hun ziel bloot te leggen. Anders kon je de blik waarmee deze beesten je vanaf de foto's aankeken, niet interpreteren. Een absolute intimiteit, soms gekweld, soms leeg, soms indringend. Maar ook raadselachtig, net zo raadselachtig als de portretten van de schilders uit de zeventiende eeuw raadselachtig waren.

Ik legde het op de toonbank.

'Dat is net binnen', zei de antiquaar. 'Mooi boek. U komt uit Noorwegen?'

'Ja', zei ik. 'Ik wil alleen nog even wat rondkijken.'

Er stond een uitgave van de dagboeken van Delacroix, die pakte ik ook, toen een boek over Turner, ook al ging er in niemands schilderijen zo veel verloren als in die van hem als ze werden gefotografeerd, en het boek van Poul Vad over Hammershøi, plus een prachtig werk over oriëntalisme in de kunst.

Toen ik ze op de toonbank legde, ging mijn mobieltje. Er was nauwelijks iemand die mijn nummer had, dus de beltoon, die vanuit de diepte van de zijzak van mijn zwarte parka enigszins gedempt zijn weg vond, wekte geen onrust bij me op. Integendeel. Behalve het korte praatje met de vrouw van de babygymnastiek had ik nauwelijks een woord met iemand gewisseld sinds Linda die ochtend naar school was gefietst.

'Hallo?' zei Geir. 'Wat ben je aan het doen?'

'Aan mijn gevoel van eigenwaarde werken', zei ik en ik draaide me naar de muur. 'En jij?'

'Dat niet in elk geval. Zit hier op kantoor iedereen te bekijken die langsholt. Wat is er gebeurd?'

'Ik heb net een mooie vrouw ontmoet.'

'En?'

'Heb wat met haar gepraat.'

'En?'

'Ze nodigde me uit mee te komen.'
'Heb je ja gezegd?'
'Zeker. Ze vroeg zelfs hoe ik heette.'
'Maar?'
'Ze leidde een zogenaamde cursus babygymnastiek. Dus ik moest daar met Vanja op schoot in mijn handen zitten klappen en kinderliedjes voor haar zingen. Op een kussentje. Samen met een hele hoop moeders met kinderen.'
Geir lachte luid.
'Ik kreeg ook een rammelaar om mee te zitten rammelen.'
'Hahaha!'
'Ik was zo razend toen ik wegging dat ik niet wist wat ik met mezelf aan moest', zei ik. 'Aan de andere kant kwamen die nieuwe, brede heupen van me natuurlijk goed van pas. En niemand nam notitie van de vetrollen op mijn buik.'
'Nee, maar die zijn ook mooi zacht', zei Geir en hij lachte weer. 'Hé, luister, zullen we vanavond niet weer eens een biertje gaan drinken?'
'Wil je me provoceren?'
'Nee, serieus: ik was van plan hier tot een uur of zeven te zitten werken. Dan kunnen we daarna wat afspreken.'
'Dat lukt niet.'
'Wat heeft het verdomme voor nut dat jij hier woont als we elkaar nooit kunnen zien? Herinner je je toen je naar Stockholm kwam?' vroeg Geir. 'En je mij in de taxi zat te beleren over de uitdrukking "onder de pantoffel zitten" omdat ik niet meewilde naar de nachtclub? Die uitdrukking van je: "onder de pantoffel zitten". Herinner je je die nog?'
'Ja, helaas.'
'En?' vroeg hij. 'Wat is je conclusie?'
'Dat er verschil is', zei ik. 'Ik zit niet onder de pantoffel, ik bén de pantoffel. En jij bent een puntschoen.'
'Hahaha. Morgen dan?'
'Dan komen Fredrik en Karin eten.'
'Fredrik? Is dat die nul van een filmregisseur?'
'Zo zou ik het niet willen noemen. Maar dat is hem, ja.'

'O, mijn god. Nou ja. Zondag? Nee, dat is jullie rustdag, natuurlijk. Maandag?'

'Oké.'

'Ja, want dan gaan er immers zo ontzettend veel mensen stappen.'

'Maandag in de Pelikan', zei ik. 'Ik sta hier trouwens met een boek van Malaparte in mijn handen.'

'O? Ben je in een antiquariaat? Dat is goed.'

'En het dagboek van Delacroix.'

'Dat moet ook goed zijn. Thomas had het erover. Verder nog iets?'

'Ze belden gister van *Aftenposten*. Ze willen een portretinterview.'

'Je hebt toch niet ja gezegd?'

'Jawel.'

'Idioot. Je wilde er toch mee ophouden, zei je.'

'Dat weet ik. Maar op de uitgeverij zeiden ze dat die journalist echt heel goed was. En toen dacht ik dat ik het nog één keer kon proberen. Het is mogelijk dat het wat wordt, toch?'

'Nee, dat is het niet', zei Geir.

'Nee, dat weet ik', zei ik. 'Maar wat kan het schelen. Ik heb in elk geval ja gezegd. En bij jou?'

'Niets. Ik heb een broodje gegeten met de sociaal antropologen. Toen kwam het oude hoofd van het instituut langs om een praatje te maken, met kruimels in zijn baard en zijn gulp open. Ik ben de enige die hem er niet uit gooit. Dus komt hij altijd naar mij toe.'

'Die man die zo keihard was?'

'Ja. En die nu doodsbenauwd is om zijn kantoor kwijt te raken. Dat is immers het enige wat hij nog heeft. Dus nu is hij o zo aardig. Het gaat erom je aan te passen. Keihard als het kan, aardig als het moet.'

'Misschien kom ik morgen even langs', zei ik. 'Heb je tijd?'

'Ja, verdorie. Als je Vanja maar thuislaat.'

'Ha, ha. Maar nu moet ik die boeken gaan betalen. Tot morgen, dan.'

'Ja, oké. Doe Linda en Vanja de groeten.'

'En jij Christina.'

'We spreken elkaar nog.'

'Doen we.'

Ik verbrak de verbinding en stopte mijn mobieltje weer in mijn zak. Vanja sliep nog steeds. De antiquaar zat in een catalogus te kijken. Keek op toen ik voor de toonbank kwam staan.

'Dat wordt dan 1530 kronen', zei hij.

Ik gaf hem mijn pasje. Het bonnetje stopte ik in mijn kontzak – want het enige waarmee ik dit soort aankopen kon rechtvaardigen, was dat ik ze van de belasting kon aftrekken – ik legde de twee tassen met boeken onder in de kinderwagen en toen liep ik met de wagen voor me uit en het geluid van de klingelende deurbel in mijn oren naar buiten.

Het was al tien over half vier. Ik was sinds half vijf die ochtend op, had tot half zeven aan een vertaling voor Damm gewerkt waar problemen mee waren, en hoewel het vervelend werk was, waarbij ik niets anders deed dan zin voor zin met het origineel vergelijken, was het honderd keer interessanter en inspirerender dan wat er die ochtend en middag verder volgde aan kinderverzorging en kinderactiviteiten, wat voor mij intussen niet veel meer inhield dan de vraag hoe ik de tijd moest doorkomen. Moe werd ik niet van dit leven, het had niets met energieverbruik te maken, maar aangezien het geen vonkje inspiratie inhield, verloor ik er toch mijn goede humeur door, ongeveer zoals wanneer ik een lekke band had.

Bij het kruispunt met de Döbelnsgata sloeg ik rechts af, ik liep de helling bij de Johanneskerk op, die met zijn rode bakstenen muren en groenkoperen dak op zowel de Johanneskerk in Bergen als de Trefoldighetskerk in Arendal leek, liep een stuk door de Malmskillnadsgata en nam toen de David Bagaresgata tot de poort van onze binnenplaats. Er brandden twee fakkels op het trottoir voor het café aan de overkant. Het stonk naar pis – 's nachts bleven mensen van het Stureplan op weg naar huis hier staan om door de spijlen te pissen – en naar vuilnis van de rij vuilnisbakken langs de muur. In de hoek stond de duif die daar al sinds wij hier twee jaar geleden kwamen wonen, haar domicilie had. In het begin woonde ze in een gat boven in de muur. Toen dat werd dichtgemetseld en er op alle vlakke oppervlaktes langs de gevel spitse punten werden aangebracht, verhuisde ze naar de begane grond. Er waren hier ook ratten, die zag ik af en toe als ik 's nachts buiten stond te roken, zwarte ruggen die door het struikgewas flitsten en plotseling over de open, verlichte plaats naar de beschutting van de bloembedden aan de andere kant schoten. Nu stond een van de kapsters er in haar mobieltje te praten en te roken. Ze was misschien een jaar of veertig en ik had het sterke vermoeden dat ze in het kleine plaatsje waar ze was opgegroeid, de mooiste was geweest, ze deed me in elk geval aan het type denken dat je 's zomers op de terrassen van Arendal wel tegenkomt, vrouwen van in de veertig met hun haar veel te blond of veel te zwart geverfd, hun huid veel te bruin, hun blik veel te flirterig, hun lach veel te opdringerig. Ze had een hese stem en praatte plat Skånsk en die dag was ze helemaal in het wit gekleed. Ze knikte toen ze me zag, ik knikte terug. Ik mocht haar, ook al had ik nauwelijks een woord met haar gewisseld, ze was zo anders dan de andere mensen die ik in Stockholm tegenkwam en die of op weg naar boven waren of zich al aan de top bevonden of dachten dat ze zich daar bevonden. Aan hun stijlzuiverheid, die niet alleen hun kleren en hun spullen betrof, maar ook hun gedachten en houdingen, nam zij geen deel, om het zacht uit te drukken.

Voor de deur bleef ik staan en ik pakte mijn sleutel. Uit de ventilator boven het raam van de waskelder stroomde de geur van wasmiddelen en schone kleren. Ik maakte de deur open en liep zo voorzichtig als ik kon de gang in. Vanja kende deze geluiden en hun volgorde zo goed dat ze bijna altijd wakker werd als we hier waren. Dat gebeurde nu ook. Deze keer met een gil. Ik liet haar gillen, trok de deur van de lift open, drukte op het knopje en keek naar mezelf in de spiegel terwijl we de twee verdiepingen opstegen. Linda, die het gegil moest hebben gehoord, stond in de deuropening op ons te wachten toen we boven kwamen.

'Hoi', zei ze. 'Hoe hebben jullie het gehad? Ben je net wakker geworden, mijn hartje? Kom maar hier, kijk ...'

Ze maakte het tuigje los en tilde Vanja op.

'We hebben het prima gehad', zei ik en ik duwde de lege kinderwagen naar binnen terwijl Linda haar vest openknoopte en naar de kamer liep om Vanja de borst te geven.

'Maar bij die babygymnastiek zien ze mij van mijn leven niet meer terug.'

'Was het zo erg?' vroeg ze en ze keek me even glimlachend aan, waarna ze op Vanja neerkeek, die ze op hetzelfde moment aan haar naakte borst legde.

'Erg? Dat was het ergste wat ik ooit heb meegemaakt. Ik was razend toen ik wegging.'

'Dat begrijp ik', zei ze, niet langer geïnteresseerd.

Wat was haar zorgzaamheid voor Vanja dan anders. Als het ware allesomvattend. En volkomen oprecht.

Ik liep met de boodschappen naar de keuken en stopte ze in de koelkast, zette het potje met het basilicum in een schaaltje op de vensterbank en deed er een beetje water bij, pakte de boeken onder de wagen vandaan en legde ze in de boekenkast, ging voor mijn pc staan en opende mijn mail. Daar had ik sinds die ochtend niet meer naar gekeken. Er was er een van Carl-Johan Vallgren, hij feliciteerde me met de nominatie, zei dat hij het boek helaas nog niet had gelezen en dat ik maar moest bellen als ik een keer een biertje wilde gaan drinken. Carl-Johan was iemand die ik werkelijk graag mocht, ik stelde, zeker na twee jaar Zweden, prijs op al zijn extravagantie, die sommige mensen vervelend, snobistisch of dom vonden. Maar een biertje met hem drinken was onmogelijk. Dan zat ik er alleen maar zwijgend bij, naar ik wist, ik had het al twee keer geprobeerd. Verder was er nog een van Marta Norheim over een interview in verband met de P2-romanprijs, die ik had gewonnen. En een van mijn oom Gunnar, die voor het boek bedankte, schreef dat hij krachten aan het verzamelen was om het te lezen, me gelukwenste met de Scandinavische kampioenschappen literatuur en eindigde met een P.S. dat het jammer was dat Yngve en Kari Anne gingen scheiden. Ik beëindigde het mailprogramma zonder te antwoorden.

'Was er iets interessants bij?' vroeg Linda.

'Hm. Carl-Johan om te feliciteren. En verder wil de NRK over twee weken een interview. En Gunnar heeft zowaar geschreven. Alleen om voor het boek te bedanken, maar dat op zich is niet mis als je bedenkt hoe boos hij was over mijn eerste roman.'

'Nee', zei Linda. 'Wil je Carl-Johan niet bellen om eens een avondje op stap te gaan?'

'Ben je in zo'n goede bui?' vroeg ik.

Ze trok een gezicht.

'Ik probeer alleen maar lief te zijn', zei ze.

'Dat begrijp ik', zei ik. 'Sorry, dat was niet de bedoeling. Oké?'

'Tuurlijk.'

Ik liep langs haar en pakte het tweede deel van *De gebroeders Karamazov*, dat op de bank lag.

'Dan ben ik weg', zei ik. 'Tot zo.'

'Tot zo', zei ze.

Nu had ik een uurtje voor mezelf. Dat was de enige voorwaarde die ik had gesteld toen ik de verantwoording voor Vanja overdag overnam: dat ik in de namiddag een uur alleen voor mezelf zou hebben, en ook al vond Linda dat onrechtvaardig aangezien zij dat nooit had gehad, ze stemde er toch mee in. De reden dat zij niet zo'n uurtje had gehad was, nam ik aan, dat ze daar niet aan had gedacht. En de reden dat ze daar niet aan had gedacht was, nam ik verder aan, dat ze liever samen met ons wilde zijn dan alleen. Maar dat gold niet voor mij. Dus zat ik elke namiddag een uur ergens in een café in de buurt te lezen en te roken. Ik ging nooit vaker dan vier of vijf keer achter elkaar naar hetzelfde café, want dan begonnen ze me als een zogenaamde stamgast te behandelen, dat wil zeggen, ze groetten me als ik binnenkwam en wilden indruk op me maken met hun kennis over mijn voorkeuren, eventueel gepaard met een vriendelijk commentaar over het een of andere fenomeen waarover iedereen het op dat moment had. Maar het hele punt met in een grote stad wonen was voor mij juist dat ik daar volkomen alleen kon zijn terwijl ik toch aan alle kanten omgeven was door mensen. Iedereen met een gezicht dat ik nog nóóit eerder had gezien! Te baden in die stroom van nieuwe gezichten, die nooit ophield, dat was voor mij het genot van een grote stad. De ondergrondse met zijn gekrioel aan types en karakters. De markten. De voetgangerszones. De cafés. De grote winkelcentra. Afstand, afstand, ik kreeg nooit genoeg afstand. Dus als een barkeeper begon te groeten en te glimlachen als hij me zag en me niet alleen een kop koffie bracht voordat ik erom had gevraagd, maar me ook een gratis croissant aanbood, werd het tijd om te verdwijnen. En zo moeilijk een alternatief te vinden was het niet, we woonden hartje stad, binnen een straal van tien minuten lagen honderden cafés.

Die dag volgde ik de Regeringsgata naar het centrum. Hij was vol mensen. Ik dacht aan de mooie vrouw van de babygymnastiek terwijl ik daar zo liep. Wat was het punt geweest? Ik had met haar naar bed gewild, maar natuurlijk nooit verwacht dat ik de mogelijkheid daartoe zou krijgen, en áls ik de mogelijkheid had gekregen, had ik het niet gedaan. Dus waarom speelde het zo'n grote rol dat ik me in haar ogen als een vrouw had gedragen?

Je kon veel over het zelfbeeld zeggen, maar het werd in elk geval niet in de koele zalen van het verstand gevormd. De gedachten waren wel in staat het te begrijpen, maar de macht om het te sturen hadden ze niet. Het zelfbeeld behelsde niet alleen degene die je was, maar ook degene die je wilde zijn, zou kunnen zijn, ooit was geweest. Voor het zelfbeeld bestond er geen verschil tussen realiteit en hypothese. Daar doken al je leeftijden, al je gevoelens, al je driften in op. Als ik met de kinderwagen door de stad liep en mijn dagen aan de verzorging van mijn kind besteedde, betekende dat niet dat ik iets aan mijn leven toevoegde, dat ik het verrijkte, integendeel, er werd iets aan ontnomen, een deel van mezelf, dat wat met mannelijkheid te maken had. Dat werd me niet duidelijk in mijn gedachten, want daar wist ik dat ik er een goede reden voor had, namelijk dat Linda en ik gelijkgesteld waren als het om ons kind ging, maar wel in mijn gevoelens, die me met wanhoop vervulden als ik me op die manier in een vorm liet persen die zo klein was en zo eng dat ik me niet langer kon bewegen. De vraag was welk criterium gold. Waren gelijkheid en rechtvaardigheid de criteria, tja, dan viel er niets tegen in te brengen dat mannen overal in het lieve en intieme verzonken. Ook niet tegen het daverende applaus waarmee dat werd begroet, want als gelijkheid en rechtvaardigheid de criteria waren, betekende deze verandering ongetwijfeld verbetering en vooruitgang. Maar er bestonden nog andere criteria. Geluk was er een van, de intensiteit van het leven een andere. En het was mogelijk dat vrouwen die een carrière opbouwden tot ze tegen de veertig liepen en op het laatste moment nog een kind kregen, waar de man dan na een paar maanden voor zorgde voordat het naar de crèche ging zodat ze allebei verder aan hun carrière konden werken, gelukkiger waren dan vrouwen uit vroegere generaties. Het was mogelijk dat mannen die een half jaar lang thuis waren om voor hun baby te zorgen, het leven intensiever ervoeren. En het was mogelijk dat die vrouwen deze mannen met hun dunne armen, brede heupen, kaalgeschoren hoofden en zwarte designerbrillen, die het net zo gemakkelijk over de voor- en de nadelen van een draagzak ten opzichte van een draagdoek hadden als over wat beter was, de kindervoeding zelf klaar te maken of bio in blik, werkelijk begeerden. Het was mogelijk dat ze die mannen met heel hun hart en heel hun ziel wilden. Maar ook als ze hen niet wilden, was dat niet van doorslaggevende betekenis, want de criteria waren gelijkheid en rechtvaardigheid en die hadden meer gewicht dan al het andere waar een leven en een relatie uit bestaan. Het was een keus en de keus was gemaakt. Ook voor mij. Als ik het anders had willen regelen, had ik dat Linda moeten zeggen voordat ze zwanger werd: luister, ik wil wel een kind, maar ik wil niet thuisblijven om ervoor te zorgen, is dat oké voor jou? Dat betekent natuurlijk dat jij dat dan moet doen. Dan had zij kunnen zeggen: nee, daar ben ik het niet mee eens, of ja, dat is goed en dan had onze toekomst van daaruit gepland kunnen worden. Maar dat heb ik niet gedaan, zo'n vooruitziende blik had ik niet en dus moest ik me aan de geldende spelregels houden. In de klasse en de cultuur waar wij deel van uitmaakten, betekende dat dat we allebei dezelfde rol op ons namen, die vroeger de rol van de vrouw werd genoemd. Daar was ik aan gebonden als Odysseus aan de mast: wilde ik me bevrijden, dan kon dat, maar niet zonder alles te verliezen wat ik had. Zo kwam het dat ik heel modern en vrouwelijk door de straten van Stockholm liep met een razende negentiende-eeuwse man in mijn binnenste. De manier waarop ik werd waargenomen, veranderde als bij toverslag op het moment dat ik mijn handen op de handgreep van de kinderwagen legde. Ik heb altijd naar de vrouwen gekeken die ik passeerde, zoals alle mannen altijd hebben gedaan – een eigenlijk raadselachtige handeling, want die kan immers nergens anders toe leiden dan tot een korte blik over de schouder – en als ik een echt mooie vrouw zag, kon het zelfs gebeuren dat ik me naar haar omdraaide, discreet natuurlijk, maar toch: waarom in hemelsnaam? Welke functie hadden al die ogen, monden, borsten en tailles, benen en billen? Waarom was het zo belangrijk om ernaar te kijken? Als ik slechts een paar seconden of soms minuten later toch alles weer vergeten was? Het kwam weleens voor dat een blik de mijne ontmoette en dan kon het gebeuren dat er een hunkering door me heen ging als hij die ene minimale seconde extra werd vastgehouden, want hij was afkomstig van een mens in een mensenmassa, ik wist niets van haar af, waar ze vandaan kwam, hoe ze leefde, niets, en toch: we zagen elkaar, daar ging het om, en dan was het weer voorbij, dan was ze langsgelopen en werd ze voor altijd uit mijn herinnering gewist. Als ik achter de kinderwagen liep, keek geen enkele vrouw naar me, het was alsof ik niet bestond. Je zou misschien denken dat het er iets mee te maken had dat ik dan zo duidelijk aangaf niet vrij te zijn, maar dat was verdorie ook het geval als ik hand in hand liep met Linda, en dat had nog nooit iemand ervan weerhouden naar me te kijken. En o, was het niet mijn verdiende loon, werd ik niet gewoon op mijn nummer gezet, naar vrouwen lopen kijken als je er eentje thuis hebt die jouw kind ter wereld heeft gebracht?

Dat was toch zeker niet in orde.

Nee, dat was het niet.

Tonje vertelde een keer over een man die ze op een terras had ontmoet, het was al laat, hij kwam naar haar tafeltje toe, was dronken, maar ongevaarlijk, dacht ze, aangezien hij vertelde dat hij regelrecht van de kraamafdeling kwam, zijn vriendin had die dag hun eerste kind gebaard en nu was hij stappen om dat te vieren. Maar toen probeerde hij haar te versieren, hij werd steeds opdringeriger en uiteindelijk had hij haar voorgesteld met hem mee naar huis te gaan ... Tonje was tot in het diepst van haar ziel geschokt, vol afschuw, maar ook gefascineerd, vermoedde ik, want hoe was dat mogelijk, wat stelde hij zich daarbij voor?

Ik kon me geen groter verraad voorstellen. Maar was ik niet met hetzelfde bezig als ik de blikken van al die vrouwen zocht?

Onwillekeurig zweefden mijn gedachten naar Linda, die thuiszat en met Vanja bezig was, naar hun ogen, de nieuwsgierige, blije of slaperige van Vanja, de mooie van Linda. Nooit had ik iemand meer gewild dan haar en nu had ik niet alleen haar gekregen, maar ook haar kind. Waarom kon ik daar dan niet tevreden mee zijn? Waarom zou ik het schrijven niet een jaar laten voor wat het was en vader zijn voor Vanja terwijl Linda haar opleiding afmaakte? Ik hield van hen, zij hielden van mij. Dus waarom hield al dat andere dan niet op aan me te knagen en te trekken?

Ik moest er nog harder tegenaan. Al dat andere vergeten en me overdag alleen op Vanja concentreren. Linda alles geven wat ze nodig had. Een goed mens zijn. Verdomme, een goed mens, dat kon ik toch zeker wel opbrengen?

Ik was intussen bij de nieuwe winkel van Sony aangekomen en overwoog of ik naar de Akademibokhandel op de hoek zou gaan, een paar boeken kopen en daar in het café zitten, toen ik de toneelschrijver Lars Norén aan de andere kant van de straat ontdekte. Hij liep met een plastic tas van de Nike-winkel in zijn hand, in de richting die ik net uit kwam. De eerste keer dat ik hem had gezien, was een paar weken nadat we hier in de flat waren komen wonen, het was in het park Humlegården, boven de bomen hing mist en er kwam ons een kleine, hobbitachtige man tegemoet, helemaal in het zwart gekleed. Onze blikken kruisten elkaar, de zijne was donker als de nacht en de rillingen liepen me over mijn rug: wat was dat voor een mens? Een trol?

'Zág je hem?' vroeg ik Linda.

'Dat was Lars Norén', zei ze.

'Was dát Lars Norén?' zei ik.

Linda's moeder, die toneelspeelster was geweest, had langgeleden in de koninklijke schouwburg Dramaten met hem samengewerkt aan een stuk, net als Linda's beste vriendin Helena, die ook toneelspeelster was. Linda vertelde dat hij bij die gelegenheid een tijdje met Helena had staan praten, heel gewoon, en dat exacte formuleringen van haar later in het stuk waren opgedoken, in de mond gelegd van het personage dat zij speelde. Linda drong erop aan dat ik *Chaos is de buurman van God* en *De nacht, de moeder van de dag* zou lezen, die waren fantastisch, volgens haar, maar daar was ik nooit aan toegekomen, de lijst van dingen die ik moest lezen was al ellenlang, dus voorlopig moest ik er maar genoegen mee nemen hem af en toe tegen te komen, want hij kon zomaar in het straatbeeld opduiken en als we naar ons favoriete café Saturnus gingen, gebeurde het niet zelden dat hij daar werd geïnterviewd of gewoon met iemand zat te praten. Hij was niet de enige schrijver die ik tegenkwam: in de bakkerij bij ons verderop zag ik Kristian Petri een keer en ik had hem bijna gegroet, ongebruikelijk als het in deze stad voor me was gezichten tegen te komen die ik al eens eerder had gezien, een andere keer zag ik in dezelfde bakkerij Peter Englund, en Lars Jakobson, die het fantastische *In het slot van de rode dame* had geschreven, kwam eens Café Dello Sport binnen toen wij daar zaten, terwijl ik Stig Larsson, die zonder e, van wie ik bezeten was toen ik in de twintig was en wiens boek *Natta de mina* me als een vuistslag had getroffen, op het terras van Sturehof ontmoette, hij zat een boek te lezen en mijn hart ging zo tekeer dat je zou denken dat ik een spook zag. Later zag ik hem nog eens in de Pelikan, ik was daar met iemand die het gezelschap waar hij deel van uitmaakte, kende en ik gaf hem een hand, slap als een vaatdoek, terwijl hij landerig naar me glimlachte. Aris Fioretos zag ik op een avond bij uitgeverij Forum, daar was Katarina Frostenson toen ook, en Ann Jäderlund ontmoette ik op een feestje in Söder. Al die schrijvers had ik gelezen toen ik in Bergen woonde, destijds waren ze slechts vreemde namen die in een vreemd land thuishoorden en als ik ze nu in levenden lijve zag, waren ze gehuld in het aura van toen, wat een sterk historisch besef van het hier en nu inhield: ze schreven in onze tijd en vulden die met stemmingen op basis waarvan komende generaties ons zouden begrijpen. Stockholm aan het begin van het millennium, dat gevoel kreeg ik als ik hen zag en dat was een fijn en groots gevoel. Dat veel van deze schrijvers hun bloeitijd in de jaren tachtig en negentig hadden en allang op de achtergrond waren gedrongen, interesseerde me niet, ik wilde geen werkelijkheid, maar betovering. Van de jonge schrijvers die ik had gelezen, beviel alleen Jerker Virdborg me, zijn roman *Codenaam Zwarte Krab* had iets wat het boven de mist van moraal en politiek liet uitstijgen waarin de anderen gehuld zaten. Niet dat het een fantastische roman was, maar hij was tenminste op zoek naar iets anders. Dat was de enige verplichting die de literatuur had, in alle andere opzichten was ze vrij behalve hierin, en als schrijvers dat verzuimden, verdienden ze het slechts met verachting te worden behandeld.

Wat haatte ik al hun tijdschriften. Al hun artikelen. Gassilewski, Raattamaa, Halberg. Wat waren dat vreselijke schrijvers.

Nee, niet naar de Akademibokhandel.

Voor het zebrapad bleef ik staan. Aan de overkant, in de passage die naar het oude, traditionele warenhuis NK voerde, lag een cafeetje en daar besloot ik heen te gaan. Hoewel ik er vaak kwam, was de doorstroming zo groot en hing er zo'n anonieme sfeer dat je hoe dan ook niet opviel.

Bij de leuning van de trap naar de bouwmarkt in het souterrain was een tafeltje vrij. Ik hing mijn jas over de stoelleuning, legde mijn boek op tafel met de voorkant naar beneden en de rug de andere kant op zodat niemand kon zien wat ik las, en ging in de rij voor het buffet staan. Het drietal dat daar werkte, twee vrouwen en een man, leken op elkaar alsof ze broer en zussen waren. De oudste, die voor de sissende koffieautomaat stond, had een uiterlijk en een figuur die je verder bijna alleen in tijdschriften zag, en het fotoachtige dat ze had, deed de lust die ik voelde als ik haar achter het buffet zag bewegen, bijna teniet, alsof de wereld waarin ik verkeerde, onverenigbaar was met de hare, wat waarschijnlijk ook klopte. Er bestond niet één raakpunt tussen ons behalve de blik.

Verdomme. Nu deed ik het weer.

Zou ik daar niet mee ophouden?

Ik pakte een verkreukeld briefje van honderd uit mijn zak en streek het glad in mijn hand. Liet mijn blik over de overige gasten dwalen, die bijna allemaal op een stoel zaten met al hun glanzende plastic tassen met boodschappen naast zich op een andere. Glimmende laarsjes en schoenen, pakken, jassen en mantels van goede snit, hier en daar een bontkraag, een gouden ketting, oude huid en oude ogen in hun oude, geverfde kassen. Er werd koffiegedronken, er werden Deense koffiebroodjes gegeten. Ik zou er eindeloos veel voor geven om erachter te komen waar ze aan dachten terwijl ze daar zaten. Hoe zag deze wereld er voor hen uit? Stel dat het radicaal anders was dan wat ik zag? Vol vreugde over het donkere leer van de bank, de zwarte glans en de bittere smaak van de koffie, en niet te vergeten, het gele oog van de vanillecrème midden in het golvende en opengesprongen oppervlak van het bladerdeeg. Stel je voor dat deze hele wereld in hen zong. Stel je voor dat ze barstensvol waren van de vele gaven van deze dag. Neem nu die plastic tassen, zo geraffineerd en extravagant met het koord dat sommige hadden in plaats van de kleine vastgeplakte kartonnen handgrepen van die van de supermarkt. En de logo's, daar hadden mensen werkelijk dagen en weken aan zitten werken met al hun vakkennis en expertise, ze hadden er reacties op gekregen tijdens vergaderingen met andere afdelingen, hadden ze verder uitgewerkt, misschien hadden ze er monsters van aan vrienden en familie laten zien, 's nachts wakker gelegen, want het kwam natuurlijk voor dat het iemand niet beviel, ondanks alle zorgvuldigheid en vernuft die erin waren gestoken, tot de dag aanbrak dat het werd gerealiseerd en op schoot lag van bijvoorbeeld de vrouw van in de vijftig met dat stijve, bijna goudkleurige haar daar.

Hoewel, zo'n geëxalteerde indruk maakte ze eigenlijk niet. Meer zachtaardig en nadenkend. Vervuld van een grote, innerlijke vrede na een lang en gelukkig leven? Waarin het perfecte contrast tussen het witte, harde, koude aardewerk van het koffiekopje en de zwarte, vloeibare, warme koffie het voorlopige eindpunt was van een zwerftocht langs de dingen en de fenomenen in de wereld? Want had ze niet ooit vingerhoedskruid op een puinhelling gezien? Had ze niet een hond tegen een lantaarnpaal in het park zien pissen op een van die mistige novemberavonden die de stad in zo'n geheimzinnige schoonheid dompelen? Want o, hangt de lucht dan niet vol piepkleine regenpartikeltjes die zich niet alleen als een film aan huid en wol, metaal en hout hechten, maar ook het licht rondom reflecteren zodat in het grijs alles glittert en glimt? Had ze niet gezien hoe een man eerst het kelderraampje aan de andere kant van de binnenplaats had gebroken, het vervolgens had opengemaakt en naar binnen was gekropen om te jatten wat hij daarbinnen maar kon vinden? De wegen van de mens zijn waarachtig merkwaardig en ondoorgrondelijk! Bezat ze niet een metalen houdertje met een peper- en een zoutvaatje, allebei van geribbeld glas, maar met de deksel van hetzelfde metaal als het houdertje en met een heleboel kleine gaatjes erin, zodat respectievelijk het zout of de peper gestróóid kon worden? En waar had ze het niet allemaal op gestrooid zien worden? Op gebraden varkensvlees, op schapenbouten, op heerlijke gele omeletten met groene stukjes bieslook, in erwtensoep en op gebraden rundvlees. Tot de rand toe gevuld met al die indrukken, die elk op zich, met alles wat ze inhielden aan smaak, geur, kleur en vorm, een belevenis voor het leven waren, was het misschien niet eens zo gek dat ze rust zocht daar op die stoel en zo te zien verder níets meer van de wereld in zich op wilde nemen.

De man voor me in de rij kreeg eindelijk zijn bestelling, voor hem op het buffet werden drie caffe latte neergezet, kennelijk enorm ingewikkeld om klaar te maken, en de serveerster met het zwarte, schouderlange haar, de zachte lippen en de zwarte ogen, die zo snel verlevendigden als ze op iemand gericht werden die ze kenden, maar nu een neutrale blik hadden, keek mij aan.

'Een zwarte koffie?' vroeg ze voordat ik iets kon bestellen.

Ik knikte en slaakte een zucht toen ze zich omdraaide om hem te pakken. Dus ook haar was die sombere, lange man opgevallen met vlekken van babyvoeding op zijn trui, die nooit zijn haar waste.

De paar seconden die het haar kostte om een kopje te pakken en het vol koffie te schenken, liet ik mijn blik over haar glijden. Ook zij droeg zwarte laarzen tot de knie. Dat was mode die winter en ik wou dat het dat altijd zou blijven.

'Alstublieft', zei ze.

Ik reikte haar het briefje van honderd, ze nam het met haar keurig gemanicuurde vingers aan – het viel me op dat haar nagellak doorzichtig was –, pakte het wisselgeld uit de kassa en stopte het in mijn hand terwijl de glimlach die ze me schonk, weggleed en nu voor de drie vriendinnen achter me in de rij bestemd was.

De aanblik van het boek van Dostojevski op tafel was niet direct verleidelijk. De drempel tot lezen werd alleen maar hoger hoe minder ik las, dat was zo'n typische vicieuze cirkel. Daar kwam bij dat ik het niet prettig vond in de wereld te vertoeven die Dostojevski beschreef. Hoe ik ook werd meegesleurd en hoeveel bewondering ik ook had voor wat hij deed, ik kon het gevoel van onbehagen dat het lezen van zijn boeken in me opriep, niet van me afzetten. Of nee, niet onbehagen. Ongemakkelijkheid was het woord. Ik voelde me ongemakkelijk in Dostojevski's wereld. Maar ik sloeg het boek desondanks open en ging er eens goed voor zitten, na een korte blik door het lokaal te hebben geworpen om me ervan te verzekeren dat niemand me dat zag doen.

Vóór Dostojevski was het ideaal, hét christelijke ideaal, altijd puur en sterk, het hoorde in de hemel thuis, in het voor bijna iedereen onbereikbare. Het vlees was zwak, de geest was zwak, maar het ideaal was onbuigzaam. Het ideaal ging erom te streven, door te zetten, de strijd aan te gaan. In Dostojevski's boeken is alles menselijk, of beter gezegd, is het menselijke alles, ook de idealen, die op hun kop worden gezet: bij hem worden ze bereikt als je opgeeft, loslaat, in plaats van willen juist niet-willen nastreeft. Nederigheid en zelfverloochening, dat zijn de idealen in Dostojevki's belangrijkste romans, en in het feit dat ze binnen het kader van de handeling nooit worden gerealiseerd, schuilt zijn grootheid, juist omdat dat een resultaat is van zijn eigen nederigheid en zelfverloochening als schrijver. In tegenstelling tot de meeste andere grote schrijvers is Dostojevski zelf niet zichtbaar in zijn romans. Nergens in zijn zinnen is iets briljants te vinden waarmee hij eruit springt, er valt geen onwrikbare moraal uit zijn boeken te lezen, hij zet al zijn verstand en vlijt in om de mensen individueel neer te zetten, en aangezien er zo veel in de mens steekt wat zich niet laat vernederen of verloochenen, zijn de strijd en de activiteit altijd sterker dan de passiviteit van de genade en de vergiffenis waarin die uitmonden. Van daaruit kun je verdergaan en bijvoorbeeld het begrip 'nihilisme' bij hem onder de loep nemen, dat nooit reëel, maar altijd slechts een idee-fixe lijkt, een deel van de ideehistorische hemel in die tijd, juist omdat het menselijke overal in doordringt, in al zijn vormen, van het meest groteske en animaalste tot het aristocratisch verfijnde of het vervuilde, armoedige en van wereldse pracht ontdane Jezus-ideaal, en gewoonweg alles, ook een discussie over nihilisme, tot de rand toe met zin vult. Bij een schrijver als Tolstoj, die ook in de tijd van de grote omwentelingen schreef en actief was, dat wil zeggen in de laatste helft van de negentiende eeuw, en die ook doordrongen was van alle mogelijke religieuze en morele aanvechtingen, ziet het er heel anders uit. Bij hem vinden we lange beschrijvingen van landschappen en vertrekken, van personen en kleding, bij hem komt rook uit de loop van een geweer nadat er een schot is gelost, bij hem weerkaatst de knal als een zwakke echo, bij hem gaat er een schok door het getroffen dier voordat het omvalt en dampt het bloed als het op de grond vloeit. Bij hem wordt over de jacht gediscussieerd in uitvoerige uiteenzettingen die niets anders willen zijn dan dat: een zakelijke documentatie van een objectief fenomeen ingelast in een verhaal dat verder rijk aan gebeurtenissen is. Dat op zichzelf staande belang van de handelingen en de dingen vinden we bij Dostojevski niet, bij hem schuilt er altijd iets anders achter, een drama van de ziel, en dat houdt in dat hij altijd een menselijk aspect buiten beschouwing laat, namelijk dat wat ons met alles verbindt wat buiten ons ligt. De mens staat aan vele winden bloot en er zijn andere formaties in hem te vinden dan de diepte van de ziel. Dat wisten zij die de boeken van het Oude Testament schreven beter dan wie ook. De ontegenzeggelijk uitvoerigste beschrijvingen van alle mogelijke verschijningsvormen van het menselijke vinden we daar, daar zijn alle denkbare vormen van leven vertegenwoordigd behalve dat ene, voor ons enig geldige, namelijk het innerlijke. De onderverdeling van het menselijke in onderbewustzijn en bewustzijn, irrationaliteit en rationaliteit, waarbij het een het ander altijd verklaart of aanvult, en het begrip van God als iets waarin je je ziel kunt onderdompelen zodat de strijd ophoudt en er vrede heerst, zijn nieuwe voorstellingen, onlosmakelijk verbonden met ons en onze tijd, die er niet zonder reden voor heeft gezorgd dat dingen voor ons verloren gingen door ze één te maken met onze kennis erover of met ons beeld ervan, terwijl we anderzijds de verhouding mens – wereld op zijn kop hebben gezet: waar vroeger de mens door de wereld trok, trekt nu de wereld door de mens. En als de zin verschuift, verschuift de zinloosheid mee. Niet langer het buitensluiten van God maakt ons ontvankelijk voor de nacht, zoals in de negentiende eeuw toen het menselijke wat nog over was alles overnam, wat je bij Dostojevski, Munch en Freud kunt zien, waar de mens, misschien uit nood, misschien uit lust, zijn eigen hemel werd. Van daaruit hoefde men echter niet meer dan één stap terug te doen of alle zin verdween. Toen zag men dat er een hemel boven al het menselijke hing en dat die niet alleen leeg, zwart en koud was, maar ook eindeloos. Wat was het menselijke in dat universum waard? Wat was de mens op aarde anders dan gedierte te midden van ander gedierte, leven te midden van ander leven, dat zich net zo gemakkelijk manifesteerde als algen in zee of schimmel op bosgrond, als kuit in een vissenbuik, ratten in een hol of een hoopje schelpen op een rots? Waarom zouden we het ene wel doen en het andere niet als er toch geen doel of richting in ons leven bestond behalve dat we samenklonterden, leefden en stierven? Wie vroeg nog naar de waarde van dit leven als het voor altijd verdwenen was, veranderd in een handvol vochtige aarde en een paar vergeelde, broze botten? De schedel, grijnsde die niet honend in het graf? Wat voor rol speelden een paar doden meer of minder vanuit dat perspectief? O, er bestonden ook andere perspectieven, want diezelfde wereld, kon die niet als een wonder van koele rivieren en uitgestrekte bossen, spiraalvormige slakkenhuizen en metersdiepe gletsjermolens, bloedaderen en hersenkronkels, kale planeten en expanderende sterrenstelsels worden beschouwd? Ja, dat kon, want zin is niet iets wat we krijgen, maar iets wat we geven. Door de dood wordt het leven zinloos omdat alles waar we ooit naar hebben gestreefd, daarmee ophoudt, en hij geeft het leven zin omdat zijn aanwezigheid het beetje dat we ervan hebben, onmisbaar maakt, elk moment kostbaar. Maar in mijn tijd was de dood verwijderd, hij bestond niet langer behalve als vast onderdeel van alle kranten, nieuwsprogramma's en in films waar hij niet het einde van een reeks gebeurtenissen markeerde, discontinuïteit, maar vanwege de dagelijkse herhaling integendeel een voortzetting van het verloop inhield, continuïteit, en op die manier merkwaardig genoeg onze veiligheid en houvast was geworden. Het neerstorten van een vliegtuig was een ritueel, het gebeurde met regelmatige tussenpozen, hield steeds hetzelfde in en wij maakten er zelf nooit deel van uit. Veiligheid, maar ook spanning en intensiteit, want stel je voor hoe vreselijk het voor die mensen was gedurende hun laatste seconden ... Bijna alles wat we zagen en deden, behelsde die intensiteit, die in ons werd opgeroepen, maar die niets met ons te maken had. Hoe zat dat, leefden we het leven van anderen? Ja, alles wat we niet hadden en niet meemaakten, hadden we toch en maakten we toch mee, want we zagen het en we namen er deel aan zonder er zelf bij te zijn. Niet zomaar een keer, maar elke dag ... En niet alleen ik en iedereen die ik kende, maar complete, wijdverbreide culturen, ja, bijna iedereen die bestond, de hele verdomde mensheid. Alles had ze onderzocht en tot het hare gemaakt zoals de zee doet met regen en sneeuw, er bestonden niet langer dingen of plaatsen die we niet hadden ingelijfd en daarmee met menselijkheid hadden beladen: ook daar was ons verstand geweest. Voor het goddelijke is het menselijke altijd klein en onbeduidend geweest en het moest door de enorme betekenis van dit perspectief komen, die misschien alleen kan worden vergeleken met het inzicht dat kennis ook altijd een val betekende, dat het idee van het goddelijke überhaupt kon ontstaan en dat er nu een eind aan was gekomen. Want wie piekerde er nog over de zinloosheid van het leven? Tieners. Zij waren de enigen die in beslag werden genomen door existentiële vragen, die om die reden iets kinderlijks en onrijps hadden gekregen zodat het voor een volwassen mens met een nog intact gevoel voor fatsoen, dubbel onmogelijk werd je ermee bezig te houden. Merkwaardig was dat niet, want het levensgevoel is nooit zo sterk en brandt nooit zo hevig als in je tienerjaren, wanneer je als het ware voor het eerst de wereld binnentreedt en alle gevoelens nieuwe gevoelens zijn. Dan sta je daar met de kleine kronkels van je grote gedachten en je werpt nu eens een blik hierheen, dan weer daarheen, op zoek naar een opening waardoor je ze kunt spuien, want de druk neemt toe. En bij wie kom je dan vroeg of laat onvermijdelijk terecht? Bij oom Dostojevski natuurlijk. Dostojevski is een schrijver voor tieners geworden, de vraag van het nihilisme is een vraag voor tieners. Hoe dat heeft kunnen gebeuren, is niet zo gemakkelijk te zeggen, maar het resultaat is in elk geval dat die hele enorme probleemstelling onmondig verklaard is terwijl anderzijds alle kritische krachten naar links worden geleid, waar ze oplossen in ideeën over rechtvaardigheid en gelijkheid, dezelfde die de ontwikkeling van deze maatschappij en het afgrondloze leven dat we daarin leiden, legitimeren en sturen. Het verschil tussen het nihilisme uit de negentiende eeuw en dat van ons is dat tussen leegte en gelijkheid. In 1949 schreef de Duitse schrijver Ernst Jünger dat we ons in de toekomst min of meer tot een wereldomvattende staat zouden ontwikkelen. Nu, nu de liberale democratie als maatschappijvorm bijna alleenheersend is, ziet het ernaar uit dat hij gelijk had. We zijn allemaal democraten, we zijn allemaal liberaal en de verschillen tussen staten, culturen en mensen worden overal tenietgedaan. En wat is die beweging in de grond van de zaak anders dan nihilistisch? 'De nihilistische wereld is in wezen een wereld die steeds verder wordt gereduceerd, hetgeen immers noodzakelijkerwijze overeenkomt met de beweging naar het nulpunt', schreef Jünger. Een voorbeeld van een dergelijke reductie is bijvoorbeeld dat God als 'het goede' wordt opgevat, of de neiging een gemeenschappelijke noemer te vinden voor alle ingewikkelde tendensen die er in de wereld bestaan, of de neiging tot specialisatie, die een andere vorm van reductie is, of in het verlangen alles in getallen te veranderen, of het nu schoonheid is of bos, kunst of lichaam. Want wat is geld anders dan een grootheid die de meest uiteenlopende dingen gelijkstelt zodat ze omgezet kunnen worden? Of zoals Jünger schrijft: 'Beetje bij beetje kan elk domein onder deze gemeenschappelijke noemer worden gebracht, zelfs een zo ver van de causaliteit verwijderd gebied als de droom.' In onze eeuw zijn zelfs onze dromen gelijk, zijn zelfs onze dromen iets wat we omzetten. Gelijkwaardig, dat is alleen een andere manier om onverschillig te zeggen.

Dat is onze nacht.

Ik merkte dat het stiller om me heen was geworden en dat het buiten op straat donker was, maar pas toen ik mijn boek weglegde om nog een kop koffie te halen, besefte ik dat dat een teken was dat de tijd was verstreken.

Het was tien voor zes.

O, shit.

Ik had om vijf uur thuis moeten zijn. En het was vrijdag vandaag, dan maakten we altijd iets bijzonders van het eten en de avond. Dat was in elk geval de bedoeling.

O, verdomme. Wat een shit.

Ik trok mijn jas aan, stopte het boek in mijn zak en haastte me naar buiten.

'Tot ziens!' riep de serveerster me na.

'Tot ziens!' zei ik zonder me om te draaien. En ik moest nog boodschappen doen ook voordat ik naar huis kon. Ik ging eerst naar de slijter aan de overkant, pakte blindelings een fles rode wijn van de plank met de duurste merken, na te hebben gezien dat er een stierenkop op stond, liep door de passage naar het warenhuis, dat zo groot en luxueus was dat ik me er altijd slonzig voelde als een dakloze, regelrecht naar de trap en naar beneden naar het souterrain, waar de supermarkt was met het meest exclusieve aanbod in Stockholm en waar een aanzienlijk deel van onze inkomsten belandde, niet omdat we zulke fijnproevers waren, maar omdat we te lui waren om naar de goedkope supermarkt bij de ingang van de ondergrondse aan de Birger Jarlsgata te gaan en omdat de waarde van het geld geen enkele betekenis voor me had, in die zin dat ik net zomin aarzelde ermee te smijten als ik het had, als dat ik het miste als ik het niet had. Dat was natuurlijk dom, het maakte het leven moeilijker dan noodzakelijk. We hadden gemakkelijk een bescheiden, maar regelmatig en adequaat inkomen kunnen hebben in plaats van dat ik alles over de balk smeet zodra ik het kreeg en dan de daaropvolgende drie jaar van het minimum moest zien rond te komen. Maar wie bracht het op om zo te denken? Ik niet in elk geval. Dus op de vleesafdeling afgestevend met de fantastisch bestorven, maar naar verhouding peperdure entrecotes van een boerderij op Gotland, waarvan zelfs ik proefde dat ze uitermate goed smaakten, en de plastic bekers met homemade saus, waar ik er ook een van nam, waarna ik nog snel een zak aardappels, een paar tomaten, broccoli en wat champignons pakte. Ik zag dat ze verse frambozen hadden en nam een mandje mee, haastte me naar de vriesafdeling, vond het vanille-ijs van het kleine merk dat ze sinds kort hadden en haalde ten slotte nog een pakje van die Franse biscuitachtige dingen die daar zo lekker bij waren, helemaal aan het andere eind van de winkel, waar gelukkig ook een kassa was.

O jee, o jee, nu was het al kwart over.

Het probleem was niet alleen dat ik anderhalf uur langer was weggebleven dan de bedoeling was en dat zij zat te wachten, maar ook dat de avond zo kort werd aangezien we zo vroeg naar bed gingen. Wat mij betrof speelde het geen rol, ik kon net zo goed een paar boterhammen voor de tv eten en om half acht naar bed gaan als het nodig was, maar het was voor haar.

Bovendien was ik net terug van een driedaagse minitournee, waarbij ik had voorgelezen uit eigen werk, en zou ik het volgende weekend weer naar Oslo vertrekken om een lezing te houden, dus de teugels waren nog strakker getrokken dan normaal.

Ik legde mijn boodschappen op de metalen schijf, die langzaam naar de caissière draaide. Ze tilde ze een voor een op, keerde ze in de lucht zodat de streepjescode boven het laserapparaat kwam, en legde ze als het piepje klonk op de kleine, zwarte lopende band, alles met slaapwandelaarachtige bewegingen alsof ze zich in een droom bevond. Het licht boven ons was fel en liet geen porie in haar huid verborgen. Haar mondhoeken hingen naar beneden, niet omdat ze oud was, maar omdat ze zulke bolle, vlezige wangen had. Haar hele hoofd was opgezwollen van het vlees. Dat ze veel tijd aan haar kapsel had besteed, hielp niet echt bij de totaalindruk die ze maakte, het was alsof het groene bosje van een wortel netjes was gekapt.

'520 kronen', zei ze en ze keek naar haar nagels, die ze even met gebogen vingers voor zich hield. Ik haalde mijn pasje door het leesapparaat en typte mijn pincode in. Terwijl ik naar het schermpje staarde en stond te wachten tot de transactie werd geaccepteerd, schoot het me te binnen dat ik een tasje was vergeten. Als dat gebeurde, stond ik er altijd op het te betalen zodat ze niet dachten dat ik het expres was vergeten in de hoop dat ik er eentje gratis kon pakken, zoals vaak het geval was. Maar deze keer had ik geen contant geld bij me en het was natuurlijk idioot om zo'n kleine som met je pasje te betalen. Aan de andere kant, wat maakte het uit wat zij van me dacht. Zo dik als ze was.

'Ik ben vergeten een tasje te pakken', zei ik.

'Dat is twee kronen', zei ze.

Ik pakte een tasje uit het doosje onder aan de voorkant van de kassa en haalde mijn pasje weer tevoorschijn.

'Hebt u het niet contant?' vroeg ze.

'Nee, helaas niet', zei ik.

Ze wuifde met haar hand.

'Maar ik ben best bereid het te betalen', zei ik. 'Daar gaat het niet om.'

Ze glimlachte vermoeid.

'Neem die tas nou maar', zei ze.

'Dank u wel', zei ik, ik stopte mijn boodschappen erin en liep naar de trap, die aan deze kant naar een soort hal voerde met vitrines van een veilinghuis langs de muren. Toen ik daar de deur uit liep, lag het warenhuis

NK aan de overkant van de straat in het donker te schitteren. Er bestond een netwerk van onderaardse gangen onder het hart van de stad, vanuit de Passage kon je naar het souterrain van NK lopen en kwam je vervolgens in een ondergrondse winkelstraat terecht die links met het winkelcentrum Gallerian in verbinding stond, een stukje verderop aan dezelfde kant met het Kulturhuset en die rechtdoor naar de Sergels Torg, of Plattan in de volksmond, voerde en op die manier dus naar de metro, van waar tunnels helemaal naar het station liepen. Op regenachtige dagen nam ik die route altijd, maar verder ook vaak, want al het onderaardse trok me aan, het had iets avontuurlijks, iets wat beslist uit mijn jeugd stamde toen een grot het meest fantastische was wat er te ontdekken viel. Ik herinnerde me een winter dat er meer dan twee meter sneeuw was gevallen, het moet in 1976 of 1977 zijn geweest, en we in een weekend kleine holen hadden gegraven, met elkaar verbonden via tunnels die zich door de hele tuin van de buren uitstrekten. We waren als bezeten en volkomen betoverd door het resultaat als de avond viel en we diep onder de sneeuw konden zitten praten.

Nu liep ik langs de Amerikaanse bar, die vol mensen zat, het was vrijdag en ze kwamen hier een biertje drinken na het werk of voordat het avondje stappen serieus begon, ze zaten met hun dikke jassen over de ruggen van de stoelen met rood glimmende gezichten te glimlachen en te drinken, de meesten van hen ergens in de veertig terwijl jonge, slanke mannen en vrouwen met zwarte schorten rondliepen om de bestellingen op te nemen, dienbladen met bier op de tafels zetten en de lege glazen weer meenamen. Het geluid van al die vrolijke mensen, hun warme, goedmoedige geroezemoes, zo nu en dan doorspekt met brullend gelach, stroomde me tegemoet toen de deur openging en een groepje van vijf personen buiten bleef staan, allemaal ergens mee bezig: in een tas rommelen op zoek naar sigaretten of een lippenstift, een nummer intoetsen op een mobieltje en dat afwachtend naar het oor brengen terwijl de blik door de straat gleed of contact zocht met een van de anderen om naar hem of haar te glimlachen, verder niets, alleen een glimlach in alle vriendschappelijkheid.

'Een taxi naar de Regeringsgata ...', hoorde ik achter me. Op de weg gleed langzaam en donker een reeks auto's langs, de gezichten van de passagiers verlicht door het schijnsel van de straatlantaarns, dat ze een geheimzinnige gloed verleende, en dat van de chauffeurs door het blauwige licht van het dashboard. Uit enkele ervan klonk het gebonk van bas en trommels. Aan de andere kant van de straat stroomden de mensen uit NK naar buiten, waar een luidsprekerstem nu algauw zou aankondigen dat het warenhuis over vijftien minuten ging sluiten. Dikke bontmantels, kleine, kwispelende honden, donkere wollen jassen, leren handschoenen, bundels draagtasjes. Een enkel jeugdig gewatteerd jack, een broek met wijde pijpen of een gebreide muts. Opeens zette een vrouw het op een lopen, met één hand aan haar muts terwijl de panden van haar openhangende jas rond haar benen fladderden. Misschien moest ze een bus halen of zoiets? Het had bijna iets ernstigs en ik draaide me naar haar om. Maar er gebeurde niets, ze verdween alleen om de hoek naar het park Kungsträdgården. Op een paar roosters tegen de muur zaten drie daklozen. Een ervan had een kartonnen bordje voor zich neergezet waarop met viltstift geschreven stond dat hij geld nodig had om die nacht ergens te kunnen overnachten. Daarnaast lag een muts met een paar muntstukken erin. De twee anderen zaten te drinken. Ik keek een andere kant op toen ik hen passeerde, stak bij de Akademibokhandel de straat over, haastte me langs die strenge, als het ware uitdrukkingsloze gevels, dacht aan Linda, die misschien boos zou zijn, die misschien het gevoel had dat de avond nu mislukt was, bedacht hoe weinig zin ik daarin had. Nog een kruispunt over, langs het dure Italiaanse restaurant, even een blik naar het Glen Millercafé, waar net op dat moment twee personen uit een taxi stapten, en toen naar jazzclub Nalen. Daar stonden een enorme bus met aanhanger van een band geparkeerd en vlak erachter een witte bus van de Zweedse radio. Van daar liepen dikke bundels kabel over het trottoir en ik probeerde me vergeefs te herinneren wie er die avond zouden spelen, toen liep ik de drie traptreden op naar de deur, tikte de code in en ging naar binnen. Op het moment dat ik de trap op liep, hoorde ik op de verdieping boven me een deur opengaan en weer dichtslaan. Uit de klap begreep ik dat het de Russin moest zijn. Maar het was te laat om de lift te nemen, dus liep ik door, en jawel hoor, het volgende moment kwam ze naar beneden. Ze deed alsof ze me niet zag. Ik groette desondanks.

'Hoi!' zei ik.

Ze mompelde iets, maar pas nadat ze langs was gelopen.

Die Russin was de horrorbuurvrouw pur sang. De eerste zeven maanden dat we daar woonden, stond haar flat leeg. Maar toen op een nacht om een uur of half twee werden we wakker van lawaai op de gang, het was haar deur die met een klap dichtsloeg, en vlak daarna werd beneden zo luid muziek gedraaid dat we elkaar niet meer verstonden. Eurodisco, met een bas en een zware beat die de vloer deden trillen en de ramen deden rinkelen. Het was alsof de installatie bij ons in de kamer op vol stond. Linda, die acht maanden zwanger was, had sowieso al moeite in slaap te komen, maar zelfs ik, die normaal gesproken onverstoorbaar door wat voor lawaai ook maar heen sliep, kon het wel vergeten. Tussen de nummers door hoorden we haar gillen en schreeuwen. We stonden op en gingen naar de woonkamer. Zouden we de hulplijn bellen die speciaal voor dit soort situaties was opgezet? Nee, dat wilde ik niet, dat was me te Zweeds, konden we niet gewoon naar beneden gaan, aanbellen en er iets van zeggen? Ja, maar dan moest ik het doen. En dat deed ik, ik belde aan en toen dat niet hielp, klopte ik, maar er kwam niemand. Weer een half uur in de woonkamer. Misschien ging het vanzelf voorbij? Ten slotte was Linda zo kwaad dat zij naar beneden ging en toen deed die vrouw opeens de deur open. En of ze ons begreep! Ze deed een stap naar voren en betastte Linda's buik, en je bent nog wel zwanger, zei ze in haar Russisch klinkende Zweeds, het spijt me zo, neem me niet kwalijk, maar mijn man heeft me verlaten en ik weet niet wat ik moet doen, begrijp je? Muziek en wat wijn, dat helpt in dit koude Zweden. Maar jij krijgt een kind en jij moet kunnen slapen, natuurlijk.

Verheugd over de begripvolle reactie kwam Linda weer boven en ze vertelde me wat de buurvrouw had gezegd, daarop gingen we weer naar de slaapkamer en naar bed. Tien minuten later, toen ik net in slaap was gevallen, begon dat krankzinnige spektakel opnieuw. Dezelfde muziek op hetzelfde waanzinnige niveau met hetzelfde geschreeuw tussen de nummers door.

We stonden op en gingen naar de woonkamer. Het was bijna half vier. Wat moesten we doen? Linda wilde toch de hulplijn bellen, maar dat wilde ik niet, want hoewel die in principe anoniem was, in die zin dat de huisvredepatrouille niet mocht opgeven wie er had gebeld of geklaagd, zou ze dat natuurlijk doorhebben en zo onvoorspelbaar als ze klaarblijkelijk was, was dat vragen om problemen. Toen stelde Linda voor nu af te wachten tot het voorbij was en dan morgen een vriendelijke brief te schrijven, waaruit duidelijk werd dat we begripvol en tolerant waren, maar dat een dergelijke geluidoverlast laat in de nacht echt onacceptabel was. Linda ging op de bank liggen, buiten adem met haar dikke buik omhoog, ik ging naar bed en ongeveer een uur later, zo tegen een uur of vijf, hield de muziek eindelijk op. De volgende dag schreef Linda een brief, ze stopte hem in de brievenbus toen we die ochtend naar buiten gingen en alles bleef rustig tot een uur of zes 's avonds, toen er plotseling verschrikkelijk op onze deur werd gehamerd en gebonkt. Ik deed open. Het was de Russin. Haar dronken gezicht keek verbeten en zag wit van woede. Ze hield Linda's brief in haar hand geklemd.

'Wat is dit, godverdomme!' riep ze. 'Hoe kunnen jullie me dit flikken! In mijn eigen huis! Waag het godverdomme niet mij te vertellen wat ik in mijn eigen huis kan doen!'

'Het is een vriendelijke brief ...', zei ik.

'Met jou wil ik niet praten!' zei ze. 'Ik wil praten met degene die het bij jullie voor het zeggen heeft!'

'Wat bedoel je?'

'Jij bent toch niet de baas in je eigen huis! Je wordt naar buiten gejaagd als je wilt roken. Staat daar voor gek op de binnenplaats. Dacht je dat ik je niet had gezien? Dus ik wil met haar praten.'

Ze deed een paar stappen naar voren en wilde langs me heen lopen. Ze stonk naar alcohol.

Mijn hart bonsde in mijn keel. Razernij was het enige waar ik echt bang voor was. Het lukte me nooit me tegen het gevoel van zwakte te weren dat dan door mijn hele lichaam stroomde. Mijn benen werden slap, mijn armen, mijn stem beefde. Maar dat hoefde zij niet te merken.

'Je zult het met mij moeten doen', zei ik en ik deed een stap in haar richting.

'Nee!' zei ze. 'Zij heeft die brief geschreven. Ik wil met haar praten.'

'Luister,' zei ik, 'je hebt midden in de nacht ongelooflijk hard muziek gedraaid. Het was onmogelijk om te slapen. Dat kun je niet doen. Dat begrijp je toch wel.'

'Jij, jíj hoeft mij niet te vertellen wat ik kan doen!'

'Nee, misschien niet', zei ik. 'Maar er is iets wat huisvrede heet. Daar moet iedereen die in een huis woont, zich aan houden.'

'Weet je hoeveel huur ik betaal?' zei ze. 'Vijftienduizend kronen! Ik woon al acht jaar in dit huis. En er heeft nog nooit eerder iemand geklaagd. Dan komen jullie, keurige kleine fatsoensmensjes. "Ik ben zwánger, moet je weten."'

Toen ze dat laatste zei, voerde ze een kleine pantomime van keurige mensen op, kneep haar lippen op elkaar en knikte met haar hoofd. Haar haar zat in de war, ze zag bleek, haar gezicht was enigszins gezwollen, haar ogen waren wijd opengesperd.

Ze staarde me laaiend aan. Ik sloeg mijn ogen neer. Ze draaide zich om en liep de trap af.

Ik deed de deur dicht en draaide me om naar Linda, die tegen de muur in de gang geleund stond.

'Ja, dat was een slimme zet', zei ik.

'Bedoel je die brief?' vroeg ze.

'Ja,' zei ik, 'nu hebben we de poppen aan het dansen.'

'Bedoel je dat het mijn fout is? Zij is toch degene die niet spoort. Daar kan ik niets aan doen.'

'Kalm nou maar,' zei ik, 'wij hebben toch geen ruzie met elkaar.'

In de flat onder ons werd muziek aangezet, net zo keihard als de nacht daarvoor. Linda keek me aan.

'Zullen we ergens heen gaan?' vroeg ze.

'Ik vind de gedachte niet prettig dat we ons laten verjagen', zei ik.

'Maar het is hier niet uit te houden.'

'Nee.'

Terwijl we onze jas aantrokken, hield de muziek op. Misschien vond ze het zelf wel te hard. Toch gingen we op pad, naar de haven bij het Nybroplan, waar de lichten in het zwarte water schitterden en zich voor de boeg van de veerpont naar Djurgården, die net kwam aanvaren, dikke lagen pappig ijs verzamelden. Dramaten lag als een burcht aan de andere kant van de straat. Het was een van de gebouwen die me het best bevielen in deze stad. Niet omdat het zo mooi was, want dat was het niet, maar omdat het een geheel eigen sfeer uitstraalde, net als de naaste omgeving ervan. Misschien kwam dat door de lichte kleur van het gesteente, bijna wit, en de grote vlakken zodat het hele gebouw glansde, zelfs op de donkerste regenachtige dagen. Met de eeuwige wind van zee en de wapperende vlaggen voor de ingang kreeg de omgeving waarin het stond, iets opens terwijl dat beklemmende dat monumentale gebouwen vaak hebben, ontbrak. Verhief het zich daar niet als een kleine bergtop aan het water?

Hand in hand liepen we door de Strandgata. Het wateroppervlak tot aan Skeppsholmen lag volkomen in het donker. Als daar slechts in een paar gebouwen licht brandde, werd er een wonderlijke cadans in de stad opgeroepen, het was alsof hij ophield, overging in randgebieden en natuur om weer vaart te krijgen aan de andere oever, waar Gamla Stan, Slussen en de steile rotsoever bij Söder lagen te glinsteren en te blinken en te ruisen.

Linda vertelde een paar anekdotes over Dramaten, waar ze min of meer was opgegroeid. Toen haar moeder daar als toneelspeelster werkte, had ze in haar eentje de verantwoordelijkheid voor Linda en haar broer gehad, dus ze waren vaak met haar mee geweest naar repetities en voorstellingen. Voor mij had dat iets mythologisch, voor Linda iets triviaals, iets waar ze liever niet over praatte, wat ze zeker ook nu niet had gedaan als ik haar niet had uitgevraagd. Ze wist alles over toneelspelers, over hun ijdelheid en zelfdestructie, hun angst en intriges, ze lachte en zei dat de besten onder hen vaak de domsten waren, het minst begrepen, dat een intellectuele toneelspeler een contradictio in terminis was, maar hoewel ze toneelspelerij verachtte, hun gebaartjes en pompeuze gedoe verachtte, evenals hun goedkope en lege, gemakkelijk te triggeren levens en gevoelens, stelde ze op weinig dingen meer prijs dan op hun prestaties op het toneel als ze op hun best waren, zo had ze het bijvoorbeeld vol geestdrift over Bergmans enscenering van *Peer Gynt*, die ze talloze malen had gezien aangezien ze in die tijd in de garderobe van Dramaten had gewerkt, over het fantastische en sprookjesachtige ervan, maar ook het barokke en burleske, of over Wilsons enscenering van *Droomspel* aan het stadstheater van Stockholm, waar ze bij de dramaturgie had meegeholpen, dat natuurlijk strakker en meer gestileerd was, maar net zo betoverend. Ze had ooit zelf toneelspeelster willen worden, maar haalde twee jaar achter elkaar net de laatste toets aan de toneelschool niet, en toen ze haar die tweede keer weer niet namen, gaf ze het op, dan zouden ze haar nooit nemen, dus ze focuste zich op een andere richting, meldde zich aan voor de schrijversopleiding op Biskops-Arnö en debuteerde het jaar daarna met de gedichten die ze daar had geschreven.

Nu vertelde ze over een tournee waar ze bij was geweest. Dramaten, dat betekende de hele wereld over met het gezelschap van Bergman, waar ze kwamen werden ze als sterren onthaald en die keer was dat in Tokio. Groot, lawaaierig en dronken dromden de Zweedse toneelspelers een van de betere restaurants in de stad binnen, er was geen sprake van dat ze hun schoenen uittrokken of op andere wijze de sfeer van de omgeving aanvoelden, er werd met armen gezwaaid, sigaretten werden in kopjes sake uitgedrukt, er werd luid naar de ober geroepen. Linda in een korte jurk met rode lippenstift, een zwart pagekapsel en met een sigaret in haar hand, een beetje verliefd op Peter Stormare, die er ook bij was. Ze was nog maar vijftien en moest in Japanse ogen grotesk zijn overgekomen, naar ze zei. Maar die vertrokken natuurlijk geen spier, liepen alleen stilletjes af en aan, zelfs toen iemand van het gezelschap door een papieren wand heen donderde en op de grond klapte.

Ze lachte toen ze het vertelde.

'Toen we weg zouden gaan,' zei ze terwijl ze over Djurgårdsbrunn uitkeek, 'kwam er een kelner aan met een zakje voor me. Het was een geschenk van de kok, zei hij. Ik keek erin. Weet je wat het was?'

'Nee?' zei ik.

'Het zat vol levende kleine krabben.'

'Krabben? Wat had dat te betekenen?'

Ze haalde haar schouders op.

'Ik weet het niet.'
'Wat heb je ermee gedaan?'
'Ik heb ze meegenomen naar het hotel. Mama was zo dronken dat ze daar al eerder naartoe gebracht moest worden. Ik heb in mijn eentje een taxi genomen, met het zakje vol krabben aan mijn voeten. Toen ik op mijn kamer kwam, heb ik koud water in het bad laten lopen en ze daarin gedaan. Daar hebben ze de hele nacht rondgescharreld terwijl ik in de kamer ernaast lag te slapen. Midden in Tokio.'
'Wat gebeurde er toen? Wat heb je ermee gedaan?'
'Daar houdt het verhaal op', zei ze en ze kneep in mijn hand terwijl ze glimlachend naar me opkeek.

Ze had iets met Japan. Voor haar gedichtenbundel had ze zowaar een Japanse prijs gekregen, een schilderij met Japanse tekens, dat tot voor kort boven haar schrijftafel had gehangen. En hadden die kleine, mooie trekken van haar ook niet iets lichtelijk Japans?

We liepen naar het Karlaplan met het cirkelvormige bekken, waarin 's zomers een enorme fontein spoot, maar dat nu leeg was, de bodem bedekt met dorre bladeren van de grote bomen die eromheen stonden.

'Herinner je je nog dat we *Spoken* hebben gezien?' vroeg ik.

'Natuurlijk!' zei ze. 'Dat zal ik nooit vergeten.'

Dat wist ik, ze had het kaartje van die voorstelling in het fotoalbum geplakt, waar ze mee begonnen was toen ze zwanger werd. *Spoken* was Bergmans laatste toneelenscenering en we waren er samen heen geweest voordat we een stel werden, het was een van de eerste dingen die we samen deden, een van de eerste dingen die we deelden. Het was nog maar anderhalf jaar geleden, maar het voelde als een heel leven.

Ze keek me aan met de warmte in haar blik die me volledig kon opslokken. Het was koud, er waaide een gure, bijtende wind. Iets daarin deed me eraan denken hoe ver oostelijk Stockholm eigenlijk lag, er hing iets vreemds in de lucht, iets wat er niet was waar ik vandaan kwam zonder dat ik precies kon aangeven wat het was. De wijk waar we doorheen liepen, was de rijkste in de stad en volkomen uitgestorven. Niemand liep hier buiten, het was er nooit druk op straat, toch waren ze breder dan elders in het centrum.

Een man en een vrouw met een hond kwamen ons tegemoet, hij met beide handen op zijn rug en een grote bontmuts op zijn hoofd, zij in een bontmantel met de kleine terriër snuffelend voor zich uit.
'Zullen we ergens heen gaan om een biertje te drinken of zo?' vroeg ik.
'Ja, dat doen we', zei ze. 'Ik heb honger ook. Misschien de bar in bioscoop Zita?'
'Goed idee.'
Ik huiverde en sloeg mijn kraag dichter om mijn hals.
'Shit, wat is het guur vanavond', zei ik. 'Heb jij het niet koud?'
Ze schudde haar hoofd. Ze had de enorme gewatteerde jas aan die ze van haar beste vriendin Helena geleend, die vorige winter net zo zwanger was als zij nu, en de bontmuts die ze ophad, had ik voor haar gekocht toen we in Parijs waren, met twee touwtjes met kleine bolletjes bont bungelend aan het uiteinde.
'Schopt het daarbinnen?'
Linda legde beide handen op haar buik.
'Nee, het kind slaapt', zei ze. 'Dat doet het bijna altijd als ik loop.'
'Het kind', zei ik. 'Er gaat een huivering door me heen als je dat zegt. Verder is het alsof ik me niet realiseer dat daar een heel specifiek mens in zit.'
'Maar dat is wel zo', zei Linda. 'Ik ken het al, zo voelt het tenminste. Herinner je je hoe boos het werd toen ze die diabetestest deden?'
Ik knikte. Linda liep gevaar aangezien haar vader diabetes had, dus had ze een speciaal soort suikermix moeten innemen, het ergste wat ze ooit had gehad, om beroerd van te worden volgens haar, en daarna had het kind in haar buik meer dan een uur lang als een bezetene geschopt.
'Dat was wel een verrassing voor hem of haar', zei ik glimlachend terwijl ik naar het park Humlegården keek, dat aan de andere kant van de straat begon. Door de koepels van licht, die op sommige plekken de bomen verlichtten met hun zware stammen en hun takken in alle richtingen uitgestrekt, op andere de natte, vergeelde grasmat, terwijl het daartussen volkomen donker was, had de sfeer er 's nachts iets betoverends, maar niet zoals in het bos, meer zoals in de schouwburg. We volgden een van de paden. Hier en daar lagen nog steeds hoopjes bladeren, verder

waren de gazons en de paden leeg, zoiets als de vloer in een kamer. Een jogger holde traag en sloffend rond het beeld van Linnaeus, een andere kwam de flauwe helling af gerend. Naar ik wist lagen onder ons enorme magazijnen van de koninklijke bibliotheek, die helverlicht voor ons oprees. Een huizenblok verderop lag het plein Stureplan, waar zich de meest exclusieve nachtclubs van de stad bevonden. Wij woonden daar op een steenworp afstand vandaan, maar het had net zo goed een ander werelddeel kunnen zijn. Op Stureplan werden mensen op straat neergeschoten zonder dat wij dat wisten, tot we het de volgende dag in de krant lazen, grote sterren uit de hele wereld wipten er aan als ze in de stad waren, de hele elite van bekende Zweden en mensen uit het bedrijfsleven vertoonde zich er, zoals het hele land in de avondbladen kon lezen. Je stond daar niet in de rij om ergens binnen te komen, je stond naast elkaar en dan liepen de uitsmijters rond om de mensen eruit te pikken die naar binnen mochten. Dat harde, kille dat deze stad bezat, had ik nog nooit eerder gezien, de culturele kloof nog nooit zo duidelijk ervaren. In Noorwegen is bijna elke kloof geografisch en aangezien er zo weinig mensen wonen, is de weg naar de top, of het centrum, overal kort. In een klas, of op zijn minst op een school, is er altijd wel iemand die de top bereikt in het een of ander. Iedereen kent iemand die iemand kent. In Zweden is de sociale kloof veel groter en aangezien de dorpen zijn ontvolkt, bijna iedereen in een stad woont en iedereen die iets wil bereiken naar Stockholm trekt waar álles van betekenis plaatsvindt, wordt hij extreem duidelijk: zo dichtbij en toch zo ver weg.

'Denk jij er weleens aan waar ik vandaan kom?' vroeg ik en ik keek haar aan.

Ze schudde haar hoofd.

'Nee, niet echt. Je bent Karl Ove, mijn knappe man. Dat is wat je voor mij bent.'

'Een nieuwbouwwijk op het eiland Tromøya, weet je, er is niets wat verder van jouw wereld afstaat. Niets van dit alles is mij bekend. Alles is zo door en door vreemd. Herinner je je wat mama zei toen ze de eerste keer bij ons in de flat kwam? Nee? "Dit had mijn vader moeten zien, Karl Ove", zei ze.'

'Dat is toch mooi', zei Linda.

'Maar snap je? Voor jou is die flat iets alledaags. Voor mama was het net een kleine balzaal.'

'En voor jou?'

'Ja, voor mij ook. Maar dat bedoel ik niet. Of hij mooi is of niet. Alleen het feit dat ik heel ergens anders vandaan kom. Iets zo absoluut niet mondains, weet je. Ik heb daar schijt aan, en aan dit hier heb ik ook schijt, het gaat er alleen om dat dit niet van mij is, en dat nooit zal worden, hoelang ik hier ook woon.'

We staken over en liepen de smalle straat in door de wijk waar Linda niet ver vandaan was opgegroeid, langs Saturnus en door de Birger Jarlsgata, waar bioscoop Zita lag. Mijn gezicht was stijf van de kou. Mijn bovenbenen waren bevroren.

'Jij hebt geluk gehad', zei ze. 'Hoeveel heeft dat niet voor jou betekend, denk je? Dat je iets hebt waar je naartoe wilt? Dat er behalve dat waar je vandaan kwam, iets bestond waar je heen wilde?'

'Ik begrijp waar je op doelt', zei ik.

'Voor mij was het er immers allemaal al. Ik ben ermee opgegroeid. Ik kan het nauwelijks van mezelf onderscheiden. En dan al die verwachtingen. Van jou verwachtte niemand iets, toch? Ik bedoel, behalve dan dat je zou gaan studeren en een baan zou krijgen?'

Ik haalde mijn schouders op: 'Daar heb ik nooit op die manier over nagedacht.'

'Nee', zei ze.

Er viel een pauze.

'Ik heb er altijd middenin gewoond. Misschien wilde mijn moeder alleen dat ik het goed kreeg ...'

Ze keek me aan. 'Daarom is ze zo gek met jou.'

'Is dat zo?'

'Heb je dat niet gemerkt? Dat moet je toch hebben gemerkt!'

'Jawel, ik geloof het wel.'

Ik herinnerde me de eerste keer dat ik haar moeder had ontmoet. Een oud boerderijtje in het bos. Herfst buiten. We gingen meteen aan tafel toen we kwamen. Warme groentesoep, versgebakken brood, brandende kaarsen. Ik voelde af en toe haar blik op me rusten. Die was nieuwsgierig en warm.

'Maar waar ik ben opgegroeid, waren nog anderen dan mijn moeder', ging Linda verder. 'Johan Nordenfalk de twaalfde, bijvoorbeeld, dacht je dat hij onderwijzer is geworden? Zo veel geld en zo veel cultuur. Dan moet iemand toch slagen. Ik heb drie vrienden gehad die zelfmoord hebben gepleegd. Hoeveel er anorexia hadden, daar durf ik niet eens aan te denken.'

'Ja, dat is klote', zei ik. 'Dat mensen het niet een beetje rustig aan kunnen doen.'

'Ik wil niet dat onze kinderen hier opgroeien', zei Linda.

'Gaat het om "kinderen" nu?'

Ze glimlachte: 'Ja.'

'Dan moet het toch Tromøya maar worden', zei ik. 'Ik ken maar één persoon daar die zelfmoord heeft gepleegd.'

'Maak er geen grapjes over.'

'Nee, nee.'

Een vrouw op hoge hakken en in een lange, rode jurk liep klikklakkend voorbij. Ze droeg een zwarte tas in haar ene hand en hield met de andere een zwarte opengewerkte sjaal tegen haar borst gedrukt. Vlak achter haar liepen twee bebaarde jongemannen in parka's en een soort bergschoenen, van wie er één een sigaret in zijn hand had. Daarachter kwamen drie vriendinnen, ook zij feestelijk gekleed met leuke kleine tasjes in hun hand, maar met ten minste een jack over hun jurk. Vergeleken bij de straten in Östermalm was het hier een waar circus. Aan beide kanten van de straat viel licht uit de restaurants, die allemaal vol mensen zaten. Voor Zita, een van de twee alternatieve bioscopen in deze wijk, stond een groepje mensen te huiveren.

'Maar heel eerlijk', zei Linda. 'Misschien niet per se Tromøya. Maar in ieder geval Noorwegen. Daar is het vriendelijker.'

'Dat klopt.'

Ik trok aan de zware deur en hield hem voor haar open. Trok mijn wanten uit, deed mijn muts af, knoopte mijn jas los, wikkelde mijn sjaal af.

'Maar ik wil niet naar Noorwegen', zei ik. 'Dat is het punt.'

Ze zei niets, was op weg naar de vitrine met filmaffiches. Draaide zich naar me om.

'*Modern Times* draait!' zei ze.

'Zullen we daarheen gaan?'

'Ja, dat doen we! Maar ik moet eerst even iets eten. Hoe laat is het?'

Ik zocht een klok. Ontdekte een kleine, dikke aan de muur achter de kassa.

'Tien over half negen.'

'Hij begint om negen uur. Dat halen we. Koop jij kaartjes, dan kijk ik of ik een kleinigheid in de bar kan krijgen?'

'Goed', zei ik. Ik haalde een verkreukeld briefje van honderd uit mijn zak en liep naar de kassa.

'Hebben jullie nog kaartjes voor *Modern Times*?' vroeg ik.

Een vrouw die niet ouder kon zijn dan twintig, met vlechten en een bril, keek me hooghartig aan.

'Sorry?' vroeg ze.

'Hebt – u – kaartjes – voor – *Modern – Times*?' zei ik nu in het Zweeds.

'Ja.'

'Twee stuks. Achteraan, in het midden. Twee.'

Voor de zekerheid stak ik twee vingers in de lucht.

Ze printte de kaartjes uit en legde ze zwijgend voor me neer, vouwde het briefje van honderd open en stopte het in de geldla. Ik liep naar de bar, die vol zat, ontdekte Linda bij de toog en drong tussen de mensen door tot ik naast haar stond.

'Ik hou van je', zei ik.

Dat zei ik bijna nooit en haar ogen straalden toen ze naar me opkeek.

'Is dat zo?' vroeg ze.

We kusten elkaar even. Toen zette de kelner een mandje tacochips en een schaaltje met iets wat eruitzag als guacamole voor ons neer.

'Wil je een biertje?' vroeg ze.

Ik schudde mijn hoofd.

'Misschien daarna. Maar dan zul jij wel te moe zijn.'

'Waarschijnlijk wel, ja. Heb je kaartjes?'

'Ja.'

De eerste keer dat ik *Modern Times* had gezien, was toen ik twintig was, in de filmclub in Bergen. Op zeker moment kon ik niet meer ophouden met lachen. Er zijn niet veel mensen die zich herinneren wanneer ze de laatste keer hebben gelachen, ik herinner me nog dat ik dat twintig jaar geleden heb gedaan, omdat het niet zo vaak voorkomt, natuurlijk. Ik herinner me zowel de schaamte over het feit dat ik mezelf niet meer onder controle had, als de vreugde die het schonk me te laten gaan. De scène die de oorzaak van dat alles was, staat me nog steeds glashelder voor de geest. Chaplin moet optreden in een soort variété. Het is een belangrijk optreden, er staat veel op het spel, hij is nerveus, schrijft voor de zekerheid zijn zangtekst op en stopt die in de mouw van zijn jasje voor hij op moet. Maar op hetzelfde moment dat hij het podium op komt, verliest hij zijn briefjes omdat hij het publiek met een veel te weids gebaar begroet zodat ze in het rond vliegen. Daar staat hij dan, zonder tekst, terwijl het orkest achter hem begint te spelen. Wat moet hij doen? Nou ja, hij probeert ze weer te pakken te krijgen en om te voorkomen dat het publiek ontdekt dat er iets mis is, improviseert hij een dans terwijl het orkest het intro maar blijft herhalen. Ik moest zo lachen dat de tranen over mijn wangen biggelden. Dan verandert de scène, want hoe hij ook ronddanst, hij kan zijn briefjes nergens vinden en ten slotte móet hij wel beginnen. Daar staat hij, zonder tekst, en hij begint te zingen met woorden die niet bestaan, maar die op bestaande lijken, want ook al is de betekenis verdwenen, de toon en de melodie zijn er nog, en daar werd ik zo blij van, herinner ik me, niet alleen voor mezelf, maar voor de hele mensheid, want het straalde zo'n warmte uit, en een van ons had het bedacht.

Toen ik die avond naast Linda in de zaal ging zitten, was ik onzeker wat ons te wachten stond. Cháplin, ja. Iets voor een essay over humor van de schrijver Fosnes Hansen. En zou waar ik vijftien jaar geleden om had gelachen, nu nog om te lachen zijn?

Dat was het. En wel exact op hetzelfde moment. Hij komt binnen, hij begroet het publiek, zijn spiekbriefjes vliegen uit zijn mouwen, hij danst rond, zijn voeten als het ware achter zich aan slepend, zonder dat hij ook maar een moment het contact met het publiek verliest, de hele tijd terwijl hij dansend aan het zoeken is, knikt hij het beleefd toe. Bij de pantomime die volgde, rolde een traan langs mijn ene wang. Zo mooi vond ik alles die avond. We grinnikten toen we de zaal uit liepen, Linda vrolijk omdat ik zo vrolijk was, vermoedde ik, maar ook omwille van haarzelf. Hand in hand liepen we de stenen trappen naast het Finse cultuurcentrum op, lachend om scènes uit de film die we elkaar navertelden. Vervolgens door de Regeringsgata, langs de bakkerij, de meubelzaak en US VIDEO tot we de deur open konden doen en de trappen naar onze flat op konden lopen. Het was een paar minuten voor half elf en Linda kon nauwelijks haar ogen meer openhouden, dus we gingen meteen naar bed.

Tien minuten later barstte beneden plotseling de muziek weer los. Ik was die Russin helemaal vergeten en zat met een ruk rechtop in bed.

'Verdomme,' zei Linda, 'het is niet waar.'

Ik hoorde nauwelijks wat ze zei.

'Het is nog geen elf uur', zei ik. 'En het is vrijdagavond. We hebben geen kans.'

'Daar heb ik schijt aan', zei Linda. 'Ik bel toch. Dit kan verdomme echt niet.'

Maar ze was nauwelijks opgestaan en de kamer uitgegaan of de muziek hield op. We gingen weer liggen. Deze keer was ik in slaap gevallen toen het weer begon. Net zo ongelooflijk hard. Ik keek op de klok. Half twaalf.

'Bel jij?' vroeg Linda. 'Ik heb nog geen oog dichtgedaan.'

Maar hetzelfde herhaalde zich. Na een paar minuten zette ze de installatie uit en werd het stil.

'Ik ga in de kamer liggen', zei Linda.

Twee keer die nacht draaide ze keihard muziek. De laatste keer duurde het wel een half uur voordat het stil werd. Het was belachelijk, maar ongelooflijk vervelend. Ze moest gek zijn en ze had ons uitverkoren tot het object van haar haat. Wie weet wat er allemaal kon gebeuren. Dat gevoel hadden we in elk geval. Maar er verstreek meer dan een week voor de volgende episode. We hadden op onze etage een paar potten met planten voor het raam in het portiek gezet, het was een gemeenschappelijke ruimte en eigenlijk hadden we er niets te zoeken, maar op de verdieping boven ons hadden ze hetzelfde gedaan en wie kon er iets op tegen hebben dat die kille gang een beetje werd opgevrolijkt? Twee dagen later waren de planten weg. Dat was niet zo erg, maar de potten waren nog van mijn overgrootmoeder geweest, een van de weinige dingen die ik toen mijn oma stierf uit het huis in Kristiansand had meegenomen, ze waren van rond de vorige eeuwwisseling en het was dan ook een beetje ergerlijk dat juist zij verdwenen waren. Of iemand had ze gestolen – maar wie steelt er nu bloempotten? – of iemand had ze weggehaald omdat ons initiatief hem of haar niet aanstond. We besloten een briefje aan het bord in de hal te hangen en te vragen of iemand ze had gezien. Diezelfde avond nog stond het briefje vol scheldwoorden en beschuldigingen, in slecht Zweeds met blauwe inkt geschreven. Insinueerden we dat de bewoners van de flat stalen? In dat geval konden we onmiddellijk vertrekken. Wie dachten we verdomme dat we waren? Een paar dagen later wilde ik een luiertafel in elkaar zetten die we bij IKEA hadden gekocht, dat betekende een beetje getimmer, maar aangezien het nog maar zeven uur 's avonds was, dacht ik niet dat het een probleem zou zijn. Dat was het dus wel: onmiddellijk na de eerste hamerslagen werd er wild op de buizen onder ons gebonkt, het was onze Russische buurvrouw die op die manier protesteerde tegen wat ze klaarblijkelijk als overlast beschouwde. Dat was voor mij natuurlijk geen reden om te stoppen, dus ik ging door met het in elkaar zetten van de tafel. Nog geen minuut later sloeg beneden de deur dicht en stond zij bij ons boven voor de deur. Ik deed open. Hoe konden we over haar klagen en dan zelf zo bezig zijn? Ik probeerde haar het verschil uit te leggen tussen luide muziek midden in de nacht en een luiertafel in elkaar zetten om zeven uur 's avonds, maar dat was aan dovemansoren gericht. Met wilde blik en opgewonden gebaren bleef ze op haar stuk staan. Ze had geslapen, we hadden haar wakker gemaakt. We dachten dat we beter waren dan zij, maar dat waren we niet ...

Vanaf dat moment had ze haar methode gevonden. Elke keer als er beneden iets van ons te horen was, al liep ik maar met zware pas door de kamer, begon ze op de buizen te timmeren. Het was een doordringend geluid en aangezien de afzender niet zichtbaar was, hing het als een soort slecht geweten in de lucht. Ik haatte het, ik had het gevoel alsof ik nergens rust vond, zelfs niet in mijn eigen huis.

Toen, de dagen voor Kerst, werd het stil beneden. We kochten een kerstboom bij een kraam in Humlegården, het was donker, de lucht hing vol sneeuw en op straat heerste de typische voor-de-Kerst-chaos, waarin de mensen van hot naar haar renden, blind voor elkaar en voor de wereld. We kozen een boom uit, de in overall geklede verkoper trok er een net overheen zodat het gemakkelijker was om hem te vervoeren, ik betaalde en legde hem over mijn schouder. Pas toen viel me op dat hij misschien een beetje groot was? Een half uur later, na talloze pauzes onderweg, trok ik hem onze flat binnen. We lachten toen we hem in de kamer zagen staan. Hij was enorm. We hadden een reusachtige kerstboom aangeschaft. Maar misschien was dat niet eens zo dom, dit was de eerste en de laatste Kerst die we met zijn tweeën zouden vieren. Op Kerstavond aten we het Zweedse kerstmaal dat Linda's moeder voor ons had meegebracht, pakten onze cadeautjes uit en toen keken we Chaplins *The Circus*, want voor onszelf hadden we een box met al zijn films gekocht. We bekeken ze die Kerst allemaal, maakten lange wandelingen door plechtig stille straten, wachtten, wachtten. We vergaten de Russin, die hele Kerst was de wereld daarbuiten afwezig. We vertrokken naar Linda's moeder, bleven daar een paar dagen en toen we terugkwamen begonnen we aan de voorbereidingen voor Oud en Nieuw, als Geir, Christina, Anders en Helena zouden komen eten.

Ik maakte die ochtend de hele flat schoon, deed boodschappen voor het eten, streek het grote, witte tafellaken, voegde met een plaat een stuk aan de eettafel toe en dekte hem, poetste het zilveren bestek en kandelaars, vouwde servetten en zette schaaltjes met fruit neer zodat het fonkelde en schitterde van de burgerlijkheid toen de gasten om een uur of zeven kwamen. Als eersten Anders en Helena met hun dochter. Helena en Linda hadden elkaar leren kennen toen Helena les nam bij Linda's moeder en hoewel Helena zeven jaar ouder was, hadden ze elkaar gevonden. Anders en zij hadden sinds drie jaar een relatie. Zij was toneelspeelster, hij was ... nou ja, een soort crimineel.

Met rode wangen van de kou stonden ze te glimlachen in het portiek toen ik opendeed.

'Hé, kerel!' zei Anders. Hij had een bruine bontmuts op met oorkleppen, droeg een dik, blauw gewatteerd jack en keurige zwarte schoenen. Elegant was hij niet, maar toch paste hij op wonderbare wijze bij Helena, die dat in haar witte mantel, haar zwarte laarsjes en met de witte bontmuts op beslist wel was.

Naast hen in de kinderwagen zat hun kind, dat me ernstig aankeek.

'Hoi', zei ik en ik beantwoordde haar blik.

Ze vertrok geen spier.

'Kom binnen!' zei ik en ik deed een paar passen achteruit.

'Kunnen we de wagen mee naar binnen nemen?' vroeg Helena.

'Natuurlijk', zei ik. 'Gaat dat, denk je? Of moet ik de andere deur ook openmaken?'

Terwijl Helena de kinderwagen tussen de deurposten in positie bracht, trok Anders in de gang zijn jas uit.

'Waar is de señorita?' vroeg hij.

'Die rust', zei ik.

'Alles oké?'

'Ja, hoor.'

'Mooi zo!' zei hij in zijn handen wrijvend. 'Sodeju, wat is het koud buiten!'

De kleine werd naar binnen geduwd, met haar handjes om de handgreep van de kinderwagen geklemd. Helena zette de rem erop en tilde haar eruit, zette haar muts af en trok de rits van het rode winterpak open terwijl haar dochter doodstil bleef staan. Daaronder droeg ze een donkerblauw jurkje, een witte maillot en witte schoentjes.

Linda kwam de slaapkamer uit. Ze straalde. Ze omhelsde eerst Helena, lange tijd bleven ze met hun armen om elkaar heen staan terwijl ze elkaar in de ogen keken.

'Wat ben je mooi!' zei Helena. 'Hoe krijg je dat voor elkaar? Ik herinner me dat ik in de negende maand was …'

'Dat is gewoon een oude positiejurk', zei Linda.

'Ja, maar je bent helemaal zo mooi!'

Linda glimlachte vergenoegd en deed een stap naar voren om Anders te omhelzen.

'Wat een tafel!' zei Helena toen ze de kamer binnenkwam. 'Wow!'

Ik wist niet helemaal wat ik met mezelf aan moest, dus ging ik naar de keuken om zogenaamd het een of ander te checken terwijl ik wachtte tot de ergste drukte voorbij was daarbinnen. Een moment later ging de bel weer.

'En?' vroeg Geir toen ik de deur opendeed. 'Ben je klaar met schoonmaken?'

'Zijn júllie dat?' zei ik. 'Hadden we niet maandag afgesproken? We hebben een nieuwjaarsfeestje hier, dus het komt nu niet zo goed uit. Maar misschien kunnen we jullie ergens tussen proppen ...'

'Hoi, Karl Ove', zei Christina en ze omhelsde me. 'Alles goed met jullie?'

'Ja, hoor', zei ik en ik deed een paar passen achteruit zodat ze erlangs konden terwijl Linda de kamer uit kwam om hen te begroeten. Nog meer omhelzingen, nog meer jassen en schoenen, toen allemaal naar de kamer, waar het dochtertje van Anders en Helena, die net was begonnen te kruipen, de eerste minuten een dankbare blikvanger was.

'Jullie houden Kerst wel in ere, zie ik', zei Anders en hij knikte naar de enorme kerstboom in de hoek.

'Die heeft achthonderd kronen gekost', zei ik. 'Die blijft staan zolang er leven in zit. In dit huis wordt niet met geld gesmeten.'

Anders lachte: 'De directeur begint grapjes te maken!'

'Ik maak de hele tijd al grapjes', zei ik. 'Alleen jullie Zweden verstaan niet wat ik zeg.'

'Nee', zei hij. 'In het begin begreep ik in elk geval niets van wat je zei.'

'Dus jullie hebben dit jaar een boom voor yuppen aangeschaft?' vroeg Geir terwijl Anders zogenaamd Noors begon te praten, zoals ze dat in Zweden doen en wat erop neerkomt dat ze op hoge toon het woord *kjempe* zeggen en zo nu en dan *gutt*, omdat dat zo komisch klinkt in Zweedse oren, dit alles op een enthousiaste toon die aan het eind van elke zin omhooggaat.

'Het was niet de bedoeling', zei ik glimlachend. 'Het is een beetje pijnlijk, zo'n grote boom, dat geef ik toe. Maar hij leek klein toen we hem kochten. Pas toen we hem binnen hadden gebracht, bleek hoe gigantisch hij was. Nou ja, ik heb altijd al problemen met proporties gehad.'

'Weet je wat kjempe betekent, Anders?' vroeg Linda.

Hij schudde zijn hoofd: '*Avis* weet ik, dat betekent krant. En gutt is jongen. En *vindu* raam.'

'Het is hetzelfde als het Zweedse "jätte", reus, en wordt precies zo gebruikt: jättestor – kjempestor, reuzegroot dus.'

Dacht Linda soms dat ik me voor het hoofd gestoten voelde?

'Het heeft een half jaar geduurd voordat ik dat begreep', ging ze verder. 'Dat dat woord in het Noors op exact dezelfde manier wordt gebruikt. Er zijn een heleboel woorden waarvan ik denk dat ik ze versta zonder dat ik dat doe. Ik durf er nauwelijks aan te denken dat ik twee jaar geleden een boek van Sæterbakken heb vertaald. Toen kon ik nog helemaal geen Noors.'

'En Gilda?' vroeg Helena.

'O, nee. Die kon het nog minder dan ik. Maar ik heb het onlangs nog eens bekeken, de eerste pagina's, en het zag er best redelijk uit. Behalve één woord. Ik moet bijna blozen als ik eraan denk. Ik heb het Noorse *stue*, dat woonkamer betekent, met het Zweedse *stuga* oftewel zomerhuisje vertaald … In mijn vertaling zat hij dus in zijn zomerhuisje terwijl er in het origineel stond dat hij in de woonkamer zat.'

'Wat is stuga dan in het Noors?' vroeg Anders.

'*Hytte*', zei ik.

'O, is dat hytte! Ja, dat is wel een verschil …', zei hij.

'Maar niemand heeft er iets van gezegd', zei Linda. Ze lachte.

'Heeft iemand trek in champagne?' vroeg ik.

'Ik haal het wel even', zei Linda.

Toen ze terugkwam zette ze de vijf glazen bij elkaar en begon de metalen draad die de kurk op zijn plaats hield, los te draaien, haar gezicht enigszins afgewend, haar ogen samengeknepen alsof ze een grote explosie verwachtte. De kurk schoot ten slotte met een vochtige plop in haar hand, waarop ze de fles met de opbruisende champagne boven de glazen hield.

'Dat kun je goed', zei Anders.

'Ik heb ooit in een restaurant gewerkt', zei Linda. 'Maar dit kon ik juist niet. Ik heb immers nauwelijks dieptezicht. Dus als ik de glazen van de gasten vol moest schenken, gebeurde dat puur op de gok.'

Ze richtte zich op en gaf ons de een na de ander een nog steeds bruisend en bubbelend glas. Voor zichzelf schonk ze een alcoholvrije variant in.

'Maar proost, en welkom!'

We toostten. Toen de glazen leeg waren, vertrok ik naar de keuken om de kreeft klaar te maken. Geir kwam achter me aan en ging aan de keukentafel zitten.

'Kreeft', zei hij. 'Het is ongelooflijk hoe snel jij in de Zweedse samenleving bent geïntegreerd. Kom ik twee jaar nadat je hier bent komen wonen, Oud en Nieuw bij je vieren, serveer jij het traditionele Zweedse nieuwjaarsgerecht.'

'Dat is niet alleen mijn werk', zei ik.

'Nee, dat weet ik', zei hij glimlachend. 'Wij hebben een keer thuis een Mexicaanse Kerst gevierd, Christina en ik, heb ik dat weleens verteld?'

'Ja', zei ik en ik deelde de eerste kreeft in tweeën, legde hem op een schaal en begon aan de volgende. Geir begon over zijn manuscript. Ik luisterde met een half oor. 'O ja?' zei ik van tijd tot tijd om aan te geven dat ik het had gehoord, ook al was mijn aandacht ergens anders op gericht. Over zijn manuscript kon hij niet met iedereen praten, dus zag hij alleen hier of als ik naar buiten ging om te roken zijn kans schoon. Hij had een grof ontwerp gemaakt, waar hij anderhalf jaar over had gedaan en dat ik had gelezen en van commentaar had voorzien. Mijn aanmerkingen waren uitvoerig en gedetailleerd uitgevallen en besloegen negentig pagina's terwijl de toon in mijn kritiek vaak wat ironisch was, helaas. Ik dacht dat Geir alles kon hebben, maar ik had beter moeten weten, niemand kan alles hebben en als het om je eigen werk gaat, zijn weinig dingen zo moeilijk te accepteren als sarcasme. Maar ik kon het gewoon niet laten, net zomin als wanneer ik een advies als lector schreef, de ironie kwam altijd om de hoek kijken. Het probleem met het manuscript van Geir, een probleem dat hij kende en erkende, was dat hij vaak te impliciet was en de afstand tot de gebeurtenissen te groot. Alleen de blik van een buitenstaander kon daarbij helpen. En die had ik hem dus geboden. Maar ironisch, veel te ironisch ... Kwam dat misschien omdat ik me onbewust waar wilde maken ten opzichte van hem, die verder altijd zo boven de dingen stond?

Nee.

Nee?

'Hierbij bied ik mijn verontschuldigingen aan', zei ik nu, ik legde de derde kreeft op zijn rug en stak het mes door de schaal op zijn buik. Die was zachter dan bij krabben en iets aan de consistentie riep de gedachte bij me op dat hij bijna iets onechts had, alsof hij van plastic was. En dan die rode kleur, had die ook niet iets onnatuurlijks? En al die kleine, fijne details, zoals de ribbels in de scharen of dat harnasachtige van de schaal bij de staart, zag dat er niet uit alsof het in een werkplaats tijdens de Renaissance was gemaakt?

'Daar heb je alle reden toe', zei Geir. 'Tien weesgegroetjes voor je zondige en boze ziel. Kun je je voorstellen hoe het is om daar met die commentaren van jou te zitten en zich dagelijks vrijwillig te laten honen? "Ben je volkomen idioot geworden", ja, dat ben ik waarschijnlijk ...'

'Maar het is toch puur en alleen een kwestie van techniek', zei ik en ik keek hem aan terwijl ik met het mes de schaal doorzaagde.

'Techniek? Techníek? Jij hebt gemakkelijk praten. Jij kunt mensen zover krijgen dat ze met tranen in de ogen twintig pagina's over een bezoek aan de wc lezen. Hoeveel mensen kunnen dat, denk je? Hoeveel schrijvers hadden dat niet gedaan als ze hadden gekund? Waarom denk je dat mensen aan hun modernistische gedichten met drie woorden per pagina zitten te klooien? Dat is omdat ze niet anders kunnen. Dat moet je na al die jaren verdomme toch begrijpen. Als ze hadden gekund, hadden ze het gedaan. Jij kunt het en je stelt er geen prijs op. Je kijkt erop neer en zou liever goede essays kunnen schrijven. Maar iedereen kan essays schrijven! Dat is het gemakkelijkste ter wereld.'

Ik keek naar het witte vlees met de rode draden erdoorheen, dat tevoorschijn kwam toen de schaal was doorgesneden. Rook vaag de geur van zilt water.

'Je zegt dat je geen letters ziet als je schrijft, toch?' ging hij verder. 'Ik zie verdomme niets anders dan letters. Ze vervlechten zich voor mijn ogen tot een soort spinnenweb. Er gaat niets van uit, begrijp je, alles is

naar binnen gericht, net een soort ingegroeide teennagel.'
'Hoelang ben je nu bezig?' vroeg ik. 'Een jaar? Dat is niets. Ik ben intussen al zes jaar aan het schrijven en alles wat ik heb is een idioot essay van honderddertig pagina's over engelen. Kom in 2009 maar eens terug, dan heb ik misschien medelijden met je. Bovendien was het goed wat ik heb gelezen. Een fantastisch verhaal, goede interviews. Het moet alleen bewerkt worden.'
'Ha!' zei Geir.
Ik legde de twee halve kreeften op de schaal.
'Je weet dat dit in feite het enige terrein is waar ik overwicht op je heb?' vroeg ik en ik pakte de laatste kreeft.
'Nou ja', zei hij. 'Er zijn minstens nog een paar dingen die jij van me weet en die anderen maar beter niet te weten komen.'
'O, dát', zei ik. 'Dat is iets anders.'
Hij lachte, luid en hartelijk.
Toen verstreken er een paar seconden zonder dat er iets werd gezegd.
Was hij boos?
Ik begon de kreeft met een mes door te snijden.
Moeilijk te zeggen. Als ik hem ooit kwetste, had hij eens gezegd, zou ik dat nooit te weten komen. Hij was even trots als overmoedig, even arrogant als loyaal. Hij verloor vrienden bij de vleet, misschien omdat hij zo zelden toegaf en nooit bang was om te zeggen wat hij meende. En wat hij meende vond niemand, of bijna niemand, prettig om te horen. Vorig jaar winter was er een niet onbetekenende verkoeling tussen ons ontstaan, de keren dat we uitgingen, zaten we grotendeels zwijgend elk op onze barkruk en als er al iets werd gezegd, was dat voornamelijk een wrange opmerking van zijn kant over mij en het mijne, terwijl ik mijn uiterste best deed om hem terug te pakken. Toen hoorde ik plotseling niets meer van hem. Twee weken later belde Christina om te vertellen dat hij voor veldwerk naar Turkije was vertrokken en een paar maanden weg zou blijven. Dat verraste me, dat was een onverwachte wending, en ik was een beetje beledigd aangezien hij daar niets over had gezegd. Een paar weken later hoorde ik van een vriend in Noorwegen dat Geir in het journaal was geïnterviewd als menselijk schild in Bagdad. Ik glimlachte bij mezelf,

dat was typisch iets voor hem, terwijl ik anderzijds niet begreep waarom hij dat ten opzichte van mij had verzwegen. Later bleek dat ik hem op een of andere manier had beledigd. Waar die belediging op neerkwam, kreeg ik nooit te horen. Maar toen hij vier maanden daarna terug was in Stockholm, beladen met microcassettes vol interviews na wekenlang in een bommenregen te hebben verkeerd, leek hij wel herboren. Alle haast crisisachtige neerslachtigheid van die herfst en winter was verdwenen en toen we onze vriendschap weer oppakten, was dat op hetzelfde punt als waarop die ooit was begonnen.

Geir en ik waren van dezelfde jaargang en we waren slechts een paar kilometer van elkaar vandaan opgegroeid, allebei op een ander eiland in de buurt van Arendal – Hisøya en Tromøya – maar zonder elkaar te kennen, aangezien de natuurlijke aanknopingspunten pas op het gymnasium ontstonden toen ik allang naar Kristiansand was verhuisd. De eerste keer dat ik hem ontmoette, was op een feestje in Bergen, waar we allebei studeerden. Hij maakte perifeer deel uit van een groepje uit Arendal, waar ik via Yngve wat los-vast contact mee had, en toen ik met hem aan de praat raakte, bedacht ik dat hij de vriend kon worden die ik had gemist, want in die tijd, mijn eerste jaar in Bergen, had ik niemand, maar hing ik wat met Yngve en zijn vrienden rond. Geir en ik gingen een paar keer samen stappen, hij lachte voortdurend en gaf blijk van een zorgeloosheid die me beviel terwijl hij bovendien oprecht geïnteresseerd was in de mensen om hem heen en iets over hen wist te zeggen. Hij was zo iemand die dingen doorzag, en daarmee iemand die iets teweegbracht. Ik had een nieuwe vriend, dat was een fijne gedachte die weken in de lente van 1989. Maar toen bleek dat hij verder wilde, Bergen was niet zijn definitieve bestemming, en zodra hij afgestudeerd was pakte hij zijn spullen en verhuisde naar Uppsala in Zweden. Ik schreef hem die zomer een brief, deed die echter nooit op de bus en zo verdween hij zowel uit mijn leven als uit mijn gedachten.

Elf jaar later stuurde hij me een boek met de post. Het ging over boksen en was getiteld *De esthetiek van de gebroken neus*. Zowel zijn zorgeloosheid als zijn vermogen dingen te doorzien waren nog intact, constateerde ik na een aantal pagina's, en naderhand ook dat er sinds die keer nog heel wat was bijgekomen. Hij had drie jaar bij een club in Stockholm gebokst om het milieu dat hij beschreef te leren kennen. Daar werden waarden die de welvaartsmaatschappij verder had ondermijnd, zoals mannelijkheid, eer, geweld en pijn, nog steeds in ere gehouden en het interessante voor mij was hoe anders de maatschappij eruitzag als je hem van daaruit bekeek, met het pakket waarden dat in dat milieu hoog werd gehouden als uitgangspunt. De kunst was om die wereld los van alles wat er in de andere te vinden was, tegemoet te treden, hem proberen te zien zoals hij was, dat wil zeggen, op zijn eigen voorwaarden en dan, vanuit dat perspectief, je blik weer naar buiten te richten. Dan zag alles er heel anders uit. In zijn boek legde Geir verband tussen wat hij zag en beschreef, en een klassieke, antiliberale hoge cultuur via een lijn die van Nietzsche en Jünger tot Mishima en Cioran liep. In die cultuur was niets te koop, kon niets met de waarde van het geld worden gemeten en daarmee, of vanuit dat gezichtspunt, ontdekte ik in welke mate dingen waarvan ik altijd had gedacht dat ze vanzelf spraken, die hoegenaamd deel van me uitmaakten, eigenlijk het tegendeel waren, relatief en willekeurig dus. In die zin werd Geirs boek net zo belangrijk voor me als *Statues* van Michel Serres, waarin het archaïsche waarin we altijd ondergedompeld zijn geweest en nog steeds zijn, met verontrustende helderheid duidelijk wordt, en als *De woorden en de dingen* van Michel Foucault, waarin de greep die de huidige tijd en de taal van de huidige tijd op onze voorstellingen en opvattingen van de werkelijkheid heeft, ten volle aan de dag treedt, je ziet hoe de ene ideeënwereld, waarin iedereen onvoorwaardelijk leeft, de andere aflost. Wat al deze boeken gemeenschappelijk hadden, was dat ze een plaats buiten het heden etaleerden, hetzij in de marginaliteit ervan, de boksclub dus, die een soort enclave was waar een paar van de belangrijkste waarden uit het nabije verleden voortleefden, hetzij in de diepte van de geschiedenis, van waaruit dat wat we waren of dachten te zijn, volkomen op zijn kop werd gezet. Waarschijnlijk had ik me in alle stilte in diezelfde richting ontwikkeld, aarzelend en zo goed als onzichtbaar voor mijn gedachten, en toen kwamen die boeken in mijn leven, werden min of meer voor mijn neus neergelegd, en stond mij helder iets nieuws voor de geest.

Zoals altijd het geval is met boeken die grensverleggend zijn, brachten ze onder woorden wat voor mij vermoedens, gevoelens, gewaarwordingen waren. Een vaag onbehagen, een vaag misnoegen, een vage, misplaatste woede. Maar geen richting, geen duidelijkheid, niets stringents. Dat juist Geirs boek zo belangrijk werd, had er ook mee te maken dat onze achtergrond zo veel overeenkomst vertoonde: we waren precies even oud, we kenden dezelfde mensen uit dezelfde plaatsen, we hadden allebei ons volwassen leven met lezen, schrijven en studeren doorgebracht, dus hoe kon het dat hij op zo'n radicaal ander punt was uitgekomen? Vanaf dat ik op de lagere school zat werd ik, en iedereen met mij, aangemoedigd kritisch en zelfstandig te denken. Dat dat kritische denken slechts tot op zekere hoogte een goed was en dat het vanaf dat moment in het tegendeel omsloeg en iets negatiefs werd, of zelfs een kwaad, werd me pas duidelijk toen ik al dik boven de dertig was. Waarom zo laat? kun je je afvragen. Voor een deel kwam het door mijn vaste metgezel de naïviteit, die in zijn provinciaalse goedgelovigheid weliswaar twijfel kon zaaien over opvattingen, maar nooit over de voorwaarden voor die opvattingen en zich dus nooit afvroeg of het 'kritische' werkelijk kritisch was, of het 'radicale' werkelijk radicaal was, of het 'goede' werkelijk goed was, iets wat alle verstandige mensen immers doen zodra ze zich hebben bevrijd uit de greep van de op zichzelf geconcentreerde en door gevoelens lens geslagen opvattingen uit hun tienertijd. Voor een ander deel kwam het omdat ik net als zovelen van mijn generatie had geleerd abstract te denken, dat wil zeggen me kennis over verschillende stromingen op verschillende vakgebieden toe te eigenen, ze min of meer kritisch weer te geven, bij voorkeur in verhouding tot andere stromingen, en daar dan op te worden beoordeeld, hoewel soms ook op mijn eigen inzicht, mijn eigen dorst naar kennis, zonder dat de gedachten om die reden het abstracte niveau verlieten zodat denken uiteindelijk puur een activiteit was die zich te midden van secundaire fenomenen afspeelde, de wereld zoals hij in de filosofie en de literatuur, de sociologie en de politiek naar voren trad, terwijl de wereld die ik bewoonde, waarin ik sliep en at, praatte, liefhad en jogde, die rook, smaakte en klonk, waarin het regende en waaide, die ik aan mijn huid voelde, erbuiten stond, niet iets was waar je over nadacht. Dat wil zeggen, ook daarin dacht ik na, maar op een andere manier, meer praktisch, op een manier die nu eens op het ene fenomeen, dan weer op het andere was gericht en vanuit andere motieven: terwijl ik in de abstracte werkelijkheid nadacht om hem te begrijpen, dacht ik in de concrete werkelijkheid na om me erin te kunnen handhaven. In de abstracte werkelijkheid kon ik een 'zelf' vormen, een zelf van opvattingen, in de concrete werkelijkheid was ik wie ik was, een lichaam, een blik, een stem. Datgene waar alle zelfstandigheid zijn uitgangspunt in vindt. Ook de zelfstandige gedachte. Geirs boek ging niet alleen over die werkelijkheid, het speelde zich er ook in af. Hij beschreef alleen wat hij met eigen ogen zag, met eigen oren hoorde en als hij probeerde te begrijpen wat hij zag en hoorde, deed hij dat door er zelf deel van te worden. Dat was ook de vorm van reflectie die het leven dat hij beschreef het dichtst benaderde. Een bokser werd nooit beoordeeld aan de hand van wat hij vond, maar van wat hij deed.

Misologie, wantrouwen ten opzichte van woorden, zoals Pyrrho die had, pyrronisme, was dat het uiteindelijke doel voor een schrijver? Alles wat met woorden wordt gezegd, kan met woorden worden tegengesproken, dus wat moeten we met proefschriften, romans, literatuur? Of anders geformuleerd: van wat je zegt dat het waar is, kun je ook altijd zeggen dat het niet waar is. Het is een nulpunt en de plek van waar de nulwaarde zich uitbreidt. Maar het is geen dood punt, ook niet voor de literatuur, want literatuur bestaat niet alleen uit woorden, literatuur is wat de woorden bij de lezer opwekken. Aan die overschrijding dankt de literatuur haar geldigheid, niet aan de formele overschrijding op zich, zoals zovelen denken. De cryptische en raadselachtige taal van Paul Celan heeft niets met ontoegankelijkheid of geslotenheid te maken, integendeel, het gaat erom openingen te vinden naar waar de taal anders geen toegang toe heeft, maar wat we toch, ergens diep van binnen, kennen of herkennen, of als we dat niet doen, ontdekken. De woorden van Paul Celan kunnen niet met woorden worden tegengesproken. Wat ze bezitten, kan ook niet worden vertaald, het bestaat alleen daar, en in elk van hen die het in zich opnemen.

Dat schilderijen en gedeeltelijk ook foto's zo belangrijk voor me waren, had hiermee te maken. Daar kwamen geen woorden, geen begrippen aan te pas en als ik ernaar keek, was ook wat ik ervoer, wat ze zo belangrijk maakte, begriploos. Dat had iets doms, een gebied volledig verstoken van intelligentie dat ik slechts met moeite kon erkennen of toelaten, maar dat misschien desondanks het belangrijkste op zichzelf staande element was in datgene waar ik mee bezig wilde zijn.

Ongeveer een half jaar nadat ik het boek van Geir had gelezen, stuurde ik hem een mail om hem te vragen of hij een essay voor het literaire tijdschrift *Vagant* wilde schrijven, waarvan ik toen in de redactie zat. Dat wilde hij wel, we mailden wat heen en weer, al die tijd formeel en zakelijk. Een jaar later, toen ik van de ene dag op de andere Tonje verliet en mijn hele leven met haar in Bergen, stuurde ik hem een mail of hij woonruimte voor me wist in Stockholm, dat wist hij niet, maar ik kon bij hem wonen zolang ik op zoek was. Graag, schreef ik. Prima, schreef hij, wanneer kom je? Morgen, schreef ik. Mórgen? schreef hij.

Een paar uur later, na een nacht in de trein van Bergen naar Oslo en een ochtend in de trein van Oslo naar Stockholm, sleepte ik mijn koffers van het perron de tunnels onder het station van Stockholm in op jacht naar een locker die groot genoeg was om beide in onder te brengen. De hele treinreis had ik zitten lezen om maar niet te hoeven denken aan wat er de laatste dagen was gebeurd en wat de reden was dat ik was vertrokken, maar nu, te midden van het gewemel van mensen die op weg waren van en naar de pendeltreinen, liet de onrust zich onmogelijk langer onderdrukken. Koud tot diep in mijn ziel liep ik door de tunnel. Nadat ik mijn koffers elk in een locker had opgeborgen en de twee sleutels in mijn zak had gestoken, waar mijn huissleutels gewoonlijk in zaten, ging ik naar het toilet om mijn gezicht met koud water te wassen in een poging wat helderder van geest te worden. Een paar seconden keek ik naar mezelf in de spiegel. Mijn gezicht was bleek en ietwat gezwollen, mijn haar ongekamd en mijn ogen ... ja, die ogen ... Ze staarden, maar niet op een actieve, naar buiten gerichte manier alsof ze ergens naar keken, het was meer alsof wat ze zagen erin wegzonk, alsof ze alles in zich opzogen.

Wanneer had ik me een dergelijke blik aangemeten?

Ik draaide de warme kraan open en hield mijn handen een tijdje onder de straal tot de warmte zich erin begon te verbreiden, rukte een stuk papier uit de houder en droogde ze daarmee af, wierp het in de bak naast de wasbak. Ik woog 101 kilo en hoopte nergens op. Maar nu was ik hier, dat was toch iets, dacht ik en ik ging naar buiten, de trappen op naar de hal, waar ik middenin bleef staan, aan alle kanten omgeven door mensen, terwijl ik probeerde een soort plan te beramen. Het was een paar minuten over twee. Om vijf uur zou ik Geir hier ontmoeten. Dus moest ik drie uur zien te doden. Ik moest iets eten. Ik had een sjaal nodig. En ik moest dat lange haar zien kwijt te raken.

Ik liep het station uit en bleef op het plein bij de taxi's staan. De hemel was grijs en koud, de lucht vochtig. Rechts lag een wirwar van wegen en betonnen bruggen, daarachter water, daar weer achter een rij monumentaal uitziende gebouwen. Links een brede, drukke straat, recht voor me een straat die een stukje verderop naar links afboog, langs een gore muur waarachter een kerk lag.

Welke kant zou ik op gaan?

Ik zette mijn voet op een bank, rolde een sjekkie, stak het aan en sloeg links af. Na ongeveer honderd meter bleef ik staan. Het zag er niet veelbelovend uit, alles hier was aangelegd met het oog op de auto's die langssuisden, en ik draaide om en liep terug, probeerde in plaats daarvan de weg rechtdoor, die naar een brede, avenueachtige straat leidde met een enorm bakstenen warenhuis aan de overkant. Verderop lag een soort markt, als het ware verzonken in de grond, waarvan rechts een groot glazen gebouw oprees. KULTURHUSET stond er met rode letters op, daar ging ik naar binnen, nam de roltrap naar de eerste verdieping, waar een café bleek te zijn, kocht een stokbroodje met gehaktballetjes en rodekoolsla en ging bij het raam zitten, vanwaar ik over de markt en de straat voor het warenhuis uitkeek.

Zou ik hier wonen? Woonde ik nu hier?

Gisterochtend was ik nog in Bergen thuis.

Gister, dat was gister.

Tonje had me naar de trein gebracht. Het kunstmatige licht op het overdekte perron, de reizigers voor de wagons, die al op de nacht waren ingesteld en zachtjes praatten, de wieltjes van de koffers, die over het asfalt schraapten. Ze huilde. Ik huilde niet, omhelsde haar slechts, veegde de tranen van haar wangen, ze glimlachte door haar tranen heen en ik stapte in, bedacht dat ik niet wilde zien hoe ze wegliep, niet haar rug wilde zien, maar ik kon het niet laten, keek uit het raam en zag haar langs het perron lopen en door de uitgang verdwijnen.

Zou zij hier achterblijven?

In ons huis?

Ik nam een hap van het stokbrood en keek op de zwart-wit geblokte markt neer om mijn gedachten op iets anders te richten. Voor de rij winkels aan de overkant zag het zwart van de mensen. De deuren van de ondergrondse in en uit, de tunnel naar het warenhuis in en uit, de roltrappen op en af. Paraplu's, mantels, jacks, tassen, draagtasjes, rugzakken, mutsen, kinderwagens. En daarboven auto's en bussen.

De klok aan de muur van het warenhuis gaf tien minuten voor drie aan. Het was waarschijnlijk het beste nu eerst mijn haar te laten knippen zodat ik niet het risico liep op het laatste moment in tijdnood te raken, dacht ik. Op weg met de roltrap naar beneden pakte ik mijn mobieltje en keek de namen door die ik had opgeslagen, maar ik had geen zin iemand van hen te bellen, er viel te veel uit te leggen, er was te veel wat moest worden gezegd, te weinig te halen, dus toen ik weer buitenkwam in die troosteloze, maartse middag, waar intussen een paar zware sneeuwvlokken uit de lucht vielen, zette ik mijn mobieltje uit en stopte het terug ik mijn zak, waarna ik de Drottninggata insloeg op zoek naar een kapperszaak. Voor het warenhuis stond een man mondharmonica te spelen. Of spelen kon je het eigenlijk niet noemen, hij blies alleen uit alle macht in het instrument terwijl hij zijn bovenlichaam met abrupte bewegingen heen en weer wierp. Hij had lang haar, een verweerd gezicht. Ik werd totaal overrompeld door de intense agressie die hij uitstraalde. Toen ik langs hem liep, bonsde de angst in mijn aderen. Even verderop, bij de ingang van een schoenenwinkel, boog een jonge vrouw zich over een kinderwagen om er een kind uit te tillen. Het was gehuld in een soort met bont gevoerde zak, het hoofdje bedekt door een met bont gevoerde muts, en staarde recht voor zich uit, onberoerd door wat er met hem gebeurde, leek het wel. De vrouw drukte het met één hand tegen zich aan en deed met de andere de deur van de winkel open. De vallende sneeuw smolt op hetzelfde moment dat hij de grond raakte. Op een klapstoel zat een man met een groot bord in zijn hand, waarop te lezen stond dat zich vijftig meter verderop naar links een restaurant bevond waar je voor 109 kronen *plankebiff* kon eten. Plankebiff? dacht ik. Veel vrouwen die langsliepen leken op elkaar, ze waren in de vijftig, droegen een bril, waren mollig, gekleed in een mantel, droegen tasjes van Åhléns, Lindex, NK, Coop of Hemköp. Mannen van die leeftijd zag je minder, maar ook zij leken vaak op elkaar, zij het op een andere manier. Een bril, zandkleurig haar, fletse ogen, groenige of grijzige ietwat outdoorachtige jacks, vaker dun dan dik. Ik verlangde ernaar ergens alleen te kunnen zijn, maar die kans was gering en ik slenterde verder. Dat alle gezichten die ik zag, me vreemd waren en dat nog weken en maanden zouden blijven aangezien ik hier geen sterveling kende, weerhield me er niet van me gadegeslagen te voelen. Zelfs toen ik met maar drie andere mensen op een eilandje ver in zee woonde, voelde ik me gadegeslagen. Was er iets niet in orde met mijn jas? De kraag, hoorde die misschien niet zo te zijn opgeslagen? Mijn schoenen, zagen die eruit zoals schoenen eruit horen te zien? Liep ik misschien een beetje raar? Helde ik misschien iets voorover? O, ik was een idioot, een idioot. In mij brandde de vlam van de domheid. O, wat was ik een idioot. Wat een domme idiote verdomde idioot was ik. Mijn schoenen. Mijn jas. Dom, dom, dom. Mijn mond, vormloos, mijn gedachten, vormloos, mijn gevoelens, vormloos. Alles vloeide alle kanten op. Nergens enige vastigheid te ontdekken. Iets hards, iets onontbeerlijks. Week en zacht en dom. Godsamme. O, godsamme. O, godsámme, wat was ik dom. In een café vond ik geen rust, in een mum van tijd had ik iedereen die zich daar bevond in me opgenomen en ik bleef ze in me opnemen, elke blik die op mij werd gericht, drong door tot in mijn ziel, stommelde rond in mijn ziel, en elke beweging die ik maakte, al was het maar in een boek bladeren, plantte zich op dezelfde manier in hen voort, ten teken van mijn domheid, elke beweging die ik maakte zei: hier zit een idioot. Dus was het beter om in beweging te zijn, want dan verdwenen de blikken een voor een, weliswaar werden ze door andere vervangen, maar die hadden geen tijd om zich op mij te vestigen, ze gleden slechts langs me heen, daar loopt een idioot, daar loopt een idioot, daar loopt een idioot. Dat was het lied dat klonk als ik liep. Ik wist dat het niet klopte, dat het zomaar iets was waar ik in mijn binnenste mee bezig was, maar dat hielp niet, want de blikken drongen tot daarbinnen door, tot in mijn binnenste, ze stommelden daarbinnen rond en zelfs de meest onaangepasten van allemaal, zelfs de lelijksten, de vetsten en de slonzigsten van allemaal, zelfs zij met haar mond open en met die domme idiotenblik kon me zien en dus zeggen dat ik niet was zoals ik hoorde te zijn. Zelfs zij. Zo was het. Daar liep ik, in de mensenmenigte, onder de donker wordende hemel, tussen de vallende sneeuwvlokken door, langs de ene winkel na de andere met hun helverlichte inrichting, alleen in deze nieuwe stad zonder eraan te denken hoe het hier zou gaan, want dat speelde geen rol, dat speelde werkelijk geen rol, het enige wat ik dacht was dat ik hierdoorheen moest. 'Hier', dat was het leven. Erdoorheen komen, dat was waar ik mee bezig was.

In een passage vlak bij het grote warenhuis vond ik een kapsalon zonder afspraak, die ik niet had gezien toen ik er de eerste keer langs was gekomen. Ik hoefde alleen maar in de stoel plaats te nemen. Wassen was er niet bij, mijn haar werd vochtig gemaakt met wat water uit een spuitfles. De kapper, een allochtoon, naar ik aannam een Koerd, vroeg hoe ik het wilde hebben, ik zei kort, gaf met duim en wijsvinger aan hoe kort ik het had gedacht, hij vroeg wat ik deed, ik zei dat ik student was, hij vroeg waar ik vandaan kwam, ik zei uit Noorwegen, hij vroeg of ik hier op vakantie was, ik zei ja, en toen werd er niets meer gezegd. De bosjes haar vielen rondom de stoel op de grond. Het was bijna helemaal zwart. Dat was merkwaardig, want als ik mezelf in de spiegel zag, had ik blond haar. Zo was het altijd al geweest. Ook al wíst ik dat mijn haar donker was, ik zág het niet. Ik zag blond haar zoals het in mijn jeugd was geweest. Zelfs op foto's zag ik blond haar. Alleen als het werd geknipt en los van mij kon worden beschouwd, zoals hier op de witte vloertegels bijvoorbeeld, zag ik dat het donker was, bijna zwart.

Toen ik een half uur later weer buiten kwam, voegde de koude lucht zich als een helm om mijn pasgeknipte hoofd. Het was bijna vier uur, de hemel zag bijna helemaal zwart. Ik ging een H&M-winkel binnen, die ik al eerder had ontdekt, om een sjaal te kopen. De herenafdeling was in het souterrain. Toen ik, nadat ik beneden een tijdje had gezocht, geen sjaals kon vinden, liep ik naar de toonbank en vroeg het meisje dat daar stond, waar ze waren.

'Wat zeg je?' vroeg ze.

'Waar zijn de sjaals?' vroeg ik nogmaals.

'Ik versta helaas niet wat je zegt. I'm sorry. What did you say?'

'De sjaals', zei ik. Ik greep naar mijn hals. 'Waar zijn die?'

'I don't understand', zei ze. 'Do you speak English?'

'Scarfs', zei ik. 'Do you have any scarfs?'

'O, scárfs', zei ze. 'That's what we call *halsduk*. No, I'm sorry. It's not the season for them anymore.'

Weer buiten overwoog ik even of ik naar Åhlens zou gaan, zoals het grote warenhuis heette, om daar naar een sjaal te kijken, maar dat zette ik uit mijn hoofd, genoeg idiotie voor één dag, en in plaats daarvan liep ik weer verder de straat in naar het pension, waar ik twee jaar daarvoor 's zomers eens had overnacht, puur en alleen omdat het beter was een doel te hebben dan om geen doel te hebben. Onderweg stapte ik een antiquariaat binnen. De schappen waren hoog en stonden zo dicht op elkaar dat je je nauwelijks kon keren. Na een onverschillige blik op de boekenruggen te hebben geworpen wilde ik net weer naar buiten gaan toen mijn oog op een boek van Hölderlin viel, bovenaan op een stapel op de hoek van de toonbank.

'Is dat te koop?' vroeg ik de verkoper, een man van mijn leeftijd, die al een tijdje naar me had staan kijken.

'Uiteraard', zei hij zonder een spier te vertrekken.

Sånger heette het, gezangen. Was het misschien een vertaling van de *Vaterländische Gesänge*?

Ik bladerde naar het colofon. Het jaar van uitgave was 2002. Het was dus pas uit. Maar er stond niets over de titel, dus bladerde ik naar het nawoord, liet mijn blik op elk cursief woord rusten. En ja. Daar stond het: *Vaterländische Gesänge*. Maar waarom in hemelsnaam hadden ze de titel met *Sånger* vertaald?

Wat maakte het uit.

'Ik neem het', zei ik. 'Hoeveel wilt u ervoor hebben?'

'Sorry?'

'Hoeveel kost het?'

'Mag ik het even hebben, dan zal ik even kijken ... Honderdvijftig kronen, alstublieft.'

Ik betaalde, hij stopte het boek in een zakje en overhandigde het me samen met de bon, die ik in mijn kontzak stopte, waarna ik de deur opendeed en met het zakje bungelend in mijn hand naar buiten stapte. Buiten regende het. Ik bleef staan, deed mijn rugzak af, stopte het zakje erin, deed mijn rugzak weer om en liep verder de fonkelend verlichte winkelstraat door, waar de urenlange sneeuwbui geen andere sporen had nagelaten dan een grijze, drabbige laag op alle oppervlaktes die zich boven de aarde bevonden: op uitsteeksels, raamkozijnen, hoofden van standbeelden, balkons, neergelaten luifels zodat het doek aan de rand net even doorhing, op muurrichels, deksels van vuilnisbakken en waterpompen. Maar niet op straat. Nat en zwart lag hij in het licht van de etalages en straatlantaarns te glinsteren.

Door de regen droop iets van de gel die de kapper in mijn haar had gesmeerd, langs mijn voorhoofd. Ik veegde het weg met mijn hand, wreef die schoon aan mijn broekspijp, ontdekte een klein portiek aan de rechterkant van de straat en liep erheen om een sigaret op te steken. Erachter lag een diepe tuin met terrassen van zeker twee restaurants. In het midden een kleine fontein. Aan de muur naast de ingang stond de naam van de Zweedse schrijversvereniging. Dat was een goed teken. De schrijversvereniging was een van de organisaties die ik van plan was te bellen om naar woonruimte te vragen.

Ik stak een sigaret op, haalde het boek dat ik had gekocht tevoorschijn, leunde met mijn rug tegen de muur en begon er wat halfhartig in te bladeren.

Hölderlin was al sinds lang een bekende naam voor me. Niet dat ik hem systematisch had gelezen, integendeel, een paar sporadische gedichten in de verzameling met vertalingen van Olav Hauge was alles, plus dat ik vaag, volkomen oppervlakkig, het lot kende dat hem ten deel was gevallen, de jaren dat hij krankzinnig geworden in een toren in Tübingen zat, toch was zijn naam me allang vertrouwd, ongeveer vanaf mijn zestiende toen mijn oom Kjartan, de tien jaar jongere broer van mijn moeder, het voor het eerst over hem had. Kjartan woonde als enige van de broers en zussen nog thuis op een boerderijtje in Sørbøvåg aan de Sognefjord, samen met zijn ouders: opa, die in die tijd tegen de tachtig liep, maar nog vitaal was en goed ter been, en oma, die aan Parkinson in een gevorderd stadium leed en bijna overal hulp bij nodig had. Behalve dat hij het boerderijtje bestierde, dat hoewel het niet meer dan twee hectare besloeg tijd en kracht vergde, en de in de praktijk dag en nacht vereiste verpleging van zijn moeder op zich nam, werkte hij als scheepsloodgieter op een werf zo'n twintig kilometer verderop. Hij was een zeldzaam gevoelige man, teer als een kasplantje, volkomen gespeend van belangstelling voor of vermogen tot de praktische kanten van het bestaan, dus hij moest zich tot alles wat hij deed, tot alles waar zijn dagelijks leven uit bestond, hebben gedwongen. Dag in dag uit, maand in maand uit, jaar in jaar uit. Zuivere, pure wilskracht. Dat het zo was gelopen, lag er niet noodzakelijkerwijs aan dat het hem nooit was gelukt te breken met de omstandigheden waarin hij was geboren, zoals je misschien zou denken, dat hij puur in het vertrouwde bleef hangen omdat het vertrouwd was, maar was eerder een gevolg van zijn overgevoelige karakter. Want waar kon een jongeman met de neiging tot het ideale en volkomene zich midden jaren zeventig van de twintigste eeuw toe wenden? Was hij jong geweest in de jaren twintig van die eeuw, zoals zijn vader, dan had hij zich misschien thuis gevoeld in en contact gezocht met de vitalistische, met de natuur dwepende, laatromantische stroming in de cultuur, waartoe Olav Nygard, Olav Duun, Kristoffer Uppdal en Olav Aukrust behoorden, en waarvoor Hauge is onze tijd nog een representant was; was hij jong geweest in de jaren vijftig, dan had hij zich misschien tot de ideeën en theorieën van het culturele radicalisme gewend, als de tegenpool daarvan, de langzaam uitstervende culturele conservatieve krachten, hem niet eerder in hun greep hadden gekregen. Zijn jeugd viel echter niet in de jaren twintig en niet in de jaren vijftig, maar aan het begin van de jaren zeventig, dus werd hij lid van de leninistisch-maoïstische partij AKP-ml en proletariseerde zichzelf, zoals dat heette. Begon leidingen in schepen aan te leggen omdat hij in een betere wereld dan deze geloofde. Niet zomaar een paar maanden of een paar jaar, zoals het geval was met de meesten van zijn geestverwanten, maar bijna twintig. Als een van de heel weinigen gaf hij zijn idealen niet op toen de tijden veranderden, maar bleef eraan vasthouden, zelfs toen dat naarmate de tijd verstreek zowel sociaal als privé steeds meer ging kosten. Communist zijn in een dorpje was iets anders dan communist zijn in de stad. In een stad stond je niet alleen, waren er meer, was je met gelijkgezinden, een gemeenschap terwijl je overtuiging bovendien niet in elk verband zichtbaar was. In een dorp was je 'die communist'. Dat was zijn identiteit, dat was zijn leven. Communist zijn in het begin van de jaren zeventig, toen het een golf was waarop velen werden meegevoerd, was ook iets anders dan communist zijn in de jaren tachtig toen alle ratten het schip allang hadden verlaten. Een eenzame communist klinkt een beetje als een paradox, maar dat was het geval met Kjartan. Ik herinner me hoe mijn vader altijd met hem in discussie ging, de zomers dat we bij opa en oma op bezoek waren, hun luide stemmen beneden in de kamer als wij in bed lagen en moesten slapen, en hoewel ik het niet onder woorden kon brengen, en ook niet bewust dacht, vermoedde ik dat er verschil tussen hen bestond en dat dat een fundamenteel verschil was. Voor mijn vader kende die discussie grenzen, het ging er puur om Kjartan zijn dwaling te doen inzien, maar voor Kjartan was het een kwestie van leven of dood, alles of niets. Vandaar de irritatie in de stem van mijn vader, het vuur in die van Kjartan. Bovendien werd duidelijk, in elk geval naar mijn gevoel, dat mijn vader vanuit de werkelijkheid sprak, dat wat hij zei en van mening was híer thuishoorde, bij óns, bij onze schooldagen en voetbalwedstrijden, onze strips en vistochtjes, onze sneeuwruimacties en 's zaterdagse pap, terwijl Kjartans uitgangspunt elders lag, ergens anders thuishoorde. Natuurlijk was hij het er niet mee eens dat waarin hij geloofde en waar hij in zekere zin zijn leven voor had opgeofferd, niets met de werkelijkheid te maken had, zoals mijn vader en de meeste anderen steeds weer beweerden. Dat de werkelijkheid niet was zoals Kjartan zei en ook nooit zo zou worden. Dat zou hem tot een dromer maken. En een dromer was hij nou juist níet. Juist híj koos positie ten opzichte van de concrete, materiële, fysieke, aardse werkelijkheid! Het was een uiterst ironische situatie. Hij, die theorieën over saamhorigheid en solidariteit verdedigde, was degene die verstoten werd en alleen stond. Hij, die de wereld idealistisch en abstract beschouwde, hij die een veel verfijndere ziel had dan alle anderen, was degene die sjouwde en sjorde, timmerde en beukte, soldeerde en schroefde, rondkroop en -scharrelde in het ene schip na het andere, was degene die de koeien molk en voerde, die mest in de gierkelder schepte en in de lente over de weide uitspreidde, hij was degene die het gras maaide en het hooi hoog op de ruiters stapelde, huis en stallen onderhield en zijn moeder verzorgde, die jaar na jaar hulpbehoevender werd. Dat werd zijn leven. Dat het communisme in het begin van de jaren tachtig aan betekenis verloor en de intensieve discussies die hij overal had gevoerd, onmerkbaar minder werden en op een dag geheel voorbij waren, veranderde misschien de zin ervan, maar niet de inhoud. Die bleef dezelfde, volgde dezelfde koers: zodra het licht werd opstaan om de koeien te melken en te voeren, de bus naar de werf nemen, de hele dag werken, thuiskomen en voor zijn ouders zorgen, een tijdje met zijn moeder door de kamer rondlopen als ze daartoe in staat was, of haar benen buigen en masseren, haar naar de wc helpen, misschien kleren voor haar pakken voor de volgende dag, buiten doen wat nodig was, zij het de koeien binnenhalen en melken of wat ook, dan naar binnen, eten en slapen tot de volgende ochtend – als het tenminste niet zo slecht met oma ging dat opa hem in de loop van de nacht kwam halen. Dat was Kjartans leven zoals het er van de buitenkant uitzag. Toen zijn communistische periode begon, was ik slechts een paar jaar oud, en toen die min of meer voorbij was, in elk geval het actieve, retorische gedeelte ervan, kwam ik net van de lagere school, dus dat alles vormde slechts een vage achtergrond van het beeld dat ik van hem had toen ik een jaar of zestien was en me begon te interesseren voor wie mensen 'waren'. Voor dat beeld was het van veel grotere betekenis dat hij gedichten schreef. Niet omdat ik om gedichten gaf, maar omdat het meer over hem 'zei'. Want gedichten schreef je niet als je daar niet toe gedwongen was, dat wil zeggen, een dichter was. Tegen ons had hij het er niet over, maar hij hield het ook niet geheim. We wisten het in elk geval wel. Op zeker moment werden een paar van zijn gedichten in het tijdschrift *Dag og Tid* afgedrukt, daarna een keer in de communistische krant *Klassekampen*, kleine, eenvoudige impressies uit de werkelijkheid van een industriearbeider, die hem ondanks hun bescheidenheid een zeker aanzien verleenden in de familie Hatløy, waar alles wat met boeken te maken had, hoog in het vaandel stond. Toen een gedicht van hem vervolgens op de achterkant van het literaire tijdschrift *Vinduet* werd gedrukt, naast een fotootje, en er een paar jaar later in hetzelfde tijdschrift twee hele pagina's aan zijn werk werden gewijd, was hij in onze ogen een volbloeddichter. In die tijd begon hij zich voor filosofie te interesseren. Zat 's avonds thuis hoog boven de fjord het akelig intricate Duits van Heidegger in *Sein und Zeit* te spellen – waarschijnlijk woord voor woord, want voor zover ik wist had hij sinds zijn schooltijd geen Duits meer gelezen of gesproken –, las de dichters over wie Heidegger schreef, vooral Hölderlin, en de presocratici naar wie hij verwees, en Nietzsche, Nietzsche. Het lezen van Heidegger beschreef hij later als thuiskomen. Het is geen overdrijving te stellen dat hij er volledig in opging. En dat die ervaring iets religieus had. Een opwekking, een bekering, een oude wereld die met nieuwe betekenis werd gevuld. In diezelfde tijd verliet mijn vader het gezin en Yngve, mijn moeder en ik vierden daarna vaak Kerst bij opa en oma, waar Kjartan, intussen midden in de dertig, dus nog steeds woonde en werkte. Die vier of vijf Kerstavonden met hen zijn ongetwijfeld de meest gedenkwaardige die ik heb meegemaakt. Oma was ziek en zat ineengedoken aan tafel te beven. Haar handen beefden, haar armen beefden, haar hoofd beefde, haar voeten beefden. Af en toe kreeg ze een krampaanval en moest in een stoel worden gezet, dan werden haar benen bijna in stukken gebroken en daarna gemasseerd. Maar ze was helder van geest, had een heldere blik, ze zag ons en was blij ons te zien. Opa, klein, rond en kwiek, begon zijn verhalen te vertellen zodra hij daar de kans toe zag en als hij lachte, en dat deed hij altijd over zijn eigen verhalen, biggelden de tranen over zijn wangen. Maar die gelegenheid kreeg hij niet vaak, want Kjartan was er en Kjartan had een heel jaar lang Heidegger zitten lezen, was vol van Heidegger, midden in dat vermoeiende, doelloze arbeidsleven zonder een ziel om mee van gedachten te wisselen, want mijlenver in de wijde omtrek was niemand die van Heidegger had gehoord en ook niemand die over Heidegger wilde horen, ook al vermoedde ik dat hij het had geprobeerd, dat moest wel, zo vol als hij ervan was, maar zonder dat het ergens toe leidde, niemand die het begreep, niemand die het wilde begrijpen, op dat punt stond hij volkomen alleen – en toen kwamen wij binnenvallen, zijn zus Sissel, die docente in de verpleging was, geïnteresseerd in politiek, literatuur, geïnteresseerd in filosofie, haar zoon Yngve, die studeerde, iets waarvan Kjartan altijd al had gedroomd en die laatste jaren meer en meer, en haar zoon Karl Ove. Ik was zeventien, ik zat op het gymnasium en ook al begreep ik geen woord van wat er in zijn gedichten stond, hij wist dat ik boeken las. Dat was voldoende voor hem. We kwamen binnen en zijn sluizen gingen open. Alles wat hij dat laatste jaar aan gedachten had opgespaard, golfde eruit. Het speelde geen rol of we het begrepen of niet, het speelde geen rol of het Kerstavond was, of de schapenribjes, de aardappels, de raapstamp, het kerstbier en de aquavit op tafel stonden: hij praatte over Heidegger, van binnenuit, zonder één enkel communicerend verband met de buitenwereld, het ging om *Dasein* en *Das Mann*, het ging om Trakl en Hölderlin, de grote dichter Hölderlin, het ging om Heraclitus en Socrates, om Nietzsche en Plato, om de vogels in de bomen en de golven op de fjord, het ging om het zijn van de mens en het zichtbaar worden van het bestaan, het ging om de zon aan de hemel en de regen in de lucht, de ogen van de kat en het neerstorten van de waterval. Met zijn verwilderde haardos, zijn scheefzittende pak en zijn vlekkerige das zat hij te praten, zijn ogen gloeiden, ze gloeiden werkelijk, en ik zal het me altijd blijven herinneren, want het was volkomen donker buiten, de regen sloeg tegen de ruiten, het was Kerstavond 1986 in Noorwegen, onze Kerstavond, de pakjes lagen onder de boom, iedereen had zijn mooiste kleren aan en het enige waarover werd gepraat, was Heidegger. Oma beefde, opa zat aan een bot te kluiven, mama luisterde aandachtig, Yngve was daarmee opgehouden. Zelf stond ik onverschillig tegenover het geheel en was in de eerste plaats blij dat het Kerst was. Maar hoewel ik niets begreep van wat Kjartan zei en niets van wat hij schreef en ook niets van de gedichten die hij zo vurig prees, begreep ik intuïtief dat hij gelijk had, dat er een hogere filosofie en een hogere dichtkunst bestond en dat als je die niet begreep, als het je niet lukte daar deel aan te hebben, je dat puur en alleen aan jezelf te wijten had. Als ik later aan het hoogste dacht, dacht ik aan Hölderlin, en als ik aan Hölderlin dacht, was dat altijd in verbinding met de bergen en de fjord, de nacht en de regen, de hemel en de aarde en de gloeiende blik van mijn oom.

Hoewel er sinds die tijd veel veranderd was in mijn leven, was mijn verhouding tot gedichten in wezen dezelfde gebleven. Ik kon ze lezen, maar ze ontsloten zich nooit voor me en dat kwam omdat ik daar geen 'recht' op had: ze waren niet voor mij bestemd. Deed ik een poging tot toenadering, dan voelde ik me net een bedrieger en ik werd ook altijd ontmaskerd, want wat ze altijd weer zeiden, die gedichten, was: wie denk je wel dat je bent om hier zomaar binnen te stappen? Dat zeiden de gedichten van Osip Mandelstam, dat zeiden de gedichten van Ezra Pound, dat zeiden de gedichten van Gottfried Benn, dat zeiden de gedichten van Johannes Bobrowski. Je moest het verdienen om ze te kunnen lezen.

Hoe?

Dat was simpel. Je sloeg een boek open, las en als de gedichten zich voor je ontsloten, verdiende je het, deden ze dat niet, dan verdiende je het niet. Dat ik iemand was voor wie ze zich niet ontsloten, zat me vooral dwars toen ik begin twintig was en nog steeds vol ideeën zat over wat ik kon zijn. De consequenties van het feit dat de gedichten zich niet voor me ontsloten, waren namelijk groot, veel groter dan alleen van een literair genre buitengesloten te zijn. Het velde ook een oordeel over me. De gedichten keken een andere werkelijkheid binnen, of zagen de werkelijkheid op een andere manier, die waarachtiger was dan deze, en dat het vermogen te zien niet iets was wat je kon leren, maar iets waar je wel of niet over beschikte, veroordeelde mij tot een leven in trivialiteit, ja, maakte mij tot een triviaal persoon. De pijn over dat inzicht was groot. En strikt genomen bestonden er slechts drie mogelijke reacties op. De eerste was het voor jezelf toe te geven en te accepteren. Ik was een doodgewone man die een doodgewoon leven zou leiden, die zin ontleende aan de positie waarin ik me bevond en verder niet. Daar zag het immers in de praktijk ook naar uit. Ik hield ervan voetbal te kijken en speelde zelf als ik de kans kreeg, ik hield van popmuziek en was een paar keer per week drummer in een band, ik volgde een paar colleges op de universiteit, ging regelmatig uit of lag 's avonds thuis op de bank met mijn vriendin tv te kijken. De tweede was om het totaal te ontkennen door tot jezelf te zeggen dat je het in je had, maar dat het er alleen nog niet uit was gekomen en vervolgens een leven te leiden in dienst van de literatuur, als recensent, als medewerker aan de universiteit of als schrijver, want het was absoluut mogelijk je in die wereld drijvende te houden zonder dat de literatuur zich ooit voor je ontsloot. Je kon een heel proefschrift over Hölderlin schrijven door bijvoorbeeld zijn gedichten te beschrijven, te polemiseren waar ze over gingen en op welke manier dat tot uitdrukking kwam: in de syntaxis, de woordkeus, de beeldspraak, je kon schrijven over de verhouding tussen het Griekse en het christelijke in zijn werk, over de rol van het landschap in de gedichten, over de rol van het weer of hoe ze zich verhielden tot de reële politiek-historische werkelijkheid waarin ze ontstonden, en als je de nadruk op het biografische legde, over Hölderlins Duits-protestantse achtergrond bijvoorbeeld, of over de enorme invloed die de Franse revolutie op hem had. Je kon schrijven over de verhouding tot de andere Duitse idealisten: Goethe, Schiller, Hegel, Novalis, of over de verhouding tot Pindaros in zijn latere gedichten. Je kon schrijven over zijn onorthodoxe vertalingen van Sophocles of zijn gedichten lezen vanuit het perspectief van wat hij in zijn brieven over poëzie schrijft. Je kon Hölderlins gedichten ook lezen met Heideggers interpretatie ervan als uitgangspunt, of nog een stap verder gaan en schrijven over de polemiek tussen Heidegger en Adorno op basis van Hölderlin. Je kon ook schrijven over de receptie- of de vertaalgeschiedenis. Dat was allemaal mogelijk zonder dat Hölderlins gedichten zich ooit voor je ontsloten. Je kon dat met alle dichters doen en dat werd natuurlijk ook gedaan. En was je een van hen voor wie gedichten zich niet ontsloten, dan kon je als je bereid was hard te werken, ook zelf gedichten gaan schrijven: het verschil tussen gedichten en gedichten die op gedichten lijken zal alleen een dichter zien. Van die beide methodes was de eerste, het accepteren, de beste, maar ook de moeilijkste. De tweede, het te loochenen, was gemakkelijker, maar ook onaangenamer omdat het inzicht dat wat je deed eigenlijk niet van waarde was, de hele tijd op de loer lag. En in een leven gewijd aan de literatuur, was je juist op zoek naar waarde. Een derde methode, die erop neerkwam het hele probleem van de hand te wijzen, was dan ook de beste. Er bestaat niets hogers. Er bestaat geen geprivilegieerd inzicht. Niets is beter of waarachtiger dan iets anders. Dat de gedichten zich niet voor mij ontsloten, betekende niet noodzakelijkerwijs dat ik op een lager niveau stond of dat wat ik schreef noodzakelijkerwijs minder waard was. Beide, zowel de gedichten die zich niet voor me ontsloten als het feit dat ik schreef, kwamen immers in wezen op hetzelfde neer, namelijk tekst. En als wat ik schreef werkelijk slechter was, wat het natuurlijk was, was dat niet het gevolg van een situatie die onherroepelijke was, namelijk omdat ik het niet in me had, maar was het iets waarin verandering kon komen door hard te werken en meer ervaring te verwerven. Tot op zekere hoogte natuurlijk, aan begrippen als talent en kwaliteit viel nog steeds niet te tornen, niet iedereen kon immers even goed schrijven. Het belangrijkste was dat er geen onoverbrugbare kloof bestond tussen hen die het hadden en hen die het niet hadden, hen die zagen en hen die niet zagen. In plaats daarvan was het een kwestie van gradatie binnen een en hetzelfde scala. Dat was een dankbare gedachte en het was niet moeilijk er argumenten voor te vinden, hij was immers vanaf het midden van de jaren zestig tot nu allesoverheersend geweest in de wereld van de kunst, onder critici en in universitaire kringen. De voorstellingen die ik had, en die zo vanzelfsprekend deel van mij uitmaakten dat ik niet eens wist dat het voorstellingen waren en ze dus nooit had verwoord, alleen gevoeld, maar die me desalniettemin hadden gestuurd, waren natuurlijk romantiek in haar zuiverste vorm, ietwat verouderd dus. De weinigen die zich serieus met de romantiek bezighielden, interesseerden zich voor de elementen ervan die in de ideeënwereld van onze tijd pasten, zoals het fragmentarische of het ironische. Maar voor mij was niet de romantiek het punt – als ik al affiniteit met een stroming voelde was het de barok, de ruimhartigheid ervan, de duizelingwekkende hoogtes en dieptes, de voorstellingen over leven en toneel, spiegel en lichaam, licht en donker, kunst en wetenschap trokken me aan – maar het gevoel dat ik had buiten het wezenlijke te staan, buiten het belangrijkste, buiten wat het bestaan in wezen uitmaakte. Of dat een romantisch gevoel was of niet, speelde geen rol. Om de pijn die het veroorzaakte te doven, had ik me op alle drie genoemde manieren uitvoerig verdedigd en er gedurende lange periodes in geloofd, vooral in de laatste. En die hield in dat mijn voorstelling van de kunst als plek waar het vuur van de waarheid en de schoonheid brandde, de laatste plek waar het leven zijn ware gezicht kon tonen, verwrongen was. Maar af en toe brak het inzicht door. Niet in de vorm van gedachten, want daar bestonden tegenargumenten voor, maar in de vorm van gevoel. Dan wist ik met heel mijn hart dat het een leugen was, dat ik mezelf bedroog. Dat was de situatie toen ik die middag in maart 2002 in het portiek van het gebouw van de Zweedse schrijversvereniging in Stockholm in Fioretos' vertaling van Hölderlins laatste hymnen stond te bladeren.

O, ik armzalige.

Voor het portiek gleed voortdurend een stroom nieuwe mensen langs. Het licht van de straatlantaarns, die aan kabels boven de straat hingen, glansde in gewatteerde jacks en draagtasjes, in asfalt en metaal. Een zwak gedruis van voetstappen en stemmen zweefde door de ruimte tussen de gebouwen aan weerszijden. Op een raamkozijn op de eerste verdieping zaten roerloos twee duiven. Aan de rand van de luifel die aan de façade hing van het gebouw waar ik tegenaan stond, verzamelde het water zich in grote druppels, die zich met regelmatige tussenpozen losmaakten en op de grond vielen. Het boek had ik in mijn rugzak gestopt en nu haalde ik mijn mobieltje uit de zak van mijn jas om te kijken hoe laat het was. Het schermpje was donker, dus ik zette het weer aan terwijl ik doorliep. Er kwam een berichtje binnen. Het was van Tonje.

Ben je aangekomen? Denk aan je.

Bij die twee zinnen leek ze plotseling zo dichtbij. Even werd ik volledig in beslag genomen door haar beeld, wat ze voor me betekende. Niet alleen haar gezicht en de manier waarop ze zich gedroeg, zoals dat gebeurt als je aan iemand denkt die je kent, maar alles wat haar gezicht kon inhouden, al dat ondefinieerbare en toch ongelooflijk duidelijke dat een mens uitstraalt voor degene die van hem of haar houdt. Antwoorden wilde ik echter niet. Het punt met mijn vertrek was immers afstand tot haar te krijgen, dus terwijl er een golf van verdriet over alles door me heen ging, wiste ik het berichtje en klikte door naar het icoontje met de klok.

16.21 uur.

Dan had ik nog iets meer dan een half uur tot ik Geir zou ontmoeten. Als we tenminste niet om hálf vijf hadden afgesproken?

Was dat zo?

Verdomme, dat was zo! Het was half vijf, niet vijf uur.

Ik keerde om en begon terug te hollen. Na een paar huizenblokken bleef ik staan om op adem te komen. De man die daar met het pijlvormige bordje zat, keek me met een slome blik aan. Dat beschouwde ik als een teken en ik sloeg de straat in waar de pijl naar wees. Toen ik bij het kruispunt aan het eind ervan kwam, lag het station inderdaad voor me, want aan de muur helemaal achter in een kleine straat zag ik vaag een geel bordje met ARLANDA EXPRESS. Het was 16.26 uur. Als ik op tijd wilde komen, moest ik het ook dat laatste stuk op een lopen zetten. De straat over, de terminal van de trein naar het vliegveld in, langs het perron, de hal daar in, langs de winkeltjes en cafés, de banken en de lockers naar de grote hal, waar ik bleef staan, zo buiten adem dat ik met mijn handen op mijn knieën voorover moest leunen.

Als trefpunt hadden we een rond hek midden in de hal afgesproken, van waar je uitkeek op de verdieping eronder. Toen ik me oprichtte en rondkeek, wees de klok aan de muur exact half vijf aan.

Daar.

Ik koos een weinig voor de hand liggende route vlak langs de rij winkeltjes en ging toen een stukje verderop tegen de muur staan om Geir te kunnen zien voordat hij mij zag. Het was twaalf jaar geleden dat ik hem voor het laatst had gezien en toen in de loop van twee maanden misschien maar vier of vijf keer, dus vanaf het moment dat hij mijn mail had beantwoord en had geschreven dat ik bij hem kon logeren, was ik bang geweest dat ik hem niet meer zou herkennen. Dat wil zeggen, hérkennen was eigenlijk niet het juiste woord, want ik kon me gewoon helemaal geen voorstelling van hem maken. Als ik aan Geir dacht zag ik niet zijn gezicht voor me, maar de letters van zijn naam, 'Geir' dus, en een vaag beeld van iemand die lachte. De enige episode met hem die ik me kon herinneren, was in de bar van het restaurant Fekterloftet in Bergen. Geir die lachend zei: 'Maar jij bent warempel een existentialist!' Ik had geen idee waarom ik me juist dat herinnerde. Misschien omdat ik niet wist wat een 'existentialist' was? En gevleid was omdat mijn overtuigingen in een bekende filosofische stroming thuishoorden?

Ik wist nog steeds niet wat een existentialist was. Ik kende het begrip, kon een paar namen noemen en ze in een tijd plaatsen, maar inhoudelijk kon ik niets concreets te berde brengen.

De koning van het daaromtrent, dat was ik.

Ik deed mijn rugzak af en zette hem tussen mijn voeten op de grond, bewoog mijn schouders een beetje heen en weer terwijl ik de mensen bekeek die bij het hek stonden. Geen van hen kon Geir zijn. Als er iemand opdook die overeenkomsten vertoonde met het beetje dat ik wist, zou ik op hem toestappen en hopen dat hij mij herkende. In het ergste geval vragen: Ben jij Geir?

Ik keek achter in de hal hoe laat het was. Vijf over half.

Was het toch vijf uur?

Om de een of andere reden was ik overtuigd dat hij een man van de klok was. In dat geval moesten we om vijf uur hebben afgesproken. In de kleinere hal had ik een internetcafé gezien en na nog een paar minuten gewacht te hebben, ging ik daarheen om uitsluitsel te krijgen. Ik voelde bovendien de behoefte om zijn e-mails nog eens te lezen, de toon erin te horen, dan werd de situatie die me te wachten stond misschien wat minder vreemd.

Na de problemen die ik eerder met het Zweeds had gehad, vroeg ik nu alleen 'Internet?' aan de vrouw achter de toonbank. Ze knikte en wees naar een van de computers. Ik ging ervoor zitten en startte mijn mail op, waar vijf nieuwe berichten waren binnengekomen, die ik snel even doorkeek. Ze waren allemaal van de redactie van het tijdschrift *Vagant*. En hoewel het nauwelijks een etmaal geleden was dat ik in Bergen zat, had ik het gevoel alsof de discussie tussen Preben, Eirik, Finn en Jørgen op de monitor voor me in een andere wereld plaatsvond, waarin ik niet meer thuishoorde. Alsof ik al een grens had overschreden. Alsof ik eigenlijk *niet meer terug kon*.

Daar bevond ik me gister, zei ik tegen mezelf. En ik heb nog niet besloten hoelang ik hier wil blijven. Ik kan over een week teruggaan als ik wil. Of morgen.

Maar dat gevoel had ik niet. Ik had het gevoel alsof ik nooit meer terug kon gaan.

Ik draaide mijn hoofd om en keek naar de Burger King. Op de voorste tafel lag een omgegooide beker cola. De zwarte vloeistof was in een lange ovaal uitgelopen en druppelde nog steeds vanaf de rand op de vloer. Aan de tafel daarachter zat een man met zijn knieën tegen elkaar te eten alsof het een straf was: een poosje ging zijn hand snel tussen het zakje patat, het schaaltje ketchup en zijn malende kaken heen en weer, toen slikte hij, greep met beide handen zijn hamburger beet, bracht hem naar zijn mond en nam een grote hap. Al kauwend hield hij de hamburger een paar centimeter van zijn mond vandaan, als het ware paraat, en nam toen nog een hap, hij veegde zijn lippen af met zijn ene hand en tilde de beker drinken op met de andere terwijl hij naar de drie zwartharige tienermeisjes gluurde die aan de tafel naast hem zaten te praten. De blik van een van hen kruiste even de mijne en ik keek eerst naar de ingang, waar twee geüniformeerde stewardessen elk met een rolkoffer achter zich aan door de deur van de hal binnenkwamen, toen weer naar het scherm, met het felle, snel verstommende klikklak van hun hakken in mijn oren.

En wat zou het als ik nooit meer terug zou gaan? Dit was immers waar ik naar had verlangd. Hier te zijn, alleen, in een vreemde stad. Geen banden, niemand anders, alleen ik, vrij om te doen en te laten wat ik wilde.

Dus waarom dit zwaarmoedige gevoel?

Ik klikte de mail van Geir tevoorschijn en begon te lezen.

'Beste Karl Ove,

Echt een uitstekend idee. Uppsala is zoals je schrijft, een universiteitsstad, en hoe. De stad kan worden vergeleken met het Zuiden van Noorwegen rond de eeuwwisseling, een plek waar je je kinderen heen stuurt om met een brouw-r te leren spreken. Stockholm is een van de mooiste hoofdsteden ter wereld, maar verre van relaxed. Zweden op zich is een fantastische paradox, aan de ene kant wijd en zijd bekend vanwege zijn open grenzen, aan de andere het meest gesegregeerde land van Europa. Als Uppsala niet is wat je zoekt, raad ik je aan in Stockholm te gaan wonen. (Het duurt sowieso maar 40 à 50 minuten met de trein en die gaat om het half uur.)

Wat betreft woonruimte, een appartement of een kamer, die is niet zo gemakkelijk te vinden. In Uppsala is het bijna nog erger vanwege alle eerstejaarsstudenten. Moeilijk, maar niet onmogelijk. Zo uit mijn hoofd ken ik niemand die een kamer te verhuren heeft, maar ik kan eens kijken. Aangezien het, als ik het goed begrijp, niet voor altijd is, maar voorlopig tot het eind van het jaar, zou het mogelijk moeten zijn om iets onder te huren. Daar zijn huurkantoren voor. Heb je al contact opgenomen met de Zweedse schrijversvereniging, trouwens? Ik kan me voorstellen dat zij flats voor buitenlandse auteurs ter beschikking hebben, of op zijn minst iemand kennen die dat heeft. Als je wilt kan ik eens rondbellen naar kantoren, verenigingen e.d. Vandaag is het zaterdag 16 maart. Wil je eerst eens een weekend op bezoek komen, of misschien liever midden in de week als alles open is, om te kijken of het je bevalt? Of heb je al besloten? In dat geval zal ik begin volgende week mijn oor te luisteren leggen voor passende woonruimte. Je bent onder alle omstandigheden welkom om bij ons te logeren, of je nu op vakantie bent of op zoek naar een kamer.

Ik heb je telefoonnummer niet, maar het is eenvoudiger een plan de campagne via de telefoon op te stellen. Met een Noors inkomen is het gunstig om in Zweden te wonen. Hoeveel denk je per maand te kunnen betalen? Eén, twee of drie kamers?

Verheug me erop je te zien,

Geir'

'Karl Ove,

LIEFDE

Voor het geval je nog niet in de trein zit, bel zodra je in Oslo of Stockholm bent! Vergooi geen geld aan een hotel, je hoeft je niet opgelaten te voelen. Mijn motieven zijn egoïstisch: jij praat Noors zonder accent, mijn woordenschat wordt kleiner. De universiteit van Uppsala stamt trouwens uit 1477.

In Stockholm kies je gewoon 708 96 93
Geir'

'Dus je houdt niet van telefoons? Dan spreken we vanmiddag om 17.00 uur af op het centraal station (waar jouw trein aankomt). Er staat een rond hek midden in de hal, "flikkerring" in de volksmond. Ik zie je daar. Maar bel als er iets tussenkomt! (Zo veel kun je niet tegen telefoneren hebben.)
Geir'

Dat was de correspondentie. Ik twijfelde niet aan de oprechtheid van zijn aanbod om bij hen te logeren, maar toch was het nogal wat om het aan te nemen. Afspreken voor een kop koffie ergens zou beter bij de omstandigheden passen. Aan de andere kant had ik niet veel te verliezen. En hij kwam ook maar van Hisøya.

Ik sloot mijn mailbox en wierp een blik op de tafel met de drie meisjes, waarna ik mijn rugzak oppakte en opstond. Zij die net het woord voerde, praatte met een soort verontwaardigde intensiteit, zichzelf ongelooflijk bewijzend, en werd met dezelfde intensiteit bijgevallen. Als ze niets hadden gezegd, had ik ze op een jaar of negentien geschat. Nu wist ik dat ze een jaar of vijftien waren.

Het meisje dat het dichtstbij zat, draaide haar hoofd om en keek me weer aan. Niet tegemoetkomend, het was geen open blik, maar om te constateren of ik haar zag. Toch riep het wat in me op. Een flits van iets wat op vreugde leek. Toen, op het moment dat ik naar de toonbank liep om te betalen, volgde de donderslag van het besef. Ik was drieëndertig. Een volwassen man. Waarom dacht ik dan dat ik nog steeds twintig was? Wanneer zou ik dat jeugdige kwijtraken? Toen mijn vader drieëndertig was, had hij een zoon van dertien en een van negen, hij had een huis, een auto en een baan, als je foto's van hem uit die tijd zag, zag hij eruit als een man en naar ik me herinnerde gedroeg hij zich ook zo, bedacht ik en ik bleef bij de toonbank staan. Legde mijn warme hand op de koele marmeren plaat. De vrouw erachter stond op van haar stoel en kwam naar me toe om de betaling aan te nemen.

'Hoeveel is dat?' vroeg ik.

'Neem me niet kwalijk?'

Ik slaakte een zucht.

'Wat kost dat?'

Ze wierp een blik op het scherm voor zich.

'Tien', zei ze.

Ik gaf haar een verkreukeld briefje van twintig.

'Laat maar zitten', zei ik en ik liep weg voor ze nog een keer met haar 'neem me niet kwalijk' kon komen, waar het in dit land van leek over te lopen. De klok aan de muur van de grote hal wees zes minuten voor vijf aan. Ik ging weer op mijn oude plaatsje staan en keek naar de mensen die bij het hek rondhingen. Toen geen van hen paste bij het beetje wat ik als uitgangspunt had, liet ik mijn blik over degenen dwalen die door de hal op weg waren. Uit de kiosk aan de andere kant kwam een kleine man met een groot hoofd en zo'n opvallend uiterlijk dat ik hem met mijn blik volgde. Hij was in de vijftig, zijn haar was gelig, hij had een breed gezicht, een grote neus, zijn mond stond enigszins scheef en zijn ogen waren klein. Hij zag eruit als een kabouter. Maar hij was gekleed in een pak en een mantel, in zijn ene hand hield hij een elegante leren tas en onder zijn arm had hij een krant geklemd; misschien was dat het, dat er achter die grotestadsverschijning een heel ander type tevoorschijn leek te komen, waardoor ik hem bleef nakijken tot hij de trap af liep en naar de perrons met de pendeltreinen verdween. Plotseling zag ik weer hoe oud alles was. Ruggen, handen, voeten, hoofden, oren, haren, nagels, alles waar de lichamen die door de hal stroomden uit bestonden, was oud. Het geroezemoes dat opsteeg, was oud. Zelfs de vreugde, zelfs de lust en de verwachting wat de toekomst zou brengen, waren oud. En toch ook nieuw, voor ons waren ze nieuw, voor ons behoorden ze tot onze tijd, tot de rij taxi's buiten, tot de koffiemachines op de balies van de cafés, tot de rekken met tijdschriften in de kiosken, tot de mobieltjes en de iPods, de Goretexjacks en de laptops die in hun tassen door de hal naar de treinen werden gedragen, tot de treinen en hun automatische deuren, de kaartjesautomaten en de oplichtende borden met wisselende reisdoelen. Het oude had hier niets te zoeken. Toch was alles er volkomen van doordrongen.

Wat een vreselijke gedachte.

Ik voelde in mijn zak om te controleren of de sleutels van de lockers er nog in zaten. Dat was het geval. Toen klopte ik met mijn hand op mijn borst om te voelen of mijn creditcard nog op zijn plaats was. Ook dat was het geval.

In het gekrioel voor me dook een bekend gezicht op. Mijn hart begon sneller te kloppen. Maar het was Geir niet, het was iemand anders. Een nog vagere bekende. Een vriend van een vriend? Iemand met wie ik op school had gezeten?

Ik glimlachte toen het me te binnenschoot. Het was de man van Burger King. Hij bleef staan en keek naar het bord met de vertrektijden. Tussen de wijsvinger en de duim van de hand waarin hij zijn aktetas droeg, hield hij een kaartje. Toen hij de tijd met die op het bord wilde vergelijken, tilde hij zijn hand met koffer en al naar zijn gezicht.

Ik keek naar de klok aan de muur achterin. Twee minuten voor. Als Geir zo stipt was als ik aannam, zou hij zich nu ergens in de hal moeten bevinden en ik liet mijn blik wat systematischer over de gedaantes glijden die op me af kwamen lopen. Eerst naar links, toen naar rechts.

Daar.

Dat moest Geir zijn, toch?

Ja, dat was hem. Ik herinnerde me zijn gezicht toen ik hem zag. En hij kwam niet alleen op me af, hij hield ook zijn blik op mij gericht.

Ik glimlachte, streek de palm van mijn hand zo discreet als ik kon langs mijn bovenbeen en stak hem uit toen hij voor me bleef staan.

'Hallo, Geir', zei ik. 'Langgeleden.'

Ook hij glimlachte. Liet mijn hand al bijna weer los voordat hij hem had gepakt.

'Kijk eens aan', zei hij. 'Je bent geen spat veranderd.'

'O?' zei ik.
'Nee, hoor. Het is net of ik je in Bergen zie. Lang, ernstig, met een lange jas.'
Hij lachte.
'Zullen we gaan?' vroeg hij. 'Waar is je bagage, trouwens?'
'Hierbeneden in een locker', zei ik. 'Maar misschien kunnen we eerst ergens een kop koffie drinken?'
'Kunnen we doen', zei hij. 'Waar wil je heen?'
'Maakt niet uit', zei ik. 'Daar bij de ingang is een café.'
'Oké, dan gaan we daarheen.'

Hij liep voor me uit, bleef bij een tafeltje staan, vroeg zonder me aan te kijken of ik melk of suiker wilde en verdween naar het buffet terwijl ik mijn rugzak afdeed, ging zitten en mijn shag pakte. Ik zag hem een paar woorden wisselen met de vrouw achter het buffet, haar een bankbiljet overhandigen. Hoewel ik hem had herkend, en het onbewuste beeld dat ik van hem moest hebben gehad dus klopte, had hij een andere uitstraling dan ik had verwacht. Veel minder fysiek, zonder al het lichamelijke gewicht dat ik hem had toebedeeld. Dat had ik waarschijnlijk gedaan omdat ik wist dat hij had gebokst.

Ik voelde een sterke drang om te slapen, in een lege kamer te gaan liggen, het licht uit te doen en gewoon van het wereldtoneel te verdwijnen. Dat was waar ik naar verlangde, maar wat me te wachten stond, waren urenlange sociale verplichtingen en praten en daar zag ik als een berg tegenop.

Ik slaakte een zucht. Het elektrische licht aan het plafond, dat alles in de hal verlichtte en hier en daar in een glazen ruit, op een stukje metaal, op een marmeren tegel of in een koffiekopje reflecteerde, zou voldoende moeten zijn om me blij te maken omdat ik hier zat en dit zag. Al die honderden mensen die zo schaduwachtig door de hal heen en weer liepen, zouden genoeg moeten zijn om me blij te maken. Tonje, met wie ik al acht jaar een relatie had, mijn leven met háár te delen, zo lief en zo mooi als ze was, zou me blij moeten maken. Mijn broer Yngve en zijn kinderen te zien zou me blij moeten maken. Alle muziek die er bestond, alle literatuur, alle kunst – blij, blij, blij zou het me moeten maken. Maar alle schoonheid ter wereld, die eigenlijk onverdraaglijk hoorde te zijn, liet me koud. Mijn vrienden lieten me koud. Mijn leven liet me koud. Zo was het, en zo was het al zo lang dat ik het niet langer uithield, maar had besloten er iets aan te doen. Ik wilde weer vrolijk zijn. Het klonk dom, ik kon het tegen niemand zeggen, maar zo was het wel.

Ik bracht het halfgerolde sjekkie naar mijn lippen en likte aan de lijmrand, drukte die met mijn duimen vast zodat hij aan het papier bleef kleven, kneep de losse draadjes er aan beide kanten af en liet ze in de glanzend witte binnenkant van het pakje vallen, trok het pakje wat verder open zodat ze naar de lichtbruine, dicht ineengevlochten shag op de bodem gleden, deed het pakje dicht, stopte het in de zak van mijn jas, die over de stoel hing, stopte het sjekkie in mijn mond en stak het aan met de vlam die geel flakkerend uit de aansteker oplaaide. Verderop bij het buffet had Geir twee kopjes klaargezet, die hij nu stond in te schenken terwijl de bediening het wisselgeld op de toonbank legde en zich tot de volgende klant richtte, een man van in de vijftig met lang haar, een hoed, laarzen en een capeachtig, op een poncho lijkend kledingstuk.

Nee, lichamelijk gewicht straalde Geir niet uit. Wat hij wel uitstraalde, en wat duidelijk werd vanaf het moment dat hij me niet langer aankeek, vanaf het moment dat hij mijn hand losliet en zijn blik begon rond te dwalen, was rusteloosheid. Het leek de hele tijd alsof hij in beweging wilde zijn.

Hij kwam aanlopen met in elke hand een kopje. Ik kon het niet laten te glimlachen.

'Zo', zei hij, hij zette de kopjes op tafel en trok een stoel naar achteren. 'Dus jij komt in Stockholm wonen?'

'Daar lijkt het wel op', zei ik.

'In dat geval is mijn smeekbede verhoord', zei hij zonder me aan te kijken. Hij keek op tafel, naar de hand die het oor van het kopje greep. 'Ik weet niet hoe vaak ik tegen Christina heb gezegd dat ik wou dat hier een Noor met belangstelling voor literatuur kwam wonen. En dan kom jíj!'

Hij bracht de koffie naar zijn mond en blies erin voor hij een slok nam.

'Ik heb je een brief geschreven die zomer dat je naar Uppsala vertrok', zei ik. 'Een lange brief. Maar ik heb hem nooit verstuurd. Hij ligt nog steeds ongeopend bij mijn moeder. Ik heb geen idee wat erin staat.'

'Je maakt een grapje', zei hij terwijl hij me aankeek.

'Wil je hem hebben?'

'Natuurlijk wil ik hem niet hebben! En jij moet het niet in je hoofd halen hem open te maken. Die moet daar bij je moeder blijven liggen. Dat is een stukje verzegelde tijd!'

'Misschien wel', zei ik. 'Ik herinner me verder niets uit die periode. En alle dagboeken en manuscripten die ik toen schreef, heb ik verbrand.'

'Verbrand?' vroeg Geir. 'Niet weggegooid, maar verbrand?'

Ik knikte.

'Dramatisch', zei hij. 'Maar dat was je in Bergen al.'

'Is dat zo?'

'O, ja.'

'En jij niet?'

'Ik, nee! O nee, jij.'

Hij lachte. Draaide zijn hoofd om en keek naar de stroom mensen die langsliep. Draaide het weer terug en liet zijn blik over de overige gasten in het café dwalen. Ik tikte de as van mijn sjekkie in de asbak. De rook die eruit opsteeg, golfde traag op en neer in de trek van de voortdurend open- en dichtgaande deuren. Als ik naar hem keek, deed ik dat met bijna onmerkbare, steelse blikken. De indruk die hij wekte, stond in zekere zin los van zijn gezicht. Zijn ogen waren somber en droef, maar zijn uitstraling had niets sombers of droefs. Hij leek blij, en verlegen.

'Ken je Stockholm?' vroeg hij.

Ik schudde mijn hoofd: 'Niet echt. Ik ben hier nog maar een paar uur.'

'Het is een mooie stad. Maar ijskoud. Je kunt hier een heel leven wonen zonder echt in contact met iemand te komen. Alles is zo georganiseerd dat je niet met anderen in aanraking komt. Moet je die roltrappen zien', zei hij terwijl hij naar de hal knikte, waar de roltrappen zich waarschijnlijk bevonden. 'Iedereen die stil blijft staan, staat rechts, iedereen die doorloopt, loopt links. Als ik in Oslo ben, is het een schok voor me dat je daar voortdurend tegen andere mensen op loopt. Dat voortdurende gepor en gebots. Dat je eerst naar links gaat, dan naar rechts, dan weer naar links als je iemand op straat tegemoetkomt, je weet wel, dat zie je hier gewoon niet. Iedereen weet waar hij moet lopen, iedereen doet wat hij moet doen. Op het vliegveld is voor de bagageband een gele streep, waar je niet overheen mag. En niemand stapt er overheen. Het uitleveren van de bagage gebeurt netjes en ordelijk. Dat geldt ook voor de gesprekken in dit land. Er is een gele streep waar niemand overheen mag. Iedereen is beleefd, iedereen is welopgevoed, iedereen zegt wat hij moet zeggen. Het gaat erom niemand voor het hoofd te stoten. Als je daaraan gewend bent, is het een schok om de discussies in de Noorse kranten te lezen. Wat een heetgebakerdheid! Ze schelden elkaar zelfs uit! Dat is hier ondenkbaar. En als je hier een Noorse professor op tv ziet, dat komt bijna nooit voor, want niemand is in Noorwegen geïnteresseerd, Noorwegen bestaat niet in Zweden, maar als het dan toch een enkele keer gebeurt, dan ziet hij eruit als een wilde, met warrig haar en onverzorgde of onorthodoxe kleren, en zegt hij dingen die hij niet hoort te zeggen. Dat behoort immers tot de academische traditie in Noorwegen, waar opleiding geen uiterlijk vertoon kent of hoort te kennen ... Of waar de uiterlijke academische presentatie het idiosyncratische of individuele hoort te reflecteren. Niet het algemene en collectieve, zoals hier. Maar niemand die dat hier begrijpt. Hier zien ze alleen wilden. In Zweden denkt iedereen dat alles zoals het in Zweden is de enige mogelijkheid is. Alles wat afwijkt van zoals het in Zweden is, wordt als fout of gebrek opgevat. Dat is zo stervensirritant. O ja, dat was Jon Bing, die ik heb gezien, die rechtsgeleerde. Hij zag er niet uit. Lang haar en een snor, en ik geloof zelfs dat hij een gebreid vest droeg.

Een Zweedse academicus ziet er netjes uit, gedraagt zich netjes, zegt wat iedereen, of bij wijze van spreken iedereen, verwacht. Trouwens, iederéén gedraagt zich netjes hier. Dat wil zeggen, iedereen die zich in de openbaarheid beweegt. Op straat ziet dat er een beetje anders uit. Ze hebben in dit land een paar jaar geleden immers alle psychiatrische patiënten losgelaten. Dus die zie je nu overal wat lopen mompelen en roepen. Verder hebben ze het zo georganiseerd dat de armen in aparte wijken wonen, de rijken in aparte wijken, zij die zich met cultuur bezighouden in aparte wijken en asielzoekers in aparte wijken. Dat zul je mettertijd wel doorkrijgen.'

Hij bracht het kopje naar zijn mond en nam een slok. Ik wist niet wat ik moest zeggen. Wat hij zei was niet iets wat uit de situatie voortvloeide, afgezien van het feit dat ik net uit Noorwegen was gekomen, en hing op zo'n manier aan elkaar, was zo'n samenhangend geheel dat het kant-en-klaar leek. Dit was iets wat hij zei, begreep ik, dit was een van zijn onderwerpen van gesprek. Mijn ervaring met mensen die een onderwerp van gesprek hadden, was dat je gewoon moest wachten tot de ergste druk eraf was, want meestal wachtte er dan een ander soort aandacht en aanwezigheid. Of hij gelijk had met wat hij beweerde of niet, wist ik niet, ik vermoedde alleen dat het op frustratie was gebaseerd en dat hij het eigenlijk had over waar die frustratie vandaan kwam. Misschien was dat Zweden. Misschien iets in hemzelf. Mij maakte het niet uit, hij kon praten waarover hij wilde, dat was niet waarom ik hier zat.

'In Noorwegen gaan sport en universiteit toch samen, en bier drinken en universiteit?' zei hij. 'Dat herinner ik me uit Bergen. Sport was belangrijk onder studenten. Maar hier zijn het onverenigbare grootheden. Ik heb het niet over natuurwetenschappers, maar over intellectuelen. Hier wordt in universitaire kringen de nadruk gelegd op het intellectuele, dat is het enige waar het om draait, al het overige is ondergeschikt aan het intellect. Het lichaam, bijvoorbeeld, is volkomen afwezig. Terwijl in Noorwegen het intellectuele te weinig nadruk krijgt. In Noorwegen is alles wat volks is dan ook geen probleem voor een academicus. De gedachte erachter is waarschijnlijk dat de omgeving het intellect doet schitteren als een diamant. In Zweden moet ook de omgeving van het intellect schitteren. Hetzelfde geldt voor de cultuur met een grote C. In Noorwegen wordt daar te weinig aandacht aan geschonken, eigenlijk mag die niet bestaan, de elitaire cultuur mag eigenlijk niet bestaan als hij niet tegelijkertijd volks is. In Zweden wordt er te veel aandacht aan geschonken. Het volkse en het elitaire zijn hier onverenigbare grootheden. Het ene hoort híér thuis en het andere dáár en het is niet de bedoeling dat er van uitwisseling tussen beide sprake is. Er zijn uitzonderingen, die zijn er altijd, maar dat is de hoofdregel. Een ander groot verschil tussen Noorwegen en Zweden betreft rollen. De laatste keer dat ik thuis was, nam ik de bus van Arendal naar Kristiansand en de buschauffeur begon uitgebreid te vertellen dat hij eigenlijk geen buschauffeur was, dat hij eigenlijk iets anders was, maar dat hij dit alleen deed om bij te springen rond de Kerst. En toen zei hij dat we aardig voor elkaar moesten zijn in deze feestelijke tijd. Dat zei hij via de luidspreker! Ondenkbaar in Zweden. Hier identificeer je je met je werk. Het is een rol waar je niet uit stapt. Die rol kent geen openingen, je kunt nergens je hoofd naar buiten steken en zeggen: dit is mijn eigenlijke ik.'

'Dus waarom woon je hier?' vroeg ik.

Hij keek me even aan.

'Het is een perfect land als je met rust gelaten wilt worden', zei hij en hij liet zijn blik weer ronddwalen. 'Ik heb niets tegen die kilte. Ik wens het niet in mijn eigen leven, maar ik kan er goed in leven, als je het verschil voelt. Het is leuk om naar te kijken. En het is praktisch. Ik veracht het, maar het biedt ook voordelen. Zo, zullen we gaan?'

'Ja, dat is prima', zei ik en ik drukte mijn sjekkie uit, dronk het laatste slokje koffie op, pakte mijn jas van de stoel, trok hem aan, zwaaide mijn rugzak op mijn rug en liep achter hem aan de hal in. Toen ik hem inhaalde en naast hem kwam lopen, draaide hij zich naar me om: 'Kun je aan de andere kant komen? Met dit oor hoor ik bijna niets.'

Ik deed wat hij vroeg. Het viel me op dat zijn voeten elk een kant op wezen als hij liep, uitgespreid als die van een eend. Dat was iets wat me altijd al had tegengestaan. Balletdansers lopen ook zo. Ik had een keer iets met een meisje dat aan ballet deed. Het was een van de weinige dingen aan haar die me niet bevielen, dat ze zo met haar voeten liep.

'Waar is je bagage?' vroeg hij.

'Hieronder', zei ik. 'Aan de rechterkant.'

'Dan gaan we daar naar beneden', zei hij en hij knikte naar een trap aan het einde van de hal.

Voor zover ik het zag, was er geen verschil tussen hoe mensen zich hier gedroegen en op het centraal station in Oslo. In elk geval niet opvallend. De verschillen waar hij het over had, leken minimaal, waarschijnlijk opgeblazen tot enorme proporties na vele jaren ballingschap.

'Volgens mij ziet het er hier ongeveer zo uit als in Noorwegen', zei ik. 'Evenveel geduw.'

'Wacht maar af', zei hij en hij keek me glimlachend aan. Het was een ironische glimlach, een betweterige glimlach. Als ik iets niet kon uitstaan, was het betweterigheid, in welke vorm dan ook. Dat hield immers in dat ik de mindere was.

'Kijk', zei ik, ik bleef staan en wees naar het informatiebord boven ons.

'Wat is er?' vroeg Geir.

'Dat bord met aankomsttijden', zei ik. 'Daarom ben ik hier. Exact daarom.'

'Wat bedoel je?' vroeg Geir.

'Nou, moet je zien: SÖDERTÄLJE, NYNÄSHAMN, GÄVLE, ARBOGA, VÄSTERÅS, ÖREBRO, HALMSTAD, UPPSALA, MORA, GÖTEBORG, MALMÖ. Het heeft zoiets ongelooflijk exotisch. Zweden. De taal is bijna hetzelfde, de steden zijn bijna hetzelfde, als je foto's ziet van Zweedse dorpen zien ze eruit als Noorse dorpen. Op de details na. En juist dat kleine onderscheid, die kleine verschillen, dat wat bíjna bekend is, bíjna hetzelfde, maar net niet helemaal, dat vind ik zo ongelooflijk spannend.'

Hij keek me wantrouwig aan.

'Jij bent gek!' zei hij.

Toen lachte hij.

We liepen weer door. Het was niets voor mij om zoiets te zeggen, zomaar zonder aanleiding, maar ik had het gevoel dat ik het niet op me kon laten zitten. Hem niet de baas mocht laten spelen.

'Dat heeft me altijd al aangetrokken', ging ik verder. 'Niet India of Birma of Afrika, de grote verschillen, die hebben me nooit geïnteresseerd. Maar Japan, bijvoorbeeld. En dan niet Tokio of de grote steden, maar de dorpen in Japan, de kleine kustplaatsjes in Japan, heb je gezien hoe de natuur daar op die bij ons thuis lijkt terwijl de cultuur, de huizen en de gebruiken dus, volkomen anders is, onbegrijpelijk? Of Maine in de vs. Heb je de kust daar gezien? De natuur ziet er net zo uit als in Zuid-Noorwegen, maar alles wat door de mens is geschapen, is Amerikaans. Begrijp je wat ik bedoel?'

'Nee. Maar ik luister.'

'Dat was alles', zei ik.

We kwamen in een ondergrondse gang, ook die vol mensen die op weg waren, liepen naar de lockers, ik haalde mijn twee koffers eruit, Geir nam er een en toen liepen we de gang door naar de perrons van de metro, een paar honderd meter verderop.

Een half uur later liepen we door het centrum van een buitenwijk uit de jaren vijftig, die er in het door straatlantaarns verlichte maartse donker uitzag alsof hij nog volledig intact was. Hij heette Västertorp, alle gebouwen waren vierkant en van baksteen en ze onderscheidden zich alleen in grootte van elkaar: aan de rand stonden in alle windrichtingen hoge flats, langs de straten in het centrum van de wijk waren de gebouwen lager met op de begane grond allerlei winkels. De dennen tussen de huizenblokken stonden er bladstil bij. In het licht van de vele portieken en vensters, die als het ware uit de grond opschoten, zag ik tussen de stammen door hier vaag een heuveltje, daar een vijver. Geir was ononderbroken aan het woord, net als onderweg in de metro. Hij verklaarde voornamelijk wat we zagen. Tussendoor kregen de stationsnamen een klank, zo mooi en vreemd: Slussen, Mariatorget, Zinkensdamm, Hornstull, Liljeholmen, Midsommarkransen, Telefonplan ...

'Daar is het', zei hij en hij wees naar een van de flatgebouwen langs de weg.

We gingen een portiek binnen, een trap op, een deur door. Boeken op planken tegen de muren, een heleboel jassen op een rij aan klerenhangers, de geur van het leven van vreemde mensen.

'Hoi, Christina, wil je onze Noorse vriend niet begroeten?' zei Geir en hij keek in de kamer links. Ik deed een stap naar voren. Daarbinnen zat een vrouw aan een tafel met een potlood in haar hand en een blad papier voor zich, ze keek op.

'Hoi, Karl Ove', zei ze. 'Leuk om je te ontmoeten. Ik heb zo veel over je gehoord.'

'Ik heb helaas niets over jou gehoord', zei ik. 'Nou ja, behalve het beetje wat in Geirs boek staat.'

Ze glimlachte, we gaven elkaar een hand, ze begon de tafel af te ruimen, zette koffie. Geir liet me de flat zien, dat ging snel, hij bestond uit twee kamers, allebei van de vloer tot het plafond vol boekenkasten. In de ene, de woonkamer, was een werkhoek voor Christina ingericht, in de andere, de slaapkamer, was Geirs werkplek. Hij deed een paar kasten open en liet me de boeken daarin zien. Ze stonden zo recht dat je zou denken dat hij een waterpas had gebruikt, en ze waren in series en op schrijvers gesorteerd, niet op alfabet.

'Je hebt je spullen op orde, zie ik', zei ik.

'Ik heb alles op orde', zei hij. 'Absoluut alles. Er is niets in mijn leven wat ik niet heb gepland en berekend.'

'Dat klinkt beangstigend', zei ik en ik keek hem aan. Hij glimlachte.

'Ik vind het beangstigend iemand te ontmoeten die van de ene op de andere dag naar Stockholm verhuist.'

'Ik moest wel', zei ik.

'Willen is moeten willen', zei hij. 'Zoals de mysticus Maximos zegt in Ibsens *Keizer en Galileeër*. Of om precies te zijn: "Wat is het leven waard? Alles is spel en leut. – Wíllen is móeten willen." Dat was het stuk waarin Ibsen probeerde wijs te zijn. Geleerd, in elk geval. Het is een grote, verdomde synthese die hij daar uittest. "Ik tart de onontkoombaarheid! Ik wil haar niet dienen. Ik ben vrij, vrij, vrij." Het is interessant. *A hell of a good play*, zoals Becket over *Wachten op Godot* zegt. Ik was volkomen in de ban toen ik het las. Hij communiceert met een tijd die voorbij is, die hele eruditie waar hij van uitgaat, is verdwenen. Dat is verdomd interessant. Heb je het gelezen?'

Ik schudde mijn hoofd: 'Ik heb geen enkele van zijn historische stukken gelezen.'

'Het is geschreven in een tijd waarin men alles anders ging bekijken. En dat is ook wat hij doet. Catilina was het symbool van het verraad, weet je. Maar Ibsen draait het om. Dat is zo ongeveer alsof we Quisling tot een held maken. Hij had peper in zijn kont toen hij het schreef. Alleen, alle waarden die hij omdraait, stammen uit de oudheid en dat maakt het voor ons bijna onmogelijk het te begrijpen. We lezen Cicero immers niet meer … Ja, ja. Een stuk schrijven waarin je probeert keizers en Galileeërs onder één noemer te brengen! Het mislukt, natuurlijk, maar het mislukt in elk geval groots. Hij is er te symbolisch voor. Maar ook te gewaagd. Je ziet hoezeer hij het groots wil aanpakken. Ik geloof Ibsen niet echt als hij zegt dat hij alleen de Bijbel had gelezen. Ook Schiller komt hier om de hoek kijken. *De rovers*. Ook dat gaat over een soort oproerkraaier. Net als *Michael Kohlaas* van Heinrich von Kleist. Er is trouwens nog sprake van een parallel met Bjørnson ook. Is dat *Sigurd Slembe* niet, herinner jij je dat?'

'Ik heb geen flauw benul van Bjørnson.'

'Ik geloof dat het *Sigurd Slembe* is. Het tijdstip om te handelen. Te handelen of niet te handelen, dus. Dat is natuurlijk klassiek, Hamlet. Deelnemer of toeschouwer in je eigen leven zijn.'

'En jij bent?'

'Goede vraag.'

Het bleef even stil. Toen zei hij: 'Ik ben een toeschouwer, neem ik aan, met hier en daar een gechoreografeerde handeling. Maar ik weet het eigenlijk niet. Er is veel in mezelf wat ik niet zie, geloof ik. En dan bestaat het immers niet. En jij?'

'Toeschouwer.'

'Maar hier sta je. En gister stond je nog in Bergen.'

'Ja, maar dat is geen gevolg van een keuze. Daar werd ik toe gedwongen.'

'Misschien is dat ook wel een manier om te kiezen? Dat wat er gebeurt het werk laten doen?'

'Misschien.'

'Het heeft iets merkwaardigs', zei hij. 'Hoe minder je je van dingen bewust bent, hoe meer deelnemer je bent. Die boksers waar ik over heb geschreven, weet je wel, die hadden een waanzinnige presentie. Maar dat hield in dat ze geen toeschouwers van zichzelf waren, dus ze herinnerden zich niets. Niets! Deel hier en nu het moment met me, dat was wat ze te bieden hadden. En voor hen werkt dat natuurlijk, ze moeten steeds weer de ring in en als je al eens een keer op je donder hebt gehad, dan is het van belang je dat niet zo goed te herinneren, anders ben je verloren. Maar de manier waaróp ze aanwezig waren, was uniek. Die was alomtegenwoordig. *Vita contemplativa* of *vita activa*, dat zijn de twee mogelijkheden, is het niet? Het is natuurlijk een oud probleem waar alle toeschouwers mee worstelen. Maar de deelnemers niet. Het is een typisch toeschouwerprobleem …'

Achter ons stak Christina haar hoofd om de deur: 'Willen jullie koffie?'

'Graag', zei ik.

We liepen naar de keuken en gingen aan tafel zitten. Vanuit het raam keek je op de weg uit, die er in het licht van de straatlantaarns leeg bij lag. Ik vroeg Christina wat ze aan het tekenen was toen we binnenkwamen, ze zei dat ze bezig was schoenmodellen te ontwerpen voor een kleine schoenfabriek ver in het noorden. Het overviel me hoe absurd het was hier plotseling in een keuken midden in een Zweedse buitenwijk te zitten samen met twee mensen die ik niet kende. Waar was ik mee bezig? Wat moest ik hier? Christina begon met het eten, ik zat samen met Geir in de kamer over Tonje te vertellen, hoe we het hadden gehad, wat er was voorgevallen, hoe mijn leven in Bergen eruit had gezien. Hij vertelde op ongeveer dezelfde manier in het kort wat er in zijn leven was gebeurd sinds hij Bergen dertien jaar geleden had verlaten. Wat het meest indruk op me maakte, was een debat in de krant *Svenska Dagbladet* waarbij hij betrokken was, met een Zweedse professor die hem zo woedend had gemaakt dat hij op een ochtend de laatste, beledigende argumenten aan de slotpoort in Uppsala had gehamerd, als een tweede Luther. Hij had ook een poging gedaan om tegen die deur te pissen, maar toen had Christina hem meegetrokken.

We aten lamsgehakt, gebakken aardappels en een Griekse salade. Ik had honger als een paard, de schalen waren in een mum van tijd leeg en Christina zag er schuldbewust uit. Ik beantwoordde haar verontschuldigingen met tegenverontschuldigingen. Ze was duidelijk van hetzelfde slag als ik. We dronken wat wijn, hadden het over de verschillen tussen Noorwegen en Zweden en terwijl ik in stilte dacht, nee, zo is Zweden niet, en zo is Noorwegen niet, knikte ik en kletste mee. Rond een uur of elf kon ik mijn ogen nauwelijks meer openhouden, Geir haalde beddegoed, ik zou op de bank in de kamer slapen, en terwijl we de lakens uitvouwden, veranderde plotseling zijn gezicht. *Hij kreeg een heel ander gezicht.* Toen veranderde het weer terug en ik moest me inspannen om het vast te houden: zo zag hij eruit, dat was hij.

Het veranderde weer.

Ik stopte de laatste punt van het laken onder de kussens en ging op de bank zitten. Mijn handen beefden. Wat was er aan de hand?

Hij draaide zich naar me om. Zijn gezicht was weer net zoals toen ik hem op het station had ontmoet.

'Ik heb nog niets over je roman gezegd', zei hij en hij ging aan de andere kant van de tafel zitten. 'Maar die heeft een onuitwisbare indruk op me gemaakt. Ik was diep geschokt toen ik hem had gelezen.'

'Waarom?' vroeg ik.

'Omdat je zo ver bent gegaan. Je bent zo ongelooflijk ver gegaan. Ik was blij dat je dat had gedaan, ik heb hier inwendig zitten glimlachen, want het was je gelukt. Toen we elkaar ontmoetten, wilde je schrijver worden. Op dat idee was natuurlijk nog niemand anders gekomen. Je was de enige. En het is je gelukt. Maar dat was niet waarom ik geschokt was. Dat was omdat je zo ver bent gegaan. Moet je zo ver gaan, dacht ik. En dat was beangstigend. Zelf kan ik dat niet.'

'Hoe bedoel je? Op welke manier ben ik ver gegaan? Het is toch gewoon een normale roman?'

'Je vertelt dingen over jezelf die ongehoord zijn. In de eerste plaats dat verhaal met die dertienjarige. Ik had nooit gedacht dat je dat zou wagen.'

Het was alsof er een ijskoude wind door me heen blies.

'Ik begrijp niet helemaal waar je het over hebt', zei ik. 'Dat heb ik verzonnen. Dat heeft me niet zo veel gekost, als je dat soms denkt.'

Hij glimlachte en keek me recht aan.

'Je hebt over die relatie verteld toen we elkaar in Bergen ontmoetten. Je was die zomer daarvoor uit Noord-Noorwegen gekomen en je was nog vol van wat daar was gebeurd. Daar had je het steeds over. Over je vader, over een verliefdheid toen je zestien was en je je volledig met Luitenant Glahn uit Hamsuns *Pan* had geïdentificeerd, én dat je een relatie met een dertienjarig meisje had gehad toen je als leraar in Noord-Noorwegen werkte.'

'Ha, ha', zei ik. 'Dat is niet echt grappig als je dat soms denkt.'

Hij glimlachte niet langer.

'Je wilt me toch niet vertellen dat je je dat niet meer herinnert? Ze zat bij jou in de klas, je was smoorverliefd op haar, begreep ik, maar het was een ratjetoe, je vertelde onder andere dat je op een feest met haar moeder had gepraat – en die scène stond precies zo in je roman als je hem mij had beschreven. Er is niet noodzakelijk iets verkeerds aan, als je weet dat de begeerte wederzijds is, welteverstaan. Alleen, hoe je dat kunt weten, kijk, dat is iets heel anders. Dat is het probleem. Ik had een klasgenoot die een dertienjarige zwanger had gemaakt, hij was weliswaar zeventien terwijl jij achttien was, maar *what the fuck*, daar gaat het hier niet om. Maar dat je erover hebt geschreven.'

Hij keek me aan.

'Wat is er? Je ziet eruit alsof je spoken ziet?'

'Dat meen je toch niet?' zei ik. 'Serieus. Dat heb ik toch niet gezegd?'

'Jawel. Dat zei je. Het staat in mijn geheugen gegrift.'

'Maar dat is toch helemaal niet gebeurd?'

'Je zei toen dat het was gebeurd in elk geval.'

Ik had het gevoel alsof een hand mijn hart omklemd hield. Hoe was het mogelijk dat hij dat zei? Zou ik zo'n ingrijpende gebeurtenis hebben verdrongen? Hem gewoon hebben weggestopt en helemaal zijn vergeten en het toen hebben opgeschreven zonder er een ogenblik aan te denken dat het waar was?

Nee.

Nee, nee, nee.

Dat was ondenkbaar.

Absoluut volkomen ondenkbaar.

Maar hoe kwam hij er dan op?

Hij kwam overeind.

'Sorry, Karl Ove', zei hij. 'Maar dat heb je die keer echt verteld.'

'Daar begrijp ik niets van', zei ik. 'Maar zo te zien lieg jij ook niet.'

Hij schudde glimlachend zijn hoofd.

'Slaap lekker!'

'Slaap lekker.'

Terwijl ik vanuit de slaapkamer aan de andere kant van de deur de vage geluiden hoorde van een paar dat naar bed ging, lag ik met mijn ogen open de woonkamer in te staren. Die werd verlicht door het zwakke maanlichtachtige schijnsel van de straatlantaarns buiten. Mijn gedachten vlogen heen en weer en probeerden een oplossing te vinden voor wat

LIEFDE

Geir had gezegd, terwijl mijn gevoelens me al hadden veroordeeld: hun greep op mijn innerlijk was zo hard dat het pijn deed in mijn hele lijf. Af en toe klonk er een zacht gesuis, dat van de ondergrondse een paar honderd meter verderop moest komen, daar zocht ik troost in. Het werd begeleid door een soort geruis dat als ik niet beter had geweten, klonk alsof het van de zee kwam. Maar ik bevond me in Stockholm, er moest hier in de buurt een grote snelweg zijn.

Ik wees het allemaal van de hand, er was geen sprake van dat ik zoiets belangrijks had verdrongen. Aan de andere kant vertoonde mijn herinnering grote hiaten, ik had die keer dat ik in het noorden woonde een heleboel gedronken, net als de jonge vissers met wie ik in het weekend optrok, minstens een fles sterkedrank in de loop van een avond. Hele avonden en nachten waren uit mijn herinnering verdwenen en vormden een soort tunnels in mijn binnenste, vol duisternis en wind en mijn eigen gierende gevoelens. Wat had ik gedaan? Wat had ik gedaan? Toen ik in Bergen begon te studeren, ging ik ermee door, hele avonden en nachten verdwenen, ik was losgeslagen in de stad, zo voelde het, kwam thuis met de voorkant van mijn jas vol bloed, wat was er gebeurd? Kwam thuis in kleren die niet de mijne waren. Werd nu eens wakker op een dak, dan weer onder een struik in een park en één keer op de gang van een inrichting. Toen was de politie me komen halen. Er volgde een verhoor: iemand had daar in de buurt ingebroken en geld gestolen, was ik dat misschien? Ik had geen idee, maar nee, nee, nee. Al die gaten, al die bewusteloze duisternis in de loop van zo veel jaar, waarin zomaar een raadselachtige, bijna spookachtige gebeurtenis kon plaatsvinden, helemaal aan de rand van mijn herinnering, had me met schuld beladen, grote hoeveelheden schuld en als Geir nu vertelde dat ik volgens eigen zeggen in Noord-Noorwegen een relatie met een dertienjarige had gehad, kon ik niet met mijn hand op mijn hart zweren: nee, dat heb ik niet, want er bestond twijfel, er was zo veel gebeurd, dus waarom dat niet?

Onderdeel van die last was ook wat er tussen Tonje en mij was gebeurd, en niet in het minst wat er zou gaan gebeuren.

Had ik haar verlaten? Was ons leven samen voorbij? Of was dit misschien alleen een pauze, een paar maanden uit elkaar, waarin we elk van onze kant alles overdachten?

We waren al acht jaar bij elkaar, zes daarvan getrouwd. Ze was nog steeds degene die me het meest na stond, het was nog geen etmaal geleden dat we het bed hadden gedeeld en als ik me nu niet afwendde en een andere kant op keek, zou het zo blijven, want dat hing naar ik vermoedde van mij af.

Wat wilde ik?

Dat wist ik niet.

Ik lag op een bank in een flat vlak buiten Stockholm, waar ik geen mens kende, en binnen in mij heerste niets dan chaos en onrust. De onzekerheid reikte helemaal tot in de kern, helemaal tot in wat ermee te maken had wie ik was.

In de glazen deur naar het balkonnetje werd een gezicht zichtbaar. Het verdween terwijl ik ernaar lag te staren. Mijn hart begon te bonzen. Ik deed mijn ogen dicht, maar daar zag ik hetzelfde gezicht. Ik zag het van de zijkant, het draaide zich naar me om en staarde me recht aan. Het veranderde. Het veranderde weer. Het veranderde nogmaals. Ik had deze gezichten nooit eerder gezien, maar ze waren allemaal hartstikke realistisch en pregnant. Wat was dit voor voorstelling? Toen werd de neus een snavel, werden de ogen die van een roofdier en plotseling zat er midden in mijn innerlijk een havik die me aanstaarde.

Ik ging op mijn zij liggen.

Het enige wat ik wilde, was een fatsoenlijk mens zijn. Een goed, eerlijk en rechtschapen mens die zijn medemensen in de ogen keek en van wie iedereen wist dat je hem kon vertrouwen.

Maar dat was ik niet. Ik was iemand die er tussenuit kneep en ik had vreselijke dingen gedaan. En nu was ik er weer tussenuit geknepen.

De volgende ochtend werd ik wakker van Geirs luide stem. Hij ging aan het voeteneind van de bank zitten en bood me een kop gloeiendhete koffie aan.

'Goeiemorgen!' zei hij. 'Het is zeven uur. Vertel me niet dat je een avondmens bent?'

Ik kwam overeind en keek hem stuurs aan.

'Ik sta altijd om één uur op', zei ik. 'En het eerste uur kan ik met niemand praten.'

'Jammer voor je!' zei Geir. 'Maar in elk geval, toeschouwer in mijn eigen leven ben ik niet, dat klopt gewoon niet. Ik zie anderen, daar ben ik goed in, maar ik zie mezelf niet. Geen kans. Bovendien is toeschouwer misschien het verkeerde woord in dit verband, het is een soort eufemisme; waar het eigenlijk om gaat is of je tot handelen in staat bent of niet. Wil je koffie?'

'Ik drink 's ochtends altijd thee', zei ik. 'Maar ik drink hem op om jou een plezier te doen.'

Ik nam het kopje aan en nipte van de koffie.

'*Keizer en Galileeër*, om er een streep onder te zetten,' zei hij, 'is in wezen op precies dezelfde manier mislukt als Zarathustra. Maar waar het om gaat, en dat is me gister ontgaan, is dat wat ze willen zeggen, alleen kan worden gezegd omdat ze mislukt zijn. Dat is belangrijk.'

Hij keek me aan alsof hij antwoord verwachtte. Ik knikte een paar keer, nam nog een slok koffie.

'En wat jouw roman betreft, was niet in de eerste plaats het verhaal over die dertienjarige schokkend, maar het feit dat jij zo ongelooflijk ver ging in het blootstellen van jezelf. Dat vergt moed.'

'Wat mij betreft niet', zei ik. 'In die zin heb ik schijt aan mezelf.'

'Maar dat is juist wat je merkt! Hoeveel mensen hebben dat, denk je?'

Ik haalde mijn schouders op, wilde me alleen maar terug op de bank laten zakken en verder slapen, maar Geir zat aan het voeteneind bijna te springen.

'Wat zeg je van een tochtje naar de stad? Dan kan ik je die laten zien. Stockholm heeft geen ziel, maar is verschrikkelijk mooi. Dat valt niet te ontkennen.'

'Kunnen we doen', zei ik. 'Maar misschien niet nu meteen? Hoe laat is het eigenlijk?'

'Tien over acht', zei hij terwijl hij opstond. 'Trek je kloffie aan, dan gaan we ontbijten. Christina is eieren met bacon aan het bakken.'

Nee, ik wilde mijn bed niet uit. En toen ik mezelf daartoe had gedwongen, wilde ik de flat niet uit. Het enige wat ik me kon voorstellen, was de rest van die dag op de bank blijven zitten. Na het ontbijt probeerde ik de tijd te rekken, maar Geirs energie en wil waren van het onbuigzame soort.

'Wat rondlopen zal je goeddoen', zei hij. 'Zo gedeprimeerd als jij bent is het dodelijk om binnen te blijven zitten, dat snap je toch wel. Dus, sta op! Kom mee! We gaan!'

Op weg naar de metro, hij met grote passen voorop terwijl ik achter hem aan slofte, draaide hij zich naar me om met een grimas die waarschijnlijk als glimlach was bedoeld.

'Heb je die gebeurtenissen in Noord-Noorwegen intussen uit je onderbewustzijn tevoorschijn gehaald, of is het nog net zo duister?' vroeg hij.

'Vlak voordat ik in slaap viel, begreep ik hoe het in elkaar zat', zei ik. 'Ik zal niet ontkennen dat het een opluchting was. Even dacht ik dat je gelijk had en dat ik eigenlijk alles had verdrongen. Dat was niet echt plezierig.'

'En, hoe luidt je verklaring?'

'Jij haalt drie verschillende verhalen door elkaar en maakt er één van, hetzij die keer dat ik het vertelde, hetzij toen je het boek las. Ik had wat met een meisje daar in het noorden, maar dat was zestien en ik was achttien. Of, wacht even, vijftien was ze. Of zestien. Ik weet het niet precies. In elk geval geen dertien.'

'Je zei dat je verliefd was op een van je leerlingen.'

'Dat kan ik niet hebben gezegd.'

'Jawel, verdomme, Karl Ove. Ik heb een geheugen als een olifant.'

Voor het draaihek bleven we staan, ik kocht een kaartje en daarna liepen we door de lange betonnen tunnel naar het perron.

'Er was er eentje verliefd op mij, dat weet ik nog. Dat moet zijn wat jij je herinnert. En toen heb je haar verward met het meisje op wie ik echt verliefd was en met wie ik wat had.'

'Kan zijn', zei hij. 'Maar dat was niet wat je mij hebt verteld.'

'O, hou nou op, verdomme. Ik ben niet naar Stockholm gekomen om nog meer problemen te krijgen. Het idee was om alle problemen achter me te laten.'

'Dan heb je de juiste voor je', zei hij. 'Ik zal er nooit meer een woord aan vuilmaken.'

We namen de metro naar de stad, klommen de hele dag vanuit het ene ondergrondse station na het andere omhoog, iedere keer openbaarde zich een nieuw stedelijk landschap en het klopte wat hij had gezegd, het was allemaal mooi. Maar het lukte me niet het met elkaar in verband te brengen, die vier of vijf dagen dat we van 's ochtends vroeg tot laat in de middag rondwandelden, bleef Stockholm slechts uit stukjes en beetjes bestaan. We liepen naast elkaar, hij wees naar links en we gingen naar links, hij wees naar rechts en we gingen naar rechts, dat allemaal terwijl hij luid en enthousiast vertelde over wat we zagen en over alles waar hij het mee associeerde. Nu en dan kreeg ik genoeg van die scheve verhouding, van het feit dat hij alles besliste, dan zei ik nee, we gaan niet naar rechts, maar naar links, en dan glimlachte hij en zei: oké, als dat jou gelukkig maakt, of: dat kunnen we doen als je je daar beter bij voelt. We lunchten elke dag ergens anders, in Noorwegen was ik boterhammen gewend, daar at ik misschien twee keer per jaar buitenshuis, Geir en Christina deden dat elke dag, vaak zowel 's middags als 's avonds, vergeleken bij Noorwegen kostte het bijna niets en de keus was enorm. Ik koos impulsief de studentachtige cafés, die het meest leken op de kroegen die ik uit Bergen kende dus, maar Geir weigerde, hij was geen twintig meer, zoals hij zei, en wilde niets met de jongerencultuur te maken hebben. 's Avonds dwong hij me contact te zoeken met alle Zweden die ik kende, iedereen met wie ik in mijn tijd op de redactie van *Vagant* te maken had gehad, iedereen die mijn redacteur kende, want, zoals hij zei, het is bijna onmogelijk in deze stad woonruimte te vinden, alles gaat via contacten. Ik wilde niet, ik wilde slapen, zitten, dommelen, maar hij gaf me de hele tijd een zetje, het moest, er zat niets anders op. We gingen naar een groot poëziefestival: Deense, Noorse, Zweedse en Russische schrijvers droegen voor uit eigen werk, onder wie Steffen Sørum, die begon met de woorden 'Hello Stockholm!' alsof hij een verdomde rockster was zodat ik bloosde van plaatsvervangende schaamte namens ons land. Inger Christensen droeg voor. Er waggelde een Rus dronken op het podium rond die riep dat niemand hier van poëzie hield, '*you all hate poetry!*' brulde hij, waarop zijn Zweedse vertaler, een onopvallende man met een rugzakje op zijn rug, hem probeerde te kalmeren tot hij uiteindelijk een paar gedichten kon voordragen terwijl de Rus zwijgend heen en weer liep over het podium. Het eindigde met een heftige verbroedering, waarbij de Rus de vertaler eerst een paar keer op zijn rug beukte en vervolgens omhelsde. Ingmar Lemhagen zat ook in het publiek, hij kende iedereen hier en via hem wist ik achter het toneel te komen en kon ik alle Zweedse schrijvers vragen of ze een onderkomen voor me wisten. Raattamaa had een flat, zei hij, daar kon ik volgende week intrekken, dat was geen probleem. We gingen mee stappen, eerst naar café Malmen, waar de Zweedse dichteres Marie Silkeberg zich naar me toe boog om te vragen waarom ze juist mijn roman zou moeten lezen en mij geen beter antwoord te binnen schoot dan dat ik dacht dat het zo'n boek kon zijn waarin je bleef lezen, waarop ze me even toelachte en vervolgens, niet zo kort daarna om beledigend over te komen, maar ook niet zo lang daarna om niet van betekenis te zijn, rondkeek of ze iemand anders zag om mee te praten. Zij was dichteres, ik was schrijver van amusementslectuur. Later ging iedereen met haar mee naar huis voor een afzakkertje. In tegenstelling tot mij had Geir niets dan verachting over voor dichtkunst en dichters, hij bekeek hen met een blik vol haat en kreeg het met Silkeberg aan de stok toen hij aanduidde dat zo'n grote centraal gelegen flat heel wat moest kosten. Toen we bij het krieken van de dag naar Slussen liepen, had hij het over de culturele middenklasse, over al hun priviliges, hoe de literatuur voor hen niets anders was dan een entreebiljet voor het sociale leven, en over hun reproductie van ideologieën. Hij had het over hun zogenaamde solidariteit met hen die er slechter aan toe waren, hun koketterie met de arbeidersklasse, en over de afbraak van waarden als kwaliteit, waar zij voor stonden, wat voor ramp het was dat kwaliteit ondergeschikt was aan politiek en ideologie, niet alleen voor de literatuur, maar ook voor de universiteiten en uiteindelijk voor de hele maatschappij. Ik kon niets van dat alles met de werkelijkheid die ik kende in verband brengen, sprak hem zo nu en dan tegen, zei dat hij paranoïde was, dat hij iedereen over één kam scheerde, er stond altijd een mens achter de ideologie, liet hem af en toe maar praten. 'Maar', zei hij toen we het station binnenliepen en op de roltrap stonden, 'Inger Christensen was uniek. Dat was fantastisch. Die was echt een klasse apart. Ook al zegt iedereen dat, en je weet wat ik van consensus vind, het klopt wel.'

'Ja', zei ik.

Onder ons op het perron waaide door de luchtstroom van de naderende trein een plastic tas op. Als een dier met de koplampen als ogen dook de trein in de duisternis aan de andere kant op.

'Ze stak er echt bovenuit', zei Geir. 'Dat was van wereldformaat.'

Ik had niets speciaals ervaren toen Inger Christensen voordroeg. Maar voordat ze begon had ik me over haar verbaasd: een kleine, mollige oude vrouw die met een handtas aan haar arm aan de bar stond te drinken.

'*Het dal van de vlinders* is een sonnettencyclus', zei ik terwijl ik net op het moment dat de trein stil bleef staan, het perron op stapte. 'Dat moet de meest veeleisende vorm zijn die er bestaat. De eerste regels van alle sonnetten moeten het laatste, afsluitende sonnet vormen.'

'Ja, dat heeft Hadle me al vaak proberen uit te leggen,' zei Geir, 'maar ik vergeet het altijd weer.'

'Italo Calvino doet iets dergelijks in *Als op een winternacht een reiziger*', zei ik. 'Maar niet zo strikt, natuurlijk. Alle titels van de verhalen vormen uiteindelijk een zelfstandig kort verhaal. Heb je dat gelezen?'

De deuren gingen open, we stapten in en gingen tegenover elkaar zitten.

'Calvino, Borges, Cortázar, die mag je allemaal houden', zei hij. 'Ik hou niet van dat fantastische en ik hou niet van dat geconstrueerde. Voor mij gaat het alleen om de mens.'

'En Christensen dan?' vroeg ik. 'Naar een meer geconstrueerde poëzie moet je lang zoeken. Soms is ze bijna wiskundig bezig.'

'Niet in wat ik heb gehoord', zei Geir en toen de trein begon te rijden, keek ik uit het raam.

'Jij hebt de stem gehoord', zei ik. 'Die overstemt alle getallen en alle systemen. En zo is het ook met Borges, in elk geval als hij op zijn best is.'

'Helpt niet', zei Geir.

'Je wilt niet?'
'Nee.'
'Nou goed.'
We bleven een tijdje zitten zonder iets te zeggen, gevangen in een stilzwijgen waarin ook alle andere passagiers weggezakt waren. Lege blikken, onbeweeglijke lichamen, zwak vibrerende wanden en vloer.

'Een poëziefestival bijwonen is zoiets als in een ziekenhuis verblijven', zei hij toen we het volgende station uit reden. 'Niets dan neuroses overal.'

'Op Christensen na?'

'Ja, precies, dat zei ik toch al. Zij was met iets heel anders bezig.'

'Misschien dat die strenge constructie, waar jij niet van houdt, de zaak in evenwicht hield? Objectiveerde, dus?'

'Mogelijk', zei hij. 'Maar als zij er niet was geweest, was de avond volledig vergooid geweest.'

'Behalve die man met die flat nog', zei ik. 'Rataajaama, heette hij zo niet?'

De volgende ochtend belde ik het nummer dat ik van Raattamaa had gekregen. Er werd niet opgenomen. Ik belde in de loop van die dag en de volgende telkens weer. Geen reactie. Hij nam nooit zijn telefoon op, dus de derde dag gingen we naar een ander evenement waaraan hij zou deelnemen, zaten in een bar aan de andere kant van de straat te wachten tot het was afgelopen, en toen hij naar buiten kwam, ging ik naar hem toe. Hij sloeg zijn blik neer toen hij me herkende: helaas, het was te laat, de flat was weg. Via Geir Gulliksen, de redacteur van mijn Noorse uitgeverij, wist ik een afspraak te organiseren met twee redacteuren van de Zweedse uitgeverij Norstedts om met hen te lunchen. Ze gaven me een lijst met schrijvers met wie ik contact kon opnemen – 'het zijn misschien niet de beste, maar wel de aardigste' – en zeiden dat ik het gastenappartement van de uitgeverij twee weken kon krijgen. Dat nam ik dankbaar aan en terwijl ik daar verbleef, kreeg ik een positief antwoord van Joar Tiberg, van wie we een tamelijk lang gedicht in *Vagant* hadden gedrukt: hij kende een meisje bij *Ordfront Magasin*, dat een maand op reis zou gaan, ik kon zolang in haar flat.

Ik belde Tonje met regelmatige tussenpozen om haar te vertellen hoe het ging en wat ik deed, zij vertelde wat er daar gebeurde. De vraag waar we eigenlijk mee bezig waren, werd door geen van ons gesteld.

Ik begon hard te lopen. En ik begon weer te schrijven. Het was al vier jaar geleden dat mijn eerste roman was uitgekomen en ik had niets. Liggend op het waterbed in die opvallend vrouwelijke kamer die ik huurde, besloot ik een keus te maken uit twee opties. Of ik begon over mijn leven te schrijven zoals het nu was, een soort dagboek met open eind met alles wat er de laatste jaren was gebeurd als een soort donkere onderstroom – in mijn gedachten noemde ik het het Stockholmdagboek – of ik ging verder met het verhaal waaraan ik net drie dagen voordat ik uit Bergen vertrok, was begonnen, over een tochtje naar de scheren op een zomernacht toen ik twaalf was en toen papa krabben had gevangen en ik een dode meeuw had gevonden. Die sfeer, de warmte en het donker, de krabben en het vuur dat we maakten, al die krijsende meeuwen die hun nest verdedigden toen Yngve, papa en ik over het eilandje liepen, had iets, maar misschien niet genoeg om een roman te dragen.

Overdag lag ik op bed te lezen, Geir kwam regelmatig langs en dan gingen we ergens lunchen, 's avonds schreef ik of ik liep hard of ik nam de ondergrondse naar Geir en Christina, met wie ik in de loop van die eerste twee weken een band had gekregen. Behalve onze gesprekken over literatuur en alles wat Geir over de politieke en ideologische verhoudingen naar voren bracht, kregen we het ook steeds weer over dingen die meer met onszelf te maken hadden. Wat mij betrof waren die onuitputtelijk, alles kwam weer boven, van gebeurtenissen in mijn jeugd tot mijn vaders dood, van de zomers in Sørbøvåg tot de winter dat ik Tonje ontmoette. Geir had een scherpe blik, hij zag de dingen van een afstand en keek erdoorheen, keer op keer weer. Zijn verhaal, dat pas naderhand vorm kreeg alsof hij zich er eerst van moest vergewissen of ik wel te vertrouwen was, was bijna het tegenovergestelde van het mijne. Terwijl hij uit een arbeidersgezin kwam zonder enige ambities en zonder zelfs maar een boek in de kast, kwam ik uit een middenklassegezin met een vader én een moeder die op volwassen leeftijd nog een opleiding volgden om verder te komen, en lag de hele wereldliteratuur voor me open. Terwijl hij zo'n kind was dat vocht op het schoolplein, van school werd gestuurd en naar de schoolpsycholoog werd verwezen, was ik zo'n kind dat altijd probeerde bij de leraar in de gunst te komen door zo goed mogelijk mijn best te doen. Terwijl hij met soldaatjes speelde en ervan droomde op een dag zijn eigen vuurwapen te bezitten, voetbalde ik en droomde ervan op een dag prof te worden. Terwijl ik voor de socialistische partij SV aan schoolverkiezingen meedeed en werkstukken schreef over de revolutie in Nicaragua, was hij bij de jeugd van de BB en bij de jongeren van de uiterst rechtse Fremskrittsparti. Terwijl ik, na *Apocalypse Now* te hebben gezien, een gedicht schreef over afgehakte kinderhanden en de wreedheid van de mens, onderzocht hij de mogelijkheid om Amerikaans staatsburger te worden zodat hij het Amerikaanse leger in kon.

En ondanks dat alles konden we met elkaar praten. Ik begreep hem, hij begreep mij en voor het eerst in mijn volwassen leven kon ik iemand vertellen wat ik dacht, zonder voorbehoud.

Ik besloot voor het verhaal met de krabben en de meeuwen te gaan, schreef twintig bladzijden, schreef er dertig, mijn korte hardlooprondjes werden steeds langer en gingen algauw rond heel Söder terwijl de kilo's als sneeuw voor de zon verdwenen en de gesprekken met Tonje steeds zeldzamer werden.

Toen ontmoette ik Linda en de zon kwam op.

Anders kan ik het niet uitdrukken. De zon kwam op in mijn leven. Eerst slechts als een flits aan de horizon, bijna als om te zeggen: híer moet je kijken. Toen kwamen de eerste stralen, alles werd duidelijker, gemakkelijker, levendiger, ik werd steeds vrolijker, en toen stond hij hoog aan de hemel van mijn leven te schijnen en te schijnen en te schijnen.

De eerste keer dat mijn blik op Linda viel was in de zomer van 1999 tijdens een cursus voor Scandinavische debutanten op Biskops-Arnö buiten Stockholm. Ze stond buiten voor een gebouw met de zon in haar gezicht. Ze droeg een zonnebril, een wit T-shirt met een rode streep over de borst en een legergroene broek. Ze was slank, en mooi. Ze straalde iets donkers, wilds, erotisch, destructiefs uit. Ik liet alles vallen wat ik in mijn handen had.

De tweede keer dat ik haar zag, was een half jaar later. Ze zat aan een tafeltje in een café in Oslo, droeg een groot leren jack, een blauwe spijkerbroek, zwarte laarzen en was zo kwetsbaar, verloren en verdwaald dat mijn enige wens was mijn armen om haar heen te slaan. Dat deed ik niet.

Toen ik naar Stockholm kwam, was zij behalve Geir de enige die ik daar kende. Ik had haar nummer en de tweede dag dat ik er was, belde ik haar vanuit de flat van Geir en Christina. Wat er op Biskops-Arnö was gebeurd, had ik begraven, ik koesterde geen gevoelens meer voor haar, maar ik had contacten nodig in de stad en zij was schrijfster, ze kende vast een heleboel mensen, misschien ook wel iemand die een plek wist waar ik kon wonen.

Er werd niet opgenomen, ik legde neer en draaide me om naar Geir, die net deed alsof hij zich afzijdig hield.

'Niemand thuis', zei ik.

'Probeer het later nog eens', zei hij.

Dat deed ik. Maar er nam nooit iemand op.

Met behulp van Christina zette ik een advertentie in de plaatselijke kranten. 'Noorse schrijver zoekt schrijf- en woonruimte', luidde de tekst; we hadden het er lang en breed over gehad voor we tot dit resultaat waren gekomen, zij waren van mening dat een heleboel in cultuur geïnteresseerde mensen bij het woord 'schrijver' zouden toehappen en dat 'Noors' iets gezelligs en ongevaarlijks inhield. Daar moest wat in zitten, want de telefoon stond niet stil. De meeste appartementen die me werden aangeboden, lagen in wijken ver buiten het centrum, daar bedankte ik voor, het gaf een zinloos gevoel ergens in een of ander flatgebouw in het bos te zitten, en terwijl ik op een beter aanbod wachtte, verhuisde ik eerst naar het appartement van Norstedts en toen naar die typische vrouwenflat. Na een week diende zich iets aan: iemand wilde zijn appartement in Söder verhuren en ik ging eropaf, stond buiten voor de deur te wachten, twee vrouwen van een jaar of vijftig, die zo op elkaar leken dat het een tweeling moest zijn, stapten uit een auto, ik begroette hen, ze zeiden dat ze uit Polen kwamen en hun flat minstens een jaar wilden verhuren, dat klinkt ontzettend interessant, zei ik, kom mee naar boven, zeiden zij, dan kunnen we meteen het contract tekenen als het je bevalt.

Het was een prima appartement: anderhalve kamer, circa dertig vierkante meter inclusief keuken en badkamer, het zag er acceptabel uit, was perfect gelegen. Ik tekende. Maar er kriebelde iets, er klopte iets niet, ik begreep niet wat, liep langzaam de trap af, bleef voor het bord staan met de namen van de mensen die er woonden. Eerst las ik het adres, Brännkyrkagata 92, het had iets bekends, ik had het al eens eerder ergens gezien, maar waar? Waar? dacht ik terwijl ik mijn blik langs de lijst liet glijden.

O, godsamme.

Linda Boström, stond daar.

Er liep een rilling over mijn rug.

Ja, natuurlijk, het was haar adres! Ik had haar geschreven om een bijdrage voor *Vagant* te vragen, en dat had ik verdorie naar de Brännkyrkagata 92 gedaan.

Hoe groot was de kans dat zoiets gebeurde?

Er woonden anderhalf miljoen mensen in deze stad. Ik kende er eentje van. Zet een advertentie in de krant, krijg één interessante reactie van een mij compleet onbekende Poolse tweeling en dan blijkt het exact hetzelfde adres te zijn!

Langzaam liep ik naar de metro, de hele weg naar mijn vrouwenflat zat ik ongedurig heen en weer te schuiven. Wat zou Linda wel niet denken als ik op de verdieping boven haar kwam wonen? Dat ik haar achtervolgde?

Dat kon niet. Dat kon ik niet doen. Niet na dat erge wat er op Biskops-Arnö was gebeurd.

Het eerste wat ik deed toen ik binnenkwam, was die Poolse vrouwen bellen om te vertellen dat ik van gedachte was veranderd, ik nam het appartement toch niet, ik had iets beters gevonden, 'het spijt me werkelijk'.

Dat was in orde, zeiden ze.

Toen was ik weer terug bij af.

'Ben je gek geworden?' zei Geir toen ik het vertelde. 'Je zegt een appartement midden in Söder af dat je nog goedkoop kon huren ook, omdat je dénkt dat iemand die je eigenlijk niet kent, zich misschíén achtervolgd voelt? Besef je wel hoeveel jaar ik heb geprobeerd een flat in het centrum te bemachtigen? Heb je enig idee hoe moeilijk dat is? Het is onmógelijk. En dan kom jij geluksvogel, vindt er eerst een, vindt er dan nog een en zegt: nee, bedankt?'

'Zo is het nu eenmaal', zei ik. 'Is het goed dat ik kom? Het voelt een beetje alsof jullie mijn familie zijn. Dat ik 's zondags bij jullie kom eten.'

'Behalve dat het maandag is, klopt dat gevoel, dat heb ik ook. Maar iets als een vader-zoonrelatie krijg ik niet helemaal voor elkaar. In dat geval moet het die tussen Caesar en Brutus zijn.'

'Wie van ons is Caesar?'

'Stel niet van die domme vragen. Vroeg of laat val je me in de rug aan. Kom nou maar. Dan praten we hier verder.'

We aten, ik ging het kleine balkon op om te roken en een kopje koffie te drinken, Geir kwam mee, we hadden het over de relativistische houding die we allebei ten opzichte van de wereld hadden, namelijk dat de wereld veranderde als de cultuur veranderde, maar dat hij desondanks altijd alomvattend was zodat je niet zag wat erbuiten viel, en dat dus ook niet bestond; of die opvatting kwam omdat we net hadden gestudeerd toen het poststructuralisme en het postmodernisme hoogtij vierden en iedereen Foucault en Derrida las of dat het werkelijk zo wás, en zo ja, of wij dan het vaste, onveranderlijke, niet-relatieve punt erin mogelijk loochenden. Geir vertelde over een kennis die niet meer met hem wilde praten nadat ze een discussie hadden gehad over het eigenlijke en het relatieve. Ik bedacht dat dat een merkwaardig onderwerp was om alles op in te zetten, maar ik zei niets. Voor mij draait alles om het sociale, zei Geir. Het menselijke. Wat daarbuiten valt, interesseert me niet. Maar mij wel, zei ik. O ja? vroeg Geir. Wat dan? Bomen, zei ik. Hij lachte. Patronen in planten. Patronen in kristallen. Patronen in stenen. In landschapsformaties. En in melkwegstelsels. Heb je het over fractalen? Ja, bijvoorbeeld. Maar alles wat het dode en het levende verbindt, alle vormen van een hogere orde die bestaan. Wolken! Zandduinen! Dat interesseert me. O, god, wat saai, zei Geir. Nee, zei ik. Jawel, zei hij. Zullen we naar binnen gaan? vroeg ik.

Ik schonk nog een kop koffie in en vroeg Geir of ik de telefoon even mocht gebruiken.

'Natuurlijk', zei hij. 'Wie ga je bellen?'
'Linda. Je weet wel, die ...'
'Ja, ja. Degene voor wie je al een appartement hebt opgegeven.'
Ik draaide het nummer zeker voor de vijftiende keer. Tot mijn verrassing nam ze op.
'Linda', zei ze.
'O, hoi, met Karl Ove Knausgård', zei ik.
'Hoi!' zei ze. 'Ben jij dat?'
'Ja. Ik ben in Stockholm.'
'O? Op vakantie?'
'Tja, dat weet ik niet precies. Ik was van plan hier een tijdje te blijven.'
'Echt waar? Wat leuk!'
'Ja. Ik ben hier al een paar weken. Heb geprobeerd je te bellen, maar er werd niet opgenomen.'
'Nee, ik ben een tijdje in Visby geweest.'
'O?'
'Ja, ik heb daar zitten schrijven.'
'Dat klinkt goed.'
'Ja, het was oké. Ik heb niet zo veel gedaan, maar ...'
'Nee', zei ik.
Er viel een stilte.
'Ik dacht ... misschien kunnen we een keer ergens een kop koffie drinken?'
'Graag. Ik blijf voorlopig in de stad.'
'Morgen, misschien? Heb je tijd?'
'Ja, ik geloof het wel. 's Ochtends wel in elk geval.'
'Dat is prima.'
'Waar logeer je?'
'Vlak bij Nytorget.'
'O, perfect! Kunnen we daar niet afspreken, dan? Weet je waar die pizzeria op de hoek is? Aan de andere kant van de straat is een café. Daar?'
'Goed. Hoe laat komt het je het beste uit. Om elf uur? Twaalf?'
'Twaalf uur is prima.'
'Uitstekend. Dan zien we elkaar!'

'Ja. Hoi.'
'Hoi.'

Ik hing op en ging naar Geir, hij zat op de bank met zijn kopje in zijn hand naar me te kijken.

'En?' vroeg hij. 'Eindelijk beet?'

'Ja. Ik zie haar morgen.'

'Mooi zo! Ik kom 's avonds langs, dan kun je vertellen hoe het is gegaan.'

Ik ging er een uur van tevoren heen, had een manuscript bij me dat ik voor de uitgeverij zou bekijken, de nieuwe roman van Kristine Næss, en zat daar te werken. Iedere keer als ik aan haar dacht, gingen er kleine schokjes van verwachting door me heen. Niet dat ik iets van haar wilde, dat had ik eens en voor altijd van me afgezet, het was meer de onzekerheid wat er zou gebeuren, hoe het zou worden.

Ik zag haar op het moment dat ze buiten van haar fiets sprong. Ze duwde het voorwiel in een rek en zette de fiets op slot, keek door het raam, misschien naar zichzelf, deed de deur open en stapte binnen. Het was bijna vol, maar ze zag me meteen en kwam naar me toe.

'Hoi', zei ze.

'Hoi', zei ik.

'Ik ga eerst even iets bestellen', zei ze. 'Wil jij ook?'

'Nee, dank je', zei ik.

Ze was voller dan ze was geweest, dat was het eerste wat me opviel, dat bijna jongensachtig magere was verdwenen.

Ze legde haar ene hand op de toonbank, wendde haar hoofd in de richting van de bediening, die achter de sissende koffiemachine stond. Er ging een hunkering door me heen.

Ik stak een sigaret op.

Ze kwam terug, zette een kop thee op tafel, ging zitten.

'Hoi', zei ze weer.

'Hoi', zei ik.

Ze had grijsgroene ogen, die soms plotseling zomaar wijder werden, herinnerde ik me, zonder enige reden leek het wel.

Ze haalde het ronde zeefje uit haar thee, bracht het kopje naar haar mond en blies erin.

'Dat is langgeleden', zei ik. 'Gaat het goed met je?'

Ze nam een slokje en zette het kopje op tafel.

'Ja', zei ze. 'Prima. Ik ben net met een vriendin naar Brazilië geweest. En vlak daarna naar Visby. Ik ben nog niet helemaal gearriveerd.'

'Maar je bent aan het schrijven?'

Ze vertrok haar gezicht even in een grimas, sloeg haar blik neer.

'Ik doe een poging. En jij?'

'Hetzelfde. Ik doe een poging.'

Ze glimlachte.

'Is het serieus wat je zei, dat je in Stockholm wilt blijven wonen?'

Ik haalde mijn schouders op: 'Een tijdje in elk geval.'

'Wat leuk', zei ze. 'Dan kunnen we elkaar zien. Ik bedoel samen dingen doen.'

'Ja.'

'Ken je nog meer mensen hier?'

'Maar eentje. Geir heet hij. Een Noor. Verder niemand.'

'Je kent Mirja toch een beetje? Ik bedoel van Biskops-Arnö?'

'Och, nauwelijks. Hoe gaat het met haar, trouwens?'

'Goed, geloof ik.'

We bleven een tijdje zitten zonder iets te zeggen.

Er was zo veel waar we niet over konden praten, zo veel wat we niet konden aanroeren. Maar nu zaten we hier, nu moesten we het érgens over hebben.

'Dat korte verhaal van je in *Vagant*, was hartstikke goed, trouwens', zei ik. 'Echt hartstikke goed.'

Ze glimlachte en sloeg haar blik neer.

'Dank je wel', zei ze.

'Zo ongelooflijk explosief qua taal. Ja, echt ontzettend mooi. Net een ... o, het is moeilijk over zoiets te praten, maar ... iets hypnotisch, bedoel ik, geloof ik.'

Ze hield haar blik nog steeds neergeslagen.

'Ben je korte verhalen gaan schrijven?'

'Ja, zo kun je het noemen. Proza in elk geval.'
'Ja. Goed zo.'
'En jij?'
'Nee, niets. Ik probeer al vier jaar een roman te schrijven, maar net voordat ik vertrok heb ik alles weer weggegooid.'
Het bleef stil. Ik stak nog een sigaret op.
'Leuk om je te zien', zei ik.
'Vind ik ook', zei ze.
'Ik zat net een manuscript te lezen toen je kwam', zei ik en ik knikte naar de stapel die naast me op de bank lag. 'Van Kristine Næss. Ken je haar?'
'Ja, toevallig. Ik heb niets van haar gelezen, maar ze bracht samen met twee andere jonge schrijvers een bezoek aan Biskops-Arnö toen ik daar die opleiding volgde.'
'Echt waar?' vroeg ik. 'Grappig. Ze schrijft namelijk over Biskops-Arnö. Over een Noors meisje dat daarheen gaat.'
Waar was ik in godsnaam mee bezig, eigenlijk? Waar had ik het over?
Linda glimlachte.
'Ik lees niet zo veel', zei ze. 'Ik weet niet eens of ik wel een echte schrijfster ben.'
'Ja, natuurlijk ben je dat!'
'Maar ik herinner me dat bezoek van die Noorse schrijvers. Ik vond ze zo ongelooflijk ambitieus, vooral die twee jongens. En wat ze allemaal over literatuur wisten.'
'Hoe heetten ze?'
Ze haalde diep adem: 'De een heette Tore, dat weet ik zeker. Ze waren van *Vagant*.'
'O, dat was het', zei ik. 'Dat waren Tore Renberg en Espen Stueland. Ik herinner me dat ze die trip hebben gemaakt.'
'Ja, klopt.'
'Dat zijn mijn twee beste vrienden.'
'Echt waar?'
'Ja. Maar het zijn net kat en hond. Ze kunnen niet lang in een en dezelfde ruimte verkeren.'

'Dus jij kent ze afzonderlijk?'
'Ja, zo zou je het kunnen noemen.'
'Van jou was ik ook onder de indruk', zei ze.
'Van mij?'
'Ja. Lang voordat je kwam had Ingmar Lemhagen het al over jouw boek. Dat was eigenlijk het enige waar hij over wilde praten toen we daar waren.'

Er viel weer een stilte.

Ze stond op en liep naar het toilet.

Ik bedacht dat het hopeloos was. Wat zat ik daar allemaal voor idioots uit te slaan? Maar waar kon ik anders over praten?

Waar praatten mensen eigenlijk over, verdomme?

Een stukje verderop pruttelde en siste de koffiemachine. Langs het buffet stond een lange rij mensen met ongeduldige lichaamstaal. Buiten was het grijs. Het gras in het park tegenover was geel en nat.

Ze kwam terug, ging zitten.

'En, wat doe je zoal? Ken je de stad al een beetje?'

Ik schudde mijn hoofd: 'Een beetje. Nee, ik ben aan het schrijven. En verder zwem ik elke dag in het bad aan het Medborgarplass.'

'Echt waar? Daar zwem ik ook. Niet elke dag, maar wel bijna.'

We glimlachten naar elkaar.

Ik haalde mijn mobiel voor de dag en keek hoe laat het was.

'Ik moet er maar eens vandoor', zei ik.

Ze knikte. 'Maar kunnen we niet nog eens afspreken?'

'Ja, dat kunnen we wel doen. Wanneer?'

Ze haalde haar schouders op: 'Bel maar een keer, oké?'

'Goed.'

Ik stopte het manuscript en mijn mobieltje in mijn tas, kwam overeind.

'Dan horen we van elkaar. Leuk om je weer te zien!'

'Tot ziens', zei ze.

Met mijn tas in mijn hand beende ik de straat door, langs het park de brede straat in waar het appartement aan lag. Er had geen beweging in gezeten, we hadden niets op gang gebracht: toen we uit elkaar gingen,

was alles nog exact zoals toen we elkaar ontmoetten.
Maar wat had ik dan verwacht?
We gingen toch ook nergens heen?
Ik had niet naar woonruimte gevraagd. Niet naar contacten. Niets.
Dik was ik ook.
Binnen in de flat ging ik op mijn rug op het waterbed naar het plafond liggen staren. Ze was heel anders geweest. Het was net of ze een ander mens was.

Op Biskops-Arnö was het opvallendst in haar uitstraling misschien de wil geweest om zo ver te gaan als nodig was, die had ik onmiddellijk gevoeld en die trok me ontzettend aan. Die wil was verdwenen. Ook dat harde, bijna meedogenloze, dat anderzijds zo breekbaar was als glas, was verdwenen. Ze had nog steeds iets kwetsbaars, maar op een andere manier, deze keer had ik niet het gevoel dat ze zou kunnen breken en stuk zou kunnen gaan, zoals toen. Nu leek die kwetsbaarheid met iets zachters verbonden en dat afwijzende in haar, dat zei: kom me niet te na, was van karakter veranderd. Ze was verlegen, maar op een of andere manier had ze toch ook opengestaan? Had ze niet iets opens gehad?

De herfst nadat we op Biskops-Arnö waren, had ze een relatie met Arve gekregen en via hem had ik gehoord wat er die winter en lente met haar aan de hand was. Ze was manisch-depressief geworden, later in een psychiatrische kliniek opgenomen, meer wist ik er niet van. Tijdens een paar van haar manische periodes had ze mij thuis gebeld, twee keer om te vragen of ik Arve voor haar kon opsporen, wat ik beide keren deed: ik vroeg zijn vrienden hem te vragen of hij mij kon bellen en als hij dan belde, hoorde ik dat hij teleurgesteld was omdat eigenlijk Linda degene was die hem probeerde te pakken te krijgen. En één keer belde ze gewoon om wat met mij te praten, 's ochtends om een uur of zes, ze vertelde dat ze met Literaire Vormgeving zou beginnen, ze zou over een uur naar Göteborg vertrekken. Tonje lag wakker in de slaapkamer, vroeg zich af wie er zo idioot vroeg aan de telefoon was, ik zei: Linda, je weet wel, die Zweedse die ik heb ontmoet en met wie Arve een relatie heeft. Waarom belt ze hierheen? vroeg Tonje, ik weet het niet, zei ik, ik geloof dat ze manisch is.

Maar over al die dingen konden we niet praten.

En als we daar niet over konden praten, konden we nergens over praten.

Wat had het voor zin om daar te zitten en 'hoi, hoi, ja, ja, hoe gaat het met je' te zeggen?

Ik deed mijn ogen dicht en probeerde haar voor me te zien.

Had ik iets voor haar gevoeld?

Nee.

Of, ja, ik mocht haar en misschien voelde ik ook wel iets teders voor haar, na wat er was gebeurd, maar dat was alles. De rest had ik begraven, nadrukkelijk.

En dat was ook goed zo.

Ik stond op, stopte mijn zwembroek, een handdoek en shampoo in een plastic tas, trok mijn jas aan en ging naar het Medborgarplass, naar het zwembad, dat om die tijd bijna leeg was, kleedde me om, liep naar het bassin, klom op een blok en dook in het water. In het bleke maartse licht dat door de grote ramen binnenviel, zwom ik duizend meter, heen en terug, heen en terug, onder water, boven water, zonder aan iets anders te denken dan aan het aantal meters, het aantal minuten, terwijl ik al die tijd probeerde mijn slagen zo perfect mogelijk te krijgen.

Daarna ging ik naar de sauna, ik dacht aan de tijd toen ik probeerde korte verhalen te schrijven vanuit kleine ideeën, zoals dat van een man met een prothese in de kleedkamer van een zwembad, zonder te weten wat, waarom of hoe.

Wat was het grote idee geweest?

Een man die in een kamer in een appartement ergens in Bergen aan een stoel wordt vastgebonden, ten slotte door zijn hoofd wordt geschoten, dood, maar in de tekst nog steeds levend, een 'ik' dat tot ver na de begrafenis en in het graf bleef bestaan.

Pure nonsens, dat was alles waar ik me mee bezig had gehouden.

En zo lang.

Ik veegde met mijn handdoek het zweet van mijn voorhoofd, keek naar de rollen die langs mijn buik hingen. Bleek en vet en dom.

Maar in Stockholm!

Ik kwam overeind, liep naar de douches, ging onder een ervan staan. Niemand die ik kende hier. Ik was volkomen vrij.

Als ik Tonje verliet, als het daaropuit zou draaien, kon ik hier een maand of twee blijven, misschien de hele zomer, en dan naar ... tja, eigenlijk overal naartoe gaan, verdorie. Buenos Aires. Tokio. New York. Naar Zuid-Afrika en de trein nemen naar het Victoriameer. Of waarom niet naar Moskou? Dat zou toch fantastisch zijn!

Ik kneep mijn ogen dicht en deed shampoo in mijn haar. Spoelde het uit, ging naar de garderobe, maakte de kast open, kleedde me aan.

Ik was vrij als ik wilde.

Ik hóéfde niet meer te schrijven.

Ik stopte de handdoek en mijn natte zwembroek in de tas, stapte naar buiten, de grijze, kille dag in, liep naar de markthal, waar ik staande aan een toonbank een ciabatta at. Liep naar huis, probeerde wat te schrijven terwijl ik hoopte dat Geir iets vroeger kwam dan hij had gezegd. Ging op bed tv liggen kijken, een Amerikaanse soap, viel in slaap.

Toen ik wakker werd, was het donker buiten. Er werd aan de deur geklopt.

Ik deed open, het was Geir, we gaven elkaar een hand.

'En?' vroeg hij. 'Hoe is het gegaan?'

'Goed', zei ik. 'Waar gaan we heen?'

Geir haalde zijn schouders op terwijl hij rondliep en alle prullaria bekeek, voor de boekenkast bleef hij staan en hij draaide zich om. 'Is het niet merkwaardig dat je overal dezelfde boeken tegenkomt? Ik bedoel, ze is een jaar of vijfentwintig, nietwaar? Werkt bij Ordfront, woont in Söder? Nou, dan heeft ze deze boeken en geen andere.'

'Ja, heel merkwaardig', zei ik. 'Waar gaan we heen? Guldapan? Kvarnen? De Pelikan?'

'Kvarnen niet in elk geval. Guldapan misschien? Heb je honger?'

Ik knikte.

'Dan gaan we daarheen. Het eten is er niet slecht. Ze hebben lekkere kip.'

Buiten was het alsof het elk moment kon gaan sneeuwen. Koud en guur en vochtig.

'Maar vertel nou', zei Geir terwijl we flink doorstapten. 'In welk opzicht ging het goed?'
'We hebben elkaar ontmoet, hebben wat gepraat en gingen er toen weer vandoor. Dat was het ongeveer.'
'Was ze zoals je je haar herinnerde?'
'Tja, een beetje anders, misschien.'
'Hoe was het?'
'Hoe vaak wil je dat nog vragen?'
'Ik bedoel eigenlijk: wat voelde je toen je haar zag?'
'Minder dan ik dacht.'
'Hoezo?'
'Hoezo? Wat is dat verdomme voor een vraag? Hoe kan ik dat weten? Ik voel wat ik voel, je kunt toch niet elke mimieme rimpeling in je ziel registreren, als je dat soms denkt.'
'Is dat niet waar jij van leeft, dan?'
'Nee. Ik leef ervan om over de kleine pijnlijkheden die me zijn overkomen te schrijven. Dat is iets anders.'
'Dus er waren rimpelingen?' vroeg hij.
'We zijn er', zei ik. 'Wilde je wat eten, zei je?'
Ik deed de deur open en stapte naar binnen. In het voorste vertrek bevond zich een bar, in dat daarachter een restaurant.
'Waarom niet', zei Geir en hij liep door de bar. Ik liep achter hem aan. We gingen zitten, namen het menu door en toen de ober kwam bestelden we kip en bier.
'Heb ik verteld dat ik hier met Arve ben geweest?' vroeg ik.
'Nee.'
'Toen we in Stockholm aankwamen, zijn we hier terechtgekomen. Nou ja, eerst waren we ergens wat naar ik nu begrijp Stureplan moet zijn geweest. Arve ging een kroeg binnen en vroeg of ze wisten waar de schrijvers in Stockholm heen gingen om wat te drinken. Ze lachten hem uit en antwoordden in het Engels. Dus zwierven we daar een poosje wat rond, het was vreselijk eigenlijk, want ik had zo'n hoge pet op van Arve, hij was een intellectueel, al vanaf het begin bij *Vagant* betrokken, en toen we elkaar op het vliegveld ontmoetten kon ik geen woord uitbrengen. Of

nauwelijks. We landden op Arlanda en ik kon niets zeggen. Kwamen in Stockholm aan, vonden een pension, ik zei niets. Gingen ergens wat eten. Nee hoor, geen woord. Ik wist dat mijn enige kans was om me door de geluidsbarrière heen te drinken. Dus dat deed ik. We namen een biertje ergens in de Drottninggata, vroegen daar een paar mensen waar je goed kon stappen. In Söder, zeiden ze, Guldapan, en toen namen we een taxi hiernaartoe. Ik dronk een borrel en begon mijn mond open te doen. Zei zo af en toe een woord. Arve boog in mijn richting en zei: dat meisje daar kijkt naar je. Wil je dat ik verdwijn zodat je met haar alleen kunt zijn? Welk meisje? vroeg ik, zij daar, zei Arve, ik keek naar haar en verdomd, ze was echt mooi! Maar ik reageerde vooral op Arves aanbod. Was dat niet een beetje merkwaardig?'

'Ja.'

'We werden strontlazarus. Toen was er geen behoefte meer aan een gesprek. We doolden wat door de straten, het werd licht, mijn hoofd was zo goed als leeg, we ontdekten een bierhal en gingen naar binnen, er heerste een geweldige stemming en ik was volledig van de wereld, goot me vol met bier terwijl Arve het over zijn kind had. Opeens zat hij te huilen. Ik had niet eens geluisterd. En daar zat hij, met zijn handen voor zijn gezicht en met schokkende schouders. Hij huilt echt! dacht ik ergens ver weg. Toen gingen ze dicht, we namen een taxi naar een kroeg die nog langer open was, maar ze lieten ons niet binnen en toen vonden we een groot, open terrein met helemaal aan het eind een kiosk, misschien was het Kungsträdsgården wel, dat vermoed ik bijna. Er stonden een paar stoelen aan elkaar vastgeketend. We tilden ze boven ons hoofd en slingerden ze tegen de muur, gingen daar tekeer, volkomen van de wereld. Merkwaardig dat er geen politie kwam. Maar dat gebeurde niet. Toen namen we een taxi naar het pension. De volgende ochtend werden we twee uur nadat onze trein was vertrokken, wakker. Maar we hadden al zo'n lak aan alles dat het geen rol meer speelde. We gingen naar het station, namen de volgende trein en ik praatte tijdens de hele rit. Ononderbroken. Het was alsof alles waar ik dat laatste jaar mee had rondgelopen, eruit kwam. Iets aan Arve maakte dat mogelijk. Ik weet niet helemaal wat het was, of is. Een soort enorme acceptatie. Hoe dan ook, hij kreeg het hele verhaal te horen. Papa die stierf, die hel, mijn debuut en dat alles tegelijk kwam, en toen ik dat had verteld, ging ik gewoon door. Ik herinner me dat we op het station op een taxi stonden te wachten, geen mens te zien, alleen Arve en ik, hij die mij aankijkt, ik die maar doorpraat. Mijn jeugd, mijn puberteit, niets wat niet aan bod kwam. En alleen over mezelf, verder niets. Ik, ik, ik. Ik stortte alles over hem uit. Iets in hem maakte dat mogelijk, hij begreep alles wat ik zei en bedoelde en dat was ik nog nooit eerder bij iemand tegengekomen. Er was altijd sprake van voorbehoud, van posities, de behoefte om zichzelf waar te maken, waardoor wat er werd gezegd in een bepaalde hoek terechtkwam of in een bepaalde richting werd geduwd en wat je zei altijd tot iets anders werd omgevormd, nooit op zichzelf kon staan. Maar ik had die dag de indruk dat Arve een mens was die volkomen openstond en bovendien nieuwsgierig was, de hele tijd probeerde te begrijpen wat hij zag. Die openheid had niets gemaakts, het was niet zo'n klote psychologische openheid, en ook zijn nieuwsgierigheid had niets gemaakts. Hij had een geroutineerde kijk op de wereld, dat was het waarschijnlijk, en zoals bij iedereen die het ver heeft geschopt, was eigenlijk alleen de lach nog over. De lach was de enige adequate manier om de gedragingen en de voorstellingen van de mens mee tegemoet te treden.

Dat begreep ik en terwijl ik er enerzijds mijn voordeel mee deed – want sterk genoeg om alles te weerstaan wat zijn openheid mij bood, was ik niet – joeg het me anderzijds ook angst aan.

Hij wist iets wat ik niet wist, hij begreep iets wat ik niet begreep, hij zag iets wat ik niet zag.

En dat zei ik tegen hem.

Hij glimlachte: "Ik ben veertig, Karl Ove, jij dertig. Dat is een groot verschil, dat is waarschijnlijk wat je voelt."

"Dat geloof ik niet", zei ik. "Het is iets anders. Jij hebt een soort inzicht in dingen dat ik niet heb."

"Meer! Meer!"

Hij lachte.

Zijn uitstraling concentreerde zich in zijn somber kijkende, intense ogen, maar had op zichzelf niets sombers, hij lachte veel, zijn glimlach verdween zelden van de licht gekrulde lippen. Hij had een sterke uitstraling, hij was iemand wiens aanwezigheid je voelde, maar het was geen lichamelijke aanwezigheid, want zijn lichaam, slank en lenig, viel nauwelijks op. In elk geval mij niet. Arve, dat betekende een kaalgeschoren schedel, een sombere blik, een voortdurende glimlach en een luide lach. Zijn redeneringen namen altijd een voor mij onverwachte wending. Dat hij zich ten opzichte van mij opende, was meer dan ik had durven hopen. Plotseling kon ik alles zeggen wat ik tot op dat moment had ingehouden en nog meer, want het was alsof hij me had aangestoken: plotseling namen ook míjn redeneringen een onverwachte wending en het gevoel dat me dat gaf, was dat van hoop. Was ik ondanks alles misschien toch schrijver? Arve was er een. Maar ik? Met al mijn alledaagsheid? Met mijn leven vol voetbal en amusementsfilms?

En ik maar praten.

De taxi kwam, ik deed de kofferbak open terwijl ik erop los babbelde, katterig en opgewonden, we legden onze rugzak achterin, stapten in, ik babbelde verder de hele weg door het Zweedse landschap tot Biskops-Arnö, waar de cursus allang was begonnen. Ze hadden de lunch net op toen wij uit de taxi duikelden.'

'En zo ging het door?' vroeg Geir.

'En zo ging het door', zei ik.

'Er kwam een man aan die zich als Ingmar Lemhagen voorstelde. Hij leidde de cursus. Hij zei tegen mij dat hij grote waardering had voor mijn boek en dat het hem aan een andere Noorse schrijver deed denken. Wie dan? vroeg ik, hij glimlachte plagerig, dat moest wachten tot we mijn teksten in de groep behandelden.

Ik dacht: vast Finn Alnæs of Agnar Mykle.

Ik zette mijn bagage buiten neer, ging naar de eetzaal, schepte wat eten op een bord en schrokte het naar binnen. Alles golfde op en neer, ik was nog steeds dronken, maar niet zo erg dat mijn borst niet op knappen stond van spanning en vreugde omdat ik daar was.

Ik werd naar mijn kamer gebracht, liet mijn bagage er achter, ging naar buiten en liep naar het gebouw waar de cursus zou worden gehouden.

Toen zag ik haar. Ze stond tegen de muur geleund, ik zei niets tegen haar, er waren nog een heleboel andere mensen, maar ik keek, ze had iets wat ik wilde hebben, op hetzelfde moment dat ik haar zag.

Het was net een explosie.

We kwamen in dezelfde groep terecht. De cursusleidster, een Finse, zei niets toen we gingen zitten, dat was een soort didactisch trucje van haar, maar niemand trapte erin, iedereen hield de eerste vijf minuten zijn mond tot het te onbehaaglijk werd en iemand het initiatief nam.

Ik was me de hele tijd van Linda bewust.

Wat ze zei, hoe ze praatte, maar vooral haar aanwezigheid op zich, haar lichaam in het lokaal.

Waarom weet ik niet. Misschien maakte iets in de toestand waarin ik verkeerde, me ontvankelijk voor wat ze had of wie ze was.

Ze stelde zich voor. Linda Boström. Ze had gedebuteerd met een gedichtenbundel, de titel was *Maak me welgevallig voor de wond*, ze woonde in Stockholm en was vijfentwintig jaar oud.

De cursus duurde vijf dagen. Ik draaide de hele tijd om haar heen. 's Avonds goot ik me vol, zo vol als ik maar kon, ik sliep nauwelijks. Op een nacht liep ik achter Arve aan naar een soort op een crypte lijkende kelder, waar hij danste, steeds maar in het rond, het was onmogelijk contact met hem te krijgen en toen we weer buiten kwamen en ik doorkreeg dat hij niet aanspreekbaar was, huilde ik. Dat zag hij. Je huilt, zei hij. Ja, zei ik. Maar dat ben je morgen weer vergeten. Eén nacht sliep ik helemaal niet, toen de laatsten tegen een uur of vijf vertrokken om naar bed te gaan, maakte ik een lange wandeling in het bos, de zon was op, tussen de oude loofbomen zag ik herten lopen en ik was op een wonderlijke manier gelukkig, een manier die ik niet herkende. Wat ik tijdens de cursus schreef was uitzonderlijk goed, het was alsof ik in contact stond met een bron, er borrelde iets heel speciaals op, iets wat me vreemd was, helder en fris. Of misschien beoordeelde ik het verkeerd door de euforie waarin ik verkeerde. We hadden gezamenlijk les, ik ging naast Linda zitten, ze vroeg of ik me die scène uit *Blade Runner* herinnerde, waarin het licht dat door de ramen valt, wordt gedempt. Ik zei ja, en dat de uil die zich dan omdraait, het mooiste in die hele film was. Ze keek me aan. Vragend, niet waarderend. De cursusleider ging de teksten door die we hadden geschreven. De mijne was aan de beurt. Lemhagen begon te praten en het was alsof wat hij zei een steeds hogere vlucht nam, ik had nog nooit iemand op die manier over een tekst horen praten, het eigenlijk enige wezenlijke erin naar voren halend, en dat ging niet om karakters of thema of iets wat aan de oppervlakte lag, het ging om de metaforen en het werk dat die daaronder in het verborgene deden door alles met elkaar te associëren, op bijna organische wijze te verbinden. Ik had nooit geweten dat ik dat deed, maar toen hij het zei, wist ik het, voor mij ging het om de bomen en de bladeren, het gras en de wolken en de zon die scheen, verder niets, ik zag alles in dat licht, ook Lemhagens interpretatie.

Hij keek me aan: "Waar mij dat in de eerste plaats aan doet denken, is het proza van Tor Ulven. Ken je hem, Karl Ove?"

Ik knikte en sloeg mijn blik neer.

Niemand mocht zien dat het bloed me door de aderen bruiste, dat binnen in mij trompetten schalden en ridders ronddraafden. Tor Ulven, dat was het summum!

O, ik wist dat hij zich vergiste, dat hij alles overschatte, hij was immers een Zweed, hij begreep vast de details in de Noorse taal niet zo goed. Maar alleen al dat hij Ulvens naam noemde ... Was ik géén schrijver van amusementslectuur? Had wat ik had geschreven, iets wat aan Tor Ulven deed denken?

Het bloed bruiste, de vreugde gierde door mijn zenuwbanen.

Ik hield mijn blik neergeslagen, wenste van ganser harte dat hij ophield en over de volgende zou beginnen, en toen hij dat deed, liet ik me opgelucht onderuitzakken.

Die nacht zakten we door op mijn kamer, Linda zei dat we konden roken als we het brandalarm eraf haalden en dat deed ik, we dronken, ik draaide *Summerteeth* van Wilco, het leek haar niet te interesseren, ik kwam met een Romeins kookboek aanzetten dat ik had gekocht tijdens een excursie die we de dag ervoor naar Uppsala hadden gemaakt, fantastisch om eten te maken zoals de Romeinen deden, toch? dacht ik, maar dat dacht zij niet, integendeel, ze wendde zich abrupt af en haar blik ging op zoek naar iets anders. Mensen verdwenen langzamerhand naar hun kamers, ik hoopte dat Linda dat niet zou doen, maar opeens was ze weg, dus ik weer naar het bos, daar wandelde ik tot een uur of zeven rond en toen ik terugkwam, kwam er een woedende man op me af gehold. Knausgård, ben jij Knausgård? riep hij. Ja, zei ik. Hij bleef voor me staan en begon me uit te schelden. Brandalarm, gevaarlijk, onverantwoord, riep hij. Ik zei ja, sorry, niet aan gedacht, neem me niet kwalijk. Hij stond me met woedende blik aan te kijken, ik stond wat te zwaaien, het ging totaal langs me heen, ik ging naar bed, sliep twee uur. Toen ik de ontbijtzaal binnenkwam, kwam Ingmar Lemhagen op me af: wat er was gebeurd speet hem zo, de conciërge was te ver gegaan, het zou niet meer voorkomen.

Ik begreep er niets van. Moest híj zijn excuses aanbieden?

Het gebeuren paste in mijn ogen maar al te goed bij wie ik in de loop van die dagen was geworden, namelijk een zestienjarige. Mijn gevoelens waren de gevoelens van een zestienjarige, mijn daden de daden van een zestienjarige. Plotseling was ik zo onzeker als ik sinds die tijd niet meer was geweest. We kwamen allemaal in één lokaal bijeen, zouden onze teksten voorlezen, de een na de ander moest beginnen, het was de bedoeling dat we samen een koor zouden vormen waarin de individuele stem oploste. Lemhagen wees iemand aan, die persoon begon. Toen wees hij op mij. Ik keek onzeker rond.

"Moet ik nu al beginnen? Terwijl hij nog bezig is?" vroeg ik.

Iedereen lachte. Ik kreeg een kleur als vuur. Maar toen we bezig waren, merkte ik hoe goed mijn tekst was, zo ongelooflijk veel beter dan die van de anderen, op iets heel anders en veel wezenlijkers gebaseerd.

Toen we daarna buiten in het grind stonden te praten, zei ik dat tegen Arve.

Hij glimlachte slechts, zei niets.

Iedere avond moesten twee of drie deelnemers de anderen een tekst voorlezen. Ik keek ernaar uit dat het mijn beurt zou zijn, want Linda was er, ik zou haar laten zien wie ik was. Voorlezen deed ik meestal goed, ik kreeg meestal applaus. Maar deze keer ging het niet goed, al na de eerste zin begon ik aan de tekst te twijfelen, die was belachelijk en ik kroop steeds meer in mijn schulp tot ik blozend van schaamte weer ging zitten. Toen was Arve aan de beurt.

Er gebeurde iets toen hij voorlas. Hij betoverde iedereen. Hij was een tovenaar.

"Ongelooflijk, wat was dát goed!" zei Linda tegen me toen Arve klaar was.

Ik knikte glimlachend: "Ja, hij is echt goed."

Razend en vertwijfeld liep ik weg, ik haalde een biertje en ging op de trap voor het lokaal zitten. Ik dacht: Linda, nu ga je daar weg en kom je hierheen. Hoor je me? Ga daar weg en kom hierheen. Je moet me achternakomen. Als je dat doet, als je nu het lokaal uit gaat en hierheen komt, dan wordt het iets tussen ons. Dan is het een feit.

Ik hield mijn blik strak op de deur gericht.

Hij ging open.

Het was Linda!

Mijn hart ging tekeer.

Het was Linda! Het was Linda!

Ze liep het plein over en ik huiverde van geluk.

Toen boog ze af en liep naar het andere gebouw terwijl ze haar hand ophief in een groet.

De volgende dag maakten we met zijn allen een boswandeling, ik liep helemaal vooraan naast Linda en de rest bleef steeds verder achter, ik was alleen met haar in het bos. Ze liep met een strootje tussen haar vingers te spelen, keek me af en toe glimlachend aan. Het lukte me niet om iets te zeggen. Niets. Ik keek naar de grond, ik keek het bos in, ik keek naar haar.

Haar ogen spankelden. Ze hadden nu niets meer van dat sombere, diepe, verlokkende, haar hele persoon straalde iets luchtigs en flirtends uit, ze bleef met het strootje spelen, glimlachte, keek me aan, sloeg haar blik neer.

Wat was dit?

Wat had het te betekenen?

Ik vroeg of ze een exemplaar van mijn boek wilde hebben en of ik er een van het hare kon krijgen, ze zei: natuurlijk. Toen ik in het gras naar de wolken lag te kijken, kwam ze naar me toe, gaf me haar boek: *Biskops-Arnö, 99.07.01, Voor Karl Ove, Linda* stond er op het titelblad. Ik holde naar binnen om een exemplaar van het mijne te halen, al van een opdracht voorzien, overhandigde haar dat. Toen ze weg was, ging ik naar mijn kamer en begon te lezen. De begeerte naar haar terwijl ik las, deed pijn, elk woord kwam van haar, elk woord was zij.

Te midden van dit alles, in dat wilde verlangen naar Linda, in mijn val terug tot zestienjarige, zag ik alles met andere ogen. Al dat woekerende groen, ik zag hoe wild en chaotisch het was, maar ook hoe eenvoudig en helder de vormen erin waren en dat riep een bijna extatisch gevoel in me op, de oude eiken, de wind die door het gebladerte woei, de zon, het eindeloze blauw van de lucht.

Ik sliep niet, ik at nauwelijks en ik dronk elke avond, toch was ik niet moe of hongerig en kostte het me geen moeite aan de cursus deel te nemen. Het gesprek met Arve ging al die tijd door, dat wil zeggen, ik bleef tegen hem over mezelf praten en naderhand steeds meer over Linda. Hij zag mij, en hij zag de anderen op de cursus, en verder hadden we het over literatuur. De manier waarop ik daarover praatte veranderde, hoe meer ik met hem omging hoe vrijer mijn gedachten werden en dat beschouwde ik als een geschenk. In de pauzes lagen we in het gras voor het gebouw, dan waren de anderen er ook bij, en ik werd jaloers op hem, ik zag wat voor indruk zijn woorden op hen maakten en ik had zo ontzettend graag dezelfde indruk gemaakt.

Op een avond toen we allemaal buiten in het gras zaten te drinken en te praten, vertelde hij over een interview dat hij met Svein Jarvoll had gedaan voor *Vagant*, wat een openheid er was ontstaan, die avond dat ze met elkaar hadden gepraat, hoe to the point het was wat ze zeiden en hoe daardoor op een of andere manier de mogelijkheid ontstond het over diepgravende onderwerpen te hebben.

Ik vertelde over een interview dat ik met Rune Christiansen voor *Vagant* had gedaan, waarbij hetzelfde was gebeurd, ik was bang geweest voordat ik hem had ontmoet, ik wist niets over gedichten, maar toen ontstond er zo'n openheid, plotseling zaten we te praten over dingen waarover eigenlijk niet te praten viel. "Het is een ontzettend goed interview geworden", zei ik.

Arve lachte.

Hoe hij alles wat ik zei alleen door te lachen kon ondergraven. Iedereen die erbij was, wist dat Arve gelijk had, alle autoriteit concentreerde zich in hem, in dat hypnotiserende punt dat zijn gezicht die avond vormde. Linda was er ook, Linda zag het ook.

Arve begon over boksen, Mike Tyson, zijn laatste gevecht toen hij Holyfield een oor af beet.

Ik zei dat dat niet zo moeilijk te begrijpen was, Tyson zocht een uitweg, hij wist dat hij zou verliezen, toen beet hij dat oor eraf en dat maakte een eind aan het gevecht zonder dat hij zijn gezicht verloor. Arve lachte weer en zei dat hij daaraan twijfelde. Dan zou het immers een rationele handeling zijn geweest. Maar op dat moment viel er geen spoortje rationaliteit in Tyson te ontdekken. En toen had hij het erover op een manier die mij aan de scène in *Apocalypse Now* deed denken waarin ze de kop van een stier afhakken. De duisternis, het bloed, de trance. Misschien moest ik daaraan denken omdat Arve het eerder die dag over de wilskracht had gehad die de Vietnamezen hadden getoond toen ze de armen afhakten van kinderen die waren ingeënt, hoe onmogelijk het was dat tot je door te laten dringen, of alleen met een wilskracht die bereid was net zo ver te gaan.

De volgende dag trommelde ik een paar mensen bij elkaar om wat te voetballen, Ingmar Lemhagen regelde een bal voor ons, we waren een uurtje bezig en toen ik daarna met een cola in mijn hand naast Linda in het gras ging zitten, zei ze dat ik liep als een voetballer. Ze had een broer die voetbalde en ijshockeyde en we stonden en liepen ongeveer op dezelfde manier. Maar neem nu Arve, zei ze, heb je gezien hoe hij loopt? Nee, zei ik. Hij loopt als een balletdanser, zei ze. Lichtvoetig en etherisch. Heb je dat niet gezien? Nee, zei ik en ik glimlachte naar haar. Ze glimlachte even terug, stond op. Ik ging languit liggen en staarde omhoog naar de witte wolken die daar ver weg in de blauwe diepte van de hemel o zo traag langsdreven.

Na het eten maakte ik weer een lange wandeling door het bos. Bleef voor een eikenboom staan, keek lange tijd omhoog in het gebladerte. Trok er een eikel af en liep door terwijl ik het ding in mijn handen ronddraaide en van alle kanten bekeek. Al die kleine, regelmatige patronen in dat kleine, knoestige, op een mandje lijkende gedeelte waar de noot in rustte. De strepen lichter groen in het donkere van de gladde oppervlakte. De perfecte vorm. Het leek wel een zeppelin, of een walvis. Hij is in ieder geval ovaal, dacht ik glimlachend. Alle bladeren waren identiek, ze werden elke lente uitgespuwd, in grote hoeveelheden, bomen waren net fabrieken, produceerden mooie bladeren met gecompliceerde patronen uit zonlicht en water. Het was bijna ondraaglijk aan de eenvormigheid te denken als die gedachte eenmaal had postgevat. Dat kwam allemaal door een paar teksten van Francis Ponge, die ik dat voorjaar op aanraden van Rune Christiansen had gelezen, Ponges blik had de bomen en de bladeren in mijn ogen voor altijd veranderd. Ze borrelden op uit een bron, de bron van het leven, onuitputtelijk.

O, die willoosheid.

Het was beangstigend daar rond te lopen, omringd door de enorme, blinde kracht in alles wat groeide, in het licht van de brandende zon, ook die blind.

De klank die dat in me opriep, was schril. Tegelijkertijd klonk er een andere klank in me, die van verlangen, en dat verlangen was niet langer op iets abstracts gericht, zoals de laatste jaren het geval was geweest, nee, op iets tastbaars en concreets, daar verderop, slechts een paar kilometer hiervandaan, daar liep ze, nu op dit moment.

Wat was dit voor idiotie? dacht ik terwijl ik zo ronddoolde. Ik was getrouwd, we hadden het goed, zouden binnenkort samen een appartement kopen. En dan kom ik hier en wil alles overboord gooien?

Dat wilde ik.

Ik liep in de zongevlekte schaduwen van de loofbomen, omgeven door de warme geuren van het bos en ik bedacht dat ik me midden in het leven bevond. Niet het leven als leeftijd, niet halverwege op de weg van het leven, maar *midden in het bestaan*.

Mijn hart beefde.

LIEFDE

De laatste avond brak aan. We waren allemaal in de grote zaal verzameld, er stond bier en wijn, het was een soort afsluitingsfeestje. Plotseling bevond ik me naast Linda, ze was bezig een fles wijn open te maken, legde haar hand op de mijne, streelde hem even terwijl ze me in de ogen keek. Het was duidelijk, het was besloten, ze wilde me. De hele verdere avond moest ik daaraan denken terwijl ik langzamerhand steeds aangeschotener raakte. Ik zou een relatie met Linda hebben. Hoefde niet meer terug naar Bergen, kon alles daar gewoon achter me laten en hier blijven, samen met haar.

Rond een uur of drie 's nachts, toen ik zo dronken was als ik zelden was geweest, nam ik haar mee naar buiten. Ik zei dat ik haar iets moest vertellen. En toen vertelde ik het. Precies wat ik voelde en wat ik had bedacht.

Ze zei: "Ik mag je graag. Je bent een fijne knul. Maar ik ben niet in je geïnteresseerd. Het spijt me. Maar die vriend van je, die is fantastisch. In hem ben ik wel geïnteresseerd. Begrijp je?"

"Ja", zei ik.

Ik draaide me om en liep het plein over terwijl ik merkte hoe zij achter me de andere kant op liep, terug naar het feest. Onder de bomen voor de ingang stond een groepje bij elkaar. Arve was er niet bij, dus liep ik terug, ik ontdekte hem ergens, vertelde wat Linda tegen me had gezegd, dat ze in hem was geïnteresseerd, dus nu konden zij elkaar krijgen. Maar ik ben niet in haar geïnteresseerd, weet je, zei hij. Ik héb een fantastische vriendin. Toch jammer voor je, zei hij, ik zei dat het niet jammer voor me was en stak het plein weer over, als door een tunnel waar behalve ik verder niets was, ik passeerde het groepje voor het gebouw, liep de gang door naar mijn kamer, waar op het bureautje mijn laptop oplichtte. Ik rukte de stekker eruit, sloeg hem dicht, ging naar de badkamer, pakte het glas dat op de wastafel stond en smeet het uit alle macht tegen de muur. Ik wachtte even om te luisteren of er iemand reageerde. Toen pakte ik de grootste scherf die ik kon vinden en begon ermee in mijn gezicht te snijden. Ik ging systematisch te werk, probeerde de sneden zo diep mogelijk te maken en bewerkte mijn hele gezicht. Mijn kin, mijn wangen, mijn voorhoofd, mijn neus, de onderkant van mijn kin. Met regelmatige tussenpozen veegde ik het bloed weg met een handdoek. Ging verder met snijden. Veegde het bloed weg. Uiteindelijk was ik tevreden, toen was er nauwelijks plaats meer voor nog een snee en ik ging naar bed.

Lang voordat ik wakker werd, wist ik dat er iets vreselijks was gebeurd. Mijn gezicht gloeide en deed pijn. Op het moment dat ik wakker werd, herinnerde ik me wát er gebeurd was.

Dat overleef ik niet, dacht ik.

Ik zou die dag naar huis gaan, had met Tonje afgesproken op het Quartfestival in Kristiansand, we hadden al een half jaar geleden een hotel geboekt, samen met Yngve en Kari Anne. Het was onze vakantie. Ze hield van me. En moest je zien wat ik had gedaan.

Ik sloeg met mijn vuist op het matras.

En dan al die mensen hier.

Ze zouden mijn schande zien.

Ik kon het niet verborgen houden. Iedereen zou het zien. Ik was getekend, ik had mezelf getekend.

Ik keek naar het hoofdkussen. Het zat vol bloed. Ik bevoelde mijn gezicht. Het was helemaal ribbelig.

En ik was nog steeds dronken, wist slechts met moeite op te staan.

Ik trok het zware gordijn opzij. Het licht golfde de kamer binnen. Buiten op het grasveld zat een hele groep bij elkaar, om hen heen lagen rugzakken en koffers, we zouden algauw vertrekken.

Ik sloeg met mijn vuist tegen het hoofdeind van het bed.

Ik moest erdoorheen. Er bestond geen uitweg. Ik moest erdoorheen.

Ik pakte mijn spullen in mijn koffer, mijn gezicht schrijnde en ook van binnen schrijnde het, een schaamte zo groot als ik nog nooit eerder had gekend.

Ik was getekend.

Ik pakte mijn koffer op en ging mijn kamer uit. Eerst keek niemand naar me. Toen slaakte iemand een kreet. Daarop keken ze allemaal naar me. Ik bleef staan.

"Het spijt me", zei ik. "Neem me niet kwalijk."

Linda zat er ook. Ze keek me met grote ogen aan. Toen begon ze te huilen. Ook een paar anderen huilden. Iemand kwam naar me toe en legde zijn hand op mijn schouder.

"Het gaat goed", zei ik. "Ik was alleen verschrikkelijk dronken gister. Neem me niet kwalijk."

Het was volkomen stil. Ik toonde mezelf zoals ik was, en het werd stil. Dit redde ik niet.

Ik ging zitten en stak een sigaret op.

Arve keek naar me. Ik probeerde te glimlachen.

Hij kwam naar me toe.

"Wat heb jij verdomme uitgehaald?" vroeg hij.

"Ik was gewoon stomdronken. Ik kan het je later wel vertellen. Maar nu niet."

Er kwam een bus, hij bracht ons naar het station, we stapten in de trein. Het vliegtuig ging pas de volgende dag. Ik wist niet hoe ik het zo lang moest uithouden. In Stockholm staarden de mensen op straat me aan en ze maakten een grote boog om me heen. Ik brandde van schaamte van binnen, brandde en brandde zonder dat er een uitweg was, ik moest erdoorheen, het volhouden, het volhouden en dan, op een dag, zou het voorbij zijn.

We gingen naar Söder. De anderen hadden daar met Linda afgesproken, wij dachten op het plein waarvan ik nu weet dat het Medborgarplass heet, maar dat toen gewoon een marktplein was, en daar stonden we net toen zij aan kwam fietsen, verbaasd ons te zien; we zouden elkaar toch op Nytorget treffen, dat is verderop, zei ze en ze keek me niet aan, ze keek me niet aan en dat was maar goed ook, háár blik was meer dan ik kon verdragen. We aten pizza, er heerste een merkwaardige stemming, daarna zaten we in het gras, om ons heen hipten een heleboel vogels rond en Arve zei dat hij niet geloofde in de evolutietheorie in die zin dat het niet om de sterkste ging, want moet je die vogels zien, die doen niet alleen wat ze moeten doen, maar ook waar ze zin in hebben, waar ze van genieten. Genot wordt ondergewaardeerd, zei Arve, en ik wist dat het tot Linda was gericht, want ik had hem verteld wat ze had gezegd, had gedaan wat ze had gevraagd, die twee zouden iets met elkaar krijgen, dat wist ik.

Ik ging vroeg naar het pension, de rest bleef zitten drinken. Ik keek tv, het was ondraaglijk, maar ik wist de avond door te komen en viel ten slotte in slaap met naast me een leeg bed, Arve kwam die nacht niet terug, ik trof hem de volgende ochtend slapend in het portiek aan. Ik vroeg of hij bij Linda was geweest, hij zei nee, ze was vroeg naar huis gegaan.

"Ze zat te huilen en wilde het alleen maar over jou hebben", zei hij, "Ik ben met Thøger wezen stappen. Dat is alles."

"Ik geloof je niet", zei ik. "Je kunt het gewoon vertellen, het doet me niets, jullie hebben iets met elkaar."

"Welnee", zei hij. "Je vergist je."

Toen we de volgende ochtend in Oslo landden, staarden de mensen me nog steeds aan, ook al had ik een zonnebril op en hield ik mijn gezicht zo diep voorovergebogen als ik maar kon. Een hele tijd geleden had ik met Alf van der Hagen bij NRK een afspraak gemaakt voor een interview, ik zou bij hem thuis komen, het zou een wat langer interview worden, we zouden er de tijd voor nemen. Dus ik moest er wel heen. Op weg erheen bedacht ik dat ik me nergens iets van zou aantrekken en gewoon op zijn vragen zou antwoorden wat ik dacht.

"Goeie genade", zei hij toen hij de deur opendeed. "Wat is er gebeurd?"

"Het is niet zo ernstig als het eruitziet", zei ik. "Ik was alleen stomdronken. Zoiets kan gebeuren."

"Kun je zo wel een interview geven?" vroeg hij.

"Jazeker. Het gaat prima met me. Ik zie er alleen niet zo goed uit."

"Nee, bij god niet."

Toen Tonje me zag begon ze te huilen. Ik zei dat ik stomdronken was geweest en dat er verder niets was gebeurd. Dat klopte immers. Ook tijdens het festival draaiden de mensen zich naar me om en Tonje huilde veel, maar het werd al beter, dat wat me zo in zijn greep had gehouden, wat me niet los had gelaten, begon een beetje te verslappen. We zagen Garbage, een fantastisch concert, Tonje zei dat ze van me hield, ik zei dat ik van haar hield, en besloot om alles wat er was gebeurd te vergeten. Het naast me neer te leggen, er niet aan te denken, het niet in mijn leven toe te laten.

Aan het begin van de herfst belde Arve om te vertellen dat hij een relatie met Linda had. Ik antwoordde: "Ik zei toch al dat het iets tussen jullie zou worden."

"Maar het is niet daar gebeurd, het is later gebeurd. Ze heeft geschreven en daarna is ze hier geweest. Ik hoop dat we nog steeds vrienden kunnen blijven. Ik weet dat het moeilijk is, maar ik hoop het."

"Natuurlijk kunnen we vrienden blijven", zei ik.

En dat was waar, ik koesterde geen enkele wrok jegens hem, waarom zou ik?

Een maand later kwam ik hem in Oslo tegen, toen was ik weer terug bij af, niet in staat iets tegen hem te zeggen. Er kwam nauwelijks een woord over mijn lippen en dat terwijl ik dronk. Hij zei dat Linda het veel over mij had en dat ze vaak zei dat ik zo knap was. Toen ik dat hoorde bedacht ik dat "knap" geen criterium voor ons was, het was meer een curieus feit, net zoiets als wanneer ze had gezegd dat ik mank liep of een bochel had. Bovendien was het Arve die het vertelde, waarom zou hij het aan mij doorvertellen? Een keer dat ik hem in Kunstnernes Hus in Oslo ontmoette en hij zo dronken was dat je nauwelijks een woord met hem kon wisselen, pakte hij me bij de hand, nam me mee naar een paar tafeltjes en zei: moet je zien, is dit geen knappe jongen? Ik wist ertussenuit te knijpen, maar liep hem een uur later weer tegen het lijf, we gingen zitten, ik zei dat ik hem zo veel over mezelf had verteld terwijl hij mij nooit iets over zichzelf had verteld, ik bedoel, over intieme dingen en hij zei: nu stel je me teleur, je klinkt als een psycholoog in de zaterdagbijlage van *Dagbladet* of zoiets, ik zei: oké. Hij had immers gelijk, hij had altijd gelijk of bevond zich ergens boven de argumenten die over gelijk of ongelijk beslisten. Hij had me veel gegeven, maar ook dat moest ik vergeten, daar kon ik niet mee leven en tegelijkertijd het leven leiden dat ik in Bergen had. Dat ging niet.

Die winter ontmoette ik hem weer, Linda was er, ze wilde mij zien en Arve bracht haar naar de plek waar ik zat, liet ons een half uurtje alleen en kwam haar toen weer halen.

Ze zat ineengedoken in een groot leren jack, slap en trillerig, er was bijna niets van haar over en ik dacht: het is dood, het is voorbij.'

Terwijl ik Geir dit verhaal vertelde, staarde hij naar de tafel voor zich. Toen ik klaar was keek hij me aan.

'Interessant!' zei hij. 'Jij richt alles naar binnen. Alle pijn, alle agressie, alle gevoelens, alle schaamte, alles. Naar binnen. Je geeft jezelf op je donder, in plaats van iemand anders.'

'Dat doet elk willekeurig tienermeisje', zei ik.

'Nee!' zei hij. 'Jij hebt je gezicht aan flarden gesneden. Geen enkel meisje zou ooit haar gezicht aan flarden snijden. Trouwens, ik heb nog nooit gehoord dat iemand dat deed.'

'Het waren nu niet bepaald diepe sneden', zei ik. 'Het zag er erg uit. Maar het was niet zo erg.'

'Maar wie doet zichzelf nou zoiets aan?'

Ik haalde mijn schouders op: 'Er kwam gewoon van alles bij elkaar. Papa's dood, de aandacht voor mijn boek, mijn leven met Tonje. En Linda, natuurlijk.'

'Maar vandaag voelde je niets voor haar?'

'Niets heftigs, in elk geval.'

'Zien jullie elkaar nog eens terug?'

'Misschien. Waarschijnlijk. Maar alleen om hier iemand te hebben met wie ik bevriend ben.'

'Nóg iemand met wie je bevriend bent.'

'Ja, precies', zei ik terwijl ik mijn vinger opstak om de aandacht van de ober te trekken.

De volgende dag belde de vrouw van het appartement dat ik tijdelijk huurde. Een vriendin van haar zocht een onderhuurder om de huur te drukken.'

'Wat houdt dat in, een onderhuurder?' vroeg ik.

'Je krijgt een eigen kamer en verder beschik je samen met haar over de rest.'

'Klinkt niet echt als iets voor mij', zei ik.

'Maar het is een fantastisch appartement', zei ze. 'Het is in de Bastugatan. Dat is een van de beste adressen in heel Stockholm.'

'Oké', zei ik. 'Ik kan op zijn minst eens met haar gaan praten.'

'Ze is ontzettend geïnteresseerd in Noorse literatuur', zei zij.

Ik kreeg de naam en het telefoonnummer, belde, ze nam onmiddellijk op, ik hoefde alleen maar langs te komen.

Het appartement was werkelijk fantastisch. De vrouw was jong, jonger dan ik, en aan de muren hingen allemaal foto's van een man. Dat was haar man, zei ze, hij was gestorven.

'Dat spijt me', zei ik.

Ze draaide zich om en liep verder het appartement in.

'Hier is jouw kamer', zei ze. 'Als je hem wilt hebben, tenminste. Eigen badkamer, eigen keuken en een kamer met een bed, zoals je ziet.'

'Ziet er goed uit', zei ik.

'Je hebt ook een eigen ingang. En als je ongestoord wilt zitten schrijven, bijvoorbeeld, hoef je alleen deze deur maar dicht te doen.'

'Ik neem het', zei ik. 'Wanneer kan ik erin?'

'Nu, als je wilt?'

'Zo snel? Goed, dan kom ik vanmiddag met mijn spullen.'

Geir lachte alleen maar toen ik het vertelde.

'Het is onmogelijk in deze stad te komen wonen zonder er iemand te kennen en dan een appartement aan de Bastugatan te krijgen', zei hij. 'Dat is onmogelijk! Begrijp je? De goden mogen jou, Karl Ove, dat is in elk geval zeker.'

'Maar Caesar niet', zei ik.

'Jawel, Caesar ook. Hij is misschien een beetje jaloers, dat is alles.'

Drie dagen later belde ik Linda, ik vertelde dat ik verhuisd was, of ze zin had in een kop koffie? Jawel, dat had ze en een uur later zaten we in een café op de 'bult' bij de Hornsgata. Ze maakte een opgewektere indruk, dat was het eerste wat ik dacht toen ze ging zitten. Ze vroeg of ik die dag had gezwommen, ik glimlachte en zei nee, zij wel, die ochtend vroeg, het was fantastisch geweest.

Toen zaten we daar in onze cappuccino's te roeren. Ik stak een sigaret op, wist niets te zeggen en bedacht dat dit de laatste keer maar moest zijn.

'Hou je van toneel?' vroeg ze.

Ik schudde mijn hoofd en zei dat ik niet veel had gezien behalve een paar traditionele uitvoeringen in Den Nationale Scene in Bergen, die me net zo weinig hadden gedaan als vissen in een aquarium, en een paar voorstellingen tijdens het internationale theaterfestival in dezelfde stad, waaronder een van *Faust* die erop neerkwam dat de toneelspelers met lange, zwarte neuzen mompelend over het toneel rondliepen. Daarop meende zij dat we naar Bergmans uitvoering van Ibsens *Spoken* moesten en ik zei goed, ik geef het nog een kans.

'Is dat afgesproken?' vroeg ze.

'Oké', zei ik. 'Klinkt spannend.'

'Neem dan die Noorse vriend van je mee', zei ze. 'Dan leer ik hem ook kennen.'

'Goed, dat wil hij vast wel', zei ik.

We bleven nog een kwartiertje zitten, maar de stiltes duurden lang en zij verlangde er waarschijnlijk net zo naar ervandoor te gaan als ik. Ten slotte stopte ik mijn sigaretten in mijn zak en stond op.

'Zullen we er samen heen gaan om kaartjes te kopen?' vroeg ze.

'Kunnen we doen', zei ik.

'Morgen?'

'Oké.'

'Half twaalf hier?'

'Dat is goed.'

De twintig minuten die we nodig hadden om vandaar naar Dramaten te lopen, zeiden we nauwelijks een woord tegen elkaar. Ik had het gevoel alsof ik haar of alles kon vertellen, of niets. Op dat moment was het niets, en zo zou het waarschijnlijk ook blijven.

Ik liet haar de reservering regelen en toen dat was gebeurd, liepen we terug. Het zonlicht golfde over de stad, de eerste knoppen verschenen aan de bomen, overal wemelde het van de mensen, de meesten opgewekt zoals je dat de eerste echte lentedagen bent.

Op weg door Kungsträdgården keek ze me aan met haar ogen half dichtgeknepen in het schijnsel van de scherpe, laaghangende zon.

'Een paar weken geleden heb ik zoiets raars op tv gezien', zei ze. 'Ze lieten opnamen zien van een beveiligingscamera in een grote kiosk. Plotseling begon het in een van de schappen te branden. Eerst alleen een paar kleine vlammen. De man achter de toonbank stond zo dat hij het niet kon zien. Maar de klant voor de toonbank zag het wel. Hij moet hebben vermoed dat er iets aan de hand was, want terwijl hij daar staat te wachten tot zijn boodschappen op de kassa zijn aangeslagen, draait hij zich naar het schap. Hij moet die vlammen hebben gezien. Dan wendt hij zich weer af, neemt het wisselgeld aan en gaat naar buiten. Terwijl het achter hem brandt!'

Ze keek me weer glimlachend aan.

'Een volgende klant komt binnen en gaat voor de toonbank staan. Nu brandt het echt. Hij draait zich om en kijkt recht in de vlammen. Dan wendt hij zich weer af, handelt alles aan de kassa af en gaat naar buiten. En hij keek recht in de vlammen! Begrijp je?'

'Ja', zei ik. 'Denk je dat hij bang was om ergens bij betrokken te raken?'

'Nee, absoluut niet. Dat was het niet. Het was meer alsof hij niet kon geloven wat hij zag, vlammen in een winkel, en dus vertrouwde hij meer op die gedachte dan op wat hij werkelijk zag.'

'Wat gebeurde er daarna?'

'De derde die binnenkwam, weer vlak daarna, riep "fire!" zodra hij het zag. Intussen stond het hele rek in lichterlaaie. Toen was het onmogelijk het niet meer te zien. Gek, hè?'

'Ja', zei ik.

We waren intussen bij de brug die naar het eilandje met het Slot voerde, we liepen zigzaggend tussen alle toeristen en alle allochtonen die daar stonden te vissen door. In de dagen daarna moest ik zo nu en dan aan het verhaal denken dat ze had verteld, het maakte zich beetje bij beetje van haar los en werd tot een fenomeen op zich. Ik kende haar niet, wist bijna niets van haar af en dat ze Zweeds was, hield in dat ik ook niets kon afleiden uit haar manier van praten of hoe ze gekleed ging. Een beeld uit haar gedichtenbundel, die ik sinds die keer op Biskops-Arnö niet meer had gelezen en slechts één keer voor de dag had gehaald toen ik Yngve haar foto wilde laten zien, stond me nog steeds helder voor de geest, namelijk van de ik-figuur die zich 'als een chimpanseebaby' aan een man vastklampt en dat in de spiegel ziet. Waarom juist dat was blijven hangen, wist ik niet. Toen ik thuiskwam, haalde ik de bundel weer voor de dag. Walvissen en aardbollen en grote dieren die rond een net zo scherpzinnig als kwetsbaar 'ik' rondstampen.

Was zij dat?

Een paar dagen later gingen we naar de schouwburg. Linda, Geir en ik. De eerste akte was slecht, echt miserabel, en toen we in de pauze aan een tafeltje op het terras zaten met uitzicht over de haven, hadden Geir en Linda het er uitgebreid over hoe slecht het nu eigenlijk was en waarom. Ik bekeek het wat welwillender, want ondanks de benepenheid en de kleingeestigheid die uit de akte spraken, en die zowel het spel kenmerkten als de visioenen die het moest uitdragen, was er sprake van een zekere verwachting, alsof er iets op de loer lag. Misschien niet zozeer in het spel, misschien meer in de combinatie Bergman – Ibsen, die uiteindelijk toch ergens toe moest leiden? Of misschien verleidde alleen de prachtige schouwburgzaal mij ertoe te geloven dat er meer moest komen. Maar het kwam. Het geheel nam een hoge vlucht, hoger en hoger, de intensiteit nam toe en binnen de nauwe kaders, die uiteindelijk alleen moeder en zoon behelsden, ontstond een soort grenzeloosheid, iets wilds en meedogenloos, waarin handeling en ruimte verdwenen, wat overbleef was slechts gevoel en dat dat zo sterk was, kwam omdat je recht in de kern van het menselijk bestaan keek, in het centrum van het leven zelf, en daarmee bevond je je ergens waar het geen rol meer speelde wat er eigenlijk gebeurde. Alles wat esthetiek en smaak heette was geëlimineerd. Brandde er niet een enorme rode zon achter op het toneel? Rolde Osvald niet naakt over de vloer van het podium? Ik ben er niet langer zeker van wat ik heb gezien, alle details verdwenen in de toestand die ze opwekten, die van absolute intimiteit, op een en hetzelfde moment gloeiend heet en ijskoud. Maar liet je je niet zo ver meeslepen, dan kwam alles wat er gebeurde overdreven, misschien zelfs banaal of kitscherig over. Het meesterschap school in de eerste akte, daar vond alles plaats en alleen iemand die een heel leven aan 'scheppend' werk had besteed, iemand met een enorme, meer dan vijftig jaar lange productie achter de rug, beschikte over genoeg wijsheid, afstandelijkheid, moed, intuïtie en inzicht om iets dergelijks tot stand te brengen. Zoiets kon niet worden bedacht, dat was onmogelijk. Nauwelijks iets van wat ik had gezien of gelezen kwam ook maar in de buurt als het erom ging het wezenlijke op een dergelijke manier te benaderen. Toen we de stroom van het publiek naar de foyer en vervolgens naar buiten volgden, zei geen van ons iets, maar uit de afwezige uitdrukking op Geirs en Linda's gezicht begreep ik dat ook zij zich hadden laten meeslepen naar dat vreselijke, maar ware en daarom mooie punt dat Bergman bij Ibsen had gezien en tot uitdrukking had weten te brengen. We besloten een biertje te gaan drinken in KB en terwijl we erheen liepen, verloor het tranceachtige zijn greep en kwam er een opgewonden, vrolijke stemming voor in de plaats. Het verlegen gevoel dat ik normaal gesproken had als ik me in de buurt bevond van zo'n aantrekkelijk meisje als zij, en dat nog gecompliceerder werd door wat er die keer drie jaar geleden was gebeurd, was plotseling volkomen verdwenen. Ze vertelde dat ze een keer tegen een schijnwerper was aangekomen tijdens een van Bergmans repetities en zijn woede over zich had afgeroepen. We hadden het over het verschil tussen *Spoken* en *Peer Gynt*, die lijnrecht tegenover elkaar stonden, het ene pure oppervlakte, het andere pure diepte, beide even waarachtig. Zij kwam met haar parodie op Bengt Ekerot als de dood in *Het zevende zegel* en discussieerde over de verschillende Bergmanfilms met Geir, die jarenlang in zijn eentje naar alle voorstellingen van de Cinemateek was geweest, echt allemaal, en dus bijna alle klassieke films had gezien die het waard waren gezien te worden, terwijl ik zat te luisteren, gelukkig over alles die avond. Gelukkig omdat ik die voorstelling had gezien, gelukkig omdat ik naar Stockholm was verhuisd, gelukkig daar met Linda en Geir te zitten.

Toen we afscheid hadden genomen en ik de helling naar mijn appartement in Mariaberg op slofte, werden me twee dingen duidelijk.

Het eerste was dat ik haar zo snel mogelijk weer wilde ontmoeten.

Het tweede was dat ik daarheen moest, naar wat ik die avond had gezien. Verder was niets goed genoeg, verder telde niets. Daar moest ik heen, naar het wezenlijke, naar de binnenste kern van het menselijk bestaan. Ook al duurde het veertig jaar. Maar ik mocht het nooit uit het oog verliezen, nooit vergeten, daar moest ik heen.

Daar, daar, daar.

Twee dagen later belde Linda om me voor een Walpurgisfeest uit te nodigen dat ze samen met twee vriendinnen zou geven. Als ik wilde kon ik ook mijn vriend Geir meebrengen. Dat deed ik. Op een vrijdag in mei

2002 liepen we door Söder naar het appartement waar het feest werd gehouden, en al spoedig bevonden we ons diep in de kussens van een bank met elk een glas punch in de hand, te midden van jonge Stockholmers die allemaal op een of andere manier iets met het culturele leven te maken hadden. Jazzmusici, mensen van het toneel, literatuurcritici, schrijvers, toneelspelers. Linda, Mikaela en Öllegård, die het feest organiseerden, hadden elkaar ontmoet toen ze bij de stadsschouwburg van Stockholm werkten. Dramaten voerde op dit moment net *Romeo en Julia* op in samenwerking met Circus Cirkör, dus behalve toneelspelers zat de kamer ook vol jongleurs, vuurspuwers en trapezeacrobaten. Ik kon het niet maken de hele avond mijn mond te houden, hoe graag ik ook zou willen, dus bewoog ik me traag van het ene groepje naar het andere om wat beleefdheidsfrasen uit te wisselen en toen ik een paar glazen gin-tonic ophad, na het allernoodzakelijkste zelfs een paar zinnen. Ik wilde vooral met mensen van het toneel praten. Ik had nooit verwacht dat het me zo bezig zou houden, en dat betekende dat mijn enthousiasme voor het toneel die avond enorm was. Dus stond ik tegen twee acteurs te vertellen hoe fantastisch Bergman was geweest. Ze snoven slechts en zeiden: 'Die oude rommel! Dat is zo klote traditioneel dat ik moet kotsen.'

Hoe dom kon je zijn? Natuurlijk hadden zij een hekel aan Bergman. Enerzijds was hij hún hele leven lang én dat van hun ouders al dé grote regisseur. Anderzijds waren zij bezig met iets nieuws, iets groots, Shakespeare als circus, het stuk dat iedereen moest zien, zo verfrissend met zijn fakkels en trapezes, zijn stelten en clowns. Ze hadden zich zo ver van Bergman verwijderd als ze maar konden. En dan stond daar een wat dikkige, blijkbaar gedeprimeerde Noor hem als iets volkomen nieuws te prijzen!

Terwijl ik constateerde dat Linda en Geir nog stééds op de bank zaten te praten, allebei geïnteresseerd en glimlachend – met de steek in mijn hart die dat opriep voor het geval ze weer voor een vriend van me viel – slenterde ik nog wat rond en ontmoette een paar jazzmensen, die vroegen of ik op de hoogte was van de Noorse jazz, iets waar ik halfhartig op knikte hetgeen natuurlijk tot gevolg had dat ze een paar namen wilden horen. Noorse jazzmusici? Bestonden er behalve Jan Garbarek dan nog meer? Gelukkig had ik wel door dat ze hem nu niet direct bedoelden en schoot Bugge Wesseltoft me te binnen, over wie Espen het een keer had gehad en die hij had uitgenodigd om tijdens een *Vagant*-feest te spelen, waarbij ik iets voorlas. Ze knikten, die was goed, en ik slaakte een zucht van verlichting en liep weg om ergens alleen in een stoel te gaan zitten. Vervolgens kwam er een donkerharige vrouw naar me toe met een breed gezicht, een grote mond, bruine, intense ogen en gekleed in een gebloemde jurk, die vroeg of ik de schrijver uit Noorwegen was. Jazeker. Wat vond ik van Jan Kjærstad, John Erik Riley en Ole Robert Sunde?

Ik zei wat ik van hen vond.

'Meen je dat?' vroeg ze.

'Ja', zei ik.

'Blijf zitten', zei ze. 'Ik ga alleen mijn man even halen. Hij schrijft over literatuur. Is ontzettend geïnteresseerd in Riley. Wacht even. Ik ben zo terug.'

Ik volgde haar met mijn blik terwijl ze zich tussen de mensen door naar de keuken drong. Wat had ze gezegd, hoe heette ze? Hilda? Nee. Wilda? Nee, verdorie. Gilda. Dat moest ik me toch kunnen herinneren.

Toen dook ze in al dat gewriemel weer op, deze keer met een man op sleeptouw. O, en of ik dat type herkende zodra ik het zag! Er stond al van verre met grote letters 'universiteit' op zijn voorhoofd geschreven.

'Zeg nu nog maar eens wat je net zei!' zei Gilda.

Dat deed ik. Maar haar passie was aan hem en mij verspild, dus toen het gesprek verstomde, en dat gebeurde al vrij snel, verontschuldigde ik me en liep naar de keuken om wat te eten te halen nu de rij wat korter was geworden. Geir stond bij het raam met een paar mensen te praten, Linda voor de boekenkast met een paar anderen. Zelf ging ik op de bank zitten en begon aan mijn kippenpootje te kluiven toen ik de blik van een donkerharig meisje ontmoette, die dat als aanmoediging leek op te vatten, want het volgende moment stond ze voor me.

'Wie ben jij?' vroeg ze.

Ik slikte en legde het kippenpootje op het kartonnen bordje terwijl ik naar haar opkeek. Probeerde op die diepe bank een beetje rechtop te gaan zitten zonder dat het lukte, ik leek alleen verder opzij te zakken. Bovendien glommen mijn kaken waarschijnlijk van het kippenvet.

'Karl Ove', zei ik. 'Uit Noorwegen. Ben hier net komen wonen. Een paar weken geleden. En jij?'

'Melinda.'

'En wat doe je?'

'Ik ben actrice.'

'O, ja', zei ik met wat er over was van mijn Bergmaneuforie in mijn stem. 'Speel je mee in *Romeo en Julia* soms?'

Ze knikte.

'Wat speel je?'

'Julia.'

'O, ja!'

'Daar heb je Romeo', zei ze.

Een mooie, gespierde man kwam op haar af. Hij kuste haar op haar wangen en keek mij aan.

Stomme klotebank. Ik voelde me net een dwerg terwijl ik daar zat.

Ik knikte glimlachend. Hij knikte terug.

'Heb je al wat gegeten?' vroeg hij.

'Nee', zei ze, en toen waren ze weg. Ik bracht de kippenpoot weer naar mijn mond. Hier hielp alleen drank.

Het laatste wat ik die avond deed voor ik wegging, was een fotoalbum bekijken samen met een paardenhomeopate met een diep decolleté. De alcohol had niet, zoals meestal, geholpen om me in de stemming te brengen waarin alles in orde was en niets mij meer ergens van kon weerhouden, maar had me juist ondergedompeld in de bron van mijn gemoed, waaruit niets van wat ik in me had, wist te ontsnappen. Het enige wat er gebeurde, was dat alles steeds mistiger en vager werd. De dag daarna was ik uiterst dankbaar dat ik de tegenwoordigheid van geest had gehad naar huis te gaan en niet te blijven zitten tot iedereen weg was, in de hoop dat er vanzelf iets interessants zou gaan gebeuren. Linda beschouwde ik als verloren, we hadden die hele avond – door mij grotendeels diep weggezonken in een stoel doorgebracht die ik na verloop van tijd als de 'mijne' was gaan beschouwen – nauwelijks een woord met elkaar gewisseld en het weinige wat ik had gezegd, kon je op een ansichtkaart schrijven en zou geen vrouw ter wereld interessant hebben gevonden. Toch belde ik haar de volgende avond, ik moest haar toch bedanken voor de uitnodiging. En toen, terwijl ik met mijn mobieltje aan mijn oor over Stockholm stond uit te kijken, dat zich onder me ontvouwde, verlicht door het rode, volle licht van de ondergaande zon, ontstond er een beslissend moment. Ik had hallo gezegd, voor het feest bedankt, gezegd dat het leuk was, zij had bedankt, gezegd dat zij het ook leuk had gevonden en eraan toegevoegd dat ze hoopte dat ik een beetje plezier had gehad. Dat had ik, zei ik. Toen werd het stil. Zij zei niets, ik zei niets. Zou ik het gesprek beëindigen? Dat was mijn natuurlijke impuls, ik had geleerd in dergelijke situaties zo min mogelijk te praten. Dan werd er in elk geval niets verkeerds gezegd. Of zou ik doorgaan? De seconden verstreken. Had ik gezegd: 'nou, ja, ik wou alleen even bedanken' en neergelegd, dan zou het daar hoogstwaarschijnlijk bij zijn gebleven. Zozeer meende ik het de avond ervoor te hebben bedorven. Maar godsamme, wat had ik te verliezen?

'Wat doe je?' vroeg ik toen, na die naar alle maatstaven opvallend lange pauze.

'Ik kijk naar ijshockey op tv', zei ze.

'Naar ijshockey?' vroeg ik. En daarna praatten we nog een kwartier. En besloten we dat we elkaar nog eens zouden ontmoeten.

Dat deden we, maar er gebeurde niets, er werd geen enkele spanning opgeroepen, of liever: de spanning was zo hoog dat er geen beweging in zat, het was alsof we erin vastzaten, in alles wat we elkaar wilden vertellen, maar niet konden.

Beleefdheidsfrasen. Kleine aanzetten tot iets meer, haar dagelijks leven, haar moeder woonde in de stad, net als haar broer en al haar vrienden. Behalve een half jaar in Florence had ze haar hele leven in Stockholm gewoond. Waar had ik gewoond?

In Arendal, Kristiansand, Bergen. Een half jaar in IJsland, vier maanden in Norwich.

Had ik broers of zussen?

Een broer, een halfzuster.

'Je bent getrouwd geweest, toch?'
'Ja. Dat ben ik in zekere zin nog.'
'O.'

Vroeg op een avond half april belde ze, of ik zin had ergens af te spreken? Natuurlijk. Ik ben op stap met Geir en Christina, zei ik, we zitten in Guldapan, heb jij geen zin om ook te komen?

Een half uur later kwam ze.

Ze straalde.

'Ik ben aangenomen voor de studie theater en media', zei ze. 'Ik ben zo blij, het is fantastisch. En toen kreeg ik zo'n zin om jou te zien', zei ze en ze keek me aan.

Ik glimlachte naar haar.

De verdere avond gingen we stappen, raakten aangeschoten, liepen samen naar mijn appartement, ik omhelsde haar buiten voor de deur en ging naar boven.

De volgende dag belde Geir.

'Ze is verliefd op je, man', zei hij. 'Het straalt van haar af. Het was het eerste wat Christina zei toen we weggingen. Ze geeft bijna licht, zei ze. Ongelooflijk, zo verliefd als ze is op Karl Ove.'

'Dat geloof ik niet', zei ik. 'Ze was blij dat ze voor die studie was aangenomen.'

'Waarom zou ze dan juist jou bellen, als dat het enige was?'

'Dat weet ik niet. Waarom bel je haar niet om het te vragen?'

'En hoe staat het met jouw gevoelens?'

'Goed.'

Linda en ik gingen naar de bioscoop, zagen om een of andere idiote reden de nieuwste *Star Wars*-film, maar die bleek voor kinderen te zijn en nadat we dat hadden geconstateerd, gingen we naar de Folkoperaen, waar we bleven zitten zonder veel te zeggen.

Ik was gedeprimeerd toen ik wegging, ik had er zo ongelooflijk genoeg van dat ik alles binnenhield, dat het me niet lukte het meest eenvoudige tegen mensen te zeggen.

Maar ook dat ging voorbij. Ik had het goed in mijn eentje, de stad was nog steeds nieuw voor me, het was lente geworden, om de dag trok ik om twaalf uur mijn joggingschoenen aan en holde rond Söder, een rondje van tien kilometer, de overige dagen zwom ik duizend meter. Ik was tien kilo afgevallen en was weer begonnen te schrijven. Ik stond om vijf uur op, rookte een sigaret en dronk een kop koffie op het dakterras, van waar je over heel Stockholm uitkeek, daarna werkte ik tot twaalf uur, jogde of zwom en dan ging ik naar de stad en zat ergens in een café te lezen of liep gewoon wat rond, als ik tenminste niet met Geir had afgesproken. Om half negen ging ik naar bed, precies op het moment dat de zon onderging en de muur boven het bed rood als bloed kleurde. Ik begon aan *De jagers op Karinhall* van Carl Henning Wijkmark, dat had Geir me aanbevolen, lag in het licht van de ondergaande zon te lezen en opeens, zomaar vanuit het niets, werd ik vervuld van een wild en duizelingwekkend geluksgevoel. Ik was vrij, volkomen vrij, en het leven was fantastisch. Af en toe werd ik door dat gevoel overweldigd, één keer per half jaar of zo, het was hevig en het duurde een paar minuten, dan was het voorbij. Het merkwaardige die keer was dat het niet overging. Ik werd wakker en was blij, dat was me verdorie sinds ik klein was niet meer overkomen. Ik zat in het bleke zonlicht op het terras te zingen, als ik schreef, kon het me niets schelen of het slecht was, er bestonden nog andere en aangenamere dingen in het leven dan romans schrijven, en als ik jogde was mijn lichaam zo licht als een veertje, maar mijn bewustzijn, dat tijdens mijn rondjes gewoonlijk op doorzetten was ingesteld en op niet veel meer, keek om zich heen en genoot van het groene, dichte gebladerte, van het blauwe water overal, het gewemel van mensen, de mooie en minder mooie gebouwen. Als ik thuiskwam en had gedoucht, at ik soep met knäckebröd en daarna ging ik naar het park om verder te lezen in Wijkmans debuutroman over de Noorse marathonloper die tijdens de Olympische Spelen in Berlijn in 1936 per ongeluk in Görings jachtslot terechtkomt, ik belde Espen of Tore of Eirik of mama of Yngve of Tonje – met wie ik nog steeds een relatie had, er was nog geen sprake geweest van het tegendeel – ging vroeg naar bed en stond midden in de nacht op om pruimen of appels te eten zonder het te beseffen, tot ik wakker werd en op de grond naast het bed de pitten ontdekte. Begin mei ging ik naar Biskops-Arnö, ik had een half jaar daarvoor een uitnodiging aangenomen om er een voordracht te houden, had Lemhagen gebeld toen ik in Stockholm was om te zeggen dat ik het moest afzeggen, ik had niets om over te praten, maar hij zei dat ik desondanks kon komen om naar de andere voordrachten te luisteren, misschien deel te nemen aan de discussies en als ik iets nieuws had, 's avonds een of twee teksten voor te lezen.

Hij kwam me voor het hoofdgebouw tegemoet en het eerste wat hij zei was dat hij nog nooit zoiets had meegemaakt als die keer toen ik aan de cursus voor debutanten had deelgenomen, op geen stukken na. Ik begreep wat hij bedoelde, niet alleen ik had in een bijzondere stemming verkeerd die keer.

De voordrachten waren saai en de bijdragen oninteressant, of misschien kwam het omdat ik te happy was om me erin te verdiepen. Een paar oude IJslandse mannen waren de enigen die iets origineels te melden hadden en zij werden dan ook met de meest verbeten argumenten bestookt. 's Avonds dronken we een borrel, de schrijver en oorlogsjournalist Henrik Hovland was er ook en amuseerde ons met verhalen over het leven op het slagveld, hij vertelde onder andere dat de stank van stront na een bepaalde tijd zo erg en individueel wordt dat je elkaar in het donker aan de lucht herkent, net als dieren, iets wat niemand geloofde, maar waar iedereen om lachte. Daarop vertelde ik die fantastische scène uit het boek van Arild Rein, waarin de hoofdpersoon zo ontzettend veel poept dat het niet weggespoeld kan worden zodat hij het in de zak van zijn colbertje stopt en er zo mee naar buiten loopt.

De volgende dag kwamen er twee Denen, Jeppe en Lars; de voordracht van Jeppe was goed en je kon lekker met hen doorzakken. Ze kwamen mee naar Stockholm om te gaan stappen, ik stuurde Linda een sms, ze zou ons in Kvarnen ontmoeten, ze omhelsde me toen ze kwam, we lachten en praatten, maar plotseling verloor ik de moed, want Jeppe was charismatisch, bovengemiddeld intelligent en had een sterke masculiene uitstraling die Linda niet koud liet, naar ik vermoedde. Misschien was dat de reden dat ik met haar in discussie ging. Ik wilde het uitgerekend over abortus hebben. Zo te zien maakte ze er geen punt van, maar vlak daarna ging ze naar huis terwijl wij doorgingen tot we bij een nachtclub eindigden waar Jeppe de toegang werd geweigerd, wat waarschijnlijk te maken had met zijn plastic tas, zijn vermoeide gezicht en het feit dat hij verschrikkelijk dronken was. In plaats daarvan gingen we naar mij thuis, Lars viel in slaap, Jeppe en ik bleven zitten, de zon kwam op, hij vertelde over zijn vader, een in alle opzichten goed mens, en toen hij zei dat hij dood was, biggelde er een traan over zijn wang. Dat was een van de momenten die ik me altijd zal blijven herinneren, misschien omdat er zo oerplotseling iets werd opgewekt. Zijn hoofd, tegen de muur geleund, verlicht door het eerste, zachte ochtendlicht, de traan die over zijn wang biggelde.

De dag daarna ontbeten we in een café, zij vertrokken naar het vliegveld, ik ging naar huis om te slapen, liet het raam openstaan, het regende in, mijn pc, waar ik geen enkele back-up van had, was doornat.

De volgende dag zette ik hem aan en hij deed het perfect. Niets kon meer misgaan. Geir belde, het was 17 mei, de Noorse nationale feestdag, zouden we ergens gaan eten? Hij, Christina, Linda en ik? Ik vertelde hem over onze discussie, hij zei: 'Er zijn een paar dingen waar je met vrouwen niet over kunt discussiëren. Abortus is er een van. Verdomme, Karl Ove, ze hebben er bijna allemaal wel een achter de rug. Hoe kun je nou zo'n blunder maken? Maar bel haar op, misschien is er niets aan de hand. Waarschijnlijk heeft ze daar niet eens verder aan gedacht.'

'Ik kan haar hierna niet meer bellen!'

'Wat is het ergste wat er kan gebeuren? Als ze boos op je is, zegt ze gewoon nee. Zo niet, dan zegt ze ja. Daar moet je toch achter zien te komen. Je kunt toch niet zomaar niets meer van je laten horen alleen omdat jij dénkt dat zij niets meer van je wil weten.'

Ik belde.

Ja, hoor, ze kwam.

We zaten in de Crêperie, hadden het voornamelijk over de verhouding tussen Noorwegen en Zweden, Geirs stokpaardje. Linda keek me vaak aan, zo te zien was ze niet gekwetst, maar daar kon ik niet zeker van zijn tot ik met haar alleen was en haar mijn verontschuldigingen kon aanbieden. Nee, daar hoefde ik me toch niet voor te verontschuldigen, zei ze, jij vindt wat je vindt. Geen probleem. En hoe zit het met Jeppe? dacht ik, maar ik zei natuurlijk niets.

We zaten in de Folkoperaen. Dat was Linda's lievelingscafé. Iedere avond als ze gingen sluiten, draaiden ze het Russische volkslied en ze was gek van alles wat Russisch was, vooral van Tsjechov.

'Heb je Tsjechov gelezen?' vroeg ze.

'Nee', zei ik.

'Niet? Dat moet je doen.'

Haar lippen gleden langs haar tanden opzij als ze enthousiast was, vlak voordat ze iets wilde gaan zeggen, daar zat ik naar te kijken terwijl ze praatte. Ze had zulke mooie lippen. En haar ogen, grijsgroen en fonkelend, ze waren zo mooi dat het pijn deed erin te kijken.

'Mijn lievelingsfilm is ook Russisch. *Verbrand door de zon*, heb je die gezien?'

'Nee, helaas.'

'Die moeten we een keer gaan zien. Daar speelt een fantastisch meisje in mee. Ze is bij de Pioniers, een fantastische politieke beweging voor kinderen.'

Ze lachte.

'Ik heb het gevoel alsof ik je zo veel moet laten zien', zei ze. 'À propos, over ... vijf dagen is er een literair evenement in Kvarnen. Dan lees ik voor. Heb je zin om te komen?'

'Uiteraard! Wat lees je voor, dan?'

'Stig Sæterbakken.'

'Waarom dat?'

'Die heb ik in het Zweeds vertaald.'

'Echt? Waarom heb je dat niet verteld?'

'Je hebt er niet naar gevraagd', zei ze glimlachend. 'Hij komt ook. Ik ben een beetje nerveus, want mijn Noors was niet zo goed als ik dacht. Maar hij heeft het boek in elk geval gelezen en had geen commentaar op de taal. Vind je hem goed?'

'*Siamesisch* vind ik sterk.'

'Dat heb ik vertaald. Samen met Gilda, herinner je je haar?'

Ik knikte.

'Maar we kunnen elkaar ook eerder zien, natuurlijk. Heb je morgen iets te doen?'

'Nee, dat is prima.'

Via de luidsprekers klonken de eerste tonen van het Russische volkslied. Linda stond op, trok haar jas aan en keek me aan: 'Hier? Acht uur?'

'In orde', zei ik.

Buiten bleven we staan, de kortste weg naar haar toe was verder via de Hornsgata, maar naar mij toe moest je de andere kant op.

'Ik loop met je mee', zei ze. 'Is dat goed?'

'Uiteraard', zei ik.

We liepen een tijdje zwijgend door.

'Het is raar', zei ik toen we een van de zijstraten naar Mariaberg insloegen. 'Ik voel me zo blij als ik je zie, en toch lukt het me niet om iets te zeggen. Het is alsof je me tot zwijgen brengt.'

'Dat heb ik gemerkt', zei ze en ze wierp snel een blik op me. 'Het hindert niet. Niet wat mij betreft, in elk geval.'

Waarom niet? dacht ik. Wat moet je met een man die niets zegt?

Het bleef weer stil. Onze voetstappen op de keien werden door de huizen aan weerszijden versterkt.

'Het was een fijne avond', zei ze.

'Een beetje merkwaardig', zei ik. 'Het is immers 17 mei, de nationale feestdag in Noorwegen, die datum zit me duidelijk in het bloed, naar mijn gevoel ontbreekt er de hele tijd iets. Waarom viert niemand feest?'

Ze streek even met haar hand over mijn bovenarm.

Om me te laten weten dat het niets uitmaakte dat ik domme dingen zei?

Voor mijn appartement bleven we staan. We keken elkaar aan. Ik deed een stap naar voren en omhelsde haar even.

'Dan zien we elkaar morgen', zei ik.

'Ja,' zei zij, 'welterusten.'

Ik bleef even achter de dichte deur staan wachten en een ogenblik later stapte ik weer naar buiten, ik wilde haar nog een laatste keer zien.

Alleen met zichzelf liep ze de straat door.

Ik hield van haar.
Dus wat deed er dan verdomme zo'n pijn?

De volgende dag schreef ik net als anders, jogde ik net als anders en zat ik net als anders ergens te lezen, deze keer bij Lasse i Parken, vlak bij het eiland Långholmen. Het lukte me echter niet om me te concentreren, ik dacht alleen aan Linda. Ik verheugde me erop haar weer te zien, ik wilde niets liever, maar er hing een schaduw over die gedachte, in tegenstelling tot alle andere gedachten die die dag in me opkwamen.

Hoe kwam dat?
Door wat er destijds was gebeurd?
Natuurlijk. Ik wist alleen niet precies waarom, het was puur een gevoel en het lukte me niet het te grijpen en in een heldere gedachte te vatten.

Die avond verliep het gesprek al net zo traag en nu werd ook zij daarin meegetrokken, het opgewondene, het blije van de dag ervoor was bijna helemaal verdwenen.

Na ongeveer een uur stonden we op en gingen we weg. Op straat vroeg ze of ik zin had met haar mee naar huis te gaan om een kopje thee te drinken.

'Graag', zei ik.

Toen we de trap op liepen, herinnerde ik me opeens het intermezzo met de Poolse tweeling. Het was een mooi verhaal, maar ik kon het niet vertellen, het onthulde te veel van de complexiteit die mijn gevoelens voor haar inhielden.

'Hier woon ik', zei ze. 'Ga maar zitten, dan zet ik thee.'

Het was een eenkamerappartement, aan de ene kant stond een bed, aan de andere een eettafel. Ik trok mijn schoenen uit, maar hield mijn jas aan, ging op het puntje van de stoel zitten.

Ze neuriede.

Toen ze vlak daarna een kop thee voor me neerzette zei ze: 'Ik geloof dat ik je zo langzamerhand heel graag mag, Karl Ove.'

'Heel graag mag'? Was dat alles? En dat vertelde ze me?

'Ik mag jou ook graag', zei ik.

'Echt waar?' vroeg ze.

Er viel een stilte.

'Denk je dat we meer dan vrienden kunnen worden?' vroeg ze na een tijdje.

'Ik wil dat we vrienden zijn', zei ik.

Ze keek me aan. Toen sloeg ze haar blik neer, leek haar kopje te ontdekken, bracht het naar haar mond.

Ik kwam overeind.

'Heb jij vriendinnen?' vroeg ze. 'Ik bedoel, met wie je alleen bevriend bent?'

Ik schudde mijn hoofd.

'Of, ja, toen ik op het gymnasium zat. Maar dat is langgeleden, natuurlijk.'

Ze keek me weer aan.

'Ik denk dat ik er maar eens vandoor moet', zei ik. 'Bedankt voor de thee.'

Ze kwam overeind en liep met me mee naar de deur. Ik deed een paar passen de gang in voordat ik me omdraaide, zodat ze geen kans kreeg om me te omhelzen.

'Tot ziens', zei ik.

'Tot ziens', zei zij.

De volgende ochtend ging ik naar Lasse i Parken. Ik legde een schrijfblok op tafel en begon een brief aan haar te schrijven. Ik schreef wat ze voor me betekende. Ik schreef wat ze voor me betekend had toen ik haar de eerste keer zag, en wat ze nu voor me betekende. Ik schreef over haar lippen die langs haar tanden opzij gleden als ze enthousiast werd, ik schreef over haar ogen als ze fonkelden en als het donker erin zich opende en ze het licht als het ware in zich opzogen. Ik schreef over de manier waarop ze liep, over die kleine, bijna mannequinachtige schommeling van haar achterste. Ik schreef over haar kleine Japanse gelaatstrekken. Ik schreef over haar lach, die af en toe al het andere overstraalde, en hoeveel ik dan van haar hield. Ik schreef over de woorden die ze het meest gebruikte, hoeveel ik hield van de manier waarop ze 'sterren' zei, de manier waarop ze met het woord 'fantastisch' om zich heen strooide. Ik schreef dat dat allemaal alleen maar dingen waren die ik had gezien en dat ik haar absoluut niet kende, er geen idee van had wat ze dacht, nauwelijks iets wist van haar kijk op de wereld en de mensen, maar dat wat ik zag voldoende was, ik wist dat ik van haar hield en altijd van haar zou houden.

'Karl Ove?' zei iemand. Ik keek op.

Daar stond ze.

Ik draaide mijn schrijfblok om.

Hoe was het mogelijk?

'Hoi, Linda', zei ik. 'Was leuk gister!'

'Vond ik ook. Ik ben hier met een vriendin. Wil je liever alleen blijven?'

'Ja, als dat oké is? Ik zit hier te werken, zie je.'

'Natuurlijk, dat begrijp ik.'

We keken elkaar aan. Ik knikte.

Een jonge vrouw van haar leeftijd kwam met twee kopjes koffie naar buiten. Linda draaide zich naar haar om, ze liepen naar de andere kant en gingen daar zitten.

Ik schreef dat ze op dat moment daar ging zitten.

Had ik die afstand maar kunnen overbruggen, schreef ik. Daar had ik alles ter wereld voor gegeven. Maar het gaat niet. Ik hou van je en het kan zijn dat je denkt dat je van mij houdt, maar dat doe je niet. Ik geloof dat je me graag mag, dat weet ik bijna zeker, maar ik ben niet genoeg voor je en diep van binnen weet je dat. Misschien heb je op het moment iemand nodig, en toen kwam ik en toen dacht je dat het misschien iets kon worden. Maar ik wil niet iemand zijn die misschien iemand is, dat is niet goed genoeg voor me, het moet alles zijn of niets, jij moet verteerd worden zoals ik verteerd word. Willen zoals ik wil. Begrijp je? O, ik weet dat je dat begrijpt. Ik heb je sterk gezien, ik heb je zwak gezien en ik heb je open voor de wereld gezien. Ik hou van je, maar dat is niet genoeg. Vrienden zijn is zinloos. Ik kan immers niet eens met je praten! Wat moet dat voor vriendschap worden? Hoop dat je het me niet kwalijk neemt, ik probeer het alleen te zeggen zoals het is. Ik hou van je, zo is het. En op een of andere manier zal ik dat altijd blijven doen, wat er ook met ons gebeurt.

Ik zette mijn naam eronder, stond op, wierp een blik op hen, alleen haar vriendin zat zo dat ze me kon zien en die wist niet wie ik was, zodat ik ongezien wist weg te komen, ik haastte me naar huis, stopte de brief in een envelop, verkleedde me en jogde een rondje rond Söder.

De dagen daarna was het alsof de snelheid in me toenam. Ik jogde, ik zwom, ik deed alles wat ik kon om de onrust, die in even grote mate uit geluk als uit verdriet bestond, onder controle te houden, maar het lukte niet, ik beefde van een opwinding die nooit over leek te gaan, maakte eindeloze wandelingen door de stad, jogde, zwom, lag 's nachts wakker, kon geen hap door mijn keel krijgen: ik had nee gezegd, het was voorbij, het zou voorbijgaan.

Het literaire evenement was op een zaterdag, maar toen die aanbrak had ik besloten om er niet heen te gaan. Ik belde Geir om te horen of hij zin had om af te spreken in de stad, dat had hij, om vier uur in KB, besloten we, ik jogde naar het Eriksdalsbad en zwom meer dan een uur in het buitenbad heen en weer, het was heerlijk, de lucht was fris, het water warm, de hemel grijs en vol lichte regen en er was geen mens te zien. Heen en weer zwom ik. Toen ik eruit kwam, was ik warm van uitputting. Ik kleedde me om, stond een tijdje buiten te roken en liep met mijn tas over mijn schouders naar het centrum.

Geir was er niet toen ik kwam, ik ging aan een tafeltje bij het raam zitten en bestelde een pils. Een paar minuten later stond hij met uitgestrekte hand voor me.

'Nog nieuws?' vroeg hij terwijl hij ging zitten.

'Ja en nee', zei ik en ik vertelde hem wat er die laatste dagen was gebeurd.

'Het moet bij jou ook altijd zo dramatisch', zei hij. 'Kun je het niet wat kalmer aan doen? Het hoeft toch niet alles of niets te zijn.'

'Nee', zei ik. 'Maar in dit geval is dat wel zo.'

'Heb je die brief verstuurd?'

'Nee. Nog niet.'

Op dat moment kreeg ik een sms'je. Het was van Linda: *Heb je niet gezien bij de voorleesavond. Was je er?*

Ik begon aan een antwoord.

'Kun je dat straks niet doen?' vroeg Geir.
'Nee', zei ik.
Kon niet komen. Ging het goed?
Ik verstuurde de sms en hief mijn glas op naar Geir.
'Proost', zei ik.
'Proost', zei hij.
Er kwam nog een sms.
Heb je gemist. Waar ben je nu?
Gemist?
Mijn hart bonsde in mijn keel. Ik begon aan een nieuw antwoord.
'Toe, hou op', zei Geir. 'Zo niet, dan ga ik ervandoor.'
'Zo klaar', zei ik. 'Wacht even.'
Ik mis jou ook. Zit in KB.
'Dat is Linda, nietwaar?' vroeg Geir.
'En of', zei ik.
'Je ziet eruit alsof je helemaal in de war bent', zei hij. 'Besef je dat wel? Ik kreeg bijna zin om rechtsomkeert te maken toen ik je hier zag zitten.'
Weer een sms.
Kom hiernaartoe, Karl Ove. Ik zit in de Folkoperaen. Wacht op je.
Ik kwam overeind: 'Sorry, Geir, maar ik moet weg.'
'Nu?'
'Ja.'
'Nee, toe, kom op, man. Ze kan toch verdomme nog wel een half uurtje wachten? Ik ben helemaal met de ondergrondse naar de stad gekomen en dat heb ik niet gedaan om hier in mijn eentje te zitten drinken. Dat kan ik thuis doen.'
'Sorry', zei ik. 'Ik bel je.'
Ik holde naar buiten, hield een taxi aan, kon het voor de stoplichten wel uitgillen van ongeduld, maar ten slotte stopte hij bij de Folkoperaen, ik betaalde en ging naar binnen.
Ze zat op de begane grond. Zodra ik haar zag, begreep ik dat er geen haast bij was.
Ze glimlachte.
'Wat ben je snel!' zei ze.

'Ik had een beetje het gevoel dat er haast bij was.'
'Nee, nee, helemaal niet.'
Ik omhelsde haar en ging zitten.
'Wil je iets drinken?' vroeg ik.
'Wat neem jij?'
'Ik weet het niet. Rode wijn?'
'Dat is goed.'
We deelden een fles rode wijn, praatten over koetjes en kalfjes, niets van betekenis, het hing de hele tijd tussen ons in, elke keer als we elkaar aankeken trok er een siddering door me heen, gevolgd door een zware stoot, dat was mijn hart.

'Er is een feest bij uitgeverij Vertigo', zei ze. 'Heb je zin om mee te gaan?'

'Ja. Klinkt goed.'

'Stig Sæterbakken is er ook.'

'Dat is misschien niet zo gunstig. Ik heb hem een keer vreselijk de grond in geboord. En toen heb ik een interview met hem gelezen waarin hij zei dat hij alle slechte kritieken die hij had gekregen, had bewaard. De mijne moet een van de ergste zijn geweest. Een hele pagina in *Morgenbladet*. Later heeft hij Tore en mij in een discussie een keer aangevallen. Noemde ons Faldbakken & Faldbakken. Maar dat zegt jou misschien niet zo veel.'

Ze schudde haar hoofd.

'We kunnen ook ergens anders heen gaan?'

'Nee, nee, mijn hemel. We gaan daarheen.'

Toen we de Folkoperaen verlieten, werd het net donker buiten. Het wolkendek, dat er de hele dag al hing, trok dicht.

We namen een taxi. Vertigo was in een souterrain gevestigd, overal waren mensen toen we kwamen, het was er warm en rokerig, ik draaide me om naar Linda en zei dat we misschien niet zo lang hoefden te blijven.

'Is dat Knausgård niet?' zei een stem. Ik draaide me weer om. Het was Sæterbakken. Hij glimlachte. Richtte het woord tot iemand anders: 'Knausgård en ik zijn elkaars vijanden. Nietwaar?' voegde hij eraan toe terwijl hij mij aankeek.

'Wat mij betreft niet', zei ik.

'Doe niet zo laf', zei hij. 'Maar je hebt gelijk, dat ligt achter ons. Ik ben aan een nieuwe roman bezig en probeer hetzelfde te doen als jij. Wat meer in die richting te schrijven.'

Goh, dacht ik. Dat is een compliment!

'Echt waar?' zei ik. 'Klinkt interessant.'

'Ja, het is heel interessant. Wacht maar af!'

'We spreken elkaar nog', zei ik.

'Doen we', zei hij.

Linda en ik liepen naar de bar, bestelden elk een gin-tonic, vonden twee lege stoelen en gingen zitten. Linda kende daar een heleboel mensen, liep rond om met hen te praten, maar kwam telkens weer bij mij terug. Ik raakte steeds meer aangeschoten, maar die behaaglijke, ontspannen stemming waarin ik verkeerde sinds ik Linda in de Folkoperaen zag, bleef. We keken elkaar aan, we hoorden bij elkaar. Ze legde haar hand op mijn schouder, we hoorden bij elkaar. Ze zocht mijn blik door de hele ruimte, midden in een gesprek met iemand anders, glimlachte, we hoorden bij elkaar.

Toen we na een paar uur in twee leunstoelen in een kamertje helemaal achterin waren neergestreken, kwam Sæterbakken naar ons toe en vroeg of hij ons een voetmassage kon geven. Daar was hij goed in, zei hij. Ik zei nee, dat zit er niet in. Linda trok haar schoenen uit en legde haar voeten op zijn knieën. Hij begon te kneden en te wrijven terwijl hij haar in de ogen keek.

'Dat doe ik goed, nietwaar?' vroeg hij.

'Ja, het is fijn', zei Linda.

'Maar nu is het jouw beurt, Knausgård.'

'Dat zit er niet in.'

'Ben je daar te laf voor? Kom op, trek je schoenen uit.'

Ten slotte deed ik wat hij zei, ik trok mijn schoenen uit en legde mijn voeten op zijn knieën. Op zich was het best prettig, maar het feit dat Stig Sæterbakken daar in mijn voeten zat te kneden, de hele tijd met een glimlach om zijn lippen die moeilijk anders dan diabolisch kon worden opgevat, verleende de situatie op zijn zachtst gezegd iets dubbelzinnigs.

Toen hij klaar was, vroeg ik hem uit over zijn laatste verzameling essays, die over het kwaad gingen, daarna liep ik wat rond, dronk de ene borrel na de andere en opeens ving ik een glimp op van Linda, ze stond tegen een muur geleund met een jonge vrouw te praten, het was de vrouw die ik op het Walpurgisfeest had gezien. Hilda, Wilda? Nee, verdorie, Gilda.

Wat was Linda toch mooi.

En zo ongelooflijk levendig.

Was het echt mogelijk dat ze de mijne werd?

Die gedachte was nauwelijks in me opgekomen of haar blik kruiste die van mij.

Ze glimlachte en zwaaide naar me.

Ik liep naar haar toe.

De tijd was gekomen.

Nu of nooit.

Ik slikte, legde een hand op haar schouder.

'Dit is Gilda', zei ze.

'We hebben elkaar al eens ontmoet', zei Gilda glimlachend.

'Kom mee', zei ik.

Ze keek me vragend aan.

Dat donkere in haar ogen.

'Nu?' vroeg ze.

Ik gaf geen antwoord, pakte haar slechts bij haar hand.

Zonder een woord te zeggen liepen we door het vertrek. Deden de deur open, liepen de trap op.

Het goot.

'Ik heb je al eens eerder apart genomen', zei ik. 'Toen ging het niet zo goed. En het is mogelijk dat het ook deze keer de mist in gaat. Het zij zo. Maar er is iets wat ik je wil zeggen. Over jou.'

'Over mij?' vroeg ze, ze stond vlak voor me en keek naar me op, haar haar al nat, haar gezicht glanzend van de regendruppels.

'Ja', zei ik.

En toen begon ik te vertellen wat ze voor me betekende. Alles wat ik in die brief had geschreven, zei ik tegen haar. Ik beschreef haar lippen, haar ogen, haar manier van lopen, de woorden die ze gebruikte. Ik zei dat ik van haar hield hoewel ik haar niet kende. Ik zei dat ik altijd bij haar wilde zijn. Dat dat het enige was wat ik wilde.

Ze ging op haar tenen staan, hief haar gezicht naar me op, ik boog voorover en kuste haar.

Toen werd alles zwart.

Ik werd wakker doordat twee mannen me aan mijn benen over het asfalt een portiek in sleepten. De een praatte in een mobieltje, hij zei: drugs misschien, we weten het niet. Ze bleven staan, bogen over me heen. 'Ben je wakker?'

'Ja', zei ik. 'Waar ben ik?'

'Bij Vertigo buiten. Heb je drugs gebruikt?'

'Nee.'

'Hoe heet je?'

'Karl Ove Knausgård. Ik geloof dat ik flauw ben gevallen. Er is niets aan de hand. Ik ben volkomen in orde.'

Ik zag Linda naar me toe komen.

'Is hij weer bij?' vroeg ze.

'Hoi, Linda', zei ik. 'Wat is er gebeurd?'

'Jullie hoeven niet te komen', zei de man in de telefoon. 'Het gaat goed hier. Hij is weer bij en het ziet ernaar uit dat alles oké is.'

'Je bent flauwgevallen, geloof ik', zei Linda. 'Plotseling zakte je zomaar in elkaar.'

'O, shit', zei ik. 'Het spijt me.'

'Dat hoeft je niet te spijten', zei ze. 'Wat je tegen me hebt gezegd … niemand heeft ooit zoiets moois tegen me gezegd.'

'Red je je?' vroeg een van de mannen.

Ik knikte en ze gingen ervandoor.

'Het kwam omdat jij me kuste', zei ik. 'Het was net alsof er iets zwarts omhoogschoot. En toen kwam ik hier weer bij.'

Ik ging staan, deed een paar wankele passen.

'Ik kan maar beter naar huis gaan, denk ik', zei ik. 'Maar blijf jij maar als je wilt.'

Ze lachte.

'We gaan naar mijn huis. Ik zal op je passen.'

'Dat klinkt heerlijk, dat jij op me zal passen', zei ik.

Ze glimlachte en haalde haar mobieltje uit haar jaszak. Haar haar kleefde aan haar voorhoofd. Ik keek naar mijn kleren. Mijn broek was donker van het vocht. Ik haalde een hand door mijn haar.

'Merkwaardig genoeg ben ik niet dronken meer', zei ik. 'Maar ik heb zo'n ontzettende honger.'

'Wanneer heb je voor het laatst iets gegeten?'

'Gister een keer, geloof ik. 's Ochtends ergens.'

Op hetzelfde moment kreeg ze contact met de centrale, ze rolde met haar ogen, gaf het adres op en tien minuten later zaten we in de taxi op weg door de regen en de nacht.

Toen ik wakker werd, wist ik eerst niet waar ik was. Maar toen ik Linda zag, herinnerde ik me alles weer. Ik ging tegen haar aan liggen, ze sloeg haar ogen open, we vreeën weer en er was iets wat zo klopte, wat zo goed was, ik voelde het met mijn hele wezen, zij en ik hoorden bij elkaar en dat zei ik tegen haar.

'We moeten kinderen krijgen samen', zei ik. 'Iets anders zou een misdaad zijn tegen de natuur.'

Ze lachte.

'Dat is de bedoeling', zei ik. 'Ik weet het zeker. Zo'n gevoel heb ik nog nooit gehad.'

Ze lachte niet meer en keek me aan.

'Meen je het echt?' vroeg ze.

'Ja', zei ik. 'Tenzij jij dat gevoel niet hebt, natuurlijk. Dan is het een ander geval. Maar dat is niet zo, hè? Dat voel ik ook.'

'Is het echt waar?' vroeg ze. 'Jij ligt hier in mijn bed? En je zegt dat je kinderen met me wilt?'

'Ja. Zo voel jij het toch ook?'

Ze knikte.

'Maar ik zou het nooit hebben gezegd.'

Voor het eerst in mijn leven was ik absoluut gelukkig. Voor het eerst kon niets in mijn leven de vreugde die ik voelde overschaduwen. We waren de hele tijd samen, konden elkaar zomaar beetpakken, waar we ons ook bevonden, voor stoplichten, over tafeltjes in restaurants heen, in bussen, in parken, er bestonden geen eisen en geen wil behalve die ten opzichte van elkaar. Ik voelde me volkomen vrij, maar alleen samen met haar, op het moment dat we gescheiden waren begon het verlangen. Het was wonderlijk, die krachten waren zo sterk, en zo goed. Geir en Christina zeiden dat het onmogelijk was om met ons samen te zijn, we hadden alleen nog oog voor elkaar, en dat klopte, er bestond geen andere wereld dan die wij tweeën plotseling hadden opgeroepen. Met midzomer gingen we naar Runmarö, waar Mikaela een huisje had gehuurd, en ik trof mezelf er lachend en zingend in een Zweedse nacht aan, een lallende, vrolijke dwaas, want alles had zin, alles was met betekenis geladen, het was alsof er een nieuw licht over de wereld was geworpen. In Stockholm gingen we zwemmen, we lagen te lezen in parken, gingen uit en aten in restaurants: het maakte niet uit wat we deden, het ging erom dát we het deden. Ik las Hölderlin en zijn gedichten vloeiden naar binnen als water, er was niets wat ik niet begreep, de extase in de verzen en de extase in mij waren een en dezelfde, en boven dat alles, elke dag gedurende heel juni, heel juli en heel augustus, scheen brandend de zon. We vertelden elkaar alles, zoals geliefden dat doen, en hoewel we wisten dat het niet voor altijd kon zijn – en de gedachte dat dat wel zo zou zijn angstaanjagend was, omdat het ook iets ondraaglijks had, al dat geluk – leefden we alsof we dat niet wisten. De val was onvermijdelijk, maar daar maakten we ons geen zorgen om, hoe konden we ook als alles zo perfect was.

Op een ochtend, ik stond in de badkamer, riep ze me vanuit de kamer, ik ging naar haar toe, ze lag naakt op het bed, dat nu bij het raam stond zodat we de hemel konden zien.

'Kijk', zei ze. 'Zie je die wolk?'

Ik ging naast haar liggen. De hemel was volkomen blauw, er waren geen wolken behalve die ene, die langzaam aangedreven kwam. Hij had de vorm van een hart.

'Ja', zei ik en ik kneep in haar hand.

Ze lachte.

'Alles is perfect', zei ze. 'Dat heb ik nog nooit meegemaakt. Ik ben zo

gelukkig met jou. Ik ben zo gelukkig!'
'Ik ook', zei ik.
We namen een boot naar de scheren. Huurden een huisje bij de jeugdherberg. Liepen urenlang over het eiland rond, verdwaalden diep in het bos, overal rook het naar dennen en heide, kwamen plotseling bij een loodrechte bergwand uit. Onder ons lag de zee. We liepen door, kwamen op een weide, bleven naar de koeien staan kijken, ze keken terug, we lachten, maakten foto's van elkaar, klommen in een boom, zaten daar als twee kinderen te praten.

'Op een keer', zei ik, 'moest ik sigaretten kopen voor mijn vader bij het benzinestation. Dat lag een paar kilometer van ons huis. Ik was een jaar of zeven, acht. De weg erheen liep door het bos. Die kende ik als mijn broekzak. Dat doe ik nog, trouwens. Maar plotseling hoorde ik geritsel in de struiken. Ik bleef staan om te kijken. En ik zag een absoluut fantastische vogel, je weet wel, groot en bontgekleurd. Zoiets had ik nog nooit gezien, hij zag eruit alsof hij thuishoorde in een ver, exotisch land, Afrika of Azië. Hij liep weg en toen vloog hij op en verdween. Ik heb nooit meer zo'n vogel gezien en ben er nooit achter gekomen wat het er voor een was.'

'Echt waar?' vroeg Linda. 'Ik heb een keer precies hetzelfde beleefd. Bij het zomerhuisje van een vriendin. Ik zat boven in een boom, ja, net als nu, te wachten tot mijn vrienden terug zouden komen, ik werd ongeduldig en sprong op de grond. Liep wat rond, volkomen doelloos, en toen zag ik plotseling een bontgekleurde, fantastische vogel. Ik heb hem ook nooit meer gezien.'

'Echt waar?'

'Ja.'

Zo was het, alles had betekenis en onze levens vervlochten zich in elkaar. Op de terugtocht van het eiland hadden we het erover hoe ons eerste kind zou heten.

'Als het een jongen wordt,' zei ik, 'dan kan ik me een doodgewone naam voorstellen. Ola, dat heb ik altijd al mooi gevonden, wat vind jij daarvan?'

'Mooi', zei ze. 'Heel Noors, dat bevalt me.'

'Ja', zei ik en ik keek uit het raam.
Er kwam een kleine motorboot aangedobberd. Het registratiekenteken aan de zijkant was OLA.
'Moet je zien', zei ik.
Linda boog voorover.
'Dat is dan duidelijk', zei ze. 'Dan wordt het Ola!'

Laat op een avond toen we naar mijn appartement liepen, nog steeds in die eerste, koortsachtige periode van onze verhouding, zei ze na een poosje stilte: 'Karl Ove, ik moet je iets vertellen.'
'Ja?' zei ik.
'Ik heb een keer een zelfmoordpoging gedaan.'
'Wat zeg je me nu?' zei ik.
Ze gaf geen antwoord, keek voor zich naar de grond.
'Is dat langgeleden?' vroeg ik.
'Twee jaar, misschien. Toen ik was opgenomen.'
Ik keek naar haar, ze wilde me niet aankijken, ik ging naar haar toe en omhelsde haar. Lang bleven we zo staan. Toen liepen we de trap op naar de lift, ik deed de deur van mijn appartement open, zij ging op het bed zitten, ik maakte het raam open en alle geluiden van de nazomernacht stegen tot ons op.
'Wil je thee?' vroeg ik.
'Graag', zei ze.
Ik ging naar het keukenblok en zette water op, pakte twee kopjes en deed in elk een theezakje. Nadat ik haar het ene had aangereikt en zelf met het andere voor het open raam was blijven staan, begon ze te vertellen wat er die keer was gebeurd. Haar moeder had haar opgehaald uit het ziekenhuis, ze zouden naar haar appartement gaan om wat spullen te halen. Toen ze in de buurt kwamen, zette Linda het op een lopen. Haar moeder holde achter haar aan. Linda liep zo hard ze kon, de deur door, de trappen op, haar appartement in, naar het raam. Hoewel haar moeder slechts een paar seconden later binnenkwam, had Linda het raam al opengemaakt en was op de vensterbank geklommen. Ze wilde net springen, maar haar moeder rende door de kamer, wist haar te pakken te

krijgen en trok haar weer naar binnen.

'Ik was furieus', zei ze. 'Ik geloof dat ik haar wilde vermoorden. Ik sloeg er als een gek op los. We vochten wel tien minuten, geloof ik. Ik kiepte de hele koelkast over haar heen. Maar zij was sterker. Natuurlijk was zij sterker. Ten slotte zat ze boven op op mijn borst en gaf ik het op. Ze belde de politie, die kwam me halen en bracht me terug naar het ziekenhuis.'

Er viel een stilte. Ik keek naar haar, ze keek me even snel aan, als een vogel.

'Ik schaam me daar zo voor', zei ze. 'Maar ik vond dat je het moest weten.'

Ik wist niet wat ik moest zeggen. Er lag een enorme kloof tussen waar zij toen had gestaan en waar we ons nu bevonden. Dat gevoel had ik in elk geval. Maar zij misschien niet.

'Waarom deed je dat?' vroeg ik.

'Ik weet het niet. Ik geloof dat ik het toen ook niet echt wist. Maar ik herinner me hoe het is gegaan. Ik was aan het eind van de zomer een paar weken manisch geweest. Op een avond kwam Mikaela bij me langs, ik zat op mijn hurken op de keukentafel getallen op te dreunen. Zij en Öllegård brachten me naar de ambulante psychische hulpverlening. Daar gaven ze me slaappillen en ze vroegen of Mikaela me een paar dagen bij zich kon houden. Gedurende die herfst wisselden de periodes elkaar af. En toen bleef ik in een depressie hangen die zo enorm was dat ik wist dat er geen uitweg meer bestond. Ik ontliep alle mensen die ik kende omdat ik niet wilde dat iemand de laatste zou zijn die me in leven zag. De therapeut waar ik heen ging, vroeg of ik aan zelfmoord dacht, daarop begon ik zomaar te huilen en toen zei ze dat ze de verantwoording voor me tussen onze afspraken door niet meer op zich kon nemen, dus werd ik opgenomen. Ik heb de formulieren gezien van het intakegesprek. Het duurt minutenlang voor ik antwoord geef op een vraag, staat er, en dat herinner ik me ook, het was bijna onmogelijk om te praten. Onmogelijk om iets te zeggen, de woorden waren zo ver weg. Alles was zo ver weg. Mijn gezicht was volkomen star, zonder enig teken van mimiek.'

Ze keek naar me op. Ik kwam op het bed zitten, zij zette het kopje op tafel en ging op haar rug liggen. Ik ging naast haar liggen. Er hing iets zwaars in de duisternis buiten, een soort verdichting die de zomernacht vreemd was. Over de brug bij Ridderfjärden denderde een trein.

'Ik was dood', zei ze. 'Het ging er niet om dat ik uit het leven wilde stappen. Ik was er al uit gestapt. Toen mijn therapeut zei dat ik opgenomen zou worden, voelde ik me opgelucht, dan zou er voor me worden gezorgd. Maar toen ik daar kwam, was het zo hopeloos allemaal. Ik kon er niet blijven. En vanaf dat moment begon ik het te plannen. De enige mogelijkheid om eruit te komen, was een dag "verlof" te krijgen om thuis wat kleren en dergelijke te halen. Er moest wel iemand mee en de enige die ik me kon voorstellen, was mama.'

Ze zweeg.

'Maar als ik het wérkelijk had gewild, dan was het gelukt. Dat denk ik nu. Ik had het raam immers niet hoeven openmaken. Ik had me erdoorheen kunnen slingeren. Dat had toch niets uitgemaakt. Juist die voorzichtigheid ... ja, als ik het echt had gewild, met heel mijn hart, dan was het gelukt.'

'Daar ben ik blij om', zei ik en ik streelde haar door haar haar. 'Maar ben je bang dat het nog eens zal gebeuren?'

'Ja.'

Er viel een stilte.

Aan de andere kant van de deur klonk gestommel van de vrouw van wie ik het appartement huurde. Op het dakterras boven ons hoestte iemand.

'Ik niet', zei ik.

Ze draaide haar hoofd in mijn richting.

'Jij niet?'

'Nee. Ik ken je.'

'Niet helemaal.'

'Dat begrijp ik ook wel', zei ik en ik kuste haar. 'Maar het gebeurt niet nog een keer, daar ben ik van overtuigd.'

'Dan ben ik er ook van overtuigd', zei ze glimlachend en ze sloeg haar armen om me heen.

Die eindeloze zomernachten, zo licht en open, waarin we in zwarte taxi's tussen verschillende bars en cafés in verschillende wijken rondreden, alleen of met anderen, waarin de roes niets bedreigends had, niets destructiefs, maar een golf was die ons steeds hoger voerde, begonnen langzamerhand en onmerkbaar donkerder te worden, het was alsof de hemel aan de aarde werd bevestigd, het lichte en vluchtige kreeg steeds minder speelruimte, het werd door iets gevuld en vastgehouden tot de nacht eindelijk stilstond, een muur van duisternis die 's avonds werd neergelaten en 's ochtends weer werd opgehaald, en plotseling was het onmogelijk je die lichte, rondfladderende zomernacht voor te stellen, als een droom die je je tevergeefs probeert te herinneren wanneer je wakker wordt.

Linda begon aan haar opleiding, de propedeuse was zwaar, de studenten werden aan alle mogelijke en onmogelijke situaties blootgesteld, waarschijnlijk met het idee dat ze het best onder druk leerden, vanuit zichzelf, al doende. Als zij 's ochtends naar school fietste, ging ik naar huis om te schrijven. Het verhaal over de engelen had ik ingebouwd in een verhaal over een vrouw die in 1944 op de kraamafdeling lag, ze had net een kind gebaard, de gedachten in haar hoofd dwaalden her en der, maar het werkte niet, de tekst was te ver, de afstand te groot, toch ging ik ermee door, ploeterend van de ene pagina naar de andere, het maakte niet zo veel uit, het belangrijkste, nee, het enige in mijn leven was Linda.

Op een zondag lunchten we in een café in Östermalm, het heette Oscar en lag in de buurt van het Karlaplan, we zaten buiten, Linda met een deken om haar benen, ik at een club sandwich, Linda een kipsalade, het was 's zondags stil op straat, de klokken van de kerk tegenover hadden net voor de dienst geluid. Aan de tafel achter ons zaten drie meisjes, een eindje verderop twee mannen. Op de tafeltjes langs de straat hipten een paar mussen rond. Ze leken volkomen tam, maakten hun kleine sprongetjes naar de achtergelaten borden, knikten met hun hele kopje als ze hun snavel in het eten staken.

Plotseling glijdt er een schaduw door de lucht, ik kijk op, het is een enorme vogel, hij komt op ons afgezeild, scheert langs het tafeltje met de

vogeltjes, grijpt er met zijn klauwen eentje beet en stijgt weer op.
Ik draaide me om naar Linda. Ze zat met halfopen mond naar de lucht te staren.
'Heeft een roofvogel net een van de mussen gepakt of heb ik dat gedroomd?' vroeg ik.
'Zoiets heb ik nog nooit gezien', zei Linda. 'Midden in de stad! Wat was het? Een arend? Een havik? Dat arme vogeltje!'
'Het moet een havik zijn geweest', zei ik lachend. Het voorval had me opgevrolijkt. Linda keek me met glimlachende ogen aan.
'Mijn opa van moederskant was kaal', zei ik. 'Hij had alleen nog een krans wit haar. Toen ik klein was beweerde hij altijd dat een havik het had gestolen. Deed voor hoe het dier zogenaamd zijn klauwen in zijn haar had gezet en ermee was weggevlogen. Het bewijs was de krans die nog over was. Ik heb dat een tijdje geloofd. Keek naar de hemel of ik hem zag. Maar hij liet zich nooit zien.'
'Tot nu!' zei Linda.
'Het is niet zeker of het dezelfde is, natuurlijk', zei ik.
'Nee', zei ze glimlachend. 'Toen ik vijf was had ik een kleine hamster in een kooitje. 's Zomers als we in ons zomerhuisje waren liet ik hem er altijd uit, ik zette het kooitje op het gazon en liet hem daar wat in het gras rondscharrelen. Op een ochtend terwijl ik op het terras naar hem stond te kijken, dook er plotseling een roofvogel naar beneden en hup, daar ging mijn hamster, de lucht in.'
'Echt waar?'
'Ja.'
'Wat erg!'
Ik lachte en schoof mijn bord weg, stak een sigaret op en leunde achteruit.
'Mijn opa had een geweer, herinner ik me. Het gebeurde wel dat hij op kraaien schoot. Eentje schoot hij slechts aan, dat wil zeggen, hij schoot het beest een poot af. Het overleefde en bevindt zich nog steeds op de boerderij. Volgens Kjartan in elk geval. Een kraai met één poot en een starende blik.'
'Fantastisch', zei Linda.

'Een soort kapitein Ahab onder de vogels', zei ik. 'En opa liep daar rond als de grote, witte walvis.'

Ik keek haar aan. 'Ach, het is jammer dat jij hem nooit hebt ontmoet. Je had hem gemogen.'

'Jij de mijne ook.'

'Jij was hier toen hij stierf, toch?'

Ze knikte. 'Hij kreeg een beroerte en ik ben meteen naar Norrland gegaan. Maar hij was al dood toen ik kwam.'

Ze pakte mijn pakje sigaretten en keek me aan, ik knikte, ze haalde er een uit.

'Maar ik had vooral een nauwe band met mijn oma van moeders kant', zei ze. 'Zij kwam altijd naar Stockholm om in te vallen. Het eerste wat ze deed was het hele huis schoonmaken. Ze bakte en kookte en hield ons gezelschap. Ze was ontzettend sterk.'

'Dat is je moeder ook.'

'Ja. Ze gaat warempel steeds meer op haar lijken. Ik bedoel, nadat ze is opgehouden met toneel en buiten de stad is gaan wonen, is het alsof ze plotseling het leven van toen weer heeft opgepakt. Verbouwt haar eigen groente, maakt alle gerechten helemaal zelf klaar, heeft víer vrieskisten vol eten dat in de aanbieding was. En dat het haar niet meer kan schelen hoe ze eruitziet, in elk geval met vroeger vergeleken!'

Ze keek me aan. 'Heb ik je verteld van die keer dat mijn oma een rood noorderlicht had gezien?'

Ik schudde mijn hoofd.

'Dat zag ze een keer toen ze alleen buiten was. De hele lucht was rood, het licht golfde heen en weer, het moet een prachtig gezicht zijn geweest, maar ook een beetje als bij het laatste oordeel. Toen ze terugkwam en het vertelde, geloofde niemand haar. Ze geloofde het zelf nauwelijks, een rood noorderlicht, wie heeft daar ooit van gehoord? Jij?'

'Nee.'

'Jaren later liep ik 's avonds laat een keer met mama in Humlegården. En toen zagen we het ook! Soms kun je hier het noorderlicht zien, niet zo vaak, maar het komt voor. En die avond was het rood! Mama belde oma zodra we thuiskwamen. Ze huilde ervan! Later heb ik er iets over gelezen en het bleek dat het door een zeldzaam meteorologisch fenomeen kwam.'

Ik boog over tafel en kuste haar.

'Wil je koffie?'

Ze knikte en ik ging naar binnen om twee koffie te kopen. Toen ik weer buitenkwam en het kopje voor haar neerzette, keek ze naar me op.

'Er schoot me net nog een merkwaardig verhaal te binnen', zei ze. 'Of misschien is het niet zo merkwaardig. Maar toen leek het dat wel. Ik was op een van de eilanden hier aan de scherenkust. Liep alleen door het bos. Boven me, niet echt hoog, vlak boven de boomtoppen, kwam een zeppelin aangezweefd. Dat had iets zo betoverends. Hij kwam uit het niets, zweefde boven het bos en verdween weer. Een zeppelin!'

'Ik ben altijd al in zeppelins geïnteresseerd geweest', zei ik. 'Vanaf dat ik klein was. Het was zo'n beetje het meest fantastische wat ik me kon voorstellen. Een wereld vol zeppelins! Ja, daar heb ik iets mee. Maar ik weet verdorie niet precies waarom. Wat denk jij?'

'Als ik het goed heb begrepen, was je geïnteresseerd in duikers, zeilboten, ruimtevaart en zeppelins toen je klein was. Zoiets vertelde je een keer, dat je duikers en astronauten en zeilboten tekende. Meer niet?'

'Nee, dat was het wel zo ongeveer.'

'Tja, wat moet je daarvan zeggen? Een wild verlangen ver weg te zijn? Duikers, dat is zo diep gaan als je kunt. Astronauten, dat is zo hoog komen als je kunt. Zeilboten, dat is iets ver achter de horizon. En zeppelins, dat is de wereld die nooit kwam.'

'Ja, dat klopt wel. Maar het was niets reusachtigs en overheersends, het was meer iets op de achtergrond, als je begrijpt wat ik bedoel. Als je klein bent, ben je immers vol van de wereld, daar draait alles om. Het is onmogelijk je ertegen te weren. En ook niet nodig. In elk geval niet altijd.'

'En nu?' vroeg ze.

'Wat en nu?'

'Verlang je er nu nog naar ver weg te zijn?'

'Ben je gek! Dit moet na de zomer dat ik zestien was de eerste keer zijn dat ik dat niet doe.'

We stonden op en liepen in de richting van de brug naar Djurgården.

'Wist je dat de eerste zeppelins niet bestuurd konden worden en dat ze als oplossing probeerden roofvogels af te richten, waarschijnlijk valken, maar misschien ook arenden, om met lange snoeren in hun snavel te vliegen?'

'Nee', zei ik. 'Het enige wat ik weet is dat ik van je hou.'

Ook deze nieuwe dagen, die op een heel andere manier dan die ervoor vol routines waren, vervulden me met een sterk gevoel van vrijheid. We stonden vroeg op, Linda fietste naar school, ik zat de hele dag te schrijven, als ik niet naar het Filmhuset ging om met haar te lunchen, en dan zagen we elkaar vroeg in de avond weer en brachten die samen door tot we naar bed gingen. In het weekend gingen we 's avonds ergens eten en dronken ons in de loop van de nacht een stuk in de kraag in de bar in de Folkoperaen, onze stamkroeg, of in Guldapan, een van onze andere favoriete kroegen, in het Folkhemmet of in de grote bar aan het Odenplan.

Alles was zoals het was geweest, maar tegelijkertijd ook weer niet, want onmerkbaar, zo onmerkbaar dat het bijna was alsof het niet gebeurde, kreeg ons leven iets mats. De gloed die ons zowel naar elkaar toe als de wereld in dreef, was niet meer even sterk. Soms was de stemming wat bedrukt, op een zaterdag werd ik wakker en stelde me voor hoe fijn het was geweest om een beetje alleen te zijn, naar een paar antiquariaten te gaan, ergens in een café de krant zitten lezen … We stonden op, gingen naar het dichtstbijzijnde café, bestelden een ontbijt, dat wil zeggen, pap, yoghurt, geroosterd brood, eieren, jus d'orange en koffie, ik zat de krant te lezen, Linda tuurde naar de tafel of keek om zich heen en zei ten slotte: moet je hier per se zitten lezen, kunnen we niet wat praten? Ja, natuurlijk, zei ik, ik sloeg de krant dicht en we praatten, het liep goed af, dat kleine zwarte vlekje in mijn hart was nauwelijks merkbaar, de vage wens om alleen te zijn en rustig te lezen zonder dat iemand iets van me vergde, verdween snel. Maar toen kwam het punt waarop het niet meer verdween, integendeel, het begon onderdeel uit te maken van de erop volgende situaties en handelingen. Als je werkelijk van me houdt, moet je geen eisen aan me stellen, dacht ik, maar ik zei het niet, ik wilde dat ze er zelf achter zou komen.

Op een avond belde Yngve, hij vroeg of ik met hem en Asbjørn mee kwam naar Londen, ik zei: ja, natuurlijk, dat komt goed uit. Toen ik ophing, keek Linda me vanaf de andere kant van de kamer aan.

'Wat was dat?' vroeg ze.

'Dat was Yngve. Hij vraagt of ik meekom naar Londen.'

'Je hebt toch niet ja gezegd?'

'Jawel. Had ik dat niet moeten doen?'

'Maar wij tweeën moeten toch samen op reis? Je kunt toch niet met hem op reis gaan voordat je met mij op reis bent geweest!'

'Waar heb je het over? Dat heeft toch niets met jou te maken?'

Ze keek weer in het boek dat ze aan het lezen was. Haar blik was donker. Ik wilde niet dat ze boos was. Het erbij laten was onmogelijk voor me, er moest duidelijkheid komen. 'Ik heb al ongelooflijk lang niets meer met Yngve ondernomen. Vergeet niet dat ik hier behalve jouw vrienden niemand ken. De mijne wonen in Noorwegen.'

'Yngve is hier toch pas nog geweest.'

'O, kom op.'

'Ga dan', zei ze.

'Oké', zei ik.

Later, toen we naar bed waren gegaan, bood ze haar excuses aan omdat ze zo zelfzuchtig was. Dat hinderde niet, zei ik. Het was een bagatel.

'Maar we zijn nog nooit zo lang van elkaar gescheiden geweest sinds we samen zijn', zei ze.

'Nee', zei ik. 'Dus dan wordt het misschien tijd.'

'Wat bedoel je?' vroeg ze.

'We kunnen de rest van ons leven toch niet zo dicht op elkaars lip zitten', zei ik.

'Ik vind dat we het goed hebben', zei ze.

'Ja, natuurlijk hebben we het goed', zei ik. 'Je begrijpt wel wat ik bedoel.'

'Natuurlijk doe ik dat', zei ze. 'Maar ik weet niet helemaal of ik het ermee eens ben.'

In Londen belde ik twee keer per dag en ik besteedde bijna al mijn geld aan een cadeau voor haar, ze zou een paar weken daarna dertig worden, terwijl het me anderzijds duidelijk werd, waarschijnlijk omdat ik mijn leven in Stockholm voor het eerst wat op afstand kreeg, dat ik wat meer zelfdiscipline aan de dag moest leggen als ik thuiskwam, harder moest werken, want niet alleen die hele lange zomer was vervlogen in geluk en innerlijke en uiterlijke ledigheid, ook september was voorbijgegaan zonder dat ik iets had gepresteerd. Het was vier jaar geleden dat ik debuteerde en behalve de achthonderd pagina's met diverse aanzetten die ik sinds die tijd bijeen had gegaard, was nergens een tweede boek te bekennen. Mijn debuutroman had ik 's nachts geschreven, ik was om een uur of acht 's avonds opgestaan en had tot de volgende ochtend gewerkt, en misschien was de vrijheid die daarin besloten lag, in die ruimte die de nacht opende, noodzakelijk om tot iets nieuws te komen. De laatste weken in Bergen en de eerste in Stockholm had het niet veel gescheeld, met het verhaal dat me had wakker geschud, over een vader die er op een zomernacht op uit trekt om krabben te vangen met zijn twee zoons, van wie ik er duidelijk een was, en waarin hij toen ik een dode meeuw vond die ik hem liet zien, zei dat meeuwen ooit engelen waren geweest, en we vertrokken met een emmer vol levende, rondscharrelende krabben op de doft. Geir Gulliksen had gezegd: 'Daar heb je het begin' en hij had gelijk, maar ik wist niet waar het toe leidde en daar had ik de laatste maanden op zitten ploeteren. Ik had geschreven over een vrouw op de kraamafdeling in de jaren veertig, het kind dat ze baarde was Henrik Vankels vader en het huis dat haar verwachtte toen ze thuiskwam, was oorspronkelijk een oud krot vol flessen geweest dat ze hadden afgebroken om een nieuw huis te bouwen. Maar het was niet echt, alles klonk vals, ik was het spoor bijster geraakt. Toen probeerde ik een andere richting in te slaan, naar hetzelfde huis, waar twee broers 's nachts in bed liggen, hun vader is dood, de een ligt naar de ander te kijken terwijl die slaapt. Dat klonk al net zo vals en mijn vertwijfeling groeide, zou ik überhaupt in staat zijn een tweede roman te schrijven?

De eerste maandag nadat ik uit Londen terug was, zei ik tegen Linda dat we elkaar de avond daarop niet konden zien, ik moest die nacht aan het werk. Dat was oké. Rond een uur of negen stuurde ze een sms, ik antwoordde, ze stuurde er nog een, was met Cora op stap, ze zaten in een café in de buurt een biertje te drinken, ik schreef dat ze ervan moest genieten en dat ik van haar hield, er gingen nog een paar sms'jes heen en weer, toen werd het stil en ik dacht dat ze naar huis was gegaan. Maar dat was ze niet, rond een uur of twaalf werd er op de deur geklopt.

'Ben jij dat?' zei ik. 'Ik zei toch dat ik moest schrijven?'

'Ja, maar je sms'jes waren zo lief en warm. Ik dacht dat je wilde dat ik kwam.'

'Ik moet aan het werk', zei ik. 'Serieus.'

'Dat begrijp ik', zei ze, ze had haar jas en schoenen al uit. 'Maar kan ik hier niet gewoon slapen terwijl jij aan het werk bent, dan?'

'Je weet dat ik dat niet kan. Ik kan niet eens schrijven met een kat in de kamer.'

'Je hebt het nog nooit met mij geprobeerd. Misschien heb ik een goede invloed!'

Hoewel ik kwaad was, lukte het me niet om nee te zeggen. Daar had ik het recht niet toe, want daarmee impliceerde ik dat dat ellendige manuscript waaraan ik bezig was, belangrijker was dan zij. Op dat moment was het dat ook, maar dat kon ik natuurlijk niet zeggen.

'Oké', zei ik.

We dronken thee en rookten een sigaret voor het open raam, toen kleedde ze zich uit en ging naar bed. Het was een kleine kamer, het bureau stond nog geen meter van het bed af, het was onmogelijk me te concentreren als zij er was en dat ze was gekomen hoewel ze wist dat ik dat niet wilde, riep een benauwd gevoel in me op. Anderzijds wilde ik niet ook naar bed gaan, haar laten winnen, dus na een half uur stond ik op en zei dat ik wegging, demonstratief, dat was mijn manier om te zeggen dat ik het niet accepteerde, en dus liep ik door de mistige straten in Söder rond, kocht een worstje bij een benzinestation, ging in het park tegenover mijn appartement zitten en rookte snel achter elkaar vijf sigaretten terwijl ik over de fonkelende stad onder me uitkeek en me afvroeg wat er in godsnaam aan de hand was. Hoe was ik hier verdomme in verzeild geraakt?

De volgende nacht werkte ik tot 's ochtends, ik sliep de hele dag, was een paar uur bij Linda, ging weer weg en schreef de hele nacht, sliep weer en werd 's middags door haar gewekt, ze wilde praten. We maakten een wandeling.

'Wil je niet meer dat we samen zijn?' vroeg ze.

'Jawel, natuurlijk wel', zei ik.

'Maar we zijn toch niet samen. We zien elkaar nooit.'

'Ja, maar ik moet aan het werk. Dat begrijp je toch wel?'

'Nee, niet dat je 's nachts moet werken. Ik hou van je en dan wil ik bij je zijn.'

'Ik moet aan het werk', zei ik weer.

'Oké', zei ze. 'Als je daarmee doorgaat, is het uit.'

'Dat meen je niet.'

Ze keek me aan.

'En of ik dat verdomme meen. Test maar uit.'

'Je kunt niet op die manier over mij beslissen', zei ik.

'Ik beslis niet over je. Het is een redelijke eis. We gaan met elkaar en dan wil ik niet de hele tijd alleen zijn.'

'De hele tijd?'

'Ja. Ik maak het uit als je daar niet mee ophoudt.'

Ik slaakte een zucht.

'Zo verdomd belangrijk is het nu ook weer niet', zei ik. 'Oké, dan.'

'Fijn', zei ze.

De volgende dag had ik het er met Geir over aan de telefoon, hij zei: christus, ben je gek, man? Je bent toch schrijver, verdorie! Je kunt je toch door anderen niet laten vertellen wat je moet doen! Nee, zei ik, maar daar gaat het niet echt om. Dat is wat het kost. Wat wát kost? vroeg hij. De relatie, zei ik. Dat begrijp ik niet, zei hij. Juist op dat punt moet je hard blijven. Verder kun je compromissen sluiten, alleen op dat punt niet. Maar ik ben een slappeling zoals je weet, zei ik. Een grote slappeling, zei hij lachend. Maar het is jouw leven.

September verstreek, de bladeren aan de bomen kleurden geel, kleurden rood, vielen af. Het blauw van de hemel werd dieper, de zon zakte, de lucht was helder en koud. Midden oktober trommelde Linda al haar vrienden bijeen in een Italiaans restaurant in Söder, ze werd dertig en was van een innerlijk licht vervuld dat haar deed stralen en mij trots maakte:

ik had een relatie met haar. Trots en dankbaar, dat was het gevoel dat ik had. De stad lag fonkelend om ons heen toen we naar huis liepen, zij in de witte jas die ik haar die ochtend cadeau had gedaan, en het idee daar zo te lopen, hand in hand met haar, midden in die mooie, mij ook nu nog vreemde stad, deed me huiveren van vreugde. We waren nog steeds vol ijver en begeerte, want er had in ons leven een ommekeer plaatsgevonden, niet zomaar lichtjes als bij een langsstrijkende wind, maar fundamenteel. We waren van plan een kind te krijgen. Dat ons iets anders wachtte dan geluk, daar hadden we geen idee van. Ik in elk geval niet. Over dergelijke vragen, die niet met filosofie, literatuur, kunst of politiek te maken hebben, maar puur en alleen het leven betreffen zoals het wordt geleefd, in mij en om mij heen, denk ik nooit na. Ik voel, en mijn gevoelens bepalen mijn handelen. Hetzelfde gold voor Linda, misschien in nog grotere mate zelfs.

Rond diezelfde tijd werd mij gevraagd of ik les wilde geven op de schrijversschool in Bø, dat was nog nooit eerder gebeurd, maar Thure Erik Lund zou een cursus van twee weken leiden en hem was verzocht om zelf de andere schrijver te kiezen met wie hij les wilde geven. Linda vond twee weken lang, ze wilde niet zo lang zonder me zijn en ik dacht: het ís ook lang, ze kan hier toch niet de hele tijd in Stockholm zitten terwijl ik in Noorwegen aan het werk ben. Anderzijds wilde ik het wel. Met schrijven kwam ik nog steeds geen stap verder, ik moest iets anders doen en Thure Erik was een van de schrijvers die ik het meest waardeerde. Ik had het er op een avond met mijn moeder over aan de telefoon, zij was van mening dat Linda toch wel een paar weken alleen kon zijn zolang we nog geen kinderen hadden? Het is toch je werk, zei ze. Daar had ze natuurlijk gelijk in. Een klein stapje opzij en alles werd duidelijk. Maar dat stapje nam ik bijna nooit. Linda en ik leefden te dicht op elkaar, in meer dan één opzicht: Linda's appartement in Zinkensdamm was donker en klein, anderhalve kamer was alles wat we daar hadden en het was alsof het leven er ons langzaam opslokte. Wat vroeger zo open was, begon dicht te trekken, onze levens waren zo lang één geweest dat ze begonnen te verkrampen en er wrijving ontstond. Er was sprake van kleine incidenten, op zich niet van betekenis, maar samen vormden ze een patroon, een nieuw systeem dat zich begon te ontwikkelen.

Toen ze een keer laat op een avond bij het benzinestation bij Slussen een opdracht voor school moest uitvoeren, ging ik met haar mee, plotseling draaide ze zich om en schold me uit vanwege een bagatel, zei dat ik de pot op kon; ik vroeg waar ze mee bezig was, ze gaf geen antwoord, liep al tien meter voor me uit. Ik liep achter haar aan.

Op een middag deden we boodschappen in de markthal op de Hötorg voor een etentje dat we met twee van haar vrienden, Gilda en Kettil, zouden hebben en toen stelde ik voor dat we pannenkoeken zouden eten. Ze keek me schamper aan. Pannenkoeken is iets voor kinderen, zei ze. We hebben geen kinderpartijtje. Oké, zei ik, dan noemen we het crêpes. Is dat goed genoeg? Ze draaide zich om.

In het weekend wandelden we door die mooie stad en alles was in orde, maar opeens was alles niet meer in orde, dan opende zich een duistere afgrond in haar, en ik wist niet wat ik moest doen. Voor het eerst sinds ik in Stockholm was, dook het gevoel weer op dat ik overal alleen voor stond.

Die herfst had ze een terugslag. En ze strekte haar armen naar mij uit. Ik begreep niet wat er aan de hand was. Maar het werd zo claustrofobisch dat ik me van haar afwendde, probeerde afstand te scheppen, die zij probeerde te overbruggen.

Ik vertrok naar Venetië, verbleef in een appartement waar de uitgeverij over beschikte om te schrijven, Linda zou ook een weekje komen, daarna zou ik nog een paar dagen blijven voordat ik naar huis kwam. Ze was zo somber, zo zwaarmoedig, ze had het er alleen maar over dat ik niet van haar hield, dat ik eigenlijk niet van haar hield, dat ik haar niet wilde, haar eigenlijk niet wilde, dat dit nooit iets werd, nooit iets kón worden, ik wilde het eigenlijk niet, wilde háár niet.

'Maar dat wil ik wél!' zei ik terwijl we in de herfstkilte door Murano liepen, onze ogen verborgen achter een zonnebril. Aan de andere kant werd het elke keer als zij zei dat ik eigenlijk niet van haar hield, dat ik eigenlijk geen relatie met haar wilde, dat ik de hele tijd alleen wilde zijn, in mijn eentje, een beetje meer waar.

Waar kwam die vertwijfeling van haar vandaan?

Bracht ik die met me mee?

Was ik echt een kil persoon?

Dacht ik echt alleen aan mezelf?

Ik wist niet langer wat me te wachten stond als mijn werkdag erop zat en ik thuiskwam. Was ze blij, zou het een goede avond worden? Zou ze ergens boos om zijn, bijvoorbeeld omdat we niet langer elke avond vreeën en ik dus niet meer zo veel van haar hield als daarvoor? Zouden we in bed naar de tv zitten kijken? Een wandeling maken naar Långholmen? En zou ik dan bijna worden verslonden door haar eisen om me helemaal te bezitten zodat ik haar juist op afstand hield en de gedachte dat hier een eind aan moest komen, dat dit niet ging, maar door mijn hoofd bleef malen zodat elk gesprek, elke toenadering onmogelijk werd, iets wat zij natuurlijk merkte en als bewijs beschouwde voor haar allesoverheersende gedachte, namelijk dat ik haar niet wilde?

Of zouden we het misschien gewoon fijn hebben samen?

Ik werd steeds geslotener en hoe geslotener ik werd, hoe meer zij toesloeg. En hoe meer zij toesloeg, hoe meer oog ik kreeg voor de schommelingen in haar humeur. Ik observeerde haar als een meteoroloog van het gemoed, niet zozeer met mijn verstand als wel met mijn gevoelens, die haar bijna beangstigend nauwlettend in haar verschillende stemmingen volgden. Als ze boos was, nam dat volledig bezit van me, het kwam zo dichtbij. Het was alsof er een grote rothond in de kamer stond te grommen waar ik me over moest ontfermen. Soms als we zaten te praten, werd ik haar kracht gewaar, de diepte van haar ervaringen, en dan voelde ik me haar mindere. Soms als zij toenadering zocht en ik met haar sliep, of als ik gewoon met haar in mijn armen lag, of als we praatten en zij vol onzekerheid en onrust was, voelde ik me zo veel sterker dat de rest er niet meer toe deed. Dat heen en weer slingeren, waarin niets vastlag en waarin voortdurend van uitbarstingen in de een of andere richting sprake kon zijn, waarna we ons elke keer weer verzoenden en het goedmaakten, ging continu door, er bestonden geen pauzes, en het gevoel ook samen met haar alleen te zijn werd sterker.

In de korte tijd dat we elkaar kenden, hadden we nooit iets halfhartigs gedaan, ook dit niet.

Op een avond toen we ruzie hadden gehad en ons daarna weer hadden verzoend, kregen we het over het kind. We hadden besloten er een te krijgen terwijl Linda haar opleiding volgde, ze kon een onderbreking van een half jaar inlassen en daarna kon ik de zorg overnemen terwijl zij haar studie afmaakte. Om zwanger te kunnen worden, moest ze stoppen met haar medicijnen en daar werkte ze intussen naar toe: de artsen waren er niet zo voor, maar haar therapeut ondersteunde haar en als puntje bij paaltje kwam, was het uiteindelijk haar eigen beslissing.

Daar hadden we het bijna elke dag over.

Nu zei ik dat we het misschien maar moesten uitstellen.

Behalve het licht van de tv, die in een hoek aanstond zonder geluid, was het volkomen donker in het appartement. Het herfstduister hing als de zee voor de ramen.

'Misschien moeten we het een poosje uitstellen', zei ik.

'Wat zeg je nu?' vroeg Linda en ze staarde me aan.

'We kunnen toch nog even wachten, kijken hoe het gaat. Je kunt eerst je opleiding afmaken ...'

Ze kwam overeind en sloeg me uit alle macht met vlakke hand in mijn gezicht.

'Nooit van mijn leven!' riep ze.

'Wat doe je nou?' vroeg ik. 'Ben je gek geworden? *Sla je me?*'

Mijn wang gloeide, het was echt een harde klap.

'Nu ga ik ervandoor', zei ik. 'En ik kom nooit meer terug. Dat kun je vergeten.'

Ik draaide me om en liep naar de gang, pakte mijn jas van het haakje. Achter me huilde ze hartverscheurend snikkend.

'Niet weggaan, Karl Ove', zei ze. 'Laat me niet alleen nu.'

Ik draaide me om. 'Denk je dat je kunt doen wat je wilt? Denk je dat?'

'Vergeef me', zei ze. 'Maar blijf. Alleen vannacht.'

Ik bleef in het donker bij de deur staan en keek haar aarzelend aan.

'Oké', zei ik. 'Vannacht blijf ik. Maar dan ben ik weg.'

'Dank je', zei ze.

Rond een uur of zeven de volgende ochtend werd ik wakker en ik verliet haar appartement zonder te ontbijten, ging naar het mijne, dat ik nog steeds had. Ik nam een kop koffie mee naar het dakterras, zat daar te roken en over de stad uit te kijken terwijl ik me afvroeg wat ik nu moest doen.

Een relatie met haar was uitgesloten. Dat ging niet.

Ik belde Geir met mijn mobieltje, vroeg of hij meekwam naar Djurgården, het was een beetje belangrijk, ik moest met iemand praten. Jawel, dat kon, hij moest alleen eerst iets afmaken, we konden afspreken bij de brug bij het Nordiska-museum en dan naar de andere kant lopen, daar was een restaurant waar we konden lunchen. Zo gebeurde het, daar liepen we, onder de leigrijze hemel, tussen de bladerloze bomen, op een pad bezaaid met rode, gele en bruine bladeren. Ik vertelde niets van wat er was gebeurd, dat was te vernederend, dat ze me had geslagen kon ik niemand vertellen, want wat zei dat over mij? Ik zei alleen dat we ruzie hadden gehad en dat ik niet meer wist wat ik moest doen. Hij zei dat ik naar mijn gevoel moest luisteren. Ik zei dat ik niet wist wat ik voelde. Hij zei, dat doe je vast wel.

Maar dat deed ik niet. Ik koesterde twee verschillende soorten gevoelens voor haar. Het ene zei: je moet ervandoor, ze wil te veel van je, je zult al je vrijheid verliezen, al je tijd aan haar besteden en hoe moet het dan met alles wat zo belangrijk voor je is, je zelfstandigheid, je schrijven? Het andere zei: je houdt van haar, ze geeft je iets wat niemand anders je kan geven en ze weet wie je bent. Weet precies wie je bent. Beide klopten in gelijke mate, maar ze waren niet in overeenstemming met elkaar te brengen, het ene sloot het andere uit en omgekeerd.

Die dag had de gedachte ervandoor te gaan voorrang.

Toen Geir en ik in de ondergrondse richting Västertorp stonden, belde ze. Ze vroeg of ik die avond bij haar wilde komen eten, ze had krabben gekocht, het lekkerste wat ik kende. Ik zei ja, we moesten sowieso met elkaar praten.

Ik belde aan hoewel ik een sleutel had, ze deed open en keek me met een voorzichtige glimlach aan.

'Hoi', zei ze.

Ze droeg die witte bloes die ik zo mooi vond.

'Hoi', zei ik.

Met haar ene hand maakte ze een gebaar alsof ze me wilde omhelzen, maar toen bleef hij stil in de lucht hangen, in plaats daarvan deed ze een stap achteruit.

'Kom binnen', zei ze.

'Dank je', zei ik. Ik hing mijn jas aan een haakje, mijn lichaam enigszins van haar afgewend. Toen ik me omdraaide, ging ze op haar tenen staan en we omhelsden elkaar.

'Heb je honger?' vroeg ze.

'Ja, nogal', zei ik.

'Dan beginnen we.'

Ik liep achter haar aan naar de tafel, die stond onder het raam, aan de muur tegenover het bed. Ze had er een wit tafellaken op gelegd en tussen de twee borden en de glazen twee flesjes bier neergezet en een kandelaar met drie brandende kaarsen, waarvan de vlammetjes flakkerden in de tocht. Verder stonden er een schaal krabben, een mandje stokbrood, boter, citroen en mayonaise.

'Het bleek dat ik niet zo veel verstand had van krabben', zei ze. 'Ik had geen idee hoe ik ze moest openmaken. Maar ik dacht dat jij dat wel zou weten.'

'Zo ongeveer', zei ik.

Ik brak de pootjes eraf, spleet de schaal open en haalde het vlees eruit terwijl zij de flesjes openmaakte.

'En, wat heb jij vandaag gedaan?' vroeg ik en ik gaf haar de ene schaal, die bijna helemaal vol was.

'Ik moest er niet aan denken naar school te gaan, dus ik heb Mikaela gebeld en samen met haar geluncht.'

'Heb je verteld wat er gebeurd is?'

Ze knikte.

'Dat je me hebt geslagen?'

'Ja.'

'Wat zei ze?'

'Niet zo veel. Ze luisterde.'

Ze keek me aan: 'Kun je me vergeven?'

'Natuurlijk. Ik begrijp alleen niet waarom je dat hebt gedaan. Hoe je zo de controle over jezelf kunt verliezen. Want ik ga ervan uit dat je het

niet wilde. Ik bedoel, als je er even bij had nagedacht.'
'Karl Ove', zei ze.
'Ja?' zei ik.
'Het spijt me heel erg. Echt heel erg. Maar wat je zei trof me zo hard. Voordat ik jou ontmoette, waagde ik het niet eens eraan te denken dat ik ooit kinderen zou kunnen krijgen. Onmogelijk. Zelfs toen ik verliefd op je werd niet. En toen zei jij het. Jij zei het, weet je nog? Die allereerste ochtend. Ik wil kinderen met je. En ik was zo blij. Ik was zo volkomen ongelooflijk, waanzinnig blij. Gewoon omdat de mogelijkheid bestond. Jij schonk me de mogelijkheid. En toen ... gister ... nou ja, het was alsof je het terugnam. Je zei dat we misschien moesten wachten. Dat trof me zo hard, dat was zo verpletterend, en toen ... ja ... toen verloor ik mijn zelfbeheersing.'

Haar ogen stonden vol tranen terwijl ze de krab boven haar brood hield en probeerde het vlees er met een mes langs de kant uit te wippen.

'Kun je dat begrijpen?' vroeg ze.

Ik knikte.

'Natuurlijk. Maar je kunt je niet zomaar alles veroorloven, hoe sterk je gevoelens ook zijn. Dat gaat niet. Verdomme, zeg. Dat gaat gewoon niet. Zo kan ik niet leven. Het gevoel dat je je tegen me keert en erop los slaat. Dat gaat niet, daar kan ik niet mee leven. Wij tweeën moeten elkaar toch steunen? We kunnen toch elkaars vijanden niet zijn, dat kan ik niet aan, dat kan ik niet opbrengen. Dat gaat niet, Linda.'

'Nee', zei ze. 'Ik zal me beheersen. Ik beloof het.'

We zaten een poosje stil te eten. Op het moment dat een van ons over een gewoon, alledaags onderwerp begon, zou dat wat er gebeurd was, verleden tijd zijn.

Dat wilde ik, en toch ook weer niet.

Het krabbenvlees op het brood was zowel glad als ribbelig, zag rood-bruin als afgevallen bladeren en die zilte, bijna een beetje bittere smaak van zee verzacht door het zoet van de mayonaise, maar tegelijkertijd versterkt door het citroensap, nam een moment al mijn zinnen in beslag.

'Smaakt het?' vroeg ze en ze glimlachte naar me.

'Ja, hartstikke lekker', zei ik.

Wat ik die keer tegen haar had gezegd, die eerste ochtend dat we samen wakker werden, was niet zomaar iets geweest wat ik had gezegd, maar iets wat ik met mijn hele wezen had gevoeld. Ik wilde kinderen met haar. Dat had ik nog nooit eerder gehad. En het feit dat ik daar zo vol van was, overtuigde me ervan dat het goed was, dat dit goed was.

Maar tot elke prijs?

Mijn moeder kwam naar Stockholm, ik stelde haar in een restaurant aan Linda voor, het leek goed te gaan, Linda straalde, tegelijkertijd verlegen en open, terwijl ik de hele tijd haar en mama's reactie in de gaten hield. Mama zou in mijn appartement overnachten, bij de deur zei ik welterusten, zij ging naar binnen en ik holde naar Linda's appartement, dat daar tien minuten vandaan lag. De volgende dag, toen ik mama ophaalde om in een café te gaan ontbijten, vertelde ze dat het haar niet was gelukt licht te maken in het portiek en dat ze daardoor pas een uur later de deur had weten open te krijgen.

'Het ging uit terwijl ik midden op de trap was', zei ze. 'Zomaar vanzelf. Ik zag geen hand voor ogen.'

'Dat zijn de Zweden, die sparen energie', zei ik. 'Ze gaan nooit een kamer uit zonder het licht uit te doen. En in alle gemeenschappelijke ruimtes zijn automatische schakelaars. Maar waarom heb je het dan niet weer aangedaan, als ik vragen mag?'

'Het was toch veel te donker om de schakelaar te vinden.'

'Maar de schakelaars zijn toch lichtgevend?'

'Waren dát de schakelaars?!' zei ze. 'Ik dacht dat dat het brandalarm was of zoiets.'

'En je aansteker?' vroeg ik.

'Ja, op dat idee kwam ik uiteindelijk ook. Ik was zo wanhopig dat ik op de tast naar beneden ben gegaan om een sigaret op te steken en toen bedacht ik dat plotseling. Dus toen ben ik weer naar boven gegaan, heb het slot bijgelicht en wist binnen te komen.'

'Echt iets voor jou', zei ik.

'Misschien wel', zei ze. 'Maar het is een ander land, daar ligt het aan.

Die kleine dingen die anders zijn.'
'En, wat vind je van Linda?'
'Een geweldige meid', zei ze.
'Ja, nietwaar?' zei ik.
Het was niet zo vanzelfsprekend dat ze dat zei. Nou ja, ik twijfelde er niet aan dat ze Linda eventueel zou mogen, het was meer dat ik net een langdurige relatie achter me had. Getrouwd was geweest zelfs. Tonje had deel uitgemaakt van de familie, zo simpel was het. En hoewel onze relatie voorbij was, waren de gevoelens die mama voor haar koesterde, niet voorbij. Yngve vond het echt triest dat ze er niet meer was, en mama misschien ook wel. Aan het eind van de zomer, nadat Tonje en ik onze spullen hadden verdeeld – volkomen onproblematisch, we waren heel lief voor elkaar en de enige keer dat er iets als verdriet in me opkwam, was toen ik in de kelder stond om wat te pakken en het plotseling uitsnikte: we hadden ons leven gedeeld, dat was nu voorbij –, na de dagen daar, die zo conflictvrij waren verlopen, vertrok ik naar Jølster, naar mama, met onze kat, die zij zou overnemen. Bij die gelegenheid vertelde ik over Linda. Het was duidelijk dat het mama niet beviel, maar ze zei niets. Een half uur later ontviel haar een opmerking, waardoor ik haar onderzoekend aankeek. Het was niets voor mama om zoiets te zeggen. Ze zei dat ik andere mensen niet zag, dat ik volkomen blind was en alleen overal mezelf zag. Je vader, zei ze toen, die keek rechtstreeks in de ziel van andere mensen. Hij zag onmiddellijk wie ze waren. Dat heb jij nooit gehad. Nee, zei ik, dat is mogelijk.

Ze had beslist gelijk, maar dat was niet zo belangrijk, belangrijk was enerzijds dat ze papa, die vreselijke man, hoger aansloeg dan mij, anderzijds dat ze dat had gedaan omdat ze kwaad op me was. En dat was nieuw, mama was nooit kwaad op me.

In die tijd verkeerden Linda en ik nog steeds in al dat lichte en dat moet ze hebben gezien, dat ik straalde van verliefdheid en van levensvreugde.

In Stockholm, een klein half jaar later, was alles anders. Mijn ziel was murw en onze verhouding was zo claustrofobisch en somber dat ik eruit wilde stappen, maar dat kon ik niet, ik was te zwak, ik dacht aan haar, had medelijden met haar, zonder mij zou ze te gronde gaan, ik was te zwak, ik hield van haar.

Toen kwamen de lunches in het Filmhuset, waar we over van alles en nog wat zaten te praten, ijverig gesticulerend, of thuis in het appartement, of ergens in een café, er viel zo veel te vertellen, er viel zo veel te verhullen, niet alleen over en uit mijn leven en haar leven zoals het was geweest, maar ook over en uit ons leven zoals het nu was, met alle mensen die het bevolkten. Vroeger had ik altijd diep in mezelf verkeerd, de mensen van daaruit gadegeslagen, als vanuit de verborgenheid van een tuin. Linda trok me eruit, helemaal naar de rand van mezelf, waar alles dichtbij was en alles sterker overkwam. Toen kwamen de films in de Cinematek, de nachten in de stad, de weekends bij haar moeder in Gnesta, de rust daar in het bos, waar ze er af en toe uitzag als een klein meisje en zichzelf in al haar kwetsbaarheid toonde. En toen kwam de reis naar Venetië, ze gilde het uit dat ik niet van haar hield, telkens en telkens weer gilde ze dat uit. 's Avonds dronken we tot we stomdronken waren en vreeën we met een heftigheid die nieuw was, vreemd en beangstigend, niet daar en op dat moment, maar de volgende dag als ik eraan terugdacht, het was alsof we elkaar wilden kwetsen. Toen ze weg was, kon ik het nauwelijks opbrengen naar buiten te gaan, ik probeerde op de zolder van het appartement te schrijven, wist me slechts met moeite die paar honderd meter naar de kruidenier en weer terug te slepen. De muren waren koud, de stegen leeg, de kanalen vol op doodskisten lijkende gondels. Wat ik zag was dood, wat ik schreef waardeloos.

Op een dag terwijl ik daar zo zat, alleen in dat kille Italiaanse appartement, moest ik opeens denken aan wat Stig Sæterbakken had gezegd, die avond toen het aan raakte tussen Linda en mij. Dat hij in zijn volgende roman wilde proberen een beetje meer te schrijven zoals ik.

Plotseling gloeide ik van schaamte.

Dat had hij ironisch bedoeld en ik had dat niet begrepen.

Ik had gedacht dat hij het méénde.

O, hoe verwaand moest je niet zijn om zoiets te denken? Hoe verdomd idioot kon je worden? Bestonden er geen grenzen?

Snel stond ik op, ik haastte me de trap af, trok mijn jas aan en dwaalde een uur lang rond door de steegjes langs de kanalen in een poging om de enorme verbittering ten opzichte van mezelf, die in het besef van de ironie van Sæterbakken steeds weer als een golf over me heen spoelde, te verzachten onder invloed van de schoonheid van het smerige diepgroene water, van de eroude stenen muren, van de pracht van die hele scheefgezakte en failliete wereld.

Op een groot plein, waar je zomaar opeens op uitkwam, ging ik ergens zitten en bestelde een kop koffie, ik stak een sigaret op en bedacht ten slotte dat het misschien allemaal niet zo heel erg was.

Ik bracht het kleine kopje met mijn wijs- en middelvinger, die in verhouding bijna monsterlijk groot leken, naar mijn lippen, leunde achteruit op mijn stoel en keek naar de hemel. In het labyrintische netwerk van straten en kanalen viel die me nooit op, het was net alsof je onder de grond rondliep. Als die nauwe straatjes op markten en pleinen uitkwamen en plotseling de hemel zich boven de daken van de huizen en de kerktorens uitstrekte, kwam dat altijd als een verrassing. Dat is ook zo: de hemel bestaat! De zon bestaat! Dan was het alsof ook ik me opende, alsof het lichter en luchtiger in me werd.

Voor zover ik wist kon Sæterbakken mijn enthousiaste antwoord óók ironisch hebben opgevat.

Later die herfst daalde opeens de temperatuur, alle wateren in Stockholm vroren dicht, op een zondag liepen we over het ijs van Söder naar Gamla Stan, ik strompelend als de klokkenluider van de Notre Dame, zij lachte, maakte foto's van me en ik maakte foto's van haar, alles was helder en scherpomlijnd, ook mijn gevoelens voor haar. We lieten de foto's ontwikkelen en bekeken ze terwijl we in een café zaten, holden vandaar naar huis om te vrijen, huurden twee films, kochten een pizza, lagen de hele avond in bed. Dat was een van die dagen die ik me altijd zal blijven herinneren, misschien omdat juist het doodnormale en triviale zo'n glans had.

De winter brak aan en bracht wervelende sneeuw in de lucht boven de stad met zich mee. Witte straten, witte daken, alle geluiden gedempt. Op een avond toen we zomaar doelloos in al dat wit rondliepen en misschien uit gewoonte in de buurt van de rotswand uitkwamen, langs de top waarvan de Bastugata liep, vroeg ze waar ik eigenlijk van plan was Kerst te vieren. Ik zei: thuis, bij mijn moeder in Jølster. Dat wilde zij ook. Ik zei dat dat niet ging, dat was te vroeg. Waarom was dat te vroeg? Dat begrijp je toch wel? Nee, dat begrijp ik niet. Dan niet.

Het liep op ruzie uit. Razend zaten we bij Bishop Arms elk met een glas bier voor ons, zonder een woord te zeggen. Ter compensatie was mijn kerstcadeau voor haar een geheime reis: toen ik de dag na Kerstmis terugkwam, vertrokken we naar het vliegveld, ze wist niet waar we heen gingen tot ik haar een ticket naar Parijs gaf. We zouden er een week blijven. Maar Linda werd bang, de grote stad overweldigde haar, ze was boos om niets en constant onredelijk. Toen we de eerste avond ergens zaten te eten en ik me schaamde voor de kelner omdat ik niet precies wist hoe ik me in een chic restaurant moest gedragen, keek ze me met een blik vol verachting aan. O, het was hopeloos. Waar was ik in verzeild geraakt? Wat was mijn leven aan het worden? Ik had zin om te winkelen, maar ik begreep dat dat niet ging, ze had daar sowieso al een hekel aan en nu helemaal, en aangezien alleen zijn voor haar het ergste was wat er bestond, liet ik het plan varen. Soms begonnen de dagen goed, zoals toen we naar de Eiffeltoren gingen, het bouwwerk met de sterkste negentiende-eeuwse uitstraling dat ik ooit had gezien, en dan konden ze opeens omslaan in zwartgalligheid en onredelijkheid, of ze begonnen slecht en eindigden goed, zoals toen we een vriendin van Linda bezochten die in Parijs woonde, vlak bij de begraafplaats waar Marcel Proust lag en waar we daarna heen gingen. En op oudejaarsavond, toen we dankzij een tip van mijn francofiele vriend in Bergen, Johs, in een intiem, chic restaurant belandden en op alle mogelijke manieren werden onthaald: we zaten er te stralen als in oude tijden, dat wil zeggen, een half jaar daarvoor, tot we een uur nadat het nieuwe jaar was begonnen, hand in hand langs de Seine liepen op weg naar het hotel. Wat het ook was wat haar in Parijs zo bedrukt had, het verdween op hetzelfde moment dat we op het vliegveld kwamen om naar huis te gaan.

De eigenares van het appartement dat ik huurde, wilde het verkopen, dus een van de eerste dagen van januari verhuisde ik al mijn spullen, dat wil zeggen al mijn boeken, naar een magazijn buiten de stad, ik maakte schoon en gaf de sleutel af terwijl Linda bij haar vrienden navraag deed of ze ergens een kantoor wisten, en warempel, Cora kende een soort collectief van freelancers. Ze zaten op de bovenste verdieping van het slotachtige gebouw dat bovenaan op de kleine heuveltop aan de ene kant van Slussen troonde, slechts honderd meter van mijn vroegere appartement vandaan, en daar kreeg ik een kamer waar ik overdag kon zitten werken. Het was een nieuw begin, ik voegde mijn laatste honderd pagina's toe aan het intussen omvangrijke bestand met probeersels en begon opnieuw. Deze keer pakte ik het kleine engelenmotief op. Ik kocht een van die goedkope boeken over een bepaald onderwerp in de kunst, vol afbeeldingen van engelen waarvan een mijn belangstelling wekte, daarop waren drie engelen te zien die in een Italiaans landschap liepen, in zestiende-eeuwse kledij. Ik schreef over iemand die hen daar zag lopen, een jongen, hij hoedde een paar schapen, er was er een verdwenen en terwijl hij tussen de bomen naar het dier op zoek was, zag hij het drietal. Het was een zeldzame aanblik, maar niet geheel ongebruikelijk, de engelen huisden in de bossen en aan de rand van de gebieden waar de mens actief was, en dat deden ze al zolang men zich kon herinneren. Verder kwam ik niet. Wat was het verhaal?

Dit had niets met mij te maken, het bevatte niets uit mijn leven, bewust of onbewust, en dat betekende dat ik er niets mee had en er verder niets mee kon. Ik had net zo goed over het Fantoom en de Schedelgrot kunnen schrijven.

Waar was het verhaal?

De ene zinloze werkdag volgde op de andere. Ik had echter geen andere keus dan door te gaan, er zat niets anders op. De anderen die er werkten, waren best aardig, maar zaten zo vol links-radicale goedheid dat ik met open mond stond te kijken toen ik er opeens achter kwam dat de man die hun kantoor, hun keuken en hun wc voor hen schoonmaakte, zwart was: toen ik een keer in een gesprek met een van hen terwijl we zaten te wachten tot de koffie klaar was, het woord 'neger' had gebruikt, werd ik onmiddellijk gecorrigeerd. Ze waren solidair en geëmancipeerd en beheersten hun taal, die als een sluier over de werkelijkheid lag terwijl hij daaronder zijn onrechtvaardige en discriminerende gang ging. Maar dat mocht ik niet zeggen. Er werd twee keer ingebroken: toen ik op een ochtend aankwam, was de politie er om navraag te doen, er was computer- en telefoonapparatuur gestolen. Aangezien de buitendeur niet was opengebroken, maar alleen die naar onze kantoren, concludeerden ze dat het iemand moest zijn geweest die een sleutel had. Vervolgens bleven we over het gebeuren zitten napraten. Ik zei dat het toch voor de hand lag. In de verdieping eronder huisden anonieme drugsverslaafden. Vast een van hen die de sleutel had weten te bemachtigen. Ze keken allemaal naar me. Dat kun je niet zeggen, zei iemand. Ik keek hem niet-begrijpend aan. Dat is een vooroordeel, zei hij. We weten immers niet wie het heeft gedaan. Het kan wie dan ook zijn. Alleen omdat ze aan drugs verslaafd zijn en een moeilijke achtergrond hebben, wil dat nog niet zeggen dat ze hier inbreken! We moeten hun toch een kans geven! Ik knikte en zei dat hij gelijk had, zeker wisten we het niet natuurlijk. Maar inwendig was ik geschokt. Ik had dat zootje voor en na hun vergaderingen in het portiek rond zien hangen, die waren voor geld tot alles in staat, dat was verdomme geen vooroordeel, het lag er godsklere duimendik bovenop.

Dit was het Zweden waar Geir het over had gehad. En op dat moment miste ik hem, het was een verhaal naar zijn hart. Maar hij zat in Bagdad.

In die periode kreeg ik voortdurend bezoek uit Noorwegen, de een na de ander richtte zijn schreden naar Stockholm, ik liet hun de stad zien, ze ontmoetten Linda, we aten ergens, gingen op stap en dronken een stuk in onze kraag. Een weekend aan het eind van de winter zou Thure Erik komen met die oude kar van hem waarmee hij, als je hem mocht geloven, ooit door de Sahara was gereden om nooit meer terug te keren naar Noorwegen. Dat had hij gedaan en daar had hij een roman geschreven die heel veel voor mij betekende, *Zalep*, en die ik zo goed vond omdat er zo radicaal in werd gedacht, zo anders dan al het andere wat in Noorse romans wordt gedacht, omdat het zo compromisloos was en omdat de taal zo uniek was, zo heel eigen. Het merkwaardige was hoeveel van die taal bij zijn karakter bleek te passen of ermee in overeenstemming was, iets wat ik de eerste keer dat ik hem ontmoette niet had ontdekt, want dat was een uiterst oppervlakkige ontmoeting geweest op een avond in Kunstnernes Hus in Oslo, maar wel de tweede, de derde en de vierde keer en vooral die weken dat we elk in een huisje op een winters verlaten camping in Telemark doorbrachten, met vlakbij de ruisende rivier en boven ons een nachtelijk hemelgewelf vol sterren. Hij was een reusachtige kerel met enorme knuisten en een knoestig gezicht en hij had levendige ogen die altijd duidelijk verraadden in wat voor stemming hij verkeerde. Aangezien ik de romans die hij schreef bewonderde, kostte het me moeite met hem te praten, alles wat ik zei was immers dom, stond in geen vergelijk met waar hij mee bezig was; maar daar in Telemark, waar we samen ontbeten, samen die twee kilometer naar school sjokten, samen lesgaven, samen warm aten en 's avonds samen koffie of bier dronken, was er geen ontkomen aan. Er moest gepraat worden. Hij vertelde over het station voor Bø, dat Juksebø, oftewel 'Nepbø' heette, en lachte daar lang en hartelijk om. Ik maakte een woordgrapje over mijn leren jas, waar hij nog harder om moest lachen en moeilijker was het niet. Zijn toerental was hoog, alles wekte zijn interesse en vond weerklank in iets in hem wat erop voortborduurde, want alles in hem was erop gericht zijn gedachten voort te helpen, zijn dorst naar het extreme was groot en daardoor stond de wereld om hem heen voortdurend in een nieuw licht, in een thure-eriklundachtig licht, maar desondanks niet alleen geldig voor hem omdat het idiosyncratische ervan óók weerklank vond in iets in hem, een traditie, iets wat hij had gelezen.

Er zijn niet veel mensen die de wereld met zo veel power tegemoet treden.

Mij nam hij onder zijn hoede, ik voelde me net een klein broertje, iemand om wie hij zich bekommerde en die hij dingen wilde laten zien terwijl hij er aan de andere kant nieuwsgierig naar was of ik wat had aan 'dit hier', zoals hij het uitdrukte. Op een avond vroeg hij of ik iets wilde lezen wat hij had geschreven, ik zei: ja, natuurlijk, hij gaf me twee vellen papier, ik begon te lezen, het was een absoluut fantastisch begin, dynamiet dat apocalyptisch explodeerde in een oude dorpswereld, een kind loopt weg van school het bos in, het was magisch, maar toen ik toevallig even van de tekst naar hem opkeek, zat hij met zijn hoofd in zijn grote

handen verborgen, als een kind dat zich schaamt.
'Oef, het is zo pijnlijk', zei hij. 'Zo ongelooflijk pijnlijk.'
Wat?
Was hij gek geworden?

Deze man, met heel zijn wezen, even koppig als hartelijk, even flexibel als onverstoorbaar, zou bij Linda en mij in Stockholm op bezoek komen.
Twee dagen daarvoor gingen we naar een verjaarsfeestje. Mikaela werd dertig. Ze woonde in een eenkamerappartement in Söder, niet ver van Långholmen, het was er stampvol, we vonden een plaatsje in een hoek, praatten met een vrouw die, naar wat ik ervan begreep, directeur was van een soort vredesorganisatie en haar man, die computeringenieur was en voor een telefoonfabriek werkte. Het was gezellig, ik dronk een paar biertjes, kreeg trek in iets sterkers, ontdekte een fles aquavit en begon daarvan te drinken. Ik raakte steeds meer aangeschoten, het werd nacht, mensen begonnen naar huis te gaan, wij bleven zitten, ik was op het laatst zo lazarus dat ik propjes van servetten draaide en die naar het hoofd van de mensen om me heen wierp. Alleen de kern was nog over, Linda's intiemste vrienden, en als ik mezelf niet vermaakte met propjes die ik hun naar het hoofd gooide, leuterde ik maar raak over alles wat me te binnen schoot terwijl ik blééf lachen. Ik probeerde over iedereen iets aardigs te zeggen, het lukte niet helemaal, maar mijn intentie was in elk geval duidelijk. Ten slotte trok Linda me mee naar buiten, ik protesteerde, net nu het zo gezellig was en alles, maar ze sleurde me mee, ik schoot mijn jas aan en plotseling liepen we op straat. Linda was woedend op me. Ik begreep er niets van, wat was er nu weer mis? Ik was zo dronken. Verder was niemand dronken, had ik dat niet gemerkt? Alleen ik. Alle overige vijfentwintig gasten waren nuchter geweest. Zo was dat in Zweden, het doel van een succesvolle avond was dat iedereen het feest in dezelfde toestand verliet als waarin hij of zij was gekomen. Ik was eraan gewend dat mensen dronken tot ze een stuk in hun kraag hadden. We vierden toch dat iemand dertig werd? Nee, ik had haar te schande gemaakt, ze had zich nog nooit eerder zo geschaamd, het was haar beste vriendin en daar zat ik, haar man, over wie ze zo ongelooflijk veel positiefs had verteld, daar

zat die man zonder enige zelfbeheersing te lallen en mensen met propjes te bekogelen en te beledigen.

Ik werd boos. Hier liep de grens. Of misschien kwam het gewoon omdat ik zo dronken was dat ik geen grenzen meer had. Ik schold haar uit, schreeuwde hoe vreselijk ze was, dat ze er alleen maar op uit was barricades voor me op te werpen, me te hinderen, me zo kort mogelijk te houden. Het is ziek, riep ik, je bent ziek. Nu ga ik verdomme bij je weg. Je ziet me nooit meer terug.

Ik ging er zo snel ik kon vandoor. Ze kwam achter me aan gehold.

Je bent dronken, zei ze. Kalm nu maar. We kunnen het er morgen over hebben. Zo kun je de stad toch niet in?

Waarom zou ik dat verdomme niet kunnen? zei ik en ik sloeg haar hand weg. We waren intussen bij het kleine park dat tussen de straat waarin zij woonde en de volgende lag. Ik wil je nooit meer zien, riep ik, ik stak met grote passen over en liep in de richting van het Zinkensdammstation. Linda bleef voor haar appartement staan en riep me iets na. Ik draaide me niet om. Liep dwars door Söder en door Gamla Stan naar het centraal station, de hele weg even woedend. Mijn plan was simpel: ik zou in de trein naar Oslo stappen, deze klotestad verlaten en nooit meer terugkomen. Nooit meer. Nóóit meer. Het sneeuwde, het was koud, maar mijn woede hield me warm. In het station lukte het me nauwelijks de letters op het bord van elkaar te onderscheiden, maar na me een tijdje geconcentreerd te hebben, wat ook nodig was om mijn evenwicht te bewaren, zag ik dat er 's ochtends om een uur of negen een trein ging. Het was nu vier uur.

Wat zou ik in de tussentijd doen?

Ik ontdekte helemaal achterin een bank en ging liggen slapen. Het laatste wat ik dacht voordat ik in slaap viel, was dat ik niet mocht twijfelen als ik wakker werd, maar bij mijn besluit moest blijven, nooit meer Stockholm, hoe nuchter ik ook was.

Een bewaker schudde aan mijn schouder, ik sloeg mijn ogen op.

'U kunt hier niet blijven liggen', zei hij.

'Ik wacht op een trein', zei ik en ik ging langzaam rechtop zitten.

'Prima. Maar slapen kunt u hier niet.'

'Zitten?' vroeg ik.

'Nauwelijks', zei hij. 'U bent dronken, nietwaar? Misschien het beste om naar huis te gaan.'

'Oké', zei ik. Ik kwam overeind.

O jee. Nog steeds dronken, ja.

Het was even over acht. Het station was vol mensen. Het enige wat ik wilde, was slapen. Met een eindeloos zwaar hoofd, dat bovendien gloeide van een soort koorts zodat geen enkele indruk bleef hangen, niets van wat ik zag tot me doordrong, slofte ik door de gangen van de metro, stapte in een trein, stapte bij Zinkensdamm uit en liep naar het appartement, maar ik had geen sleutel bij me en moest aankloppen.

Ik moest slapen. Verder had ik overal schijt aan.

In de gang achter de glazen deur kwam Linda op een holletje aanzetten.

'O, daar ben je', zei ze en ze sloeg haar armen om me heen. 'Ik was zo bang. Ik heb elk ziekenhuis in de hele stad gebeld. Of er een grote Noor binnen was gebracht ... Waar ben je geweest?'

'Op het centraal station', zei ik. 'Ik wilde de trein naar Noorwegen nemen. Maar nu moet ik slapen. Laat me met rust en wek me niet.'

'Oké', zei ze. 'Wil je iets hebben als je wakker wordt? Cola, bacon?'

'Maakt me verdomme niet uit', zei ik en ik struikelde naar binnen, trok mijn kleren uit, ging onder het dekbed liggen en viel onmiddellijk in slaap.

Toen ik wakker werd was het donker buiten. Linda zat in de stoel in de keuken te lezen, in het licht van de lamp die op een waadvogel leek en lang en dun op één poot en met zijn kop een ietsje schuin stralend boven haar stond.

'Hoi', zei ze. 'Hoe gaat het?'

Ik liet een glas vol water lopen en dronk het in één teug leeg.

'Goed', zei ik. 'Op de angst na.'

'Het spijt me heel erg van gister', zei ze, ze legde het boek op de leuning en kwam overeind.

'Mij ook', zei ik.

'Is het waar dat je ervandoor wilde gaan?'

Ik knikte. 'Ja. Ik had er genoeg van.'

Ze sloeg haar armen om me heen: 'Dat begrijp ik', zei ze.

'Het was niet alleen wat er na het feest gebeurd is. Het is veel meer.'

'Ja', zei ze.

'Kom, laten we naar de kamer gaan', zei ik. Ik liet het glas nog eens vollopen, ging aan de eettafel zitten. Linda kwam achter me aan, deed de lamp aan het plafond aan.

'Herinner je je de eerste keer dat ik hier was?' vroeg ik. 'In deze kamer, bedoel ik?'

Ze knikte.

'Je zei dat je dacht dat je me graag mocht.'

'Dat was een understatement.'

'Ja, dat weet ik nu. Maar toen was ik eigenlijk beledigd. "Mocht", dat klinkt ontzettend zwak in het Noors, dat is wat je zegt van een goede vriend. Ik wist niet dat het in het Zweeds hetzelfde was als verliefd zijn. Ik dacht dat je zei dat je me een beetje aardig begon te vinden en dat het misschien op den duur iets kon worden. Zo vatte ik het op.'

Ze glimlachte even en sloeg haar blik neer.

'Ik heb toen alles ingezet', zei ze. 'Wist je mee hiernaartoe te krijgen en vertelde je wat ik voor je voelde. Maar jij deed zo koel. Je zei dat we goede vrienden konden zijn, weet je nog? Ik had alles ingezet, en alles verloren. Ik was zo wanhopig toen je weg was.'

'Maar nu zitten we hier.'

'Ja.'

'Jij kunt mij niet vertellen wat ik moet doen, Linda. Dat gaat niet. Dan ga ik ervandoor. En ik bedoel niet alleen wat drinken betreft. Ik bedoel alles. Dat kun je niet doen.'

'Ik weet het.'

Er viel een stilte.

'Hadden we niet nog wat gehaktballetjes in de koelkast?' vroeg ik. 'Ik heb honger als een paard.'

Ze knikte.

Ik ging naar de keuken, deed de balletjes in de koekenpan en zette water op voor spaghetti, merkte dat Linda achter me binnenkwam.

'Van de zomer was er toch niets mis mee', zei ik. 'Ik bedoel met drinken. Toen had je er toch niets tegen?'

'Nee', zei ze. 'Het was fantastisch. Ik ben bang om grenzen te overschrijden, maar toen niet, met jou niet, het voelde volkomen veilig. Ik had nooit het gevoel dat het zou kunnen omslaan en manisch of gewoon akelig zou kunnen worden. Het voelde volkomen veilig. En dat heb ik nooit eerder gehad. Maar nu is het anders. Zo is het niet meer.'

'Nee', zei ik en ik draaide me om terwijl de boter in de pan uitliep tussen alle gehaktballetjes. 'Hoe is het nu dan?'

Ze haalde haar schouders op.

'Ik weet het niet. Maar ik heb het gevoel alsof we iets verloren hebben. Er is iets voorbij. En ik ben bang dat ook de rest zal verdwijnen.'

'Maar je kunt me niet dwingen. Dat is toch de beste manier om het laten verdwijnen, als je het mij vraagt.'

'Natuurlijk. Dat weet ik ook wel.'

Ik strooide zout in het water.

'Wil jij ook?' vroeg ik.

Ze knikte, veegde met haar duimen haar tranen weg.

De volgende dag om een uur of twee kwam Thure Erik, vulde zodra hij een voet over de drempel zette, dat kleine appartement helemaal met zijn aanwezigheid. We gingen bij een paar antiquariaten langs, hij keek rond wat ze over oude natuurhistorie hadden, daarna gingen we wat eten in de Pelikan en daar bleven we tot sluitingstijd een biertje zitten drinken. Ik vertelde hem over mijn nacht op het station, dat ik had besloten de trein terug naar Noorwegen te nemen.

'Maar ík zou toch komen!' zei hij. 'Had ik dan gewoon weer rechtsomkeert moeten maken?'

'Dat was exact wat ik dacht toen ik wakker werd', zei ik. 'Thure Erik Lund komt, dan kan ik verdomme toch niet naar huis gaan.'

Hij lachte en begon me over een relatie te vertellen die zo stormachtig was dat die van Linda en mij een ware midzomernachtkomedie leek. Ik dronk twintig biertjes die avond en het enige wat ik me van die laatste uren herinner, is een oude dronkenlap met wie Thure Erik in gesprek raakte en die bij ons aan tafel kwam zitten terwijl hij steeds maar zei dat ik zo knap was: wat een mooi jong. Thure Erik gaf mij af en toe lachend een por terwijl hij de ander probeerde uit te horen over zijn leven. Verder herinner ik me dat we buiten voor het appartement stonden en dat hij in zijn auto klom en op de achterbank ging liggen slapen terwijl lichte sneeuwvlokken onder de grijze, koude hemel wervelden.

Eén kamer en een keuken, dat was de ruimte die we ter beschikking hadden. Daar maakten we eten klaar, aten we, sliepen we, vreeën we, praatten we, keken we tv, lazen een boek, maakten ruzie, ontvingen bezoek. Het was klein en krap, maar het ging, we wisten ons te redden, hielden de moed erin. Wilden we echter kinderen hebben, iets waar we het intussen voortdurend over hadden, dan moesten we een groter appartement zien te vinden. Linda's moeder had er een midden in het centrum, dat weliswaar slechts uit twee kamers bestond, maar meer dan tachtig vierkante meter groot was, een waar voetbalveld vergeleken bij wat we nu hadden. Ze maakte er geen gebruik meer van, maar verhuurde het en ze zei dat wij het konden overnemen. Niet direct, dat ging niet, in Zweden is een huurcontract persoonsgebonden en geldt voor het hele leven, maar het was mogelijk te ruilen: Linda's moeder nam het appartement van Linda over en wij dat van haar.

Op een dag gingen we erheen om het te bekijken.

Het was de meest burgerlijke flat die ik ooit had gezien. Aan de ene kant van de kamer een enorme, een beetje Russisch aandoende open haard uit de vorige eeuw met een massief marmeren front en in de slaapkamer nog een, net zo hoog, maar iets minder massief. Mooie, witte panelen met houtsnijwerk langs alle muren, stucwerk aan de plafonds, die meer dan vier meter hoog waren. Fantastisch visgraatparket op de vloer. En de meubels van Linda's moeder waren al net zo: zwaar, degelijk, uit het eind van de negentiende eeuw.

'Kunnen we hier wel wonen?' vroeg ik terwijl we rond liepen te kijken.

'Nee, dat kunnen we niet', zei Linda. 'Zullen we niet liever ruilen voor een flat in Skärholmen of zoiets? Het is hier zo uitgestorven.'

Skärholmen was een van de voorsteden waar veel allochtonen woonden, we waren er een keer zaterdags op de markt geweest en waren stomverbaasd hoe turbulent en hoe anders het eraan toeging.

'Dat denk ik ook', zei ik. 'Het is toch vrijwel onmogelijk om hier óns huis van te maken.'

Aan de andere kant had het idee hier te gaan wonen iets aanlokkelijks. Groot, mooi, midden in de stad. Wat maakte het uit dat we in de kamers verdwaalden? Misschien lukte het ons wel ze aan ons te onderwerpen, ze te bedwingen, de burgerlijkheid tot de onze te maken?

Ik had me altijd al aangetrokken gevoeld tot het burgerlijke. Tot het degelijke. Dat alle stijve vormen en vastgelegde regels er zijn om het innerlijk op zijn plaats te houden, het te reguleren, het in iets te veranderen waarmee je kunt leven in plaats van dat het het leven steeds weer openrijt. Als ik me echter in pure burgerlijkheid ophield, zoals bij mijn opa en oma van vaderskant bijvoorbeeld, of bij de vader van Tonje, was het alsof juist al het andere in me zichtbaar werd, dat wat er niet in paste, wat buiten de vormen en de kaders viel, alles wat ik in mezelf haatte.

Maar hier? Linda en ik en een kind? Een nieuw leven, een nieuwe stad, een nieuwe woning, nieuw geluk?

Die voorstelling won het van de sombere, levenloze eerste indruk die de woning had gemaakt; nadat we er in bed hadden gevreeën, raakten we al pratend steeds overtuigder en enthousiaster en toen we daarna elk met een kussen onder ons hoofd lagen te roken, bestond er geen twijfel meer: ons nieuwe leven begon hier.

Eind april kwam Geir terug uit Irak, we aten samen in een Amerikaans restaurant in Gamla Stan, hij was zo opgewekt en zo vol leven als ik hem nog nooit eerder had gezien en het duurde een paar weken voordat hij enigszins uitgepraat raakte over alles wat hij daar had beleefd, over alle mensen die hij er had ontmoet en met wie ik na verloop van tijd volkomen vertrouwd raakte, zodat er ruimte kwam voor andere dingen in hem en in waar hij over praatte. Begin mei verhuisden Linda en ik. Anders hielp ons en toen we klaar waren, gingen we het oude appartement schoonmaken. Daar hadden we de hele middag en avond voor nodig en toen we om elf uur nog niet klaar waren, liet Linda zich plotseling met haar rug langs de muur op de grond zakken.

'Ik kan niet meer!' riep ze uit. 'Dit red ik niet!'
'Nog een uurtje', zei ik. 'Hoogstens anderhalf. Dat red je wel.'
Ze had tranen in haar ogen.
'We bellen mama', zei ze. 'Het hoeft niet helemaal af nu. Zij kan morgen naar de stad komen om de rest te doen. Dat is geen probleem. Dat weet ik.'
'Wil je iemand anders jouw appartement laten schoonmaken?' vroeg ik. 'Jouw vuil laten opruimen? Je kunt niet elke keer als je problemen hebt, je moeder roepen. Je bent verdomme dertig!'
Ze slaakte een zucht.
'Ja, dat weet ik', zei ze. 'Ik ben alleen zo moe. En zij wil het best doen. Dat is geen probleem voor haar.'
'Maar voor mij wel. En dat zou het voor jou ook moeten zijn.'
Ze pakte het doekje op en kwam overeind, ging weer met de deurpost van de badkamer aan de slag.
'Ik doe de rest wel', zei ik. 'Ga jij maar. Dan kom ik straks.'
'Weet je het zeker?'
'Ja, hoor. Dat is prima.'
'Oké.'
Ze trok haar jas aan en stapte naar buiten het donker in, ik ging verder met schoonmaken, het was waar wat ik had gezegd, het maakte me niets uit. De volgende dag verhuisden we mijn spullen naar de nieuwe flat, dat wil zeggen, al mijn boeken, waarvan ik er intussen vijftienhonderd had, een gegeven dat Anders en Geir, die bij de verhuizing hielpen, luid en duidelijk vervloekten terwijl we de kisten vanuit de lift naar binnen sjouwden. Geir vergeleek het natuurlijk met het sjouwen van kisten vol munitie voor de US Marines, een bezigheid die wat hem betrof slechts een paar weken terug lag, maar die voor mij net zoiets exotisch had als de diligence of de buffeljacht. Toen de verhuisspullen op twee enorme stapels in de twee kamers stonden, begon ik de muren te verven terwijl Linda naar Noorwegen vertrok om een radioprogramma over onze nationale feestdag te maken. Ze zou bij mijn moeder logeren, die ze na die keer dat mama hier in Stockholm een paar uur bij ons op bezoek was, niet meer had ontmoet. Toen ze in de trein zat belde ik mama, er was iets wat me

dwarszat: alle sporen die Tonje had achtergelaten, vooral de trouwfoto die nog steeds aan de muur had gehangen toen ik er met Kerst was, en het album met de foto's van de bruiloft. Dat wilde ik Linda niet aandoen, ik wilde niet dat ze het gevoel zou krijgen aan de rand van mijn leven te staan, een plaatsvervangster te zijn en na een korte inleiding, waarin we elkaar vertelden wat er sinds de laatste keer was gebeurd, begon ik er voorzichtig over. Ik wist dat het dom was en eigenlijk vernederend, zowel voor mij als voor Linda en haar, maar ik kon het niet helpen, ik kon het idee dat het Linda kon kwetsen niet verdragen, dus ten langen leste kwam ik ermee voor de draad. Of ze de trouwfoto niet kon weghalen of op zijn minst op een minder opvallende plaats hangen? Ja, hoor, alles in orde, dat had ze al gedaan, we waren immers niet langer getrouwd. En het fotoalbum? vroeg ik. Je weet wel, dat van de bruiloft. Kun je dat niet ergens anders neerzetten, denk je? Nee, maar jongen, zei mama. Dat is toch mijn fotoalbum. Het vertegenwoordigt een periode uit mijn leven. Die wil ik niet verstoppen. Dat kan Linda toch wel aan, ze weet toch dat je getrouwd bent geweest. Jullie zijn volwassen mensen. Oké, zei ik, daar heb je gelijk in, het is jouw fotoalbum. Ik wil haar alleen niet kwetsen. Dat doe je niet, zei mama, dat komt in orde.

Dat Linda naar haar toeging, was moedig, een uitgestrekte hand, en het ging goed, we telefoneerden een paar keer per dag met elkaar, zij vertelde hoe overweldigd ze was door het West-Noorse landschap: al dat groen en blauw en wit, al die hoge bergen en diepe fjorden, bijna uitgestorven, en de zon die maar bleef schijnen, brachten haar bijna in een droomachtige toestand. Ze belde vanuit een klein pension in Balestrand, beschreef het uitzicht, de klotsende golven die ze hoorde als ze zich uit het raam boog, en haar stem klonk vol toekomst. Wat ze ook zei, ze had het over ons beiden, zo vatte ik het op. Dat de wereld zo mooi was, had met ons tweeën te maken, want wij bevonden ons er beiden in, het was zelfs bijna alsof wij samen de wereld vormden. Ik vertelde hoe mooi het in de grote kamers werd nu ze niet langer grijs waren, maar wit. Ook ik was vol toekomst. Ik verheugde me erop dat ze thuis zou komen en zou zien wat ik had gedaan, ik verheugde me erop hier te wonen, midden in de stad, en op het kind dat we besloten hadden te krijgen. We hingen op, ik ging verder met schilderen, de volgende dag was het 17 mei en kwamen Espen en Eirik 's middags op bezoek. Ze hadden een recensentenseminar op Biskops-Arnö gehad. We gingen ergens eten, ik stelde hen aan Geir voor, tussen hem en Eirik ging het goed in die zin dat ze ongedwongen over van alles en nog wat praatten, maar tussen Geir en Espen ging het minder. Geir uitte een paar clichés, waarop Espen hem provoceerde en toen Geir dat doorkreeg, sloeg hij dicht, over en uit. Ik probeerde zoals gewoonlijk te bemiddelen, dat wil zeggen, met mijn ene hand Espen en met de andere Geir iets te geven, maar het was te laat, ze zouden nooit met elkaar kunnen praten, ze zouden elkaar nooit mogen of respecteren. Ik mocht hen allebei, om niet te zeggen alle drie, maar zo was het mijn leven lang al geweest, tussen de verschillende compartimenten zaten dikke schotten en achter elk daarvan gedroeg ik me zo anders dat ik me ontmaskerd voelde als de schotten werden weggehaald en ik niet alleen maar zus of alleen maar zo kon zijn, maar alles de hele tijd door elkaar moest laten lopen, dus of me onnatuurlijk moest gedragen of mijn mond moest houden. Ik mocht Espen zo graag juist omdat hij Espen was, en Geir zo graag juist omdat hij Geir was, en die karaktertrek, die in wezen sympathiek was, in elk geval in mijn ogen, bracht toch altijd een gevoel van onoprechtheid met zich mee.

Linda had de hele dag met mijn familie doorgebracht, vertelde ze de volgende ochtend. Ze was samen met mama naar Dale gereden, waar mama's zus Kjellaug met haar man Magne hoog boven het dorp op een boerderij woonde, en had op traditionele wijze 17 mei gevierd. Ze had mensen geïnterviewd en uit wat ze vertelde, maakte ik op dat ze het alles bij elkaar uiterst exotisch vond. De praatjes die werden gehouden, de klederdrachten, het fanfareorkest, de kinderoptocht. Die ochtend hadden ze bovendien herten aan de bosrand gezien en op de terugweg doken er bruinvissen op in de fjord. Mama had gezegd dat dat een goed teken was, het betekende geluk.

Het gebeurde niet vaak dat daar bruinvissen voorkwamen, zelf had ik ze slechts een paar maal gezien, de eerste keer zelfs van nabij, in de boot op de fjord samen met mijn opa, het was mistig en volkomen stil en opeens kwamen ze aangezwommen, eerst hoorden we alleen een geluid, als van de boeg van een zeilboot die door het water ploegt, toen zagen we de glanzende, donkergrijze, gladde lijven. Op en neer, op en neer zwommen ze. Net als mama had opa gezegd dat ze geluk brachten. Linda was opgeruimd, maar moe, dat was ze de hele tijd al en door al dat rijden langs die bochtige wegen was ze misselijk geworden, dus ze was vroeg naar bed gegaan, vertelde ze. De avond ervoor was ze op bezoek geweest bij Alvdis, mijn oma's jongste zus, die tien jaar ouder was dan mama, en haar man Anfinn, een kleine, stevig gebouwde man met een opgewekt gemoed en een sterke uitstraling, die Linda graag mocht, wat zo te horen wederzijds was, want hij had al zijn relikwieën tevoorschijn gehaald uit de jaren dat hij op de walvisvaart was geweest, en haar uitgebreid over zijn ervaringen uit die tijd verteld, waarschijnlijk extra gemotiveerd door de microfoon die Linda tussen hen in hield. Ze hadden pannenkoeken van pinguïneieren gebakken! vertelde ze lachend, maar aan de andere kant was ze een beetje bezorgd over de opname, Anfinn had zo'n sterk Jølsterdialect dat het waarschijnlijk onverstaanbaar was voor Zweden.

Espen vertrok die ochtend, maar Eirik bleef nog, hing een tijdje in de stad rond terwijl ik de laatste boeken op hun plaats zette en de laatste kisten opruimde zodat alles klaar was als Linda de volgende ochtend thuiskwam. Die avond gingen we weer op stap en toen we terugkwamen, bleven we tot diep in de nacht een borrel zitten drinken, die hij uit de taxfreeshop had meegebracht. Linda en ik stuurden elkaar de hele tijd sms'jes, want ze was misselijk geweest, ze was moe geweest, dat kon toch eigenlijk maar één ding betekenen? Hoe later het werd hoe hartelijker en liefdevoller de sms'jes werden, maar ten slotte schreef ze: *welterusten, geliefde prins, misschien wordt het morgen een grote dag!*

Toen ik om een uur of zeven naar bed ging, brandde de heldere vlam van de alcohol zo fel in me dat ik mijn omgeving niet langer waarnam, het was alsof alles deel uitmaakte van mijn innerlijk, zoals altijd als ik straalbezopen was. Toch had ik voldoende tegenwoordigheid van geest om de wekker op negen uur te zetten. Ik moest Linda immers van de trein halen.

Om negen uur was ik nog steeds dronken. Alleen door alles te mobiliseren wat ik aan wil bezat, wist ik op de been te komen. Ik sleepte me naar de badkamer, douchte, trok schone kleren aan en riep naar Eirik dat ik ervandoor ging; hij lag met kleren en al op de bank, maar hij richtte zich op en zei dat hij op stap ging om wat te ontbijten, ik zei dat we om een uur of twaalf konden afspreken in het restaurant waar we gister waren geweest, hij knikte, ik wankelde de trappen af en de straat op, waar het asfalt in het felle zonlicht naar lente rook.

Onderweg kocht ik ergens een cola, dronk hem in één teug leeg en kocht er nog een. Bekeek mijn gezicht in een etalage. Dat zag er niet zo goed uit. Kleine, rode oogjes. Vermoeide trekken.

Ik had er alles voor overgehad om de ontmoeting drie uur uit te kunnen stellen. Maar dat ging niet, haar trein zou over dertien minuten aankomen en dat was niet meer dan de tijd die de weg erheen kostte.

Ze was een en al blijheid en opgewektheid toen ze op het perron stapte, met een glimlach om haar lippen keek ze om zich heen op zoek naar mij, ik zwaaide, ze zwaaide terug en kwam met in haar ene hand haar koffer, die achter haar aan rolde, op me af.

Ze keek me aan.

'Hoi', zei ik.

'Wat is er, ben je dronken?' vroeg ze.

Ik deed een stap naar voren en sloeg mijn armen om haar heen.

'Hoi', zei ik nogmaals. 'Het is laat geworden gister. Maar niets bijzonders. Gewoon thuis met Eirik.'

'Je stinkt naar drank', zei ze en ze bevrijdde zich uit mijn greep. 'Hoe kun je? En dat uitgerekend vandaag?'

'Sorry', zei ik. 'Zo erg is dat toch niet?'

Ze gaf geen antwoord, zette de pas erin. Zei geen woord zolang we het station uit liepen. Op de trappen naar het Klarabergsviaduct begon ze me uit te schelden. Boven aangekomen rukte ze aan de deur van de apotheek, maar het was zondag, hij was gesloten. We liepen verder naar de apotheek die aan de andere kant van NK lag. Ze was de hele weg razend. Ik liep als een hond naast haar. De andere apotheek was open. Ik heb godsamme zo genoeg van je, zei ze, ik begrijp niet waarom ik met je samenleef, je denkt alleen aan jezelf. Heeft dat van gister dan niets te betekenen? vroeg ze, ze was aan de beurt, vroeg naar een zwangerschapstest, kreeg hem en betaalde, we gingen naar buiten, liepen door de Regeringsgata terwijl ze me beschuldigingen naar het hoofd bleef slingeren, het was een ononderbroken stroom, de mensen die we passeerden, keken naar ons, maar daar trok ze zich niets van aan, haar woede, waar ik altijd al bang voor was geweest, had volledig bezit van haar genomen. Ik had haar graag gevraagd op te houden, haar graag gevraagd lief te zijn, ik had me verontschuldigd en ik had eigenlijk niets gedaan, onze sms'jes en het feit dat ik daarna samen met een gast uit Noorwegen had zitten drinken, hadden niets met elkaar te maken, ook het feit dat ik dronken was en de zwangerschapstest die ze in haar hand hield, hadden niets met elkaar te maken, maar zo zag zij het niet, voor haar was het een en hetzelfde, ze was romantisch, ze had een droom over ons beiden, over de liefde en over ons kind, en mijn gedrag bedierf die droom of herinnerde haar eraan dat het een droom was. Ik was een slecht mens, een onverantwoord mens, hoe haalde ik het in mijn hoofd vader te worden? Hoe kon ik haar dat aandoen? Ik liep naast haar, vol schaamte omdat de mensen naar ons keken, vol schuldgevoelens omdat ik had gedronken, en vol angst omdat ze mij en wie ik was frontaal aanviel met haar enorme razernij. Het was vernederend, maar zolang ze gelijk had, zolang het klopte wat ze zei, dat dit de dag was dat we misschien zouden weten of we een kind zouden krijgen, en ik haar dronken had afgehaald, kon ik haar niet vragen haar mond te houden, haar niet zeggen dat ze kon opsodemieteren. Ze had gelijk of had het gelijk aan haar kant, ik moest het hoofd buigen en het over me heen laten komen.

De gedachte dat Eirik misschien in de buurt was, kwam in me op en ik boog mijn hoofd nog dieper, dat was ongeveer het ergste wat ik me kon voorstellen, dat iemand die ik kende me zo zou zien.

We liepen de trap op, de flat in. Pasgeschilderd, alles op zijn plaats: dit was ons huis.

Ze keek er niet eens naar.

Ik bleef midden in de kamer staan.

Ze had me met haar woede getroffen zoals een bokser een zak treft. Alsof ik een ding was. Alsof ik geen gevoelens had, ja, alsof ik geen ziel had, niets dan dit lege lichaam was dat in haar leven rondwandelde.

Ik wist dat ze zwanger was, ik was ervan overtuigd en dat was ik al vanaf het moment dat we met elkaar vreeën. Nu gebeurt het, had ik gedacht, nu krijgen we een kind.

En dan was de sfeer zo tussen ons.

Plotseling, terwijl ik daar midden in de kamer stond, openden alle sluizen zich in me. Mijn verdediging zakte in. En ik kon er niets tegen doen. Ik begon te huilen. Zo'n huilbui waarbij ik volledig de controle verlies en alles grotesk verwrongen wordt.

Linda bleef staan en draaide zich naar me om.

Ze had me nog nooit zien huilen. Dat had ik niet meer gedaan sinds papa was gestorven en dat was bijna vijf jaar geleden.

Ze leek doodsbang.

Ik draaide me om, ik wilde niet dat ze me zag, de tienvoudige vernedering: ik was niet alleen geen mens, ik was ook geen man.

Natuurlijk hielp het niet dat ik me omdraaide. Hielp het niet mijn handen voor mijn gezicht te slaan. Hielp het niet naar de gang te lopen. Het was zo heftig, die huilbui was zo heftig, alle sluizen gingen open.

'Karl Ove', zei ze achter me. 'Lieve Karl Ove. Ik bedoel er niets mee. Ik was alleen zo teleurgesteld. Maar het maakt toch niets uit. Het maakt niets uit. Lieve Karl Ove. Niet huilen. Niet huilen.'

Nee, dat wilde ik ook niet. Het laatste wat ik wilde was dat zij me zag huilen.

Maar ik kon er niets tegen doen.

Ze probeerde haar armen om me heen te slaan, ik duwde haar weg. Probeerde adem te halen. Het werd een beverige, zielige snik.

'Sorry', zei ik. 'Sorry. Dat was niet de bedoeling.'

'Het spijt me zo', zei ze.

'Tja, daar zijn we weer', zei ik en ik glimlachte door mijn tranen heen.

Ook haar ogen stonden vol tranen en ook zij glimlachte.

'Ja', zei ze.

'Ja', zei ik.

Ik ging naar de badkamer, er ging nog een snik door me heen, ik beefde nog een keer toen ik diep ademhaalde, maar toen, nadat ik een paar keer koud water in mijn gezicht had geplensd, was het voorbij.

Linda stond nog steeds in de gang toen ik naar buiten kwam.

'Gaat het beter?' vroeg ze.

'Ja', zei ik. 'Het was idioot. Het moet door het drinken van gister komen, plotseling had ik geen enkel verweer meer. Het was allemaal zo uitzichtloos.'

'Het hindert toch niet dat je huilt', zei ze.

'Voor jou niet, nee. Maar ik vind het maar niets. Wou dat je het niet had gezien. Maar dat heb je dus wel. Nu weet je het. Zo ben ik.'

'Ja, wat ben je toch een geweldig mens.'

'Kom', zei ik. 'Hou op. Zand erover. Vind je het hier niet mooi geworden?'

Ze glimlachte: 'Fantastisch.'

'Goed zo.'

We omhelsden elkaar.

'Maar, hé,' zei ik, 'wil je niet eens gaan kijken?'

'Nu?'

'Ja?'

'Oké. Hou me nog even vast.'

Dat deed ik.

'Nu dan?' zei ik.

Ze lachte: 'Oké.'

Toen ging ze naar de badkamer, ze kwam weer naar buiten met het witte staafje in haar hand.

'Het duurt nog een paar minuten', zei ze.

'En, wat denk je?'

'Ik weet het niet.'

Ze ging naar de keuken, ik liep achter haar aan. Ze staarde naar het witte staafje.

'Gebeurt er iets?'

'Nee. Niets. Och, misschien is er wel niets aan de hand. Ik was alleen zo overtuigd dat er iets was.'

'Ja, maar dat was toch ook zo. Je was misselijk. Moe. Hoeveel aanwijzingen heb je nog nodig?'

'Eéntje.'

'Kijk dan. Het is blauw, toch?'

Ze zei niets.

Toen keek ze me aan. Haar ogen waren donker en ernstig als van een dier.

'Ja', zei ze.

Het lukte ons niet de gebruikelijke drie maanden af te wachten voor we het vertelden. Drie weken later al belde Linda haar moeder, die huilde van vreugde aan de andere kant van de lijn. De reactie van mijn moeder was iets gereserveerder, ze zei dat het leuk was, maar zoals na een tijdje bleek, vroeg ze zich af of we er wel klaar voor waren. Linda met haar opleiding, ik met mijn schrijven. Dat zal dan blijken, zei ik, daar zullen we in januari achter komen. Ik wist dat mama altijd tijd nodig had voor veranderingen, ze moest dingen eerst overdenken, pas dan kon ze de stap zetten en iets nieuws accepteren. Yngve, die ik belde zodra mama had neergelegd, zei: o, dat is goed nieuws. Ja, zei ik terwijl ik op de binnenplaats stond te roken. En, wanneer is het zover? vroeg hij. In januari, zei ik. Gefeliciteerd, zei hij. Dank je, zei ik. Maar, zei hij, ik sta hier met Ylva bij een voetbalwedstrijd, ik heb niet zo veel tijd eigenlijk, kunnen we elkaar later nog spreken? Jazeker, zei ik en we hingen op.

Ik stak nog een sigaret op en merkte dat ik niet helemaal tevreden was met hun reacties. Ik zou verdomme een *kínd* krijgen! Dat was toch een enórme gebeurtenis!

Maar er was iets gebeurd toen ik naar Zweden verhuisde. We hadden net zo veel contact als vroeger, daar lag het niet aan, toch was er iets veranderd en ik vroeg me af of dat aan mij lag of aan hen. De afstand tot hen was groter en dingen vertellen uit mijn leven, dat van het ene moment op het andere zo fundamenteel veranderd was met niets dan nieuwe plaatsen, nieuwe mensen en nieuwe gevoelens, ging niet meer zo vanzelfsprekend als vroeger toen we nog in hetzelfde hier en nu hadden geleefd, in de continuïteit die op Tybakken begon, daarna eerst in Tveit zijn vervolg vond en dáárna in Bergen.

Ach nee, ik zocht er vast te veel achter, dacht ik. Yngves reactie week niet zo heel veel af van die zeven jaar geleden toen ik had gebeld om te vertellen dat de roman die ik had geschreven, was geaccepteerd. Echt waar? had hij laconiek geantwoord. Dat is mooi. Voor mij was het het grootste wat er ooit was gebeurd, ik was bijna lamgeslagen door het nieuws en ging ervan uit dat dat voor iedereen in mijn omgeving gold.

Dat was natuurlijk niet zo.

En het grootste is nooit gemakkelijk te hanteren, vooral niet als je, zoals eigenlijk altijd het geval is, diep in het triviale en alledaagse verstrikt zit. Dat zuigt bijna alles in zich op, maakt bijna alles klein behalve de paar gebeurtenissen die zo groots zijn dat ze alle trivialiteit en alledaagsheid in de schaduw stellen. Zo groots dat je er niet in kunt leven.

Ik drukte mijn sigaret uit en ging naar boven, naar Linda, die me nieuwsgierig aankeek toen ik binnenkwam.

'Wat zeiden ze?' vroeg ze.

'Ze waren ongelooflijk blij', zei ik. 'Ik moest de groeten doen en je feliciteren.'

'Dank je', zei ze. 'Mama was helemaal ontdaan. Maar aan de andere kant, die is bij het minste of geringste van de kaart.'

Yngve belde later die avond nog, we konden alles krijgen wat zij aan babykleertjes en andere spullen hadden. Kinderwagen, luiertafel, winterpakken, rompertjes, spenen, broekjes, truitjes en schoentjes, ze hadden alles bewaard. Linda was ontroerd toen ik het vertelde en ik moest lachen, haar overgevoeligheid was gedurende de laatste weken veranderd, betrof de merkwaardigste dingen. Ook zij moest lachen. Haar moeder kwam regelmatig langs, had dan de heerlijkste gerechten bij zich, die we invroren, vuilniszakken vol kinderkleertjes die ze van de kinderen van haar man had gekregen, en kisten vol speelgoed. Ze kocht een wasmachine voor ons, die Vidar, haar man, installeerde.

Linda ging gewoon naar school, ik ging gewoon naar het kantoorcollectief in de toren, begon in de Bijbel te lezen, ontdekte een katholieke boekhandel en kocht alles wat ik tegenkwam aan literatuur over engelen, ik las Thomas van Aquino en Augustinus, Basilios en Hiëronymus, Hobbes en Burton. Ik kocht Spengler, een biografie over Isaac Newton en werken over de verlichting en de barok, die in stapels om me heen lagen terwijl ik zat te schrijven, en probeerde al die verschillende denkrichtingen en systemen op een of andere manier met elkaar in overeenstemming te brengen of iets waarvan ik niet wist wat het was, in dezelfde richting te manoeuvreren.

Linda was gelukkig, maar er openden zich ook steeds weer diepe gevoelsmatige afgronden in haar, waardoor ze overal bang voor was. Of ze het kind wel kon verzorgen als het er was. Of het wel zou komen. Misschien verloor ze het, dat kwam voor, en niets wat ik zei of deed kon de angst temperen die dan in haar werd opgeroepen, zonder dat ze er invloed op had, maar gelukkig ook van voorbijgaande aard.

Die zomer gingen we eind juni op vakantie naar Noorwegen, eerst naar Tromøya, waar we een paar dagen zouden blijven, vervolgens naar Espen en Anne op Larkollen, van wie we een zomerhuisje mochten gebruiken, en daarna naar mama in Jølster. Geen van beiden hadden we een rijbewijs, dus sjouwde ik onze koffers in en uit vliegtuigen, treinen, bussen en taxi's met Linda naast me, die niets zwaarders kon dragen dan een appel. In Arendal kwam Arvid ons halen, hij was een paar jaar ouder dan ik, kwam van Tromøya en was oorspronkelijk een vriend van Yngve, maar we hadden elkaar in Bergen, waar ook hij had gestudeerd, regelmatig gezien en hij was een paar maanden daarvoor bij ons in Stockholm op bezoek geweest. Nu wilde hij dat we met hem mee naar huis kwamen. Ik wist dat Linda moe was en direct naar het huisje wilde dat we hadden besproken, en om die wens kracht bij te zetten was het eerste wat ik tegen Arvid zei dat we een kind verwachtten.

Dat kwam onverwachts en pardoes, daar in die zonnige straat in Arendal.

'Jeetje, gefeliciteerd!' zei Arvid.

'Dus het is denk ik het beste als je ons eerst naar het huisje brengt om een beetje uit te rusten ...'

'Dat kan geregeld worden', zei Arvid. 'Dan breng ik jullie daar nu eerst heen en kom ik jullie straks met de boot halen.'

Het was een eenvoudig kampeerhuisje en ik had spijt zodra ik het zag. Het was de bedoeling dat ik haar de plaats liet zien waar ik vandaan kwam, een positieve belevenis dus, maar dat was dit niet.

Ze sliep een paar uur, we liepen naar de pier en Arvid kwam aangevaren met zijn boot. We zouden oversteken naar Hisøya, het eiland waar Arvid woonde. We voeren langs kleine witte huisjes op kleine, in het namiddaglicht bijna rode rotskruinen omgeven door groene bomen midden in een blauw gewelf van hemel en zee en ik dacht: godsamme, wat is het hier toch mooi. En dan de wind die opstak als de zon onderging, elke avond weer. Hij bracht iets vreemds mee in het landschap, dat zag ik nu en dat had ik gezien toen ik hier opgroeide. Vreemd omdat dat wat alle elementen erin tot één geheel samenvoegde, uiteenviel als een steen na een mokerslag zodra de wind kwam aangolven.

We stapten aan wal, liepen naar het huis, gingen in de tuin rond een tafel zitten. Linda was in zichzelf gekeerd op een manier die vijandig overkwam en ik leed daaronder, we zaten hier met zijn familie en vrienden, het was de eerste keer dat ze haar ontmoetten, natuurlijk wilde ik laten zien wat voor geweldige vriendin ik had, en dan deed ze zo onwillig. Onder tafel pakte ik haar arm en kneep erin, ze keek me aan zonder te glimlachen. Ik had zin om te roepen dat ze zich moest vermannen. Ik wist hoe charmant ze kon zijn, hoe goed ze er juist in was om met andere mensen rond een tafel te zitten praten, vertellen, lachen. Aan de andere kant, realiseerde ik me net op tijd, hoe gedroeg ík me eigenlijk als we een paar vrienden van haar ontmoetten die ik niet zo goed kende? Zwijgzaam en ontoegankelijk en verlegen, iemand die daar tijdens de hele maaltijd kon zitten zonder meer dan het absoluut noodzakelijke te zeggen.

Waar dacht ze aan?

Wat stoorde haar?

Arvid? Dat een beetje brallerige wat hij af en toe had?

Anna?

Atle?

Of was ik het?

Had ik die middag iets gezegd?

Of was het iets in haarzelf? Iets wat überhaupt niets met dit alles te maken had?

Na het eten maakten we een boottochtje rondom Hisøya en naar Mærdø en toen we op open water kwamen, gaf Arvid gas. De snelle, ranke boot verhief zich uit de golven, ze sloegen bonkend tegen de boeg. Linda was wit weggetrokken, ze was net drie maanden zwanger, dit soort heftige bewegingen konden voldoende zijn om het kind te verliezen, zag ik haar denken.

'Vraag hem wat langzamer te varen!' siste ze. 'Het kan gevaarlijk voor me worden!'

Ik keek naar Arvid, die met een glimlach om zijn lippen achter het stuur zat, zijn ogen dichtgeknepen in de frisse, zilt geurende lucht die langs ons stroomde. Ik dacht niet dat het kwaad kon en kon me er niet toe zetten in te grijpen, Arvid te vragen vaart te minderen – zoiets doms. Aan de andere kant zat Linda daar laaiend van angst en woede. Voor haar kon ik dat toch wel doen, ook al maakte ik mezelf belachelijk?

'Niets aan de hand', zei ik tegen Linda. 'Het kan geen kwaad.'

'Karl Ove!' siste ze. 'Vraag hem langzamer te varen. Dit is levensgevaarlijk, begrijp je dat niet?'

Ik richtte me op en schoof wat naar Arvid toe. Mærdø kwam akelig snel op ons af. Hij keek me glimlachend aan.

'Vaart goed, nietwaar?'

Ik knikte en glimlachte terug. Stond op het punt hem te vragen vaart te minderen, maar zweeg, ging weer naast Linda zitten.

'Het kan geen kwaad', zei ik.

Ze zei niets, hield zich verbeten en wit weggetrokken vast.

We liepen wat op Mærdø rond, er werd een kleed op de grond uitgespreid, we dronken koffie, aten er koekjes bij en toen liepen we terug naar de boot. Op weg naar de steiger ging ik naast Arvid lopen.

'Linda werd een beetje bang toen je net zo snel voer. Ze is zwanger, weet je, dus die schokken ... Nou ja, je begrijpt me wel. Kun je het op de terugweg niet een beetje kalmer aan doen?'

'Natuurlijk', zei hij.

De hele weg terug naar Hove voer hij met een slakkengangetje. Ik vroeg me af of dat demonstratief bedoeld was of dat hij gewoon extra rekening met haar hield. Hoe dan ook, het was pijnlijk. Zowel dat ik het had gevraagd als dat ik me daar op de heenweg niet toe had kunnen zetten. Dat moest toch het eenvoudigste van de wereld zijn, iemand te vragen langzamer te varen, mijn vriendin is zwanger?

Vooral omdat Linda's angst en onrust een andere oorsprong hadden dan normaal. Het was nog maar drie jaar geleden dat ze twee jaar lang manisch-depressief was geweest. Een kind krijgen als je zoiets had doorgemaakt, was niet zonder risico, ze wist absoluut niet hoe ze zou reageren. Het kon gebeuren dat ze in een manisch-depressieve fase terugviel. Misschien zo erg dat ze weer moest worden opgenomen. En wat zou dat voor het kind betekenen? Aan de andere kant had ze het achter de rug, stond ze op een heel andere manier in het leven dan voor haar inzinking en ik, die haar bijna een jaar lang iedere dag had meegemaakt, wist dat het goed zou gaan. Ik beschouwde wat er was gebeurd als een crisis. Groot en omvattend, maar afgesloten. Ze was gezond en monter, de schommelingen die haar leven ook nu nog kende, vielen binnen de norm.

We namen de trein naar Moss, Espen haalde ons af van het station en we reden naar hun huis in Larkollen. Linda had lichte koorts en ging naar bed, Espen en ik gingen naar een veldje in de buurt om wat te voetballen, 's avonds barbecueden we, ik bleef een poosje zitten, eerst met Espen en Anne, later alleen met Espen. Linda sliep. De volgende dag bracht Espen ons naar het zomerhuisje op Jeløya, waar we een week bleven terwijl zij in Stockholm in ons appartement logeerden. Ik stond om een uur of vijf op om aan mijn roman te schrijven, want dat was wat het manuscript begon te worden, tot Linda om een uur of tien uit bed kwam. Dan ontbeten we, ik las af en toe voor wat ik had geschreven, zij zei altijd dat het ontzettend goed was, we gingen naar het strand, dat een paar kilometer verderop lag, om te zwemmen, deden boodschappen en kookten, na het eten viste ik wat terwijl zij sliep, 's avonds staken we de open haard aan en zaten daar te praten of te lezen of we vreeën. Toen de week om was, namen we de trein van Moss naar Oslo en vandaar de Bergensbane verder naar Flåm, waar we in de boot naar Balestrand stapten om in het Kviknes Hotel te overnachten en de volgende dag de veerpont naar Fjærland te nemen. Daar kwamen we Tomas Espedal tegen, hij was op reis met een vriend, ze zouden naar een boerderijtje gaan dat hij in Sunnfjord had. Ik had hem niet meer gezien sinds ik in Bergen woonde en alleen al toen ik hem zag vrolijkte ik op, hij was een van de aardigste mensen die ik ooit had ontmoet. In Fjærland stond mama op de kade te wachten en van daar reden we langs de gletsjer, die grijswit glansde tegen de blauwe hemel, door de lange tunnel naar het lange, smalle, donkere dal met de vele lawines en verder naar Skei, waar het vriendelijke en weelderige Jølsterlandschap zich ontvouwde.

Het was de derde keer dat mama en Linda elkaar ontmoetten en ik probeerde de resterende tijd voortdurend om de afstand tussen hen, die ik onmiddellijk voelde, te overbruggen zonder dat het lukte, er was altijd wel iets wat in de weg stond, bijna nooit iets wat vanzelf ging. Als dat wel zo was en ik bijvoorbeeld zag hoe Linda opleefde wanneer ze iets vertelde waar mama op inging, werd ik absurd blij, ik besefte het zelf en verlangde ernaar te vertrekken.

Toen kreeg Linda bloedingen. Ze werd doodsbang, werkelijk doodsbang, wilde onmiddellijk weg, belde naar Stockholm om met de verloskundige te praten, die er niets van kon zeggen zonder haar te onderzoeken. Dat maakte Linda nog banger en het hielp niet veel dat ik zei: het komt wel goed, het komt beslist goed, er is niets aan de hand, want hoe kon ik dat weten? Wat voor autoriteit was ik op dat gebied? Zij wilde weg, ik zei dat we bleven en toen ze daar uiteindelijk mee akkoord ging, was het allemaal mijn verantwoording, want als het verkeerd afliep of verkeerd was afgelopen, was ik degene die zijn zin had doorgedreven om het af te wachten in plaats van het te laten onderzoeken.

Het verslond al Linda's energie, ik zag dat het het enige was waar ze aan dacht, ze werd door angst verscheurd, tijdens het eten of als we 's avonds bij elkaar zaten, zei ze niets meer en als ze naar beneden kwam nadat ze boven had geslapen, en mama en mij pratend aantrof in de tuin, draaide ze zich om en liep met ogen zwart van woede weg, en ik begreep waarom: we praatten met elkaar alsof er niets aan de hand was, alsof wat zij voelde niet van betekenis was. Enerzijds was dat ook zo, anderzijds niet. Ik dacht echt dat het goed zou gaan, maar ik wist het niet zeker, aan de andere kant waren we hier te logeren, het was meer dan een half jaar geleden dat ik mijn moeder had gezien, we hadden veel om over te praten en wat hielp het niets te zeggen, alleen maar zwijgend rond te lopen in die grote, verscheurende, allesomvattende angst? Ik hield haar in mijn armen, ik troostte haar, probeerde te zeggen dat het wel goed zou komen, maar ze wilde niets aannemen, ze wilde daar niet zijn. Ze gaf mama nauwelijks antwoord als die haar iets vroeg. Tijdens de wandelingen die we rondom in het dal maakten, schold ze op mijn moeder en bekritiseerde haar. Ik verdedigde haar, we schreeuwden naar elkaar, soms draaide ze zich om en liep alleen terug, dan holde ik achter haar aan, het was een nachtmerrie, maar zoals met alle nachtmerries was er ook na deze een ontwaken. Echter, na nog een laatste scène: mama bracht ons naar Florø, waar we de boot zouden nemen. We waren vroeg en besloten ergens te gaan lunchen, vonden een restaurant op een soort vlot, gingen zitten en bestelden vissoep. Die kwam, maar smaakte vreselijk, het was bijna pure boter.

'Dat kan ik niet eten', zei Linda.

'Nee, echt lekker is het niet', zei ik.

'We moeten het tegen de bediening zeggen en vragen of we iets anders kunnen krijgen', zei Linda.

Iets pijnlijkers dan eten terugsturen naar de keuken kon ik me niet voorstellen. En dit was ondanks alles Florø, niet Stockholm of Parijs. Aan de andere kant had ik geen zin in nog meer humeurigheid, dus ik wuifde naar de serveerster.

'De soep smaakt helaas niet zo goed', zei ik. 'Denkt u dat we iets anders kunnen krijgen?'

De robuuste serveerster van middelbare leeftijd met haar slecht geverfde blonde haar keek me misprijzend aan.

'Het eten moet eigenlijk in orde zijn', zei ze. 'Maar als jullie het zeggen, zal ik naar de kok gaan om te vragen.'

Met drie volle schalen soep voor ons zaten we zwijgend rond de tafel, mijn moeder, Linda en ik.

De serveerster kwam terug en schudde haar hoofd.

'Helaas,' zei ze, 'de kok zei dat er niets aan de hand was met de soep. Hij smaakt zoals hij hoort te smaken.'

Wat moesten we doen?

De enige keer van mijn leven dat ik iets terugstuur naar de keuken, en dan weigeren ze! Waar ook ter wereld hadden ze ons iets anders gebracht, behalve in Florø. Ik had een kleur van schaamte en irritatie. Als ik alleen was geweest, had ik die klotesoep gewoon opgegeten, hoe smerig hij ook was. Nu deed ik mijn beklag, pijnlijk en onnodig als ik dat vond, en dan accepteren ze het niet.

Ik stond op.

'Ik ga even met de kok praten', zei ik.

'Doe dat', zei de serveerster.

Ik liep over de ponton naar de keuken, die aan de vaste wal lag, boog mijn hoofd over een buffet en wist de aandacht te trekken, niet van een kleine dikkerd, zoals ik me had voorgesteld, maar van een lange, stevig gebouwde kerel van mijn leeftijd.

'We hebben vissoep besteld', zei ik. 'Die smaakt een beetje erg naar boter, hij is nauwelijks te eten, helaas. Kunnen we een ander gerecht krijgen, denkt u?'

'Die soep smaakt exact zoals hij moet smaken', zei hij. 'U hebt vissoep besteld en u hebt vissoep gekregen. Daar kan ik u niet mee helpen.'

Ik liep terug. Linda en mama keken me aan. Ik schudde mijn hoofd.

'Geen kans', zei ik.

'Misschien moet ik maar eens een poging wagen', zei mama. 'Ik ben een vrouw op leeftijd, misschien helpt dat.'

Was het niets voor mij om in een restaurant te klagen, voor haar al helemaal niet.

'Dat hoeft niet', zei ik. 'Laten we gewoon gaan.'

'Ik probeer het', zei ze.

Een paar minuten later kwam ze terug. Ook zij schudde haar hoofd.

'Tja,' zei ik, 'ik heb weliswaar honger, maar die soep kunnen we nu natuurlijk wel vergeten.'

We stonden op, legden het geld op tafel en gingen weg.

'We moeten maar iets op de boot eten', zei ik tegen Linda, die slechts zwijgend en somber knikte.

De boot kwam met zijn wervelende schroeven aangevaren, ik bracht de bagage aan boord, zwaaide naar mama en vond een plaatsje helemaal vooraan.

We aten allebei een zachte, bijna vochtige pizza, een koud pannenkoekje en een yoghurt. Linda ging slapen. Toen ze wakker werd, was alles wat haar had dwarsgezeten als bij toverslag verdwenen. Vrolijk en opgewekt zat ze naast me te praten. Ik keek haar verwonderd aan. Had dit allemaal met mijn moeder te maken? Kwam het omdat ze ergens op een vreemde plek was? Kwam het omdat we een bezoek brachten aan dat deel van mijn leven waar zij nog niet bij had gehoord? En niet door de angst om het kind te verliezen? Want die was toch nog net zo urgent?

We vlogen vanuit Bergen terug, de volgende dag werd ze onderzocht, alles was prima in orde. Het kleine hartje klopte, het kleine lijfje groeide, alle mogelijke uitslagen waren perfect.

Na het onderzoek, dat in een kliniek in Gamla Stan plaatsvond, gingen we naar een koffietent in de buurt om te bepraten wat er tijdens de controle was gebeurd. Dat deden we elke keer. Een uurtje later nam ik de metro helemaal naar Åkeshov, waar ik een nieuw kantoor had, ik kon het op het laatst niet meer opbrengen in het oude in de toren te zitten werken en toen had een vriendin van Linda, de schrijfster en filmregisseuse Maria Zennström, me voor een appel en een ei een wat armoedige ruimte aangeboden. Het lag in de kelder van een flat, er was overdag geen mens, ik zat volkomen alleen tussen de betonnen muren te schrijven, te lezen of naar het bos te staren, waar de wagons van de metro ongeveer om de vijf minuten tussen de bomen door slingerden. Ik had Spenglers *De ondergang van het Avondland* gelezen en voor zijn civilisatietheorieën viel heel wat te zeggen, maar wat hij schreef over de barok en het faustische, over de verlichting en het organische was origineel en onovertroffen: een paar dingen daaruit nam ik min of meer rechtstreeks over in mijn roman, waarin, naar ik had begrepen, de zeventiende eeuw als een soort spil moest functioneren. Daaruit ontsprong alles, toen splitste de wereld zich: aan de ene kant bevond zich het oude en onbruikbare, de hele magische, irrationele, dogmatische en gezagsgetrouwe traditie, aan de andere kant dat wat zich ontwikkelde tot de wereld waarin wij leven.

De herfst verstreek, de buik groeide, Linda was met allerlei kleinigheden bezig, trok zich min of meer al in zichzelf terug, brandende kaarsen en warme baden, stapels babykleertjes in de kast, fotoalbums werden ingeplakt, boeken over zwangerschap en de eerste jaren van de baby werden gelezen. Ik was zo blij als ik dat zag, maar ik kon haar daar niet in volgen, niet eens een poging doen, ik moest immers schrijven. Ik kon bij haar zijn, met haar vrijen, praten, wandelen, maar ik kon niet voelen als zij of doen als zij.

Zo nu en dan kwam er weer een uitbarsting. Op een ochtend morste ik water op het kleed in de keuken en ging het huis uit zonder daar verder iets aan te doen, toen ik weer thuiskwam was er een grote, gele vlek ontstaan. Ik vroeg wat er was gebeurd, ze keek me beschaamd aan, nou ja, toen ze de keuken binnenkwam had ze de vlek gezien die ik op het kleed had achtergelaten, en ze was zo boos geworden dat ze er jus d'orange op had gegoten. Maar toen het water opdroogde, zag ze wat ze had gedaan.

Dat kleed konden we weggooien.

Op een avond maakte ze grote krassen in het blad van de eettafel, die ze van haar moeder had gekregen – onderdeel van een klein ameublement waarvoor die ooit een vermogen had uitgegeven – omdat ik niet voldoende interesse toonde in de brief naar de afdeling verloskunde, die ze aan het schrijven was. Het ging om de wensen en de voorkeuren die ze had, ik knikte als ze een voorstel voorlas, maar kennelijk niet overtuigend genoeg, want plotseling kraste ze uit alle macht met haar pen over tafel, steeds en steeds weer. Wat doe je nou? vroeg ik. Het interesseert je niet, zei ze. O, godsamme, zei ik. Natuurlijk interesseert het me. En nu heb je de tafel vernield.

Op een avond werd ik zo boos op haar dat ik uit alle macht een glas in de open haard slingerde. Merkwaardig genoeg brak het niet eens. Typisch, dacht ik later, zelfs het klassieke onderdeel glas gooien tijdens een ruzie krijg ik niet voor elkaar.

We gingen samen naar de zwangerschapscursus, de zaal was stampvol en de aanwezigen waren een en al oor voor alles wat er vanaf het spreekgestoelte werd gezegd: als dat maar een greintje controversieel werd, dat wil zeggen een biologische invalshoek kreeg, ging er een zacht geroezemoes door de zaal, want dit vond plaats in een land waar sekse een sociale constructie was en waar voor het lichaam geen plaats was behalve voor het onderdeel dat volgens iedereen het verstand behelsde. Instinct, klonk het van daarboven, nee, nee, nee! fluisterden de vrouwen in de zaal driftig, hoe kun je zoiets zeggen! Ik zag op een bank een vrouw zitten snikken, haar man was tien minuten te laat en ik dacht: ik ben niet de enige. Toen hij eindelijk kwam, sloeg ze hem met haar vuisten in zijn buik terwijl hij probeerde haar daar zo voorzichtig als hij kon van te weerhouden en tot een beetje meer zelfbeheersing en waardigheid te overreden.

Zo leefden we, in abrupte schommelingen tussen rust en vredigheid, optimisme en warmte, en plotselinge woede-uitbarstingen. Elke ochtend nam ik de metro naar Åkeshov en zodra ik het metrostation binnenkwam, was alles wat er thuis gebeurde uit mijn gedachten verdwenen. Ik keek naar de mensenmassa hier in het onderaardse station, snoof de sfeer op, stapte in de trein, las, keek naar de huizen in de voorsteden waar we langsreden als we de tunnel uit kwamen, las, keek over de stad uit als we over de grote brug reden, las en was weg van, echt weg van al die kleine stationnetjes waar we stopten, stapte uit in Åkeshov, was praktisch de enige die die kant op ging naar zijn werk, liep hooguit een kilometer naar kantoor en werkte de hele verdere dag. De tekst besloeg al bijna honderd pagina's en werd steeds merkwaardiger: na het begin met de krabbenvangst werd het puur essayistisch en poneerde een paar theorieën over het goddelijke, waar ik nooit eerder over had nagedacht, maar die merkwaardig genoeg, vanuit de premissen die ze inhielden, op hun manier klopten. Ik had een Russisch-orthodoxe boekhandel ontdekt, echt een vondst, ze hadden er een keur aan merkwaardige geschriften, die ik kocht en waar ik aantekeningen uit maakte en ik kon mijn vreugde nauwelijks op als weer een element in mijn pseudotheorie op zijn plaats viel, tot ik laat in de middag naar huis ging en het leven dat me daar wachtte, langzamerhand tot me terugkeerde naarmate de metro het station op Hötorg naderde. Soms ging ik iets vroeger, als we voor controle naar de Mödravårdscentrale moesten, zoals dat heette, waar ik op een stoel zat toe te kijken terwijl Linda werd onderzocht: bloeddruk en bloedtests, hartslag en de omvang van de buik, die altijd groeide zoals hij moest, alles was in orde, alle uitslagen perfect, want als er één ding was wat Linda bezat, was het een sterk en gezond lichaam, iets wat ik zo vaak ik kon tegen haar zei. Vergeleken bij de standvastigheid en de zekerheid van haar gestel had haar onrust niets te betekenen, was die een zoemende vlieg, een wervelende veer, een wolk van stof.

We gingen naar IKEA om een luiertafel te kopen, die we volpakten met stapels washandjes en handdoeken, en aan de muur erboven plakte ik een serie ansichtkaarten met afbeeldingen van zeehonden, walvissen, vissen, schildpadden, leeuwen, apen en The Beatles uit hun kleurrijke periode, zodat het kind kon zien in wat voor fantastische wereld het terecht was gekomen. Yngve en Kari Anne stuurden ons de babykleertjes die ze niet meer nodig hadden, terwijl de kinderwagen die ze ons hadden beloofd, op zich liet wachten, tot Linda's groeiende ergernis. Op een avond explodeerde ze: die kinderwagen konden we wel vergeten, op die broer van mij kon je niet vertrouwen, we hadden er zelf een moeten kopen, zoals zij steeds al had gezegd. Op dat moment had ze nog twee maanden te gaan. Ik belde Yngve en mompelde iets over de wagen en de irrationaliteit van zwangere vrouwen, hij zei dat het in orde kwam, ik zei dat ik dat wist, maar ja, ik moest toch even vragen. O, wat haatte ik dat. Wat haatte ik het om tegen mijn natuur in te handelen alleen om haar tevreden te stellen. Maar, zei ik tot mezelf, het was ergens voor, het was voor een goed doel en zolang dat boven al het andere verheven was, zat er niets anders op dan zich te schikken in het gekrabbel en gekruip beneden op de grond. De wagen kwam niet, er volgde een nieuwe uitbarsting. We kochten een of ander toestel dat we in het bad konden zetten als het kind zou worden gebaad, we kochten rompertjes en schoentjes, trappelzakken en een dekbedovertrek voor de wagen. Van Helena konden we een wieg lenen met een dekbedje en een kussentje, die Linda met tranen in haar ogen bekeek. En we hadden het over namen. Daar hadden we het bijna elke avond over, we kwamen afwisselend met de meest uiteenlopende voorstellen, hadden de hele tijd een lijstje met de vier of vijf meest actuele, dat de hele tijd veranderde. Op een avond opperde Linda Vanja en dat werd de naam als het een meisje was. Opeens waren we overtuigd. Het Russische ervan beviel ons en de associatie die het bij ons opriep, met iets sterks en wilds; bovendien was Vanja afgeleid van Ivan, dat hetzelfde was als Johannes in het Noors, zoals mijn opa van moederskant heette. Werd het een jongen, dan zou hij Bjørn worden genoemd.

Op een ochtend toen ik de trap af liep naar het perron van de metro aan de Sveaväg, werd mijn aandacht getrokken door twee mannen die aan het vechten waren, ze vertoonden een ongehoorde agressie te midden van al die halfslaperige passagiers, ze riepen, nee, ze schreeuwden naar elkaar en mijn hart begon sneller te kloppen, toen knalden ze tegen elkaar op terwijl er vlak naast hen een trein langs het perron aan kwam rijden. De een rukte zich los zodat hij genoeg afstand kreeg om de ander een trap te geven. Ik liep op hen af. Ze knalden weer tegen elkaar op. Ik bedacht dat ik moest ingrijpen. Ik had zo veel nagedacht over het voorval met de bokser toen ik het niet aandurfde om de deur in te trappen, over het voorval tijdens de boottocht toen ik het niet aandurfde om Arvid te vragen vaart te minderen, en over Linda's onrust wat mijn daadkracht in het algemeen betrof dat ik nu geen twijfel kende. Ik kon niet blijven toekijken. Ik moest ingrijpen. Alleen al bij het idee werden mijn benen slap en begonnen mijn armen te trillen. Toch zette ik mijn tas neer, dit was een test, ik dacht: nu kan het me verdomme geen bal schelen, liep recht op het vechtende duo af en sloeg mijn armen om degene die het dichtstbij stond. Ik drukte zo hard ik kon. Op hetzelfde moment ging er een andere man tussen hen in staan, toen kwam er een derde en het gevecht was voorbij. Ik pakte mijn tas op, stapte aan de andere kant in de trein en de hele weg naar Åkeshov was ik zo slap als een vaatdoek terwijl mijn hart als een razende tekeerging. Niemand kon zeggen dat ik niet daadkrachtig was opgetreden, maar ook niet dat ik zo bijster slim had gehandeld, ze hadden wel een mes of weet ik wat kunnen hebben, en het voorval had niet eens iets met mij te maken.

Het merkwaardige die maanden was hoe we tegelijkertijd naar elkaar toegroeiden en verder van elkaar af kwamen te staan. Linda bleef nooit lang boos en als er iets was gebeurd, dan was het gebeurd in die zin dat het voorbij was. Voor mij lag dat anders. Ik bleef lang boos en ik had al die episodes die het laatste jaar waren voorgevallen, als het ware in me opgeslagen. Aan de andere kant begreep ik wel wat er speelde: de vonken woede die die eerste herfst in ons leven opflikkerden, hadden te maken met wat er in onze relatie was verdwenen, Linda's grote angst was ook de rest te verliezen, ze probeerde me aan zich te binden, maar doordat ik die banden zo schuwde, werd de afstand groter, en dat was juist waar zij bang voor was. Toen ze zwanger werd veranderde dat, toen bestond er een horizon buiten die van ons tweeën, iets groters dan wij, iets wat er de hele tijd was, in mijn gedachten én in die van haar. In al haar onrust, hoe groot die ook was, had ze de hele tijd iets bestendigs en geborgens. Het zou allemaal in orde komen, het zou goed gaan, dat wist ik.

Midden december kwamen Yngve en de kinderen op bezoek. Ze hadden de langverwachte kinderwagen bij zich en bleven een paar dagen. De eerste dag en een paar uur van de tweede was Linda vriendelijk, maar toen trok ze zich terug, kreeg dat vijandige over zich wat mij tot waanzin dreef, niet als ik de enige was die eronder te lijden had, want daar was ik aan gewend en kon ik wel tegen, maar juist als het anderen betrof. Dan moest ik tussenbeide komen, proberen Linda mild te stemmen, proberen Yngve mild te stemmen, te zorgen dat het liep. Het duurde nog zes weken voor ze was uitgerekend, ze wilde met rust gelaten worden, vond dat ze daar recht op had en misschien was dat ook wel zo, wist ik veel, maar dat betekende toch niet dat je niet langer aardig hoefde te doen tegenover je gasten? Gastvrijheid, dat mensen bij ons langs konden komen en zo lang konden blijven als ze wilden, was belangrijk voor me en ik begreep niet hoe Linda zoiets kon doen. Of jawel, ik begreep wel wat er aan de hand was: aan de ene kant zou ze binnenkort bevallen en wilde ze niet zo veel bezoek hebben, aan de andere kant was er sprake van een kloof tussen haar en Yngve. Yngve had een goede, nauwe band met Tonje gehad, die had hij niet met Linda en dat merkte ze natuurlijk, maar verdomme, waarom moest ze zich daarnaar gedragen? Waarom kon ze haar gevoelens niet opzij zetten en het spel meespelen? Vriendelijk doen tegen mijn familie? Deed ik niet vriendelijk tegen die van haar? Had ik ooit gezegd dat ze misschien wat vaak kwamen en zich met eindeloos veel dingen bemoeiden, waar ze niets mee te maken hadden? Linda's familie en vrienden waren duizend maal vaker bij ons dan die van mij, die verhouding was echt een op duizend, en toch, hoewel er van zo'n waanzinnige wanverhouding sprake was, kon ze, wilde ze het niet opbrengen, trok ze zich terug. Waarom? Omdat ze vanuit haar gevoelens handelde. Maar gevoelens zijn er om ze te onderdrukken.

Ik zei niets, slikte al mijn verwijten en woede in en toen Yngve en de kinderen weg waren en Linda weer vrolijk en opgewekt en vol verwachting was, zette ik het haar niet betaald met afstandelijkheid en stugheid, zoals mijn eerste impuls was, nee, integendeel, ik liet het erbij, liet haar onredelijkheid voor wat ze was, en we hadden een fijne Kerst en Oud en Nieuw.

Die laatste avond van 2003, waarop ik in de keuken heen en weer liep om het eten klaar te maken terwijl Geir op een stoel toekeek en honderduit zat te babbelen, bestond het leven dat ik had verlaten toen ik uit Bergen vertrok niet meer. Alles om me heen hield op een of andere manier verband met de twee mensen die ik toen eigenlijk nog helemaal niet kende. Vooral met Linda natuurlijk, met wie ik nu mijn leven deelde, maar ook met Geir. Ik had me door hem laten beïnvloeden, en niet zo'n beetje ook, dat was niet altijd zo'n prettige gedachte, dat ik zo gemakkelijk te beïnvloeden was, dat mijn blik zich zo gemakkelijk door die van anderen liet kleuren. Soms bedacht ik dat hij net een van die vrienden uit je jeugd was met wie je niet mocht spelen. Je niet met hem bemoeien, Karl Ove, hij heeft een slechte invloed op je.

Ik deed de laatste halve kreeft op de schaal, legde het mes weg en veegde het zweet van mijn voorhoofd.

'Zo', zei ik. 'Nu alleen de decoratie nog.'

'De mensen moesten eens weten waar jij mee bezig bent', zei Geir.

'Wat bedoel je?'

'De gebruikelijke opvatting van het beroep als schrijver is toch dat het interessant en aantrekkelijk is. Maar jij besteedt je tijd grotendeels aan schoonmaken en eten klaarmaken.'

'Dat klopt', zei ik. 'Maar moet je eens zien hoe goed het eruitziet!'

Ik sneed de citroenen in vieren en legde de partjes tussen de kreeft, scheurde een paar takjes peterselie af en schikte die ernaast.

'De mensen willen schandaleuze schrijvers, snap je dat niet? Je hoort met een harem jonge vrouwen om je heen het Theatercafé binnen te komen. Dat is wat er van je wordt verwacht. Niet dat je hier met die verdomde emmers sop van je bezig bent ... In dat opzicht moet trouwens Tor Ulven de grootste teleurstelling in de Noorse literatuur zijn geweest, die ging niet eens uit! Hahaha!'

Zijn lach werkte aanstekelijk. Ik lachte mee.

'En pleegde tot overmaat van ramp nog zelfmoord ook!' ging hij verder. 'Hahaha!'

'Hahaha!'

'Hahaha! Ibsen was ook een teleurstelling, trouwens. Niet wat die spiegel in zijn hoge hoed betreft, natuurlijk. Die verdient respect. Net als die levende schorpioen op zijn bureau. Bjørnson was geen teleurstelling. En Hamsun al helemaal niet. Eigenlijk kun je de hele Noorse literatuur op die manier indelen. En dan kom jij er niet bijzonder goed van af, helaas.'

'Nee,' zei ik, 'maar het is hier in elk geval schoon. Zo, nu alleen het brood nog.'

'Trouwens, je zou dat essay over Hauge waar je het over had, nu eens moeten schrijven.'

'De boze man uit Hardanger?' vroeg ik terwijl ik het witbrood uit de bruine papieren zak pakte.

'Ja, dat.'

'Dat doe ik ooit nog', zei ik, ik hield het mes onder de straal warm water en droogde het af aan een theedoek voor ik begon te snijden. 'Ik moet er soms inderdaad aan denken. Dat hij naakt in de kolenkelder lag nadat hij boven in de kamer alle meubels aan stukken had geslagen. Of dat de kinderen in het dorp stenen naar hem gooiden. Jezus, hij moet een paar jaar helemaal van de wereld zijn geweest.'

'En vergeet niet dat hij schreef dat Hitler een groot man was, en later uit zijn dagboek verwijderde wat hij tijdens de oorlog had geschreven', zei Geir.

'Nee, zeker niet', zei ik. 'Maar het opvallendste in zijn hele dagboek is wat hij schrijft als zijn ziekteperiodes beginnen. Als je dat leest, merk je hoe het allemaal steeds sneller gaat en hoe alle remmingen verdwijnen. Plotseling doet hij uit de doeken wat hij éígenlijk vindt van mensen en wat ze schrijven. Anders doet hij zó zijn best om in iedereen iets positiefs te zien. Beleefd en behoedzaam en vriendelijk en aardig. En dan opeens die ommekeer. Merkwaardig dat niemand daarover heeft geschreven, vind je niet? Ik bedoel dat zijn oordeel over bijvoorbeeld Jan Erik Vold plotseling zo radicaal verandert.'

'Daar durft niemand over te schrijven, weet je', zei Geir. 'Ben je gek. Ze durven de periodes waarin hij doordraaide, nauwelijks aan te stippen.'

'Nou ja, daar is natuurlijk een reden voor', zei ik en ik legde de sneetjes brood in het mandje en begon het volgende te snijden.

'En die is?'

'Fatsoen. Manieren. Rekening houden met.'

'O, ik geloof dat ik in slaap val. Het wordt zo saai hier.'

'Nee, serieus. Ik meen het.'

'Natuurlijk meen je het. Maar luister: het staat echt in zijn dagboek, toch?'

'Jawel.'

'En je kunt Hauge niet begrijpen zonder dat te begrijpen?'

'Nee.'

'En jij vindt Hauge een groot dichter?'

'Ja.'

'Dus welke conclusie trek je daaruit? Dat men fatsoenshalve een wezenlijk deel van het leven van een groot dichter en dagboekschrijver buiten beschouwing moet laten? Het onaangename weg moet laten?'

'Wat speelt het voor rol dat Hauge dacht dat hij bestraald werd door machten vanuit het heelal? Ik bedoel: voor zijn gedichten? Bovendien, wie weet in welke verhouding dat ruwe en directe tot het beleefde en doordachte staat? Ik bedoel: wat is eigenlijk de norm?'

'Wat? Wat voor koekoek nestelt er in jou? Jíj hebt me toch alles over de meer excentrieke kanten van Hauge verteld, jóú hield dat toch bezig?! Dat het beeld van de wijze man uit Hardanger niet onweersproken kon blijven zolang we weten dat hij gedurende lange periodes zo gek en onwijs was als hij was? Of beter gezegd, dat zijn wijsheid, wát dat ook moge zijn, niet kan worden begrepen zonder die tragische kant van zijn bestaan.'

'Geen koekoek zonder vuur, zoals de Chinezen zeggen', zei ik. 'Misschien komt het omdat we net om Tor Ulven hebben gelachen. Ik heb een beetje een slecht geweten.'

'Hahaha! Echt waar? Zo gevoelig en fijnbesnaard kun je toch niet zijn. Hij is dood. En hij was bepaald geen feestneus, voor zover ik weet. Hij was toch kraanmachinist? Hahaha!'

Lachend sneed ik de laatste sneden brood, maar niet zonder onbehagen.

'Nee, nu is het genoeg', zei ik en ik deed ze in het mandje. 'Neem jij het mandje brood, de boter en de mayonaise mee, dan gaan we naar de anderen.'

'O, wat heerlijk!' zei Helena toen ik de schaal op tafel zette.

'Wat ziet dat er mooi uit, Karl Ove', zei Linda.

'Alsjeblieft', zei ik.

Ik verdeelde het beetje champagne dat over was en trok een fles witte wijn open, toen ging ik zitten en legde een halve kreeft op mijn bord. Ik kraakte de grote schaar met de kraker van het schaaldierbestek dat ik ooit van Gunnar en Tove had gekregen. Het vlees, zo mooi dik rond het kleine witte, vlakke kraakbeen of wat het ook was. De ruimte tussen het vlees en de schaal, waar vaak nog water in zat: wat voor gevoel zou dat zijn als het beest daar beneden op de bodem van de zee rondliep?

'Nu hebben we het goed, jongens!' zei ik in het dialect van Hauge en ik hief mijn glas op. 'Proost!'

Geir glimlachte. De anderen deden alsof ze niet hoorden wat ze niet begrepen en hieven ook het glas.

'Proost! En bedankt voor de uitnodiging!' zei Anders.

Meestal maakte ik het eten klaar als we gasten hadden. Niet zozeer omdat ik dat leuk vond, maar meer omdat ik me daarachter kon verschuilen. In de keuken staan als ze kwamen, even binnenkomen om ze te begroeten, weer terug moeten, weg, tot het eten kon worden opgediend en ik genoodzaakt was tevoorschijn te komen. Maar ook dan kon ik me ergens achter verschuilen: er moest een glas vol wijn geschonken, een ander vol water, daar kon ik me mee bezighouden, en zodra het eerste gerecht op was, kon ik afruimen en het volgende opdienen.

Zo deed ik dat ook die avond. Weliswaar fascineerde Anders me, maar ik kon niet met hem praten. Ik mocht Helena, maar ik kon niet met haar praten. Met Linda kon ik praten, maar nu moesten we ervoor zorgen dat de anderen het naar hun zin hadden en konden we ons natuurlijk niet met elkaar bezighouden. Ook met Geir kon ik praten, maar zodra er meer mensen bij waren, nam een andere kant van zijn persoonlijkheid het over: hij had het met Anders over criminele kennissen, ze lachten en waren druk in gesprek, Helena amuseerde hij door choquerend openhartig te zijn, ze reageerde geschrokken, maar moest toch ook lachen. Onder de oppervlakte heersten echter ook spanningen. Linda en Geir waren net twee magneten, ze stootten elkaar af. Helena was nooit helemaal tevreden over Anders als ze ergens waren, hij zei niet zelden dingen waar ze het niet mee eens was of die ze dom vond, en die negatieve stemming trok ik me onmiddellijk aan. Christina kon tijden haar mond houden, ook dat trok ik me aan, want wat was de reden? Had ze het niet naar haar zin, lag het aan ons, aan Geir, aan haarzelf?

Er bestonden nauwelijks overeenkomsten tussen ons, sympathieën en antipathieën golfden de hele tijd heen en weer onder diezelfde oppervlakte, dat wil zeggen onder wat er werd gezegd en gedaan, maar desondanks, of misschien juist daarom, werd het een gedenkwaardige avond, vooral omdat we plotseling een punt bereikten waarop we het gevoel hadden dat niemand iets te verliezen had en alles uit zijn leven kon vertellen, ook dat wat we normaal gesproken voor onszelf hielden.

Het begon echter aarzelend, zoals bijna alle gesprekken tussen mensen die meer van elkaar weten dan dat ze elkaar kennen.

Ik peuterde het gladde, dikke vlees uit de schaal, sneed het in stukjes, prikte mijn vork erin en haalde het door de mayonaise voordat de tocht naar mijn mond begon.

Buiten klonk een enorme knal, alsof er iets werd opgeblazen. De ruiten rinkelden.

'Dat daar is verboden', zei Anders.

'Ja, daar ben jij expert in, voor zover ik begrijp', zei Geir.

'We hebben een Chinese ballon bij ons', zei Helena. 'Als je hem aansteekt, wordt hij door de warme lucht gevuld en stijgt hij vanzelf op.

Steeds hoger. Zonder knal of iets dergelijks. Hij zweeft gewoon doodstil omhoog. Het is fantastisch.'

'Mag je die in de stad opsteken?' vroeg Linda. 'Ik bedoel, stel dat hij brandend op een dak neerkomt?'

'Met Nieuwjaar mag alles', zei Anders.

Er viel een stilte. Ik vroeg me af of ik over die keer zou vertellen toen ik samen met een vriend op nieuwjaarsdag afgestoken vuurwerk had verzameld, het kruit eruit had gehaald, het in een huls had gepropt en die had aangestoken. Het beeld dat me nog zo helder voor de geest stond: Geir Håkon die zich naar me omdraait, zijn gezicht helemaal zwart van de roet. De angst die in me opwelde toen ik begreep dat papa de knal kon hebben gehoord en dat het roet er misschien niet helemaal af ging, zodat hij het zou zien. Maar het verhaal had geen pointe, bedacht ik, ik stond op en schonk nog wat wijn in, ving de blik op van Helena, die glimlachte, ik ging weer zitten, keek naar Geir, die het over de verschillen tussen Zweden en Noorwegen had, een onderwerp dat hij aansneed als het gesprek rond de tafel een beetje stokte, daar kon iedereen over meepraten.

'Maar waarom Zweden of Noorwegen?' zei Anders na een tijdje. 'Er gebeurt hier immers nooit iets. Koud en klote is het ook.'

'Anders wil terug naar Spanje', zei Helena.

'Nou en?' zei Anders. 'We hoeven alleen maar te verhuizen. Allemaal. Wat houdt ons hier eigenlijk? Niets!'

'Wat is er dan zo goed aan Spanje?' vroeg Linda.

Hij haalde zijn schouders op.

'Daar kun je doen wat je wilt. Niemand die zich er iets van aantrekt. En het is er lekker warm. Bovendien hebben ze er fantastische steden: Sevilla. Valencia. Barcelona. Madrid.'

Hij keek mij aan.

'Verder wordt daar op een iets ander niveau gevoetbald. Wij tweeën moesten er samen eens een keer heen gaan. *El Classico* zien. Met overnachting. Ik kan kaartjes regelen. Geen probleem. Wat zeg je ervan?'

'Klinkt goed', zei ik.

'Klinkt goed', blies hij. 'We gaan!'

Linda keek me glimlachend aan. Ga maar, dat gun ik je, zei haar blik. Maar ik wist dat er ook andere blikken en gemoedstoestanden waren, die vroeg of laat zouden volgen. Ga jij op stap en heb jij plezier terwijl ik hier in mijn eentje thuiszit? zeiden die. Je denkt alleen aan jezelf. Als jij ergens heen gaat, moet je met mij gaan. Dat alles lag in die blik besloten. Een grenzeloze liefde en een grenzeloze onrust. Ze streden voortdurend om de overmacht. De laatste maanden was er iets nieuws bijgekomen, het had te maken met het kind dat binnenkort zou komen, alsof ze iets dofs had gekregen. De onrust was vluchtig, etherisch, flakkerde door het bewustzijn heen als het noorderlicht aan een winterhemel of als bliksem aan een augustushemel, en ook het donkere dat hem begeleidde was licht, in die zin dat het afwezigheid van licht was, en wat afwezig is kent geen gewicht. Wat haar nu vervulde, was iets anders, ik bedacht dat het iets met aarde te maken had, iets aards, vastigheid. Aan de andere kant bedacht ik dat het een domme gedachte was, mythologiserend.

Maar toch. Aarde.

'Wanneer is *El Classico* dan?' vroeg ik en ik boog me over tafel om Anders' glas vol te schenken.

'Ik weet het niet. Maar daar hoeven we ook niet per se heen. Elke wedstrijd is goed. Ik wil alleen Barcelona zien.'

Ik schonk mijn eigen glas bij, pulkte het vlees dat diep in de klauw zat eruit.

'Ja, dat zou leuk zijn', zei ik. 'Maar we moeten in elk geval tot een week na de geboorte wachten. We zijn nu eenmaal geen mannen uit de jaren vijftig.'

'Ik wel', zei Geir.

'Ik ook', zei Anders. 'Ik ben in elk geval een grensgeval. Als ik had gekund, had ik op de gang gestaan tijdens de bevalling.'

'En waarom kon dat niet, dan?' vroeg Geir.

Anders keek hem aan en ze begonnen te lachen.

'Heeft iedereen genoeg gehad?' vroeg ik. Toen ze knikten, verzamelde ik de borden en bracht ze naar de keuken. Christina kwam met de beide schalen achter me aan.

'Kan ik je ergens mee helpen?' vroeg ze.

Ik schudde mijn hoofd en keek haar even vluchtig aan voor ik mijn blik neersloeg.

'Nee,' zei ik, 'maar bedankt voor het aanbod.'

Ze liep terug, ik vulde een pan water en zette die op het fornuis. Buiten knetterde en knalde het van het vuurwerk. Het kleine hoekje hemel dat ik zag, werd zo nu en dan opgelicht door een schitterend schijnsel, dat tijdens het dalen uiteenviel en doofde. Vanuit de kamer klonk gelach.

Ik zette de twee gietijzeren pannen elk op een kookplaat en zette die op de hoogste stand. Deed het raam open, en de stemmen van de mensen die beneden langsliepen, klonken opeens een stuk luider. Ik liep naar de kamer en zette een cd op, de nieuwe van The Cardigans, geschikte achtergrondmuziek.

'Ik vraag niet eens of je hulp nodig hebt', zei Anders.

'Dat is ook een manier', zei Helena en ze draaide zich naar mij om: 'Héb je hulp nodig?'

'Nee, nee, het gaat prima.'

Ik ging achter Linda staan en legde mijn handen op haar schouders.

'Dat doet goed', zei ze.

Er viel een stilte. Ik bedacht dat ik pas weg kon gaan als het gesprek weer op gang was.

'Ik heb vlak voor Kerst met een paar mensen in het Filmhuset geluncht', zei Linda na een tijdje. 'Een van hen had net een albinoslang gezien, ik geloof een python of een boa, maar dat maakt niet uit. Helemaal wit met een geel patroon. Toen vertelde iemand anders dat ze een boa had gehád. Thuis in haar appartement, als huisdier. Een enórme slang dus. Plotseling op een dag schrok ze op, hij lag naast haar in bed, in zijn volle lengte uitgestrekt. Ze had hem altijd alleen maar opgerold gezien, maar nu lag hij daar dus zo recht als een liniaal. Ze werd doodsbang en belde Skansen om te informeren bij iemand die daar met slangen werkte. Weten jullie wat hij zei? Ja, goed dat ze belde. Het was op het nippertje. Want wat grote slangen doen als ze zich op die manier uitstrekken, is hun buit opmeten. Om te kijken of ze in staat zijn hem op te schrokken.'

'O, gadverdamme!' zei ik. 'O, gádverdamme!'

De anderen lachten.

'Karl Ove is bang voor slangen', zei Linda.

'Dat is het ergste verhaal dat ik ooit heb gehoord! O, gadverdamme!'

Linda keek me aan: 'Hij droomt over slangen. Gooit soms midden in de nacht zijn dekbed op de grond en staat erop te trappen. Eén keer kwam hij overeind en sprong uit bed. Stond er doodstil als gehypnotiseerd naar te staren. Wat is er, Karl Ove, je droomt, kom, ga liggen, zei ik. Daar is een *slange*, zei hij in het Noors. Daar is geen *orm*, zei ik in het Zweeds. Kom, ga weer liggen. En toen zei hij vol verachting: "Als jij orm zegt klinkt het ook niet zo gevaarlijk!"'

Ze lachten. Geir legde Anders en Helena uit dat orm in Noorwegen voornamelijk voor kleinere inheemse slangen wordt gebruikt, ik zei dat ik wist wat er nu kwam: de freudiaanse betekenis van dromen over slangen, en dat ik dat niet wilde horen, waarop ik weer naar de keuken verdween. Het water kookte, ik deed de tagliatelle in de pan. De olie in de twee gietijzeren pannen was zo heet dat hij spetterde. Ik sneed wat knoflook fijn en deed het erin, nam toen de mosselen uit de kom en gooide die erbij, deed de deksels erop. Het begon onmiddellijk te sputteren en te knetteren. Ik goot er witte wijn bij, knipte petersleie fijn en strooide dat erover, haalde de pannen na een paar minuten van de plaat, goot de tagliatelle in een zeef, pakte de pesto en toen was het klaar.

'O, wat ziet dat er heerlijk uit', zei Helena toen ik met de borden binnenkwam.

'Het is nu niet direct een toverkunstje', zei ik. 'Ik heb het recept uit het kookboek van Jamie Oliver. Maar het is lekker.'

'Het ruikt fantastisch', zei Christina.

'Is er iets wat jij niet kunt?' vroeg Anders en hij keek me aan.

Ik sloeg mijn blik neer en haalde met mijn vork de weke inhoud uit een mossel, hij was donkerbruin met een oranje streepje langs de bovenkant en toen ik erin beet, knarste het als zand tussen mijn tanden.

'Heeft Linda verteld van ons *pinnekjøtt*-maal?' vroeg ik en ik keek op.

'Pinnekjøtt? Wat is dat?'

'Traditioneel Noors kersteten', zei Geir.

'Ribstuk van het schaap', zei ik. 'Het wordt gezouten en een paar maanden te drogen gehangen. Mijn moeder heeft het per post gestuurd ...'

'Schapenvlees per post?' zei Anders. 'Is dat ook een Noorse traditie?'

'Hoe moest ik er anders aan komen? Hoe dan ook, mijn moeder had het zelf gezouten en te drogen gehangen, thuis op zolder. Het smaakt fantastisch. Ze had beloofd het voor de Kerst te sturen en we zouden het op Kerstavond eten, Linda had het nog nooit gehad en voor mij is het ondenkbaar Kerstmis te vieren zonder pinnekjøtt, maar het kwam pas na de kerstdagen aan. Goed, ik pakte het uit, we besloten diezelfde avond nog een kerstmaal te houden en ik begon 's middags het vlees gaar te stomen. We dekten de tafel met een wit tafellaken, kaarsen, aquavit en alles wat erbij hoort, maar het vlees werd maar niet gaar, we hadden geen pan die goed genoeg sloot, dus het enige wat er gebeurde, was dat de hele flat naar schapenvlees rook. Uiteindelijk is Linda maar naar bed gegaan.'

'Rond een uur of een kwam hij me wekken!' zei Linda. 'En toen zaten we hier met zijn tweeën midden in de nacht een Noors kerstdiner te eten.'

'Maar het was leuk, toch?' zei ik.

'Ja, dat was het', zei ze glimlachend.

'Was het ook lekker?' vroeg Helena.

'Ja. Het ziet er misschien niet zo lekker uit, maar dat was het wel.'

'Ik dacht dat je een verhaal ging vertellen over iets wat je niet kon', zei Anders. 'Maar dit was je reinste idylle, verdorie.'

'Laat die man nu een beetje met rust, toe', zei Geir. 'Hij heeft carrière gemaakt door te vertellen hoe mislukt hij is. De ene trieste, tragische episode na de andere. Over de hele linie niets dan schaamte en spijt. Maar nu is het feest! Laat hem ter afwisseling eens vertellen wat hij allemaal wel kan!'

'Ik zou jou weleens over een nederlaag willen horen vertellen, Anders', zei Helena.

'Denk eraan tegen wie je het hebt!' zei Anders. 'Je hebt het tegen iemand die ooit rijk is geweest. En ik bedoel echt rijk. Ik had twee auto's, een appartement in Östermalm en een rekening bomvol geld. Ik kon op vakantie waarheen ik maar wilde, wanneer ik maar wilde. Ik had zelfs paarden! En wat doe ik nu? Ik weet net een baconchipsfabriek in Dalarne boven water te houden! Maar ik zit verdorie niet te klagen zoals jullie!'

'Wie, jullie?' vroeg Helena.

'Jij en Linda, bijvoorbeeld! Kom ik thuis, zitten jullie daar met een kopje thee op de bank over van alles en nog wat te jammeren. Al die mogelijke en onmogelijke gevoelens waarmee jullie voortdurend worstelen. Zo gecompliceerd is het toch niet. Of het gaat goed, of het gaat niet goed. En dat is ook goed, want dan kan het alleen maar beter worden.'

'Het merkwaardige met jou is dat je nooit wilt inzien waar je staat', zei Helena. 'Maar dat komt niet omdat het je aan zelfinzicht ontbreekt. Het komt omdat je niet wilt. Af en toe ben ik jaloers op je. Werkelijk. Ik heb het er zo moeilijk mee te begrijpen wie ik ben en waarom dat wat me overkomt, me eigenlijk overkomt.'

'Jouw verhaal wijkt toch in wezen niet zo veel af van dat van Anders?' vroeg Geir.

'Wat bedoel je?'

'Nou ja, jij had toch ook alles? Je was aan Dramaten verbonden, je kreeg hoofdrollen in grote producties, goede filmrollen. En opeens liet je alles in de steek. Dat was toch een tamelijk optimistische stap als je het mij vraagt. Met een Amerikaanse new-agegoeroe trouwen en naar Hawaï verhuizen.'

'Nee, goed voor mijn carrière was dat niet', zei Helena. 'Daar heb je gelijk in. Maar ik ben mijn hart gevolgd. En ik heb nergens spijt van. Echt niet!'

Ze glimlachte en keek om zich heen.

'En neem nu Christina, precies hetzelfde verhaal', zei Geir.

'Wat is jouw verhaal dan?' vroeg Anders en hij keek Christina aan.

Ze keek glimlachend op, slikte de hap eten door die ze in haar mond had: 'Ik was al bijna aan de top voordat ik was begonnen. Ik had mijn eigen kledingmerk en werd tot de beste nieuwe designer van het jaar gekozen, ik werd uitverkoren om Zweden op de modebeurs in Londen te vertegenwoordigen, ik was in Parijs met mijn collectie ...'

'De tv was bij ons thuis', zei Geir. 'En Christina's gezicht prijkte op een paar enorme wimpels, nee, verdorie, enorme dóéken langs de gevel van het Kulturhuset. DN bracht een zes pagina's grote special over haar ... We waren bij recepties waar de vrouwen die serveerden als elfen waren verkleed. Overal stroomde de champagne. We waren zo allejezus gelukkig in die tijd.'

'Wat gebeurde er toen?' vroeg Linda.

Christina haalde haar schouders op: 'Er kwam geen geld binnen. Het succes had geen fundament. In elk geval niet waar het er echt om ging. Dus ik ging failliet.'

'Maar dat deed je tenminste met bravoure', zei Geir.

'Ja', zei Christina.

'De druppel die de emmer deed overlopen was de show met haar laatste collectie', zei Geir. 'Christina had een reusachtige evenemententent gehuurd en op Gärdet laten opzetten. De tent was een kopie van het operagebouw in Sydney. De mannequins zouden op paarden over de vlakte komen aanrijden. Die had ze van de koninklijke lijfwacht en van de bereden politie. Alles was kostbaar en groots opgezet, ze had nergens op bespaard. Grote punchschalen met brandend ijs, je weet wel, rookwolken, en iedereen was er. Alle tv-stations, alle grote kranten. Het leek net de set van een grote film.

En toen begon het te regenen. Ik bedoel echt te régenen. Het kwam met bakken uit de hemel.'

Christina sloeg lachend haar hand voor haar mond.

'Je had die mannequins moeten zien!' ging Geir verder. 'Hun haar zat op hun voorhoofd geplakt. Alle kleren waren doornat en verfomfaaid. Het was een compleet fiasco. Maar sodeju, het had ook iets moois. Niet iedereen kan zó grandioos mislukken.'

Iedereen lachte.

'Dat was de reden dat ze pantoffels zat te tekenen toen je de eerste keer bij ons kwam', zei Geir terwijl hij mij aankeek.

'Dat waren geen pantoffels', zei Christina.

'Dat maakt niet uit', zei Geir. 'Een oud model schoen werd plotseling een succes omdat Christina het bij een modeshow in Londen had gebruikt. Daar kreeg ze niets voor van de betreffende firma. Toen werd schoenen tekenen een pleister op de wonde. Dat was alles wat er overbleef van de droom.'

'Ik heb nu niet bepaald de tóp bereikt,' zei Linda, 'maar het beetje suc-

ces dat ik heb gehad, volgt exact dezelfde curve.'
'Recht naar beneden?' vroeg Anders.
'Recht naar beneden, ja. Ik debuteerde en dat was natuurlijk een fantastische gebeurtenis, niet dat het voor anderen nou zo opzienbarend was, maar het was fijn, grandioos, en in Japan kreeg ik zowaar een prijs voor mijn boek. Ik ben altijd al gek van Japan geweest. Ik zou erheen gaan om hem in ontvangst te nemen. Ik had een Japans woordenboekje gekocht en alles. Toen werd ik ziek, plotseling kon ik helemaal niets meer aan, zeker geen reis naar Japan ... Ik schreef nog een gedichtenbundel en ook die zou aanvankelijk worden uitgegeven, ik was de stad in om het te vieren toen ik het hoorde, maar later trokken ze hun toezegging in. Ik ben ermee naar een andere uitgeverij gestapt en daar gebeurde exact hetzelfde. Eerst belde de redacteur om te vertellen dat hij fantastisch was en dat ze hem zouden uitgeven, het was echt pijnlijk, ik vertelde het natuurlijk aan iedereen ... Toen belde hij om te zeggen dat ze hem toch niet zouden uitgeven. En dat was dat.'
'Wat treurig allemaal', zei Anders.
'Ach, het was oké', zei Linda. 'Nu ben ik blij dat hij niet is verschenen. Het is niet erg.'
'En jij, Geir?' vroeg Helena.
'Je bedoelt of ik ook een *beautiful loser* ben?'
'Precies.'
'Jazeker, dat kun je wel zeggen. Ik was een academische wonderboy.'
'Al zeg je het zelf?' zei ik.
'Nou ja, niemand anders zegt het. En dat was ik echt. Maar ik schreef mijn proefschrift in het Noors over veldwerk in Zweden. Dat was geen goede zet. Dat betekende dat geen enkele Zweedse uitgeverij was geïnteresseerd, en geen enkele Noorse. Het hielp ook niet echt dat ik over boksers schreef zonder naar sociale verklaringen of verzachtende omstandigheden te zoeken voor waar ze mee bezig waren, ik bedoel dat ze arm waren, of kansarm of crimineel of iets dergelijks. Integendeel, ik was van mening dat hun cultuur relevant en adequaat was, veel relevanter en adequater dan de gefeminiseerde, academische middenklascultuur. Ook dat was geen goede zet. Het manuscript werd zonder uitzondering

door alle Noorse en Zweedse uitgeverijen geweigerd. Het is uiteindelijk verschenen omdat ik dat zelf heb betaald. Niemand heeft het gelezen. En weten jullie wat de marketingstrategie was? Ik sprak op een dag iemand van de uitgeverij en die vertelde dat ze mijn boek elke ochtend en elke middag op de veerpont van en naar Nesodden las omdat ze dacht dat iemand dan misschien de omslag zou zien en er nieuwsgierig naar zou worden!'

Hij lachte.

'En nu ben ik opgehouden met college geven, ik schrijf geen tot aanbeveling strekkende artikelen, neem geen deel aan congressen, zit helemaal in mijn eentje een boek te schrijven waarvoor ik minstens vijf jaar nodig heb en dat waarschijnlijk niemand wil hebben.'

'Je had met mij moeten praten', zei Anders. 'Ik had je op zijn minst op tv kunnen krijgen. Dan had je over je boek kunnen vertellen.'

'En hoe had je dat willen doen?' vroeg Helena. '*An offer you can't refuse?*'

'Zelfs jouw contacten zijn niet goed genoeg om dat gedaan te krijgen', zei Geir. 'Maar bedankt voor het aanbod.'

'Dan hebben we alleen jou nog', zei Anders en hij keek naar mij.

'Karl Ove?' zei Geir. 'Kennen jullie het Noorse gezegde "beter huilen in een limousine dan lachen op een fiets"? Hij huilt in een limousine. Dat zeg ik al zolang hij in Stockholm is.'

'Daar ben ik het niet mee eens', zei ik. 'Het is bijna vijf jaar geleden dat ik debuteerde. Soms belt er nog een journalist, dat klopt. Maar weet je wat ze vragen? Zeg, Knausgård, ik ben hier met iets bezig over schrijvers met een blokkade. En nu vroeg ik me af of ik even met je kon praten. Of nog erger: Luister, we plannen een artikel over schrijvers die maar één boek hebben uitgegeven. Daar zijn er heel wat van, weet je. En jij, nou ja, jij hebt immers ook maar één boek geschreven. Ik vroeg me af, heb je tijd om daar even met me over te praten? Over wat voor gevoel dat is? Tja, je weet wel. Ben je aan het schrijven op het moment? Zit je vast?'

'Horen jullie?' zei Geir. 'Hij huilt in een limousine.'

'Maar ik heb echt niets! Ik ben al vier jaar bezig en ik heb niets! Niets!'

'Al mijn vrienden zijn mislukt', zei Geir. 'Niet de gebruikelijke mainstream-mislukking, nee, ze vallen echt helemaal buiten de boot. Eentje schrijft altijd dat hij gek is op bos en veld en ervan houdt worstjes te grillen boven een houtvuurtje en dergelijke als hij een contactadvertentie op internet zet, gewoon omdat hij geen geld heeft iemand uit te nodigen voor een etentje ergens in een restaurant of eetcafé. Hij bezit geen sou. Absoluut *nada*. Een van mijn collega's aan de universiteit was bezeten van een prostituee en besteedde al zijn geld aan haar, meer dan tweehonderdduizend kronen, hij betaalde zelfs haar borstoperatie om haar borsten te vergroten, zoals hij ze graag had. Een andere vriend is wijnboer geworden in Uppsala! Een derde schrijft al veertien jaar aan zijn dissertatie, hij krijgt hem nooit af omdat er telkens weer een nieuwe theorie opduikt of iets wat hij nog niet heeft gelezen en wat hij erin moet verwerken. Hij blijft schrijven, hij is intelligent genoeg, maar hij zit volledig vast. En verder kende ik iemand in Arendal die een dertienjarige zwanger maakte.'

Hij keek me lachend aan: 'Rustig maar, het was Karl Ove niet. Niet voor zover ik weet, in elk geval. Neem nu mijn vriend de schilder', ging Geir verder. 'Hij is begaafd, heeft talent, maar hij schildert niets anders dan Vikingschepen en zwaarden en is zo ver naar rechts afgedwaald dat hij de weg terug niet meer vindt en zeker die naar de top niet. Ik bedoel, Vikingschepen vormen nu niet bepaald een toegangsbewijs tot het culturele circuit.'

'Reken mij maar liever niet tot dat gezelschap', zei Anders.

'Nee, daar hoort niemand van ons thuis', zei Geir. 'Nog niet in elk geval. Ik heb wel het gevoel dat het kantje boord is. Dat we op een zinkend schip zitten. Nog is alles in orde, de lucht is zwart en vol sterren en het water is warm, maar het is kantje boord.'

'Dat klinkt heel poëtisch', zei Linda. 'Maar dat gevoel heb ik helemaal niet.'

Ze zat met beide handen op haar buik. Mijn blik kruiste de hare. Ik ben gelukkig, zei die blik. Ik glimlachte naar haar.

Goeie hemel. Over twee weken zouden we een kind hebben.

Ik werd vader.

Aan tafel was het stil geworden. Iedereen was klaar, zat achterovergeleund op zijn stoel, Anders met zijn wijnglas in zijn hand. Ik pakte de fles en stond op, schonk nog eens in.

'Wat zijn we openhartig', zei Helena. 'Dat ben je eigenlijk anders nooit, zit ik net te denken.'

'Het is een sport', zei ik en ik zette de fles neer, streek met mijn duim de druppel weg die langs de hals omlaagliep. 'Wie is er het slechtst aan toe? Ik!'

'Nee, ik!' zei Geir.

'Ik kan me nauwelijks voorstellen dat mijn ouders het ooit met hun vrienden over dit soort dingen hebben gehad', zei Helena. 'Maar die waren werkelijk het spoor bijster. En dat zijn wij niet.'

'In welk opzicht?' vroeg Christina.

'Mijn vader is de pruikenkoning van Örebro. Hij maakt toupets. Zijn eerste vrouw, mijn moeder, is alcoholiste. Het is zo erg dat ik het nauwelijks op kan brengen bij haar op bezoek te gaan. En als ik het dan doe, ben ik weken daarna nog van slag. Maar toen papa hertrouwde, was het weer met een alcoholiste.'

Ze vertrok haar gezicht gevolgd door een paar tics die de vrouw van haar vader perfect typeerden. Ik had haar ontmoet bij de doop van hun kind; ze was tegelijkertijd een pietje precies en volkomen van de wereld. Helena moest vaak om haar lachen.

'Toen ik klein was vulde ze die kleine pakjes vruchtendrank, jullie kennen ze wel, met een injectienaald met sterkedrank. Zodat het er volkomen onschuldig uitzag. Hahaha! En een keer toen ik alleen met mama op vakantie was, gaf ze me een slaappil, deed de deur aan de buitenkant op slot en verdween de stad in.'

Iedereen lachte.

'Maar intussen is het veel erger met haar. Ze is net een monster. Verslindt ons met huid en haar als we komen. Denkt alleen aan zichzelf, iets anders bestaat niet. Zit de hele tijd te drinken en rot te doen.'

Ze keek mij aan: 'Jouw vader dronk toch ook?'

'O ja', zei ik. 'Niet toen ik klein was. Hij begon toen ik zestien was. En stierf toen ik dertig was. Dus hij is veertien jaar bezig geweest. Hij heeft zich gewoon doodgedronken. En ik denk dat dat misschien ook de bedoeling was.'

'Heb je geen leuk verhaal over hem?' vroeg Anders.

'Het is niet gezegd dat Karl Ove net zo veel genoegen schept in zijn eigen ellende als jij in dat van anderen', zei Helena.

'Ach nee, het is oké', zei ik. 'Het doet me intussen niets meer. Ik weet niet of het zo grappig is, maar goed: aan het eind woonde hij bij zijn moeder thuis. Dronk aan één stuk door. Op een dag viel hij van het opstapje in de kamer. Ik geloof dat hij zijn been brak. Mogelijk dat hij het alleen maar verstuikte. In elk geval lukte het hem niet om op te staan en hij bleef op de grond liggen. Oma wilde een ambulance bellen, maar dat wilde hij niet. Dus daar lag hij, op de grond in de kamer, terwijl zij hem bediende. Ze bracht hem eten en bier. Geen idee hoelang. Een paar dagen misschien. Mijn oom vond hem ten slotte. Toen lag hij daar nog in elk geval.'

Iedereen lachte, ik ook.

'Hoe was hij toen hij nog niet dronk, dan?' vroeg Anders. 'Die eerste zestien jaar?'

'Het was een klootzak. Ik was doodsbang voor hem. Echt doodsbenauwd. Ik herinner me een keer ... nou ja, ik hield van zwemmen toen ik klein was, in de winter naar het zwembad, dat was het hoogtepunt van de week. Op een keer raakte ik daar een sok kwijt. Ik kon hem niet vinden. Ik zocht me rot, maar hij was en bleef weg. Ik werd zo bang. Het was echt een nachtmerrie.'

'Waarom?' vroeg Helena.

'Omdat de pleuris zou uitbreken als hij erachter kwam.'

'Dat je een sok kwijt was?'

'Ja, precies. De kans dat hij erachter kwam was natuurlijk klein, ik kon gewoon naar binnen glippen en een paar schone sokken pakken zodra ik thuiskwam, maar ik was de hele weg naar huis doodsbenauwd. Doe de deur open. Niemand. Begin mijn schoenen uit te trekken. En wie komt daar? Papa natuurlijk. En wat doet hij? Hij blijft staan toekijken terwijl ik mijn jas en mijn schoenen uittrek.'

'En wat gebeurde er?' vroeg Helena.

Hij gaf me een lel en zei dat ik nooit meer naar het zwembad mocht', zei ik glimlachend.

'Hahaha!' lachte Geir. 'Dat is een man naar mijn hart. Consequent tot het uiterste.'

'Sloeg jouw vader jou ook, dan?' vroeg Helena.

Geir aarzelde even: 'Er waren een paar elementen uit de traditionele Noorse opvoeding. Jullie kennen dat wel: de broek naar beneden en over de knie. Maar hij sloeg me nooit in mijn gezicht en ook nooit onverwachts, zoals Karl Oves vader. Het was gewoon een straf, meer niet. Ik ervoer het als redelijk. Zelf vond hij het niet leuk. Ik geloof dat hij het als een plicht beschouwde. Hij is ontzettend aardig, mijn vader. Een goed mens. Ik denk absoluut niet negatief over hem. Ook niet vanwege dat pak slaag. Dat gebeurde in een heel andere tijd.'

'Dat kan ik van mijn vader niet zeggen', zei Anders. 'Nou ja, ik wil het niet over de jeugd en al die psychologische shit hebben. Maar zoals ik al zei, wij waren rijk toen ik jong was en toen ik van school kwam begon ik als een soort compagnon in zijn bedrijf. Ik leidde het fantastische leven van de betere kringen. Toen ging hij opeens failliet. Het bleek dat hij hier en daar wat had bedonderd en belazerd. En ik had voor alles wat hij me had gegeven getekend. Ik hoefde niet naar de gevangenis, maar ik sta voor zulke gigantische bedragen bij de belasting in het krijt dat wat ik de rest van mijn leven verdien, eraan gaat om die schuld af te betalen. Daarom heb ik geen normaal werk meer. Dat kan niet, dan pakken ze alles af.'

'En wat gebeurde er met je vader?' vroeg ik.

'Hij ging ervandoor. Ik heb hem daarna nooit meer gezien. Ik weet niet waar hij is. Ergens in het buitenland. Ik wil hem ook niet meer zien.'

'Maar je moeder is gebleven', zei Linda.

'Dat kun je wel zeggen, ja', zei Anders. 'Verbitterd, in de steek gelaten en blut.'

Hij glimlachte.

'Ik heb haar een keer ontmoet', zei ik. 'Nee, twee keer. Ze is ongelooflijk grappig. Zit in een hoekje op een kruk sarcastische opmerkingen om zich heen te strooien voor wie het maar wil horen. Ze heeft echt gevoel voor humor.'

'Humor?' zei Anders en hij begon haar na te doen met een krakerige oudevrouwenstem, die zijn naam riep en hem om van alles bekritiseerde.

'Mijn moeder is bang', zei Geir. 'En dat ene gegeven saboteert verder alles in haar leven, of overschaduwt het. Ze wil iedereen vlak bij zich in de buurt hebben, de hele tijd. Het was een hel toen ik klein was, het kostte zo veel moeite om me los te maken. Haar tactiek om me bij zich te houden was me schuldgevoelens aan te praten. Die weigerde ik te krijgen. Dus ik wist te ontkomen. De prijs daarvoor is dat we elkaar nauwelijks spreken. Het is een hoge prijs, maar hij is het waard.'

'Wat voor angst?' vroeg Anders.

'Hoe die zich uitte?'

Anders knikte.

'Voor mensen is ze niet bang. Daar stapt ze recht op af, dan kent ze geen angst. Ze heeft ruimtevrees. Zo had ze bijvoorbeeld altijd een kussen bij zich als we onderweg waren met de auto. Dat lag op haar schoot. Iedere keer als we een tunnel inreden, boog ze voorover en hield het kussen op haar hoofd.'

'Echt waar?' vroeg Helena.

'O, ja. Elke keer weer. En dan moesten wij zeggen wanneer we de tunnel weer uit waren. Maar daar bleef het niet bij, plotseling kon ze niet meer op wegen rijden met meer dan één rijstrook, ze kon er niet tegen auto's zo dicht langs ons te zien passeren. Toen kon ze niet meer langs water rijden. Op vakantie gaan was bijna onmogelijk. Ik herinner me dat mijn vader over de kaart gebogen stond als een generaal voor de veldslag terwijl hij probeerde een route te vinden zonder snelwegen, water en tunnels.'

'Dan is mijn moeder het absolute tegendeel', zei Linda. 'Zij is nergens bang voor. Ik geloof dat ze de meest onbevreesde mens is die ik ken. Ik herinner me dat ik een keer met haar door de stad naar de schouwburg fietste. Ze fietste snel, over het trottoir, tussen de mensen door, de weg op. Een keer werd ze door de politie aangehouden. O, geloof maar niet dat ze knikte en het accepteerde, zich verontschuldigde en zei dat het nooit meer zou voorkomen. Nee, ze was verongelijkt. Het was haar zaak waar ze fietste. Zo was ze mijn hele jeugd. Als leraren zich over mij beklaagden, kon het gebeuren dat ze hun de huid vol schold. Met mij was nooit iets mis. Ik had altijd gelijk. Op mijn zesde liet ze me alleen naar Griekenland op vakantie gaan.'

'Alleen?' vroeg Christina. 'In je eentje?'

'Nee, samen met een vriendin en haar familie. Maar ik was zes, en twee weken alleen met een vreemd gezin in een vreemd land was misschien een beetje veel van het goede.'

'Dat was in de jaren zeventig', zei Geir weer. 'Toen kon alles.'

'Ik heb me zo vaak voor mijn moeder geschaamd, maar zelf is ze een mens zonder enige schaamte, ze is tot de meest ongehoorde dingen in staat en als dat gebeurde om mij te beschermen, kon ik wel door de grond gaan.'

'En je vader dan?' vroeg Geir.

'Dat is een heel ander verhaal. Hij was absoluut onberekenbaar, er kon werkelijk van alles gebeuren als hij ziek werd. Maar we moesten altijd wachten tot hij iets ergs deed voor de politie hem kon komen halen. We moesten er vaak vandoor, mama, mijn broer en ik. Gewoon voor hem op de vlucht.'

'Wat deed hij dan?' vroeg ik en ik keek haar aan. Ze had al eerder over haar vader verteld, maar altijd alleen in het algemeen, nooit in details.

'O, van alles. Hij kon langs de regenpijp omhoogklimmen of zich uit het raam werpen. Soms werd hij gewelddadig. Bloed en gebroken glas en geweld. Maar dan kwam de politie. En dan was alles weer in orde. Als hij er was, liep ik voortdurend op een ramp te wachten. Maar als die dan eenmaal een feit was, was ik altijd doodkalm. Het is bijna een opluchting voor me als er iets ergs gebeurt. Dan wéét ik dat ik ermee om kan gaan. De weg erheen is het probleem.'

Er viel een stilte.

'Nu schiet me een verhaal te binnen, trouwens!' zei Linda. 'Dat was een keer toen we voor papa naar mijn oma in Nordland waren gevlucht. Ik was een jaar of vijf en mijn broer zeven. Toen we terugkwamen in Stockholm, was de hele flat vol gas. Papa had de kraan opengedraaid en hem een paar dagen lang open laten staan. De deur werd er bijna uitgeduwd door de druk toen mama hem openmaakte. Ze draaide zich naar ons om en zei dat Mathias met mij de straat op moest gaan en daar moest blijven. Ze wachtte tot we weg waren voordat ze naar binnen ging om het gas uit te draaien. Beneden zei Mathias – dat herinner ik me nog zo goed –: je weet dat mama nu dood kan gaan, hè? Ja, antwoordde ik, ik wist het echt. Later die dag hoorde ik dat mama met mijn vader telefoneerde. Probeerde je ons van kant te maken? vroeg ze. Niet om te overdrijven, maar als een nuchtere constatering. Wil je ons eigenlijk van kant maken?'

Linda glimlachte.

'Daar kunnen wij nauwelijks tegenop', zei Anders. Hij richtte zich tot Christina. 'Dan hebben we alleen jou nog. Hoe zijn jouw ouders? Ze leven nog, toch?'

'Ja,' zei Christina, 'maar ze zijn al oud. Ze wonen in Uppsala. Ze zijn lid van de pinkstergemeente. Ik ben daarmee opgegroeid en gehersenspoeld over schuld aan van alles, aan het minste en geringste. Maar het zijn goede mensen, het is hun levensbeschouwing. Als de sneeuw smelt en het zand na het strooien in de winter op het asfalt blijft liggen, weten jullie wat ze dan doen?'

'Nee?' zei ik aangezien ze mij aankeek.

'Ze vegen het bij elkaar en geven het terug aan de gemeente.'

'Echt waar?' zei Anders. 'Hahaha!'

'Natuurlijk drinken ze niet. Maar mijn vader drinkt ook geen koffie of thee. Als hij er 's ochtends even lekker voor gaat zitten, drinkt hij warm water.'

'Dat geloof ik niet', zei Anders.

'Het is echt waar', zei Geir. 'Hij drinkt warm water en ze geven het zand buiten voor de poort terug aan de gemeente. Het zijn zulke goede mensen dat het er niet om uit te houden is. Dat ze mij als schoonzoon hebben gekregen, beschouwen ze als een beproeving van de duivel, dat weet ik zeker.'

'Hoe was het om daar op te groeien?' vroeg Helena.

'Ik dacht natuurlijk heel lang dat het zo hoorde, dat de wereld er zo uitzag. Al mijn vrienden en alle vrienden van mijn ouders waren lid van de gemeente. Het leven daarbuiten bestond niet. Toen ik met hen brak, brak ik tegelijkertijd met al mijn vrienden.'

'Hoe oud was je toen?'

'Twaalf', zei Christina.

'Twaalf jaar?' zei Helena. 'Hoe kon je daar de kracht voor opbrengen. Of het benul hebben?'

'Ik weet het niet. Ik heb het gewoon gedaan. Het was hard, nou en of. Ik verloor natuurlijk al mijn vrienden.'

'Twaalf jaar oud?' zei Linda.

Christina knikte glimlachend.

'Dus nu drink je 's morgens koffie?' vroeg Anders.

'Ja', zei Christina. 'Maar niet als ik daar ben.'

We lachten. Ik kwam overeind en begon de borden af te ruimen. Geir kwam ook overeind, pakte dat van hemzelf op en liep achter me aan naar de keuken.

'Ben je overgelopen, Geir?' riep Anders hem na.

Ik gooide de lege mosselschalen in de afvalbak, spoelde de borden af en zette ze in de vaatwasser. Geir gaf me zijn bord, deed een paar stappen terug en leunde tegen de koelkast.

'Fascinerend', zei hij.

'Wat?' vroeg ik.

'Waar we het over hadden. Of dát we het erover hadden. Peter Handke heeft daar een woord voor. "Vertelnachten" noemt hij het geloof ik. Als er iets loskomt en iedereen zijn verhaal doet.'

'Ja', zei ik en ik draaide me om. 'Ga je mee naar buiten? Ik moet even roken.'

'Natuurlijk', zei Geir.

Toen we onze jas aantrokken, kwam Anders de kamer uit.

'Gaan jullie naar beneden om te roken? Ik ga mee.'

Twee minuten later stonden we op de binnenplaats, ik met een brandende sigaret tussen mijn vingers, de beide anderen met hun handen in de zakken van hun jassen. Het was koud en het waaide. Overal knalde vuurwerk.

'Er lag nog een verhaal op het puntje van mijn tong', zei Anders en hij streek met zijn hand door zijn haar. 'Over alles verliezen wat je hebt. Maar ik bedacht dat het beter was dat hier te vertellen. Het was in Spanje. Een vriend en ik hadden daar een restaurant. Een fantastisch leventje.

De hele nacht op, high van de cocaïne en aangeschoten van de alcohol, overdag lekker lui in het zonnetje en tegen een uur of zeven, acht weer beginnen. Ik geloof dat het de mooiste tijd van mijn leven was. Ik was volkomen vrij. Deed precies waar ik zin in had.'

'En?' vroeg Geir.

'Toen deed ik misschien net iets te veel waar ik zin in had. We hadden een kantoor op de verdieping boven de bar, daar neukte ik de vriendin van mijn compagnon, ik kon het niet laten, natuurlijk betrapte hij ons en dat was dat. Voorbij met de samenwerking. Maar ik wil nog eens terug. Ik moet alleen Helena zien mee te krijgen.'

'Misschien niet het leven waar zij van droomt?' vroeg ik.

Anders haalde zijn schouders op: 'We moesten daar een keer een huisje huren. Een maand, met zijn zessen. Granada of zo. Wat vinden jullie daarvan?'

'Klinkt goed', zei ik.

'Ik heb geen vakantie', zei Geir.

'Wat bedoel je?' vroeg Anders. 'Dit jaar?'

'Nee, nooit. Ik werk elke dag, de hele week, zaterdag en zondag inbegrepen, en alle weken van het jaar behalve de kerstdagen misschien.'

'Hoezo dat?' vroeg Anders.

Geir lachte.

Ik wierp mijn peuk op de grond en trapte er een paar keer op.

'Zullen we naar boven gaan?' vroeg ik.

De eerste keer dat ik Anders ontmoette, haalde hij Linda en mij op van het station bij Saltsjöbaden, waar ze een klein flatje huurden, en gaf hij onderweg uitdrukking aan zijn verachting voor de jacht op status en geld van de mensen die daar woonden, het leven draaide toch om heel andere dingen; maar hoewel ik vermoedde dat hij ons naar de mond praatte en alleen zei wat wij als 'cultuurmensen' wilden horen, naar hij aannam, duurde het maanden voor ik begreep dat hij eigenlijk exact het tegendeel vond: het énige waar hij werkelijk iets om gaf, was geld en het leven dat geld met zich meebracht. Hij was bezeten van de gedachte weer rijk te worden, daar draaide alles om wat hij deed en aangezien de belastingdienst daar geen lucht van mocht krijgen, bewoog hij zich in de wereld van het zwarte geld. Toen Helena hem ontmoette, was hij in louter louche zaken verwikkeld, maar toen ze, nadat ze zich er tot het uiterste tegen had verzet, uiteindelijk grootscheeps aan haar verliefdheid toegaf en ze niet lang daarna samen een kind kregen, stelde ze een paar eisen waar hij zich zo te zien aan hield: het geld dat hij verdiende was nog steeds zwart, maar in zekere zin toch 'wit'. Wat hij precies deed wist ik niet, behalve dat hij zijn diverse contacten uit de tijd dat hij zich aan de top bevond, benutte om steeds nieuwe projecten te financieren en dat die wat hem betrof om de een of andere reden elke keer slechts een paar maanden duurden. Hem bellen was hopeloos, hij had voortdurend een nieuw mobieltje, hetzelfde gold voor zijn auto's, zogenaamd 'van de zaak', die hij met regelmatige tussenpozen inruilde. Als we bij hen op bezoek waren, stond er soms op een avond een enorme flatscreen-tv langs de ene muur in de kamer of een nieuwe laptop op het bureau in de gang, die de volgende avond zomaar weer verdwenen konden zijn. De grens tussen wat hij bezat en waar hij over beschikte, was klaarblijkelijk vloeiend en er bestond ook geen duidelijk verband tussen wat hij deed en het geld dat hij te besteden had. Alles wat hij verdiende, en dat was vaak niet weinig, gaf hij uit aan gokken. Hij gokte op alles wat bewoog. Aangezien hij over een grote overredingskracht beschikte, kostte het hem geen moeite geld te lenen, met als gevolg dat hij in een waar moeras verstrikt was geraakt. Normaal gesproken vertelde hij nooit iets, maar af en toe kwam er het een en ander aan de oppervlakte, zoals die keer dat iemand Helena belde en vertelde dat Anders de kas had geplunderd van de firma waar hij was geweest om nog eens over gemaakte afspraken te onderhandelen, het ging om zevenhonderdduizend kronen en ze zouden het aangeven. Anders vertrok geen spier toen ze hem ermee confronteerde: de financiën in het bedrijf waren onoverzichtelijk en dubieus, nu probeerden ze dat te camoufleren door hem de schuld te geven. En al was hij er met het geld vandoor gegaan en had hij het vergokt, het was zwart, het laatste wat er zou gebeuren was dat ze de politie erbij zouden halen, dus wat dat betreft zat hij safe. Zo te zien keek hij uit wie hij bedroog, maar dat betekende niet dat het zonder risico was. Eén keer waren er mensen in hun flat geweest toen ze zelf niet thuis waren, had Helena Linda verteld, waarschijnlijk enkel en alleen om te laten zien dat ze daartoe in staat waren. Anders was nu eens mede-eigenaar in een groots opgezet restaurantproject, dat wat hem betrof na een paar maanden alweer was afgelopen, dan weer had hij plotseling een paar bouwprojecten aan de hand, een andere keer bemiddelde hij bij de verhuur van een exclusieve vestiging voor een kapsalon, en weer een andere keer moest hij een baconfabriek van het faillissement redden. Het probleem, als je het een probleem kon noemen, was dat het onmogelijk was hem niet te mogen. Hij kon met iedereen overweg, een zeldzaam talent, en hij was gul, iets wat je merkte zodra je hem ontmoette. En altijd vrolijk. Als we ergens waren uitgenodigd, was hij degene die opstond om de gastheer en de gastvrouw voor het eten te bedanken, hen te feliciteren of wat er ook werd verlangd, en hij had voor iedereen een vriendelijk woord; hoeveel of hoe weinig hij ook met mensen gemeen had, hij wist hen in de meeste gevallen op hun gemak te stellen. Anderzijds had hij niets uitgekiends, niets geraffineerds en misschien was dat de reden dat ik hem zo graag mocht, ondanks zijn herhaaldelijke leugenachtigheid, een van de weinige karaktertrekken die ik moeilijk kan accepteren. Ik op mijn beurt liet hem natuurlijk volkomen koud, maar als we elkaar ontmoetten, was er nooit sprake van gekunstelde belangstelling, zoals je wel meemaakt bij mensen die uit plichtsgevoel met je praten en bij wie de kloof tussen wat ze eigenlijk denken en wat ze doen, zichtbaar wordt in een van die onthullende kleine gebaren die maar weinigen onder controle hebben, zoals een korte blik naar de andere kant van het vertrek, op zich niet van betekenis, maar die, als de aandacht daarna weer met een soort 'ruk' op jou wordt gevestigd, de formaliteit als formaliteit ontmaskert. Het gevoel dat iemand toneel staat te spelen dat dan wordt opgeroepen, is natuurlijk noodlottig voor iemand die ervan leeft het vertrouwen van mensen te winnen. Anders speelde geen toneel, dat was zijn geheim. Hij was ook niet 'oprecht' in die zin dat wat hij zei noodzakelijkerwijs overeenstemde met wat hij meende, deed, wilde. Maar bij wie is dat wel het geval? Je hebt van die mensen die altijd zeggen wat ze menen zonder zich aan te passen aan de situatie waarin ze verkeren, maar die zijn zeldzaam, zelf heb ik er slechts een paar ontmoet en wat er in zo'n geval gebeurt is dat de situatie ongelooflijk beladen wordt. Niet omdat mensen het niet met hen eens zijn en een discussie beginnen, maar omdat het doel van hún gesprek het doel van alle andere gesprekken uitsluit en het autoritaire daarvan automatisch op henzelf terugvalt zodat ze de naam krijgen onvriendelijk en verbeten te zijn, volkomen losstaand van hun ware aard, die voor zover ik het kon beoordelen, in beide gevallen eigenlijk vriendelijk en gul was. Het sociale onbehagen dat ik zelf soms wekte, had juist een tegenovergestelde oorzaak. Ik liet het altijd van de situatie afhangen of ik überhaupt iets zei ofwel iedereen naar de mond praatte. Te zeggen wat je denkt dat anderen willen horen is immers ook een manier om te liegen. Daarom bestond er slechts een gradueel verschil tussen het sociale gedrag van Anders en dat van mij. Hoewel dat van hem ten koste ging van het vertrouwen en dat van mij van de integriteit, was het resultaat in wezen hetzelfde: een langzame uitholling van de ziel.

Dat Helena, die meer op zoek was naar de geestelijke kanten van het bestaan en voortdurend probeerde zichzelf te begrijpen, uiteindelijk aan een man bleef hangen die alle waarden behalve die van het geld met een glimlach rond zijn lippen van tafel veegde, was natuurlijk pure ironie, maar niet onbegrijpelijk, want het wezenlijkste hadden ze gemeen: hun luchtigheid en levensvreugde. En het was een mooi stel. Met haar donkere haar, haar warme ogen en grote, zuivere trekken zag Helena er prachtig uit, plus dat ze een innemend karakter en een bijzondere uitstraling had. Ze was een begaafd actrice. Ik had haar in twee tv-series gezien, in de ene, een misdaadserie, speelde ze een weduwe en door de sombere uitstraling die ze had, was ze net een vreemde voor me, het was alsof je een ander mens met de gelaatstrekken van Helena zag. In de andere, een komedie, speelde ze een bitch van een vrouw en dat wekte dezelfde indruk: een ander mens met haar gelaatstrekken.

Ook Anders zag er goed uit, op een jongensachtige manier, of het nu door zijn uitstraling kwam, door zijn fonkelende ogen, dat tengere lijf of misschien door zijn haar, dat in de jaren vijftig 'vetkuif' zou zijn genoemd, viel niet gemakkelijk te zeggen, want hij viel niet op. Ik was hem een keer in het centrum op Plattan tegen het lijf gelopen, hij stond zomaar tegen een muur geleund, in elkaar gedoken en doodmoe, ik herkende hem nauwelijks, maar toen hij mij zag, richtte hij zich op, herrees als het ware en veranderde op slag in de energieke, vrolijke man die ik kende.

Toen we weer binnenkwamen, hadden Helena, Christina en Linda de tafel afgeruimd en ze zaten op de bank te praten. Ik ging naar de keuken om koffie te zetten. Terwijl ik wachtte tot die klaar was, liep ik naar de kamer ernaast, waar behalve de ademhaling van het kind van Helena en Anders, dat met kleertjes aan en een dekentje over zich heen in ons bed lag te slapen, volkomen stilte en leegte heersten. In het halfdonker deden de lege wieg, het lege traliebedje, de luiertafel en de commode met alle babykleertjes, die ernaast stond, bijna griezelig aan. Alles was klaar voor als ons kind kwam. We hadden zelfs al een pak luiers gekocht, het stond op de plank onder de luiertafel naast een stapel handdoeken en washandjes, erboven hing een mobiel met vliegtuigjes lichtjes te vibreren in de tocht van het raam. Griezelig omdat er geen kind was en de grens tussen wat zou komen en wat had kunnen zijn, zo vloeiend was in dit soort dingen.

Vanuit de kamer klonk gelach. Ik deed de deur achter me dicht, zette een fles cognac, cognacglazen, koffiekopjes en schoteltjes op een dienblad, schonk de koffie uit de kan in een thermoskan en droeg alles naar de kamer. Christina zat op de bank met een teddybeer op schoot, ze maakte een gelukkige indruk, haar gezicht was minder gesloten en kalmer dan anders, terwijl Linda, die naast haar zat, nauwelijks haar ogen open kon houden. Ze ging de laatste tijd altijd om negen uur naar bed. Nu was het bijna twaalf. Helena bekeek de cd's op de plank op zoek naar muziek, terwijl Anders en Geir aan tafel zaten en hun gesprek over gemeenschappelijke criminele kennissen vervolgden. Er was duidelijk een heel arsenaal aan misdadigers in die boksclub geweest gedurende de jaren dat Geir daar had verkeerd. Ik dekte de tafel en ging zitten.

'Jij hebt Osman toch ontmoet, Karl Ove?' vroeg Geir.

Ik knikte.

Geir had me een keer meegenomen naar Mosebacke om twee boksers te ontmoeten die hij kende. De een, Paolo Roberto, had om de wereldtitel gebokst, hij gold intussen in Zweden als tv-persoonlijkheid en was op dat moment bezig zich op een volgende titelwedstrijd voor te bereiden die een soort comeback moest worden. De andere, Osman, bokste op hetzelfde niveau, maar was minder bekend. Ze hadden een Engelse trainer bij zich die aan Geir werd voorgesteld als 'doctor in boxing'. *'He's a doctor in boxing!'* Ik gaf hun een hand, zei niet veel, maar hield nauwlettend in de gaten wat er gebeurde, want hier was alles anders dan wat ik gewend was. Ze waren volkomen relaxed, er hing geen enkele spanning in de lucht zoals ik anders altijd het gevoel had, viel me nu op. Ze aten pannenkoeken en dronken koffie, keken over de mensenmenigte uit, knepen hun ogen dicht in de laaghangende, maar nog steeds warme herfstzon, hadden het met Geir over vroeger. Hoewel hij lichamelijk net zo kalm was als zij, was hij vol van een andersoortige, lichtere, meer opgejaagde, bijna nerveuze energie zoals te zien was in zijn ogen, die voortdurend op zoek waren naar openingen, en die op te maken viel uit de manier waarop hij praatte, druk, fantasievol, maar ook berekenend, want hij paste zich aan hen en hun jargon aan terwijl zij gewoon spontaan zaten te kletsen. De man die Osman heette, droeg een singlet en hoewel de spieren op zijn bovenarmen dik waren, misschien wel vijf keer zo dik als die van mij, waren zijn armen niet overgeproportioneerd, maar slank. Hetzelfde gold voor de rest van zijn bovenlichaam. Hij zat er lenig en ontspannen bij en iedere keer als ik mijn blik op hem liet rusten, bedacht ik dat hij me in een paar seconden tot moes kon slaan zonder dat ik daar enig verweer tegen zou hebben. Het riep een gevoel van vrouwelijkheid bij me op. Het was vernederend, maar die vernedering beperkte zich tot mij, was niet te zien, kon niet eens worden vermoed. Toch was ze er, godsamme.

'Vluchtig', zei ik. 'In Mosebacke vorig jaar. Je showde ze me alsof het een paar apen waren.'

'De apen waren wij, vermoed ik zomaar', zei Geir. 'Hoe dan ook, Osman dus. Hij overviel samen met een kameraad een geldauto in Farsta. De plek die ze uitkozen lag vijftig meter van het hoofdbureau van politie vandaan. Dus toen ze in het begin een beetje klungelig bezig waren zodat de bewakers de tijd hadden om alarm te slaan, was de politie natuurlijk binnen een paar seconden ter plaatse! Ze sprongen in de auto en gingen ervandoor zonder geld of wat ook. En toen was de benzine op! Hahaha!'

'Dat bestaat toch niet? Dat klinkt als de Zware Jongens.'

'Precies. Hahaha!'

'En hoe liep het met Osman af? Gewapende roofoverval is niet iets wat ze door de vingers zien, toch?'

'Niet slecht, hij kreeg maar een paar jaar. Maar zijn kameraad had al zo veel op zijn kerfstok dat die een hele tijd de bak in ging.'

'Is dat onlangs gebeurd?'

'Nee, nee. Dat is al jaren geleden. Lang voordat hij een carrière als bokser begon.'

'Oké', zei ik. 'Een beetje cognac?'

Zowel Geir als Anders knikte. Ik maakte de fles open en schonk drie glazen in.

'Wil iemand van jullie ook?' vroeg ik en ik keek naar de bank. Er werden hoofden geschud.

'Ik lust wel een beetje, ja', zei Helena. Terwijl ze naar ons toe kwam, stroomde er opeens muziek uit de belachelijk kleine boxen achter haar. Het was die Mali-plaat van Damon Albarn die we eerder die avond hadden gedraaid en waar ze helemaal weg van was.

'Kijk eens', zei ik en ik reikte haar een glas waarvan de bodem net door de geelbruine vloeistof werd bedekt. Het gloeide in het licht van de lamp boven tafel.

'Maar er is één ding waar ik blij om ben in elk geval', zei Christina vanaf de bank. 'En dat is dat ik volwassen ben. Ongelooflijk hoeveel prettiger het is tweeëndertig te zijn dan tweeëntwintig.'

'Ben je je ervan bewust dat je met een teddy op schoot zit, Christina?' vroeg ik. 'Dat ontkracht in zekere zin wat je daar zegt.'

Ze lachte. Het was heerlijk om haar te zien lachen. Ze had iets verbetens, niet op een sombere manier, meer alsof ze al haar kracht nodig had om alles, ook zichzelf, bijeen te houden. Ze was lang en slank, altijd goedgekleed natuurlijk, op een eigenzinnige manier, en mooi met haar bleke huid en sproeten, maar als de eerste indruk was vervlogen, trad dat ietwat geslotene naar voren en beheerste het de eerste indruk die ze op je maakte – dat was in elk geval bij mij het geval. Aan de andere kant had ze iets kinderlijks, vooral als ze lachte of enthousiast werd en dat verbetene op de achtergrond werd gedrongen. Niet kinderlijk in de zin van onvolwassen, maar in de zin van speels en uitgelaten. Iets dergelijks zag ik ook bij mijn moeder, die enkele keer dat ze de controle liet verslappen en iets ongeremds of onbesuisds deed, want ook bij haar was het ondoordachte niet te scheiden van het kwetsbare. Een keer toen we bij Geir en Christina aten en Christina zoals gebruikelijk al haar inspanning en concentratie op het klaarmaken van het eten had gericht, stond ik alleen in de kamer in het halfdonker voor de boekenkast terwijl zij binnenkwam om iets te halen. Ze wist niet dat ik daar stond. Met de stemmen en het geruis van de ventilator in de keuken op de achtergrond glimlachte ze bij zichzelf. Haar ogen schitterden. O, ik was zo blij toen ik dat zag, maar ook verdrietig, want het was niet de bedoeling dat iemand zou zien hoeveel het voor haar betekende dat we er waren.

Een keer op een ochtend toen ik bij hen logeerde, had Christina in de keuken staan afwassen terwijl ik koffiedronk aan de keukentafel; opeens wees ze naar de stapel borden en schotels in de kast.

'Toen we gingen samenwonen heb ik overal achttien stuks van gekocht', zei ze. 'Ik stelde me voor dat we hier veel gasten zouden krijgen. Een heleboel vrienden en heerlijke etentjes. Maar we hebben ze nooit gebruikt. Niet één keer!'

Geir lachte luid vanuit de slaapkamer. Christina glimlachte.

Dat waren ze ten voeten uit. Zo waren ze.

'Maar ik ben het met je eens', zei ik nu. 'In de twintig zijn is een hel. Het enige wat nog erger was, waren de tienerjaren. Maar in de dertig zijn is oké.'

'Wat is er dan veranderd?' vroeg Helena.

'Op mijn twintigste was wat ik had, wat ik was, zo klein. En dat besefte ik niet eens, want het was immers alles toen. Maar nu ik vijfendertig ben is er meer. Alles wat er was toen ik twintig was, is er nog steeds. Maar nu als onderdeel van oneindig veel meer. Zo zit het ongeveer volgens mij.'

'Dat is eigenlijk een ongelooflijk optimistische gedachte', zei Helena. 'Dat het beter wordt naarmate je ouder wordt.'

'Is dat zo?' vroeg Geir. 'Hoe minder je hebt, hoe eenvoudiger het leven, toch?'

'Wat mij betreft niet in elk geval', zei ik. 'Nu hebben dingen niet zo veel gewicht meer. Vroeger wel. Kleine kutdingen konden van enorme betekenis zijn! Doorslaggevend!'

'Dat is waar', zei Geir. 'Maar dat zou ik nog steeds niet optimistisch noemen. Eerder fatalistisch.'

'Er gebeurt wat er gebeurt', zei ik. 'En nu zitten we hier. Proost!'

'Proost!'

'Nog zeven minuten tot het twaalf uur is', zei Linda. 'Zullen we de tv aanzetten en het aftellen met Jan Malmsjö kijken?'

'Wat is dat?' vroeg ik terwijl ik naar haar toe liep en haar mijn hand toe stak. Ze greep hem en ik trok haar overeind.

'Hij leest een gedicht voor. "De klokken luiden". Het is een Zweedse traditie.'

'Zet aan', zei ik.

Terwijl zij dat deed, liep ik naar het raam en maakte het open. De knallen van het vuurwerk klonken van minuut tot minuut intensiever, intussen knalde en knetterde het onophoudelijk, een muur van geluid boven de daken van de huizen. Op straat verschenen steeds meer mensen. Met flessen champagne en sterretjes in hun handen, in dikke mantels en jassen over feestelijk geklede lichamen. Geen kinderen, alleen dronken en vrolijke volwassenen.

Linda haalde de laatste fles champagne, maakte hem open en schonk de glazen bruisend vol. Daar stonden we voor het raam mee in de hand. Ik keek naar hen. Ze waren vrolijk, uitgelaten, praatten, wezen, proostten.

Buiten klonken sirenes.

'Of er is oorlog, of 2004 is begonnen', zei Geir.

Ik pakte Linda, hield haar tegen me aan. We keken elkaar in de ogen.

'Gelukkig Nieuwjaar', zei ik en ik kuste haar.

'Gelukkig Nieuwjaar, geliefde prins', zei ze. 'Dit is ons jaar.'

'Ja, dat is het', zei ik.

Toen alle omhelzingen en goede wensen achter de rug waren en de mensen buiten op straat zich begonnen terug te trekken, herinnerden Anders en Helena zich de Chinese ballon. We trokken onze jas aan en gingen naar beneden naar de binnenplaats. Anders stak een soort pit aan, de ballon werd langzaam met warme lucht gevuld en toen Anders hem ten slotte losliet, steeg hij langs de muur omhoog, geluidloos en stralend. We volgden hem met onze blikken tot hij boven de daken van Östermalm verdwenen was. Binnen gingen we weer aan tafel zitten. Het gesprek verliep wat meer verdeeld en wat minder centraal, maar af en toe kwam het weer bij elkaar, zoals toen Linda over een feest bij de upper class vertelde, waar ze een keer was geweest toen ze op de middelbare school zat, in een villa met een groot zwembad met een enorme glazen wand erachter, zei ze, en ze vertelde dat ze in de loop van de avond gingen zwemmen en dat zij tegen de glazen wand had geschopt, die op het moment dat ze in het water dook, brak en in wel een miljoen rinkelende stukjes in elkaar zakte.

'Dat geluid zal ik nooit vergeten', zei ze.

Anders vertelde van een reis naar de Alpen, hij had buiten de piste geskied en plotseling had de grond zich voor hem geopend. Met ski's en al viel hij recht naar beneden in een gletsjerkloof, wel zes meter diep, en hij verloor het bewustzijn. Hij werd er met een helikopter uit gehaald, had zijn rug gebroken en het gevaar bestond dat hij verlamd zou blijven. Hij werd onmiddellijk geopereerd, lag wekenlang in het ziekenhuis terwijl zijn vader als in een droom af en toe op een stoel naast hem zat en naar alcohol stonk, zoals hij vertelde.

Op dat punt liep hij naar het midden van de kamer, boog voorover en trok de rug van zijn overhemd op zodat wij het lange litteken konden zien.

Ik vertelde van die keer dat ik zeventien was en de auto waarin ik zat met honderd kilometer per uur was gaan slippen, midden in hartje Telemark, een lantaarnpaal schampte, over een weg gleed en in een greppel belandde, wonder boven wonder zonder dat er iemand gewond raakte, want de auto was een wrak. Dat het ongeluk niet het ergste was geweest, maar de kou, het was min twintig, midden in de nacht, we waren in T-shirtjes, colbertjasjes en joggingschoenen gekleed, waren naar een concert van Imperiet geweest en stonden daar urenlang zonder een lift te krijgen.

Ik schonk Anders, Geir en mezelf nog wat cognac in, Linda gaapte,

Helena begon net aan een verhaal uit Los Angeles toen opeens ergens in huis een alarm begon te rinkelen.

'Wat is dat, verdomme?' vroeg Anders. 'Brandalarm?'

'Dat heb je met Oud en Nieuw', zei Geir.

'Moeten we naar buiten?' vroeg Linda en ze ging rechtop op de bank zitten.

'Ik ga eerst even kijken', zei ik.

'Ik ga met je mee', zei Geir.

We liepen de gang op. Er was in elk geval geen rook te zien. Het geluid kwam van de begane grond, dus we haastten ons de trap af. Het lampje boven de lift knipperde. Ik boog naar voren en keek door het raampje van de deur. Binnen lag iemand op de grond. Ik deed de deur open. Het was de Russin. Ze lag op haar rug met haar ene voet tegen de wand. Ze was feestelijk gekleed in een zwarte jurk met een soort pailletten op de borst, huidkleurige kousen en schoenen met hoge hakken. Ze lachte toen ze ons zag. Ik keek in een reflex naar haar bovenbenen, naar het zwarte slipje ertussen, voor ik mijn blik naar haar gezicht verplaatste.

'Het lukt me niet om op te staan!' zei ze.

'We zullen je helpen', zei ik. Ik pakte haar bij haar ene arm en trok haar op tot ze zat. Geir ging aan de andere kant van haar staan en samen wisten we haar op de been te krijgen. Onderwijl lachte ze de hele tijd. De lucht in de kleine ruimte was zwaar van de parfum en de alcohol.

'Hartelijk bedankt', zei ze. 'Heel, heel hartelijk bedankt.'

Ze nam mijn handen in de hare, maakte een buiging en kuste ze, eerst de ene, toen de andere. Toen keek ze naar me op.

'O, jij mooie man', zei ze.

'Kom, dan helpen we je naar boven', zei ik. Ik drukte op het knopje en deed de deur dicht. Geir glimlachte van oor tot oor en keek nu eens verstolen naar haar, dan weer naar mij. Terwijl de lift omhooggleed, leunde ze zwaar op me.

'Zo', zei ik. 'We zijn er. Heb je de sleutel?'

Ze keek in het tasje dat over haar ene schouder hing, rommelde met haar vingers in de inhoud terwijl ze als een boom in de wind heen en weer zwaaide.

'Hier!' zei ze triomfantelijk en ze haalde er een sleutelbos uit.

Geir legde ter ondersteuning zijn arm om haar schouders toen ze met de sleutel op het slot gericht als het ware naar voren viel.

'Doe nog een stap', zei hij. 'Dan lukt het wel.'

Dat deed ze. Na een paar seconden morrelen wist ze ook de sleutel in het slot te krijgen.

'Hartelijk bedankt!' zei ze weer. 'Jullie zijn twee engelen die vanavond tot me zijn gekomen.'

'Niets te danken', zei Geir. 'En succes verder.'

Op weg de trap op naar onze flat keek Geir me vragend aan.

'Was dat die gekke buurvrouw van jullie?' vroeg hij.

Ik knikte.

'Ze is een prostituee, nietwaar?'

Ik schudde mijn hoofd.

'Voor zover ik weet niet', zei ik.

'Dat moet toch wel, dacht je niet? Anders kon ze het zich toch niet veroorloven hier te wonen. En met die uitstraling ... Maar ze ziet er niet gek uit, hè?'

'Hou op', zei ik en ik deed de deur van de flat open. 'Het is een doodnormale vrouw. Alleen diep ongelukkig, alcoholiste en uit Rusland afkomstig. Met een defecte impulsbeheersing.'

'Ja, dat kun je wel stellen', zei Geir lachend.

'Wat was er aan de hand?' vroeg Helena vanuit de kamer.

'De Russische buurvrouw', zei ik terwijl ik binnenstapte. 'Ze was gevallen in de lift en zo dronken dat ze niet overeind kon komen. Dus hebben we haar naar haar flat geholpen.'

'Ze heeft Karl Oves handen gekust', zei Geir. '"O, jij mooie man!" zei ze.'

Iedereen lachte.

'En dat hoewel ze me hier verscheidene keren heeft staan uitschelden', zei ik. 'En ons tot waanzin heeft gedreven.'

'Het is een nachtmerrie', zei Linda. 'Ze heeft geen enkele zelfbeheersing. Als ik haar op de trap passeer, ben ik bijna bang dat ze een mes pakt en me neersteekt. Ze kijkt me zo vol haat aan, weet je. Echt intense haat.'

'Nou ja, voor haar is het leven een gepasseerd station', zei Geir. 'En dan komen jullie hier wonen met een dikke buik en in verwachting van het geluk.'

'Denk je dat dat het is?' vroeg ik.

'Natuurlijk', zei Linda. 'Waren we in het begin maar een beetje terughoudender geweest. Maar we waren zo tegemoetkomend. En nu is ze van ons bezeten.'

'Tja', zei ik. 'Heeft iemand nog trek in een toetje? Linda heeft haar beroemde tiramisu gemaakt.'

'O!' zei Helena.

'Als die beroemd is komt dat omdat het het enige is wat ik kan maken', zei Linda.

Ik haalde het toetje en de koffie en we gingen weer aan tafel zitten. We zaten nog maar net of de muziek in de flat onder de onze barstte los.

'Zo gaat dat hier', zei ik.

'Kunnen jullie haar er niet uit laten gooien?' vroeg Anders. 'Als jullie willen kan ik dat wel voor jullie regelen.'

'Hoe zou dat moeten gaan?' vroeg Helena.

'Ik heb zo mijn methodes', zei Anders.

'O ja?' zei Helena.

'Geef haar aan bij de politie', zei Geir. 'Dan snapt ze wel dat het menens is.'

'Meen je dat?' vroeg ik.

'Uiteraard. Als jullie niet iets drastisch ondernemen, gaat ze gewoon door.'

Toen hield de muziek net zo plotseling weer op als ze was begonnen. De deur beneden sloeg met een klap dicht. Hakken klikklakten op de trap.

'Komt ze hierheen?' vroeg ik.

We zaten allemaal stil te luisteren. Maar de voetstappen gingen onze deur voorbij en verder de trap op. Vlak daarna keerden ze terug en verdwenen naar beneden. Ik liep naar het raam en keek naar de straat. Slechts in een jurk gekleed en met maar één schoen aan haar voeten liep ze wankelend de witte rijbaan op. Ze wuifde met haar hand, er kwam een taxi aangereden. Hij stopte en ze klom erin.

'Ze neemt een taxi', zei ik. 'Met maar één schoen aan. Met haar wilskracht is niks mis, in elk geval.'

Ik ging zitten en het gesprek dwaalde af naar andere onderwerpen. Om een uur of twee braken Anders en Helena op, ze trokken hun dikke winterjassen aan, omhelsden ons en begaven zich de nacht in, Anders met zijn slapende dochter in zijn armen. Geir en Christina gingen een half uur later, Geir nadat hij was teruggekomen met een hooggehakte schoen in zijn hand.

'Net Assepoester', zei hij. 'Wat zal ik ermee doen?'

'Zet maar voor haar deur neer', zei ik. 'En verdwijn, we willen slapen.'

Toen ik nadat ik de kamer had opgeruimd en de vaatwasser had aangezet, de slaapkamer binnenkwam, lag Linda al te slapen. Maar zo licht dat ze haar ogen weer opensloeg en doezelig naar me glimlachte terwijl ik me uitkleedde.

'Dat was een fijne avond, toch?' zei ik.

'Ja, dat was het zeker', zei ze.

'Hadden ze het naar hun zin, denk je?' vroeg ik en ik ging tegen haar aan liggen.

'Ja, ik geloof het wel. Dacht je niet?'

'Jawel. Dat geloof ik zeker. Ik had het in elk geval naar mijn zin.'

De vloer glom mat in het licht van de straatlantaarn. Het werd hierbinnen nooit echt donker. En nooit echt stil. Nog steeds klonken er knallen van vuurwerk buiten, zwol het geluid van stemmen op straat aan en nam weer af, suisden er auto's langs, frequenter nu de oudejaarsnacht op zijn eind liep.

'Maar ik begin me serieus zorgen te maken over die buurvrouw van ons', zei Linda. 'Het is geen prettig gevoel haar hier te hebben.'

'Nee', zei ik. 'Maar we kunnen er niet zo veel aan doen.'

'Nee.'

'Geir dacht dat ze een prostituee was', zei ik.

'Natuurlijk is ze dat', zei Linda. 'Ze werkt voor een van die escortbureaus.'

'Hoe weet jij dat?'

'Zoiets weet je gewoon.'
'Ik niet', zei ik. 'Die gedachte zou in geen duizend jaar bij me zijn opgekomen.'
'Dat komt omdat je zo naïef bent', zei Linda.
'Dat ben ik misschien wel, ja.'
'O, ja.'
Ze glimlachte en boog naar voren om me te kussen.
'Welterusten', zei ze.
'Welterusten', zei ik.

Dat we eigenlijk met zijn drieën in bed lagen, was moeilijk te bevatten. Maar zo was het. Het kind in Linda's buik was volledig ontwikkeld: het enige wat ons ervan scheidde was een centimeter dunne wand van vlees en huid. Het kon nu elk moment geboren worden en dat beheerste Linda totaal. Ze begon aan niets nieuws meer, ging nauwelijks de deur uit, maar hield zich rustig, was met zichzelf en haar lichaam bezig, ging langdurig in bad, lag naar films te kijken, sluimerde en sliep. Die toestand had iets van een winterslaap, maar de onrust was niet helemaal verdwenen. Intussen was ze vooral onzeker over mijn rol in het geheel. Op de zwangerschapscursus was ons verteld dat de chemie tussen de barende en de verloskundige van grote betekenis was en mochten ze elkaar niet liggen, mocht er op een of andere manier een slechte stemming ontstaan, was het belangrijk dat zo vroeg mogelijk te laten weten zodat een andere, hopelijk beter geschikte, verloskundige het over kon nemen. Verder werd ons verteld dat de rol van de man tijdens de bevalling in de eerste plaats die van bemiddelaar was: hij kende zijn vrouw het best, hij begreep haar wensen en aangezien de vrouw meer dan genoeg met zichzelf te stellen had, was hij degene die de verloskundigen daarvan op de hoogte moest stellen. Hier kwam ik in beeld. Ik sprak Noors, zouden de verloskundigen en de verpleegsters überhaupt verstaan wat ik zei? En, nog veel erger, ik was bang voor conflicten en hield altijd rekening met iedereen, zou ik in staat zijn nee te zeggen tegen een eventueel onmogelijke verloskundige en om een andere te vragen met alles wat dat aan gekwetste gevoelens met zich meebracht?

'Kalm nu maar, dat komt allemaal wel goed,' zei ik dan, 'denk daar nu maar niet aan, dat komt in orde', maar dat stelde haar niet gerust, ik was dé onzekere factor geworden. Zou ik überhaupt in staat zijn een taxi te bellen als het zover was?

Dat ze niet helemaal ongelijk had, maakte de zaak er niet beter op. Zodra er sprake was van tegenstrijdigheden werd ik buitenspel gezet. Ik wilde het iedereen naar de zin maken, maar soms deden zich situaties voor waarin ik een keuze moest maken, moest handelen, en dan werd ik verscheurd door vreselijke twijfels, dat was een van de ergste dingen die me konden overkomen. Nu had ik met haar als getuige in korte tijd in een reeks van dergelijke situaties verkeerd. Het voorval met de deur die op slot zat, het voorval met de boot, het voorval met mijn moeder. Dat ik om dit allemaal te compenseren die ochtend in de ondergrondse zo kordaat was opgetreden en had ingegrepen bij dat gevecht, sprak ook niet in mijn voordeel, want wat zei dat eigenlijk over mijn inschattingsvermogen? En belangrijker nog, ik besefte heel goed dat het mij moeilijker zou vallen om een verloskundige weg te sturen dan in de ondergrondse met een mes te worden neergestoken.

Toen, laat op een middag terwijl ik op weg was naar huis, net op het moment dat ik mijn laptop en mijn twee draagtassen neerzette om op het knopje te drukken van de buitenlift naar de Malmskillnadsgata, checkte ik toevallig mijn mobieltje en ontdekte dat Linda acht maal had gebeld. Aangezien ik al zo dicht bij huis was, belde ik niet terug. Ik bleef op de lift staan wachten, die eindeloos langzaam naar beneden gegleden kwam, draaide me om en ving de blik op van een dakloze, die tegen een muur geleund in een slaapzak zat te doezelen. Hij was mager en de huid in zijn gezicht was vlekkerig. In zijn blik was geen greintje nieuwsgierigheid te bespeuren, maar hij keek ook niet sloom. Hij registreerde me gewoon. Vol onbehagen over die man en over de onzekerheid door Linda's bellen stond ik doodstil in de lift terwijl die langzaam in de schacht omhoog werd geheven. Zodra hij stil bleef staan, rukte ik de deur open en holde het trottoir op, de David Bagaresgata in, de poort door en de trappen op.

'Hallo?' riep ik. 'Is er iets gebeurd?'

Geen antwoord.
Ze was toch niet in haar eentje naar het ziekenhuis gegaan?
'Hallo?' riep ik. 'Linda?'
Ik deed mijn laarzen uit en ging naar de keuken, wierp een blik in de slaapkamer. Niemand. Ik besefte dat de tassen met boodschappen nog in mijn handen hingen en zette ze op de keukentafel, waarna ik door de slaapkamer liep en de deur naar de kamer opendeed.
Ze stond midden in de kamer naar me te kijken.
'Wat is er?' vroeg ik. 'Is er iets gebeurd?'
Ze gaf geen antwoord. Ik liep naar haar toe.
'Linda, wat is er aan de hand?'
Haar ogen waren zwart.
'Ik heb de hele dag niets gevoeld', zei ze. 'Ik heb het gevoel alsof er iets mis is. Ik voel niets.'
Ik sloeg een arm om haar schouders. Ze wendde zich af.
'Alles is in orde', zei ik. 'Daar ben ik van overtuigd.'
'NIETS IS IN ORDE, VERDOMME!' schreeuwde ze. 'Begrijp je dat niet? Begrijp je niet wat er is gebeurd?'
Ik probeerde haar weer in mijn armen te nemen, maar ze draaide zich om.
Ze begon te huilen.
'Linda, Linda', zei ik.
'Begrijp je niet wat er is gebeurd?' zei ze weer.
'Alles is in orde', zei ik. 'Daar ben ik van overtuigd.'
Ik verwachtte weer een kreet. In plaats daarvan liet ze haar schouders hangen en keek me met ogen vol tranen aan: 'Hoe kun je daar zo zeker van zijn?'
Ik gaf eerst geen antwoord. Haar blik, die niet week, voelde als een aanklacht.
'Wat wil je dat we doen, dan?' vroeg ik.
'We moeten naar het ziekenhuis.'
'Naar het ziekenhuis?' vroeg ik. 'Maar alles is zoals het hoort te zijn. Ze bewegen minder naarmate de bevalling nadert. Kom nou. Alles is in orde. Het is alleen …'

Pas toen, op het moment dat ik haar ongelovige blik zag, begreep ik dat het werkelijk iets ernstigs kon zijn.

'Trek je jas aan', zei ik. 'Dan bel ik een taxi.'

'Bel eerst om te zeggen dat we komen', zei ze.

Ik schudde mijn hoofd, liep naar het raamkozijn, waar de telefoon stond.

'We gaan er gewoon heen', zei ik en ik pakte de hoorn van de haak en draaide het nummer van de taxicentrale. 'Ze helpen ons wel als we er zijn.'

Terwijl ik stond te wachten tot er werd opgenomen, volgde ik haar met mijn blik. Hoe ze langzaam en als het ware zonder zelf in haar bewegingen aanwezig te zijn haar jas aantrok, haar sjaal om haar hals sloeg, eerst haar ene, toen haar andere voet op de kist zette om haar schoenen aan te trekken. Ieder detail in de gang, waar ze stond, tekende zich duidelijk af tegen de donkere kamer. De tranen stroomden nog steeds over haar wangen.

De telefoon bleef overgaan zonder dat er iets gebeurde.

Nu stond ze naar me te kijken.

'Er wordt niet opgenomen', zei ik.

Toen werd de beltoon onderbroken.

'Stockholm Taxi', zei een vrouwenstem.

'Ja, hallo, een taxi naar de Regeringsgata 81 graag.'

'Ja ... En waar moet u naartoe?'

'Het Danderyd Ziekenhuis.'

'Oké.'

'Hoelang duurt het?'

'Een kwartier ongeveer.'

'Dat gaat niet', zei ik. 'Het gaat om een bevalling. We hebben nu onmiddellijk een taxi nodig.'

'Waar gaat het om, zei u?'

'Een bevalling.'

Ik begreep dat ze mijn Noors niet verstond. Er verstreken een paar seconden terwijl ik naar het Zweedse woord zocht, maar eindelijk had ik het.

'We hebben onmiddellijk een taxi nodig.'

'Ik zal zien wat ik kan doen', zei ze. 'Maar ik kan niets beloven.'

'Dank u', zei ik en ik legde neer, controleerde of mijn creditcard in de binnenzak van mijn jas zat, deed de deur op slot en liep samen met Linda naar het portiek. Ze keek me op weg naar beneden niet één keer aan.

Buiten sneeuwde het nog steeds.

'Zou hij meteen komen?' vroeg Linda toen we op het trottoir stonden. Ik knikte. 'Zo snel mogelijk, zeiden ze.'

Hoewel het druk was, zag ik de taxi een eind verderop in de straat al aankomen. Hij reed snel. Ik wuifde en hij stopte vlak voor ons. Ik boog naar voren en deed het portier open, liet Linda eerst instappen en nam toen zelf plaats.

De chauffeur draaide zich om.

'Hebben we haast?' vroeg hij.

'Het is niet wat u denkt', zei ik. 'Maar we moeten naar Danderyd.'

Hij draaide de straat weer op en reed naar de Birger Jarlsgata. Zwijgend zaten we achterin. Ik nam haar hand in de mijne. Gelukkig liet ze me begaan. Het licht van de straatlantaarns boven de weg gleed als linten door de auto. Op de radio werd 'I won't let the sun go down on you' gedraaid.

'Niet bang zijn', zei ik. 'Alles is zoals het hoort te zijn.'

Ze gaf geen antwoord. We reden een flauwe helling op. Tussen de bomen aan beide kanten van de weg stonden villa's. De daken wit van de sneeuw, de entrees geel van het licht. Hier en daar een oranje sleetje, hier en daar een donkere, dure auto. Toen sloegen we rechts af en reden onder dezelfde weg door die we net nog hadden gevolgd, naar het ziekenhuis, dat er door al die verlichte ramen uitzag als een enorme doos vol gaten. Rondom de gebouwen lagen hopen opgeworpen sneeuw.

'Weet u waar het is?' vroeg ik. 'De afdeling verloskunde, bedoel ik?'

Hij gaf met een knikje aan dat het een stukje verderop was, boog naar links en wees op een bordje waarop 'BB Stockholm' stond.

'Daar moeten jullie naar binnen', zei hij.

Bij de ingang stond nog een taxi met draaiende motor toen we aankwamen. Onze chauffeur bleef achter hem staan, ik gaf hem mijn creditcard en stapte uit, pakte Linda bij de hand en hielp haar op de been terwijl een ander paar de deur in verdween, hij met een babyzitje en een enorme tas in zijn handen.

Ik ondertekende, stopte het bonnetje met mijn creditcard in mijn binnenzak en liep achter Linda aan het gebouw binnen.

Het andere paar stond voor de lift te wachten. We bleven een paar meter achter hen staan. Ik streelde Linda over haar rug. Ze huilde.

'Zo had ik het me niet voorgesteld', zei ze.

'Alles is in orde', zei ik.

De lift kwam en we stapten achter het andere paar aan naar binnen. Opeens kromp de vrouw in elkaar, ze greep met haar hand hard de leuning onder de spiegel vast. De man bleef met zijn handen vol naar de grond staan staren.

Toen we boven kwamen drukten zij op de bel. De verpleegster die naar buiten kwam, wisselde eerst een paar woorden met hen en zei toen tegen ons dat ze iemand anders zou sturen, waarop ze samen met hen de gang in liep.

Linda ging op een stoel zitten. Ik bleef de gang in staan kijken. Het licht was gedempt. Bij elke deur hing een soort bordje aan het plafond. Een paar ervan waren roodverlicht. Iedere keer als er een ander bordje oplichtte, klonk er een signaal, ook dat gedempt, maar desondanks met de onmiskenbare klank van een instelling. Af en toe verscheen er een verpleegster op weg van de ene kamer naar de andere. Helemaal achter in de gang liep een vader een bundeltje in zijn armen te wiegen. Het leek alsof hij zong.

'Waarom heb je niet gezegd dat er haast bij was', zei Linda. 'Ik kan hier toch niet blijven zitten.'

Ik gaf geen antwoord.

Ik was helemaal leeg van binnen.

Ze kwam overeind.

'Ik ga naar binnen', zei ze.

'Wacht nou even,' zei ik, 'ze weten dat we er zijn.'

Het had geen zin haar tegen te houden, dus toen ze de gang verder in liep, ging ik achter haar aan.

Er kwam een verpleegster uit het kantoorgedeelte, ze bleef voor ons staan.

'Wordt u al geholpen?' vroeg ze.

'Nee,' zei Linda, 'er zou iemand komen. Maar er is nog niemand geweest.'

Ze keek Linda over haar bril heen aan.

'Ik heb de hele dag geen beweging gevoeld', zei Linda. 'Niets.'

'Dus u bent ongerust?' vroeg de verpleegster.

Linda knikte.

De verpleegster draaide zich om en keek de gang in.

'Ga die kamer daar maar in', zei ze. 'Die is leeg. Dan komt er dadelijk iemand om u te helpen.'

De kamer straalde zoiets vreemds uit dat ik niets anders zag dan ons beiden. Iedere beweging die Linda daar maakte, kerfde zich in mijn bewustzijn.

Ze trok haar jas uit en hing hem over de rugleuning van een stoel, ging op een bank zitten. Ik ging voor het raam staan, keek naar beneden naar de weg, naar de stroom auto's die daar langsreed. Voor het raam viel de sneeuw als kleine, vage schaduwen, ze werden als het ware pas zichtbaar als de vlokken de kring van licht onder de straatlantaarns beneden op het parkeerterrein binnendreven.

Tegen de ene muur stond een onderzoeksstoel. Ernaast stonden diverse instrumenten als in een audiokast op elkaar gestapeld. Op een plank daartegenover stond een cd-speler.

'Hoor je dat?' vroeg Linda.

Aan de andere kant van de muur klonk een zachte, als het ware doffe kreet.

Ik draaide me om en keek haar aan.

'Niet huilen, Karl Ove', zei ze.

'Ik weet niet wat ik anders moet doen', zei ik.

'Het komt in orde', zei ze.

'Moet jíj míj nu troosten?' vroeg ik. 'Wat moet dat worden?'

Ze glimlachte.

Toen werd het weer stil.

Na een paar minuten werd er op de deur geklopt, er kwam een verpleegster binnen, ze vroeg Linda op de bank te gaan liggen en haar buik te ontbloten, luisterde met een stethoscoop, glimlachte.

'Alles in orde hier', zei ze. 'Maar voor de zekerheid doen we een echoscopie.'

Toen we een half uur later vertrokken, was Linda opgelucht en blij. Ik was doodop en schaamde me een beetje omdat we hen onnodig hadden lastiggevallen. Te oordelen naar al die mensen die de deur in en uit liepen, hadden ze meer dan genoeg om handen.

Waarom moesten we altijd denken dat het ergste zou gebeuren?

Aan de andere kant, dacht ik toen ik naast Linda in bed lag, mijn hand op haar buik, waarin het kind nu zo groot was dat het nauwelijks ruimte had om zich te bewegen, kon werkelijk het ergste gebeurd zijn, had het leven daarbinnen op kunnen houden, want dat komt voor, dat ook, en zolang die mogelijkheid bestond, hoe klein ook, was het enige juiste toch haar serieus te nemen en je niet te laten weerhouden omdat je je schaamde? Omdat je andere mensen niet lastig wilde vallen?

De volgende dag ging ik weer naar kantoor om verder te schrijven aan de geschiedenis over Ezechiël, waaraan ik was begonnen om het materiaal over de engelen op de een of andere manier in een verhaal te vatten, zoals Thure Erik me terecht op het hart had gedrukt, in plaats van een puur essayistische verhandeling over hen als fenomeen te schrijven. Ezechiëls visioenen waren zo grandioos en raadselachtig en het aanbod dat de Heer hem deed om de boekrol op te eten en zijn woord op die manier in vlees en bloed te veranderen, was gewoon onweerstaanbaar. Maar ook Ezechiël zelf werd zichtbaar in de Schrift, die gekke profeet met zijn ondergangsachtige visioenen midden in zijn armzalige, alledaagse bestaan met alles wat dat met zich meebracht aan twijfel en scepsis en plotselinge wisselingen tussen wat er in de visioenen gebeurden, waarin engelen branden en mensen worden afgeslacht, en daarbuiten, waar hij voor zijn huis en voor de ogen van de inwoners van de stad met een baksteen in zijn hand staat die Jeruzalem moet voorstellen, en figuurtjes tekent die legers, schansen en wallen uitbeelden, allemaal op bevel van de Heer. En dat concrete in de opstanding: 'Dorre beenderen, luister naar de woorden van de Heer! Dit zegt God, de Heer: Beenderen, ik ga jullie adem geven zodat jullie tot leven komen. Ik zal jullie pezen geven, vlees op jullie laten groeien en jullie met huid overtrekken.' En dan, als het voleindigd is: 'Ze kwamen tot leven en gingen op hun voeten staan: een onafzienbare menigte.'

Het leger van de doden.

Daar was ik mee bezig, daar probeerde ik vorm aan te geven – zonder dat het me lukte, ik had zo weinig rekwisieten, niet veel meer dan sandalen, kamelen en zand en misschien hier en daar nog een karig struikje, bovendien wist ik nauwelijks iets van die cultuur af – terwijl Linda thuis liep te wachten, op een heel andere manier opgeslokt door wat er zou gebeuren. De uitgerekende datum verstreek, er gebeurde niets, ik belde haar ongeveer één keer per uur, maar nee, geen nieuws. We praatten nergens anders meer over. Toen, een week na de uitgerekende dag, helemaal aan het eind van januari, braken de vliezen terwijl we tv zaten te kijken. Ik had me dat altijd als iets enorms voorgesteld, een dijk die brak, maar dat was niet zo, integendeel, er kwam zo weinig vocht dat Linda twijfelde of dat het wel was. Ze belde Danderyd, daar waren ze sceptisch, normaal gesproken was er geen twijfel mogelijk als de vliezen braken, maar ten slotte zeiden ze dat we maar moesten komen, we pakten de tas, stapten in een taxi en reden naar het ziekenhuis, dat er net zo helder verlicht en omgeven door net zulke grote sneeuwhopen bij lag als de vorige keer. Linda werd onderzocht, ik keek uit het raam naar de snelweg en de langssuizende auto's en naar de oranje hemel daarboven. Bij een kreetje van Linda draaide ik mijn hoofd om. Het was de rest van het vruchtwater.

Aangezien er verder niets aan de hand was en de weeën voorlopig nog niet waren begonnen, werden we weer naar huis gestuurd. Als er geen verandering in de situatie kwam, zou de bevalling twee dagen daarna met een infuus op gang worden gebracht. Nu hadden we in elk geval een tijdstip om ons aan vast te houden. Linda was te gespannen om veel te slapen toen we thuiskwamen, ik viel als een blok in slaap. De volgende dag zagen we een paar films, we maakten een lange wandeling naar Humlegården, maakten foto's van onszelf: de camera aan het eind van mijn uitgestrekte arm, onze gloeiende gezichten dicht bij elkaar, het park op de achtergrond wit van de sneeuw. We warmden een van de vele gerechten op die Linda's moeder in de koelkast had achtergelaten, voor de eerste weken, en toen we hadden gegeten en ik bezig was koffie te zetten, hoorde ik plotseling een langgerekte kreun uit de kamer. Snel liep ik erheen, ik zag Linda voorovergebogen zitten met beide handen op haar buik. 'Oooo', zei ze. Maar het gezicht dat naar me keek glimlachte.

Langzaam richtte ze zich op.

'Nu is het begonnen', zei ze. 'Kun jij opschrijven hoe laat het is zodat we weten hoeveel tijd er tussen de weeën verstrijkt?'

'Deed het pijn?' vroeg ik.

'Een beetje', zei ze. 'Niet zo erg.'

Ik haalde een notitieblok en een pen. Het was een paar minuten over vijf. De volgende wee kwam exact drieëntwintig minuten later. Toen verstreek er meer dan een half uur voor de volgende kwam. Zo ging het die avond door, de tijd tussen de weeën varieerde terwijl de pijn heviger werd, naar bleek. Toen we om een uur of elf naar bed gingen, gebeurde het dat ze het uitgilde als ze kwamen. Ik lag naast haar en probeerde te helpen, maar wist niet hoe. Ze had een zogenaamd TENS-apparaat van de verloskundige gekregen, dat verlichting moest brengen en uit een paar stroomgeleidende plaatjes bestond die je daar waar het pijn deed op de huid moest plaatsen, ze waren verbonden met een apparaat waarmee je de sterkte kon regelen en daar waren we een tijdje mee bezig, een wirwar van snoeren en knoppen waar ik probeerde uit wijs te worden met als enige resultaat dat Linda een schok kreeg en het boos uitschreeuwde van de pijn: zet dat rotding uit! Nee, nee, zei ik, ik probeer het nog een keer, zo, nu geloof ik dat het goed is. O, verdomme! riep ze. Ik krijg een schok, snap je dat dan niet. Weg ermee! Ik legde het weg, probeerde haar in plaats daarvan te masseren, wreef mijn handen in met de olie die ik met dat doel had gekocht, maar het was nooit goed, of het was te hoog of te laag, of te zacht of te hard. Een van de dingen waar ze in verband met de bevalling naar had uitgekeken, was het grote bad dat ze op de kraamafdeling hadden en dat vol warm water ook de pijn moest verlichten voordat de weeën serieus begonnen, maar als de vliezen waren gebroken, kon ze daar niet meer in, en ook thuis mocht ze niet meer in bad. In plaats daarvan ging ze in de badkuip zitten en douchte met kokend heet water terwijl ze elke keer kreunde en jammerde als er weer een golf van pijn door haar heen ging. Ik stond erbij, grauw van vermoeidheid in het scherpe licht, en zag haar zitten zonder enige kans haar daar te bereiken waar ze nu was, laat staan te helpen. Pas tegen de ochtend vielen we in slaap en een paar uur later besloten we naar het ziekenhuis te gaan, hoewel het nog zes uur duurde tot de afspraak die we daar hadden en ze uiterst beslist hadden gezegd dat we alleen eerder moesten komen als de tijd tussen de weeën niet meer dan drie of vier minuten bedroeg. Linda's weeën kwamen om de vijftien minuten, maar ze had zo'n pijn dat er geen sprake van kon zijn haar daaraan te herinneren. Weer een taxi, deze keer in grijs ochtendlicht, weer over de snelweg naar Danderyd. Toen Linda werd onderzocht, zeiden ze dat er nog maar drie centimeter ontsluiting was, dat was niet veel, begreep ik, en het verraste me, want na wat Linda had doorgemaakt dacht ik dat het algauw voorbij moest zijn. Maar nee, het tegendeel bleek het geval, eigenlijk zouden we weer naar huis moeten, zeiden ze, maar aangezien er toevallig een kamer vrij was, en waarschijnlijk omdat we er zo moe en verloren uitzagen, lieten ze ons blijven. Slaap maar wat, zeiden ze en ze deden de deur achter zich dicht.

'Nu zijn we eindelijk hier in elk geval', zei ik en ik zette de tas op de grond. 'Heb je honger of zo?'

Ze schudde haar hoofd: 'Ik zou wel een douche willen nemen. Kom je ook?'

Ik knikte.

Toen we met de armen om elkaar heen onder de douche stonden, kwamen de weeën weer, ze boog voorover en hield zich vast aan een rek aan de muur terwijl haar het geluid ontsnapte dat ik de avond ervoor voor het eerst had gehoord. Ik streelde haar over haar rug, maar het voelde meer als hoon dan als troost. Ze kwam overeind en ik keek haar in de spiegel aan. Het leek alsof alles uit ons gezicht was weggevloeid, we zagen er volkomen leeg uit en ik dacht: hierin zijn we helemaal alleen.

We gingen terug naar de kamer, Linda trok de kleren aan die ze had gekregen, ik ging op de bank liggen. Het volgende moment was ik diep in slaap.

Een paar uur later kwam er een kleine delegatie de kamer binnen en werd de bevalling serieus ingeleid. Linda wilde geen chemische pijnstillers en daarvoor in de plaats kreeg ze iets wat ze de koude sterielwaterinjectie noemden, dat wil zeggen dat er water onder de huid werd gespoten volgens het principe pijn bestrijdt pijn. Ze stond midden in de kamer en hield mij bij de hand toen de twee verpleegsters de injectie gaven. Ze gilde het uit, schreeuwde uit alle macht GODVERDOMME! terwijl ze instinctief probeerde zich af te wenden, geroutineerd vastgehouden door de twee verpleegsters. Ik kreeg tranen in mijn ogen toen ik zag hoeveel pijn ze had. Aan de andere kant vermoedde ik dat dit nog niets was, dat het ergste nog moest komen. En hoe zou dat gaan, met zo'n lage pijngrens als zij bleek te hebben?

Gekleed in een witte ziekenhuiskiel zat ze in bed terwijl de verpleegsters de naald met het infuus in haar arm staken, die vanaf dat moment via een dunne plastic slang verbonden was met een doorzichtig zakje aan een metalen statief. Vanwege het infuus wilden ze het kind zo goed mogelijk bewaken, zeiden ze, en ze bevestigden een soort kleine sonde aan het hoofdje, verbonden met een draad die vanuit Linda over het bed naar het apparaat naast haar liep, waar het volgende moment een getal begon te knipperen. Het was de hartslag van de baby. Alsof dat nog niet genoeg was kreeg Linda een lus om, waar een paar sensoren aan zaten die via een tweede draad met een andere monitor waren verbonden. Ook daar lichtte een getal op en daarboven liep een golvende elektronische streep die plotseling omhoogschoot toen er een wee begon. Uit die machine kwam bovendien een papier, waarop dezelfde grafiek getekend stond.

Het leek wel alsof ze van plan waren haar naar de maan te schieten.

Toen de sonde aan het hoofdje van het kind werd bevestigd, gaf Linda een gil, waarop de verloskundige haar over haar wang streelde. Waarom behandelen ze haar als een kind? dacht ik terwijl ik in mijn onledigheid naar alles stond te staren wat er plotseling om me heen gebeurde. Kwam het door de brief die ze hun had gestuurd en die nu waarschijnlijk op de zusterkamer lag, waarin ze had geschreven dat ze veel steun en aanmoediging nodig had, maar eigenlijk sterk was en zich verheugde op wat er ging komen?

Linda keek me door de wirwar van handen glimlachend aan. Ik glimlachte terug. Een donkerharige, streng uitziende verloskundige liet me zien hoe ik de monitoren in de gaten moest houden, vooral de hartslag van de baby was belangrijk, als die dramatisch opliep of zakte moest ik hen roepen door op een knop te drukken. Als hij tot nul zakte moest ik niet bang worden, dan was waarschijnlijk het contact verbroken. Moeten we hier echt alleen blijven? wilde ik vragen, maar dat deed ik niet, ook niet hoelang dit allemaal zou gaan duren. In plaats daarvan knikte ik. Ze zou met regelmatige tussenpozen bij ons komen kijken, zei ze, en toen waren ze weg.

Niet lang daarna volgden de weeën sneller op elkaar. En naar Linda's gedrag te oordelen waren ze veel heftiger. Ze schreeuwde en bewoog zich anders, het was alsof ze naar iets op zoek was. Onrustig wisselde ze steeds weer van houding, ze gilde het uit en ik begreep dat ze naar een uitweg uit de pijn zocht. Het had iets dierlijks.

Toen de wee voorbij was, ging ze weer liggen.

'Ik geloof niet dat ik dit red, Karl Ove', zei ze.

'O, jawel', zei ik. 'Het is niet gevaarlijk. Het doet pijn, maar het is niet gevaarlijk.'

'Het doet zo'n pijn! Zo'n godvergeten verdomde pijn!'

'Dat weet ik.'

'Kun je me masseren, denk je?'

'Ja, hoor.'

Ze ging rechtop zitten, hield de opgeslagen rand van het bed vast.

'Daar?' vroeg ik.

'Iets daaronder', zei ze.

De grafiek op het scherm begon te stijgen.

'Het ziet ernaar uit alsof er weer eentje op komst is', zei ik.

'O, nee', zei ze.

De grafiek steeg als een getijdegolf. Linda riep: meer naar onderen!, ging verzitten, kreunde, ging weer verzitten, kneep zo hard als ze kon met haar vingers om de rand van het bed. Toen de grafiek begon te dalen en de golf van pijn zich weer terugtrok, zag ik dat de hartslag van de baby ontzettend snel was geworden.

Linda kromp in elkaar.

'Hielp de massage?' vroeg ik.

'Nee', zei ze.

Ik besloot hen te bellen als de hartslag na de volgende wee niet was gedaald.

'Ik red het niet', zei ze.

'Jawel,' zei ik, 'dat red je wel.'

'Leg je hand op mijn voorhoofd.'

Ik deed wat ze vroeg.

'Nu komt er weer een', zei ik. Ze richtte zich op, kreunde, steunde, schreeuwde, zakte weer in elkaar. Ik drukte op de knop en boven de deur begon een rood bordje te knipperen.

'De hartslag werd ontzettend snel', zei ik toen de verloskundige voor me bleef staan.

'Hm,' zei ze, 'dan moeten we het infuus maar wat bijstellen. Misschien was het een beetje te veel.'

Ze liep naar Linda toe.

'Hoe gaat het?' vroeg ze.

'Het doet vreselijk pijn', zei Linda. 'Duurt het nog lang?'

Ze knikte: 'O, ja.'

'Ik heb iets nodig, ik red het niet. Het gaat niet. Kan ik lachgas krijgen, denkt u?'

'Daar is het nog iets te vroeg voor', zei de verloskundige. 'De werking neemt na verloop van tijd af. Het is beter daar later mee te beginnen.'

'Maar het gaat niet', zei Linda. 'Ik moet het nu hebben! Het gaat niet!'

'We wachten nog even', zei ze. 'Goed?'

Linda knikte en de verloskundige ging de kamer weer uit.

Het volgende uur verliep op dezelfde wijze. Linda zocht naar een manier om met de pijn om te gaan, het lukte haar niet, het was alsof ze probeerde eraan te ontkomen terwijl hij op haar in beukte. Het was vreselijk om aan te zien. Ik kon niets anders doen dan het zweet afvegen, mijn hand op haar voorhoofd leggen en af en toe een halfhartige poging ondernemen om haar rug te masseren. In de duisternis buiten, die was gevallen zonder dat ik er erg in had gehad, begon het te sneeuwen. Het was vier uur, er was anderhalf uur verstreken sinds de bevalling op gang was gebracht. Dat was niets, wist ik, had Kari Anne bij de bevalling van Ylva niet bijna twintig uur nodig gehad?

Er werd op de deur geklopt, de koele, donkerharige verloskundige kwam binnen.

'Hoe gaat het met u?' vroeg ze.

Linda draaide zich om uit haar ineengedoken houding.

'Ik wil lachgas!' riep ze.

De verloskundige dacht even na. Toen knikte ze en ging de kamer uit, ze kwam weer binnen met een statief met twee flessen, die ze voor het bed neerzette. Na een paar minuten frunniken was het haar gelukt en Linda kreeg een masker in haar hand gedrukt.

'Ik zou graag iets doen', zei ik. 'Masseren of zoiets. Kunt u me laten zien waar dat het effectiefst is?'

Op hetzelfde moment kwam er weer een wee, Linda drukte het masker op haar gezicht en ademde gretig het gas in terwijl ze met haar onderlichaam lag te kronkelen. De verloskundige legde mijn handen helemaal onderaan in haar lendenen.

'Daar, geloof ik', zei ze. 'Oké?'

'Oké', zei ik.

Ik smeerde mijn handen in met olie, de verloskundige deed de deur achter zich dicht, ik legde mijn ene hand op de andere en drukte het onderste gedeelte van mijn handpalm in haar lendenen.

'Ja!' riep ze. Haar stem klonk hol in het masker. 'Daar! Ja, ja!'

Toen de wee voorbij was, draaide ze zich naar me om.

'Dat lachgas is fantastisch!' zei ze.

'Mooi zo', zei ik.

De daaropvolgende keren dat er een wee kwam, gebeurde er iets met haar. Ze probeerde niet langer aan de pijn te ontkomen, zocht niet langer hardnekkig naar een uitweg op de manier die zo hartverscheurend was om aan te zien, er kwam iets anders over haar, het was alsof ze in plaats daarvan de pijn opzocht, het accepteerde dat hij er was en hem van aangezicht tot aangezicht tegemoet trad, aanvankelijk bijna nieuwsgierig, allengs steeds resoluter, net een dier, dacht ik weer, maar niet vluchtig, opgeschrikt en nerveus, want als de pijn nu kwam, kwam ze overeind, stond ze met beide handen om de rand van het bed geslagen en bewoog haar onderlichaam heen en weer terwijl ze in het gasmasker loeide, elke keer op exact dezelfde manier, het herhaalde zich en herhaalde zich en herhaalde zich. Pauze, masker in de hand, op het matras gaan liggen. Dan kwam de golf, ik zag hem op de monitor altijd net even eerder en begon zo hard als ik kon te masseren, ze kwam overeind, stond heen en weer te zwaaien, gilde het uit tot de golf zich terugtrok en ze weer in elkaar zakte. Het was niet langer mogelijk contact met haar te krijgen, ze ging volkomen in zichzelf op, had nergens oog voor, alles draaide erom de pijn tegemoet te gaan, uit te rusten, hem tegemoet te gaan, uit te rusten. Als de verloskundige binnenkwam, praatte ze met mij alsof Linda er niet bij was en dat klopte ook in zekere zin, het wekte de indruk alsof wij voor haar ver, ver weg waren. Maar niet helemaal, plotseling kon ze buitensporig luid roepen: WATER! of: WASHANDJE! en als ze dat dan kreeg: DANK JE!

O, het was een merkwaardige avond! De duisternis buiten was dicht en vol vallende sneeuwvlokken. De kamer was vol van Linda's gesis als ze het gas inademde, haar zware geloei als de weeën op zijn ergst waren, de elektronische piepjes van de monitors. Ik dacht niet aan het kind, dacht nauwelijks aan Linda, alles in mij was geconcentreerd op het masseren, lichtjes als Linda rustig lag, steeds harder als de elektronische golven begonnen te stijgen, wat voor Linda het signaal was om overeind te komen, waarna ik haar zo hard masseerde als ik kon tot de golf weer zakte terwijl ik de hele tijd de hartfrequentie in het oog hield. Getallen en grafieken, olie en lendenen, gesis en geloei, dat was alles. Seconde na seconde, minuut na minuut, uur na uur, dat was alles. Het moment slokte me volledig op, het was alsof de tijd niet verstreek, maar dat deed hij wel, iedere keer als er iets buiten de routine om gebeurde, werd ik er even uit getrokken. Er kwam een verpleegster binnen, ze vroeg of alles goed ging, en plotseling was het tien voor half zes. Een andere verpleegster kwam binnen en vroeg of ik iets wilde eten, en plotseling was het vijf over half zeven.

'Iets eten?' vroeg ik alsof ik daar nog nooit eerder van had gehoord.

'Ja, u kunt kiezen tussen vegetarische lasagne of gewone', zei ze.

'O, dat zou lekker zijn, ja', zei ik. 'Gewone lasagne, graag.'

Het leek alsof Linda niet merkte dat er überhaupt iemand was. Er kwam weer een golf, de verpleegster deed de deur achter zich dicht, ik drukte mijn handen zo hard als ik kon in Linda's lendenen, volgde de grafiek en toen die weer daalde maar Linda het masker niet losliet, pakte ik het haar voorzichtig af. Ze reageerde niet, stond daar maar met haar voorhoofd nat van het zweet voor zich uit te staren. De kreet die ze uitstootte toen de volgende wee begon, klonk hol door in het masker, dat ze hard tegen haar gezicht drukte. Toen ging de deur open, de verpleegster zette een bord op tafel, het was zeven uur. Ik vroeg Linda of het oké was dat ik wat at, ze knikte, maar op het moment dat ik mijn hand wegtrok, riep ze: nee, niet doen! en ik ging door, ik drukte op de knop, dezelfde verpleegster kwam weer binnen, of zij even kon masseren? Natuurlijk, zei ze en zij nam het over toen ik ophield. Linda riep: nee, dat moet Karl Ove doen! Dat moet Karl Ove doen! Dat is niet hard genoeg!, terwijl ik het eten zo snel mogelijk naar binnen werkte zodat ik het twee minuten later weer over kon nemen en zij weer in haar ritme verviel.

Wee, gas, massage, pauze, wee, massage, gas, pauze. Daarbuiten bestond niets meer. Toen kwam de verloskundige binnen, draaide Linda gezaghebbend op haar zij, onderzocht hoeveel ontsluiting ze had en bij elke beweging schreeuwde Linda het uit, maar het was een ander soort schreeuw, iets wat ze uitstootte, niet iets wat ze tegemoet ging.

Ze kwam weer overeind, verviel in haar ritme, verdween van de wereld en de uren verstreken.

Plotseling riep ze: 'Zijn we alleen?'

'Ja', zei ik.

'Ik hou van je, Karl Ove!'

Het was alsof het ergens diep vanuit haar binnenste kwam, ergens waar ze anders nooit kwam of zelfs nooit was geweest. Ik kreeg tranen in mijn ogen.

'Ik hou van jou', zei ik op mijn beurt, maar dat hoorde ze niet, een nieuwe golf verhief zich in haar.

Het werd acht uur, het werd negen uur, het werd tien uur. Mijn hoofd was volkomen leeg, ik masseerde haar en hield de monitoren in de gaten tot plotseling het besef doorbrak: er wordt een kind geboren. Ons kind wordt geboren. Nog maar een paar uur. Dan is het er.

Het besef verdween weer, er bestond niets dan grafieken en getallen, handen en lendenen, ritme en geloei.

De deur ging open. Er kwam een andere verloskundige binnen, een oudere vrouw, met achter haar een jong meisje. De oudere ging vlak bij Linda staan, haar gezicht was slechts een paar centimeter van haar vandaan, en stelde zich voor. Zei dat Linda flink was. Zei dat ze een stagiaire bij zich had, was dat goed? Linda knikte en keek om zich heen naar die stagiaire. Knikte toen ze haar in het oog kreeg. De verloskundige zei dat het nu gauw voorbij zou zijn. Dat ze haar moest onderzoeken.

Linda knikte weer en keek haar aan zoals een kind zijn moeder aankijkt.

'Zo', zei de verloskundige. 'Flinke meid.'

Deze keer schreeuwde ze niet. Lag met grote, donkere ogen in de lucht te staren. Ik streelde haar over haar voorhoofd, ze reageerde niet. Toen de verloskundige haar hand terugtrok, riep Linda: 'ZIJN WE ER?'

'Nog even', zei de verloskundige. Linda kwam geduldig overeind en nam haar positie weer in.

'Nog een uurtje, misschien minder', zei de verloskundige tegen mij.

Ik keek op de klok. Elf uur.

Linda stond daar al acht uur.

'We kunnen dit allemaal wel weghalen', zei de verloskundige en ze bevrijdde Linda van alle lussen en draden. Plotseling stond ze daar helemaal stekkerloos, een lichaam in een bed, en de pijn waar ze tegen had gevochten, bestond niet langer uit groene golven en oplopende getallen op een scherm waar ik naar keek, maar was iets wat in haar gebeurde.

Dat had ik eerder niet beseft. Het was iets in haar en ze was er volkomen alleen mee.

Zo was het.

Ze was vrij. Alles wat er gebeurde, gebeurde in haar.

'Nu komt het', zei ze, en het kwam in haar, ik drukte mijn handen zo hard als ik kon in haar rug. Het ging alleen om haar en dat wat in haar was. Het ziekenhuis, de monitoren, de boeken, de cursussen, de cassettes, al die kronkels die onze gedachten waren gevolgd, dat had er allemaal niets mee te maken: alleen zij en dat wat in haar gebeurde.

Haar lichaam was glad van het zweet, haar haar plakkerig, de witte kiel bungelde om haar heen. De verloskundige zei dat ze gauw terugkwam. De stagiaire bleef. Droogde Linda's voorhoofd af, gaf haar water, haalde een grote candybar. Linda nam hem gretig aan. Nog even, dat voelde ze waarschijnlijk, ze was bijna ongeduldig in de pauzes, die nu nog slechts een moment duurden.

De verloskundige kwam weer binnen. Ze dempte het licht.

'Ga even liggen rusten', zei ze. Linda ging liggen. Ze streelde haar over haar wang. Ik liep naar het raam. Geen enkele auto beneden op de weg. De lucht in het licht van de lantaarns vol sneeuw. Volkomen stil in de kamer. Ik draaide me om. Het leek alsof Linda sliep.

De verloskundige glimlachte naar me.

Linda kreunde. De verloskundige pakte haar arm en ze ging rechtop zitten. Haar blik was donker als een bos in de nacht.

'Zet hem op, nu', zei de verloskundige.

Er gebeurde iets nieuws, er was iets veranderd, ik begreep niet wat het was, maar ging achter haar staan en begon haar rug weer te masseren. De weeën duurden en duurden, Linda greep naar het masker met het lachgas, inhaleerde gretig, maar het leek alsof het niet hielp, een langgerekte kreet werd als het ware uit haar losgescheurd, hij duurde en duurde.

Toen werd het stil. Linda zakte in elkaar. De verloskundige veegde het zweet van haar voorhoofd en zei dat ze zich flink hield.

'Wil je het kind voelen?' vroeg ze.

Linda keek naar haar op en knikte traag. Kwam op haar knieën overeind. De verloskundige nam haar hand en bracht die tussen haar benen.

'Daar is het hoofdje', zei ze. 'Voel je het?'

'JA!' zei Linda.

'Hou je hand daar als je perst. Lukt dat?'

'ja!' zei Linda.

'Kom mee', zei ze en ze nam Linda mee naar het midden van de kamer. 'Blijf hier staan.'

De stagiaire pakte een krukje dat al die tijd al tegen de muur stond.

Linda ging op haar knieën zitten. Ik ging achter haar staan, ook al vermoedde ik dat masseren niet langer hielp.

Ze schreeuwde uit alle macht, haar hele lichaam bewoog terwijl ze al die tijd haar hand op het hoofdje van het kind hield.

'Het hoofdje is eruit', zei de verloskundige. 'Nog één keer. Zet hem op.'

'Is het hoofdje eruit!' zei Linda. 'Zei u dat?'

'Ja. Zet hem op nu.'

Er klonk nog een kreet, alsof hij van heel ver weg kwam.

'Wilt u het opvangen?' vroeg de verloskundige en ze keek mij aan.

'Ja', zei ik.

'Kom, ga hier staan', zei ze.

Ik liep om het krukje heen en ging voor Linda staan, die naar me opkeek zonder me te zien.

'Nog één keer. Zet hem op, meiske. Zet hem op.'

Mijn ogen stonden vol tranen.

Het kind kwam uit haar gegleden als een kleine zeehond, zo in mijn handen.

'Ooooo!' riep ik. 'Oooooo!'

Glad en warm was het kleine lijfje en het ontglipte me bijna, maar daar was de jonge stagiaire al om me te helpen.

'Is ze eruit? Is ze eruit?' vroeg Linda, ja, zei ik, ik tilde het kleine lijfje naar haar op en ze legde het tegen haar borst, ik snikte van vreugde en Linda keek me voor het eerst sinds uren aan, glimlachte.

'Wat is het?' vroeg ik.

'Een meisje, Karl Ove', zei ze. 'Het is een meisje.'

Ze had lang, zwart haar dat aan haar hoofdje geplakt zat. Haar huid was grijzig en leek wel van was. Ze krijste, zo'n geluid had ik nog nooit eerder gehoord, het was mijn dochter die zo klonk en ik bevond me in het centrum van de wereld, daar was ik nog nooit eerder geweest, maar nu bevond ik me daar, bevonden wij ons daar, in het centrum van de wereld. Rondom ons was alles stil, rondom ons was alles donker, maar waar wij waren, de verloskundige, de stagiaire, Linda, ik en het kindje, daar brandde licht.

Ze hielpen Linda op het bed, ze ging op haar rug liggen en het kind, al met een wat rozere huid, tilde haar hoofdje op en keek naar ons.

Haar ogen waren net twee zwarte lichtjes.

'Hoi …', zei Linda. 'Welkom …'

Het kind tilde haar ene armpje op en liet het weer zakken. De beweging was die van een reptiel, van een krokodil, een varaan. Toen het andere. Omhoog, even opzij, omlaag.

De zwarte ogen keken Linda recht aan.

'Ja', zei Linda. 'Ik ben je mama. En daar staat je papa! Zie je hem?'

De twee vrouwen begonnen om ons heen wat op te ruimen terwijl wij bleven zitten kijken naar dit schepseltje, dat er zo plotseling was. Linda's buik en benen zaten onder het bloed, ook het kleintje zat onder en van hen allebei steeg een scherpe, bijna metaalachtige geur op die elke keer als ik hem inademde, weer even vreemd was.

Linda legde het kindje aan de borst, maar de kleine had geen belangstelling, ze had er genoeg aan om naar ons te kijken. De verloskundige kwam binnen met een plankje met eten, een glas appelcider en een Zweeds vlaggetje. Ze pakte het kind op en mat en woog het terwijl wij aten, het schreeuwde, maar was weer stil zodra het aan Linda's borst werd gelegd. De toewijding die Linda voor haar toonde, die absolute zorgzaamheid die in haar bewegingen lag, die had ik nog nooit eerder gezien.

'Is dat Vanja?' vroeg ik.

Linda keek me aan: 'Ja, natuurlijk, zie je dat niet?'

'Hallo, kleine Vanja', zei ik. Ik keek naar Linda: 'Ze ziet eruit als iets wat we in het bos hebben gevonden.'

Linda knikte: 'Ons kleine trolletje.'

De verloskundige kwam bij het bed staan.

'Het wordt tijd om naar jullie kamer te gaan', zei ze. 'En haar misschien wat kleertjes aan te trekken?'

Linda keek mij aan: 'Wil jij dat doen?'

Ik knikte. Pakte het kleine, tengere lijfje en legde haar aan het voeteneind van het bed, pakte het pyjamaatje uit de tas en begon haar eindeloos voorzichtig aan te kleden terwijl zij krijste met die ijle, merkwaardige stem van haar.

'Jij kunt echt kinderen baren', zei de verloskundige tegen Linda. 'Dat moet je vaker doen!'

'Dank u', zei Linda. 'Ik geloof dat dit het mooiste compliment is dat ik ooit heb gehad.'

'En denk je eens in wat een start zij heeft. Dat draagt ze de rest van haar leven met zich mee.'

'Denkt u?'

'O, ja. Natuurlijk is dat van betekenis. En nu goede nacht en veel geluk. Misschien kom ik morgen nog even langs, maar dat is nog niet zeker.'

'Hartelijk bedankt', zei Linda. 'Jullie waren fantastisch.'

Een paar minuten later strompelde ze door de gang op weg naar onze kamer terwijl ik naast haar liep met Vanja dicht tegen me aan. Die keek met wijdopen ogen naar het plafond. In onze kamer deden we het licht uit en gingen naar bed. Lang bleven we alleen maar liggen praten over wat er was gebeurd terwijl Linda het kind zo nu en dan aan de borst legde zonder dat ze interesse leek te hebben.

'Nu hoef je nooit meer ergens bang voor te zijn', zei ik.

'Dat gevoel heb ik ook', zei Linda.

Na een tijdje vielen zij in slaap terwijl ik wakker bleef liggen, rusteloos en vol dadendrang. Ik had immers niets gedaan, misschien kwam het daardoor. Ik nam de lift naar beneden en ging buiten in de kou zitten, stak een sigaret op en belde mama.

'Hoi, Karl Ove hier', zei ik.

'Hoe gaat het?' vroeg ze snel. 'Zijn jullie in het ziekenhuis?'

'Ja, het is een meisje', zei ik en mijn stem brak.

'Oooo', zei mama. 'Stel je voor, een meisje! Is met Linda alles goed gegaan?'

'Ja, het is hartstikke goed gegaan. Echt hartstikke goed. Alles is zoals het hoort.'

'Gefeliciteerd, Karl Ove', zei ze. 'Dat is fantastisch.'

'Ja', zei ik. 'Maar ik wilde het alleen even vertellen. We praten morgen verder. Ik ben ... Nou ja ... het lukt me niet nu echt iets te zeggen.'

'Dat begrijp ik', zei mama. 'Doe Linda de groeten en feliciteer haar van me.'

'Dat zal ik doen', zei ik en ik hing op. Belde de moeder van Linda. Die huilde toen ik het vertelde. Ik stak nog een sigaret op en zei tegen haar hetzelfde. Hing op, belde Yngve. Stak nog een sigaret op, met hem praten was gemakkelijker, ik liep een paar minuten met de telefoon tegen mijn oor op de door straatlantaarns verlichte parkeerplaats rond, warm hoewel het wel tien graden onder nul moest zijn en ik alleen een overhemd aanhad, ik hing op, staarde wild om me heen, wilde dat alles daar op een of andere manier in overeenstemming was met hoe het er binnen in mij uitzag, maar dat was niet zo en ik begon weer rond te lopen, heen en terug, stak nog een sigaret op, wierp hem na een paar trekken weg en holde naar de ingang: waar was ik mee bezig, ze lagen daarbóven! Nu, op dit moment! Daar lagen ze!

Linda lag met het kleine lijfje bovenop haar borst te slapen. Ik keek even naar hen, pakte mijn notitieblok, deed een lamp aan, ging in de stoel zitten en probeerde iets te schrijven over wat er was gebeurd, maar het werd niets, het ging niet, in plaats daarvan ging ik naar de tv-kamer, bedacht plotseling dat er voor elk kind dat was geboren een speldje op een bord met datums moest worden geprikt – roze voor meisjes, blauw voor jongens – en dat deed ik, ik prikte er een speldje in voor Vanja de schone, ijsbeerde een paar rondjes door de gang, nam de lift naar beneden om nog een sigaret te roken – het werden er twee – ging weer naar boven, ging naar bed, kon niet slapen, want iets in mij stond wijdopen, plotseling was ik voor alles ontvankelijk en was de wereld waarvan ik me in het centrum bevond, vol betekenis. En kon je dan slapen?

Ja, ten slotte kon je ook dan slapen.

Dit alles was zo broos en nieuw dat alleen al de baby aankleden een hele onderneming was. Terwijl Helena, die ons met de auto was komen halen, beneden stond te wachten, hadden we een half uur nodig om Vanja klaar te maken met als enige resultaat dat Helena ons met gelach ontving toen we de lift uit kwamen: jullie waren toch niet van plan haar in deze kou in die kleertjes mee naar buiten te nemen?

Daar hadden we niet aan gedacht.

Helena pakte Vanja in haar eigen gewatteerde jas en toen holden we de parkeerplaats over met haar schommelend in het babyzitje, dat ik in mijn ene hand hield. Goed en wel thuis kwamen bij Linda de tranen, ze zat daar met Vanja in haar armen te huilen over al het goede en al het kwade wat nu in haar leven bestond. Ik liep nog steeds over van dezelfde enorme dadendrang, kon niet stil blijven zitten, moest bezig zijn, koken, afwassen, naar buiten om boodschappen te doen, wat dan ook, als het maar vol beweging was. Linda op haar beurt wilde alleen rustig stilzitten, onbeweeglijk, met het kind aan de borst. Het licht verliet ons niet, ook de stilte niet, het was alsof er een vredige zone rondom ons was ontstaan.

Het was fantastisch.

Vredig en rustig, maar vol van die onbedwingbare dadendrang liep ik de daaropvolgende tien dagen rond. Toen moest ik weer aan het werk. Alles wat er in mijn leven was gebeurd en wat er op dat moment thuis in de flat gebeurde, opzijzetten om over Ezechiël te schrijven. Tegen de avond de deur opendoen naar dat kleine gezinnetje en bedenken dat het mijn kleine gezinnetje was.

Geluk.

Het dagelijks leven, met al die nieuwe eisen die de baby eraan stelde, begon vanzelf te gaan. Linda was een beetje bang om alleen met haar te zijn, vond dat niet prettig, maar ik moest aan het werk, mijn roman moest die herfst verschijnen, we hadden het geld nodig.

Alleen, een roman vol sandalen en kamelen, dat ging natuurlijk niet.

Ooit had ik in een aantekenboek geschreven: 'De Bijbel in Noorwegen laten spelen' en: 'Abraham in de Setesdalsheiene'. Het was een idiote gedachte, zowel te groot als te klein voor een roman, maar nu ze plotseling weer boven kwam, had ik haar op een heel andere manier nodig en ik dacht: verdomme ook, ik begin gewoon en zie wel wat ervan komt. Liet Abel in de avondschemering in een Scandinavisch landschap met een moker op een steen staan beuken. Vroeg Linda of ik het kon voorlezen, ze zei: ja, natuurlijk, ik zei: maar het is echt ongelooflijk stom, weet je, ze zei: dan is het vaak goed in jouw geval, ja, zei ik: maar deze keer niet. Lees voor dan! zei ze vanuit haar stoel. Ik las. Ze zei: ga door, het is fantastisch, het is absoluut fantastisch, daar moet je mee verdergaan, en dat deed ik, ik schreef tot Vanja's doop, die in mei bij mama in Jølster plaatsvond. Toen we terugkwamen, vertrokken we naar Idö aan de scherenkust buiten Västervik, waar Vidar, Ingrids man, een zomerhuisje had. Terwijl Linda en Ingrid zich om Vanja bekommerden, zat ik te schrijven, het was juni, de roman moest per se over zes weken klaar zijn, maar hoewel het verhaal over Kaïn en Abel af was, was het nog steeds te weinig. Voor het eerst loog ik tegen de redacteur, ik zei dat ik alleen nog maar hoefde bij te schaven terwijl ik eigenlijk net een aanloop nam en aan een verhaal begon waarvan ik wist dat het de eigenlijke roman was. Ik schreef als een gek, het zou nooit lukken, tussen de middag en 's avonds at ik met Linda en de anderen, ik keek met haar naar de Europese kampioenschappen voetbal, verder zat ik in een kamertje op het toetsenbord te hameren. Toen we thuiskwamen, begreep ik dat het alles of niets was, ik zei tegen Linda dat ik naar mijn kantoor verhuisde, ik moest dag en nacht schrijven. Dat kun je niet maken, zei ze, dat gaat niet, je hebt een gezin, ben je dat vergeten? Het is zomer, ben je dat vergeten? Moet ik alleen voor mijn dochter zorgen? Ja, zei ik. Zo is het. Nee, zei ze, dat accepteer ik niet. Oké, zei ik, maar ik doe het toch. En ik deed het. Ik was volkomen manisch. Ik schreef de hele tijd, sliep twee of drie uur per dag, het enige wat iets betekende, was de roman waar ik aan bezig was. Linda vertrok naar haar moeder en belde me een paar maal per dag. Ze was zo boos dat ze in de hoorn gilde, echt gilde. Ik hield hem gewoon een stukje van mijn oor vandaan en schreef verder. Ze zei dat ze me zou verlaten. Ik zei: ga maar. Het maakt me niet uit, ik moet schrijven. En dat was waar. Ze moest maar vertrekken als ze dat wilde. Ze zei: ik doe het. Je ziet ons nooit meer terug. Ik zei: goed. Ik schreef twintig pagina's per dag. Zag geen letters of woorden, alleen zinnen en vormen, landschappen en mensen, en Linda belde en schreeuwde, zei dat ik een *sugar daddy* was, zei dat ik een schoft was, een monster zonder enige empathie, de ergste mens ter wereld en dat ze de dag vervloekte dat ze mij had ontmoet. Ik zei: goed, ga dan maar bij me weg, het maakt me niet uit, en ik meende het, het maakte me niet uit, hier mocht niets tussenkomen; ze hing op, twee minuten later belde ze weer en bleef me vervloeken, ik was nu alleen, zij zou Vanja in haar eentje opvoeden, prima, zei ik, ze huilde, ze bad en smeekte, want wat ik haar aandeed was het ergste wat iemand haar aan kon doen: haar alleen laten. Maar ik trok me er niets van aan, ik schreef dag en nacht, en toen belde ze plotseling op om te vertellen dat ze morgen naar huis kwam, of ik haar wilde afhalen van het station?

Ja, dat wilde ik.

Op het station kwam ze me met een slapende Vanja in de wagen tegemoet, ze groette verlegen en vroeg hoe het ging, ik zei: goed, ze zei dat het haar allemaal speet. Twee weken later belde ik om te vertellen dat mijn roman klaar was, wonderbaarlijk genoeg exact op de dag die ik van de uitgeverij als deadline had gekregen, 1 augustus, en toen ik thuiskwam stond ze in de gang met een glas prosecco voor me terwijl in de kamer mijn lievelingsplaat draaide en mijn lievelingsgerecht op tafel stond. Ik was klaar, mijn roman was af, maar wat ik had beleefd, dat wil zeggen, dat oord waar ik naar mijn gevoel had vertoefd, daar was ik nog niet mee klaar. We gingen naar Oslo, ik had een persconferentie, werd tijdens het etentje erna zo dronken dat ik de hele volgende ochtend op onze hotelkamer lag te kotsen en nog net naar het vliegveld wist te komen, waar een vertraging wat Linda betrof de druppel was: ze schold het personeel achter de balie de huid vol, ik verborg mijn hoofd in mijn handen, was het nu weer zover? Het vliegtuig bracht ons naar Bringelandsåsen, waar mama stond te wachten, de hele week daarna maakten we lange wandelingen aan de voet van de mooie bergen en alles was goed, alles was zoals het hoorde te zijn, maar toch niet goed genoeg, want ik verlangde de hele tijd terug naar waar ik had vertoefd, het deed pijn. Dat manische, dat eenzame, dat gelukkige.

Toen we weer thuiskwamen, begon Linda aan het tweede jaar van haar opleiding terwijl ik thuis zou blijven met Vanja. 's Ochtends werd ze propvol melk gestopt, tijdens de lunchpauze ging ik bij Linda's school langs, waar ze weer werd volgepropt, en 's middags fietste Linda zo snel ze kon naar huis. Ik had niets te klagen, alles was in orde, het boek kreeg goede kritieken, buitenlandse uitgeverijen kochten de rechten en onderwijl duwde ik de kinderwagen door de mooie stad Stockholm met een dochter erin van wie ik meer hield dan van wat ook, terwijl mijn lief op school zat en ziek was van verlangen naar ons.

De herfst verstreek en het werd winter, het leven met babypap en babykleertjes, babygehuil en babygespuug, winderige, doelloze ochtenden en lege middagen begon aan me te knagen, maar ik mocht niet klagen, kon niets zeggen, er zat niets anders op dan mijn mond te houden en te doen wat ik moest doen. In de flat gingen de kleine pesterijen door, wat met Oudjaar aan het licht was gekomen, veranderde niets aan de houding van de Russin ten opzichte van ons. De hoop dat ze er niet langer zo op gebrand zou zijn ons dwars te zitten, bleek naïef, want het tegendeel was het geval: het werd alleen maar erger. Zetten we 's ochtends in de slaapkamer de radio aan, liet ik een boek op de grond vallen of sloeg ik een spijker in de muur, dan werd er vlak daarna op de buizen gebonkt. Een keer toen ik een IKEA-tas met schone kleren in de waskelder had laten staan, had iemand die onder de wasbak gezet en toen de buis losgedraaid zodat al het water wat door de afvoer stroomde, en dat was voornamelijk vuil waswater, recht in de tas liep. Tegen het eind van de winter kreeg Linda op een ochtend een telefoontje van de organisatie die eigenaar was van de flat, ze hadden een klacht over ons binnengekregen met een reeks ernstige beschuldigingen, of we zo vriendelijk wilden zijn daar een verklaring voor te geven? In de eerste plaats draaiden we luide muziek op ongepaste tijden. In de tweede plaats zetten we vuilniszakken voor de deur op de gang. In de derde plaats stond de kinderwagen daar altijd. In de vierde plaats rookten we op de binnenplaats en lieten overal peuken liggen. In de vijfde plaats vergaten we kleren in de waskelder, maakten die niet schoon als we klaar waren en wasten op andere tijden dan de ons toebedeelde. Wat moesten we zeggen? Dat de buurvrouw het op ons gemunt had? Dan stond de ene verklaring tegenover de andere. Bovendien had niet alleen zij de klacht ondertekend, maar ook haar vriendin van de bovenverdieping. Daar kwam bij dat een paar van de punten klopten. Aangezien iedereen in huis 's avonds zijn vuilniszakken voor de deur zette om ze 's ochtends mee naar beneden te nemen, deden wij dat ook. Ontkennen konden we niet, de twee actieve buren hadden foto's van onze deur genomen met de zak ervoor. En ook de kinderwagen zetten we voor de deur, dat klopte, dachten ze dat we het kind en alles wat ze nodig had een paar keer per dag op en neer sjouwden naar de kelder? Soms vergaten we de tijd dat we konden wassen, maar overkwam dat niet iedereen? Nee, dat moesten we in de gaten houden. Deze keer zouden ze het erbij laten, maar als er meer klachten kwamen, zouden ze het contract nog eens in overweging nemen. In Zweden krijg je een huurcontract voor het leven, het is moeilijk om er een te bemachtigen, het recht op een flat midden in het centrum zoals wij die hadden, moest je gedurende een groot deel van je leven opbouwen of kon je voor ongeveer een miljoen kronen op de zwarte markt kopen. Linda had het van haar moeder gekregen. Het contract verliezen betekende voor ons het enige van waarde verliezen wat we bezaten. Er zat niets anders op dan er vanaf dat moment extreem nauwkeurig op toe te zien dat alles wat we deden volgens de regels was. Een Zweed zit dat in het bloed, er is geen Zweed die zijn rekeningen niet exact op de dag af betaalt, want als je dat niet doet, krijg je een negatieve aantekening bij het Bureau Krediet Registratie en met een negatieve aantekening, om wat voor luttel bedrag het ook gaat, krijg je geen lening bij de bank en kun je geen abonnement voor een mobiele telefoon krijgen of een auto huren. Voor mij, die het niet zo nauw nam en die wel aan een paar incassogevallen per half jaar was gewend, was het natuurlijk volkomen onmogelijk. Dat het ernst was begreep ik pas na een paar jaar toen ik een lening nodig had en die zonder pardon werd geweigerd. Een lening, jij! De Zweden daarentegen pasten op, waren uiterst zorgvuldig met alles en verachtten mensen die dat niet waren. O, wat haatte ik dit kleinzielige kutland. En zo zelfingenomen als ze waren! Alles zoals het daar was, was normaal, alles wat anders was, was abnormaal. En dat terwijl ze anderzijds alles wat multicultureel was en iets met minderheden te maken had, met open armen ontvingen! Die arme negers die vanuit Ghana of Ethiopië in de Zweedse waskelder terechtkwamen! Daar twee weken van tevoren tijd moesten bespreken en dan de huid vol gescholden kregen omdat ze een sok in de droogtrommel hadden laten zitten, of een man aan de deur kregen die daar met zijn ironische behulpzaamheid en zo'n klere-IKEA-tas in de hand vroeg of die toevallig van jou was. Zweden heeft sinds de zeventiende eeuw geen oorlog op eigen bodem meer gehad en hoe vaak bedacht ik niet dat het tijd werd dat iemand het land binnenviel, het leegplunderde, de gebouwen platbombardeerde, de mannen doodschoot, de vrouwen verkrachtte en dat dan een of ander ver land, Chili of Bolivia bijvoorbeeld, de Zweedse vluchtelingen met open armen en vol behulpzaamheid ontving, beweerde weg te zijn van alles wat Scandinavisch was en ze vervolgens ergens in een getto buiten een van de grote steden neerpootte. Alleen om te kijken wat ze zouden zeggen.

Het ergste van alles was misschien wel dat Zweden in Noorwegen zo werd bewonderd. Dat deed ik ook toen ik daar nog woonde. Ik wist niet beter. Maar nu ik wel beter wist en thuis in Noorwegen probeerde te vertellen wát ik wist, begreep niemand wat ik bedoelde. Het is onmogelijk precies te beschrijven hoe conformistisch dit land is. Ook omdat dat conformisme zich in afwezigheid uit: andere meningen dan de overheersende bestáán gewoon niet in de openbaarheid. Het duurt een tijdje voordat dat opvalt.

Dat was de situatie die avond in februari 2005 toen ik met een boek van Dostojevski in mijn ene hand en een tasje van NK in de andere de Russin op de trap passeerde. Dat ze me niet aankeek, was niet zo raar: als wij de kinderwagen 's middags in de fietsenkelder zetten, vonden we hem de volgende dag vaak tegen de muur geklemd terug, de kap de ene of de andere kant op gedrukt, soms was het dekbedje op de grond geslingerd, duidelijk in haastige razernij. De kleine wandelwagen, die we tweedehands hadden gekocht, had iemand onder het bordje met 'grofvuil' gezet zodat de vuilniswagen hem op een ochtend had meegenomen. Dat iemand anders daarachter zat, was moeilijk voorstelbaar. Maar het was niet onmogelijk. De blikken van de overige bewoners waren nu ook niet direct hartelijk.

Ik deed de deur open en ging naar binnen, bukte en trok mijn laarzen uit.

'Hallo?' riep ik.

'Hallo', riep Linda vanuit de kamer.

Geen onvriendelijkheid in haar stem.

'Sorry dat ik zo laat ben', zei ik en ik kwam overeind, deed mijn sjaal

af en mijn jas uit en hing beide aan de kleerhanger in de garderobekast.
'Maar ik vergat de tijd terwijl ik zat te lezen.'
'Dat is niet erg', zei Linda. 'Ik heb Vanja in alle rust in bad gedaan en naar bed gebracht. Dat was heerlijk.'
'Mooi', zei ik en ik ging naar haar toe de kamer in. Ze zat op de bank tv te kijken, gekleed in mijn donkergroene gebreide trui.
'Heb je mijn trui aan?'
Ze zette met de afstandsbediening de tv uit en kwam overeind.
'Ja.' zei ze. 'Ik mis je, weet je.'
'Maar ik woon hier toch?' zei ik. 'Ik ben hier toch de hele tijd?'
'Je begrijpt wel wat ik bedoel', zei ze en ze ging op haar tenen staan om me een kus te geven. We omhelsden elkaar een tijdje.
'Ik herinner me dat de vriendin van Espen zich beklaagde omdat zijn moeder altijd in zijn truien rondliep als ze bij hen logeerde', zei ik. 'Ze vond dat zijn moeder daarmee een soort eigendomsrecht tot uitdrukking bracht, geloof ik. Dat het een vijandige handeling was.'
'Dat was het duidelijk ook', zei ze. 'Maar hier is verder niemand dan jij en ik. En wij zijn toch elkaars vijanden niet?'
'Nee, zeg', zei ik. 'Ik ga eten klaarmaken. Wil jij een glas wijn?'
Ze keek me aan.
'O, dat is waar, je geeft de borst', zei ik. 'Maar één glaasje is toch niet zo erg? Kom op.'
'Het zou lekker zijn. Maar ik geloof dat ik liever wacht. Neem jij er maar een!'
'Ik ga eerst even bij Vanja kijken. Ze slaapt zeker?'
Linda knikte en we gingen naar de slaapkamer, waar ze in haar traliebedje naast ons tweepersoonsbed sliep. Ze lag min of meer op haar knieën, haar achterste in de lucht, haar hoofd in het kussen geboord en haar armen zijwaarts gestrekt.
Ik glimlachte.
Linda legde het dekentje over haar heen en ik liep naar de gang, nam de tas met boodschappen mee naar de keuken, zette de oven aan, waste de aardappels, prikte er een voor een met de vork in, legde ze op de plaat, die ik met een beetje olie had ingesmeerd, schoof die in de oven en deed

water in een pan voor de broccoli. Linda kwam binnen en ging aan tafel zitten.

'Ik heb vandaag de ruwe versie afgekregen', zei ze. 'Kun jij straks eens luisteren? Misschien dat ik er niets meer aan hoef te veranderen.'

'Natuurlijk', zei ik.

Ze was bezig met een documentaire over haar vader, die ze die woensdag moest inleveren. Ze had hem de laatste weken een paar keer geïnterviewd en op die manier was hij weer in haar leven gekomen na een aantal jaar afwezig te zijn geweest, hoewel hij maar vijftig meter van ons vandaan woonde.

Ik legde de entrecotes op een brede houten plank, scheurde wat keukenpapier van de rol en veegde ze droog.

'Dat ziet er lekker uit', zei Linda.

'Dat hoop ik', zei ik. 'Durf niet te vertellen wat ze kostten.'

De aardappels waren zo klein dat ze nauwelijks meer dan tien minuten in de oven nodig hadden, dus ik pakte de koekenpan, zette hem op de plaat en deed de broccoli in de pan, waarin het water net in beweging begon te komen.

'Ik kan de tafel dekken', zei ze. 'We eten in de kamer, toch?'

'Kunnen we doen.'

Ze stond op, pakte twee van de groene borden en twee wijnglazen uit de kast en liep ermee naar de kamer. Ik liep met de fles wijn en een fles mineraalwater achter haar aan. Toen ik binnenkwam zette ze net de kandelaar neer.

'Heb jij een aansteker?'

Ik knikte, haalde hem uit mijn zak en gaf hem haar.

'Is het niet gezellig zo?' zei ze glimlachend.

'Ja', zei ik. Ik trok de fles wijn open en schonk een van de glazen vol.

'Alleen jammer dat jij niets kunt drinken', zei ik.

'Ik kan wel een slokje nemen', zei ze. 'Voor de smaak. Maar dan wacht ik tot bij het eten.'

'Oké', zei ik.

Op weg naar de keuken bleef ik weer bij Vanja's bedje staan. Nu lag ze op haar rug met haar armpjes zijwaarts gestrekt, alsof iemand haar van grote hoogte had laten vallen. Haar hoofd was kogelrond en het kleine lijfje meer dan mollig. De zuster op het consultatiebureau, waar we heen gingen voor controle, had de laatste keer voorgesteld dat we haar op dieet zouden zetten. Dat ze misschien niet élke keer als ze huilde melk hoefde te krijgen.

Ze waren gek in dit land.

Ik leunde tegen het bedje en boog over haar heen. Ze sliep met haar mondje open en ademde met kleine pufjes. Af en toe zag ik trekken van Yngve in haar gezicht, maar dat was iets wat kwam en weer verdween, verder leek ze helemaal niet op mij en de mijnen.

'Is ze niet mooi?' zei Linda en ze streelde me over mijn schouder terwijl ze langsliep.

'Ja,' zei ik, 'maar ik weet niet helemaal wat je daarvoor kunt kopen.'

Toen de arts Vanja een paar uur na de bevalling had onderzocht, had Linda geprobeerd haar ertoe te brengen niet alleen te zeggen dat het een mooi kind was, maar een bijzonder mooi kind zelfs. Van het routinematige in de stem van de arts toen die toegaf, trok ze zich niets aan. Ik had haar op dat moment een beetje verbaasd aangekeken. Zat moederliefde zo in elkaar, moesten alle consideraties wijken voor die ene?

O, wat een tijd was dat. We hadden zo weinig ervaring met kleine kinderen dat zelfs de kleinste onderneming met angst en vreugde gepaard ging.

Nu hadden we ervaring.

In de keuken walmde de intussen donkerbruin geworden boter in de koekenpan. Uit de pan ernaast steeg damp op. De deksel danste op de rand. Ik legde de twee stukken vlees onder luid gesis in de koekenpan, haalde de aardappels uit de oven en deed ze in een schaal, goot het water uit de pan met broccoli, liet die een paar seconden droog stomen op de kookplaat, keerde de entrecotes, bedacht dat ik de champignons had vergeten, pakte nog een koekenpan, deed ze daar samen met twee halve tomaten in en zette de kookplaat op vol. Toen zette ik het raam open om de braadwalm eruit te laten, die bijna op hetzelfde moment uit het vertrek werd gerukt. Ik legde de entrecotes samen met de broccoli op een witte schotel en stak mijn hoofd uit het raam terwijl ik op de champignons wachtte. De koude lucht legde zich strak om mijn gezicht. De kantoren aan de overkant van de straat lagen er leeg en donker bij, maar op het trottoir onder me stroomden mensen langs, dik ingepakt en zwijgend. In het restaurant, dat onmogelijk goed kon lopen, zaten een paar gasten aan een tafeltje een stukje achteraf terwijl de koks in het vertrek ernaast – onzichtbaar voor hen, maar niet voor mij – met hun snelle, nooit aarzelende bewegingen heen en weer holden tussen aanrechten en fornuizen. Daarnaast, voor de ingang van Nalen, had zich een kleine rij gevormd. Een man met een pet op stapte uit de bus van Svenska Radio en liep naar binnen. Aan een touwtje om zijn nek hing iets wat een identiteitsbewijs moest zijn. Ik draaide me om en schudde de koekenpan met champignons eventjes zodat ze gekeerd werden. Er woonden bijna geen mensen in deze wijk, hij bestond voor het merendeel uit kantoorgebouwen en winkels, dus als die aan het eind van de middag sloten, stierf het leven op straat uit. Degenen die hier 's avonds langskwamen, waren op weg naar een terras, waar er in de buurt een heleboel van waren. Hier kinderen laten opgroeien was ondenkbaar. Er was niets voor hen.

Ik zette de plaat af en deed de kleine, witte paddestoelen, die intussen bruine vlekken hadden, in een schaal. Die was wit met een blauw randje en daarlangs nog een randje van goud. Hij was niet echt mooi, maar ik had hem meegenomen toen Yngve en ik het beetje verdeelden wat papa had nagelaten. Hij moest hem hebben gekocht van het geld dat hij kreeg toen ze gingen scheiden en mama hem uitkocht uit het huis in Tveit. Toen schafte hij alles wat hij nodig had voor de huishouding in één keer aan en iets daaraan, namelijk dat alles wat hij bezat uit dezelfde periode stamde, ontnam het alle betekenis, het enige wat het uitstraalde was nieuwe burgerlijkheid en gebrek aan verbondenheid. Voor mij lag dat anders: papa's spullen, die behalve dit servies uit een verrekijker en een paar rubberlaarzen bestonden, hielpen de herinnering aan hem levend te houden. Niet op een sterke, duidelijke manier, meer als een soort regelmatig terugkerende constatering dat ook hij in mijn leven thuishoorde. Bij mama thuis hadden de spullen een heel andere betekenis, zo had ze een plastic emmer die ze ergens in de jaren zestig hadden gekocht toen ze nog studeerden en in Oslo woonden, en die ergens in de jaren zeventig te dicht bij een vuur had gestaan zodat hij aan één kant was gesmolten in een vorm die ik toen ik klein was, op het gezicht van een man vond lijken, met ogen, een haviksneus en een verdraaide mond. Het was nog steeds dé emmer, die ze gebruikte als ze schoonmaakte, en ik zag nog steeds dat gezicht als ik hem pakte en met water liet vollopen, en niet de emmer zelf. Eerst werd het hoofd van die arme kerel met warm water gevuld en vervolgens werd er schoonmaakmiddel in gespoten. De houten lepel waarmee ze in de pap roerde, was dezelfde als die waarmee ze zolang ik me kon herinneren in de pap had geroerd. De bruine borden die ze had en waar we van ontbeten als we er waren, waren dezelfde als die waarvan ik had ontbeten toen ik in de jaren zeventig als kleine jongen met bungelende benen op de kruk in de keuken op Tybakken zat. De nieuwe spullen die ze aanschafte, voegden zich tussen de oude en waren echt van haar, niet zoals die van papa, die allemaal vervangbaar waren. De dominee die de uitvaart had geleid, had het daar in zijn toespraak over gehad: hij zei dat je je blik ergens op moest vestigen, je in de wereld moest vestigen, waarmee hij impliciet uitdrukte dat mijn vader dat niet had gedaan, iets waar hij absoluut gelijk in had. Maar er gingen verscheidene jaren voorbij voordat ik begreep dat er ook een heleboel goede redenen bestonden om los te laten, je nergens te vestigen, je gewoon steeds dieper te laten vallen tot je eindelijk op de bodem te pletter viel.

Wat was dat toch met het nihilisme dat alle gedachten op die manier naar zich toetrok?

In de slaapkamer begon Vanja te huilen. Ik stak mijn hoofd om de deur en zag dat ze met haar handjes om de spijlen stond te springen van frustratie, terwijl Linda op een holletje kwam aanlopen.

'Het eten is klaar', zei ik.

'Typisch!' zei ze, ze tilde Vanja op, ging met haar op bed liggen, trok haar trui aan één kant omhoog en maakte het knoopje van haar bh los. Vanja was onmiddellijk stil.

'Ze valt over een paar minuten weer in slaap', zei Linda.

'Dan wacht ik zolang', zei ik en ik ging weer naar de keuken. Ik deed het raam dicht, zette de ventilator uit, pakte de schalen en droeg ze om Linda en Vanja niet te storen door de gang naar de kamer. Schonk een glas mineraalwater in en dronk het staande leeg terwijl ik om me heen keek. Een beetje muziek zou misschien niet verkeerd zijn. Ik ging voor de planken met cd's staan. Pakte Emmylou Harris' *Anthology*, die we de laatste weken veel hadden gedraaid, en deed hem in de cd-speler. Het was niet moeilijk om deze muziek op afstand te houden als je voorbereid was of haar alleen op de achtergrond liet draaien, want ze was eenvoudig, ongeraffineerd en sentimenteel, maar als ik onvoorbereid was, zoals nu, of werkelijk luisterde, overviel ze me. Opeens kwamen er allemaal gevoelens in me boven en voor ik het wist stonden de tranen me in de ogen. Pas op momenten als deze werd me duidelijk hoe weinig ik normaal gesproken eigenlijk voelde, hoe afgestompt ik was. Op mijn achttiende was ik de hele tijd vol van dergelijke gevoelens, maakte de wereld een veel sterkere indruk, en daarom wilde ik schrijven, dat was de enige reden, ik wilde ontroeren zoals muziek ontroerde. Ik wilde het verdriet en de klacht opwekken, de vreugde en het geluk in de menselijke stem, alles waarvan de wereld ons vervulde.

Hoe kon ik dat vergeten?

Ik legde het hoesje weg en ging voor het raam staan. Wat zei Rilke ook alweer? Dat de muziek hem boven zichzelf verhief en nooit daar teruglegde waar ze hem had gevonden, maar dieper, ergens in het onvoltooide?

Daarbij had hij beslist niet aan countrymuziek gedacht …

Ik glimlachte. Voor me kwam Linda de kamer binnen.

'Ze slaapt', fluisterde ze, ze trok haar stoel naar achteren en ging zitten. 'O, wat lekker!'

'Het is al een beetje koud, denk ik', zei ik en ik ging aan de andere kant van de tafel zitten.

'Dat geeft niet', zei ze. 'Ik begin maar, goed? Ik heb honger als een paard.'

'Tast toe', zei ik en ik schonk een glas wijn in en schepte een paar aardappels op mijn bord terwijl zij groente en vlees pakte.

Ze had het even over de projecten van de anderen in haar klas, van wie ik nauwelijks de namen kende, ook al waren ze maar met zijn zessen. Toen ze haar opleiding begon, was dat anders, toen ontmoette ik haar medestudenten regelmatig, zowel in het Filmhuset als ergens op een terras, waar ze met elkaar afspraken. Het was een verhoudingsgewijs oude klas, ze liepen tegen de dertig, waren al gesetteld. Een van hen, Anders, speelde in de band Doktor Kosmos, een ander, Özz, was een bekende stand-up comedian. Maar toen Linda zwanger werd van Vanja, nam ze een jaar pauze en toen ze terugkwam, kwam ze in een nieuwe klas terecht, en ik had geen zin ook daar weer betrokken bij te raken.

Het vlees was mals als boter. De rode wijn smaakte naar aarde en hout. Linda's ogen glansden in het licht van de kaarsen. Ik legde mijn mes en vork op het bord. Het was een paar minuten voor acht.

'Zal ik nu naar je reportage luisteren?' vroeg ik.

'Dat hoeft niet als je geen zin hebt', zei Linda. 'Je kunt het ook morgen doen.'

'Maar ik ben nieuwsgierig', zei ik. 'En zo lang duurt het toch niet?'

Ze schudde haar hoofd en kwam overeind: 'Dan haal ik de recorder. Waar wil je zitten?'

Ik haalde mijn schouders op.

'Daar misschien?' zei ik en ik knikte naar de stoel voor de boekenkast. Zij haalde de DAT-recorder, ik pakte pen en papier, ging zitten en zette de koptelefoon op, ze keek me vragend aan, ik knikte en ze drukte op play.

Toen ze de tafel had afgeruimd, bleef ik alleen zitten luisteren. Het verhaal van haar vader kende ik al, maar het was iets anders het uit zijn eigen mond te horen. Hij heette Roland en was in 1941 in een stad ergens in Norrland geboren. Hij groeide op zonder vader, samen met zijn moeder en een jonger broertje en zusje. Zijn moeder stierf toen hij vijftien was en vanaf dat moment had hij de verantwoording voor de kleintjes. Ze woonden alleen, zonder toezicht van volwassenen, behalve dat er een vrouw was die voor hen kookte en schoonmaakte. Hij ging nog vier jaar naar school, volgde een technische opleiding, begon te werken, voetbalde in zijn vrije tijd als keeper bij de plaatselijke club en had het naar zijn zin daar in het noorden. Tijdens een dansavond ontmoette hij Ingrid, ze was net zo oud als hij, had de huishoudschool gedaan, werkte op dat moment als secretaresse op kantoor bij een mijnbouwbedrijf en was buitengewoon mooi. Het werd wat tussen hen en ze trouwden. Ingrid droomde er echter van toneelspeelster te worden en toen ze tot de toneelschool in

Stockholm werd toegelaten, liet Roland zijn oude leventje achter zich en verhuisde met haar naar de hoofdstad. Het leven dat haar daar als toneelspeelster aan Dramaten wachtte, was niets voor hem, er bestond een kloof tussen het bestaan als keeper en technicus in een kleine stad in Norrland en dat wat hij nu kreeg als aanhang van een mooie toneelspeelster bij de belangrijkste schouwburg van het land. Ze kregen vlak na elkaar twee kinderen, maar dat bleek niet voldoende, al snel daarna gingen ze uit elkaar en kort daarop werd hij voor het eerst ziek. Hij had de ziekte van de grenzeloosheid, waardoor hij tussen manische hoogtepunten en depressieve afgronden pendelde, en toen die hem eenmaal in haar greep had, liet ze hem nooit meer los. Sindsdien werd hij regelmatig opgenomen. Toen ik hem de eerste keer ontmoette, in de lente van 2004, had hij sinds het midden van de jaren zeventig niet meer gewerkt. Linda had jarenlang geen contact met hem gehad. Hoewel ik foto's van hem had gezien, was ik niet voorbereid op wat me te wachten stond toen ik de deur opendeed en hij voor me stond. Zijn blik was volkomen open, het was alsof zich niets tussen hem en de wereld bevond. Hij was op geen enkele manier tegen hem gewapend, was volkomen weerloos en het deed pijn tot diep in mijn ziel dat te zien.

'Ben jij Karl Ove?' vroeg hij.

Ik knikte en gaf hem een hand.

'Roland Boström', zei hij. 'De vader van Linda.'

'Ik heb veel over u gehoord', zei ik. 'Komt u binnen!'

Achter me stond Linda met Vanja in haar armen.

'Hallo papa', zei ze. 'Dit is Vanja.'

Stil bleef hij naar Vanja staan kijken, die net zo stil terugkeek.

'Oo', zei hij. Zijn ogen stonden vol tranen.

'Geeft u mij uw jas maar', zei ik. 'Dan drinken we binnen een kopje koffie.'

Hij had een open gezicht, maar zijn bewegingen waren stijf en bijna mechanisch.

'Hebben jullie hier geschilderd?' vroeg hij toen we de kamer binnenkwamen.

'Ja', zei ik.

Hij liep tot vlak bij de dichtstbijzijnde muur en bleef ernaar staan staren.

'Heb jij dat gedaan, Karl Ove?'

'Ja.'

'Keurig, hoor! Je moet heel precies zijn als je schildert en dat ben je ook geweest. Ik ben mijn appartement net aan het schilderen, zie je. Turkoois in de slaapkamer en geelwit in de kamer. Maar ik ben nog niet verder gekomen dan de slaapkamer, de achterste muur.'

'Wat goed', zei Linda. 'Dat wordt vast mooi.'

'Ja, en of het mooi wordt.'

Linda had iets over zich gekregen wat ik nog niet eerder had gezien. Ze richtte zich naar hem, onderwierp zich in zekere zin aan hem, was zijn kind, schonk hem haar aandacht en haar intimiteit, terwijl ze zich anderzijds de sterkere toonde in de vorm van haar gêne, die ze de hele tijd probeerde te verbergen zonder dat dat helemaal lukte. Hij ging op de bank zitten, ik schonk koffie in, haalde de schaal met de kaneelbollen die we die ochtend hadden gekocht, uit de keuken. Hij at zwijgend. Linda zat naast hem met Vanja op haar schoot. Ze liet hem haar kind zien, maar ik had er geen idee van gehad dat dat zo veel voor haar zou betekenen.

'Lekkere bollen', zei hij. 'En de koffie is ook goed. Heb jij die gezet, Karl Ove?'

'Ja.'

'Hebben jullie een koffiezetapparaat?'

'Ja.'

'Dat is fijn', zei hij.

Pauze.

'Ik wens jullie het beste', ging hij toen verder. 'Linda is mijn enige dochter. Ik ben blij en dankbaar dat ik bij jullie op bezoek kan komen.'

'Heb je zin om wat foto's te zien, papa?' vroeg Linda. 'Van toen Vanja is geboren?'

Hij knikte.

'Neem jij Vanja even', zei ze tegen mij. Ik kreeg dat kleine, warme bundeltje in mijn armen, dat nu op het randje van de slaap met haar ogen lag te knipperen, terwijl Linda opstond om het fotoalbum uit de kast te pakken.

'Hm', zei hij bij elke foto die hij zag.

Toen ze het hele album hadden bekeken, strekte hij zijn hand uit naar het kopje koffie op tafel, bracht het met een langzame, naar het leek zorgvuldig overwogen beweging naar zijn mond en nam twee grote slokken.

'Ik ben één keer in Noorwegen geweest, Karl Ove', zei hij. 'Dat was in Narvik. Ik voetbalde in een club, stond op doel, en we speelden daar tegen een Noors elftal.'

'O, ja!' zei ik.

'Ja', zei hij en hij knikte.

'Karl Ove heeft ook gevoetbald', zei Linda.

'Dat is langgeleden', zei ik. 'En het was op laag niveau.'

'Stond je op doel?'

'Nee.'

'Nee.'

Pauze.

Hij nam nog een slok koffie op diezelfde omslachtige, naar het leek van tevoren nauwkeurig overwogen manier.

'Ja, het was gezellig', zei hij toen zijn kopje weer op de onderzetter stond. 'Maar nu moest ik maar weer eens naar huis.'

Hij kwam overeind.

'Je bent er toch net!' zei Linda.

'Lang genoeg', zei hij. 'Ik wilde jullie als tegenprestatie graag te eten uitnodigen. Schikt het dinsdag?'

Ik keek naar Linda. Zij moest maar beslissen.

'Dat is prima', zei ze.

'Dan spreken we dat af', zei hij. 'Dinsdag om vijf uur.'

Op weg naar de gang wierp hij een blik door de openstaande deur van de slaapkamer en bleef staan: 'Heb je daar ook geschilderd?'

'Ja', zei ik.

'Mag ik eens kijken?'

'Natuurlijk', zei ik.

We liepen achter hem aan naar binnen. Hij keek omhoog naar de muur achter de enorme kachel.

'Het is niet gemakkelijk om daar te schilderen, dat is een ding dat zeker is', zei hij. 'Maar het ziet er goed uit!'

Vanja maakte een geluidje. Ze hing in mijn ene arm, dus ik kon haar gezicht niet zien en ik legde haar op het bed. Ze glimlachte. Roland ging op de rand van het bed zitten en pakte haar voetje beet.

'Wil je haar even vasthouden?' vroeg Linda. 'Dat mag wel hoor.'

'Nee', zei hij. 'Ik heb haar nu gezien.'

Toen stond hij op, liep naar de gang en trok zijn jas aan. Voor hij wegging, omhelsde hij me. De stoppels van zijn baard prikten in mijn wang.

'Het was fijn om je te ontmoeten, Karl Ove', zei hij. Hij gaf Linda een zoen, pakte Vanja nog een keer bij haar voetje beet en verdween in zijn lange mantel de trap af.

Linda ontweek mijn blik toen ze me Vanja aanreikte om de tafel in de kamer af te ruimen. Ik liep achter haar aan.

'Hoe vind je hem?' vroeg ze nonchalant terwijl ze bezig was.

'Het is een aardige man', zei ik. 'Maar het ontbreekt hem volledig aan een filter ten opzichte van de wereld. Ik geloof niet dat ik ooit eerder iemand heb ontmoet die zo'n enorme kwetsbaarheid uitstraalde.'

'Het is net een kind, nietwaar?'

'Ja. Dat kun je wel zeggen.'

Met drie koffiekopjes in elkaar gestapeld in de ene en het mandje met bollen in de andere hand liep ze langs me.

'Vanja heeft wel een mooi stel grootvaders', zei ik.

'Ja, hoe moet dat aflopen?' vroeg ze. Er viel geen spoortje ironie in haar stem te ontdekken, de vraag kwam regelrecht uit het duister van haar hart.

'Prima, natuurlijk', zei ik.

'Maar ik wil hem niet in ons leven hebben', zei ze terwijl ze de kopjes in de vaatwasser zette.

'Als we het zo kunnen houden, lukt het toch wel?' zei ik. 'Zo nu en dan eens op de koffie. En af en toe bij hem eten. Hij is ondanks alles haar grootvader.'

Linda deed de vaatwasser dicht, haalde een doorzichtige plastic zak uit de onderste la, stopte de drie overgebleven bollen erin, knoopte hem vast en liep langs me heen om ze in de vriezer in de gang te stoppen.

'Maar daar neemt hij geen genoegen mee, dat weet ik. Als het contact eenmaal een feit is, gaat hij bellen. En dat doet hij alleen als hij afglijdt. Hij kent geen grenzen. Dat moet je je realiseren.'

Ze liep naar de kamer om de laatste bordjes te halen.

'We kunnen het toch proberen?' zei ik terwijl ze wegliep. 'En zien wat er gebeurt?'

'Oké', zei ze.

Op dat moment werd er gebeld.

Wat nu? De gekke buurvrouw weer?

Het was Roland. Hij keek wanhopig.

'Ik kom er niet uit', zei hij. 'Ik kan beneden het knopje van het slot niet vinden. Ik heb overal gezocht. Maar het is er niet. Kun je me helpen?'

'Natuurlijk', zei ik. 'Ik geef alleen Vanja even aan Linda.'

Nadat ik dat had gedaan, trok ik mijn schoenen aan en liep met hem mee naar beneden, ik liet hem zien waar het knopje van het slot was, rechts van de voordeur aan de muur.

'Dat zal ik onthouden', zei hij. 'Voor de volgende keer. Rechts van de voordeur.'

Drie dagen later aten we bij hem. Hij liet ons de muur zien die hij had geschilderd en straalde van genoegen toen ik zijn werk prees. Hij was nog niet aan het eten begonnen en Vanja lag op de gang in haar wagen te slapen, dus Linda en ik zaten een tijdje met zijn tweeën in de kamer te praten terwijl hij in de keuken bezig was. Aan de muur hingen jeugdfoto's van Linda en haar broer en daarnaast krantenartikelen en interviews die ze hadden gegeven toen ze debuteerden. Want Linda's broer had ook een boek geschreven, in 1996, maar net als zij had hij daarna niets meer gepubliceerd.

'Wat is hij trots op je', zei ik tegen haar.

Ze sloeg haar blik neer.

'Zullen we even naar het balkon gaan?' vroeg ze. 'Dan kun je even roken.'

Het was geen balkon, maar een dakterras vanwaar je tussen twee andere daken door over Östermalm uitkeek. Een dakterras vlak bij Stureplan: hoeveel miljoen moest dit appartement wel niet waard zijn? Het was weliswaar donker en het stonk naar rook, maar dat viel gemakkelijk te verhelpen.

'Is dit appartement het eigendom van je vader?' vroeg ik terwijl ik ter beschutting met mijn hand boven het vlammetje van de aansteker een sigaret opstak.

Ze knikte.

Nergens waar ik had gewoond, betekenden het juiste adres en een mooie woning meer dan in Stockholm. In zekere zin draaide daar alles om. Woonde je buiten de stad, nou ja, dan telde je niet echt mee. De vraag waar je woonde, die voortdurend werd gesteld, had dan ook een heel andere lading dan bijvoorbeeld in Bergen het geval was.

Ik liep naar de rand van het terras om naar beneden te kijken. Er lagen nog steeds hoopjes sneeuw en beijsde plekken op het trottoir, bijna weggesmolten in het zachte weer, grauw van zand en uitlaatgassen. Ook de lucht boven ons was grauw, vol koude regen die met regelmatige tussenpozen over de stad neerstroomde. Grijs, maar met een ander licht erin dan in de grijze winterhemel, want het was al maart en het maartse licht was zo helder en zo sterk dat het zelfs op zo'n sombere dag als deze door het wolkendek heen drong en als het ware alle donkere hindernissen forceerde. De muren voor me en het asfalt op straat onder me glommen. De auto's die er geparkeerd stonden, lichtten alle in hun eigen kleur op. Rood, blauw, donkergroen, wit.

'Hou me vast', zei ze.

Ik drukte mijn sigaret uit in de asbak op tafel en sloeg mijn armen om haar heen.

Toen we even later binnenkwamen, was de kamer nog steeds leeg en we liepen door naar de keuken, waar hij druk bezig was. Hij stond voor het fornuis, goot net de hele inhoud van een blik champignons in de koekenpan. Het vocht siste op de hete bodem. Toen deed hij er een gesneden pompoen bij. Daarnaast stond een pan spaghetti te koken.

'Dat ziet er lekker uit', zei ik.

'Ja, het is ook lekker', zei hij.

Op de aanrecht stonden een blik met garnalen in pekelnat en een bekertje zure room.

'Normaal gesproken eet ik warm in Vikingen. Maar vrijdags, zaterdags en zondags eet ik hier. Dan kook ik voor Berit.'

Berit was zijn vriendin.

'Kunnen we ergens mee helpen?' vroeg Linda.

'Nee', zei hij. 'Ga zitten, dan kom ik met het eten als het klaar is.'

Het eten smaakte ongeveer als de gerechten die ik mijn eerste jaar in Bergen als student op mijn kamer in de Absalon Beyersgate wel klaarmaakte. Linda's vader vertelde over de tijd dat hij keeper was bij een voetbalclub in Norrland. Toen kreeg hij het over wat ooit zijn werk was geweest, namelijk het ontwerpen en tekenen van verschillende kogellagers. Daarna had hij het over het paard dat hij ooit had bezeten en dat net toen het leek te gaan winnen, geblesseerd raakte. Alles werd heel nauwkeurig en omslachtig toegelicht, alsof elk detail van het uiterste belang was. Op een gegeven moment ging hij pen en papier halen om ons te laten zien hoe hij tot het exacte aantal dagen was gekomen dat hij nog te leven had. Op dat moment zocht ik Linda's blik, maar ze reageerde niet. We hadden van tevoren besloten dat het een kort bezoek zou worden, dus na het toetje, dat uit een tweeliterdoos ijs bestond die hij gewoon op tafel zette, stonden we op en zeiden dat we helaas weg moesten, naar huis om Vanja te voeden en te verschonen, iets waar hij blij om was zo te zien. Wat hem betrof had het bezoek waarschijnlijk al lang genoeg geduurd. Ik liep naar de gang en trok mijn jas aan terwijl Linda en hij onder vier ogen nog een paar woorden met elkaar wisselden. Hij zei iets in de geest van dat ze zijn kleine meisje was en dat ze zo groot was geworden. Kom even bij me op schoot zitten. Ik deed mijn laatste schoen aan en kwam weer overeind, liep naar de deuropening en keek de kamer binnen. Linda zat bij hem op schoot, hij hield zijn armen om haar middel terwijl hij iets zei wat ik niet verstond. Het tafereel had iets grotesks, ze was tweeëndertig jaar oud, de pose van klein meisje was haar te klein, iets waar ze zich van bewust leek, want haar mond had iets afkeurends, ze gilde het met elke vezel van haar lichaam uit van dubbelzinnigheid. Dit wilde ze niet, maar ze wilde hem ook niet afwijzen. Hij zou een afwijzing niet begrijpen, het zou hem kwetsen, dus moest ze een tijdje blijven zitten en zich laten strelen tot het niet langer afwijzend overkwam om op te staan en ze weer voor hem stond.

Ik deed een paar passen achteruit om de situatie er voor haar niet nog erger op te maken met een getuige van het tafereel. Toen ze de gang in kwam, stond ik de foto's te bekijken die aan de muur hingen. Ze trok haar jas aan. Haar vader kwam de kamer uit om afscheid te nemen, hij omhelsde me net als de laatste keer, bleef naar Vanja staan kijken, die in haar wagen lag te slapen, gaf Linda een zoen, stond in de deuropening toe te kijken hoe we met de wagen de lift binnenstapten, hief een laatste keer zijn hand op en deed de deur achter zich dicht op het moment dat de liftdeur dichtviel en wij door het gebouw naar beneden zakten.

Over die kleine scène tussen hen waarvan ik getuige was geweest, heb ik het nooit met een woord gehad. De manier waarop ze zich aan hem had onderworpen, was die van een meisje van tien, dat zag ik, de manier waarop ze zich ertegen verzette, die van een volwassen vrouw. Maar alleen al het feit dat ze ertegen moest vechten, deed dat volwassene in zekere zin teniet: een volwassene belandt toch niet in zo'n situatie? Dergelijke gedachten waren hem echter vreemd, hij kende geen grenzen, voor hem was ze alleen zijn dochter, een soort schepsel van alle leeftijden.

En precies zoals zij had voorzien, begon hij ons daarna te bellen. Dat kon op alle mogelijke tijden van de dag en in alle mogelijke buien zijn, dus Linda sprak met hem af dat hij alleen op een bepaalde dag op een bepaalde tijd belde. Het leek alsof hij daar blij om was. Maar het was ook verplichtend: als wij dan niet opnamen, was hij soms ontzettend gekwetst en gold de afspraak wat hem betrof niet meer, zodat het hem vrijstond te bellen wanneer hij maar wilde of helemaal niet meer. Zelf praatte ik slechts een paar maal met hem. Bij een van die gelegenheden vroeg hij me of hij een lied mocht zingen. Hij had het zelf geschreven en het was bij concerten in Stockholm en op de radio gezongen, zei hij. Ik wist niet wat ik ervan moest denken, maar wat mij betrof kon hij zijn gang gaan. Hij begon, hij had een krachtige stem en zong vol overgave, en hoewel niet alle noten even zuiver waren, klonk het imponerend. Het lied had vier coupletten en ging over een wegwerker die ergens in Norrland een weg aanlegde. Toen hij klaar was, wist ik niets anders te zeggen dan dat het een mooi lied was. Waarschijnlijk had hij meer verwacht, want het bleef een paar seconden stil. Toen zei hij: 'Ik weet dat jij boeken schrijft, Karl Ove. Ik heb ze nog niet gelezen, maar ik heb er veel goeds over gehoord. Weet wel dat ik ongelooflijk trots op je ben, Karl Ove. Ja, dat ben ik …'

'Dat is fijn om te horen', zei ik.

'Gaat het goed met Linda en jou?'

'Ja, hoor.'

'Ben je lief voor haar?'

'Ja.'

'Dat is goed. Je mag haar nooit in de steek laten. Nooit. Begrijp je?'

'Ja.'

'Je moet goed voor haar zorgen. Je moet lief voor haar zijn, Karl Ove.'

Toen begon hij te huilen.

'We hebben het goed', zei ik. 'Maakt u zich geen zorgen.'

'Ik ben maar een oude man', zei hij. 'Maar ik heb veel beleefd, begrijp je. Ik heb meer beleefd dan de meeste mensen. Mijn leven is wel niets bijzonders. Maar ik heb mijn dagen geteld, wist je dat?'

'Ja, u hebt ons laten zien hoe u dat had uitgerekend toen we bij u op bezoek waren.'

'Juist, ja. Maar Berit heb je nog niet ontmoet?'

'Nee.'

'Ze is zo lief voor me.'

'Dat had ik begrepen', zei ik.

Toen werd hij plotseling wantrouwend: 'O ja? Hoezo dan?'

'Nou ja, Linda heeft een beetje over haar verteld. En Ingrid. U weet …'

'O, ja. Ik zal je niet verder lastigvallen, Karl Ove, je hebt beslist meer dan genoeg belangrijke dingen te doen.'

'Welnee', zei ik. 'U valt me toch niet lastig.'

'Zeg tegen Linda dat ik heb gebeld. Tot ziens.'

Hij legde neer voordat ik hetzelfde kon zeggen. Op het display zag ik dat het hele gesprek niet meer dan acht minuten had geduurd. Linda snoof toen ik het haar vertelde.

'Dat hoef jij toch niet aan te horen', zei ze. 'Neem niet op als hij de volgende keer belt.'

'Mij stoort het niet', zei ik.

'Maar mij wel', zei ze.

In de reportage van Linda kwamen geen van deze dingen voor. Ze had het er allemaal uitgeknipt, behalve zijn stem. Maar daar lag dan ook alles in. Hij vertelde over zijn leven en zijn stem klonk vol verdriet als hij vertelde hoe zijn moeder was gestorven, vol vreugde als hij het over zijn eerste jaren als volwassene had en vol berusting als het over de verhuizing naar Stockholm ging. Hij legde uit wat voor problemen hij had met de telefoon, wat een vloek die uitvinding voor hem was, dat hij het ding tijdenlang opborg en in de kast zette. Hij vertelde over zijn dagelijkse routines, maar ook over zijn dromen, waarvan de grootste was een eigen stoeterij te bezitten. Hij kwam volkomen authentiek over en zijn verhaal had iets hypnotisch, al na de eerste zinnen werd je zijn wereld binnengezogen. Maar natuurlijk ging het in de eerste plaats om Linda. Als ik luisterde naar wat ze had gemaakt of las wat ze had geschreven, kwam zijzelf zo dichtbij. Het was alsof dat geheel eigene dat in haar huisde, pas dan zichtbaar werd. In het dagelijks leven verdween het in al die dingen waar we mee bezig waren, dezelfde als waar iedereen mee bezig was, dan zag ik niets van alles waarop ik zo verliefd was geworden. En hoewel ik het niet was vergeten, eraan denken deed ik in elk geval niet.

Hoe was dat mogelijk?

Ik keek naar haar. Ze probeerde de verwachting in de blik waarmee ze me aankeek, te verbergen. Liet hem iets te luchtig naar de recorder op tafel glijden en over de hoop snoeren waarop hij lag.

'Je hoeft niets meer te veranderen', zei ik. 'Het is af.'

'Is het goed zo, dacht je?'

'O, ja. Schitterend.'

Ik legde de koptelefoon op de recorder, strekte me uit en knipperde een paar keer met mijn ogen.

'Het ontroerde me', zei ik.

'Wat dan?'

'Natuurlijk is zijn leven in zekere zin een tragedie. Maar als hij erover vertelt, vult het zich met leven, begrijp je dat het een léven is. Met een geheel eigen waarde, onafhankelijk van wat hem is overkomen. Het zijn vanzelfsprekende dingen, maar het weten of het voelen is iets heel anders. En dat laatste deed ik toen ik naar hem luisterde.'

'Daar word ik heel blij van', zei ze. 'Dan hoef ik misschien alleen het geluid hier en daar iets bij te stellen. Dat kan ik maandag doen. Weet je het echt zeker?'

'Zo zeker als ik maar kan', zei ik en ik kwam overeind. 'Nu ga ik even roken.'

Beneden op de binnenplaats stond een koude wind. De enige twee kinderen in de flat, een jongen van een jaar of negen, misschien tien, en zijn zusje van elf of twaalf, stonden aan de andere kant voor de poort een bal heen en weer te schoppen. Vanuit het Glenn Millercafé, dat daar in de straat achter de muur lag, klonk luide, indringende muziek. Hun moeder, die alleen met hen op de bovenste verdieping woonde en die er meer dan gewoon vermoeid uitzag, had het raam opengezet. Uit het karakteristieke gerammel en gekletter dat daaruit klonk, begreep ik dat ze aan het afwassen was. De jongen was een tikkeltje aan de dikke kant en had waarschijnlijk om dat te compenseren stekeltjeshaar zodat hij een beetje stoer overkwam. Hij had altijd blauwe kringen onder zijn ogen. Als zijn zus vriendinnetjes mee naar huis nam, stond hij in zijn uppie wat te klooien of klauterde hij demonstratief zijn eigen weg gaand in het klimrek. Op avonden als deze, als er verder niemand bij was en zij niets beters te doen had dan met haar broertje te spelen, was hij er beter aan toe, toonde hij meer inzet, deed hij zijn best om er iets leuks van te maken. Soms klonk er geschreeuw en geroep boven, een enkele keer van alle drie, maar meestal alleen van hem en zijn moeder. Ik had hun vader een paar keer gezien toen hij hen kwam halen: een kleine, magere, schuchtere man met een snor, die onmiskenbaar te veel dronk.

Het zusje liep naar het hek en ging daar zitten. Ze haalde een mobieltje uit haar zak en daar waar ze zat was het zo donker dat haar hele gezicht oplichtte in het blauwe licht van het schermpje. Haar broer schoot de bal tegen de muur, telkens weer. Bonk. Bonk. Bonk.

Hun moeder stak haar hoofd door het raam.

'Hou daarmee op!' riep ze. De jongen bukte zich zonder een woord te zeggen, pakte de bal op en ging naast zijn zusje zitten, dat haar bovenlichaam weg draaide zonder haar aandacht ook maar even af te wenden van het gesprek.

Ik keek omhoog naar de twee verlichte torens verderop. Er ging een steek van iets teders en droevigs door me heen.

O, Linda, Linda.

Op hetzelfde moment kwam de vrouw die naast ons woonde de binnenplaats op. Ik volgde haar met mijn blik terwijl ze niet zonder moeite de poort achter zich dichttrok. Ze was in de vijftig op de manier waarop vrouwen van in de vijftig in de huidige tijd zijn, dat wil zeggen met een zekere jeugdigheid die kunstmatig in stand werd gehouden. Ze had een grote bos geblondeerd haar, was gekleed in een bontjas en hield haar kleine, nieuwsgierige hondje strak aan de riem. Ze had een keer verteld dat ze kunstenares was zonder dat het me precies duidelijk werd wat ze deed. Een Munch-type was ze nu niet bepaald. Zo nu en dan was ze uiterst spraakzaam, dan kreeg ik te horen dat ze die zomer naar de Provence zou gaan, of een weekendje naar New York of Londen. Andere keren zei ze niets en liep langs zonder zelfs maar te groeten. Ze had een tienerdochter die ongeveer tegelijkertijd met ons een kind had gekregen en over wie ze de baas speelde.

'Wilde jij niet ophouden met roken?' zei ze nu zonder haar pas te vertragen.

'Het is nog geen twaalf uur', zei ik.

'Zo, zo', zei ze. 'Het gaat vannacht sneeuwen. Let op mijn woorden!'

Ze ging naar binnen. Ik wachtte even, toen wierp ik mijn peuk in de omgekeerde bloempot die iemand met die bedoeling bij de muur had gezet, en liep achter haar aan. Mijn knokkels zagen rood van de kou. Ik liep in kleine sprongetjes de trap op, deed de deur open, trok mijn jas uit en ging naar Linda, die op de bank tv zat te kijken. Ik boog over haar heen en kuste haar.

'Waar kijk je naar?'

'Niets. Zullen we een film kijken ofzo?'

'Ja.'
Ik ging naar de plank met de dvd's.
'Wat wil je zien?'
'Geen idee. Pak maar wat.'
Ik liet mijn blik over de titels glijden. Als ik films kocht, was het altijd met het idee dat ik er iets aan moest hebben. Dat ze een speciale beeldspraak hadden waar ik misschien iets mee kon, dat er verbanden in werden gelegd die ik niet voor mogelijk had gehouden of dat ze in een tijd of een cultuur speelden die mij vreemd was. Kortom, ik koos films uit om al die verkeerde redenen, want als het avond werd en we er een wilden zien, hadden we nooit zin om twee uur naar een Japans voorval uit de jaren zestig in zwart-wit te kijken of naar de grote, open pleinen in Romeinse voorsteden, waar niets anders gebeurde dan dat een paar fotogenieke mensen elkaar ontmoetten, volkomen vervreemd van de wereld zoals ze dat in films uit die tijd waren. Nee, als het avond werd en we een film wilden kijken, wilden we amusement. Zo luchtig en vluchtig mogelijk. En zo was het met alles. Ik las nauwelijks nog boeken: lag er een krant, dan las ik die liever. En de drempel werd alleen maar steeds hoger. Het was idioot, want dat leven had niets te bieden, het verdreef alleen de tijd. Als we een goede film zagen, werd er iets in ons losgemaakt en werden er dingen in beweging gezet, want zo is het toch, de wereld is altijd dezelfde, het is de manier waarop we ernaar kijken die verandert. Het leven van alledag dat ons als een voet op een hoofd tegen de grond gedrukt hield, kon ons voor hetzelfde geld opvrolijken. Alles hing af van het oog dat keek. Zag het oog het water dat overal in de films van Tarkovski voorkwam, bijvoorbeeld, en dat de wereld erin tot een soort terrarium maakte, waar alles sijpelde en stroomde, vloeide en dreef, waar alle karakters het beeld verlieten en er alleen een tafel achterbleef met koffiekopjes die langzaam door de vallende regen werden gevuld, dat alles tegen een achtergrond van intens, bijna bedreigend groene vegetatie, ja, dan zou dat oog ook kunnen zien hoe diezelfde wilde, existentiële kloof in het leven van alledag gaapte. Want we bestonden uit vlees en bloed, pezen en beenderen, rondom ons groeiden planten en bomen, zoemden insecten, vlogen vogels rond, dreven wolken langs, viel regen neer. De blik die het

leven zin gaf, bestond de hele tijd als mogelijkheid, maar werd bijna altijd uitgeschakeld, in elk geval in ons leven.

'Hebben we zin in *Stalker*?' vroeg ik en ik draaide me naar haar om.

'Heb ik niets op tegen', zei ze. 'Zet maar op, dan zien we wel.'

Ik stopte de film in het apparaat, deed het grote licht uit, schonk een glas wijn in, ging naast Linda zitten, pakte de afstandsbediening en koos voor ondertiteling. Ze kroop dicht tegen me aan.

'Is het erg als ik in slaap val?' vroeg ze.

'Nee, ben je gek', zei ik en ik sloeg mijn arm om haar heen.

Het begin met de man die wakker wordt in die donkere, vochtige kamer, had ik minstens al drie keer gezien. De tafel met al die kleine voorwerpen die trillen als er een trein langskomt. Het scheren voor de spiegel, de vrouw die probeert hem tegen te houden, maar daar niet in slaagt. Veel verder dan dat was ik nooit gekomen.

Linda legde een hand op mijn borst en keek naar me op. Ik kuste haar en ze deed haar ogen dicht. Ik streelde haar over haar rug, ze klampte zich min of meer aan me vast, ik duwde haar achterover, kuste haar hals, wang, mond, legde mijn hoofd op haar borst, hoorde haar hart slaan en slaan, trok haar zachte joggingbroek uit, kuste haar buik, haar bovenbenen ... Ze keek me aan met die donkere blik, met die mooie ogen, die ze sloot toen ik in haar binnendrong. We hebben geen voorbehoedsmiddel, fluisterde ze. Wil je dat niet pakken? Nee, zei ik. Nee. En toen ik kwam, kwam ik binnen in haar. Dat was het enige wat ik wilde.

Daarna lagen we lange tijd dicht tegen elkaar aan op de bank zonder iets te zeggen.

'Nu krijgen we nog een kind', zei ik toen. 'Ben je er klaar voor?'

'Ja', zei ze. 'O ja, dat ben ik.'

De volgende ochtend werd Vanja zoals gewoonlijk om vijf uur wakker. Terwijl Linda haar bij zich in bed nam om nog een paar uur samen met haar te slapen, stond ik op, pakte mijn laptop en begon aan de vertaling te werken die ik moest redigeren. Het was saai werk, en eindeloos, ik had al dertig pagina's vol opmerkingen en dat bij een verhalenbundel die er maar honderdveertig had. Toch keek ik ernaar uit en genoot ik ervan daar te zitten. Ik was alleen, en ik was met tekst bezig. Meer was daar niet voor nodig. En dan had je nog die kleine dingen die erbij hoorden: het koffiezetapparaat aanzetten, het geluid van het doorlopende water, de geur van verse koffie, voordat er iemand was opgestaan buiten in het donker op de binnenplaats een kopje staan drinken terwijl ik mijn eerste sigaret van die dag rookte. Weer naar boven aan het werk terwijl het buiten tussen de huizen langzamerhand lichter werd en de activiteit op straat toenam. Die ochtend was het licht anders en daarmee ook de sfeer in de flat, want er was in de loop van de nacht een dun laagje sneeuw gevallen. Om acht uur zette ik mijn laptop uit, stopte hem in mijn tas en ging naar de kleine bakkerij honderd meter verderop in de straat. De markiezen boven me langs de huizen klapperden in de wind. Op straat was de sneeuw van die winter al gesmolten, maar op het trottoir lag hier en daar nog wat, vol sporen van de mensen die hier in de loop van de nacht langs waren gekomen. Nu was het stil. De bakkerij, waarvan ik een ogenblik later de deur opendeed, was piepklein en werd gerund door twee vrouwen van mijn leeftijd. Daar binnenkomen was alsof je een van die films noirs uit de jaren veertig binnenstapte, waarin alle vrouwen, zelfs zij die in een kiosk werkten of de vloeren in een kantoorgebouw boenden, opvallend mooi zijn. De een had rood haar, een witte huid met sproeten, markante trekken en groene ogen. De ander had lang, donker haar, een enigszins vierkant gezicht en vriendelijke, donkerblauwe ogen. Ze waren allebei lang en slank en er zat altijd wel ergens meel op hun lijf. Op hun voorhoofd, hun wangen, aan hun handen, hun schort. Aan de muur hingen krantenknipsels waaruit bleek dat ze allebei hun creatieve beroep hiervoor hadden ingeruild, dat dit altijd een droom van hen was geweest.

Bij het rinkelen van het belletje boven de deur kwam de roodharige achter de toonbank staan, ik zei wat ik wilde hebben, een van die grote zuurdesembroden, zes van die grove kadetjes en twee kaneelbollen terwijl ik daarbij alles aanwees, want zelfs de simpelste Noorse woorden werden in Stockholm met 'wat?' beantwoord, ze deed alles in een tasje en sloeg het bedrag aan op de kassa. Met de witte draagtas in mijn hand haastte ik me terug naar huis, veegde beneden aan de mat in de gang de sneeuw van mijn schoenen, hoorde zodra ik de deur opendeed dat ze waren opgestaan en in de keuken zaten te ontbijten.

Vanja zat met haar lepel in de lucht te zwaaien en glimlachte naar me toen ik binnenkwam. Ze had pap over haar hele gezicht. Dat we haar voerden accepteerde ze al sinds enige tijd niet meer. Ik reageerde er instinctief op, wilde die smeerboel weghebben, ook in haar gezicht, vond het maar niets dat ze zat te knoeien. Het zat me in het bloed. Linda had me al helemaal in het begin teruggefloten, het was belangrijk dat er geen regels of beperkingen waren als het om eten ging, dat lag zo gevoelig, het kind moest precies kunnen doen wat het wilde. Ze had natuurlijk gelijk, dat begreep ik ook wel, en puur theoretisch kon ik dat gulzige, gezonde en vrije dat Vanja had als ze zat te smakken en te kliederen, ook wel waarderen, maar in de praktijk stak de impuls te corrigeren de kop op. Dat was mijn vader in me. Hij tolereerde nog geen broodkruimel naast ons bord toen ik klein was. Ik wist het, ik had er zelf onder geleden en het met elke vezel van mijn lichaam gehaat, dus waarom wilde ik dat koste wat het kost verder doorgeven?

Ik sneed een paar boterhammen, legde ze samen met de kadetjes in een mandje, liet water in de waterkoker lopen en ging zitten om samen met hen te ontbijten. De boter was een beetje hard zodat mijn boterham werd opengescheurd toen ik het erop probeerde te smeren. Vanja zat naar me te kijken. Opeens draaide ik mijn hoofd om en vestigde mijn blik op haar. Ze schrok. Toen begon ze gelukkig te lachen. Ik deed het nog een keer, keek een hele tijd voor me op tafel tot ze de hoop had opgegeven dat er iets zou gebeuren en haar gemoedstoestand begon om te slaan. Toen keek ik haar bliksemsnel aan. Ze sperde haar ogen open en wipte omhoog in haar stoel, waarna ze weer begon te lachen. Linda en ik lachten ook.

'Wat is Vanja toch grappig', zei Linda. 'Wat ben je toch grappig! Mijn kleine scheetje!'

Ze boog naar haar toe en wreef met haar neus langs de hare. Ik trok het cultuurkatern van de krant naar me toe, dat opengeslagen voor Linda op tafel lag, nam een hap van mijn boterham en kauwde terwijl ik mijn blik langs de koppen liet glijden. Achter me op de aanrecht sloeg de waterkoker af toen het water begon te koken. Ik stond op, deed een theezakje in een kopje en schonk het dampend vol, liep naar de koelkast, nam er een pak melk uit en ging weer zitten. Ik haalde het theezakje een paar keer op en neer tot de bruine, golvende stof die zich er langzaam uit losmaakte, al het water gekleurd had. Goot er een scheutje melk in en bladerde in de krant.

'Heb je gezien wat er over Arne staat?' vroeg ik en ik keek Linda aan.

Ze knikte en glimlachte even, maar naar Vanja, niet naar mij.

'De uitgeverij trekt het boek terug. Wat een nederlaag.'

'Ja,' zei ze, 'arme Arne. Maar hij heeft het puur aan zichzelf te wijten.'

'Denk je dat hij wist dat het leugens waren?'

'Nee, absoluut niet. Hij heeft niets uit berekening gedaan, daar ben ik van overtuigd. Hij moet hebben gedacht dat het zo was.'

'Arme kerel', zei ik, ik tilde mijn kopje op en nipte van de modderkleurige thee.

Arne was een van de buren van Linda's moeder in Gnesta. Hij had een boek over Astrid Lindgren geschreven dat die herfst was uitgekomen, losjes gebaseerd op gesprekken die hij met haar had gevoerd voordat ze stierf. Arne was een spiritueel georiënteerd mens, hij geloofde in God, zij het niet in conventionele zin, en het had waarschijnlijk velen verrast dat ook Astrid Lindgren dat onconventionele geloof had gedeeld. De kranten begonnen de zaak te onderzoeken. Niemand was verder bij die gesprekken aanwezig geweest, dus ook al had Lindgren ten opzichte van anderen nooit van dergelijke opvattingen blijk gegeven, het viel niet te bewijzen dat ze voor de gelegenheid verzonnen waren. Maar er stonden nog meer dingen in Arnes boek, onder andere wanneer hij Lindgrens werk had gelezen, wat anachronistisch bleek, op het tijdstip in zijn leven dat hij bijvoorbeeld *Mio, mijn Mio* las, naar hij schreef, was dat boek helemaal nog niet verschenen. En dergelijke dingen waren iets te vaak het geval in zijn boek. Lindgrens nabestaanden ontkenden dat ze vergelijkbare opvattingen met die van Arne had gehad, dat kon ze nooit hebben gezegd. De kranten lieten niet veel van Arne heel, in de ondertitels noemden ze hem een leugenaar, een notoire leugenaar zelfs, en nu had de uitgeverij dus besloten het boek terug te trekken. Het boek dat Arne de laatste, door ziekte geteisterde jaren op de been had gehouden en waar hij zo trots op was.

Maar Linda had gelijk, hij had het puur aan zichzelf te wijten.

Ik smeerde nog een boterham. Vanja strekte haar armen in de lucht. Linda tilde haar uit haar stoel en droeg haar naar de badkamer, vanwaar algauw het geluid van stromend water en Vanja's protestkreetjes klonken.

In de kamer ging de telefoon. Ik verstijfde. Hoewel ik op hetzelfde moment begreep dat het Ingrid, Linda's moeder, moest zijn, want op tijden als deze belde nooit iemand anders, begon mijn hart sneller te kloppen.

Ik bleef roerloos zitten tot het bellen ophield, net zo onverwachts als het was begonnen.

'Wie was dat?' vroeg Linda toen ze met Vanja voor zich in haar armen hangend uit de badkamer kwam.

'Geen idee', zei ik. 'Ik heb niet opgenomen. Maar het zal je moeder wel zijn.'

'Ik bel haar wel even', zei ze. 'Dat was ik sowieso van plan. Neem jij Vanja?'

Ze hield haar voor me alsof mijn schoot de enige andere plek was waar ze hier in de woning kon vertoeven.

'Zet haar maar op de grond', zei ik.

'Maar dan begint ze te gillen.'

'Laat haar dan gillen. Dat is toch niet zo erg.'

'Oké-é', zei ze op een manier die eigenlijk het tegendeel betekende. Het is niet oké, maar ik doe het omdat jij het zegt. Dan zul je eens zien hoe het afloopt.

Natuurlijk begon ze te huilen zodra Linda haar op de grond had gezet. Toen ze haar armpjes naar haar uitstrekte, viel ze voorover met haar handjes op de grond. Linda draaide zich niet om. Ik trok de la open, waar ik zittend bij kon, en viste er een garde uit. Ze was niet geïnteresseerd hoewel ik het ding aan het vibreren wist te krijgen. Ik hield haar een banaan voor. Ze schudde haar hoofd terwijl de tranen haar over de wangen biggelden. Ten slotte tilde ik haar op en droeg haar naar de slaapkamer, waar ik haar op de vensterbank neerzette. Dat was het helemaal. Ik noemde alles wat we zagen bij de naam, ze staarde geïnteresseerd en wees naar elke auto die langsreed.

Linda stak haar hoofd om de deur met de hoorn van de telefoon tegen haar borst gedrukt.

'Mama vraagt of we morgen komen eten. Zullen we dat doen?'

'Ja,' zei ik, 'dat is goed.'

'Dan zeg ik ja?'

'Doe dat.'

Ik zette Vanja voorzichtig op de grond. Ze kon staan, maar nog niet lopen, dus ze hurkte neer en begon naar Linda te kruipen.

Dat kind kon geen seconde ontevreden zijn of er werd in haar behoefte voorzien. Bijna het hele eerste jaar was ze 's nachts elke anderhalf uur wakker geworden om te worden gevoed en Linda was bijna gek geworden van vermoeidheid, maar wilde haar niet in haar eigen bedje laten slapen, want dan huilde ze. Ik was voorstander van een radicale aanpak, haar gewoon in haar bedje leggen en de hele nacht laten huilen zo veel ze kon zodat ze de volgende nacht inzag dat er niemand kwam, wat ze ook deed, het opgaf en alleen zou gaan slapen, zij het een beetje boos misschien. Tegen Linda kon ik net zo goed zeggen dat ik haar op haar hoofd wilde slaan tot ze stil bleef liggen. Het compromis was dat ik Ingunn belde, de zus van mijn moeder, die kinderpsychologe was en die juist met dit soort gevallen ervaring had. Ze stelde voor dat we Vanja beetje bij beetje ontwenden, benadrukte dat ze veel moest worden geliefkoosd als ze de borst wilde hebben of eruit wilde, maar dat niet mocht, en dat we elke nacht de intervallen tussen de keren dat ze de borst kreeg, moesten vergroten. Dus daar stond ik 's nachts bij haar bedje met een notitieblok, waarop ik de exacte tijden opschreef, en aaide en streelde haar terwijl zij het uitgilde en me razend aankeek. Tien nachten duurde het voor ze de hele nacht doorsliep. Dat had in één nacht kunnen worden bereikt. Want het kon toch geen kwaad als ze een beetje huilde? Net als op de speelplaats. Ik probeerde haar ertoe te bewegen zichzelf bezig te houden zodat ik op een bankje kon zitten lezen, maar daar was geen sprake van, een paar seconden in haar uppie en ze zocht me met haar blik, strekte haar smekende handjes uit.

Linda hing op en kwam met Vanja op haar arm de kamer uit.

'Zullen we een wandeling maken?' vroeg ze.

'Veel meer zit er waarschijnlijk niet op', zei ik.
'Wat bedoel je?' vroeg ze wantrouwig.
'Niets', zei ik. 'Waar zullen we naartoe gaan?'
'Skeppsholmen, misschien?'
'Dan doen we dat.'

Aangezien ik Vanja doordeweeks had, bekommerde Linda zich nu om haar. Zittend op haar schoot kreeg ze een rood gebreid truitje aan dat we van Yngves kinderen hadden geërfd, een bruine ribfluwelen broek, het rode winterpak dat de moeder van Linda voor ons had gekocht, de rode muts met een bandje onder de kin en een witte rand en een paar witte gebreide wanten. Nog geen maand geleden bleef ze altijd stilzitten als we haar aankleedden, maar de laatste tijd begon ze te draaien en te kronkelen in onze handen. Dat was vooral lastig als je haar wilde verschonen, de poep kon immers overal terechtkomen als ze zo lag te draaien, en in dat geval had ik al meer dan eens mijn stem verheven. LIG STIL! of: LIG STIL, VERDOMME! en haar steviger dan noodzakelijk vastgepakt. Zelf vond ze het leuk om te proberen zich los te wurmen, ze glimlachte of lachte altijd als dat gebeurde en eerst begreep ze gewoon niets van die luide, geïrriteerde stem. Soms trok ze zich er niets van aan of keek ze verbaasd: wat was dat nou? Of ze begon te huilen. Eerst schoof haar onderlip naar voren, dan begon hij te trillen en dan kwamen de tranen. Waar was ik godsodeju mee bezig, dacht ik op zo'n moment, was ik volkomen gek geworden? Ze was net een jaar, zo onschuldig als een lam, en ik stond tegen haar te schréééuwen?

Gelukkig liet ze zich gemakkelijk troosten, gemakkelijk aan het lachen brengen en gelukkig vergat ze snel. In die zin was het erger voor mij.

Linda had meer geduld en na vijf minuten zat Vanja aangekleed op haar arm met een verwachtingsvolle glimlach rond haar lippen. In de lift probeerde ze op de knopjes te drukken, Linda wees op het goede en bracht haar handje erheen. Het knopje lichtte op, de lift zakte. Terwijl Linda met haar naar de fietsenkelder ging, waar de wagen stond, stak ik buiten een sigaret op. Er stond nog steeds een stevige wind en de lucht was zwaar bewolkt en grijs. De temperatuur lag rond het vriespunt.

We volgden de Regeringsgata naar Kungsträdgården, liepen langs het

Nationalmuseet en sloegen op Skeppsholmen links af naar de kade waar alle woonboten lagen. Een paar ervan waren van rond de vorige eeuwwisseling en hadden langs de enorme scherenkust voor de stad in lijndienst gevaren. Er was ook een soort kleine werf voor houten boten, daar leek het in elk geval op, in een magazijnachtig houten gebouw lag een soort skelet van kielen en spanten. Af en toe keek een bebaarde man om een hoekje toen we langsliepen, verder was het terrein leeg. Boven op een kleine heuvel lag het Moderna Museet, waarin Vanja een onevenredig groot aantal dagen had doorgebracht, de korte tijdspanne dat ze op de wereld was in aanmerking genomen. Maar het was gratis, het restaurant was goed en kindvriendelijk, er waren een paar speelplekken en er was altijd wel wat kunst die het bekijken waard was.

Het water in het havenbassin was volkomen zwart. Het wolkendek hing dicht en laag aan de hemel. Door het dunne laagje sneeuw op de grond leek alles op een of andere manier harder en kaler, misschien omdat het beetje kleur dat het landschap nog had, erdoor werd uitgevlakt. De musea hier waren ooit militaire gebouwen geweest en zo zagen ze er ook uit, ontoegankelijk en laag flankeerden ze de smalle, stille weggetjes of stonden aan het eind van wat ooit exercitieterreinen moesten zijn geweest.

'Het was fijn gister', zei Linda en ze sloeg een arm om me heen.

'Ja', zei ik. 'Dat was het. Maar wil je echt nog een kind nu?'

'Ja, dat wil ik. Al is die kans klein, toch?'

'Ik weet zeker dat je zwanger bent', zei ik.

'Net zo zeker als dat Vanja een jongen was?'

'Haha.'

'Het maakt me zo blij', zei ze. 'Stel je voor dat het waar is! Stel je voor dat we nog een kind krijgen!'

'Ja ...', zei ik. 'Wat zeg jij ervan, Vanja? Wil je wel een broertje of zusje?'

Ze keek naar ons op. Toen draaide ze haar hoofd opzij en strekte haar handje uit naar drie meeuwen die met hun vleugels dicht tegen hun lijf op de golven zaten te sluimeren.

'Dah!' zei ze.

'Ja, daar', zei ik. 'Drie meeuwen!'

Slechts één kind hebben was absoluut uitgesloten wat mij betrof, twee was te weinig, dan waren ze te zeer op elkaar aangewezen, maar drie, had ik gedacht, was perfect. Dan waren de kinderen in de meerderheid ten opzichte van de ouders, dan waren er verschillende combinaties tussen hen mogelijk, dan waren we een ploegje. Het tijdstip exact plannen wanneer het zowel wat ons eigen leven betrof als ten opzichte van elkaars leeftijd het beste uitkwam, vond ik verachtelijk, we beheerden toch geen firma. Ik wilde het aan het toeval overlaten, zien wat er gebeurde en dan de gevolgen dragen al naar gelang die zich aandienden. Zo zat het leven toch in elkaar? Dus als ik met Vanja door de straten liep, als ik haar eten gaf en verschoonde, met dat wilde verlangen naar een ander leven hamerend in mijn borst, was dat een gevolg van een keuze waarmee ik gedwóngen was te leven. Er bestond geen andere uitweg dan de oude, vertrouwde: gewoon volhouden. Dat ik daarmee het leven voor mij en mijn naasten versomberde, nou ja, dat was gewoon nog een gevolg, ook daar moest ik doorheen. Als we nog een kind kregen, en dat zouden we hoe dan ook, of Linda nu zwanger was of niet, en daarna nog een, wat net zo onontkoombaar was, zou het dan niet boven plicht, boven verlangen uitgroeien en iets wilds en vrijs over zich krijgen? Maar zo niet, wat deed ik dan?

Er zijn, doen wat ik moest doen. In mijn leven was dat het enige waaraan ik me kon vastklampen, het enige vaste punt, en het was in steen gehouwen.

Of niet?

Een paar weken geleden belde Jeppe, hij was in de stad, of we niet ergens een biertje konden gaan drinken? Ik had een hoge pet van hem op, maar ik had nooit met hem kunnen praten, zoals met zo veel mensen niet; nadat ik echter een tijdje zo snel ik kon bier had zitten hijsen, raakten we toch een beetje op dreef. Ik vertelde hoe mijn leven er op dat moment uitzag. Hij keek me aan en zei met die vanzelfsprekende autoriteit die hem eigen was: 'Maar je moet toch schríjven, Karl Ove!'

En als het er echt op aankwam, als ik het mes op mijn keel had, kwam dat ook op de eerste plaats.

Waarom eigenlijk?

Kinderen zijn immers het leven, en wie wil het leven de rug toekeren?

En schrijven, wat was dat anders dan de dood? Letters, wat waren dat anders dan beenderen op een begraafplaats?

Rond de landtong aan het eind van het eiland kwam de veerpont naar Djurgården aan varen. Aan de overkant lag Gröna Lund, het grote pretpark, waar alle attracties er leeg en onbeweeglijk bij stonden, sommige bedekt met zeildoek. Een paar honderd meter verderop lag het gebouw waarin het Vasa-schip ondergebracht was.

'Zullen we de pont nemen?' vroeg Linda. 'Dan kunnen we lunchen in Blå Porten.'

'Maar we hebben net ontbeten', zei ik.

'Een kop koffie, dan.'

'Ja, dat kunnen we doen. Heb jij geld bij je?'

Ze knikte en we bleven op de pont staan wachten. Na slechts een paar seconden begon Vanja te protesteren. Linda pakte een banaan uit haar tas en gaf haar die. Terwijl ze een stukje in haar mond propte, zat ze rustig en tevreden in haar wagen over het water uit te staren. Ik moest aan de allereerste keer denken dat ik alleen met haar op stap was, want toen waren we ook hierheen gegaan. Ze was een week oud geweest. Ik was met de wagen voor me uit min of meer om de landtong heen geholt, bang dat ze zou ophouden met ademen, bang dat ze wakker zou worden en zou gaan huilen. Thuis hadden we de situatie onder controle, daar draaide alles om de borst geven, slapen en verschonen, variaties in een slaapverwekkend, maar in zekere zin stil jubelend systeem. Buiten hadden we echter geen houvast meer. De eerste keer dat we haar meenamen, was ze drie dagen oud, ze moest voor controle en het was alsof we een bom zouden vervoeren. De eerste hindernis waren alle kleertjes die ze aan moest, want het was buiten meer dan vijftien graden onder nul. De tweede hindernis was het babyzitje, hoe maak je dat vast in een taxi? De derde hindernis waren alle ogen die in de receptie op ons waren gericht. Maar het ging goed, het lukte, zij het dat het een eindeloos gedoe was, en toen ze een paar minuten vredig en traag met haar beentjes lag te spartelen terwijl ze werd onderzocht, was het allemaal de moeite waard geweest. Ze was gezond en monter en in een onweerstaanbaar goed humeur, want plotseling glimlachte ze naar de verpleegster die over haar heen gebogen stond. Dat was een glimlach, zei de verpleegster. Geen maagkramp. Het komt niet vaak voor dat ze zo vroeg glimlachen! We voelden ons gevleid, het zei iets over ons als ouders, pas een paar maanden later bedacht ik opeens dat die opmerking vast tegen iedereen werd gemaakt om juist dat effect op te roepen. Maar, o, dat lage, bijna in zichzelf gekeerde januarilicht dat door het raam naar binnen viel op de tafel met ons meisje, aan wie we nog absoluut niet waren gewend, het ijs dat glinsterde in de barre kou buiten, Linda's volkomen open en ontspannen gezicht maakten het tot een van de weinige herinneringen die geen zweempje ambivalentie bevatten. Dat duurde tot we in de gang op weg naar buiten waren en Vanja als een bezetene begon te krijsen. Wat moesten we doen? Haar oppakken? Ja, dat moest wel. Moest Linda haar de borst geven? Maar hoe dan? Ze had zo veel kleertjes aan dat ze wel een ballon leek. Zouden we haar weer uitkleden? Al krijsend? Deed je dat zo? En wat als ze dan niet kalmeerde?

Oei, wat gilde ze terwijl Linda op de haar eigen nerveuze en besluiteloze manier aan al die kleertjes frunnikte.

'Laat mij het maar doen', zei ik.

Linda's ogen schoten vuur toen ze me aankeek.

Vanja was even een paar seconden stil terwijl haar lippen rond de tepel sloten, maar toen bewoog ze haar hoofd met een ruk naar achteren en begon weer te gillen.

'Dat was het niet', zei Linda. 'Wat is er dan? Is ze ziek?'

'Nee, dat kan toch niet. Ze is net door een dokter onderzocht.'

Vanja gilde het uit. Heel dat kleine gezichtje was volkomen verwrongen.

'Wat moeten we doen?' vroeg Linda vertwijfeld.

'Hou haar een tijdje tegen je aan, dan zien we wel', zei ik.

Het paar dat na ons aan de beurt was, kwam met hun kind in het babyzitje naar buiten. Ze vermeden het zorgvuldig ons aan te kijken terwijl ze langsliepen.

'We kunnen hier niet blijven staan', zei ik. 'Kom op. We gaan. Laat haar maar gillen.'

'Heb je een taxi gebeld?'
'Nee.'
'Maar doe dat dan!'

Ze keek op Vanja neer, die ze tegen zich aan gedrukt hield zonder dat het hielp, het contact tussen haar winterpak en Linda's gewatteerde jas had niet direct een rustgevende invloed. Ik pakte mijn mobieltje en koos het nummer van de taxicentrale, pakte met mijn andere hand het babyzitje en liep naar de trap aan het eind van de gang.

'Wacht even,' zei Linda, 'ik moet even haar muts opzetten.'

Ze gilde de hele tijd terwijl we op de taxi stonden te wachten. Gelukkig kwam hij slechts een paar minuten later. Ik deed het achterportier open, zette het babyzitje erin en wilde het met de veiligheidsgordel vastmaken, iets wat me een uur eerder zonder problemen was gelukt, maar wat nu plotseling onmogelijk leek. Ik probeerde hem op alle mogelijke manieren door, over en onder dat verdomde zitje te krijgen zonder dat het lukte. Dat alles terwijl Vanja gilde en Linda me vijandig aanstaarde. Ten slotte stapte de chauffeur uit om me te helpen. Ik weigerde eerst opzij te gaan, moest het verdomme toch zelf klaar weten te spelen, maar na nog een minuut gehannes moest ik toegeven en accepteren dat hij, een Iraaks uitziende man met een baard, het ding in twee seconden vastzette.

De hele weg door het besneeuwde en in de zon glinsterende Stockholm schreeuwde ze. Pas toen we thuis de deur binnen kwamen en ze samen met Linda zonder al die kleren op bed lag, hield het huilen op.

We waren allebei nat van het zweet.

'Wat een toer!' zei Linda toen ze met de slapende Vanja overeind kwam.

'Ja', zei ik. 'Maar er zit in elk geval leven in.'

Later die dag hoorde ik hoe Linda haar moeder over het onderzoek vertelde. Geen woord over dat ze zo huilde of over de paniek die we hadden gevoeld, nee, wat ze vertelde was dat Vanja had geglimlacht terwijl ze op de tafel lag en werd onderzocht. Wat was Linda toen blij en trots! Vanja had geglimlacht, ze was gezond en monter en het lage zonlicht buiten, als het ware opgeheven door de sneeuwbedekte onderlaag, liet alles in het vertrek zacht glanzen, ook Vanja terwijl ze naakt op de onderlegger lag te spartelen.

Wat er daarna gebeurde werd doodgezwegen.

Nu we bijna exact een jaar later in de wind op de pont stonden te wachten, kwam die hele scène me wonderlijk voor. Hoe was het mogelijk dat we zo onbeholpen waren? Maar het was zo, ik herinner me nog steeds de gevoelens waar ik destijds vol van was, dat alles zo kwetsbaar was, ook de vreugde die overal in doorstraalde. Niets in mijn leven had me erop voorbereid een baby te hebben, ik had er voor die tijd nauwelijks een gezien, en voor Linda gold hetzelfde, als volwassene was ze niet met één enkel kind in contact geweest. Alles was nieuw, alles moest al doende worden geleerd, wat voor fouten dat ook inhield. Ik begon de verschillende situaties al snel als uitdaging te beschouwen, alsof ik deelnam aan een soort wedstrijdje waarbij het erom ging zo veel mogelijk gelijktijdig gedaan te krijgen, en daar was ik mee doorgegaan toen ik overdag de zorg voor Vanja overnam, tot er geen nieuwe situaties meer waren, tot het kleine terrein was veroverd en het enige wat overbleef routine was.

Vóór ons werd de motor van de pont in zijn achteruit gezet terwijl hij langzaam de laatste meters naar de kade dreef. De kaartjesverkoper maakte het hek open en wij, zo te zien de enige passagiers, reden de wagen aan boord. Rond de schroeven stegen bubbels grijsgroen water op. Linda haalde haar portemonnee uit de binnenzak van haar blauwe jas en betaalde. Ik hield de reling vast en keek naar de stad. Het witte uitsteeksel dat Dramaten vormde, de kleine heuvel die de Birger Jarlsgata van de Sveaväg scheidde en waar onze flat lag. Die enorme hoeveelheid gebouwen die bijna het hele landschap vulden. Hoe alles in één klap iets volkomen vreemds kreeg als je het vanuit een ander perspectief zag zonder te weten waar de huizen en de wegen voor werden gebruikt, maar ze puur als vorm en massa beschouwde, zoals bijvoorbeeld de vele duiven de stad moesten zien waar ze overheen vlogen en in neerstreken. Een enorm labyrint van gangen en holen, een aantal onder de open hemel, andere ingesloten, weer andere onder de grond in smalle tunnels waar larveachtige treinen doorheen raasden.

Er leefden hier ruim een miljoen mensen.

'Mama zei dat ze Vanja maandag wel kon nemen als je wilt. Dan heb je de dag voor jezelf.'

'Natuurlijk wil ik dat', zei ik.
'Zo natuurlijk is dat toch niet', zei zij.
In gedachten sloeg ik mijn ogen ten hemel.
'In dat geval kunnen we daar wel overnachten', ging ze verder. 'En 's ochtends vroeg samen teruggaan naar de stad. Als je wilt, natuurlijk. Dan komt mama 's middags met Vanja.'
'Klinkt goed', zei ik.
Nadat de veerpont aan de andere kant had aangelegd, liepen we de straat door langs het pretpark, dat 's zomers altijd vol mensen was die in de rij voor de loketten of bij de worstkraampjes stonden, in een van de fastfoodrestaurants aan de andere kant van de straat aten of gewoon aan het wandelen waren. Dan lag het asfalt vol kaartjes en brochures, ijs- en worstpapiertjes, servetten en rietjes, colabekertjes en pakjes jus en verder alles wat mensen die plezier hadden, rondstrooiden. Nu lagen de straten stil en leeg en schoon voor ons. Nergens een mens te zien, noch in de restaurants aan de ene kant van de straat, noch in het pretpark aan de andere. Op een kleine verhoging aan de overkant lag de Circusconcerthal. Daar was ik een keer in het restaurant geweest, samen met Anders, we waren op zoek naar een kroeg waar we de Premier League konden kijken. Op de tv helemaal achter in het café werd de wedstrijd uitgezonden die we wilden zien. Behalve ons was er maar één andere gast. Het licht was gedempt, de muren donker, toch droeg hij een zonnebril. Het was de zanger Tommy Körberg. Zijn gezicht stond op de voorpagina van alle kranten die dag, hij had met alcohol op gereden en was gepakt, je kon nauwelijks een meter door Stockholm lopen zonder dat te weten te komen. Nu zat hij zich hier dus te verstoppen. Net zo onbehaaglijk als de openlijke blikken moesten de bewust terughoudende echter voor hem zijn geweest, want korte tijd nadat wij waren binnengekomen, ging hij weg hoewel geen van ons ook maar één keer zijn kant op had gekeken.
Tegen wat hij zo te zien had doorgemaakt, verbleekte zelfs mijn ergste kater.
Mijn mobieltje ging in mijn zak. Ik pakte het en keek op het schermpje: *Yngve mobiel*.
'Hallo?' zei ik.

'Hallo', zei hij. 'Hoe gaat het?'
'Goed. En met jou?'
'Ja, goed.'
'Mooi. Maar moet je luisteren, we zijn net op weg ergens heen. Kan ik je straks terugbellen? Later in de middag een keer? Of is er iets bijzonders?'
'Nee. Niets. Doe dat, dan spreken we elkaar.'
'Tot straks.'
'Tot straks.'
Ik stopte mijn mobieltje weer in mijn zak.
'Dat was Yngve', zei ik.
'Alles goed met hem?' vroeg Linda.
Ik haalde mijn schouders op: 'Ik weet het niet. Maar ik bel hem straks terug.'

Twee weken nadat hij veertig was geworden, had Yngve Kari Anne verlaten en was op zichzelf gaan wonen. Het was allemaal heel snel gegaan. Pas de laatste keer dat hij hier was geweest, had hij verteld wat hij van plan was. Yngve praatte zelden over dergelijke dingen, hij hield bijna alles voor zich, als ik er tenminste niet direct naar vroeg. Maar dat paste niet altijd. Bovendien had ik geen ontboezemingen nodig om door te hebben dat hij allang een leven had geleid dat hij niet wilde leiden. Dus toen hij vertelde dat het voorbij was, was ik blij voor hem. Aan de andere kant kon ik het niet laten aan papa te denken, die mijn moeder enkele weken voordat hij veertig werd had verlaten. De overeenkomst in leeftijd, in dit geval zelfs slechts met een paar weken verschil, was noch familiair noch genetisch bepaald en de midlifecrisis was geen mythe: langzamerhand werden mensen in mijn omgeving erdoor getroffen en ze kwam hard aan. Sommigen waren bijna gek van vertwijfeling. Waar waren ze zo wanhopig naar op zoek? Naar meer leven. Met veertig werd het leven dat je op dat moment leidde, en dat tot dan toe altijd tijdelijk was geweest, voor het eerst het leven zélf en het feit dat die beide samenvielen, sloot alle dromen uit, ontkrachtte alle voorstellingen dat het eigenlijke leven, dat waarvoor je was bestemd, al het grootse wat je zou volbrengen, elders was. Als je veertig was, begreep je dat alles zich hier bevond, in dit kleine en alledaagse, kant-en-klaar, en dat dat altijd zo zou zijn, tenminste, als je niets ondernam. Een laatste keer alles op alles zette.

Dat had Yngve gedaan omdat hij het beter wilde krijgen, papa omdat hij het radicaal anders wilde hebben. Daarom maakte ik me geen zorgen om Yngve en had ik dat ook eigenlijk nooit gedaan, hij redde zich wel.

Vanja was in de wagen in slaap gevallen. Linda bleef staan en liet de hoofdsteun zakken. Keek naar het bord met het menu van de dag dat buiten voor Blå Porten op het trottoir stond.

'Ik heb best honger', zei ze. 'En jij?'

'We kunnen hier wel lunchen', zei ik. 'Ze hebben hier lekker lamsgehakt.'

Het was een mooi restaurant. In het midden lag een binnenplaats vol planten en met stromend water, waar je in de zomer kon zitten. In de winter concentreerde alles zich in een lange gang met glazen wanden daarachter. Het enige minpunt was de clientèle, die voor een groot deel uit hevig in cultuur geïnteresseerde vrouwen van tussen de vijftig en de zestig bestond.

Ik hield de deur voor Linda open, die de wagen naar binnen duwde, pakte de stang tussen de wielen vast en tilde hem de drie traptreden naar beneden. Het restaurant was iets meer dan halfvol. We kozen de tafel die het meest achteraf stond, voor het geval Vanja wakker werd, en gingen bestellen. Aan de tafel bij het achterste raam zat Cora. Ze kwam glimlachend overeind toen ze ons zag.

'Hoi!' zei ze. 'Leuk jullie te zien!'

Ze omhelsde eerst Linda, toen mij.

'En?' vroeg ze. 'Hoe gaat het?'

'Goed', zei Linda. 'En met jou?'

'Goed, ik ben hier met mijn moeder zoals jullie zien.'

Ik knikte naar haar moeder, die ik al eens eerder had ontmoet bij een van Cora's feestjes. Ze knikte terug.

'Zijn jullie alleen?' vroeg Cora.

'Nee, Vanja ligt daar verderop', zei Linda.

'O, ja. Blijven jullie hier een tijdje?'

'Ja, wel even', zei Linda.

'Dan kom ik zo even langs', zei Cora. 'Kan ik jullie dochter zien. Oké?'

'Natuurlijk', zei Linda en ze liep door naar het buffet achterin, waar we in de rij gingen staan.

Cora was degene van Linda's vriendinnen die ik het eerst had ontmoet. Ze was weg van Noorwegen en alles wat Noors was, had er een paar jaar gewoond en begon soms Noors te praten als ze dronken was. Ze begreep als enige van de mensen die ik in Zweden had ontmoet, dat de verschillen tussen beide landen groot waren en dat begreep ze op de enige manier waarop je dat kon begrijpen: met haar lichaam. Hoe mensen in Noorwegen op straat, in winkels en in het openbaar vervoer de hele tijd tegen elkaar op lopen. Hoe mensen in Noorwegen bij de kiosk, in de rij en in de taxi altijd een praatje maken. Ze had grote ogen opgezet toen ze de Noorse kranten las en zag hoe discussies daarin verliepen. Maar ze schelden elkaar uit! zei ze geestdriftig. Ze delen klappen uit waar ze maar kunnen! Ze zijn nergens bang voor! Ze hebben niet alleen een mening over alles tussen hemel en aarde en zeggen dingen die geen Zweed ooit zou zeggen, maar ze schelden elkaar daar ook nog bij uit en delen rake klappen uit. O, wat is dat bevrijdend! Dat ze zo dacht, maakte het gemakkelijker voor me contact met haar te krijgen dan met de rest van Linda's vrienden, die op een andere, ietwat gelikte manier sociaal een stuk formeler waren, laat staan met de mensen in dat kantoorcollectief waar ze mij had binnengeloodst. Ze waren vriendelijk en aardig en vroegen vaak of ik mee kwam lunchen, waarop ik net zo vaak nee zei, behalve die paar keer dat ik zwijgend naar hun gesprekken had zitten luisteren. Een van die keren voerden ze een discussie over de op handen zijnde invasie in Irak en het eeuwigdurende conflict tussen Israël en Palestina. Of nou ja, discussie: het was meer alsof ze over het eten of het weer zaten te babbelen. Een dag later kwam ik Cora tegen en die wist me te vertellen dat een vriendin van haar uit woede haar kantoor in het collectief had opgegeven. Naar bleek was er een enorm verschil van mening ontstaan over de verhouding tussen Palestina en Israël en ze was buiten zichzelf van verontwaardiging en had ter plekke opgezegd. En ja hoor, de volgende dag was haar plaats leeg. Maar ik was er toch bij geweest! En ik had niets gemerkt! Geen agressie, geen boosheid, niets. Alleen hun vriendelijke, converserende stemmen en hun ellebogen, die als ze mes en vork hanteerden, als kippenvleugels uitstaken. Dat was Zweden, zo waren de Zweden.

Diezelfde dag raakte echter ook Cora buiten zichzelf van verontwaardiging. Ik vertelde haar dat Geir twee weken daarvoor naar Irak was vertrokken om een boek over de oorlog te schrijven. Ze zei dat hij een egoïstische, egocentrische idioot was. Ze was niet zo in politiek geïnteresseerd, dus haar heftige reactie verbaasde me. Ze had zelfs tranen in haar ogen toen ze hem vervloekte. Had ze zo'n sterk inlevingsvermogen?

Haar vader was in de jaren zestig naar de oorlog in Congo vertrokken, vertelde ze toen. Hij had als oorlogscorrespondent gewerkt. Dat had hem kapotgemaakt. Niet dat hij gewond raakte of iets dergelijks, ook zijn ervaringen hadden hem niet zo geschokt dat hij er psychisch iets aan over had gehouden, nee, het tegenovergestelde was het geval: hij wilde terug, hij wilde meer van het leven dat hij daar had geleefd, dicht bij de dood, een behoefte die niets in Zweden kon bevredigen. Ze vertelde een merkwaardig verhaal, namelijk dat hij daarna iets op een motor in het circus had gedaan, de doodsmotor noemde ze het, en natuurlijk was hij gaan drinken. Hij was een destructief mens en had een eind aan zijn leven gemaakt toen Cora nog klein was. De tranen in haar ogen waren voor hem, haar verdriet betrof hem.

Dus gelukkig dat ze zo'n sterke, gezaghebbende en strenge moeder had?

Nou ja, niet per se ... Mijn indruk was dat die enigszins misprijzend op Cora's leven neerkeek en dat Cora zich dat meer aantrok dan ze zou moeten doen. Haar moeder was boekhoudster en het was duidelijk dat Cora's gefladder rond de vage culturele scene niet helemaal voldeed aan de verwachtingen die ze aan een voor haar dochter geschikt leven stelde. Cora had haar brood als journaliste voor verschillende damesbladen verdiend zonder dat dat noemenswaardige invloed uitoefende op het beeld dat ze van zichzelf had: ze schreef gedichten, ze was dichteres. Ze had op Biskop-Arnö gezeten, de schrijversacademie die ook Linda had bezocht, en schreef goede poëzie voor zover ik het kon beoordelen, ik had haar een keer horen voordragen en was verrast geweest. Haar gedichten waren noch taalgegoochel, zoals die van de meeste andere jonge Zweedse dichters, noch teer en gevoelig, zoals die van de rest, maar heel anders: extravert en experimenteel op een niet-persoonlijke manier in een bloemrijke taal, die ik maar moeilijk met haar in verband kon brengen. Alleen, gepubliceerd werden ze niet. Zweedse uitgeverijen werden veel meer door de conjunctuur gestuurd dan Noorse en waren veel voorzichtiger, dus als je niet exact de juiste positie in verhouding tot je omgeving innam, had je geen kans. Als ze doorzette en hard werkte, zou het haar ten slotte lukken, want ze had talent, maar als je haar zo zag was doorzettingsvermogen niet het eerste wat in het oog sprong. Ze had gauw medelijden met zichzelf, praatte zacht, vaak over deprimerende dingen, maar kon ook als een blad aan een boom omslaan en levendig en interessant zijn. Als ze dronk kon ze alle aandacht opeisen en als enige van Linda's vrienden instaan voor een schandaal. Misschien was dat de reden dat ik haar mocht?

Het lange haar hing aan weerszijden van haar gezicht. In de ogen achter de kleine brillenglazen lag een soort hondse droefheid. Iedere keer als ze een borrel dronk, en soms ook als ze dat niet deed, gaf ze uiting aan haar grote bewondering voor en identificatie met Linda. Linda wist nooit helemaal hoe ze daarop moest reageren.

Ik streek met mijn arm over Linda's rug. De tafel naast ons stond vol gebak in alle soorten en maten. Donkerbruine chocolade, lichtgele vanille, groenige marsepein, wit en roze schuimgebak. In elke schotel stond een vlaggetje met de naam.

'Wat wil jij hebben?' vroeg ik.

'Ik weet het niet ... Kipsalade misschien? En jij?'

'Lamsgehakt. Dan weet ik wat ik krijg. Maar ik kan voor je bestellen. Ga jij maar zitten.'

Dat deed ze. Ik bestelde, betaalde, schonk twee glazen water vol, sneed wat van het brood dat aan het uiteinde van de enorme gebaktafel lag, pakte bestek, een paar pakjes boter en servetten, legde alles op een blad en ging naast het buffet staan wachten tot het eten uit de keuken werd gebracht, waarvan ik het bovenste gedeelte boven de zwaaideuren uit kon zien. Buiten op de op een atrium lijkende binnenplaats stonden de tafels en stoelen er leeg bij tussen de groene planten, die prachtig uitkwamen tegen de grijs betonnen vloer en de grijze lucht. Juist die kleurencombinatie, grijs en groen, wekte een hunkerend gevoel op. Geen schilder wist daar beter gebruik van te maken dan Braque. Ik herinnerde me zijn kunstdrukken die ik in Barcelona had gezien toen ik daar een keer met Tonje was, van een paar boten op een strand onder een enorme hemel, de bijna shockerende schoonheid ervan. Ze hadden een paar duizend kronen gekost en dat was te veel, vond ik. Toen ik er later spijt van kreeg, was het te laat: de volgende dag, een zaterdag, onze laatste in de stad, stond ik tevergeefs aan de deur van de galerie te rukken.

Grijs en groen.

Maar ook grijs en geel, zoals op het fantastische schilderij van David Hockney van een paar citroenen op een bord. De kleur los te koppelen van het motief was de belangrijkste inbreng van het modernisme. Daarvóór waren schilderijen als die van Braque en Hockney ondenkbaar. Het was alleen de vraag of het het waard was als je bedacht wat het verder allemaal nog inhield voor de kunst.

Het restaurant waar ik nu stond, hoorde bij de Liljevalchs kunsthall, waarvan de achterkant de vierde en laatste muur van de binnenplaats vormde met een zuilengalerij, waar een trap heen voerde. Het laatste wat ik daar had gezien was een tentoonstelling van Andy Warhol, waarvan ik in geen enkel opzicht, vanuit wat voor perspectief ik ook keek, de kwaliteit kon inzien. Dat maakte me tot een ietwat conservatief of reactionair mens, iets wat ik absoluut niet wilde zijn en waar ik me in elk geval niet op wilde beroepen. Maar wat kon ik eraan doen?

Het verleden is slechts één van vele mogelijke toekomsten, zei Thure Erik altijd. Niet het voormalige op zich moest je uit de weg gaan en buiten beschouwing laten, maar alleen het gestolde erin. Hetzelfde gold voor het heden. En als de beweeglijkheid die in de kunst werd aangehangen, onbeweeglijk werd, moest je die uit de weg gaan en buiten beschouwing laten. Niet omdat ze modern was, in overeenstemming met onze tijd, maar omdat ze zich niet bewoog en dus dood was.

'Lamsgehakt en kipsalade?'

Ik draaide me om. Een jongeman met pukkels, een koksmuts op en een schort voor stond met in elke hand een bord achter het buffet rond te kijken.

'Ja, hier', zei ik.

Ik zette de borden op het blad en droeg het door het restaurant naar onze tafel, waar Linda met Vanja op schoot zat.

'Is ze wakker geworden?' vroeg ik.

Linda knikte.

'Ik neem haar wel', zei ik. 'Dan kun jij eten.'

'Dank je', zei ze.

Het aanbod kwam niet voort uit onbaatzuchtigheid, maar uit eigenbelang. Linda had vaak last van een lage bloedsuikerspiegel en werd steeds geïrriteerder naarmate dat langer duurde. Nadat ik bijna drie jaar met haar had samengeleefd, ving ik lang voordat ze het zelf merkte, de signalen al op, ze scholen in de details: een onverhoedse beweging, een donkere glimp in haar blik, een lichtelijk korzelig antwoord. Dan ging het erom haar eten voor te zetten en daarna was het snel voorbij. Voordat ik naar Zweden kwam, had ik niet eens van het verschijnsel gehoord, ik had geen flauw idee dat er zoiets als een bloedsuikerspiegel bestond en de eerste keer dat ik het bij Linda merkte, begreep ik er niets van: waarom antwoordde ze de kelner zo chagrijnig? Waarom knikte ze alleen kortaf en keek ze weg toen ik haar ernaar vroeg? Geir was van mening dat het fenomeen, dat veel voorkwam en waarover veel was geschreven, een gevolg was van het feit dat alle Zweden naar de crèche waren geweest en daar de hele dag zogenaamde 'tussenmaaltijden' hadden gekregen. Ik was eraan gewend dat je kwaad was omdat er iets mis was gelopen of omdat iemand iets beledigends zei of zoiets, dus min of meer om tastbare redenen, en dat alleen het humeur van kleine kinderen erdoor werd beïnvloed of ze honger hadden of niet. Het was duidelijk dat ik nog heel wat had te leren over het functioneren van het menselijk gemoed. Of van het Zweedse gemoed misschien? Het vrouwelijke? Dat van de culturele middenklasse?

Ik tilde Vanja op en liep naar de ingang om een kinderstoel te halen. Met het kind in mijn ene arm en de stoel in de andere ging ik weer terug, ik deed haar muts af, haar winterpak en schoenen uit en zette haar erin. Haar haar stond alle kanten op, ze keek slaperig, en in haar ogen hing een zweem die hoop gaf op een rustig half uurtje.

Ik sneed een paar stukjes van mijn gehakt af en legde ze voor haar op tafel. Ze probeerde ze met één zwaai weg te vegen, maar de rand van de plastic tafel hield ze tegen. Voordat ze ze stuk voor stuk kon oppakken en weggooien, deed ik ze terug op mijn eigen bord. Ik boog voorover en keek in de tas aan de wagen of ik iets vond wat haar een paar minuten kon bezighouden.

Een blikken trommeltje, zou dat iets zijn?

Ik haalde de koekjes eruit en legde ze op de rand van mijn bord, zette toen het blik voor haar neer, haalde mijn sleutels voor de dag en deed die erin.

Een ding dat rammelde én waar je iets uit kon halen en in kon stoppen, was net wat ze nodig had. Tevreden met mezelf schoof ik mijn stoel aan en begon te eten.

Rondom ons in het restaurant klonk geroezemoes van stemmen, gekletter van bestek en hier een daar gedempt gelach. In de korte tijd dat we hier waren, was het bijna helemaal volgelopen. Het was altijd vol mensen op Djurgården in de weekends en dat was al meer dan honderd jaar het geval. Niet alleen dat de parken hier mooi groot waren, soms zelfs meer bos dan park, er bevonden zich ook een heleboel musea. De Thielska Galleriet met het dodenmasker van Nietzsche en schilderijen van Munch, Strindberg en Hill, het huis van de kunstenaarsprins Eugen, Waldemarsudde, het Nordiska Museet, het Biologiska Museet en natuurlijk Skansen met de dierentuin met Scandinavische dieren en gebouwen uit de Zweedse geschiedenis, alles ontstaan in die fantastische periode aan het eind van de negentiende en het begin van de twintigste eeuw met zijn merkwaardige mengeling van burgerlijkheid, nationale romantiek, gezondheidsfanatisme en decadentie. Het enige wat daarvan nog over was, was het gezondheidsfanatisme; van de rest, vooral van de nationale romantiek, nam men intussen duidelijk afstand, nu was het ideaal niet de unieke, maar de identieke mens en niet de eigen cultuur, maar de multiculturele, zodat alle musea hier eigenlijk musea van musea waren. Dat gold vooral voor het Biologiska Museet, natuurlijk, dat onveranderd was sinds het ergens aan het begin van de vorige eeuw was gebouwd en nog steeds dezelfde tentoonstelling als toen vertoonde: verschillende opgezette dieren in een zogenaamd natuurlijke omgeving tegen achtergronden geschilderd door de grote dier- en vogelschilder Bruno Liljefors. Destijds bestonden er nog steeds enorme gebieden met levensvormen die onaangetast waren door de mens, dus de reproductie was niet op noodzaak gebaseerd, het ging er alleen om kennis te verbreiden, en de kijk die dat op onze beschaving werpt – namelijk dat alles in het menselijke moest worden getrokken, niet uit noodzaak, maar uit drang, uit dorst, en dat die drang en die dorst naar kennis bedoeld om de wereld groter te maken, hem tegelijkertijd kleiner maakten, ook fysiek, terwijl wat toen slechts aan het begin stond en daarom in het oog sprong, nu voltooid was – maakte dat ik elke keer als ik daar kwam, zin kreeg om te huilen. Dat de stroom mensen in het weekend langs het water en op de grindpaden, over de gazons en tussen de bomen in principe dezelfde was als aan het eind van de negentiende eeuw, versterkte dat gevoel: wij waren net als zij, alleen nog meer verloren.

Er bleef een man van mijn leeftijd voor me staan. Hij had iets bekends zonder dat ik precies kon zeggen wat. Hij had een brede, vooruitstekende kin en zijn hoofd was gladgeschoren om te verhullen dat hij kaal werd. Hij had dikke oorlelletjes en over zijn gezicht hing flauw een rozige waas.

'Is deze stoel vrij?' vroeg hij.

'Jazeker', zei ik.

Hij tilde hem voorzichtig op en droeg hem naar de tafel naast de onze, waaraan twee vrouwen en een man van in de zestig zaten, samen met een vrouw van begin dertig en wat haar twee kleine kinderen moesten zijn. Een gezin op stap met de grootouders.

Vanja gaf een van die vreselijke gillen waar ze de laatste weken mee was begonnen. Ze gilde uit alle macht. Het drong rechtstreeks in mijn zenuwstelsel door en was ondraaglijk. Ik keek naar haar. Het blik met de sleutels lag op de grond naast haar stoel. Ik pakte het op en legde het voor haar neer. Ze pakte het en slingerde het weer op de grond. Het had een spelletje kunnen worden als die gil er niet achteraan was gekomen.

'Niet zo gillen, Vanja', zei ik. 'Alsjeblieft.'

Ik stak mijn vork in de laatste halve aardappel, bijna geel op het witte bord, en bracht hem naar mijn mond. Terwijl ik kauwde, schoof ik de overgebleven stukjes gehakt bijeen, duwde ze met behulp van mijn mes op mijn vork, samen met een paar stukjes ui van de sla, slikte en bracht het geheel weer naar mijn mond. De man die de stoel had gepakt, was nu op weg naar het buffet, samen met de oudere man die naar ik aannam de vader van zijn vrouw was, aangezien niets van het karakteristieke uit het gezicht van de jongere in het minder opvallende uiterlijk van de oudere was terug te vinden.

Waar had ik hem eerder gezien?

Vanja gilde weer.

Ze was alleen ongeduldig, niets om me druk om te maken, dacht ik terwijl ik een beklemd gevoel op de borst kreeg van woede.

Ik legde mijn bestek op mijn bord en stond op, keek naar Linda, die ook algauw klaar was.

'Ik loop wat met haar rond', zei ik. 'In die gang daar. Wil je nog koffie of zullen we dat ergens anders doen?'

'We kunnen wel ergens anders heen gaan', zei ze. 'Of hier blijven.'

Ik sloeg mijn ogen ten hemel en boog voorover om Vanja op te tillen.

'Je hoeft niet zo met je ogen te rollen', zei Linda.

'Maar ik heb je een eenvoudige vraag gesteld', zei ik. 'Een ja-of-nee-vraag. Wil je dit of wil je dat? En daar kun je niet eens antwoord op geven.'

Zonder haar reactie af te wachten zette ik Vanja op de grond, pakte haar handjes vast en liep met haar voor me weg.

'Wat wil jij, dan?' vroeg Linda achter me. Ik deed alsof ik te druk met Vanja bezig was om het te horen. Meer ijverig dan doelbewust zette ze haar ene beentje voor het andere tot we bij de trap kwamen, waar ik voorzichtig haar handjes losliet. Even bleef ze een beetje wankel staan. Toen liet ze zich op haar knieën zakken en kroop de drie treden op. Op handen en knieën zette ze in volle vaart koers naar de uitgang, net een puppy. Toen de deur openging, ging ze op haar knieën zitten kijken naar de mensen die binnenkwamen, met grote ogen. Het waren twee dames op leeftijd. De achterste bleef staan en keek haar glimlachend aan. Vanja sloeg haar blik neer.

'Ze is een beetje verlegen, hè?' zei de vrouw.

Ik glimlachte beleefd, tilde Vanja op en nam haar mee naar buiten naar de binnenplaats. Ze wees naar een paar duiven die daar onder een tafel een paar broodkruimels oppikten. Toen keek ze omhoog en wees naar een meeuw die voorbij zeilde op de wind.

'Vogels', zei ik. 'En kijk, daarbinnen, achter de ramen? Daar zitten alle mensen.'

Ze keek eerst naar mij, toen naar hen. Haar blik was levendig, net zo vol expressie als open voor impressies. Als ik haar aankeek, had ik altijd het gevoel te zien wie ze was, dit heel specifieke kleine mensje.

'Maar, oef, was is het koud', zei ik. 'We gaan naar binnen, goed?'

Vanaf de trap zag ik dat Cora naar ons tafeltje was gekomen. Ze was gelukkig niet gaan zitten. Was met haar handen in haar zakken en een glimlach om haar lippen achter een stoel blijven staan.

'Wat is ze groot geworden!' zei ze.

'Ja', zei ik. 'Hoe groot is Vanja?'

Normaal gesproken was Vanja trots als ze die vraag kon beantwoorden door haar armen boven haar hoofd te strekken. Maar nu leunde ze haar hoofd tegen mijn schouder.

'Wij gaan maar eens op huis aan, goed?' zei ik terwijl ik Linda aankeek. 'Het duurt zeker wel een half uur voor de koffie komt nu.'

Ze knikte.

'Ja, wij gaan ook zo', zei Cora. 'Maar ik heb net met Linda afgesproken dat ik eens langskom. Dus we zien elkaar binnenkort weer.'

'Dat is gezellig', zei ik. Ik zette Vanja op mijn schoot en begon haar het winterpak aan te trekken. Keek Cora daarbij glimlachend aan om geen afwijzende indruk te maken.

'En, hoe is het vaderschapsverlof?' vroeg ze.

'Vreselijk', zei ik. 'Maar ik hou vol.'

Ze glimlachte.

'Ik meen het', zei ik.

'Dat begreep ik wel', zei ze.

'Karl Ove houdt altijd vol', zei Linda. 'Dat is zijn tactiek in dit leven.'

'Dat is toch eerlijk?' zei ik. 'Heb jij liever dat ik lieg?'

'Nee', zei Linda. 'Ik vind het alleen zo naar dat je het zo vervelend vindt.'

'Zó vervelend vind ik het niet', zei ik.

'Mijn moeder zit verderop te wachten', zei Cora. 'Leuk jullie te hebben ontmoet. Tot ziens!'

'Ja, tot ziens', zei ik.

Toen ze wegging keek ik Linda aan.

'Zo erg is het toch niet', zei ik en ik zette Vanja in de wagen, bond haar vast met het tuigje en schopte de rem van het wiel los.

'Nee', zei Linda, net kortaf genoeg om me te verstaan te geven dat het tegendeel het geval was. Zwijgend bukte ze zich en tilde ze de wagen op toen we bij de trap kwamen, zwijgend liep ze naast me over het plein naar de straat richting centrum. Ik had het gevoel alsof de koude wind tot in mijn beenmerg blies. Om ons heen was het een drukte van jewelste. Bij de bushaltes aan beide kanten van de weg stond het vol met in het zwart geklede, huiverende mensen die vanuit een bepaald gezichtspunt niet zo heel veel van vogels verschilden, namelijk de soort die dicht opeengepakt roerloos op een of ander rotsblok in de Antarctica voor zich uit staat te staren.

'Het was alleen zo fijn en romantisch gister', zei ze ten slotte toen we langs het Biologiska Museet liepen en vaag het water zagen dat verderop zwart tussen de takken van de bomen door glansde. 'En dan is het alsof daar vandaag niets meer van over is.'

'Ik ben geen romantisch mens, zoals je weet', zei ik.

'Nee, maar wat voor mens ben je eigenlijk wel?'

Ze keek me niet aan toen ze dat zei.

'Hou op', zei ik. 'Begin daar nu niet weer over.'

Mijn blik ontmoette die van Vanja en ik glimlachte naar haar. Ze leefde in haar eigen wereld die met die van ons werd verbonden door gevoelens en waarnemingen, lichamelijk contact en het geluid van onze stemmen. Tussen die werelden te wisselen, zoals ik nu deed, het ene moment boos te zijn op Linda en het volgende vrolijk te doen tegen Vanja, was merkwaardig, ik had net het gevoel alsof ik twee verschillende levens leidde. Maar zij leidde er maar een en dat zou algauw het andere binnendringen, als de onschuld verdween en ze iets verbond met wat er op momenten als dit tussen Linda en mij aan de hand was.

We kwamen bij de brug. Vanja's blik ging tussen de voorbijgangers heen en weer. Iedere keer als er een hond aankwam of als ze een motor zag, wees ze.

'Het idee dat we misschien nog een kind krijgen, maakte me zo gelukkig', zei Linda. 'Gister sowieso, maar ook vandaag nog. Ik moet er bijna de hele tijd aan denken. Schokjes van vreugde in mijn buik. Maar jij voelt dat niet zo. En daar word ik verdrietig van.

'Dan heb je het mis', zei ik. 'Ik was ook blij.'

'Alleen, dat ben je nu niet meer.'

'Nee', zei ik. 'Maar is dat zo gek? Ik ben gewoon niet in zo'n goed humeur.'

'Omdat je thuis bent met Vanja?'

'Onder andere, ja.'

'Zou het beter zijn als je kon schrijven?'

'Ja.'

'Dan moet Vanja maar naar de crèche', zei ze.

'Meen je dat?' zei ik. 'Ze is nog zo klein.'

Het was midden in het voetgangersspitsuur, dus op de brug, een flessenhals op weg van en naar Djurgården, werden we gedwongen langzaam te lopen. Linda hield de wagen met één hand vast. Hoewel ik daar een vreselijke hekel aan had, zei ik niets, dat was te lullig, vooral nu, nu we het over dit onderwerp hadden.

'Ja, ze is nog veel te klein', zei Linda. 'Maar er is een wachtlijst van drie maanden. Dan is ze zestien maanden. Dat is ook nog te klein, maar ...'

Toen we aan de overkant waren, sloegen we links af en liepen verder langs de kade.

'Wat zeg je nu eigenlijk?' zei ik. 'Aan de ene kant zeg je dat ze naar de crèche kan. Aan de andere kant zeg je dat ze nog te klein is.'

'Ik vind dat ze nog te klein is. Maar als kunnen werken voor jou een absolute noodzaak is, dan moet het maar. Ik kan mijn opleiding ook niet zomaar laten schieten.'

'Daar is toch nooit sprake van geweest. Ik heb gezegd dat ik Vanja tot de zomer zou nemen. En dat ze van de herfst naar de crèche gaat. Daar is geen verandering in gekomen.'

'Maar je hebt het helemaal niet naar je zin.'

'Ja, maar misschien is dat ook niet zo erg. Ik heb in elk geval geen zin om de boeman te spelen die alleen voor zijn eigen genoegen en tegen de wil van vrouwlief zijn kind te vroeg naar de crèche stuurt.'

Ze keek me aan. 'Als je mocht kiezen, wat koos je dan?'

'Als ik mocht kiezen ging Vanja maandag naar de crèche.'

'Ook al vind je dat ze nog te klein is?'

'Ja. Maar die keus is niet alleen aan mij, toch?'

'Nee, maar ik ben het ermee eens. Ik bel maandag en zet haar op de wachtlijst.'

We liepen een tijdje zwijgend door. Rechts van ons lagen de duurste en meest exclusieve woonobjecten in Stockholm. Een beter adres dan hier was in de stad niet te vinden. Daar zagen de gebouwen dan ook naar uit. De gevels gaven niets prijs, er drong niets naar buiten, de gebouwen leken nog het meest op burchten of vestingen. Binnen had je enorme appartementen met twaalf of veertien kamers, naar ik wist. Kroonluchters, adel, enorme hoeveelheden geld. Een leven waar ik geen idee van had.

Aan de andere kant lag het havenbekken, langs de kade diepzwart, verderop met witschuimende koppen. De lucht was zwaar en donker, de verlichting van de gebouwen aan de overkant net lichtende puntjes in het enorme grijs.

Vanja pruttelde wat en lag te woelen in de wagen zodat ze onderuit zakte en op haar zij belandde. Daardoor begon ze nog meer te pruilen. Toen Linda vooroverboog om haar omhoog te trekken, dacht ze even dat ze uit de wagen mocht en ze gaf een gil van frustratie toen ze begreep dat dat niet zo was.

'Wacht even', zei Linda. 'Ik kijk even of er een appel in de tas zit.'

Dat was het geval en het volgende moment was de frustratie als bij toverslag verdwenen. Terwijl wij doorliepen, zat zij tevreden aan de groene appel te knagen.

Nog drie maanden, dan zou het mei zijn. Dus ik won er niet meer dan twee maanden mee. Maar dat was tenminste iets.

'Misschien kan mama Vanja ook een paar vaste dagen per week nemen', zei Linda.

'Dat zou geweldig zijn', zei ik.

'We kunnen het haar morgen vragen.'

'Ik heb zomaar een vermoeden dat ze ja zegt', zei ik glimlachend.

Linda's moeder liet alles uit haar handen vallen en kwam aangerend zodra een van haar kinderen hulp nodig had. En al bestonden er vroeger grenzen, die waren weggevaagd nu er een kleinkind ter wereld was gekomen. Ze verafgoodde Vanja en zou alles, werkelijk alles voor haar doen.

'En, tevreden?' vroeg Linda en ze streelde me over mijn rug.

'Ja', zei ik.

'Ze is dan al een heel stuk groter', zei ze. 'Zestien maanden. Dat is niet zó klein meer.'

'Torje was tien maanden toen hij naar de crèche ging', zei ik. 'En hij heeft er geen merkbare schade aan overgehouden in elk geval.'

'En als ik écht zwanger ben, dan is de bevalling in oktober. Dan is het goed als Vanja aan structuur is gewend.'

'Ik geloof dat je dat bent.'

'Dat geloof ik ook. Nee, ik wéét het. Ik weet het al sinds gister.'

Toen we het plein voor Dramaten bereikten en bleven wachten tot het stoplicht op groen sprong, begon het te sneeuwen. De wind perste zich rond hoeken en over daken, kale takken zwaaiden heen en weer, wimpels klapperden. De arme vogels die door de lucht vlogen, zeilden er hulpeloos vandoor op de luchtstroom boven ons. We liepen naar de markt aan het eind van de Biblioteksgata, waar het gijzeldrama dat heel Zweden had geschokt en waar het begrip 'stockholmsyndroom' vandaan kwam, zich ergens in de onschuldige jaren zeventig had afgespeeld, en namen een van de achterafstraten naar NK om boodschappen te doen voor het etentje die avond.

'Jij kunt met haar naar huis gaan als je wilt terwijl ik boodschappen doe', zei ik, want ik wist dat Linda een hekel had aan winkels en winkelcentra.

'Nee, ik wil mee', zei ze.

Dus namen we de lift naar beneden naar de supermarkt in het souterrain, kochten *salsiccia*, tomaten, uien, peterselie en twee pakken rigatoni plus ijs en diepvriesbramen, namen de lift naar boven naar de etage waar de slijterij was en kochten een klein pakje witte wijn voor de tomatensaus en een pak rode wijn plus een flesje cognac. Onderweg nam ik de Noorse kranten mee die net waren gekomen: *Aftenposten, Dagbladet, Dagens Næringsliv* en VG, plus *The Guardian* en *The Times*, waarvoor in de loop van het weekend mogelijk, maar absoluut niet zeker, een uurtje de tijd zou zijn.

Toen we thuiskwamen, was het een paar minuten voor een. De flat op orde brengen, dat wil zeggen opruimen en schoonmaken, nam tamelijk exact twee uur in beslag. En dan lag die absurd grote stapel kleren er nog die gewassen moest worden. Maar we hadden alle tijd, Fredrik en Karin zouden pas om zes uur komen.

Linda zette Vanja in haar stoel en warmde een blikje babyvoeding op in de magnetron terwijl ik alle vuilniszakken pakte die zich hadden opgehoopt, in de eerste plaats die in de badkamer, waar de luiers niet alleen de afvalemmer vulden zodat de deksel recht omhoogstond, maar ook op een hoop op de grond lagen, en bracht ze naar de containerruimte op de begane grond. Aangezien het aan het eind van de week was, waren de vierkante containers er overvol. Ik deed alle deksels open en begon de verschillende soorten afval in de bak te gooien waarin ze hoorden: papier hier, gekleurd glas daar, doorzichtig glas daar, plastic hier, metaal hier, de rest daar. Zoals altijd kon ik vaststellen dat er in deze flat heel wat werd gedronken, een aanzienlijk deel van het papierafval bestond uit wijnpakken en bijna al het glas wat werd weggegooid, waren wijnflessen en flessen van sterkedrank. Bovendien lagen er altijd stapels tijdschriften, zowel de goedkope weekbladen die samen met de krant kwamen, als de dikkere, wat exclusievere, gespecialiseerde magazines. Vooral over mode, inrichting en landhuizen werd hier veel gelezen. In de korte muur zat in de hoek een provisorisch dichtgespijkerd gat dat iemand een keer op een nacht had gezaagd om de kapperszaak hiernaast binnen te komen. Ik had hen bijna betrapt: ik was op een ochtend om vijf uur opgestaan, was met een kop koffie in mijn hand naar buiten gegaan en had toen ik de gang uit kwam, het gierende alarm in de kapperszaak gehoord. Beneden stond iemand van de bewakingsdienst met een telefoon aan haar oor. Ze beëindigde het gesprek op het moment dat ik verscheen, vroeg of ik hier woonde. Ik knikte. Ze zei dat er net was ingebroken in de kapperszaak en dat de politie onderweg was. Ik ging met haar mee naar de fietsenkelder, waarvan de deur was opengebroken, en ontdekte het gat met een halve meter doorsnee in de gipsplatenmuur. Mij lagen een paar grapjes over ijdele dieven op de tong, maar ik liet het erbij, ze was Zweeds en zou of niet begrijpen wat ik zei, of daar een grapje over maken. Dat was een van de gevolgen van het feit dat ik hier woonde, dacht ik nu terwijl ik alle deksels dichtsloeg en de deur openmaakte om buiten een sigaret op te steken, namelijk dat ik gewoon minder praatte. Ik was gewoon opgehouden met bijna al die praatjes die je houdt met winkelbedienden en in cafés, met de conducteur in de trein, met toevallige mensen waarmee je in dezelfde situatie verkeert. Een van de fijnste dingen als ik terug was in Noorwegen, was hoe de vertrouwdheid met mensen die ik niet kende terugkeerde en ik onbewust mijn schouders weer liet zakken. En al die kennis die je over je landgenoten bezat en die me bijna overspoelde als ik de aankomsthal op Gardermoen binnenkwam: die man komt uit Bergen, die vrouw uit Trondheim, daar had je zowaar een Arendaler, en die vrouw daar, kwam zij niet uit Birkeland? Hetzelfde gold voor de nuances in het maatschappelijk beeld. Wat mensen voor werk deden, wat voor achtergrond ze hadden: alles werd in de loop van seconden duidelijk terwijl dat in Zweden altijd verborgen bleef. Op die manier verdween er een hele wereld. Hoe moest het dan wel niet zijn om in een Afrikaanse stad te wonen? Of in een Japanse?

Buiten sloeg de wind me tegemoet. De sneeuw die was gevallen, gleed in dichte kronkels over het asfalt, werd hier en daar in sluiers opgewerveld alsof ik op een of andere hoogvlakte liep en niet op een binnenplaats in een stad aan de Oostzee. Ik ging onder de overkapping bij de poort staan, waar de prikkende korreltjes sneeuw slechts sporadisch doordrongen, alleen met heel harde windvlagen. De duif stond onbeweeglijk op zijn plekje in de hoek, volkomen onaangedaan bij mijn aanwezigheid en bewegingen. Het café aan de andere kant van de straat zat bomvol, zag ik, voor het merendeel met jongeren. Buiten op het trottoir liep zo nu en dan een voetganger langs, kromgebogen tegen de wind. Allemaal draaiden ze hun hoofd naar me om.

De inbraak waarvan ik bijna getuige was geweest, was niet de enige. Aangezien de flat midden in het centrum lag, drongen er nu en dan daklozen binnen. Op een ochtend had ik er eentje in de waskelder aangetroffen, hij lag helemaal achteraan te slapen, naast een van de wasmachines, misschien aangetrokken door de warmte die het ding afgaf, net als een kat. Ik had de deur met een klap dichtgegooid, was naar boven gegaan en had een paar minuten gewacht, toen ik weer beneden kwam was hij verdwenen. Ook in de kelder had ik eens een dakloze betrapt, dat was om een uur of tien 's avonds, ik zou iets uit onze berging halen en daar zat hij, tegen de muur, ongeschoren en met een doordringende blik, hij keek me aan. Ik knikte hem toe, maakte het slot van de berging los en toen ik had gepakt wat ik moest hebben, liep ik terug. Natuurlijk hoorde je de politie te bellen, alleen al vanwege het brandgevaar, maar ze vielen me niet lastig, dus ik liet ze hun gang gaan.

Ik drukte mijn peuk uit tegen de muur en nam hem keurig mee naar de grote asbak terwijl ik bedacht dat ik nu eens serieus moest stoppen, het was alsof mijn longen in brand stonden de laatste tijd. En hoeveel jaar werd ik intussen 's ochtends niet wakker met mijn keel vol taai slijm? Maar niet vandaag, nooit vandaag, zei ik halfluid tot mezelf, zoals ik me de laatste tijd had aangewend, en ik ging weer naar binnen.

Terwijl ik de flat schoonmaakte, hoorde ik de hele tijd waar Linda en Vanja mee bezig waren: Linda las Vanja voor, ze pakte speelgoed voor haar waarmee ze meestal op de grond begon te bonken – ik stond een paar keer op het punt in te grijpen, maar de buurvrouw was blijkbaar niet thuis, dus liet ik het erbij – ze zong liedjes voor haar, ze at tussendoor wat met haar. Af en toe kwamen ze binnen om te kijken waar ik mee bezig was, Vanja op Linda's arm hangend, af en toe probeerde Linda de krant te lezen terwijl Vanja in haar eentje speelde, maar het duurde maar een paar minuten of ze eiste Linda's volle aandacht weer op. Die ze haar altijd weer gaf! Ik moest me inhouden, er niet heen gaan om te zeggen wat ik daarvan vond, er was zo weinig voor nodig of ze vatte het op als kritiek. Als er nog een kind kwam, zou die strenge dynamiek misschien doorbroken worden. En kwam er daarna nog eentje, dan zou dat gegarandeerd het geval zijn.

Toen ik klaar was, ging ik met een stapel kranten op de bank zitten. Het enige wat nog moest gebeuren, was het tafelkleed strijken, de tafel dekken en het eten klaarmaken. Maar het was een eenvoudig gerecht, dat kostte niet meer dan een half uur, dus ik had alle tijd. Buiten werd het al donker. In de flat boven ons klonk gitaarspel, van de bebaarde veertiger die zijn bluesnummers oefende.

Linda stond in de deuropening.

'Neem jij Vanja?' vroeg ze. 'Ik wil ook even pauze.'

'Ik zit net', zei ik. 'En ik heb die hele verdomde flat schoongemaakt, zoals je beslist hebt gemerkt.'

'En ik heb Vanja gehad', zei ze. 'Denk je dat dat minder inspannend is?'

Ja, dat dacht ik. Ik kon Vanja hebben én de flat schoonmaken. Er werd een beetje bij gehuild, maar het ging prima. Die richting mocht het echter niet uitgaan, wilde ik een hevige confrontatie vermijden.

'Nee, dat denk ik niet', zei ik. 'Maar ik heb Vanja de hele week al.'

'Dat heb ik ook', zei ze. 's Ochtends en 's middags.'

'O, kom op', zei ik. 'Ik ben degene die met haar thuis is.'

'En toen ik met haar thuis was, wat deed jij toen? Nam jij haar toen 's ochtends en 's middags misschien? En ben ik elke dag naar het café gegaan als je thuiskwam, zoals jij?'

'Oké', zei ik. 'Ik neem haar wel. Ga zitten.'

'Niet als het zo moet. Dan neem ik haar zelf wel.'

'Wat maakt het nou uit hoe? Ik neem haar, jij houdt pauze. Klaar.'

'En jij gaat de hele tijd naar buiten en houdt rookpauzes. Dat doe ik niet. Heb je daar aan gedacht?'

'Dan moet je maar gaan roken', zei ik.

'Misschien moest ik dat maar doen', zei ze.

Ik liep langs haar zonder haar aan te kijken, ging naar Vanja, ze zat op de grond op een blokfluit te blazen die ze in haar ene hand hield terwijl ze met de andere op en neer zwaaide. Ik ging bij de vensterbank staan en sloeg mijn armen over elkaar. Vanja op haar wenken bedienen zou ik in elk geval niet. Een paar minuten zonder te worden beziggehouden moest lukken, net als met andere kinderen.

In de kamer hoorde ik Linda in een krant bladeren.

Zou ik tegen haar zeggen dat zij het tafelkleed moest strijken, de tafel moest dekken en het eten klaar moest maken? Of gewoon als het ware verrast zeggen dat dat nu haar taak was als ze Vanja weer kwam halen? Want we hadden toch geruild?

Op dat moment begon zich een scherpe geur van verrotting in de kamer te verspreiden. Vanja blies niet langer op de blokfluit, maar zat doodstil voor zich uit te staren. Ik draaide me om en keek uit het raam. De sneeuwkorrels die beneden door de straat joegen, waar het schijnsel van de heen en weer wiegende straatlantaarns ze opving, die daarboven echter onzichtbaar waren tot het moment dat ze met een o zo lichte, nauwelijks hoorbare tik tegen het raam sloegen. De deur van US VIDEO die voortdurend open- en dichtging. De auto's die langsreden, in intervallen geregeld door een voor mij onzichtbaar stoplicht. De ramen van de flat aan de overkant van de straat, die zo ver weg lag dat de bewoners slechts zichtbaar waren als vage onderbrekingen in het zachte licht achter het glas.

Ik draaide me weer om.

'Ben je klaar?' vroeg ik aan Vanja en ik keek haar aan. Ze glimlachte. Ik pakte haar onder haar armen op en wierp haar op het bed. Ze begon te lachen.

'Nu ga ik je luier even verschonen', zei ik. 'En dan is het belangrijk dat je doodstil blijft liggen. Begrijp je dat?'

Ik tilde haar op en wierp haar nog een keer neer.

'Begrijp je dat, jij kleine trol?'

Ze moest zo lachen dat ze bijna geen lucht meer kreeg. Toen ik haar broek uittrok, draaide ze zich om en kroop zo snel als ze kon over het bed. Ik pakte haar bij haar enkels en trok haar terug.

'Je moet stil blijven liggen, zie je', zei ik en even was het alsof ze het echt begreep, want ze lag me roerloos aan te kijken met die ronde kijkers. Ik tilde met één hand haar beentjes op terwijl ik met de andere de lipjes van de luier lostrok en hem uitdeed. Op dat moment probeerde ze zich te bevrijden en draaide ze zich om, maar aangezien ik haar stevig vasthield, stond ze plotseling als een epilepticus in een boog.

'Nee, nee, nee', zei ik en ik wierp haar weer terug. Ze moest lachen, ik trok zo snel ik kon een paar natte doekjes uit het pak, ze rolde weer op haar buik, ik drukte haar neer en veegde haar schoon terwijl ik door mijn neus ademde en probeerde me niets aan te trekken van de irritatie waarvan ik intussen bijna stijf stond. Ik was vergeten de volle luier weg te leggen, ze kwam er met haar hele voetje in, ik duwde hem weg en veegde haar voet nogal halfslachtig schoon, want ik wist dat natte doekjes niet meer voldeden. Ik tilde haar op en droeg haar naar de badkamer, waar ik met haar spartelend onder mijn arm de douchekop uit de houder nam, de kraan opendraaide, het water tegen de rug van mijn hand op temperatuur bracht en voorzichtig haar hele onderlijfje begon schoon te spoelen terwijl zij probeerde de gele rand van het douchegordijn te pakken te krijgen. Toen ik klaar was, droogde ik haar af met een handdoek en wist haar, na nog een paar vluchtpogingen te hebben verijdeld, een schone luier om te doen. Toen moest de vuile worden opgepakt en in een plastic zak gestopt, die werd dichtgeknoopt en voor de buitendeur werd gedeponeerd.

In de kamer zat Linda in de krant te bladeren. Vanja sloeg op de grond met een van de blokken die ze van Öllegård voor haar eerste verjaardag had gekregen. Ik ging met mijn armen onder mijn hoofd op bed liggen. Het volgende moment werd er op de buizen gebonkt.

'Trek je niets van haar aan', zei Linda. 'Laat Vanja spelen zoals ze wil.'

Maar dat kon ik niet. Ik kwam overeind, liep naar Vanja toe en nam haar het blok af. Gaf haar in plaats daarvan een stoffen lam. Dat wierp ze weg. Zelfs toen ik met een raar stemmetje begon te praten en het lam heen en weer bewoog, toonde ze geen interesse. Ze wilde de blokken hebben, het geluid als ze tegen het parket sloegen beviel haar. Dan moest ze ze maar hebben. Ze pakte er twee uit de kist en begon ermee op de grond te beuken. Nog geen seconde later begon het gebonk tegen de buizen weer. Wat was dat nou, stond ze soms beneden te wáchten? Ik pakte ook een blok uit de kist en hamerde er uit alle macht mee op de radiator. Vanja keek lachend naar me op. Het volgende moment hoorde ik hoe de deur op de verdieping onder ons met een klap werd dichtgeslagen. Ik liep door de kamer naar de gang. Toen er werd gebeld, trok ik onze deur met een ruk open. De Russin keek me met een woedende blik aan. Ik deed een stap het portiek in zodat ik slechts een paar centimeter van haar vandaan stond.

'Wat moet je hier, VERDOMME?' schreeuwde ik. 'Wat heb je hier GODSAMME te zoeken? Ik wil je hier niet zien. BEGRIJP je dat?'

Dat had ze niet verwacht. Ze deed een stap achteruit, wilde iets zeggen, maar op het moment dat het eerste woord aan haar lippen ontsnapte, barstte ik weer los.

'MAAK GODVERDOMME DAT JE WEGKOMT!' riep ik. 'KOM JE HIER NOG EEN KEER AAN DE DEUR, DAN BEL IK DE POLITIE!'

Op dat moment kwam een vrouw van in de vijftig de trap op. Zij was een van de bewoners van de etage boven ons. Ze hield haar blik op de grond gericht terwijl ze langsliep. Maar toch, een getuige. Misschien schonk dat de Russin nieuwe moed, want ze ging niet weg.

'BEGRIJP JE NIET WAT IK ZEG? BEN JE ZO GODALLEJEZUS STOM? MAAK DAT JE WEGKOMT, ZEG IK. VERDWIJN! VERDWIJN!'

Toen ik dat laatste zei, deed ik nog een stap in haar richting. Ze draaide zich om en begon de trap af te lopen. Na een paar passen draaide ze zich weer naar mij toe.

'Dit krijgt gevolgen', zei ze.

'Daar heb ik schijt aan', zei ik. 'Wie denk je dat ze zullen geloven? Een eenzame, drankzuchtige Russin of een succesvol paar met een klein kind?'

Daarop deed ik de deur dicht en ging naar binnen. Linda stond in de deuropening van de kamer naar me te kijken. Ik liep langs haar zonder haar aan te kijken.

'Dat was misschien niet zo slim', zei ik. 'Maar het gaf een goed gevoel.'

'Dat begrijp ik', zei ze.

Ik liep naar de slaapkamer en pakte Vanja de blokken af, legde ze in de kist, die ik op de commode zette zodat ze er niet bij kon. Om haar aandacht af te leiden en de vertwijfeling die zich aandiende, geen kans te geven, tilde ik haar op en zette haar in de vensterbank. Zo stonden we een tijdje naar de auto's te kijken. Maar ik was te veel van slag om lang stil te kunnen blijven staan, dus ik zette haar weer op de grond en ging naar de badkamer, waar ik mijn handen, altijd zo koud in de winter, met warm water waste, ze afdroogde en naar mijn spiegelbeeld bleef staan kijken, dat helemaal niets van de gedachten of gevoelens verraadde die zich in mij roerden. De misschien opvallendste erfenis uit mijn jeugd was dat ik bang werd van luide stemmen en agressie. Ruzies en scènes waren het ergste wat ik kende. En als volwassene was het me lang gelukt ze uit de weg te gaan. In geen van de relaties die ik had gehad, waren luide uitbarstingen voorgekomen, al die dingen verliepen volgens mijn methode en dat was met ironie, sarcasme, onvriendelijkheid, bokken en zwijgen. Pas toen Linda in mijn leven verscheen, kwam daar verandering in. En hoe. En ik? Ik was bang. Het was geen rationele angst – fysiek was ik natuurlijk veel sterker dan zij en als het om het evenwicht in onze relatie ging, had zij mij meer nodig dan ik haar, in die zin dat ik goed alleen kon zijn, dat alleen zijn niet alleen een mogelijkheid voor me vormde, maar zelfs iets verlokkends had, terwijl zij meer dan wat ook bang was om alleen te blijven – maar ondanks dat, ondanks dat de krachten tussen ons zo verdeeld waren, was ik bang als ze me aanviel. Bang zoals toen ik klein was. O, trots was ik daar niet op, maar wat hielp het? Het was niet iets wat ik met mijn gedachten of met mijn wil kon sturen, op een dergelijk moment kwam er iets heel anders in me boven, iets wat dieper zat, daar waar het fundament van mijn karakter misschien wel lag. Linda merkte natuurlijk niets van dat alles. Dat ik bang was, was niet aan me te zien. Als ik in de tegenaanval ging, gebeurde het dat mijn stem oversloeg, want de tranen brandden achter mijn ogen, maar voor zover ik wist kon dat in haar ogen net zo goed van woede zijn. Nee, ergens moest ze er een vermoeden van hebben. Misschien wist ze alleen niet precies hoe erg het voor me was.

Toch had ik er wel iets van geleerd. Iemand uitschelden zoals ik net met die Russin had gedaan, was nog maar een jaar geleden ondenkbaar geweest. Maar in haar geval kon van een verzoening natuurlijk geen sprake zijn. Hierna was alleen verdere escalatie mogelijk.

En wat dan nog?

Ik pakte de vier IKEA-tassen met vuil goed, die ik volkomen was vergeten, en nam ze mee naar de gang. Trok mijn schoenen aan en riep luid dat ik naar de kelder ging om te wassen. Linda verscheen in de deuropening.

'Moet dat nu?' vroeg ze. 'Je komt toch wel gauw terug? We hebben nog niets aan het eten gedaan …'

'Het is nog maar half vijf', zei ik. 'En er is pas donderdag weer een mogelijkheid.'

'Oké', zei ze. 'Is het weer goed tussen ons?'

'Ja', zei ik. 'Natuurlijk.'

Ze kwam naar me toe en we kusten elkaar.

'Ik hou van je, zie je', zei ze.

Vanja kwam vanuit de kamer aangekropen. Ze pakte Linda's broekspijp vast en trok zich omhoog.

'Hé, wil je er ook bij?' vroeg ik en ik tilde haar op. Ze legde haar hoofdje tussen die van ons. Linda lachte.

'Oké', zei ik. 'Dan ga ik nu een machine aanzetten.'

Met in elke hand twee tassen waggelde ik de trappen af. De onrust bij de gedachte aan de buurvrouw, die absoluut onvoorspelbaar was en nu bovendien nog diep gekwetst ook, zette ik uit mijn hoofd. Wat kon er eigenlijk gebeuren? Ze zou heus niet met een mes in haar hand aan komen stormen. Stiekeme wraak, dat was haar ding.

Niemand op de trap, niemand in de gang, niemand in de kelder. Ik deed het licht aan, sorteerde de kleren zo dat ik vier stapels kreeg: gekleurd veertig, gekleurd zestig, wit veertig, wit zestig, en stopte twee van die stapels in de enorme machines, deed poeder in het uittrekbare laadje aan de voorkant, en zette ze aan.

Toen ik weer bovenkwam, had Linda muziek opgezet, een van de platen van Tom Waits die waren uitgekomen nadat mijn belangstelling voor hem was getaand en ze me dus niet meer zeiden dan dat ze naar Tom Waits klonken. Linda had zijn teksten een keer vertaald voor een voorstelling in Stockholm, een van de leukste en meest bevredigende dingen die ze ooit had gedaan naar ze zei, en ze had nog steeds iets speciaals, om niet te zeggen intiems met zijn muziek.

Ze had glazen, bestek en borden uit de keuken gehaald en op tafel gezet. Er lagen ook een tafelkleed, nog opgevouwen, en een stapel kreukelige servetten.

'Die moeten we eigenlijk strijken, zeker?' vroeg ze.

'Ja, als we een tafellaken nemen, wel. Kun jij strijken, dan begin ik met het eten.'

'Oké.'

Ze pakte de strijkplank uit de kast terwijl ik naar de keuken ging en de ingrediënten tevoorschijn haalde. Ik zette een gietijzeren pan op het fornuis en zette de kookplaat aan, deed een beetje olie in de pan, haalde de schil van de knoflook en was bezig hem fijn te hakken toen Linda binnenkwam om de spuitfles uit de kast onder de aanrecht te pakken. Ze schudde hem even heen en weer om te kijken of er water in zat.

'Maak je het zonder recept?' vroeg ze.

'Ik ken het zo langzamerhand uit mijn hoofd', zei ik. 'Hoe vaak hebben we dit gerecht nu geserveerd? Twintig keer?'

'Maar zij hebben het nog niet gehad', zei ze.

'Nee', zei ik en terwijl zij weer naar de kamer ging, hield ik de snijplank boven de pan en liet de witte schijfjes erin glijden.

Buiten sneeuwde het nog steeds, een beetje stiller nu. Ik dacht eraan dat ik over twee dagen weer op mijn kantoor zou zitten en er ging een schok van vreugde door me heen. Misschien zou Ingrid Vanja zelfs drie in plaats van maar twee dagen per week kunnen nemen? Meer verlangde ik feitelijk niet van het leven. Ik wilde mijn rust hebben, en ik wilde schrijven.

Van al haar vrienden kende Linda Fredrik het langst. Ze hadden elkaar ontmoet toen ze op hun zestiende allebei in de garderobe van Dramaten hadden gewerkt, en waren daarna in contact gebleven. Hij was filmregisseur en produceerde op het moment voornamelijk reclamefilms terwijl hij zijn kans afwachtte om zijn eerste speelfilm te kunnen maken. Zijn klanten waren grote bedrijven, zijn spots waren voortdurend op tv, dus ik ging ervan uit dat hij goed was en dat hij meer dan doorsnee verdiende. Hij had drie korte films gemaakt waarvoor Linda het scenario had geschreven, en één iets langere. Hij had dicht bij elkaar staande blauwe ogen en blond haar. Een groot hoofd, een mager lichaam en zijn karakter had iets ontwijkends, of misschien eerder onduidelijks, waardoor het moeilijk was te weten wat je aan hem had. Hij giechelde meer dan dat hij lachte en was gemakkelijk in de omgang, wat er alles bij elkaar snel toe kon leiden dat je hem verkeerd inschatte. Dat gemakkelijke maskeerde niet per se een grote diepzinnigheid of zwaarwichtigheid, het deed zijn werk eerder in het verborgene. Fredrik had iets, maar wát precies, daar had ik geen idee van. Alleen het feit dat er iets was, misschien op een dag omgezet in een grootse film, misschien ook niet, maakte echter dat ik nieuwsgierig naar hem was. Hij was slim, liet zich niet snel afschrikken en hij moest er vele jaren geleden achter zijn gekomen dat hij niet zo veel te verliezen had. Zo schatte ik zijn karakter in elk geval in. Volgens Linda was zijn sterke punt als regisseur dat hij zo goed met de acteurs overweg kon, ze exact gaf wat ze nodig hadden om optimaal te presteren en als ik hem zag, begreep ik wat ze bedoelde: hij was een vriendelijke ziel die iedereen die hij tegenkwam, complimenten gaf, en dat onbedreigende in zijn gedrag bracht je er gemakkelijk toe jezelf sterk te voelen, terwijl het berekenende in hem daar weer voordeel uit wist te behalen. De acteurs konden gerust over hun rol discussiëren en proberen er tot op de bodem in door te dringen, maar het geheel, dat waar de eigenlijke bedoeling lag, kregen ze onderweg niet te zien, dat kende alleen hij.

Ik mocht hem, maar ik kon niet met hem praten en probeerde elke situatie te vermijden waarin we met zijn tweeën waren. Naar mijn gevoel deed hij hetzelfde.

Zijn vriendin, Karin, kende ik minder goed. Ze zat op dezelfde hogeschool als Linda, maar volgde de opleiding filmscenario's. Aangezien ook ik schreef, zou ik iets met haar werk moeten kunnen, maar omdat bij het schrijven van filmscenario's het ambachtelijke zo op de voorgrond staat, het om weet ik wat aan spanningsbogen gaat, om de ontwikkeling van karakters, om plot en nevenplot, opbouw en keerpunt, meende ik weinig te kunnen bijdragen en mobiliseerde ik nooit meer dan mijn beleefde belangstelling. Ze had zwart haar, bruine, smalle ogen en de huid van haar gezicht, ook dat smal, was wit. Ze straalde een zekere zakelijkheid uit die goed paste bij het lichtelijk onnozele en kinderlijke in Fredriks karakter. Ze hadden één kind en verwachtten er nog één. In tegenstelling tot ons kregen zij dingen voor elkaar, hun huis was op orde, ze trokken er met hun kind op uit en ondernamen dingen. Linda en ik hadden het daar vaak over nadat wij bij hen of zij bij ons waren geweest, waarom in hemelsnaam dingen die voor ons onbereikbaar leken, hun zo gemakkelijk leken af te gaan.

Er viel veel voor te zeggen dat we met hen als stel bevriend waren: we waren even oud, we waren met dezelfde dingen bezig, hoorden tot dezelfde cultuur en we hadden allebei kinderen. Maar er was altijd iets wat ontbrak, het was altijd alsof we elk aan de andere kant van een middelgrote kloof stonden, het gesprek ging nooit vanzelf, kwam nooit echt op gang. En de enkele keer dat dat wel het geval was, gebeurde dat tot ieders vreugde en opluchting. Het lag voor een aanzienlijk deel aan mij dat het niet zo lekker liep, zowel aan mijn uitvoerige stiltes als aan het lichte onbehagen dat me overviel als ik al eens iets zei. Die avond verliep grotendeels op dezelfde manier. Ze kwamen een paar minuten over zes, we wisselden beleefdheden uit, Fredrik en ik dronken elk een gin-tonic, we gingen aan tafel, vroegen naar het een of ander, informeerden hoe het er hier of daar mee stond en zoals altijd bleek duidelijk hoe veel meer bedreven zij daar in waren dan wij, of in ieder geval dan ik, die zelfs in mijn dromen niet op het idee zou komen zomaar het initiatief te nemen, plotseling iets te vertellen over wat ik had beleefd of gedacht in een poging daar een gesprek over op gang te brengen. Ook Linda deed dat niet zo vaak, haar strategie was er meer op gericht zich naar hen te richten, naar iets te vragen en daar dan verder op in te gaan, tenzij ze zich zo op haar gemak voelde en het zo naar haar zin had dat zij net zo vanzelfsprekend het initiatief nam als ik dat niet deed. Als ze dat deed, werd het een fijne avond, dan waren er drie spelers die niet aan het spel dachten.

Ze prezen het eten, ik ruimde de tafel af, zette koffie en dekte voor het toetje, terwijl Karin en Fredrik hun kind naar de slaapkamer brachten, naast het ledikantje waarin Vanja al sliep.

'Jouw appartement is vlak voor de Kerst trouwens op de Noorse tv geweest', zei ik toen hun zoontje sliep en ze allebei weer waren gaan zitten om zich van ijs en warme bramen te voorzien.

'Jouw appartement', dat was mijn kantoor, eigenlijk een eenkamerappartement met bad en een kleine keuken, dat ik van Fredrik huurde.

'O ja?' zei hij.

'Ik ben geïnterviewd door *Dagsrevyen*, een Noors actualiteitenprogramma. Eerst wilden ze dat hier thuis doen. Dat weigerde ik natuurlijk. Toen hoorden ze dat ik op het moment met vaderschapsverlof was en vroegen ze of ze me samen met Vanja konden filmen. Uiteraard zei ik ook daar nee op. Maar ze bleven zeuren. Ze hoefden haar niet te filmen, de kinderwagen was voldoende. Of ik de wagen door de stad kon duwen en haar dan bijvoorbeeld bij Linda kon afgeven, waarna het interview zou beginnen. Wat moest ik zeggen?'

'Nee, bijvoorbeeld?' zei Fredrik.

'Maar ik moest ze toch iets geven. Ze wilden het absoluut niet in een café ofzo doen. Het moest ergens over gáán. Dus toen ben ik in jouw kantoor geïnterviewd plus dat ik in Gamla Stan een engel voor Vanja moest kopen. O, het was zo stom dat ik zin kreeg om te janken. Maar zo is het nu eenmaal. Je moet ze iets geven.'

'Het ging toch goed?' zei Linda.

'Nee, dat is niet waar', zei ik. 'Ik weet alleen niet hoe het beter had kunnen worden, eigenlijk. Onder die omstandigheden.'

'Dus in Noorwegen heb je een naam?' vroeg Fredrik en hij keek me met een sluwe grijns aan.

'Nee, nee', zei ik. 'Het was alleen omdat ik voor die prijs ben genomineerd.'

'Aha', zei hij. Toen lachte hij. 'Ik zat je maar wat te jennen. Om je de waarheid te zeggen heb ik net een passage uit je roman in een Zweeds tijdschrift gelezen. Het sprak enorm tot de verbeelding.'

Ik glimlachte naar hem.

Om de aandacht af te leiden van het feit dat het onderwerp waarover ik net was begonnen, iets opschepperigs had, stond ik op en zei: 'O ja, dat is waar ook. We hebben een half flesje cognac gekocht voor na het eten vandaag. Wil je misschien een beetje?' en ik was al op weg naar de keuken voor hij kon antwoorden. Toen ik terugkwam ging het gesprek intussen over alcohol en de borst geven, een combinatie die volkomen zonder risico was, in elk geval in geringe hoeveelheden, zoals een arts tegen Linda had gezegd, maar die ze toch niet aandurfde aangezien de Zweedse gezondheidsraad totale onthouding adviseerde. Maar alcohol en zwanger zijn was één ding, dan kwam het embryo immers direct met het bloed van de moeder in contact, de borst geven was echter iets heel anders. Vervolgens ging het al snel over zwangerschappen in het algemeen en daarna over bevallingen. Ik stemde zo nu en dan in, voegde hier en daar iets toe, verder zat ik grotendeels stil te luisteren. Bevallingen zijn een intiem en gevoelig onderwerp van gesprek voor vrouwen, er kan veel prestige achter schuilgaan en het enige wat je als man eigenlijk te doen staat, is je er absoluut buiten te houden. Absoluut geen standpunt in te nemen. Dat deden Fredrik en ik dan ook geen van beiden. Tot het onderwerp keizersnede op tafel kwam. Toen kon ik me niet meer inhouden.

'Het is toch absurd dat een keizersnede een alternatieve manier is om je kind ter wereld te brengen', zei ik. 'Als er een medische indicatie voor is, kan ik het begrijpen. Maar als dat niet het geval is en de moeder gezond en in goede conditie is, waarom zou je dan haar buik opensnijden om het kind er op die manier uit te halen? Ik heb het een keer op tv gezien en sodeju, ik vond het maar cru: het ene moment lag het nog in de buik, het volgende bevond het zich daarbuiten in het volle licht. Dat moet voor de baby een enorme schok zijn. En voor de moeder ook. De bevalling is toch een overgang en het feit dat het langzaam gaat is toch een manier om je voor te bereiden, zowel voor de moeder als voor het kind. Ik twijfel er geen moment aan dat dat niet zonder bedoeling is, dat het om een bepaalde reden zo gebeurt. En dan ziet men van dat hele proces af, inclusief alles wat er gedurende die tijd in het kind op gang wordt gebracht en wat volkomen buiten onze invloed plaatsvindt, omdat het gemakkelijker is de buik open te snijden en de baby eruit te halen. Dat is belachelijk als je het mij vraagt.'

Het bleef stil. De stemming was bedorven. Linda keek pijnlijk getroffen. Ik begreep dat ik zonder het te weten een grens had overschreden. De situatie moest worden gered, maar aangezien ik niet wist wat ik verkeerd had gedaan, kon ik dat niet doen. In plaats daarvan deed Fredrik het.

'Een echte reactionaire Noor!' zei hij glimlachend. 'En een schrijver bovendien. Hé, Hamsun!'

Ik keek hem verbaasd aan. Hij knipoogde naar me en glimlachte weer. Die hele verdere avond noemde hij me Hamsun. Hé, Hamsun, heb je nog wat koffie? zei hij bijvoorbeeld. Of: Wat vindt Hamsun daarvan? Zullen we in de natuur gaan wonen of zullen we in de stad blijven?

Dat laatste was een onderwerp waar we het vaak over hadden, want niet alleen Linda en ik overwogen uit Stockholm weg te gaan, en eventueel naar een van de eilanden langs de zuid- of de oostkust van Noorwegen te verhuizen, ook Fredrik en Karin deden dat, vooral Fredrik, die romantische voorstellingen koesterde van een leven ergens in het bos en ons af en toe zelfs foto's liet zien van een boerderijtje dat hij op internet had ontdekt en dat te koop stond. Maar dat ge-hamsun op het laatst plaatste onze motivatie plotseling in een heel ander licht. En dat alleen omdat ik had gezegd dat een keizersnede misschien niet de beste methode was om een kind ter wereld te brengen.

Waarom toch?

Toen ze waren vertrokken, onder een heleboel bedankjes voor een gezellige avond en het vaste voornemen dat we dit moesten herhalen, en nadat ik de kamer had opgeruimd, de tafel had afgeruimd en de vaatwasser had aangezet, bleef ik nog een tijdje zitten terwijl Linda en Vanja al sliepen in de kamer ernaast. Ik was het niet meer zo gewend te drinken, dus ik voelde de cognac, een behaaglijke vlam die vlak achter de gedachten brandde en er een gloed van nonchalance over wierp. Maar dronken was ik niet. Nadat ik ongeveer een half uurtje onbeweeglijk op de bank had gezeten, zonder aan iets speciaals te denken, ging ik naar de keuken, dronk een paar glazen water, pakte een appel en ging voor mijn laptop zitten. Toen hij was opgestart, ging ik naar Google Earth. Ik draaide de aardbol langzaam rond, vond het puntje van Zuid-Amerika en gleed stukje bij beetje omhoog, eerst op grote afstand, tot ik een soort fjord zag die het land binnendrong en waar ik langzaam op in zoomde. Door een dal stroomde een rivier, aan de ene kant verhieven de bergen zich steil en kartelig naar de hemel, aan de andere kant vertakte de rivier zich in iets wat een moerassig gebied leek te zijn. Verder weg aan de zogenaamde fjord lag een stad, Rio Gallegos. De straten die haar in wijken verdeelden, waren loodrecht. Uit de hoogte van de auto's op straat begreep ik dat de huizen laag waren. De meeste hadden een plat dak. Brede straten, lage huizen, platte daken: provincie. Hoe dichter je bij zee kwam, hoe spaarzamer de bebouwing werd. De oevers buiten de stad maakten een verlaten indruk, met uitzondering van een paar havencomplexen. Ik zoomde weer uit en zag de groenige waas van de ondiepe plekken die zich hier en daar vanaf de kust in zee uitstrekten, het donkere blauw waar het diep werd. De wolken die boven de zeespiegel hingen. Toen volgde ik de kust verder naar boven, door dit verlaten landschap dat Patagonië moest zijn, en bleef bij een andere stad hangen, Puerto Deseado. Hij was klein en had iets bijna woestijnachtig onvruchtbaars. Midden in de stad lagen een berg, zo goed als onbebouwd, en twee meren die een doodse indruk maakten. Aan de kust een raffinaderij en kades met grote tankschepen. Het landschap rondom de stad was leeg, hoge, kale bergen, hier en daar een smalle weg die zich landinwaarts kronkelde, nu eens een meer, dan weer een dal met een rivier, bomen, huizen. Ik verplaatste de cursor wat verder weg en zoomde in op Buenos Aires, dat aan de baai lag met aan de andere kant Montevideo, koos een plek helemaal langs de kustlijn en landde op het vliegveld. De vliegtuigen stonden als een zwerm witte vogels bij de terminal, op een steenworp afstand van het water, waar een door bomen omzoomde weg langsliep. Ik volgde hem en kwam uit bij iets wat drie enorme zwembaden midden in een park leken. Wat zou dat zijn? Ik zoomde verder in. Aha! Een zwemparadijs! Daarachter, aan de overkant van de weg die door dit nogal grote, open gebied liep, bevond zich Estadion River Plate, naar ik wist. Dat was opvallend breed, er lag niet alleen een hardloopbaan omheen, maar erachter, voordat de tribune oprees, was nog een veld. Een van de eerste dingen die ik op tv had gezien, voor zover ik me kon herinneren, was de finale van de wereldkampioenschappen 1978 tussen Nederland en Argentinië, die hier werd gespeeld. De witte confetti, de enorme massa toeschouwers, het lichtblauw-witte tenue van Argentinië, het oranje van Nederland tegen het groene gras. Nederland, dat voor de tweede keer achter elkaar in de finale verloor. Toen scrolde ik verder, ontdekte een stuk verderop de rivier en volgde die naar beneden. Zware industrie aan beide oevers, kadecomplexen met hijskranen en grote boten, doorkruist door zowel spoor- als gewone bruggen. Ook hier diverse voetbalvelden. Waar de rivier het centrum binnenstroomde, lagen vermoedelijk meer plezierjachten. Daarachter lag de wijk met al die kleurrijke houten keten, wist ik. La Boca. Eronder liep een snelweg met acht rijstroken over de rivier en die volgde ik nu. De weg liep een stuk langs de haven. Aan beide kanten grote aken. Ongeveer tien woonblokken verderop lag het centrum met zijn parken, monumenten en prachtige gebouwen. Ik zoomde in waar het Teatro Cervantes moest liggen, maar de resolutie was te slecht, alles vervaagde in vlekkerig groen en grijs, dus zette ik mijn laptop uit, ik dronk nog een glas water in de keuken en ging in de slaapkamer naast Linda in bed liggen.

De volgende ochtend gingen we vroeg naar het centraal station om de trein naar Gnesta te nemen, waar Linda's moeder woonde. Een laag van zo'n vijf centimeter sneeuw bedekte straten en daken. De hemel boven ons was loodgrijs, hier en daar bijna glanzend. Er waren weinig mensen op straat, wat niet zo raar was, het was vroeg op een zondagochtend. Iemand op weg naar huis van een feest, een ouder iemand met een hond, en toen we in de buurt van het station kwamen, hier en daar een reiziger met een koffer achter zich aan rollend. Op het perron zat een jongeman met zijn kin op zijn borst te slapen. Een stukje van hem vandaan stond een kraai in een afvalbak te pikken. Een paar perrons verderop reed een trein langs zonder te stoppen. Het elektronische informatiebord voor ons was zwart. Linda liep heen en weer langs de rand van het perron, gekleed in de witte, halflange jas die ik voor haar dertigste verjaardag in Londen had gekocht, een witte gebreide muts en een witte wollen sjaal met rozig borduursel, die ik haar met Kerst cadeau had gedaan en die haar, naar ik begreep, niet helemaal beviel, ook al stond hij haar goed. Zowel qua kleur – ze zag er goed uit in alles wat wit was – als qua patroon, dat net zo romantisch was als zij. De kou kleurde haar wangen rood, deed haar ogen glanzen. Ze klapte een paar keer in haar handen, stond even snel te trappelen. Een dikke vrouw van in de vijftig met in elke hand een boodschappenwagentje kwam de roltrap op. Achter haar stond een donkergekleed meisje van een jaar of zestien met zwart opgemaakte ogen en zwarte handschoenen, een zwarte muts op en lang, blond haar. Ze gingen naast elkaar langs de rand van het perron staan. Hoewel de gelijkenis ver te zoeken was, moesten het moeder en dochter zijn.

'Oehoe!' zei Vanja en ze wees naar twee duiven die op haar af getrippeld kwamen. Ze had net geleerd een uil na te doen, die in een van de boeken stond waaruit we haar voorlazen, en dat was nu het geluid van alle vogels.

Wat waren haar trekken klein, dacht ik. Kleine ogen, een kleine neus, een kleine mond. Niet omdat zij nog klein was, ze zou altijd kleine trekken houden, dat kon je nu al zien. Vooral als je haar naast Linda zag. Ze leken niet direct en opvallend op elkaar, maar toch was het duidelijk dat ze met elkaar verwant waren, vooral uit de proporties van de gelaatstrekken. Ook Linda had kleine ogen en een kleine mond en neus. Mijn trekken ontbraken volledig, behalve misschien in de kleur van de ogen en de amandelvorm van het bovenste ooglid. Maar af en toe dook er plotseling een uitdrukking in haar gezichtje op die ik herkende, van Yngve, zoals hij eruitzag tijdens onze jeugd.

'Ja, dat zijn twee duiven', zei ik en ik ging voor haar op mijn hurken zitten. Ze keek me vol verwachting aan. Ik tilde de ene klep van haar bontmuts op en fluisterde wat in haar oor. Ze lachte. Op hetzelfde moment verscheen er een melding op het bord boven ons. Gnesta, perron twee, drie minuten.

'Het ziet er niet naar uit dat ze gaat slapen', zei ik.

'Nee', zei Linda. 'Het is nog een beetje te vroeg.'

Iets wat Vanja het minst leuk vond, was stilzitten en vastgebonden zijn, behalve als de wagen in beweging was, dus gedurende de treinreis naar Gnesta, die een uur duurde, moesten we haar continu bezighouden. Heen en weer door het middenpad, naar het raam en het venster in de deuren, tenminste, als het ons niet lukte haar aandacht te trekken met behulp van een boek, een stuk speelgoed of een pakje rozijnen, waarmee ze wel een half uur zoet kon zijn. Nu waren er weinig mensen, het was geen probleem behalve als je van plan was om kranten te lezen, zoals ik die dag, met die hele dikke stapel van gister in mijn tas, maar in de spits, als de wagons vol zaten, was het weleens onaangenaam; een vermoeid kind dat een uur lang bleef schreeuwen zonder dat er ruimte was om wat rond te lopen, was verre van een pretje. En we maakten deze reis vaak. Niet alleen omdat Linda's moeder op Vanja kon passen zodat wij een paar uur voor onszelf hadden, maar ook omdat we daar graag waren, ik in elk geval. Boerderijen, grazend vee, uitgestrekte bossen, kleine grindweggetjes, meertjes, heldere, frisse lucht. 's Nachts een diepe duisternis, een sterrenhemel, volkomen stilte.

De trein kwam langzaam binnengereden, we stapten in en gingen op de plaatsen bij de deur zitten, waar ruimte was voor de kinderwagen, ik tilde Vanja op en liet haar met haar handjes tegen het raam op de zitting staan om naar buiten te kijken terwijl de trein door de tunnel reed, de brug over Slussen op. Het bevroren, met sneeuw bedekte water glansde wit tegen het geel en roodbruin van de huizen en tegen de zwarte rotsen bij Mariaberg, waar de sneeuw niet was blijven liggen. In het oosten waren de wolken vaag verguld, als het ware van binnen verlicht door de zon, die erachter hing. We reden de tunnel onder Söder in en toen we er weer uit kwamen, reden we hoog boven het water verheven over een brug naar de andere oever, eerst vol huizenblokken van de ene buitenwijk na de andere, vervolgens vol bouwplaatsen en villawijken, tot de verhouding tussen bebouwing en natuur omgekeerd was en plaatsjes als kleine eenheden opdoken in grote gebieden met bos en water.

Wit, grijs, zwart, hier en daar een strook donkergroen, dat waren de kleuren in het landschap waar we doorheen reden. Vorige zomer was ik hier elke dag langs gekomen. We hadden de laatste twee weken van juni bij Ingrid en Vidar gelogeerd en ik was heen en weer tussen Stockholm gependeld, waar ik zat te schrijven. Dat was een perfect bestaan geweest. Om zes uur op, een boterham voor het ontbijt, een sigaret en een kop koffie op de stoep voor het huis, die al verwarmd was door de zon, met uitzicht over de wei naar de bosrand, dan op de fiets naar het station met in mijn rugzak het lunchpakket dat Ingrid voor me had klaargemaakt, lezen in de trein op weg naar de stad, naar kantoor om te schrijven, om een uur of zes terug door het in het licht van de zon nog weelderige en kleurrijk glinsterende bos, op de fiets tussen de landerijen door naar het kleine huis, waar het eten wachtte, 's avonds eventueel een duik in het meer samen met Linda, buiten wat zitten lezen, vroeg naar bed.

Op een dag stond het bos naast de rails in brand. Ook dat was fantastisch. Slechts een paar meter van de trein vandaan stond een hele helling in lichterlaaie. De vlammen kropen langs een paar boomstammen omhoog, andere bomen waren een en al vuur en vlam. Oranje tongen gleden over de grond, verhieven zich uit bosjes en struiken, alles verlicht door diezelfde zomerzon, die samen met de ijle blauwe hemel het gebeuren als het ware doorzichtig maakte.

O, het nam volledig bezit van me, het was subliem, het was de wereld, die zich voor me ontsloot.

Op het moment dat de trein het station van Gnesta binnenreed, stapte Vidar op de parkeerplaats ernaast uit de auto en toen we hem even later tegemoet liepen, stond hij met een glimlachje rond zijn lippen op ons te wachten. Hij was even over de zeventig, had een witte baard en wit haar, was enigszins krom, maar in goede conditie, iets waarvan zowel de bruine tint in zijn huid, die kwam doordat hij veel buiten vertoefde, als de scherpe, intelligente, zij het ietwat ontwijkende blauwe blik getuigde. Ik wist nauwelijks wat hij in zijn leven had gedaan, behalve het beetje dat Linda had verteld en wat ik zelf kon opmaken uit wat ik zag. Talrijk waren de onderwerpen die hij in de loop van het weekend ter sprake bracht, maar ze betroffen slechts zelden hemzelf. Hij was in Finland opgegroeid en zijn familie woonde daar nog, maar hij sprak Zweeds zonder enig accent. Hij was een gezaghebbende, maar in geen enkel opzicht dominante man, die het leuk vond om met mensen te praten. Hij las veel, zowel kranten, die hij elke dag van de eerste tot de laatste pagina nauwlettend doornam, als literatuur, waarvan hij meer dan gemiddeld op de hoogte was. Dat hij oud was, bleek misschien in de eerste plaats uit zijn verstokte overtuigingen, waarvan hij er niet veel had, maar die veel ruimte in beslag namen, naar ik had begrepen. Zelf had ik onder deze aspecten van zijn persoonlijkheid niet te lijden, maar Ingrid en Linda, die hij over één kam scheerde, en Linda's broer wel. De reden daarvan was waarschijnlijk voor een deel omdat ik nieuw was in de familie, en, naar ik aannam, voor een ander deel omdat ik graag naar hem luisterde als hij vertelde en werkelijk geïnteresseerd was in wat hij te zeggen had. Dat we geen gesprek op gelijke voet voerden, aangezien mijn bijdrage in de eerste plaats uit vragen en eindeloos vaak uit 'ja', 'o, ja', 'is dat waar', 'hm', 'dat begrijp ik', 'wat interessant' en dergelijke bestond, vond ik alleen maar gepast, want we stonden toch ook niet op gelijke voet, hij was dubbel zo oud als ik en had een lang leven achter de rug. Linda begreep dat niet helemaal, het gebeurde geregeld dat ze me in zo'n situatie riep of kwam halen vanuit de overtuiging dat ik uit een saai gesprek moest worden gered omdat ik te beleefd was om er zelf een eind aan te maken. Dat was ook weleens zo, maar meestal was mijn belangstelling oprecht.

'Hoi, Vidar', zei Linda nu en ze duwde de wagen naar de achterkant van de auto.

'Hoi', zei hij. 'Leuk jullie weer te zien.'

Linda tilde Vanja uit de wagen, ik klapte hem in elkaar en tilde hem in de kofferbak, die Vidar voor me had opengemaakt.

'Dan nu het zitje', zei ik en ik zette het op de achterbank, tilde Vanja erin en bevestigde het met de veiligheidsgordel.

Vidar reed, zoals veel oude mannen, licht voorovergebogen over het stuur alsof die paar extra centimeters dichter bij de ruit doorslaggevend waren voor een goed zicht. Bij daglicht was hij een goede chauffeur, die lente bijvoorbeeld hadden we vier uur aan één stuk bij hem in de auto gezeten op weg naar Idö, waar hij een zomerhuisje had, maar als de duisternis op de wegen neerdaalde, voelde ik me minder veilig. Nog maar een paar weken daarvoor hadden we bijna een van de buren van de weg gereden, die langs de kant liep. Ik zag hem al van verre en dacht dat Vidar dat ook deed, dat hij dezelfde koers aanhield om een paar meter voor de man uit te wijken, maar dat was niet zo, hij zag hem niet en dat er een ongeluk werd verhinderd, was alleen te danken aan de combinatie van mijn geschreeuw en de resolute reactie van de buurman, die in de struiken sprong.

We reden de parkeerplaats af en de hoofdstraat op, de enige in Gnesta.

'Alles in orde met jullie?' vroeg Vidar.

'Ja, hoor', zei ik. 'We mogen niet klagen.'

'Wij hebben vannacht vreselijk weer gehad', zei hij. 'Er is een aantal bomen omvergewaaid. Dus we hebben geen stroom. Maar dat komt in de loop van de ochtend wel weer in orde. Hoe was het in de stad?'

'Ach, daar waaide het ook een beetje', zei ik.

We bogen links af, reden over het bruggetje en kwamen bij de grote weide waar de witte balen hooi nog steeds opgestapeld langs de weg lagen. Na een kilometer sloegen we nogmaals af en namen de grindweg door het bos, dat voornamelijk uit loofbomen bestond en waar aan de ene kant tussen de witte stammen door een kleine weide zichtbaar werd die net een meertje leek, op natuurlijke wijze begrensd door kaal gesteente en daarachter een strook naaldbomen. Hier graasde het hele jaar door een gehard runderras met lange hoorns. Honderd meter verderop liep een met gras begroeide zijweg naar het huis van Vidar en Ingrid, terwijl de hoofdweg nog een paar kilometer doorliep voordat hij op een open plek midden in het bos eindigde.

Toen we kwamen aanrijden, stond Ingrid voor het huis op ons te wachten. Zodra we bleven staan, kwam ze op een holletje naar de auto gelopen en deed het achterportier bij Vanja open.

'O, mijn hartje!' zei ze met haar hand op haar borst. 'Wat heb ik ernaar verlangd jou weer te zien!'

'Pak haar maar op als je wilt', zei Linda terwijl ze het portier aan de andere kant openmaakte. Terwijl Ingrid Vanja optilde en haar nu eens voor zich hield om haar te bekijken, dan weer tegen zich aandrukte, haalde ik de kinderwagen uit de auto, zette hem in elkaar en duwde hem naar de deur.

'Ik hoop dat jullie honger hebben', zei Ingrid. 'De lunch is namelijk klaar.'

Het was een klein, oud huis. Het perceel was aan alle kanten omgeven door bos behalve aan de voorkant, waar een open weide lag. Daar kwamen tegen de avond en 's ochtends vroeg herten langs vanuit het bos aan de andere kant. Ik had er ook vossen zien lopen en hazen zien springen. Oorspronkelijk was het een daglonershuisje geweest en daar waren nog sporen van te zien: hoewel de twee kamers waaruit het huis destijds had bestaan, waren uitgebreid met een kleine aanbouw voor keuken en bad, hadden ze niet veel ruimte. De woonkamer was donker en stond propvol met allerlei spullen, en in de slaapkamer erachter was nauwelijks ruimte voor meer dan de beide ingebouwde houten bedden en een paar planken met boeken aan de korte muur. Verder hadden ze nog een onderaardse kelder, die een stukje hoger tegen de heuvel achter het huis aan lag, een vrij nieuw bijgebouwtje met twee slaapplaatsen en een tv en helemaal achteraan een gecombineerde gereedschaps- en houtschuur. Als wij op bezoek kwamen, verhuisden Vidar en Ingrid naar het bijgebouwtje zodat wij het huis 's avonds voor onszelf hadden. Daar dan te zijn was een van de prettigste dingen die ik kende, in duisternis en stilte gehuld op de brits tegen de oude, ruwhouten balken te liggen met de sterrenhemel zichtbaar door het raam erboven. De vorige keer dat we er waren, had ik Calvino's *De baron in de bomen* gelezen, de keer daarvoor Wijkmarks *Dressinen* en het fantastische van beide leeservaringen bestond waarschijnlijk in even grote mate uit de omgeving waarin de boeken gelezen werden en de stemming waarvan die mij vervulde, als uit de boeken zelf. Of misschien kwam het vooral omdat de ruimte die deze boeken schiepen, een bijzondere weerklank vonden in de omgeving waar ik me bevond. Want vóór Wijkmark had ik een roman van Thomas Bernhard gelezen en niets daarin kwam ook maar in de buurt of vervulde me op dezelfde manier. Bij Bernhard bestonden geen open ruimtes, alles was ingekapseld in de kleine hokjes van de reflectie en hoewel hij met *Auslöschung. Ein Zerfall* een van de meest angstaanjagende en schokkende romans had geschreven die ik had gelezen, was dat niet de richting die ik op wilde kijken, was dat niet de weg die ik wilde gaan. Nee, verdomme, ik wilde zo ver mogelijke weg van dat geslotene, dat gedwongene. *Komm! Ins offene, Freund!*, zoals Hölderlin ergens had geschreven. Maar hoe, hoe?

Ik ging in de stoel bij het raam zitten. Midden op tafel stond een pan groentesoep te dampen. Ernaast stonden een mandje met verse, zelfgebakken broodjes plus een fles mineraalwater en drie blikjes bier. Linda zette Vanja in de kinderstoel aan de korte kant van de tafel, sneed een broodje open en gaf haar dat voordat ze het potje babyvoeding in de magnetron opwarmde. Haar moeder nam het van haar over en Linda kwam naast mij zitten. Vidar zat aan de andere kant van de tafel met zijn wijsvinger en zijn duim aan zijn baard te plukken terwijl hij met een glimlachje rond zijn lippen naar ons keek.

'Alsjeblieft,' riep Ingrid vanuit de keuken, 'tast toe!'

Linda streelde me over mijn arm. Vidar knikte haar toe. Ze schepte soep in haar bord. Bleekgroene ringen prei, oranje schijfjes wortel, geelwitte stukjes koolrabi en grote, grauwe stukken vlees, nu eens lichtrood en dradig, dan weer bijna blauwglanzend. Er zaten platte, witte stukken bot aan, enkele glad als geslepen stenen, andere grof en poreus. Alles dreef in de warme bouillon vol vet, dat zou gaan stollen zodra het afkoelde, maar dat nu in de vorm van kleine, bijna doorzichtige bellen en bobbels in de troebele vloeistof ronddreef.

'Lekker als altijd', zei ik terwijl ik Ingrid aankeek, die naast Vanja was gaan zitten en in haar bord blies.

'Mooi zo', zei ze en ze keek me even snel aan, waarna ze de plastic lepel in het plastic bordje stak en naar Vanja's mond bracht, die hem voor de verandering wijd opensperde als een jong vogeltje. Als we hier waren, wilde Ingrid instinctief de verzorging voor haar overnemen. Eten, luiers, kleren, slapen, frisse lucht, alles wilde zij doen. Ze had een kinderstoel gekocht, kinderbordjes en -bestek, zuigflessen en speelgoed en zelfs een extra kinderwagen, die hier altijd stond te wachten, plus allerlei potjes babyvoeding, pap en brij die in de kast stonden. Ontbrak er iets, zou Linda bijvoorbeeld om een appel vragen of misschien ongerust zijn omdat Vanja eventueel een beetje warm was, dan sprong Ingrid op de fiets en fietste de drie kilometer naar de winkel of de apotheek en weer terug met appels of een thermometer of koortswerende middelen in het mandje aan het stuur. En als wij kwamen, had ze alle maaltijden, meestal twee gerechten voor de lunch en drie voor het avondeten, nauwkeurig gepland en alle boodschappen al gedaan. Ze stond op als Vanja om een uur of zes wakker werd, bakte broodjes, maakte eventueel een wandeling met haar en begon dan zo zachtjes aan de lunch voor te bereiden. Als wij rond een uur of negen opstonden, was er een rijkelijk gedekte ontbijttafel met verse broodjes, gekookte eieren, soms een omelet als ze het in haar hoofd had gekregen dat ik dat lekker vond, koffie en jus d'orange en als ik ging zitten, legde ze altijd de krant die ze voor me had gehaald, naast mijn bord. Ze was onwaarschijnlijk positief, toonde overal begrip voor, ze kende geen nee en er was niets waar ze ons niet mee hielp. In onze vriezer thuis stond een eindeloos grote hoeveelheid ijsdozen en haringemmertjes met verschillende gerechten die zij had klaargemaakt en van etiketten had voorzien: gehaktsaus, Janssons verleiding, een Zweeds gerecht van aardappelen en ansjovis, zeemansbief, gehaktballen, gevulde paprika, gevulde pannenkoekjes, erwtensoep, lamssteaks met gebakken aardappels, boeuf bourguignon, zalmpudding, kaas- en preitaart ... En was de lucht een beetje kil als ze met Vanja aan het wandelen was, dan stapte ze zo een schoenenwinkel binnen om een paar nieuwe laarsjes voor haar te kopen.

'Hoe gaat het met je moeder?' vroeg ze nu. 'Goed?'

'Ja, ik geloof het wel', zei ik. 'Ze is bijna klaar met haar scriptie, voor zover ik heb begrepen.'

Ik veegde met een servet een beetje soep van mijn kin.

'Maar ze wilde me hem niet laten lezen', voegde ik er met een glimlach aan toe.

'Het verdient respect', zei Vidar. 'Er zijn niet veel zestigjarigen die nog nieuwsgierig genoeg zijn om aan de universiteit te studeren, dat is een ding dat zeker is.'

'Wat dat betreft heeft ze waarschijnlijk een beetje gespleten gevoelens', zei ik. 'Het is iets wat ze altijd al heeft gewild, en dan gebeurt het pas als haar carrière bijna voorbij is.'

'Maar toch', zei Ingrid. 'Het is een sterk staaltje. Ze is een vrouw met pit, die moeder van jou.'

Ik glimlachte weer. Het verschil tussen alles wat Zweeds en alles wat Noors was, was veel groter dan zij beseften en nu bekeek ik mijn moeder even met Zweedse ogen.

'Ja, dat is mogelijk', zei ik.

'Doe haar de groeten', zei Vidar. 'En de rest van de familie ook, trouwens. Ik vond ze erg aardig.'

'Vidar heeft het sinds we er voor de doop waren, over hen', zei Ingrid.

'Maar het waren ook opmerkelijke mensen!' zei Vidar. 'Kjartan, de dichter. Dat was een interessante en bijzondere man. En hoe heette dat stel uit Ålesund ook alweer, die kinderpsychologen?'

'Ingunn en Mård?'

'Ja, precies. Zo aardig! En Magne, heette hij niet zo? De vader van je neef Jon Olav? Die ontwikkelingseconoom?'

'Ja, klopt', zei ik.

'Een man die respect afdwingt', zei Vidar.

'Ja', zei ik.

'En die broer van je vader. Die leraar uit Trondheim. Dat was ook een fijne kerel. Lijkt hij op je vader?'

'Nee', zei ik. 'Hij is degene die het minst op hem lijkt, zou ik zeggen. Hij heeft zich altijd een beetje op de achtergrond gehouden en ik geloof dat dat een verstandige zet is geweest.'

Er volgde een pauze. Geslurp van soep, Vanja die met haar kopje op tafel sloeg, haar borrelende lach.

'Ze hebben het nog steeds over jullie', zei ik en ik keek Ingrid aan. 'Vooral over het eten dat jij had gemaakt!'

'Alles in Noorwegen is zo anders', zei Linda. 'Echt, heel anders. Vooral op 17 mei. De mensen liepen in klederdracht rond met medailles op de borst gespeld.'

Ze lachte.

'Eerst dacht ik dat het ironisch bedoeld was, maar nee, hoor, niets daarvan. Het was volkomen oprecht gemeend. De medailles werden met waardigheid gedragen. Dat zou een Zweed nooit doen, dat is zeker.'

'Ze waren er waarschijnlijk trots op', zei ik.

'Ja, precies', zei Linda. 'Maar geen Zweed ter wereld zou dat hebben toegegeven, niet eens voor zichzelf.'

Ik zette mijn bord schuin om het laatste restje soep op te lepelen terwijl ik uit het raam keek: het langgerekte vlak van de besneeuwde akker onder de grijze lucht, de rij zwarte loofbomen aan de bosrand erachter, hier en daar onderbroken door de groene weelderigheid van de sparren. De donkere, met droge takjes bedekte aarde waaruit ze groeiden.

'Henrik Ibsen was bezeten van medailles', zei ik. 'Er bestond geen orde waarvoor hij niet bereid was zich diep te vernederen. Hij schreef brieven naar alle mogelijke koningen en regenten om ze te krijgen. En dan liep hij er thuis mee rond. Beende door de kamer met dat kippenborstje van hem volgespeld. Hèhèhè. Hij had ook een spiegel in zijn hoge hoed. Zat zichzelf in zijn café stiekem te bekijken.'

'Deed Ibsen dat?' vroeg Ingrid.

'O ja', zei ik. 'Hij was extreem ijdel. En is dat niet een veel fantastischer vorm van overdrijving dan die van Strindberg? Bij hem draaide alles om alchemie en gekte en absint en vrouwenhaat, de echte kunstenaarsmythe, natuurlijk. Maar bij Ibsen vinden we de burgerlijke ijdelheid tot in het extreme doorgevoerd. Hij was eigenlijk veel gekker dan Strindberg.'

'À propos', zei Vidar. 'Hebben jullie het laatste nieuws over Arnes boek al gehoord? De uitgeverij heeft uiteindelijk besloten het niet uit te geven.'

'En terecht, toch?' zei ik. 'Zo veel fouten als erin stonden.'

'Ja, dat wel', zei Vidar. 'Maar de uitgeverij had hem moeten helpen. Hij was ziek. Het is hem niet helemaal gelukt zijn eigen fantasieën of wensdenken en de werkelijkheid uit elkaar te houden.'

'Dus volgens jou geloofde hij echt dat het zo in elkaar zat?'

'O, ja, ongetwijfeld. Hij is een goed mens. Al steekt er ook wel een fantast in hem. In die zin dat zijn verhalen voor hemzelf langzamerhand waarheid worden.'

'Hoe neemt hij het op?'

'Ik weet het niet. Het is niet het eerste waarover je met Arne praat op het moment.'

'Dat begrijp ik', zei ik glimlachend. Ik nam de laatste slok *folkøl*, het alcoholarme bier voor doordeweeks in Zweden, at mijn broodje op en leunde achterover op mijn stoel. Er was geen sprake van met de afwas te helpen of iets dergelijks, wist ik, en ik bracht het niet eens op het aan te bieden.

'Zullen we een wandeling maken?' vroeg Linda terwijl ze mij aankeek. 'Dan valt Vanja misschien in slaap.'

'Kunnen we doen', zei ik.

'Ze kan ook hier bij mij blijven', zei Ingrid. 'Als jullie met zijn tweeën een wandeling willen maken.'

'Nee, we nemen haar mee. Kom, kleine trol, dan gaan we', zei Linda, ze tilde Vanja op en ging haar mond en haar handjes wassen terwijl ik mijn jas aantrok en de wagen uitklapte.

We volgden de weg naar het meer. Een koude wind joeg over de velden. Aan de andere kant hipten een paar kraaien en eksters weg. Een stukje daarachter tussen de bomen stonden de grote koeien roerloos voor zich uit te staren. Een paar van de bomen waren eiken en ze waren al oud, misschien wel uit de achttiende eeuw, dacht ik, misschien nog wel ouder, ik had geen idee. Daarachter liep de spoorweg, van daar steeg elke keer als er een trein langskwam, een geraas op dat zich over het landschap verbreidde. De weg die erheen liep, eindigde bij een klein, mooi stenen huis. Daar woonde een oude dominee, hij was de vader van de gematigd linkse politicus Lars Ohly en er werd verteld dat hij een nazi was geweest. Of dat echt zo was, wist ik niet, dergelijke geruchten ontstonden gauw als het om bekende mensen ging. Maar af en toe strompelde hij wat rond, krom en met gebogen hoofd.

In Venetië had ik een keer een oude man gezien die zijn hoofd horizontaal hield. Zijn nek stond in een hoek van negentig graden op zijn schouders. Hij zag niets anders dan de grond vlak voor zijn voeten. Eindeloos langzaam kwam hij over het plein aangestrompeld, het was in Arsenale, vlak bij een kerk waar een koor aan het oefenen was, ik zat in een café te roken en kon mijn blik niet meer van hem afhouden toen ik hem eenmaal had gezien. Het was op een avond begin december. Behalve wij tweeën en de drie kelners die met hun armen over elkaar bij de ingang stonden, was er geen mens in de buurt. Boven de daken hing mist. Het plaveisel en al die oude muren, die vochtig waren, glansden in het licht van de lampen. De man bleef voor een deur staan, pakte een sleutel en met het ding in zijn hand kántelde hij zijn hele lichaam achterover zodat hij kon zien waar het slot ongeveer was. Het sleutelgat vond hij op de tast met zijn vingers. Door zijn misvormdheid leek het alsof de bewegingen van zijn lichaam niet bij hem hoorden, of beter gezegd, alle aandacht richtte zich op het onbeweeglijke, naar beneden gerichte hoofd dat daarom een soort centrale leek, onderdeel van het lichaam, maar onafhankelijk ervan, waar alle beslissingen werden genomen en alle bewegingen werden gestuurd.

Hij deed de deur open en ging naar binnen. Vanachter zag het eruit alsof het hoofd ontbrak. En toen, met een onverwacht heftige beweging die ik niet voor mogelijk had gehouden, sloeg hij de deur achter zich dicht.

Het was griezelig, echt griezelig.

Een paar honderd meter voor ons kwam een rode stationcar de heuvel op gereden. De sneeuw werd opgewerveld in de luchtstroom die hij veroorzaakte. Toen hij dichterbij kwam gingen we opzij. De achterbank was eruit gehaald en in de grote bagageruimte liepen twee blaffende witte honden rond.

'Zag je die?' vroeg ik. 'Het leken wel husky's, maar dat kan toch niet?'
Linda haalde haar schouders op.
'Ik weet het niet,' zei ze, 'maar ik geloof dat het de honden zijn die daar om de bocht thuishoren. Je weet wel, die altijd zo blaffen.'
'Daar waren nooit honden als ik er langskwam', zei ik. 'Maar ik weet dat je het er al eens over hebt gehad. Was je bang voor ze of zo?'
'Ik weet het niet. Een beetje misschien', zei ze. 'Het is niet echt prettig. Ze zijn wel aangelijnd, maar als ze komen aangerend ...'
Ze had hier een tijd gewoond toen ze zo depressief was dat ze niet voor zichzelf kon zorgen. Had grotendeels de hele dag in het bijgebouwtje tv liggen kijken. Praatte nauwelijks met Vidar en haar moeder, wilde niets, kon niets, alles in haar stokte. Hoelang dat had geduurd, wist ik niet precies. Ze had het er nauwelijks over gehad. Maar ik merkte het vaak, aan de bezorgdheid voor haar in de blikken of de stemmen van buren die we ontmoetten, bijvoorbeeld.
We kwamen langs de grootste boerderij in het dal, waar een oeroude, verschrompelde patriarch woonde. Op zich was het niet eens zo'n groot bedrijf en de stallen en de schuren waren enigszins vervallen. De ramen in het huis waren verlicht, maar binnen was niemand te zien. Op het erf tussen de hooischuur en het huis stonden drie oude auto's, een ervan op schragen. Ze zaten onder de sneeuw.
Dat we daar ooit hadden gezeten, in de warme, donkere augustusavond aan een gedekte tafel naast het zwembad, en rivierkreeft hadden gegeten, was nu nauwelijks te geloven. Maar het was zo. Papieren lampions die gloeiden in het donker, vrolijke stemmen, aan beide kanten van de lange tafel een enorme berg glanzend rode kreeft. Blikjes bier, flessen aquavit, gelach en gezang. Het geluid van krekels, van auto's ver weg. Linda had me die avond verrast, herinnerde ik me, plotseling tikte ze tegen haar glas, stond op en zong een dronkemanslied. Dat deed ze twee keer. Ze zei

dat dat hier van haar werd verlangd, dat ze dat altijd had gedaan. Zij was zo'n soort kind geweest dat optrad voor de volwassenen. Toen ze op de lagere school zat, had ze meer dan een jaar lang in *Sound of Music* meegespeeld in een schouwburg in Stockholm. Maar ook op feestjes thuis, nam ik aan. Net zo exhibitionistisch als ik was geweest, en er net zo op gespitst om zichzelf te verbergen.

Ook Ingrid stond in de spotlights die avond. Ze had alle aandacht getrokken toen ze zich tussen de buren begaf, omhelsde allen, liet het eten zien dat ze bij zich had, praatte en lachte en iedereen had haar wel iets te vertellen. Als er feestjes of iets dergelijks in het dorp waren, hielp ze altijd, ze bakte of kookte, en was er iemand ziek of op andere wijze hulpbehoevend, dan fietste ze ernaartoe en deed wat ze kon.

Het feest begon, iedereen zat over zijn kreeften gebogen, die in het meer vlakbij gevangen waren, en wierp zo nu en dan het hoofd achterover als hij zijn borrel, of wat de Zweden *nubbe* noemden, achteroversloeg. Er heerste een vrolijke stemming. Toen klonken er plotseling stemmen vanuit de hooischuur, een man schold een vrouw uit, de stemming aan tafel sloeg om, een paar mensen keken op, anderen probeerden juist niet te kijken, maar iedereen wist wat er aan de hand was. Het was de zoon van de oude man die de eigenaar van de boerderij was, hij stond erom bekend dat hij gewelddadig was en nu nam hij zijn tienerdochter onder handen omdat ze had gerookt. Ingrid stond zonder aarzelen op en ging er met besliste, snelle passen op af terwijl haar hele lijf trilde van onderdrukte woede. Ze bleef voor de man staan, hij was een jaar of vijfendertig, groot en sterk en met een harde blik, en ze begon hem zo heftig de les te lezen dat hij in elkaar kromp. Toen ze klaar was en hij er met zijn auto vandoor ging, legde ze een hand op de schouder van zijn dochter, die stond te huilen, en nam haar mee naar de tafel. Op het moment dat Ingrid ging zitten, wist ze de stemming van daarvoor weer op te roepen, ze begon te praten en te lachen en wist de mensen zo mee te krijgen.

Nu was alles wit en stil.

Voor de boerderij langs liep de weg naar een verzameling zomerhuisjes. Hij werd niet sneeuwvrij gehouden, er was daar niemand in deze tijd van het jaar.

Toen ik aan *Engelen vallen langzaam* bezig was, had ik Ingrid in gedachten als ik over Anna, Noachs zuster, schreef. Een vrouw die sterker was dan de rest, een vrouw die toen de vloed kwam, haar hele gezin mee de bergen in sleepte, en toen de vloed ook daar kwam, hen nog hoger meesleepte tot ze niet verder konden en alle hoop verloren was. Een vrouw die het nooit opgaf en die alles voor haar kinderen en kleinkinderen opofferde.

Ze was een opmerkelijk mens. Waar ze kwam nam ze alle ruimte in beslag, aan de andere kant was ze bescheiden. Ze kon de indruk wekken dat ze oppervlakkig was, aan de andere kant bezat haar blik een diepte die dat tegensprak. Ze probeerde afstand tot ons te bewaren, trok zich terug, legde er altijd de nadruk op niet in de weg te willen zijn, aan de andere kant hadden we met niemand zo'n nauw contact als met haar.

'Denk je dat Fredrik en Karin het leuk vonden gister?' vroeg Linda en ze keek naar me op.

'Jazeker, dat dacht ik wel', zei ik. 'Het was toch gezellig?'

Ergens in de verte steeg geraas op.

'Ook al noemde hij me een paar keer te veel Hamsun', ging ik verder.

'Hij maakte toch maar een grapje!'

'Dat begrijp ik wel.'

'Ze mogen je erg graag, allebei.'

'Dat begrijp ik nu weer niet. Ik zeg nauwelijks een woord als we elkaar zien.'

'O, jawel. Bovendien pas je ervoor op dat het niet zo overkomt.'

'Aha.'

Soms had ik een slecht geweten omdat ik zo zwijgzaam en initiatiefloos was ten opzichte van Linda's vrienden, omdat ik niet meer om hen gaf, maar er genoegen mee nam aanwezig te zijn als ze er waren, uit plichtsbesef. Voor mij was het een plicht, maar voor Linda was het haar leven, waar ik dan geen deel aan nam. Ze had er nooit over geklaagd, maar ik vermoedde natuurlijk dat ze het graag anders had gezien.

Het geraas werd luider. Verderop bij de overweg begon het signaal te klingelen. *Klingelingelingeling.* Daarna zag ik vaag tussen de bomen door iets bewegen. Het volgende moment schoot de trein uit het bos tevoorschijn. De sneeuw hing er als een wolk omheen. Hij reed een paar honderd meter langs het meer, een lange reeks goederenwagons met containers in verschillende kleuren, glanzend in al het wit en grijs, die aan de andere kant weer achter de bomen verdwenen.

'Dat had Vanja moeten zien!' zei ik. Maar ze sliep en merkte nergens iets van. Haar gezichtje was bijna helemaal ingepakt in de onderste muts, die op die van een beul leek en als een kraag om haar nek zat, en de rode polyester muts met de witte voering en de stevige kleppen die daar overheen was getrokken. Een sjaal had ze ook om, en een dik, rood winterpak aan met daaronder een wollen trui en een wollen broek.

'Fredrik was zo lief toen ik ziek was', zei Linda. 'Hij kwam altijd op de afdeling om me te halen. Dan gingen we naar de bioscoop. We zeiden niet veel. Maar het was een enorme steun, alleen al om het ziekenhuis uit te komen. En dat hij op die manier voor me zorgde.'

'Maar dat deden toch al je vrienden, zeker?'

'Ja, ieder op zijn eigen manier. En dat had iets ... Waarschijnlijk kreeg ik doordat ik altijd aan de andere kant had gestaan, altijd degene was geweest die had geholpen, die had begrepen, die had gegeven ... Niet onvoorwaardelijk, natuurlijk, maar toch meestal. Tijdens onze jeugd mijn broer, mijn vader, en ook mijn moeder zo nu en dan. En opeens stond alles op zijn kop: toen ik ziek werd, was ik het die hulp aannam. Aan moest nemen. Het merkwaardige is ... Nou ja, de enige momenten van vrijheid die ik had, waarop ik mijn eigen zin deed, waren als ik manisch was. Maar die vrijheid was zo groot dat ik er niet mee overweg kon. Dat was akelig. Anderzijds had het ook iets goeds. Eindelijk vrij zijn. Alleen, het ging niet natuurlijk. Niet op die manier.'

'Nee', zei ik.

'Waar denk je aan?'

'Aan twee dingen, eigenlijk. Het ene heeft niets met jou te maken. Maar met wat je zei over hulp aannemen. Als ik in die situatie was beland, zou ik niets hebben kunnen aannemen, bedacht ik. Ik zou niet willen dat iemand me zo zag. En in elk geval niet dat iemand me hielp. Dat heb ik zo sterk, je hebt geen idee. Iets aannemen, dat is niets voor mij. En dat zal het ook nooit zijn. Dat was het ene. Het andere was dat ik me

afvroeg wat je deed als je manisch was. Ik bedoel, aangezien je het zo sterk met vrijheid verbindt. Wat deed je als je vrij was?'
 'Als je niets kunt aannemen, hoe kun je dan tot jou doordringen?'
 'Hoe kom je erbij dat ik wil dat iemand tot mij doordringt?'
 'Maar dat kan toch niet.'
 'Nee. Maar geef jij liever antwoord op mijn vraag.'
 Links dook het feestterrein op. Het was een klein grasveld met achteraan een paar banken en lange tafels, die eigenlijk alleen met midzomernacht werden gebruikt als iedereen uit het dorp bij elkaar kwam om rond de lange, met bladeren versierde paal in het midden te dansen, taart te eten, koffie te drinken en mee te doen aan de quiz met de prijsuitreiking die het officiële programma van de avond afsloot. Ik was er die zomer voor het eerst bij geweest en wachtte intuïtief tot iemand die paal in brand zou steken, het kon toch geen midzomernacht zijn zonder vuur? Linda lachte toen ik dat tegen haar zei. Nee, geen vuur, geen magie, alleen kinderen die op het lied 'Små grodorna' rond die enorme fallus dansten en frisdrank kregen, zoals in alle kleine plaatsen in heel Zweden die avond.
 De paal stond er nog. Het loof was verdord en zag bruinrood, hier en daar met witte vegen van de sneeuw.
 'Het ging er waarschijnlijk minder om wat ik deed dan hoe ik me voelde', zei ze. 'Het gevoel dat alles mogelijk is. Dat er geen grenzen bestaan. Ik had president van Amerika kunnen worden, zei ik een keer tegen mama, en het ergste is dat ik dat ook echt meende. Als ik uitging, bestonden er geen sociale beperkingen, integendeel, de hele wereld was mijn arena, een plek waar ik dingen kon laten gebeuren en dat door volledig mezelf te zijn. Alle impulsen waren de moeite waard, er was geen sprake van enige zelfkritiek, alles kon en het punt was dat het dan wáár werd. Begrijp je? Alles kon écht. Maar ik was ongelooflijk rusteloos, natuurlijk, er gebeurde nooit genoeg, het was net een lawine, het moest steeds meer worden en er mocht geen eind aan komen, dat mocht gewoon niet, want ergens moet ik hebben vermoed dát er een eind aan zou komen, aan de trip die ik maakte, dat hij in een val zou eindigen. Een val in het absoluut onbeweeglijke. De ergste hel die er bestaat.'

'Dat klinkt verschrikkelijk.'

'Dat was het ook. Maar niet alleen. Het is ook fantastisch om je zo sterk te voelen. Zo zelfverzekerd. Op een of andere manier klopt dat immers óók. Dat ik dat in me heb, dus. Nou ja, je weet wel wat ik bedoel.'

'Eigenlijk niet', zei ik. 'Zo ver ben ik nooit gegaan. Ik ken het gevoel, geloof ik, ik heb dat één keer gevoeld, maar dat was godsamme toen ik zat te schrijven terwijl ik doodstil achter een bureau zat. Dat is iets heel anders.'

'Dat geloof ik niet. Ik geloof dat je manisch was. Je at niet, je sliep niet, je was zo blij dat je niet wist wat je ermee aan moest. Toch heb jij daar een of andere grens, een bepaalde zekerheid in jezelf en daar gaat het in hoge mate om, niet verder te gaan dan wat je eigenlijk, en dan bedoel ik echt eigenlijk, aankan. Doe je lang genoeg iets zonder het aan te kunnen, dan zijn de gevolgen groot. Daar moet je voor boeten. Dat gaat niet zonder consequenties.'

We waren de weg langs het meer ingeslagen die het bos in liep. De wind had grote plekken ijs kaal geblazen. Hier en daar glom het als glas en reflecteerde de donkere hemel als een spiegel, op andere plaatsen was het korrelig en grijs, bijna groenig, net bevroren kledderige sneeuw. Nu de trein voorbij was en het signaal verstomd, was het bijna volkomen stil tussen de bomen. Alleen wat geritsel en gekraak als de takken langs elkaar heen schuurden of tegen elkaar aan sloegen. De wrijving van de wielen van de wagen, onze eigen droge voetstappen.

'In het ziekenhuis zeiden ze iets tegen me wat belangrijk voor me was', ging Linda verder. 'Het was doodeenvoudig. Maar het kwam erop neer dat ik moest proberen eraan te denken dat ik eigenlijk verdrietig was als ik manisch was. Dat ik eigenlijk diep in de put zat. En het hielp er alleen al aan te denken dat er een "eigenlijk" was. Want daar gaat het immers grotendeels om, dat je de controle verliest over wie je bent. Eigenlijk. Dat is volgens mij misschien wel de belangrijkste reden dat het zo ver is gekomen. Dat ik eigenlijk nooit had geleefd. Vanuit mijn eigen innerlijk dus. Altijd vanuit de buitenwereld. En dat ging heel lang goed, het ging maar door tot het ten slotte niet meer ging. Toen was het voorbij.'

Ze keek me aan: 'Ik geloof dat ik tamelijk meedogenloos was in die tijd. Of iets meedogenloos had. Als het ware afgesneden was van de anderen, als je begrijpt wat ik bedoel.'

'Dat klopt wel, geloof ik', zei ik. 'Toen ik je de eerste keer ontmoette, had je een heel andere uitstraling dan nu. Ja, meedogenloos, dat past wel. Ik vond je toen iets uitdagends en iets bedreigends hebben. Dat vind ik nu niet meer.'

'Ik was toen ook net bezig af te glijden. Dat waren precies de weken dat het gebeurde, dat ik mijn grip verloor. Ik ben ongelooflijk blij dat het toen niets tussen ons is geworden! Dat zou nooit zijn gelukt. Dat was nooit goed gegaan.'

'Nee, vast niet. Maar het verraste me wel toen ik erachter kwam hoe romantisch je eigenlijk bent, moet ik zeggen. En hoe dicht je de mensen om je heen bij je in de buurt wilt hebben. Hoe belangrijk dat voor je is.'

We liepen een tijdje zwijgend door.

'Had je me liever gehad zoals ik toen was?'

'Nee.'

Ik glimlachte. Zij glimlachte. Om ons heen was het volkomen stil behalve hier en daar wat geruis in het bos als de wind erlangs streek. Het was fijn om daar te lopen. Voor het eerst sinds lang vond mijn ziel een beetje rust. Hoewel overal sneeuw lag en wit een lichte kleur is, was niet dat lichte het meest opvallende in het landschap, want uit de sneeuw, die het licht van de hemel zo sfeervol reflecteert en altijd glanst, hoe donker het ook is, rezen boomstammen op, en die boomstammen waren zwart en knoestig, en daarboven hingen takken, ook die zwart en op eindeloos gevarieerde manieren met elkaar vervlochten. Zwart waren de bergwanden, zwart de boomstronken en de ontwortelde bomen, zwart de stenen langs de kant, zwart was de bosgrond onder het enorme dak van dennen.

Zowel al dat witte, zachte als het zwarte, gapende was volkomen stil, volkomen onbeweeglijk en het was onmogelijk er niet aan te denken hoeveel van alles om ons heen dood was, hoe weinig ervan eigenlijk leefde en hoeveel ruimte dat wat leefde in ons innam. Daarom had ik graag kunnen schilderen, had ik daarvoor graag het talent gehad, want alleen op die manier kon dit tot uitdrukking worden gebracht. Stendhal schreef dat muziek de meest verheven kunstvorm was, dat alle andere kunstvormen eigenlijk muziek wilden zijn. Dat was in wezen een platonische gedachte, alle andere kunstvormen beelden iets anders uit, muziek is de enige die op zichzelf staat, absoluut onvergelijkbaar. Maar ik had het graag wat dichter bij de werkelijkheid, de fysieke, concrete werkelijkheid dus, en voor mij kwam het visuele altijd op de eerste plaats, ook als ik schreef of las: dat wat zich achter de letters bevond, dat interesseerde me. Als ik buiten liep, zoals nu, zei wat ik zag me niets. De sneeuw was sneeuw, de bomen waren bomen. Pas als ik een schilderij van sneeuw of van bomen zag, kregen ze betekenis. Monet had een uitzonderlijk goed oog voor het licht van sneeuw, net als Thaulow, technisch gezien misschien de meest begaafde Noorse schilder ooit, het was een feest naar hun schilderijen te kijken, de aanwezigheid in het moment was zo groot dat de waarde van hetgeen waardoor ze werd opgeroepen, radicaal toenam; een oud, bouwvallig schuurtje bij een rivier of een pier in een badplaatsje werden plotseling onmisbaar, beladen met de gedachte dat ze zich hier tegelijk met ons bevonden, in dit intense nu, en dat wij ze algauw zouden achterlaten als we stierven; maar als het om sneeuw ging, werd in zekere zin de andere kant van de aanbidding van het moment zichtbaar, want de bezieling ervan en het licht lieten zo duidelijk iets onopgemerkts achter, namelijk levenloosheid, leegte, het niet-beladene, neutrale, wat immers als eerste in het oog sprong als je 's winters een bos in liep, en in dát beeld, dat van bestendigheid en dood, kon het moment zich niet staande houden. Friedrich wist dat, maar dat was niet wat hij schilderde, hij schilderde slechts de voorstelling ervan. Dat is uiteraard het punt van waaruit het probleem van alle afbeelding zich verbreidde, want geen enkel oog is zuiver, geen enkele blik is leeg, niets wordt gezien als wat het op zichzelf is. En daarmee geconfronteerd drong de vraag zich op over de zin van de kunst überhaupt. Goed, ik zag dit bos, ik liep erdoorheen en dacht eraan. Maar de zin die ik eraan ontleende, kwam uit mijzelf, vulde ik met mijzelf. Om daarnaast betekenis te krijgen, kon die niet met de blik worden gevat, maar werd er handeling vereist, dat wil zeggen: exploitatie. Bomen moesten worden omgehakt, huizen gebouwd, vuur gestookt, er moest jacht worden gemaakt op dieren, niet voor mijn eigen plezier, maar omdat mijn leven daarvan afhing. Dan zou het zin krijgen, ja, zo veel zelfs dat ik het niet langer zou zien.

Om de bocht, zo'n twintig meter van ons vandaan, kwam een man in een rode anorak aanlopen. Hij had in elke hand een skistok. Het was Arne.
'Hoi, zijn jullie op pad!' zei hij toen hij een paar meter van ons vandaan was.
'Hoi, Arne, langgeleden!' zei Linda.
Hij bleef naast ons staan, wierp een blik in de wagen. Zo te zien ging hij niet gebukt onder het schandaal.
'Wat is ze groot geworden', zei hij. 'Hoe oud is ze nu?'
'Ze is twee weken geleden een jaar geworden', zei Linda.
'Zo snel alweer! Ja, de tijd vliegt', zei hij en hij keek mij aan. Zijn ene oog leek star en stond vol tranen. Hij had de laatste jaren een hele reeks ziektes en kwalen doorgemaakt, hij had een hersentumor gehad en toen die was verwijderd, had hij de smaak van morfine te pakken gekregen en kon daar niet meer buiten, dus moest hij een tijdje worden opgenomen om af te kicken. Toen dat achter de rug was, kreeg hij een beroerte. En had hij niet ook net een longontsteking gehad?
Maar hoewel hij er elke keer als ik hem ontmoette, nog ellendiger en verkreukelder uitzag, nog moeizamer liep en zich steeds trager bewoog, maakte hij niet de indruk verzwakt te zijn, zijn kracht had hij niet verloren, noch zijn levensvlam, die brandde nog steeds in hem, hij worstelde voort met al zijn gebreken en wat je twee jaar geleden al van hem kon zeggen, namelijk dat hij niet lang meer te leven had, maakte hij nog steeds te schande. Waarschijnlijk had die vlam, die levenslust, hem op de been gehouden. Bijna iedereen die hetzelfde als hij had doorgemaakt, zou twee meter onder de zoden liggen.
'Je boek wordt in het Zweeds vertaald, vertelde Vidar', zei hij.
'Ja', zei ik.
'Wanneer? Dat mag ik niet missen, zie je.'
'Komende herfst, zeggen ze, maar waarschijnlijk wordt het de herfst daarna.'

'Ik wacht wel', zei hij.

Hoe oud zou hij zijn? Liep hij al tegen de zeventig? Het viel moeilijk te zeggen, hij had niets oudemannenachtigs, het oog dat nog zag, schitterde jeugdig en hoewel dat het enige was in het gezicht, waarin de rest verweerd en vermoeid, bloeddoorlopen en dooraderd was, bleek het ook uit andere dingen, vooral uit de ijverige toon in zijn stem, gedwongen tot een traagheid die hem niet lag, maar ook uit de totale indruk die hij maakte, uit zijn uitstraling, die ondanks alle weerstand die zijn lichaam hem verder bood, merkwaardig genoeg iets voortvarends had. Hij was opgegroeid in een kindertehuis, maar niet op het verkeerde pad terechtgekomen, zoals zijn vrienden. Hij had op hoog niveau gevoetbald, in elk geval als je hem op zijn woord mocht geloven, en jarenlang als journalist bij de krant *Expressen* gewerkt. Bovendien had hij verscheidene boeken gepubliceerd.

Zijn vrouw keek altijd toegeeflijk naar hem als ze erbij was en hij iets zei, zoals vrouwen die met jongens zijn getrouwd dat doen. Ze was verpleegster en had bijna de grens bereikt van wat ze aankon, want behalve dat ze voor haar zieke man moest zorgen, had hun kind net een tweeling gekregen en werd ook daar haar ondersteuning verlangd.

'Ja, ja,' zei hij nu, 'leuk je te ontmoeten, Linda, en jou ook, Karl Ove.'

'Insgelijks', zei ik.

Hij bracht zijn hand naar zijn voorhoofd en liep door, bij elke stap de stokken hoog optillend.

Dat starre, tranende oog van hem, dat tijdens het hele gesprek recht voor zich uit had gestaard, had dat van een trol kunnen zijn, of van een ander schepsel uit de mythologie, en hoewel ik het niet voortdurend voor me zag, bleef het gevoel dat het opriep me de hele dag bij.

'Hij maakte nu niet bepaald de indruk alsof hij eronder gebukt ging', zei ik toen hij om de bocht was verdwenen en wij weer doorliepen.

'Nee', zei Linda. 'Maar het is nooit gemakkelijk te zien hoe andere mensen er eigenlijk aan toe zijn.'

In de verte steeg weer geraas op, deze keer vanaf de andere kant. Ik zette Vanja, die met haar ogen lag te knipperen, rechtop in de wagen en draaide die zo dat ze de trein kon zien die vlak daarna tussen de bomen langssuisde. Dat bleef niet onopgemerkt, ze wees en riep toen hij langsreed, zo dichtbij dat er het volgende moment een dunne laag poederachtige sneeuw aan mijn gezicht kleefde, die onmiddellijk weer smolt.

Een kleine kilometer verderop, bij een dam vlak bij de spoorweg, hield de weg op. Het weiland aan de andere kant, waar 's zomers paarden graasden, lag er wit en maagdelijk bij als een laken tussen de bomen. Links naar het oosten stond een groepje huizen, daarachter liep een weg en als je die volgde, kwam je bij een groot, mooi landgoed dat het eigendom was van de broer van Olof Palme. Op een zomeravond toen Linda en ik een stukje hadden gefietst, waren we daar per ongeluk terechtgekomen, we reden langs de grindweg tussen de huizen door, waar een in het wit gekleed gezelschap buiten zat te eten, met uitzicht over het grote meer en het centrum van Gnesta ver weg aan de andere kant. Hoe angstvallig ik ook voor me uit had gestaard, toch had ik gezien hoe dat gezelschap daar tussen de strenge, witte boerenhuizen en de rode, moderne bedrijfsgebouwen, midden in het groene golvende Sörmlandse landschap à la Bergman op die witte tuinmeubelen zat te eten.

Nu tilde ik Vanja uit de wagen en nam haar op de arm terwijl we omkeerden en aan dezelfde weg terug begonnen.

Toen we ongeveer een half uur later de heuvel voor het huis op kwamen, hoorden we binnen luide stemmen. Door het keukenraam zag ik Ingrid en Vidar, ze stonden elk aan een kant van de eettafel naar elkaar te schreeuwen. We waren waarschijnlijk vroeger terug dan ze hadden verwacht en de sneeuw dempte de geluiden die we maakten. Pas toen ik een paar keer met mijn laarzen tegen de stoep schopte, zwegen ze. Linda pakte Vanja op, ik duwde de wagen naar de garage naast het huis, die Vidar dat voorjaar en die zomer had gebouwd. Toen ik terugkwam, was hij in de gang bezig zijn overall aan te trekken.

'En?' vroeg hij glimlachend. 'Zijn jullie ver geweest?'

'Nee', zei ik. 'Een stukje. Het is zo guur buiten!'

'Ja, dat is het net', zei hij en hij stapte in zijn hoge, bruine rubberlaarzen. 'Ik moet even iets repareren.'

Hij glipte langs me heen en liep langzaam de heuvel op naar het gereedsschapsschuurtje. In de keuken, die een halve meter van waar ik mijn jas uittrok begon, had Ingrid Vanja in een kinderstoel voor de aanrecht gezet, waar zij bezig was aardappels te schillen. Ik legde mijn muts en wanten op de hoedenplank en schopte mijn laarzen uit tegen de deurpost, zij zette een schaaltje water met een set plastic maatlepels voor Vanja neer, daar kon ze een hele tijd mee bezig zijn, wist ik. Ik hing mijn jas aan een klerenhanger, duwde hem tussen de andere jassen, mantels en jacks die daar hingen, en liep langs hen naar binnen.

Ingrid maakte een verontwaardigde indruk. Maar haar bewegingen waren rustig en weloverwogen, de stem waarmee ze tegen Vanja praatte, klonk zacht en vriendelijk.

'Wat eten we voor lekkers?' vroeg ik.

'Lamsbout', zei ze. 'Met gebakken aardappels. En rode wijnsaus.'

'O, dat klinkt goed!' zei ik. 'Lam is het lekkerste wat ik ken.'

'Dat weet ik', zei ze. Haar ogen, enorm achter de brillenglazen, keken me glimlachend aan.

Vanja plonsde met de set lepels in het water.

'Hier heb je het goed, Vanja', zei ik. Ik woelde door haar haar. Keek naar Ingrid. 'Is Linda even gaan liggen?'

Ingrid knikte. Vanuit de slaapalkoof, die we niet konden zien, maar die niet meer dan vier meter van ons af was, klonk op hetzelfde moment Linda's stem: 'Ik ben hier!'

Ik ging naar haar toe. De twee bedden stonden in een hoek van negentig graden tegen elkaar en besloegen bijna het hele vertrek. Ze lag op het bed dat het verst weg stond, het dekbed opgetrokken tot aan haar kin. Hoewel de gordijnen open waren, was het schemerig, bijna donker daarbinnen. De donkere, ruwhouten wanden zogen het licht op.

'Brr!' zei ze. 'Wil je erbij?'

Ik schudde mijn hoofd: 'Ik was van plan wat te lezen. Maar ga jij maar lekker slapen.'

Ik ging op de rand van het bed zitten en streek haar door haar haar. Aan de ene muur hingen foto's van Vidars kinderen en kleinkinderen. De andere was vol boeken. Op de vensterbank stonden een wekker en een foto van Vidars jongste dochter. In slaapkamers van andere mensen voelde ik me meestal niet op mijn gemak, ik zag altijd iets wat ik niet wilde zien, maar hier niet.

'Ik hou van je', zei ze.

Ik boog voorover en kuste haar.

'Slaap lekker', zei ik, ik kwam overeind en ging naar de kamer. Pakte de boeken die ik had meegenomen, had geen zin in Dostojevski, het kostte te veel moeite om daar nu in te komen, in plaats daarvan pakte ik een biografie over Rimbaud, die ik allang van plan was te lezen, en ik ging met het boek in mijn hand op het bed onder het raam liggen. Dat wat hem met Afrika verbond interesseerde me. Dat en de tijd waarin hij leefde. Om zijn gedichten gaf ik niet zo veel, behalve om wat ze eventueel over zijn afwijkende en unieke karakter zeiden.

In de keuken babbelde Ingrid met Vanja terwijl ze bezig was. Ze kon goed met haar omgaan, wist zelfs de meest geroutineerde handeling tot iets feestelijks en avontuurlijks te maken, niet in het minst omdat ze haar eigen behoeftes volkomen opzij zette als ze elkaar zagen. Alles draaide om Vanja en haar belevenissen. Maar zo te zien was dat geen opoffering, de vreugde die het haar schonk, leek diep en oprecht.

Ik bedacht dat geen vrouw meer van mijn moeder kon verschillen dan Ingrid. Ook mama zette haar eigen behoeftes opzij, maar de afstand tot Vanja en wat ze samen deden, was zo'n stuk groter en het was zo duidelijk dat ze er niet zo van genoot. Een keer toen ik met hen beiden op een speelplaats was, had haar afwezige blik me ertoe gebracht te vragen of ze zich verveelde, dat deed ze, zei ze, dat had ze altijd al gedaan, ook toen wij klein waren.

Ingrid kon de aandacht van elk kind trekken als ze wilde, iets in haar wezen maakte dat er onmiddellijk sprake was van contact. Ze had zo'n sterke uitstraling dat ze geen kamer kon binnenkomen zonder dat er iets veranderde. Ze nam hem in bezit. Mijn moeder kon in een kamer zitten zonder dat je er enig idee van had dat ze er was. Ingrid was ooit als toneelspeelster aan een van de belangrijkste schouwburgen van Zweden verbonden geweest, ze had een groots, een actief leven geleefd. Mijn moeder beschouwde en dacht na, las, schreef en reflecteerde, ze leefde een contemplatief leven. Ingrid vond het heerlijk om te koken, mijn moeder deed dat omdat het moest.

Buiten voor het slaapkamerraam liep Vidar langs, een beetje voorovergebogen in zijn blauwe overall en met voorzichtige passen om niet onderuit te gaan op het pad. Een ogenblik later verscheen hij voor het kamerraam op weg naar de garage. In de keuken stond Vanja nu tegen de kast geleund terwijl Ingrid een pan kokende aardappels van het fornuis tilde. Ik stond op en liep naar de gang, trok mijn jas en mijn laarzen aan, zette mijn muts op, deed de deur open en ging op de stoel tegen de muur zitten roken. Vidar kwam met een emmer in zijn ene hand de garage uit.

'Kun je me straks even een handje helpen, denk je?' vroeg hij. 'Over een minuut of tien?'

'Natuurlijk', zei ik.

Hij knikte, dat was dan afgesproken, en sloeg de hoek om. Ik keek over het landschap uit. Het licht onder de hemel had iets mats gekregen. De naderende duisternis verdeelde zich niet gelijkmatig, dat wat al donker was, zoog hem gretiger in zich op, de bomen langs de bosrand bijvoorbeeld: de stammen en de takken waren nu volkomen zwart. Het zwakke februarilicht verdween uit de dag zonder strijd, zonder verzet, vlamde niet nog een laatste keer op, stierf slechts langzaam, onmerkbaar weg tot er niets meer over was dan duisternis en nacht.

Ik werd door een plotseling gevoel van geluk vervuld.

Het kwam door het licht boven het veld, door de kou in de lucht, de stilte tussen de bomen. Het kwam door het wachtende donker. Het kwam door een namiddag in februari, die deze stemming in me opriep en herinneringen opwekte aan alle andere namiddagen in februari die ik had beleefd, of aan de weerklank ervan, want de herinneringen zelf waren allang dood. Zo ongelooflijk intens en overweldigend omdat mijn hele leven erin besloten lag. Het maakte als het ware een dwarsdoorsnede van de jaren: dit specifieke licht lag als ringen in mijn herinnering opgeslagen.

Het gevoel van geluk veranderde in een even sterk gevoel van verdriet. Ik drukte mijn sigaret uit in de sneeuw en wierp hem naar de ton die onder de goot stond, zei tot mezelf dat ik niet moest vergeten mijn peuken op te ruimen voor we vertrokken en liep naar de achterkant van het huis, waar Vidar in het schuurtje achter de provisiekelder een deksel op een vrieskist stond te schroeven.

'We moeten hem naar het bijgebouwtje brengen', zei hij. 'Het is een beetje glad, maar als we voorzichtig aan doen, lukt het wel.'

Ik knikte. Vlakbij kraste een kraai. Ik draaide me om naar het geluid, staarde naar de rij bomen aan de andere kant, maar zag niets.

Hier in de sneeuw waren alle bewegingen buiten die dag zichtbaar. De sporen volgden de paden die vanaf de huisdeur naar de verschillende bijgebouwen liepen. Verder was het overal wit en onberoerd.

Vidar begon aan de derde schroef. Hij had lenige vingers en een goede motoriek. Hij repareerde alle kleine dingen die kapotgingen, hoe kleiner, hoe beter, leek het wel. Zelf had ik geen geduld voor alles wat ik niet met mijn hele hand kon vastpakken. IKEA-meubelen in elkaar zetten maakte me razend.

Vidars lippen gleden iets omhoog terwijl hij bezig was. Door de scheve tanden, die daardoor zichtbaar werden, de smalle ogen en de driehoekige vorm van zijn gezicht, die nog werd onderstreept door zijn sikje, leek hij net een vos.

De emmer die hij had gehaald en die vol zand was, stond naast hem, bleekrood tegen het grijs van de betonnen vloer.

'Was je van plan te strooien?' vroeg ik.

'Ja', zei hij. 'Of wil jij dat doen, misschien?'

'Dat is prima', zei ik.

Ik tilde de emmer op, pakte een hand zand en terwijl ik naar het huis liep, strooide ik het in de sporen voor me. Ingrid kwam de deur uit, ze liep met haar korte, haastige passen door de sneeuw naar de kelder, gekleed in een open, groenig windjack. Zelfs op zo'n onbetekenend moment hing er een aura van intensiteit om haar heen. Dan moest Linda zijn opgestaan, dacht ik. Als Vanja niet ook sliep, tenminste.

Er hingen nog steeds een paar appels in de twee appelbomen naast het pad. De schil was verschrompeld en zat vol zwarte plekken en waar de kleur bewaard was gebleven, was die matter, donkerder rood of groen, net of hij er was ingegroeid, terwijl hij anderzijds versterkt werd door de bladerloze, zwartgetakte omgeving. Zag je ze tegen de achtergrond van weide en bos, waarin alle kleur ontbrak, dan gloeiden ze. Zag je ze tegen de achtergrond van de roodgeschilderde schuren, dan werd hun kleur mat en was nauwelijks zichtbaar.

Ingrid kwam de kelder uit met twee anderhalveliterflessen mineraalwater in haar handen en drie blikjes bier onder haar arm geklemd, ze zette een van de flessen op de grond om het haakje van de deur vast te maken, de dop en het etiket zagen geel tegen het wit van de sneeuw, pakte ze op en stevende weer op het huis af. Ik was bij het schuurtje aangekomen en verstrooide de rest van het zand terwijl ik terugliep. Toen ik de emmer op de grond zette, schoot het me plotseling te binnen op wie de man leek die ik de dag daarvoor in het restaurant had gezien. Op de schrijver Tarjei Vesaas! Die had er net zo uitgezien. Dezelfde brede kin, dezelfde zachtaardige ogen, hetzelfde kale hoofd. Maar deze man had een andere huid gehad, opvallend roze en babyachtig zacht. Alsof Vesaas' schedel uit het graf was opgestaan, of alsof in een van de vele grillen der natuur dezelfde code nog eens was gebruikt, maar met een andere huid bespannen.

'Zo', zei Vidar en hij legde de kleine schroevendraaier op de draaibank achter hem. 'Dan kunnen we hem meenemen. Ik wip hem hier naar beneden, dan pak jij hem aan de andere kant. Oké?'

'Oké', zei ik.

Ik tilde het ding op en zag dat Vidar zijn spieren spande bij het gewicht dat daarbij op hem neerkwam. Ik had graag een groter aandeel gehad, want voor mij was het niet zwaar, maar dat ging natuurlijk niet. We liepen met kleine pasjes de korte heuvel af, draaiden om en liepen naast elkaar de flauwe helling naar het bijgebouwtje op, waar we hem eerst in het midden neerzetten en vervolgens op zijn plaats in de hoek wurmden.

'Dank je wel', zei Vidar. 'Goed dat dat is gebeurd.'

Aangezien hij niemand had om hem te helpen, wachtten er vaak dergelijke karweitjes als wij kwamen.

'Niets te danken', zei ik.

Hij deed de stekker in het stopcontact en de vriezer begon onmiddellijk te zoemen. Er stonden nog twee van dergelijke kasten, plus twee grote vrieskisten. Allemaal vol eten. Elandvlees, hertenvlees, kalfsvlees, lamsvlees. Snoek, baars en zalm. Groente en bessen. Een keur aan klaargemaakte gerechten. Het was een manier om met eten en geld om te gaan die ons volkomen vreemd was. Behalve dat ze zo veel mogelijk in hun eigen behoeften voorzagen, kocht Ingrid altijd grote hoeveelheden in als iets goedkoop was, ze draaide elke kroon tweemaal om en was daar trots op. Het ging erom overal zo veel mogelijk uit te halen. Zo had ze bijvoorbeeld een afspraak met de supermarkt weten te maken dat ze het fruit dat ze anders weggooiden, gratis kreeg en dat gebruikte ze dan voor sap of voor jam of taart of wat ze er ook van besloot te maken. Soms vertelde ze wat ze had betaald voor het vlees in het gerecht dat we aten, om het verschil in waarde voor- en nadat zij haar kookkunst in praktijk had gebracht, te onderstrepen. Hoe goedkoper, hoe beter. Maar krenterig was ze in geen enkel opzicht, ze bedolf ons onder van alles en nog wat, hoe ze er zelf financieel ook voorstond. Het ging om iets anders, misschien om de trots en de eer van een huisvrouw, want ze had ooit de huishoudschool gedaan en toen haar toneelcarrière voorbij was, keerde ze blijkbaar weer terug tot het leven van voor die tijd.

Dus zoemde en bromde het vertrek van de vrieskisten en -kasten, dus lag en stond de provisiekelder vol groente, fruit, potjes jam en blikken, dus kregen we elke keer als we er waren unieke maaltijden voorgezet, meestal gerechten die in dit land een generatie of twee geleden werden gegeten, maar ook Italiaanse, Franse en Aziatische schotels, die allemaal met elkaar gemeen hadden dat ze op een of andere manier iets rustieks hadden.

Toen Vanja zou worden gedoopt, wilde Ingrid helpen met het eten. De doop zou bij mijn moeder in Jølster plaatsvinden en aangezien zowel de keuken als de winkels Ingrid vreemd waren, stelde ze voor de gerechten bij haar thuis klaar te maken en mee te nemen. Mij klonk dat volkomen absurd in de oren, een heel maal voor een gezelschap duizenden kilometers meenemen, maar ze stond erop, zei dat dat het eenvoudigst was, en aldus geschiedde. Met het gevolg dat Ingrid en Vidar behalve hun normale bagage drie vriestassen vol bij zich hadden toen ze vorig jaar op een dag eind mei op het vliegveld Bringelandsåsen iets buiten Førde landden. Er zouden twee feestjes worden gevierd, eerst vrijdags de zestigste verjaardag van mijn moeder, daarna zondags Vanja's doop. Linda en ik waren een paar dagen eerder gearriveerd, niet zonder bonje, want mama had ter gelegenheid van de feestelijkheden de kamer opgeknapt en was er nog niet toe gekomen alles op te ruimen, dus het leek er net een bouwplaats, iets waarover Linda teleurgesteld en kwaad was. Toen ze zag hoe het ervoor stond, besefte ze dat ik minstens drie dagen nodig zou hebben om alles op orde te krijgen. Ik begreep haar woede wel, zij het niet de hevigheid ervan, maar kon het er niet mee eens zijn. Tijdens een wandeling door het dal met Vanja gaf ze lucht aan haar boosheid op mijn moeder, dit waren niet de omstandigheden die ons waren voorgespiegeld, had ze dat geweten, dan had ze Vanja hier nooit laten dopen, maar thuis in Stockholm.

'Sissel is egoïstisch, ongastvrij, kil en streng', riep Linda daar in dat zonnige, groene dal uit. 'Dat is de waarheid. Jij zegt dat ik mijn moeder niet zie, jij zegt dat een gift nooit zomaar een gift is en dat ze mij volkomen afhankelijk van haar maakt, en het kan best zijn dat je daar gelijk in hebt, absoluut, maar jij ziet jouw moeder verdomme ook niet.'

Ik kreeg pijn in mijn buik van vertwijfeling zoals altijd als ik met zakelijke argumenten moest reageren op haar drift, die ik volkomen onredelijk vond, op het waanzinnige af zelfs.

We holden bijna langs de weg met de kinderwagen, waarin Vanja lag te slapen, voor ons uit.

'Het is ónze dochter die wordt gedoopt', zei ik. 'Dan ligt het toch voor de hand dat wij het huis op orde brengen! Mijn moeder werkt, weet je, in tegenstelling tot die van jou, daardoor is het haar niet gelukt alles af te krijgen. Ze kan niet al haar tijd aan ons en onze activiteiten besteden. Ze heeft haar eigen leven.'

'Jij bent blind', zei Linda. 'Jij moet altijd aan het werk als we hier zijn, ze buit het uit en wij tweeën hebben nooit tijd voor onszelf.'

'Maar we zijn toch altijd al alleen!' zei ik. 'We hebben juist alle tijd alleen. Dat is verdomme het enige wat we hebben!'

'Ze geeft ons nooit de ruimte', zei Linda.

'Wel verdomme!' zei ik. 'De ruimte? Als er iemand is die ons de ruimte geeft, is zij het wel. Jouw moeder geeft ons niet de ruimte. Nog geen centimeter, godsklere. Herinner je je nog toen Vanja werd geboren? Jij zei dat je de eerste dagen verder niemand wilde zien, dat je wilde dat wij tweeën die voor onszelf zouden hebben.'

Linda gaf geen antwoord, staarde vijandig recht voor zich uit.

'Natuurlijk had mama zin om te komen. Yngve ook. Maar toen belde ik om te vertellen dat ze de eerste twee weken niet welkom waren. En wat gebeurde er? Wie stapt er binnen, door jou uitgenodigd? Jouw moeder, natuurlijk! En wat zei je? "Dat is toch mama maar!" Ja, verdomme, dat is het exact. Dat "maar" zegt alles. Je ziet haar niet eens, het is zo normaal voor je dat ze je ergens mee komt helpen dat je het niet eens merkt. Zíj mocht komen, míjn moeder mocht niet komen.'

'Jouw moeder is niet eens naar Vanja komen kijken na de geboorte. Pas maanden later.'

'Ja, wat dacht je? Nadat ik haar had afgewezen!'

'Liefde, Karl Ove, staat boven het gevoel afgewezen te worden.'

'O, mijn hemel', zei ik.

En toen zwegen we.

'Neem nu gister, bijvoorbeeld', zei Linda. 'Ze is net zolang bij ons blijven zitten tot we naar bed gingen.'

'Nou en?'

'Zou mama dat hebben gedaan?'

'Nee, die gaat om acht uur naar bed als ze denkt dat jij dat wilt. En ze doet alles als we daar zijn, daar heb je gelijk in. Maar dat betekent toch verdomme niet dat dat normaal is? Ik heb mijn moeder met kleine dingen geholpen sinds ik het huis uit ben. Geschilderd, het gras gemaaid, schoongemaakt. Is daar nu ook al iets mis mee, soms? Behulpzaam zijn, is daar ook iets mis mee? Hè? En deze keer helpen we niet eens haar, maar onszelf! Het is toch onze doop. Snap je dat niet?'

'Jij snapt niet waar het om gaat', zei Linda. 'We zijn hier niet gekomen opdat jij aan het werk moet en ik alleen ben met Vanja. Dat is nou juist wat we thuis hebben achtergelaten. En jouw moeder is niet zo onschuldig als jij denkt, die heeft dat zo gepland en erop gerekend.'

O, godsklere, dacht ik toen we zwijgend doorliepen nadat het laatste woord was gezegd. O, wat een godvergeten kutgedoe allemaal. Hoe kon ik godsklere in zo'n klotezooi terecht zijn gekomen?

De zon stond hoog aan de blauwe, heldere hemel boven ons. De berghellingen stegen steil op aan weerszijden van de rivier, die vol smeltwater bruisend naar het Jølstravann stroomde, dat daar spiegelglad en stil lag, tussen de bergen waar op een top een zijarm van de Jostedalsbre glinsterde. De lucht was zuiver en scherp, de weiden boven en onder ons groen en vol rinkelend bellende schapen, de bergen bovenaan blauwig, hier en daar met grote vlekken witte sneeuw. Het was zo mooi dat het pijn deed. En wij liepen hier met de slapende Vanja in de wagen ruzie te maken omdat ik een paar dagen nodig had om het huis van mijn moeder op orde te krijgen.

Haar onredelijkheid kende geen grenzen. Er bestond geen punt waarop ze dacht: nee, nu ben ik te ver gegaan.

Waar het om ging?

O, dat wist ik wel. Ze was overdag helemaal alleen met Vanja, vanaf dat ik naar kantoor ging tot ik terugkwam, ze voelde zich eenzaam en nu had ze enorm naar deze twee weken uitgekeken. Een paar rustige dagen met haar kleine gezinnetje, daar had ze zich op verheugd. Wat mij betrof, ik verheugde me nooit ergens anders op dan op het moment dat de deur van mijn kantoor achter me dichtviel en ik alleen was om te schrijven. Vooral nu, nu ik na zes jaar mislukking eindelijk iets had en merkte dat het daar niet bij bleef, dat er meer was. Daar verlangde ik naar, dat hield me bezig, niet Linda en Vanja en de doop in Jølster, dat nam ik zoals het kwam. Werd het leuk, nou ja, dan werd het leuk. Werd het niet leuk, nou ja, dan werd het niet leuk. Het verschil speelde niet zo'n grote rol voor me. Onze ruzie zou ik eigenlijk ook zo moeten kunnen indelen, maar dat lukte niet, daarvoor waren de gevoelens te sterk, ze namen bezit van me.

Het werd vrijdag, ik was de hele nacht opgebleven om een toespraakje voor mijn moeder te schrijven en ik was moe toen we door dat duizelingwekkende landschap vol fjorden, bergen, rivieren en boerderijen naar Loen in Nordfjord reden, waar ze een oud landhuisachtig gebouw had gehuurd dat de verpleegstersvereniging ter beschikking stond en waar het feest zou plaatsvinden. De anderen reden door naar de gletsjer, de Briksdalsbre, Linda en ik bleven op onze kamer met Vanja om wat te slapen. De schoonheid van het landschap om ons heen was imposant en verontrustend. Al dat blauw, al dat groen, al dat wit, al die diepte en die ruimte. Zo had ik het niet altijd ervaren; vroeger, herinnerde ik me, was het landschap iets alledaags, bijna triviaals, iets waar je doorheen moest om van de ene plek naar de andere te komen.

De rivier buiten ruiste. Op een akker niet ver weg reed een tractor. Het geluid zwol aan en nam af. Zo nu en dan klonken er stemmen aan de voorkant van het gebouw. Linda lag met Vanja tegen haar borst naast me te slapen. Voor haar was de ruzie allang voorbij. Ik daarentegen kon wekenlang chagrijnig en boos blijven, ik kon jarenlang wrok koesteren. Maar alleen ten opzichte van haar. Linda was de enige met wie ik ruziemaakte, de enige tegen wie ik wrok koesterde. Zeiden mijn moeder, mijn broer of mijn vrienden iets kwetsends, dan liet ik het er gewoon bij, ik trok me niets aan van wat zij zeiden, het maakte me niets uit, niet echt. Ik had gedacht dat dat bij mijn volwassen leven hoorde, dat het me was gelukt alle boven- en ondertonen in mijn karakter, dat oorspronkelijk explosief was, te dempen en dat ik de rest van mijn leven dan ook in alle rust en verdraagzaamheid zou doorbrengen en alle dagelijkse conflicten zou oplossen met ironie en sarcasme en die chagrijnige zwijgzaamheid waarin ik zo goed was na de drie langdurige relaties die ik achter de rug had. Maar met Linda was het alsof ik weer werd teruggeslingerd in de tijd dat mijn gevoelens van de grootste vreugde in de grootste razernij omsloegen of in een bodemloze wanhoop en vertwijfeling stortten, de tijd dat ik in een reeks doorslaggevende momenten leefde, dat de intensiteit zo sterk was dat het leven soms bijna onleefbaar aanvoelde en niets anders rust schonk dan boeken met hun andere plaatsen, tijden en mensen, waar ik niemand was en niemand mij.

Dat was toen ik klein was en geen keus had.

Nu was ik vijfendertig en wenste ik zo min mogelijk verstoring van mijn zielerust, dus dan zou ik dat toch moeten krijgen of in staat moeten zijn me dat te verschaffen?

Daar zag het niet echt naar uit.

Ik ging buiten op een steen zitten roken en keek het toespraakje even door dat ik had geschreven. Ik had tot het laatste moment gehoopt de dans te kunnen ontspringen, maar er viel niet aan te ontkomen, hadden

Yngve en ik ingezien, onze moeder hoorde van elk van ons een toespraak te krijgen. Ik zag er ontzettend tegenop. Soms als ik ergens uit eigen werk moest voorlezen, aan een discussie moest deelnemen of op toneel werd geïnterviewd, was ik zo nerveus dat ik nauwelijks kon lopen. Nou ja, nerveus dekte de lading niet helemaal, nervositeit was iets met je zenuwen, was van voorbijgaande aard, iets wat een beetje stoorde, een trilling in het gemoed. Dit deed pijn en was hard. Maar het zou overgaan.

Ik stond op en slenterde naar de weg, van waar je het hele plaatsje kon overzien. De weelderige, vetgroene weiden tussen de bergwanden, de krans van loofbomen die bij de rivier groeiden, het kleine centrum op de vlakte met zijn handvol winkels en huizen. De fjord waar het aan lag, blauwgroen en volkomen bladstil, de bergen die oprezen aan de andere oever, de paar boerderijen die daar lagen, hoog langs de bergwand met hun witte huizen en rode daken, hun gele en groene velden, alles diep glanzend in het licht van de zon, die net onderging en algauw ver weg in zee zou verdwijnen. De kale bergwanden boven de boerderijen, donkerblauw, hier en daar bijna zwart, de witte toppen, de heldere hemel daarboven waar de eerste sterren algauw zouden verschijnen, eerst onmerkbaar, vaag oplichtend in het blauw, vervolgens steeds duidelijker tot ze in het donker boven de wereld stonden te blinken en te stralen.

Op deze dingen hadden we geen greep. We konden denken dat onze wereld alles omvatte, we konden druk bezig zijn met onze eigen dingen hier beneden aan de oever, rondrijden met onze auto's, elkaar opbellen en met elkaar praten, bij elkaar op bezoek gaan, eten en drinken, binnenzitten en ons laten overspoelen door opvattingen en meningen en de lotgevallen van hen die op het tv-scherm verschijnen, in die wonderlijke, halfkunstmatige symbiose waarin we leefden, en ons steeds dieper, jaar in jaar uit dieper in slaap laten sussen met het idee dat dat alles was, maar als we dan onze blik naar boven richtten en dit zagen, was de enig mogelijke gedachte die van ongrijpbaarheid en onmacht, want hoe klein en beperkt was dat waarin we ons in slaap lieten sussen eigenlijk niet? O, zeker, de drama's die we zagen waren groots, de beelden die we in ons opnamen subliem en soms zelfs apocalyptisch, alleen, kom nou toch, slaven, welk aandeel hadden we daar eigenlijk in?

Geen.

Maar de sterren blinken boven ons, de zon schijnt, het gras groeit en de aarde, ja, de aarde, die slokt alle leven op en wist alle sporen, spuwt nieuw leven uit in een cascade aan ledematen en ogen, bladeren en nagels, strootjes en staarten, wangen en bont, schors en ingewanden om het vervolgens weer op te slokken. En wat we nooit helemaal begrijpen of niet willen begrijpen, is dat dit buiten ons om gebeurt, dat we daar zelf geen deel aan hebben, dat wij slechts datgene zijn wat groeit en sterft, blind als de golven in de zee.

Achter me kwamen vier auto's door het dal aanrijden. Het waren de gasten van mijn moeder, dat wil zeggen, haar broers en zussen, hun echtgenoten en kinderen plus Ingrid en Vidar. Ik liep naar het gebouw, zag hen opgewonden en vrolijk uitstappen, zo te zien was de gletsjer een fantastische aanblik geweest. Het komende uur had iedereen tijd om zich op te knappen op de kamers, daarna zouden we in de eetkamer bij elkaar komen om hertensteak te eten en rode wijn te drinken, naar toespraakjes te luisteren, koffie met cognac te drinken, in kleine groepjes bij elkaar te komen en gezellig met elkaar te praten terwijl de avond overging in de lichte nacht.

Yngve was de eerste die opstond. Hij overhandigde ons cadeau, een spiegelreflexcamera, en hield een praatje. Ik was zo nerveus dat ik er geen woord van verstond. Hij eindigde ermee dat zij altijd een hoge pet van zichzelf had opgehad als fotograaf, maar dat dat totaal ongegrond was aangezien ze nooit een eigen camera had bezeten. Vandaar dit cadeau.

Toen was ik aan de beurt. Ik had geen hap eten door mijn keel kunnen krijgen. En dat terwijl ik bijna iedereen die me nu aanstaarde, mijn hele leven al had gekend en hun blikken zonder uitzondering welwillend waren. Maar dat praatje moest worden gehouden. Ik had mijn moeder nooit gezegd dat ze ook maar iets voor me betekende. Ik had haar nooit gezegd dat ik van haar hield of gek op haar was. Alleen al bij de gedachte aan iets dergelijks ging ik bijna over mijn nek. Dus dat zou ik ook nu niet zeggen, natuurlijk. Maar ze was zestig en ik, haar zoon, moest met een paar woorden de loftrompet over haar steken.

Ik stond op. Iedereen keek me aan, de meesten glimlachend. Ik moest me er volledig op concentreren dat mijn handen, waarin ik het vel papier vasthield, niet beefden.

'Lieve mama', zei ik en ik richtte me tot haar. Ze glimlachte bemoedigend. 'Als eerste wil ik je bedanken', ging ik verder. 'Ik wil je bedanken omdat je zo'n ongelooflijk goede moeder bent geweest. Dat je een ongelooflijk goede moeder bent geweest, hoort tot de dingen die ik gewoon weet. Maar nu is het zo met dingen die je gewoon weet, dat ze niet altijd zo gemakkelijk onder woorden te brengen zijn. In dit geval is het extra moeilijk, omdat jouw eigenschappen niet altijd zo in het oog vallen.'

Ik slikte, staarde naar mijn glas water, besloot het niet te pakken, keek op en ontmoette de ogen die me aanstaarden.

'Er is een film van Frank Capra die juist daarover gaat. *It's a Wonderful Life* uit 1946. De hoofdrolspeler is een goed mens uit een Amerikaans stadje, die aan het begin van de film in een diepe crisis verkeert en op het punt staat alles wat hij bezit op te geven. Daarop grijpt een engel in en laat hem zien hoe de wereld er zónder hem zou hebben uitgezien. En pas dan is hij in staat te zien welke betekenis hij eigenlijk voor andere mensen heeft gehad. Ik geloof niet dat jij de hulp van een engel nodig hebt om te begrijpen hoe belangrijk je voor ons bent, maar misschien hebben wij die af en toe nodig. Jij geeft iedereen in je omgeving de ruimte om zichzelf te zijn. Dat klinkt misschien vanzelfsprekend, maar dat is het niet, integendeel, het is een uiterst zeldzame eigenschap. En soms moeilijk te zien. Mensen te zien die zichzelf weten te handhaven, is gemakkelijk. Mensen te zien die grenzen trekken, is gemakkelijk. Maar jij handhaaft jezelf nooit en je trekt nooit grenzen ten opzichte van anderen. Jij accepteert dat ze zijn zoals ze zijn en gedraagt je daarnaar. Ik geloof dat iedereen hier dat wel heeft ervaren.'

Er klonk een soort gemompel rond de tafel.

'Toen ik een jaar of zestien, zeventien was, was juist dat van onschatbare waarde voor me. We woonden met zijn tweeën in Tveit en ik had het nogal moeilijk, geloof ik, maar ik had de hele tijd het gevoel dat jij vertrouwen in me had, dat je óp me vertrouwde en, niet in de laatste plaats, dat je in me geloofde. Je liet me mijn eigen ervaringen opdoen. In die tijd begreep ik natuurlijk niet dat je dat deed, ik zag jou noch mij, geloof ik. Maar dat doe ik nu wel. En ik wil je ervoor bedanken.'

Toen ik dat zei kruiste mijn blik die van mama en mijn stem brak. Ik pakte het glas, nam een slok water, probeerde te glimlachen, maar dat was niet zo gemakkelijk, er hing een soort medelijden in de stemming rond de tafel, voelde ik, en daar kon ik niet zo gemakkelijk mee omgaan. Ik wilde toch alleen maar een praatje houden, niet op de afgrond van mijn eigen sentimentaliteit afkoersen.

'Tja,' zei ik, 'nu zit je hier en ben je zestig jaar. Dat je nog niet bezig bent je pensioen te plannen, maar daarentegen net bent afgestudeerd, zegt ook het een en ander over je: op de eerste plaats ben je energiek en vitaal en intellectueel nieuwsgierig, op de tweede plaats geef je nooit op. Dat geldt voor jou en voor jouw leven, maar het heeft ook te maken met hoe jij ten opzichte van anderen bent: dingen mogen tijd kosten. Dingen mogen zo veel tijd kosten als ze nodig hebben. Toen ik zeven was en voor het eerst naar school zou gaan, was juist dat iets wat ik niet zo kon waarderen. Jij bracht me die eerste dag met de auto, ik herinner het me nog goed, je kende de weg niet precies, maar dacht dat het wel in orde zou komen. We kwamen in een woonwijk terecht. Daarna in een andere. Daar zat ik in mijn lichtblauwe pak met mijn rugzak op mijn rug en met mijn keurig gekamde haar en werd heel Tromøya rondgereden terwijl mijn schoolkameraadjes in spé op het schoolplein naar alle toespraken stonden te luisteren. Toen we er eindelijk waren, was het afgelopen. Er bestaat een eindeloze reeks vergelijkbare anekdotes die ik zou kunnen vertellen, zo ben je een niet gering aantal kilometers letterlijk de weg kwijt geweest, kilometers ver reed je door vreemde landschappen zonder te beseffen dat het niet de weg naar Oslo was, tot je ergens in een ver dal op een donkere landweg stond. Er zijn zo veel van dit soort anekdotes dat ik me tot de allerlaatste zal beperken, namelijk toen je een week geleden op de eigenlijke dag van je verjaardag je collega's op de koffie had uitgenodigd, ze kwamen, maar jij was vergeten koffie te kopen, dus moesten jullie thee drinken. Soms denk ik dat dat enorm verstrooide in je karakter er eigenlijk de voorwaarde voor is dat je zo aanwezig kunt zijn in de gesprekken die wij tweeën hebben en in de gesprekken die je met anderen hebt.'

Weer was ik zo dom om haar aan te kijken. Ze glimlachte naar me, de tranen sprongen me in de ogen, en toen, nee, o, nee, stond ze op om me te omhelzen.

De andere gasten klapten, ik ging weer zitten, vol verachting voor mezelf, want hoewel het alleen maar een goede indruk maakte als je de controle over je emoties verloor, het het puntje op de i was op wat ik had gezegd, schaamde ik me dat ik me zo zwak had getoond.

Even verderop kwam Kjellaug overeind, de oudste zus van mijn moeder, ze had het over de herfst van het leven en oogstte daarmee wat goedmoedig boegeroep, maar haar toespraakje was hartelijk en mooi en zestig was nu eenmaal geen veertig.

Tijdens dit praatje kwam Linda binnen, ze ging naast me zitten en legde een hand op mijn arm. Ging het goed? fluisterde ze. Ik knikte. Slaapt ze? fluisterde ik en Linda knikte glimlachend. Toen Kjellaug weer ging zitten, stond de volgende spreker op en zo ging het door tot alle gasten rond de tafel iets hadden gezegd. Behalve Vidar en Ingrid, natuurlijk, aangezien zij mijn moeder nauwelijks kenden. Maar ze hadden het desondanks naar hun zin, in elk geval Vidar. Verdwenen was dat een beetje vastgeroeste, bekrompen oudemannenachtige dat bij hen thuis af en toe de kop opstak, hier gedroeg hij zich zelfbewust, was vrolijk en glimlachte met blozende wangen en stralende ogen, met voor iedereen een praatje, oprecht geïnteresseerd in wat ze vertelden en met een overvloed aan kleine anekdotes, verhalen en overwegingen om hun mee tegemoet te komen. Hoe het Ingrid verging, viel niet zo gemakkelijk te zeggen. Ze maakte een opgewonden indruk, lachte luid en strooide met superlatieven om zich heen, alles was zo ongelooflijk mooi en fantastisch, maar veel verder kwam ze niet, daar bleef ze als het ware in steken, ze bleef er een beetje buiten staan, wist niet zo door te dringen tot waar het die avond om ging, of dat nu kwam omdat ze zich geen houding wist te geven aangezien ze de mensen hier niet kende, omdat ze te opgewonden was of gewoon omdat de afstand tot het leven dat ze gewoonlijk leidde, te groot was. Dat had ik vaak bij oude mensen gezien, dat ze plotselinge veranderingen niet zo goed aankunnen en het daarom niet prettig vinden ergens anders heen te moeten, maar die kregen dan vooral iets stars en gereserveerds over zich, iets wat nu niet bepaald kenmerkend was voor

Ingrids gedrag, dat eerder het tegenovergestelde vertoonde, bovendien was Ingrid nog niet oud, in elk geval niet naar de maatstaven van onze tijd. Toen we de volgende dag terugreden om de doop voor te bereiden, gedroeg ze zich nog hetzelfde, maar met meer ruimte om zich heen viel het minder op. Ze maakte zich zorgen over het eten, dus ze probeerde de avond ervoor zo veel mogelijk voor te bereiden, en toen de dag van de doop aanbrak, was ze bang dat de deur van het huis op slot zou zijn zodat ze niet op tijd klaar was als de gasten kwamen, en dat ze als ze alleen in de keuken was, het noodzakelijke kookgerei niet kon vinden.

De priester was een jonge vrouw, we stonden om haar heen rond het doopvont en Linda hield Vanja in haar armen toen haar hoofdje met water werd besprenkeld. Ingrid vertrok zodra de ceremonie voorbij was, de rest bleef zitten. Toen was het tijd voor het avondmaal, Jon Olav en zijn gezin liepen naar het altaar en knielden. Om de een of andere reden stond ook ik op en liep achter hen aan. Ik knielde bij het altaar, kreeg een hostie op mijn tong, dronk miswijn, werd gezegend, stond op en liep terug met de min of meer wantrouwende blikken van mama, Kjartan, Yngve en Geir op me gericht.

Waarom had ik dat gedaan?

Was ik gelovig geworden?

Ik, al vanaf mijn vroege jeugd een vurig atheïst en in wezen een materialist, was in een fractie van een seconde, zonder er bij na te denken, opgestaan, door het middenpad gelopen en had voor het altaar geknield. Het was zuiver en alleen een impuls geweest en toen ik hun blikken zag, kon ik het niet verdedigen, kon ik niet zeggen dat ik christen was, en ik sloeg mijn blik neer, lichtelijk beschaamd.

Er was veel gebeurd.

Toen papa stierf had ik met een priester gesproken, het was net een biecht, alles golfde eruit, en hij was er geweest om naar me te luisteren, om me te troosten. De begrafenis, het ritueel op zich, had voor mij bijna iets fysieks, iets waar ik me aan vast kon houden. Het maakte papa's leven, hoe ellendig en destructief het aan het eind ook was, tot een leven.

Hoeveel troost schonk dat niet?

En dan alles waar ik het laatste jaar aan had gewerkt. Niet wat ik schreef, maar waar ik heen wilde, naar ik langzamerhand begreep: het heilige. In mijn roman werd het zowel getravesteerd als aangeroepen, maar zonder de hymnische ernst die naar ik wist bestond in deze wereld, in deze teksten die ik was gaan lezen, en door die ernst, door de ontzettende intensiteit ervan die je altijd aantrof in de buurt van het heilige, waar ik nooit was geweest en nooit zou komen, maar die ik desondanks voelde, was ik anders over Christus gaan denken, want het ging om lichaam en bloed, om geboorte en dood en daar waren wij met ons lichaam en ons bloed, onze borelingen en onze doden mee verbonden, voortdurend, ononderbroken, er raasde een storm door onze wereld, dat had hij altijd al gedaan, en de enige plek waar dit alles vorm kreeg, voor zover ik wist, deze verheven, maar tegelijkertijd eenvoudige dingen, was in religieuze geschriften. Én bij de dichters en kunstenaars die die benaderden. Bij Trakl, Hölderlin, Rilke. Het Oude Testament lezen, met name Leviticus met zijn gedetailleerde beschrijvingen van de offerrituelen, en het Nieuwe Testament lezen, zo veel jonger en zo veel dichter bij ons staand, hield in dat tijd en geschiedenis werden opgeheven, wat overbleef was stof dat opwaaide en liet zien wat altijd hetzelfde bleef.

Daar had ik veel over nagedacht.

Dan had je nog het triviale feit dat deze dominee Vanja nauwelijks had willen dopen omdat we niet getrouwd waren en ik gescheiden was, en toen ze het over ons geloof kreeg en ik niet kon zeggen: ja, ik ben christen, ik geloof dat Jezus Gods zoon was – een krankzinnige gedachte, het zou nooit in me opkomen daarin te geloven – maar er in plaats daarvan wat omheen draaide: de traditie, de begrafenis van mijn vader, het leven en de dood, het ritueel, voelde ik me na afloop oneerlijk, alsof we onze dochter op oneigenlijke gronden lieten dopen, dus bij de eucharistie wilde ik dat waarschijnlijk goedmaken met het resultaat dat ik een nog oneerlijker indruk maakte. Ik had niet alleen mijn dochter laten dopen zonder gelovig te zijn, nu nam ik verdorie ook nog deel aan de eucharistie!

Maar dat heilige.

Vlees en bloed.

Alles wat verandert en hetzelfde blijft.

En tot slot, maar niet in de laatste plaats, het beeld van Jon Olav die langsliep en vooraan neerknielde. Hij was een man uit één stuk, een goed mens en op een of andere manier trok dat ook mij mee door het middenpad en op de knieën: ik wilde zo graag ook een man uit één stuk zijn. Ik wilde zo graag ook een goed mens zijn.

We stelden ons op de trap van de kerk op voor foto's: de ouders, de dopelinge, de peetooms en de peettantes. In de jurk die Vanja droeg, was haar overgrootmoeder al gedoopt, hier in Jølster. Een paar van de broers en zussen van mijn oma waren er – Linda's favorieten Alvdis en Anfinn onder anderen – alle broers en zussen van mijn moeder, een paar van hun kinderen en kleinkinderen, één broer van papa had die hele verre reis gemaakt, verder Linda's vrienden uit Stockholm, Geir en Christina en Vidar en Ingrid natuurlijk.

Terwijl we daar stonden kwam Ingrid de heuvel op gehold. De angst dat het huis op slot zou zijn, bleek niet ongegrond, want mama had in haar verstrooidheid inderdaad de deur op slot gedraaid. Ingrid kreeg de sleutel en holde terug. Toen we een half uur later kwamen, was ze vertwijfeld omdat ze niet genoeg schalen had kunnen vinden. Maar alles ging goed natuurlijk, het was stralend weer, we aten buiten in de tuin met uitzicht op het meer, waarin de bergen zich spiegelden, en het eten werd door iedereen geprezen. Toen het achter de rug was en Vanja van de ene schoot naar de andere verhuisde zodat er niet op haar hoefde te worden gelet, had Ingrid niets meer omhanden en misschien was dat moeilijk voor haar, ze ging in elk geval naar haar kamer en bleef daar tot we haar begonnen te missen, zo rond een uur of vijf, half zes toen de eerste gasten er al vandoor waren. Linda ging op zoek. Ze lag te slapen, maar het was bijna onmogelijk haar te wekken. Dat was altijd al zo geweest, wist ik. Linda had al eerder verteld hoe griezelig diep ze sliep en hoe onmogelijk het was de eerste vijf à tien minuten nadat ze wakker was geworden, contact met haar te krijgen. Linda was van mening dat er slaaptabletten in het spel waren. Toen Ingrid naar buiten kwam, liep ze bijna wankelend over het gazon en was haar lach ongepast in die zin dat hij en te luid was voor wat er aan tafel gebeurde, en niet helemaal synchroon liep met de momenten waarop de rest het op zijn plaats vond om te lachen. Ik werd ongerust toen ik haar zag, er klopte iets niet, dat was duidelijk. Enerzijds leek ze een beetje afwezig, anderzijds was ze luidruchtig en opgewonden, haar ogen glansden en ze had een rood hoofd. Toen iedereen naar bed was, hadden Linda en ik het erover. Het kwam vast door slaapmiddelen, of door alle stress in verband met het feest, ze had tenslotte voor vijfentwintig mensen gekookt. En alles was nieuw en vreemd voor haar.

De volgende keer dat ik hen zag, was hier in Gnesta en toen was er niets meer te bespeuren van al dat opgewondene en onrustige dat ze had gehad. En was Vidar weer in zijn routinebestaan weggezakt.

Nu stond hij even met zijn handen op zijn heupen zijn werk te bekijken. Van de overkant van de heuvel klonk het geluid van een naderende trein, verdween, keerde een paar seconden later aan de andere kant terug, luider en doordringender, terwijl Linda op hetzelfde moment de helling op kwam gelopen.

'Het eten is klaar!' riep ze toen ze ons in de gaten kreeg.

De volgende ochtend bracht Vidar ons naar het station. We kwamen vlak voordat de trein vertrok aan, dus ik had geen tijd meer om een kaartje te kopen. Ingrid, die meekwam om de komende drie dagen op Vanja te passen, had een maandkaart terwijl Linda net genoeg strippen op haar kaart had voor Stockholm. Ik ging bij het raam zitten en haalde de stapel kranten voor de dag, waar ik nog steeds niet aan toe was gekomen. Ingrid bekommerde zich om Vanja, Linda zat uit het raam te kijken. De conducteur kwam pas een aantal stations nadat we in Södertälje waren overgestapt. Ingrid liet hem haar kaart zien, Linda gaf hem haar strippenkaart en ik rommelde in mijn zak op zoek naar los geld. Toen hij zich tot mij wendde, zei Ingrid: 'Hij is in Haninge ingestapt.'

Wat?

Bedonderde ze de boel voor mij?

Waar was ze verdomme mee bezig?

Ik keek de conducteur aan.

'Stockholm', zei ik. 'Vanaf Haninge. Hoeveel is dat?'

Ik kon nu niet meer zeggen dat ik eigenlijk in Gnesta was ingestapt, want wat zou Ingrid dan voor figuur slaan? Aan de andere kant betaalde ik altijd wat ik moest, dat was een principe van me: kreeg ik in een winkel te veel geld terug, bijvoorbeeld, dan wees ik de verkoopster er altijd op. Zwartrijden in de trein was wel het laatste wat ik zou doen.

De conducteur gaf me mijn kaartje en het wisselgeld, ik bedankte hem en hij verdween in de drukte van de ochtendpendelaars.

Ik was razend, maar ik zei niets, bleef lezen. Toen we op Stockholm centraal aankwamen en ik de kinderwagen op het perron tilde, bood ik haar aan haar koffer mee naar kantoor te nemen zodat zij die niet eerst mee naar ons huis hoefde te slepen en vandaar weer naar kantoor, waar ze altijd overnachtte als ze 's middags bij ons was. Daar was ze blij om. Ik nam afscheid van hen in de hal en liep bij de treinen naar het vliegveld naar buiten, naar de markt waar het op een vesting lijkende vakbondsgebouw aan lag, nam vandaar de Dalagata met in mijn ene hand de koffer, die ik achter me aantrok, in de andere mijn tas met mijn laptop en deed vijf minuten later de deur van mijn kantoor open.

Dat was nu al een plek vol herinneringen. De tijd dat ik *Engelen vallen langzaam* schreef, stroomde me van alle kanten tegemoet. Godsamme, wat was ik toen gelukkig geweest.

In de kast onder de gootsteen maakte ik ruimte voor Ingrids koffer, die wilde ik niet voor ogen hebben terwijl ik aan het werk was, toen ging ik naar de wc om te pissen.

En wat zag ik daar? Waren dat niet Ingrids shampoo en lotion? En lagen onder in de afvalzak niet haar wattenstaafjes en flosdraad?

'GODSODEJU!' zei ik luid, ik greep de twee flessen en slingerde ze in de afvalbak in de keuken, 'nu is het verdomme GENOEG', riep ik, ik rukte de zak uit de afvalbak in de badkamer, bukte me en pakte het kransje haar dat in het putje lag; dat was haar haar en godsklere, het was mijn kantoor, de enige plek die ik had waar ik helemaal op mezelf was, waar ik helemaal alleen was en zelfs daar moest zij met al haar spullen en heel haar hebben en houden komen, zelfs daar moest ik worden lastiggevallen, dacht ik, ik slingerde het haar zo hard als ik kon in de afvalzak, frommelde die in elkaar en stopte hem diep, diep weg in de afvalbak in de kast onder de aanrecht in de keuken.

Godsamme, zeg.

Toen zette ik mijn laptop aan en ging achter mijn bureau zitten. Wachtte ongeduldig tot het ding was opgestart. In de vloer was Christus met de doornenkroon te zien. Aan de muur achter de bank hing de poster van het nachtelijke Balke-schilderij. Boven mijn bureau de twee foto's van Thomas. Aan de muur achter me de gedissecteerde walvis en de bijna fotografisch nauwkeurige tekeningen van kevers van dezelfde achttiende-eeuwse expeditie.

Hier kon ik niet schrijven. Dat wil zeggen, hier kon ik niets nieuws schrijven.

Maar dat was ook niet wat me deze week te doen stond. Zaterdagochtend zou ik een voordracht houden over mijn 'schrijverschap', in Bærum nog wel, en daar zou ik de komende dagen aan werken. Het was een zinloze opdracht, maar ik had langgeleden al toegezegd. De aanvraag kwam binnen op de dag dat mijn boek bleek te zijn genomineerd voor de Nordisk Råds Litteraturpris, ze schreven dat het traditie was dat de Noorse genomineerde schrijvers bij hen over zijn boek of zijn schrijverschap kwam praten en aangezien mijn verdediging op dat moment net buitenspel was gezet, stemde ik toe.

En nu zat ik hier.

Dames en heren. Ik heb schijt aan jullie, ik heb schijt aan het boek dat ik heb geschreven, ik heb er schijt aan of ik daar een prijs voor krijg of niet, het enige wat ik wil is meer schrijven. Dus wat doe ik hier? Ik voelde me gevleid, ik kende een moment van zwakte, daar heb ik er veel van, maar nu is het voorbij met me gevleid voelen en met zwakke momenten. Om dat op een serieuze en ondubbelzinnige manier te onderstrepen heb ik een paar kranten meegenomen. Die was ik van plan hier op de grond voor het spreekgestoelte te leggen om erop te schijten. Ik heb het een paar dagen ingehouden om dat met nadruk te kunnen doen. Zo ja. Zo. O. Daar hebben we het. Nu moet ik alleen mijn kont nog afvegen, dan zijn we klaar. Dan geef ik nu het woord aan de andere genomineerde, Stein Mehren. Dank u wel.

Ik wiste het, ging naar het keukentje en liet de waterkoker vollopen, prikte wat met een lepel in het potje oploskoffie, wist een paar klompjes los te krijgen en strooide ze in mijn kopje, dat ik het volgende moment volgoot met dampend water. Toen hup, mijn jas aan en naar de bank voor het ziekenhuis aan de andere kant van de straat, waar ik snel achter elkaar drie sigaretten rookte terwijl ik naar de mensen en de auto's keek die langskwamen. De hemel was troosteloos grijs, de lucht koud en vochtig, de sneeuw langs de straatkant donker van de uitlaatgassen.

Ik haalde mijn mobieltje tevoorschijn en tikte zomaar wat, tot ik een gedicht had dat ik Geir stuurde.

Geir, Geir, het is gedaan
Nooit zal je lid meer omhooggaan
Maar niet getreurd
jou valt te beurt
een vrouw te worden die niemand kan weerstaan

Daarna ging ik weer achter mijn laptop zitten. De onlust die ik voelde, gecombineerd met het feit dat ik nog vijf hele dagen had voor het af moest zijn, maakte het moeilijk, bijna onmogelijk om mezelf te motiveren. Want wat moest ik zeggen? Bla, bla, bla, *Buiten de wereld*, bla, bla, bla, *Engelen vallen langzaam*, bla, bla, bla, blij en trots.

Mijn mobieltje piepte in de zak van mijn jas. Ik pakte het en haalde het sms'je van Geir op.

Ben vanmorgen inderdaad omgekomen bij een verkeersongeluk. Wist niet dat het al bekend was. Jij krijgt mijn pornobladen, ik heb ze niet meer nodig, ben zo stijf als ik nog nooit ben geweest. Mooi grafschrift, trouwens. Maar je kunt toch wel beter?

Jazeker, schreef ik terug. *Hoe vind je deze?*

Hier rust Geir in zijn vroege graf
Hij zat in zijn Saab, maar het wiel viel eraf
De ogen braken, hoewel het hart bleef slaan
daar besteedde echter niemand aandacht aan

dus hoewel zijn borst was ingedrukt
leek zijn dood eerst niet gelukt
tot er in de kist een eind kwam aan de voorraad lucht
toen stierf die puike kerel met een laatste zucht!

Zo vreselijk grappig was het waarschijnlijk niet, maar het maakte in elk geval dat de tijd verstreek. En misschien riep het bij Geir een welwillend lachje op, daar in zijn kamer op de universiteit. Toen het verzonden was, ging ik naar de supermarkt om wat te eten te kopen. Ik at, sliep een uurtje op de bank. Las het eerste deel van *De gebroeders Karamazov* uit, begon in het tweede en toen ik dat uit had, was het buiten volkomen donker en de flat vol van de vroege avondgeluiden. Ik voelde me zoals ik in mijn jeugd had gedaan toen ik urenlang kon liggen lezen, met een koud hoofd leek het wel, alsof ik was opgekrabbeld uit een diepe slaap, een koude slaap, in de weerschijn waarvan mijn omgeving hard en ongastvrij overkwam. Ik waste mijn handen met warm water, droogde ze grondig af, zette mijn laptop uit en stopte hem in de tas, knoopte mijn sjaal om mijn nek, trok mijn muts over mijn hoofd, trok mijn jas en schoenen aan, deed de deur achter me op slot, trok mijn wanten aan en ging de straat op. Over iets meer dan een half uur had ik met Geir afgesproken in de Pelikan, dus ik had alle tijd.

De sneeuw op het trottoir zag geelbruin en had een fijnkorrelige, griesmeelachtige consistentie waardoor hij als het ware weggleed als je erin trapte. Ik nam de Rådmannsgata naar de ondergrondse aan de kruising met de Sveaväg. Het was half zeven. De straten om me heen waren zo goed als leeg, maar gehuld in een ontwijkende duisternis zoals die alleen voorkomt in het schijnsel van elektrisch licht, dat hier uit elk raam, van elke straatlantaarn over sneeuw en asfalt, trappen en balustrades, geparkeerde auto's en gestalde fietsen, gevels, richels, straatnaambordjes en lantaarnpalen viel. Ik kon net zo goed iemand anders zijn, dacht ik terwijl ik daar liep, er bestond op dit moment niets in me wat dierbaar genoeg aanvoelde om het niet net zo gemakkelijk op te geven voor iets anders. Ik passeerde de Drottninggata, waar het helemaal aan het eind krioelde van de zwarte, keverachtige mensen, liep de trappen bij het Observatorielunden af, door het stukje straat waar het Chinese restaurant was met dat walgelijke bordje dat tot 'zwelgen' aanspoorde, en de trap af naar de ondergrondse. Er stonden zo'n dertig of veertig mensen op de twee perrons, de meesten van het werk op weg naar huis, naar de tassen te oordelen die ze bij zich hadden. Ik ging op de plek staan waar ik het verst van de dichtstbijzijnde persoon vandaan stond, zette mijn tas tussen mijn benen op de grond, leunde met mijn ene schouder tegen de muur, pakte mijn mobieltje en belde Yngve.

'Hallo?' zei hij.

'Hoi, Karl Ove hier', zei ik.

'Zag ik wel', zei hij.

'Je had gebeld?' vroeg ik.

'Zaterdag, ja', zei hij.

'Ik zou terugbellen, maar we hadden een beetje stress, we hadden gasten en toen ben ik het vergeten.'

'Maakt niet uit', zei Yngve. 'Er was niets bijzonders.'

'Is de keuken er al?'

'Ja. Kwam toevallig vandaag. Staat hier naast me. En ik heb een nieuwe auto gekocht.'

'Echt waar?'

'Moest wel. Het is een Citroën XM, niet zo heel oud. Het is een uitvaartauto geweest.'

'Dat meen je niet.'

'Jawel.'

'Rij jij in een uitvaartauto rond?'

'Hij is toch omgebouwd. Er past heus geen kist meer in. Hij ziet er heel normaal uit.'

'Maakt niet uit. Alleen al het feit dat er lijken in zijn vervoerd ... Dat is het ergste wat ik sinds tijden heb gehoord.'

Yngve snoof.

'Jij bent ook zo gevoelig', zei hij. 'Het is een doodnormale auto. Die ik me kan veroorloven.'

'Ja, ja', zei ik.

Er viel een stilte.

'En verder?' vroeg ik.
'Niets bijzonders. En met jou?'
'Nee, niets. We waren gister de stad uit, bij Linda's moeder.'
'O, ja.'
'Ja.'
'En Vanja? Loopt ze al?'
'Een paar pasjes. Maar het leek meer alsof ze struikelde, als ik heel eerlijk ben', zei ik.
Hij lachte wat aan de andere kant.
'En Torje en Ylva?'
'Alles goed', zei hij. 'Torje heeft je geloof ik een brief gestuurd. Van school. Heb je die gekregen?'
'Nee.'
'Hij wilde niet vertellen wat hij had geschreven. Maar dat zie je dan wel.'
'Ja.'
Helemaal achteraan in de tunnel doken de lichten van een trein op. Een zwakke luchtstroom veegde over het perron. De mensen liepen naar de rand.
'Mijn trein komt eraan', zei ik. 'Maar we bellen gauw.'
De trein kwam langzaam voor me tot stilstand. Ik pakte mijn tas op en liep een paar passen naar voren naar de deur.
'Doen we', zei hij. 'Tot dan.'
'Tot dan.'
Voor me gingen de deuren open en de mensen stroomden naar buiten. Op het moment dat ik mijn hand met mijn mobieltje liet zakken, stootte iemand van achteren tegen mijn elleboog zodat het naar voren vloog, de menigte voor de deur in, zonder dat ik het goed zag aangezien ik me automatisch omdraaide naar degene die tegen me aangebotst was.
Waar was het terechtgekomen?
Er klonk geen klap toen het op de grond viel. Misschien was het op een voet beland? Ik ging op mijn hurken zitten en liet mijn blik over het perron voor me glijden. Geen mobieltje. Had iemand het weggeschopt? Nee, dat had ik gemerkt, dacht ik en ik kwam weer overeind, draaide

mijn hoofd om en keek naar de mensen die op weg waren naar de uitgang. Misschien was het in een tas terechtgekomen of zoiets? Daar liep een vrouw met een open handtas aan haar onderarm. Zou het daarin beland zijn? Nee, zulke dingen gebeuren niet.

Of toch wel?

Ik liep achter haar aan. Kon ik haar voorzichtig op haar schouder tikken en vragen of ik even in haar tas mocht kijken: ik heb mijn mobieltje verloren, snap je, en het zou kunnen dat het daar in terecht is gekomen.

Nee, dat kon ik niet doen.

Het signaal dat de deuren van de trein dichtgingen, klonk. De volgende kwam pas over tien minuten, ik was al laat en dat mobieltje was een oud model, bedacht ik nog net voordat ik door de deur sprong, die al halfdicht was. Lichtelijk in de war ging ik naast een twintigjarige goth zitten terwijl het licht van het station door de wagon flakkerde en toen opeens door dichte duisternis werd vervangen.

Vijftien minuten later stapte ik bij Skanstull uit, haalde wat geld uit de muur, stak de weg over en liep naar de Pelikan. Het was een klassieke bierhal met banken en tafels langs de muren en stoelen en tafels dicht op elkaar op de zwart-wit geruite vloer, met bruine houten panelen, schilderingen op de muren erboven en aan het plafond, hier en daar een brede pilaar waar een bank omheen liep, ook met bruine panelen onderaan, en achterin een lange, brede toog. De bediening was over het algemeen al op leeftijd en liep in zwarte kleren met witte schorten rond. Er was geen muziek, maar het was er desondanks lawaaierig, het geroezemoes van stemmen en gelach en het gekletter van bestek en glazen hing als een wolkendek boven de tafels, onmerkbaar als je een tijdje binnen was, maar opvallend en soms zelfs opdringerig als je de deur opendeed en van buiten binnenstapte: dan klonk het als gebulder. Onder de clientèle bevonden zich nog steeds een of andere zuipschuit van wie je je kon voorstellen dat hij hier al sinds de jaren zestig zat te drinken, en een paar oudere mannen die er hun warme maaltijd genoten, maar zij waren uitstervend; dominerend, zowel hier als in alle overige cafés in Söder, waren mannen en vrouwen uit de cultuurdragende klasse. Ze waren niet te jong, niet te oud, niet te mooi, niet te lelijk en ze werden nooit te dronken. Cultureel journalisten, studenten, geesteswetenschappers, medewerkers van uitgeverijen, mensen die achter de schermen bij radio en tv werkten, een enkele toneelspeler of schrijver, maar zelden echte beroemdheden.

Ik bleef een paar meter van de deur vandaan staan en terwijl ik mijn sjaal afdeed en mijn jas losknoopte, liet ik mijn blik over hen glijden. Schitterende brillenglazen, glimmende kale hoofden, fonkelend witte tanden. Iedereen had een biertje voor zich staan, bijna okerkleurig tegen de bruine tafelbladen. Maar Geir zag ik niet.

Ik liep naar een van de tafeltjes met een kleed erop en ging met mijn rug tegen de muur zitten. Vijf seconden later stond een van de serveersters voor me en reikte me het dikke menu in imitatieleer.

'Er komt nog iemand', zei ik. 'Dus ik wacht nog even met bestellen. Maar kan ik zolang een Staropramen krijgen?'

'Uiteraard', zei ze, een vrouw van rond de zestig met een groot, vlezig gezicht en een grote bos roodbruin haar. 'Pils of donker bier?'

'Pils graag.'

Mooi was het hier in elk geval. Door de typische atmosfeer van zo'n echte bierhal gleden je gedachten naar andere, meer klassieke tijden zonder dat hij om die reden iets museaals kreeg, de sfeer had niets gemaakt, hier ging je naartoe om een biertje te drinken en te praten zoals ze al sinds de jaren dertig hadden gedaan. Dat was een van de mooiste dingen in Stockholm, dat zo veel gelegenheden uit verschillende tijdperken nog steeds bestonden zonder dat daar speciaal reclame voor werd gemaakt. Het Van der Nootska palatset uit de zeventiende eeuw bijvoorbeeld, waar Bellman naar verluidt de eerste keer dronken werd toen de kroeg al honderd jaar bestond, en waar ik af en toe lunchte – de eerste keer op de dag nadat de minister van buitenlandse zaken Anna Lindh was vermoord, trouwens, toen de sfeer in de stad zo merkwaardig bedrukt en wantrouwig was –, dan had je het achttiende-eeuwse restaurant Den Gyldene Freden in Gamla Stan, de negentiende-eeuwse kroegen Tennstopet en Berns Salonger, waar de door Strindberg beschreven Rode Kamer zich bevond, om maar te zwijgen van de mooie jugendstilbar Gondolen, dat sinds de jaren twintig onveranderd op de top van Katharina-hissen lag met uitzicht over de hele stad en waar je het gevoel had alsof je je aan boord bevond van een zeppelin, of misschien in de salon van een stoomboot op de Atlantische Oceaan.

De serveerster kwam met een blad vol bierglazen in haar handen, zette er glimlachend een op een viltje dat ze nauwelijks een seconde eerder voor me had neergeslingerd, en liep verder tussen de lawaaierige tafels door, waar ze waarschijnlijk minstens bij elk tweede rondje met een geintje werd ontvangen.

Ik bracht het glas naar mijn mond, voelde het schuim tegen mijn lippen prikkelen en de koude, lichtelijk bittere vloeistof mijn mondholte vullen, die zo onvoorbereid was op al die smaak dat er een rilling door me heen ging, waarna het door mijn keelgat gleed.

O.

Als je de toekomst voor je zag en een wereld opriep waarin het stadsleven zich overal had uitgebreid en de mens zijn zo langverwachte symbiose met de machine had voltooid, nam je nooit het meest voor-de-hand-liggende in overweging, bier bijvoorbeeld, goudgeel, smakelijk en robuust, gemaakt van het graan op de akkers en de hop op de velden, of brood of rode bieten met hun zoete, maar donkere, grondige smaak, alles wat we altijd hadden gegeten en gedronken, aan tafels gemaakt van hout voor ramen waar de zonnestralen doorheen vallen. Wat deden ze in zeventiende-eeuwse paleizen met hun in livrei geklede bedienden, hooggehakte schoenen en gepoederde pruiken die over schedels vol zeventiende-eeuwse gedachten waren getrokken, anders dan bier en wijn drinken, brood en vlees eten en pissen en schijten? Net als in de achttiende, negentiende en de twintigste eeuw. De ideeën over wat de mens was, veranderden voortdurend, de ideeën over de wereld en de natuur ook, alle mogelijke merkwaardige denkbeelden en geloofsrichtingen ontstonden en verdwenen weer, nuttige en nutteloze dingen werden uitgevonden, de wetenschap drong steeds verder in de mysteriën door, er kwamen steeds meer machines, de snelheid werd opgevoerd en de oude levensgewoontes moesten steeds meer terrein prijsgeven, maar niemand droomde ervan het bier eraan te geven of te veranderen. Mout, hop, water. Akker, veld, beek. En zo was het in principe met alles. We waren ondergedompeld in het archaïsche, niets wezenlijks aan ons, onze lichamen of behoeftes was veranderd sinds de eerste mens veertigduizend jaar geleden, of hoelang homo sapiens ook had bestaan, ergens in Afrika het daglicht aanschouwde. Maar we beeldden ons in dat het anders was en onze verbeeldingskracht was zo sterk dat we dat niet alleen geloofden, maar ons er ook naar richtten terwijl we ons een stuk in de kraag dronken in onze cafés en donkere pubs en onze dansen dansten, die waarschijnlijk nog hulpelozer waren dan wat er laten we zeggen vijfentwintigduizend jaar geleden in het schijnsel van een vuur ergens aan de kust van de Middellandse Zee werd opgevoerd.

Hoe kon het idee dat we modern waren überhaupt ontstaan als mensen om ons heen wegvielen, aangetast door ziektes waar geen remedie tegen bestond? Wie kan modern zijn met een kankergezwel in zijn hersenen? Hoe konden we geloven dat we modern waren als we wisten dat alle mensen binnen afzienbare tijd ergens in de aarde lagen te rotten?

Ik bracht het glas weer naar mijn mond en nam langzaam een paar grote slokken.

Wat vond ik het toch heerlijk om te drinken. Er was maar een half glas bier voor nodig of mijn hersenen begonnen met de gedachte te spelen deze keer door te gaan tot het eind. Alleen maar te blijven drinken. Maar deed ik dat ook?

Nee, dat deed ik niet.

Gedurende de paar minuten dat ik daar zat, was er de hele tijd een constante stroom mensen binnengekomen. De meesten van hen deden wat ik had gedaan, bleven een paar meter van de deur vandaan staan en monsterden de gasten terwijl ze met hun jas en alles bezig waren.

Helemaal achteraan in het laatste groepje herkende ik een gezicht. Daar had je warempel Thomas!

Ik zwaaide naar hem en hij kwam naar me toe.

'Hoi, Thomas', zei ik.

'Hé, Karl Ove', zei hij en hij gaf me een hand. 'Langgeleden.'

'Ja, dat klopt. Alles goed?'

'Ja, alles in orde. En met jou?'

'Ja hoor, prima.'

'Ik heb hier met een paar andere mensen afgesproken, ze zitten daar in de hoek. Kom bij ons zitten als je wilt.'
'Bedankt, maar ik zit hier op Geir te wachten.'
'O ja! Ja, ik geloof warempel dat hij het daarover had. Ik heb hem gister gesproken, zie je. Maar dan kom ik straks even langs, als dat oké is?'
'Natuurlijk', zei ik. 'Tot zo.'
Thomas was een vriend van Geir en wel degene die ik zonder meer het meest mocht. Hij was begin vijftig, leek opvallend veel op Lenin – alles vanaf de baard tot de kale kop en de Mongoolse ogen kwamen overeen – en hij was fotograaf. Hij had drie boeken uitgegeven, het eerste met foto's van landingstroepen, het tweede met foto's van boksers, in dat milieu had hij Geir ontmoet, en het laatste met een serie foto's van dieren, objecten, landschappen en mensen, waar overal een soort duisternis omheen hing en waar de leegte in en rondom het meest opvallende was. Thomas was vriendelijk en gemakkelijk in de omgang, je had bij wijze van spreken niets te verliezen als je met hem praatte, misschien omdat hij zichzelf niet zo serieus nam terwijl hij anderzijds zelfverzekerd was, of misschien juist daarom. Hij gunde anderen het beste, dat gevoel wekte hij op. In zijn werk daarentegen was hij extreem streng en veeleisend, altijd op jacht naar perfectie, zijn foto's hadden eerder iets gestileerds dan geïmproviseerds. De foto's die mij het beste bevielen, waren die in de ruimte daartussen: het geïmproviseerd gestileerde, het toeval vastgevroren. Ze waren schitterend. Een paar van zijn bokserfoto's deden aan hellenistische beelden denken, zowel qua balans van het lichaam als door het feit dat het in activiteiten buiten de ring was gevangen, uit andere sprak juist een grote duisternis, en geweld natuurlijk. Ik had die winter twee foto's van hem gekocht, bedoeld als cadeau voor Yngves veertigste verjaardag, ik zat in Thomas' studio de serie door te bladeren die zijn laatste boek vormde, aarzelde lang, maar koos er uiteindelijk twee uit. Toen Yngve ze kreeg, zag ik aan hem dat ze hem niet echt bevielen, dus zei ik dat hij er zelf twee kon uitzoeken en nam zelf die eerste foto's, die nu op mijn kantoor hingen. Ze waren schitterend, maar hadden ook iets onheilspellends, want wat ze uitstraalden was de dood, dus ik begreep heel goed dat Yngve ze niet in de kamer wilde hangen, hoewel ik natuurlijk ook beledigd was.

En niet zo'n beetje, trouwens. Toen ik de foto's die Yngve ten slotte had uitgekozen, wilde afhalen en op de deur klopte van het souterrain in Gamla Stan, waar Thomas zijn studio had, met massieve stenen muren uit de zestiende eeuw, deed zijn collega, een wat slonzig geklede man van in de zestig met een enorme bos haar, de deur open. Thomas was er niet, maar ik kon binnenkomen en op hem wachten als ik wilde. Het was Anders Petersen, de fotograaf met wie Thomas zijn studio deelde en die ik vooral kende als de maker van de foto van Tom Waits' plaat *Rain Dogs*, maar die al een naam had sinds de jaren zeventig toen hij doorbrak met *Café Lehmitz*. Zijn foto's waren ruig, indringend, chaotisch en zaten het leven zo dicht op de huid als maar mogelijk was. Hij ging in het vertrek boven de doka op de bank zitten, vroeg of ik koffie wilde, dat wilde ik niet, en hervatte zijn bezigheid, dat wil zeggen, hij bladerde neuriënd een stapel contactbladen door. Ik wilde niet storen of opdringerig overkomen, dus ik bleef een tijdje voor een bord met foto's staan kijken, niet geheel onaangedaan door zijn uitstraling, die zich misschien had opgelost als er meer mensen in het vertrek waren geweest, maar nu waren we hier maar met zijn tweeën en ik nam elke beweging daar verderop waar. Hij straalde naïviteit uit, maar niet gebaseerd op onervarenheid, integendeel, hij wekte de indruk veel beleefd te hebben, het was meer alsof al die ervaringen gewoon bestonden zonder dat er consequenties uit getrokken waren, alsof ze hem als het ware onberoerd hadden gelaten. Dat was waarschijnlijk niet zo, maar dat gevoel kreeg ik als ik naar hem keek en hem daar zag zitten werken. Thomas kwam een paar minuten later en leek blij me te zien, zoals waarschijnlijk bij iedereen. Hij pakte koffie, we gingen op een bank bij de trap zitten, hij haalde de foto's tevoorschijn, bekeek ze een laatste keer nauwkeurig, stopte ze elk in een plastic hoes die hij op hun beurt weer in een envelop stopte terwijl ik de envelop met het geld voor hem op tafel legde, zo discreet dat ik er niet zeker van was of hij het wel had gemerkt, er was iets met privétransacties met contant geld wat me verlegen maakte: het natuurlijke evenwicht werd in zekere zin verstoord of zelfs volkomen buitenspel gezet, zonder dat ik precies wist wat ervoor in de plaats kwam. Ik stopte de foto's in mijn tas en we hadden het even over koetjes en kalfjes; behalve Geir hadden we nog een gezamenlijke kennis, namelijk Marie, de vrouw met wie hij samenleefde en die dichteres was, ze had Linda jaren geleden op Biskops-Arnö lesgegeven en was op dat moment een soort mentor voor Linda's vriendin Cora. Ze was een goede dichteres, klassiek in zekere zin: waarheid en schoonheid waren in haar gedichten geen onverenigbare grootheden en betekenis had niet alleen iets met taal te maken. Ze had een paar toneelstukken van Jon Fosse in het Zweeds vertaald en was nu onder andere met gedichten van Steinar Opstad bezig. Ik had haar slechts een paar keer ontmoet, maar ze maakte op mij de indruk een veelzijdig mens te zijn, haar karakter kende vele nuances en je voelde intuïtief een grote geestelijke diepgang zonder dat ze dat neurotische leek te hebben waarmee overgevoeligheid altijd gepaard ging – in elk geval zo op het oog niet. Maar als ze tegenover me stond, was dat niet waaraan ik dacht, want in haar rechteroog leek de pupil losgeraakt en naar beneden gegleden te zijn, hij hing ergens op de grens tussen de iris en het oogwit en dat was zo intens verontrustend dat het je hele eerste indruk van haar beïnvloedde.

Thomas zei dat ze Linda en mij een keer te eten zouden vragen, ik zei dat dat ontzettend gezellig zou zijn, stond op en pakte mijn tas, ook hij stond op terwijl hij me een hand gaf en aangezien het er niet naar uitzag alsof hij de envelop met het geld had gezien, zei ik het tegen hem: ik heb het geld voor de foto's daar neergelegd, hij knikte en bedankte me alsof ik een bedankje had afgedwongen en enigszins beschaamd liep ik de trap op, de winterse straten van Gamla Stan in.

Dat was intussen bijna twee maanden geleden. Maar dat er geen uitnodiging was gevolgd, nam ik niet zo zwaar op: een van de eerste dingen die ik over Thomas had gehoord, was dat hij voortdurend van alles vergat. Dat deed ik ook, dus dat nam ik hem niet kwalijk.

Toen hij aan de tafel helemaal achter in het lokaal ging zitten, was hij net een magere, goedgeklede man met een Lenin-masker. Ik pakte het gele pakje Tiedemanns-shag uit mijn tas en rolde een sjekkie – om de een of andere reden waren mijn vingertoppen zo klam dat de draadjes de hele tijd bleven kleven – nam nog een paar grote slokken bier, stak mijn sjekkie op en zag op straat Geirs gedaante langs het raam lopen.

Hij ontdekte me zodra hij de ruimte binnenstapte, maar terwijl hij naar de tafel toe kwam, keek hij toch het lokaal rond alsof hij naar andere mogelijkheden zocht. Net een vos, zou je je kunnen voorstellen, niet in staat ergens op af te gaan zonder dat er meerdere vluchtwegen waren.

'Waarom neem jij verdomme je mobiel niet op?' vroeg hij en hij gaf me een hand terwijl hij me even vluchtig aankeek. Ik kwam overeind, gaf hem ook een hand en ging weer zitten.

'Ik dacht dat we zeven uur hadden gezegd', zei ik. 'Het is intussen al over half acht.'

'Waarom denk je dat ik je wilde bellen? Om je te vertellen dat je bij het uitstappen moest oppassen voor de ruimte tussen de wagon en het perron?'

Hij deed zijn sjaal en zijn muts af en legde ze naast mij op de bank, hing zijn jas over de stoel en ging zitten.

'Ik heb mijn mobieltje verloren op het station', zei ik.

'Verloren?' vroeg hij.

'Ja, iemand gaf een duw tegen mijn arm en toen vloog het weg. Ik vermoed eigenlijk dat het in een tas is gevallen, want ik heb niet gehoord dat het op de grond terechtkwam. En net op dat moment liep er een vrouw met een open tas langs.'

'Je bent echt ongelooflijk', zei hij. 'Want ik ga ervan uit dat je haar niet hebt aangesproken om te vragen of je het terug kon krijgen?'

'Nee! Ten eerste kwam de trein net op dat moment, ten tweede wist ik niet zeker wat er was gebeurd. Je kunt toch niet zomaar een vrouw vragen of je in haar handtas mag kijken?'

'Heb je al besteld?' vroeg hij.

Ik schudde mijn hoofd. Hij pakte het menu en keek om zich heen naar de bediening.

'Je moet die vrouw daar bij die pilaar hebben', zei ik. 'Wat neem je?'

'Wat denk je?'

'Bacon met uiensaus misschien?'

'Misschien wel, ja.'

Geir gedroeg zich altijd uiterst gereserveerd als we elkaar ontmoetten, het was alsof hij het feit dat ik er was niet toeliet, maar probeerde mij op afstand te houden. Hij keek me niet aan, hij ging niet in op de onderwerpen die ik aansneed, maar onderbrak me door zijn aandacht op iets anders te richten, soms deed hij minachtend en straalde zijn hele persoon arrogantie uit. Een enkele keer raakte ik daardoor van slag en als ik van slag was, zei ik niets, waarop hij zomaar tegen me te keer kon gaan: 'mijn god, wat ben jij zwaarmoedig vandaag', 'wil je de hele avond zo leeg voor je uit zitten staren', 'wat ben je weer gezellig vanavond, Karl Ove'. Hij was dan met een soort innerlijk voorpostengevecht bezig, want na een tijdje, een half uur of een uur, soms maar vijf minuten, sloeg hij om, liet zijn verdediging zakken en gleed als het ware het hier en nu binnen, vol aandacht, attent en er helemaal bij, en zijn lach, tot op dat moment kil en hard, werd warm en hartelijk in een metamorfose die ook zijn stem en zijn ogen omvatte. Als we aan de telefoon met elkaar praatten, was er geen sprake van verdediging, dan praatten we op gelijke voet vanaf het moment dat er werd opgenomen. Hij wist meer van mij dan wie ook, zoals ik waarschijnlijk, maar absoluut niet zeker, meer van hem wist dan wie ook.

Het verschil tussen ons, dat met de jaren kleiner was geworden, maar nooit helemaal kon worden uitgevlakt omdat het niet in meningen of houdingen school, maar in fundamentele karaktertrekken, diep verborgen in wat voor altijd onaantastbaar is, manifesteerde zich in alle duidelijkheid in een cadeau dat Geir me gaf toen ik *Engelen vallen langzaam* af had. Het was een mes, een model dat tot de uitrusting van de Amerikaanse mariniers hoort en dat voor weinig anders kan worden gebruikt dan om er mensen mee om te brengen. Het was niet als grapje bedoeld, het was gewoon het mooiste voorwerp dat hij zich kon voorstellen. Dat deed me plezier, maar het mes, zo angstaanjagend met het blanke staal, de scherpe snede en de diepe inkervingen waar het bloed langs moest stromen, bleef achter een paar boeken in de boekenkast op kantoor in de doos liggen. Misschien besefte hij hoe weinig een dergelijk voorwerp mij zei, want toen *Engelen vallen langzaam* een paar maanden later uitkwam, kreeg ik nog een cadeau, een replica van de *Encyclopedia Brittannica* uit de achttiende eeuw – ongelooflijk fascinerend vanwege alle voorwerpen en fenomenen die er niet in werden beschreven, aangezien die nog niet op de wereld voorkwamen – wat meer in mijn straatje lag.

Nu haalde hij een plastic mapje tevoorschijn met een paar vellen papier erin en gaf mij dat.

'Het zijn maar drie pagina's', zei hij. 'Kun je het lezen om te kijken of het zo beter wordt?'

Ik knikte, haalde de vellen papier uit het mapje, drukte mijn peuk uit en begon te lezen. Het was het begin van het essay waar ik naar had gezocht toen ik zijn manuscript doorkeek. Het nam Karl Jaspers definitie van grenssituaties als uitgangspunt. De plaats waar het leven met maximale intensiteit wordt geleefd, de antithese van het dagelijks leven, met andere woorden: in de nabijheid van de dood.

'Dat is goed', zei ik toen ik klaar was.

'Zeker weten?'

'Natuurlijk.'

'Mooi zo', zei hij, hij stopte de vellen weer in het plastic mapje en deed het in zijn tas, die op de stoel naast hem stond. 'Je krijgt later nog meer te lezen.'

'Dat geloof ik graag', zei ik.

Hij schoof zijn stoel dichter bij de tafel, steunde met zijn ellebogen op het tafelblad en vouwde zijn handen. Ik stak nog een sjekkie op.

'Trouwens, die journalist van jou heeft me vandaag gebeld', zei hij.

'Wie?' vroeg ik. 'O, die kerel van *Aftenposten*.'

Aangezien de journalist een portret over me zou schrijven, had hij gevraagd of hij een paar van mijn vrienden kon bellen. Ik gaf hem Tores nummer, die een beetje een ongeleid projectiel was in dat opzicht en van wie je kon verwachten dat hij van alles en nog wat over me zou vertellen, en dat van Geir omdat hij er een beetje beter van op de hoogte was hoe de zaken er op het moment voorstonden.

'Wat heb je gezegd?' vroeg ik.

'Niets.'

'Niets? Hoe dat zo?'

'Nee, wat had ik moeten zeggen? Als ik de waarheid over je had verteld, zou hij het of niet hebben begrepen, of volkomen hebben verdraaid. Dus heb ik zo min mogelijk verteld.'

'Wat had het dan voor zin?'

'Geen idee. Jij hebt hem mijn nummer gegeven …'
'Ja, opdat je iets zou vertellen. Wat dan ook, dat zei ik toch, het maakt niet uit wat er staat.'
Geir keek me aan.
'Dat meen je niet', zei hij. 'Maar, o ja, één ding heb ik over je verteld. Misschien wel het belangrijkste, eigenlijk.'
'En dat is?'
'Dat je een hoge moraal hebt. Weet je wat die idioot antwoordde? "Dat hebben ze toch allemaal?" Kun je je dat voorstellen? Dat hebben ze juist níét allemaal. Er is toch nauwelijks iemand met een hoge moraal of die zelfs maar weet wat dat is.'
'Waarschijnlijk heeft hij gewoon een andere voorstelling van moraal dan jij.'
'Dat kan best, maar hij was alleen maar op wat smeuïgs uit. Een paar anekdotes over hoe dronken je bij die of die gelegenheid was of zoiets.'
'Nou ja', zei ik. 'We zullen morgen wel zien. Zó erg zal het wel niet worden. Het gaat tenslotte om *Aftenposten*.'
Geir schudde slechts zijn hoofd. Toen zocht zijn blik de serveerster, die onmiddellijk naar ons toe kwam.
'Ik had graag bacon met uiensaus', zei hij. 'En een Staropramen, pils.'
'Ik neem gehaktballen, alstublieft', zei ik terwijl ik eventjes mijn bierglas optilde: 'En nog zo eentje.'
'Komt in orde, heren', zei de serveerster, ze stak het kleine blocnootje in de zak op haar borst en liep naar de keuken, waarvan je door de voortdurend heen en weer zwaaiende deuren telkens een glimp opving.
'Wat bedoel jij dan met hoge moraal?' vroeg ik.
'Nou ja. Jij bent een extreem ethisch mens, op de bodem van jouw ziel ligt een ethische basisstructuur waar niet aan getornd kan worden. Jij reageert zelfs puur lichamelijk op iets wat niet hoort, de schaamte die je dan overvalt is niet abstract of theoretisch, maar puur fysiek en je ontkomt er niet aan. Je bent niet bepaald een gokker, maar ook geen moralist. Je weet dat ik een voorkeur heb voor het victorianisme, het systeem met een frontstage, waar alles zichtbaar is, en een backstage, waar alles verborgen is. Ik geloof niet dat je gelukkiger wordt van een dergelijk leven, maar er

is meer leven. Jij bent van top tot teen een protestant. Protestantisme, dat is ingetogenheid, dat is één zijn met jezelf. Jij kunt geen dubbelleven leiden al zou je willen, dat kun jij niet in praktijk brengen. Voor jou is de verhouding tussen leven en moraal één op één. Dus ben je ethisch onaantastbaar. De meeste mensen zijn als Peer Gynt, ze rommelen maar wat aan op hun levensweg. Dat doe jij niet. Alles wat je doet, doe je in volle ernst en naar eer en geweten. Heb jij in die manuscripten die je beoordeelt voor de uitgeverij ooit een regel overgeslagen bijvoorbeeld? Is het voorgekomen dat je ze niet van de eerste tot de laatste pagina hebt gelezen?'

'Nee.'

'Nee, en dat is precies waar het om gaat. Jij kunt niet sjoemelen. Dat kún je gewoon niet. Je bent een aartsprotestant. En zoals ik al eerder heb gezegd, je bent een boekhouder van het geluk. Als jij succes hebt, iets waar anderen een moord voor zouden begaan bijvoorbeeld, zet jij er alleen een kruisje achter in je boek. Je verheugt je er niet over. Als jij één bent met jezelf, wat je bijna voortdurend bent, ben je veel en veel gedisciplineerder dan ik. En je weet hoe druk ik het heb met al mijn systemen. Jij hebt ook je blinde vlekken waar je de controle kunt verliezen, maar als je die uit de weg gaat, en dat doe je intussen bijna altijd, ben je volkomen genadeloos in je moraal. Jij staat ook aan verleidingen bloot, veel meer zelfs dan ik en andere mensen die niet bekend zijn. Als je mij was geweest, had je een dubbelleven geleid. Maar dat kun jij niet. Jij bent gedoemd een eenvoudig leven te leiden. Hahaha! Jij bent geen Peer Gynt en dat is geloof ik de kern van jouw wezen. Jouw ideaal is het onschuldige, de onschuld. En wat is het onschuldige? Ik sta juist aan de andere kant. Baudelaire schrijft daarover, over Virginia, weet je wel, het zinnebeeld van de pure onschuld, die wordt geconfronteerd met de karikatuur, en als ze rauw gelach hoort, begrijpt ze dat er iets schandelijks is gebeurd, maar ze weet niet wat. Ze weet het niet! Ze slaat haar vleugels om zich heen. En dan zijn we weer bij het schilderij van Caravaggio, je weet wel, *De valsspelers*, de man die door de anderen wordt verneukt. Dat ben jij. Ook dat is onschuld. En in die onschuld, die in jouw geval ook in het verleden ligt, die dertienjarige waarover je in *Buiten de wereld* schreef, en die waanzinnige nostalgie die jij naar de jaren zeventig voelt ... Linda heeft dat ook een beetje. Hoe werd zij ook alweer beschreven, als een kruising tussen Madame Bovary en Kaspar Hauser?'

'Ja.'

'Kaspar Hauser, dat is het onbeschreven blad. Ik heb je eerste vrouw, Tonje, natuurlijk nooit ontmoet, maar ik heb foto's van haar gezien en ook al lijkt ze niet op Linda, toch heeft ze iets onschuldigs, qua uiterlijk. Niet dat ik geloof dat ze dat noodzakelijkerwijs ook is, maar ze straalt zoiets uit. Die onschuld is karakteristiek voor jou. Ik interesseer me helemaal niet voor puurheid en onschuld. Maar bij jou is het opvallend. Je bent een uitermate moreel en een uitermate onschuldig mens. Wat is onschuld? Dat is onaangetast zijn door de wereld, niet verpest, het is als het water waar nooit een steen in is geworpen. Niet dat je er geen zin in hebt, dat je het niet begeert, dat doe je wel, het is alleen dat je je onschuld bewaart. Dat waanzinnig grote verlangen van je naar schoonheid hoort daar ook bij. Het is toch geen toeval dat je er juist voor koos over engelen te schrijven. Dat is tenslotte pure zuiverheid. Zuiverder bestaat niet.'

'Niet in mijn boek. Daar gaat het juist om het lichamelijke, het fysieke van ze.'

'Oké, maar ze staan hoe dan ook voor zuiverheid. En voor de val. Alleen, jij hebt ze vermenselijkt, hen laten vallen, niet in de zonde, maar in het menselijke.'

'Als je het zo abstract bekijkt, heb je in zekere zin gelijk. De dertienjarige, dat was de onschuld, en wat is er met haar gebeurd? Ze moest "verlichamelijkt" worden.'

'Zo kun je het ook uitdrukken!'

'Ja, ja. Hij moest dus met haar neuken. En de engelen moesten mensen worden. Dus er is een verband. Maar zoiets gebeurt toch in het onderbewustzijn. In de diepte. Dus in die zin klopt het niet. Misschien ben ik er wel naar op zoek, maar dat besef ik dan niet. Ik wist niet dat ik een boek over schaamte had geschreven tot ik de tekst op de achterflap las. En aan dat met onschuld en een dertienjarige dacht ik pas veel later.'

'Maar het is er wel. Overduidelijk en zonder enige twijfel.'

'Jawel, maar voor mij verborgen. En ik vind het sterk dat je in dit verband iets vergeet. Het onschuldige is verwant aan het domme. Je hebt het eigenlijk over domheid, toch? Dat wat niets weet?'

'Nee, verre van', zei Geir. 'Het onschuldige en zuivere is het symbool van de domheid geworden, maar pas in onze tijd. Wij leven in een cultuur waar diegene wint die de meeste ervaring heeft. Dat is absurd. Iedereen weet waar het heen gaat met het modernisme, je schept een vorm door een vorm open te breken, in een eindeloze herhaling, het moet steeds maar doorgaan en zolang dat het geval is, zal de ervaring de overhand hebben. Het unieke in onze tijd, de zuivere of zelfstandige handeling, is afzien van, niet aannemen. Aannemen is te gemakkelijk. Daar valt niets te halen. In die context plaats ik jou ergens. Bijna heilig, dus.'

Ik glimlachte. De serveerster kwam met ons bier.

'Proost', zei ik.

'Proost', zei hij.

Ik nam een grote slok, veegde met de rug van mijn hand het schuim van mijn lippen en zette mijn bier op het viltje voor me. Die lichte, gouden kleur had iets opwekkends, leek het wel. Ik keek Geir aan.

'Iets heiligs?' vroeg ik.

'Ja. Dat de heiligen in het katholieke geloof jouw manier van geloven, denken en handelen dicht kunnen hebben benaderd.'

'Ga je nu niet een beetje te ver?'

'Nee, absoluut niet. Voor mij is wat jij doet, pure verminking.'

'Waarvan?'

'Van het leven, van de mogelijkheden, van leven, van scheppen. Leven scheppen, in plaats van literatuur. Voor mij leef jij in een bijna beangstigende ascese. Of nee, je zwelgt in ascese. Dat is, voor zover ik het zie, uiterst ongebruikelijk. Uiterst afwijkend. Ik geloof niet dat ik ooit iemand heb ontmoet, of van iemand heb gehoord ... nou ja, zoals gezegd, dan kom ik bij de heiligen of de kerkvaders uit.'

'Hou nou toch op.'

'Je vroeg er zelf om. Voor jou bestaat er geen ander begrippenapparaat. Het is geen uiterlijke eigenschap, het gaat niet om moraal, het is geen sociale moraal, daar zit het niet in. Het is religie. Zonder god, uiteraard. Jij bent de enige die ik ken die aan het avondmaal deel kan nemen zonder

in God te geloven, en zonder blasfemisch te zijn. De enige die ik ken!'
'Verder ken je zeker niemand die dat heeft gedaan?'
'Jawel, maar niet vanuit zuivere beweegredenen. Ik heb het gedaan toen ik geconfirmeerd werd. Dat deed ik voor geld. Daarna ben ik uitgetreden. Waar ik het geld voor heb gebruikt? Tja, ik heb een mes gekocht. Maar daar hadden we het niet over. Waar ging het ook alweer om?'
'Om mij.'
'O ja, dat was het. Jij hebt iets met Beckett gemeen, eigenlijk. Niet in de manier waarop je schrijft, maar wat dat heilige betreft. Het is zoals Cioran ergens schrijft: "Vergeleken met Beckett ben ik een hoer". Hahaha! Dat is, geloof ik, volkomen juist. Hahaha! En Cioran wordt zelfs tot een van de minst corrupten gerekend. Als ik jouw leven bekijk, beschouw ik het als volkomen vergooid. Dat vind ik in feite van alle levens, maar dat van jou is nog meer vergooid omdat er meer te vergooien is. Jouw moraal gaat niet om belastingfraude, zoals die idioot dacht, maar om je wezen. Simpelweg om je wezen. En door die enorme discrepantie tussen jou en mij kunnen wij dagelijks met elkaar praten. *Sympatio* is het begrip. Ik kan met jouw lot sympathiseren. Want het is een lot, het is niet iets waar je wat aan kunt doen. Ik kan er alleen maar naar kijken. Er kan niets aan worden gedaan. Er is niets aan te doen. Ik heb medelijden met je. Maar ik kan er alleen maar naar kijken als naar een tragedie die zich voor mijn ogen afspeelt. Bij een tragedie, zoals je weet, loopt het verkeerd af met een groot mens. In tegenstelling tot een komedie, dan loopt het goed af met een slecht mens.'
'Waarom een tragedie?'
'Omdat het zo vreugdeloos is. Omdat jouw leven zo vreugdeloos is. Je hebt zo ongelooflijk veel in je mars, maar daar houdt het op, het wordt kunst, maar nooit meer dan dat. Je bent net Midas. Alles wat hij aanraakt verandert in goud, maar hij beleeft er geen vreugde aan. Het fonkelt en glittert om hem heen waar hij maar gaat en staat. Anderen zoeken zich een ongeluk en als ze een klompje goud vinden, verkopen ze het om van het leven te genieten, pracht en praal, muziek, dans, genot, overdaad of op zijn minst een kut, toch, een vrouw om de hals vallen alleen om een uurtje of twee te vergeten dat je bestaat. Wat jij begeert is onschuld, en

dat is een onmogelijke formule. Begeerte en onschuld sluiten elkaar uit. Het hoogste is het hoogste niet meer als je je pik erin hebt gestoken. Jij hebt de positie van Midas gekregen, jij kunt alles krijgen, hoeveel mensen overkomt dat, denk je? Bijna niemand. Hoeveel mensen bedanken ervoor? Nog minder. Eén, voor zover ik weet. Als dat geen tragedie is, dan weet ik het niet meer. Zou die journalist van jou daar iets mee kunnen, denk je?'

'Nee.'

'Nee. Hij heeft zijn journalistenweegschaal waarop hij iedereen afweegt. Iedereen wordt door journalisten over één kam geschoren, daar is het hele systeem op gebaseerd. Maar op die manier komt hij niet eens in de buurt, van jou en wie je bent. Dat kunnen we vergeten.'

'Dat geldt voor iedereen, Geir.'

'Tja, misschien, misschien ook niet. Jij hebt daar met je verdraaide zelfbeeld en je verlangen net als alle anderen te zijn, ook zelf deel aan.'

'Dat zeg jij. Ik zeg dat jij de enige bent die zo'n beeld van mij kan schetsen. Yngve of mijn moeder of iemand anders van mijn familie of vrienden zou geen idee hebben waar je het over hebt.'

'Dat maakt het niet minder waar, toch?'

'Nee, niet noodzakelijk, maar ik denk aan wat mama die keer over je zei, namelijk dat jij alle mensen om je heen groots maakt omdat je wilt dat jouw leven groots is.'

'Maar dat ís groots. Ieder leven is zo groots als je het maakt. Ik ben de held in mijn eigen leven, toch? Bekende mensen, beroemde mensen, mensen die iedereen kent, die zijn niet vanzelf bekend en beroemd, niet dankzij zichzelf, iemand heeft hen bekend gemaakt, iemand heeft over hen geschreven, hen gefilmd, over hen gepraat, hen geanalyseerd, hen bewonderd. Op die manier worden ze groot voor anderen. Maar dat is natuurlijk pure enscenering. En zou mijn enscenering minder waard zijn? Nee, integendeel zelfs, want de mensen die ik ken bevinden zich in dezelfde ruimte als ik, ik kan hen aanraken, hen in de ogen kijken als we met elkaar praten, we ontmoeten elkaar hier en nu en dat doen we niet met al die namen die de hele tijd om ons heen dwarrelen. Ik ben de ondergrondse mens, jij bent Icarus.'

De serveerster kwam met het eten. Op het bord dat ze voor Geir neerzette, verhief zich een stuk bacon als een eilandje uit een zee van witte uiensaus. Op het mijne lagen gehaktballen op een donkere hoop naast de felgroene erwtenstamp en de rode vossenbessengelei, alles omgeven door een dikke, lichtbruine roomsaus. De aardappels werden in een aparte schaal op tafel gezet.

'Dank u wel', zei ik en ik keek haar aan. 'Kan ik er nog een krijgen, alstublieft?'

'Nog een Staro, ja', zei ze en ze keek naar Geir. Hij legde zijn servet op zijn bovenbenen en schudde zijn hoofd.

'Ik wacht nog even, dank u.'

Ik dronk het bodempje uit mijn glas en schepte drie aardappels op mijn bord.

'Het was geen compliment als je dat soms dacht', zei Geir.

'Wat?' vroeg ik.

'Dat heiligenbeeld. Geen enkel modern mens wil een heilige zijn. Wat houdt een heiligenleven in? Leed, opoffering en dood. Wie wil er verdomme een goed innerlijk leven als er geen uiterlijk leven tegenover staat? Mensen denken er alleen aan wat het innerlijk hun aan uiterlijk leven en voorspoed kan bieden. Wat betekent het gebed voor de moderne mens? Er bestaat maar één soort gebed voor hem en dat is een wensgebed. Je bidt niet, tenzij je iets wilt hebben.'

'Ik wil een heleboel.'

'Ja, ja. Maar het schenkt je geen vreugde. Geen gelukkig leven nastreven, dat is het meest provocerende wat je kunt doen. En nogmaals, dit is geen compliment. Integendeel. Ik wil het leven. Dat is het enige wat iets waard is.'

'Praten met jou is alsof je bij de duivel in therapie bent', zei ik en ik zette de schaal met aardappels voor hem neer.

'Alleen, uiteindelijk verliest de duivel altijd', zei hij.

'Dat weten we niet', zei ik. 'Het is nog niet zover.'

'Daar heb je gelijk in. Maar niets duidt erop dat hij gaat winnen. In elk geval voor zover ik het kan bekijken.'

'Ook al verkeert God niet langer onder ons?'

'Onder ons, ja, dat is het. Vroeger was hij hier niet, toen verkeerde hij boven ons. Nu hebben we hem geïnternaliseerd. Hem overgenomen.'

We aten een paar minuten zwijgend.

'En?' vroeg Geir toen. 'Hoe was je dag?'

'Je kunt nauwelijks van een dag spreken', zei ik. 'Ik heb geprobeerd aan een voordracht te werken, maar het werd pure nonsens, dus heb ik tot zonet liggen lezen.'

'Dat is toch niet het domste wat je kunt doen?'

'Nee, op zich niet. Maar ik merk hoe woedend ik op al dat gedoe ben. Dat zul jij nooit begrijpen, trouwens.'

'Wat is "al dat gedoe", dan?' vroeg Geir en hij zette zijn halve literglas neer.

'In dit concrete geval is het het gevoel dat ik krijg als ik over mijn twee boeken moet schrijven. Ik ben gedwóngen te doen alsof ze van betekenis zijn, anders kun je er niet over praten, en dat is in zekere zin jezelf prijzen, het is walgelijk, ik moet daar prijzend over mijn eigen boeken staan praten en zij die daar zitten te luisteren, zijn echt geïnteresseerd. Waarom? Daarna komen ze naar me toe om te zeggen hoe fantastisch mijn boeken zijn en wat een ongelooflijk goede lezing het was, maar ik wil hen niet aankijken, ik wil hen niet zien, ik wil weg uit die hel, want daar ben ik een gevangene, snap je? Lof is godsamme het ergste wat je een mens kunt aandoen. Georg Johannesen had het toch over lofcompetentie, dat is een overbodig onderscheid, het houdt in dat er eigenlijk waardevolle lof bestaat, maar dat is niet zo. Hoe meer aanzien de lofredenaar heeft, hoe erger het is. Eerst word ik verlegen, want het is immers op niets in mij gebaseerd, daarna word ik boos. Als mensen me op zo'n bepaalde manier behandelen. Nou ja, je weet wel. Of, nee, verdomme, daar weet jij niets van af! Jij staat immers helemaal onderaan in de hiërarchie! Jij wilt omhóóg. Hahaha!'

'Hahaha!'

'Trouwens, dat wat ik zei over lof is niet helemaal waar', ging ik verder. 'Als jij zegt dat iets goed is, dan is dat van betekenis. Als Geir het zegt, dan zit er iets in. En Linda, natuurlijk, en Tore, Espen, Thure Erik. Al die mensen die me na staan. Maar alles daarbuiten, daar heb ik het over.

Waar ik geen controle meer heb. Ik weet niet wat het is ... Behalve dat succes verraderlijk is. Ik merk dat ik al boos word als ik erover praat.'

'Jij hebt twee dingen gezegd die me zijn bijgebleven en waarover ik veel heb nagedacht', zei Geir en hij keek me aan met zijn mes en zijn vork min of meer boven zijn bord hangend. 'Het eerste was wat je over de zelfmoord van Harry Martinson vertelde. Dat hij zijn buik opensneed nadat hij de Nobelprijs had gekregen. Jij zei dat je precies begreep waarom.'

'Ja, dat is toch duidelijk', zei ik. 'De Nobelprijs voor de literatuur krijgen is de grootste schande die er bestaat voor een schrijver. Bovendien werden er consequent vraagtekens bij zijn prijs gezet. Hij was een Zweed, hij was lid van de Academie, het was duidelijk dat het een soort vriendendienst was, dat hij het eigenlijk niet verdiende. En als hij het niet verdiende, was het niets anders dan pure hoon. Je moet verdomd sterk in je schoenen staan om het aan te kunnen op die manier gehoond te worden. Voor Martinson, met al zijn minderwaardigheidscomplexen, moet het ondraaglijk zijn geweest. Als dat tenminste de reden was dat hij het heeft gedaan. Wat was het tweede?'

'Hm?'

'Je zei dat ik twee dingen had gezegd die je bijgebleven waren. Wat was het andere?'

'O, dat ging over Jastrau in *Verwoesting* van de Deen Tom Kristensen. Herinner je je?'

Ik schudde mijn hoofd.

'Nergens zijn geheimen zo veilig als bij jou', zei hij. 'Jij vergeet echt alles. Jouw hersenen zijn net een Zwitserse kaas zonder kaas. Je zei dat *Verwoesting* een van de beklemmendste boeken was die je had gelezen. Je zei dat de val geen val was. Hij liet gewoon los en liet zich vallen, gaf alles op wat hij had om te drinken, en dat het in dat boek een reëel alternatief leek. Een goed alternatief dus. Gewoon alles loslaten wat je hebt en je laten vallen. Als van een steiger.'

'Nu herinner ik het me. Hij beschrijft zo goed hoe het is om dronken te zijn. Hoe fantastisch dat kan zijn. En dan krijg je het gevoel dat het niet zo erg is. Dat trage, bijna willoze in de val, daar had ik niet eerder over nagedacht. Ik beschouwde het eerder als iets dramatisch, iets alles bepalends. Het was een schok eraan te denken als iets alledaags, iets willekeurigs en misschien wel heerlijks. Want het is toch heerlijk. De roes de dag erna, bijvoorbeeld. Wat er dan bovenkomt ...'

'Hahaha!'

'Jij zou nooit los kunnen laten', zei ik. 'Toch?'

'Nee. Jij wel?'

'Nee.'

'Hahaha! Maar bijna iedereen die ik ken, heeft dat wel gedaan. Stefan drinkt onafgebroken op die boerderij van hem. Hij drinkt, smijt hele varkens op de barbecue en rijdt met de tractor rond. Toen ik van de zomer thuis was, dronk Odd Gunnar whisky uit een melkglas. Het excuus waarom hij het helemaal tot de rand toe volschonk, was dat ik op bezoek was. Maar ik dronk niets. En dan heb je Tony nog. Dat is een junk, dat ligt een beetje anders.'

Aan een van de tafels aan de andere kant stond een vrouw op die tot op dat moment met haar rug naar me toe had gezeten, maar toen ze naar de deur van het toilet liep, zag ik dat het Gilda was. De paar seconden dat ik me binnen de reikwijdte van haar blik bevond, boog ik mijn hoofd en keek op het tafelblad. Niet dat ik iets op haar tegen had, ik had alleen op dit moment geen zin met haar te praten. Ze was lang een van Linda's beste vriendinnen geweest, ze hadden zelfs een tijdje samengewoond, en in het begin van onze relatie hadden we elkaar regelmatig gezien. Ze had een tijdje veel met uitgeverij Vertigo te maken gehad, ik begreep nooit helemaal wat ze precies deed, maar op één omslag stonden in elk geval foto's van haar, het was een boek van Markies de Sade, verder werkte ze een paar dagen per week in boekhandel Hedengrens en was ze niet lang daarvoor samen met een vriendin een bedrijfje begonnen dat ook op een of andere manier met literatuur te maken had. Ze was onvoorspelbaar en labiel, maar niet ziekelijk, het was meer een overschot aan levenslust, waardoor je nooit wist wat ze zou gaan zeggen of doen. Een bepaalde kant van Linda's karakter matchte perfect met haar. De manier waarop ze elkaar leerden kennen, was typerend. Linda had haar in de stad aangesproken, ze hadden elkaar nooit eerder gezien, maar Linda vond Gilda er zo interessant uitzien, stapte op haar af en zo raakten ze bevriend. Gilda had brede heupen, grote borsten, donker haar en Latijns-Amerikaanse trekken, qua uiterlijk leek ze vooral op een type vrouw uit de jaren vijftig en ze was door meer dan één bekende Stockholmse schrijver het hof gemaakt, maar in dat uiterlijk brak vaak iets opvallend meisjesachtigs door, iets onopgevoeds, nukkigs, wilds. Cora, die wat kwetsbaarder in elkaar zat, had een keer gezegd dat ze bang voor haar was. Gilda had een relatie met een student in de literatuurwetenschap, Kettil, hij was net aan zijn proefschrift begonnen; nadat aanvankelijk een opzet over Herman Bang was afgewezen, was hij overgestapt op iets wat ze wel wilden hebben, iets waar ze geen nee op zeiden, namelijk literatuur in verband met de Holocaust, wat natuurlijk werd geaccepteerd. De laatste keer dat we elkaar hadden ontmoet, was op een feestje bij hen thuis, hij was net terug van een congres in Denemarken, daar had hij een Noor ontmoet, vertelde hij, die in Bergen studeerde, wie? had ik gevraagd, Jordal, had hij gezegd, toch niet Preben? had ik gevraagd, ja, zo heette hij, Preben Jordal. Ik vertelde dat hij een vriend van me was, we hadden samen in de redactie van *Vagant* gezeten, en dat ik hem zeer waardeerde, hij was geestig en briljant, waarop Kettil niets zei en op de manier waarop hij niets zei, dat ietwat verlegene dat hij kreeg, de plotselinge impuls nog iets in te schenken en op die manier afstand te creëren, waardoor de breuk in het gesprek die volgde, minder opviel, vermoedde ik dat Preben het misschien niet in even bewonderende bewoordingen over mij had gehad. In een flits schoot me te binnen dat hij mijn laatste boek nadrukkelijk had neergesabeld en dat twee keer nog wel, eerst in *Vagant* en toen in *Morgenbladet*, en dat dat in Denemarken waarschijnlijk het onderwerp van gesprek was geweest. Kettil was in verlegenheid omdat mijn naam niet hoog in het vaandel stond. Weliswaar was dat slechts een vermoeden, maar ik was er redelijk van overtuigd dat er iets in zat. Dat ik niet direct aan die afslachting had gedacht, was merkwaardig, maar ik begreep wel waar dat door kwam: Preben verkeerde in het Bergense gedeelte van mijn herinneringen, dat was de wereld waarin hij thuishoorde terwijl zijn afslachting bij mijn tijd in Stockholm hoorde, bij het nu, en verbonden was aan het boek, niet aan het leven eromheen. O, het had pijn gedaan, het was alsof je een mes in je hart kreeg, of misschien was 'in je rug' beter van toepassing aangezien ik Preben kende. Destijds gaf ik niet zozeer Preben de schuld als wel het feit dat het boek niet onfeilbaar was en niet tegen dit soort kritiek bestand, met andere woorden, niet goed genoeg, terwijl ik aan de andere kant bang was dat juist zijn oordeel met het boek verbonden zou blijven, zijn woorden in herinnering zouden blijven.

Maar dat was toch niet de reden dat ik niet met Gilda wilde praten? Of wel? Gebeurtenissen als deze legden zich wat mij betrof als schaduwen over alle betrokkenen. Nee, ik had geen zin alles over haar bedrijfje te moeten aanhoren. Dat was actief in de zone tussen de uitgeverijen en de boekhandels, voor zover ik begreep. Iets met evenementen? Feesten en stunts …? Hoe dan ook, ik wilde er niets over horen.

'Een leuke avond trouwens, laatst bij jullie', zei Geir.

'Was dat de laatste keer dat we elkaar hebben gezien?'

'Hoezo?'

'Dat is toch al vijf weken geleden? Gek dat je daar nu over begint.'

'O, dat bedoel je. Ik had het er gister nog met Christina over, misschien daarom. We waren van plan jullie binnenkort allemaal uit te nodigen.'

'Goed idee', zei ik. 'Trouwens, Thomas is hier, heb je hem gezien? Hij zit daar verderop.'

'O? Heb je hem gesproken?'

'Maar kort. Hij zei dat hij zo even langs zou komen.'

'Hij is je boek aan het lezen, heeft hij dat verteld?'

Ik schudde mijn hoofd.

'Dat essay over de engelen beviel hem zo goed, hij vond dat dat veel langer had moeten zijn. Maar het is typisch voor hem om niets tegen jou te zeggen. Hij is waarschijnlijk vergeten dat jij het hebt geschreven. Hahaha! Hij is ook zo vergeetachtig.'

'Hij is waarschijnlijk diep in zichzelf gekeerd', zei ik. 'Dat is met mij net zo. En ik ben nog maar vijfendertig. Herinner je je toen ik hier met Thure Erik was? We hebben de hele dag en de hele avond zitten drinken. Na verloop van tijd begon hij over zijn leven te praten. Hij vertelde over zijn jeugd, over zijn vader en moeder en zusters, over de familie van vroeger, en ten eerste kan hij ontzettend goed vertellen, ten tweede zei hij een paar uiterst opzienbarende dingen. Maar hoewel ik vol aandacht zat te luisteren en hoewel ik bedacht dat dit godsamme fantastisch was, was ik het de dag erna alweer vergeten. Nou ja, de grote lijnen wist ik nog. Dat het over zijn jeugd ging, over zijn vader en zijn familie. En dat het opzienbarend was. Maar wát er nu precies zo opzienbarend was, kijk, dat herinnerde ik me niet. Niets! Volkomen blanco!'

'Je was dronken.'

'Daar heeft het niets mee te maken. Ik herinner me dat Tonje het altijd over iets verschrikkelijks had dat ooit, langgeleden, was gebeurd, ze kwam er steeds weer op terug, maar wilde niet zeggen wat het was, we kenden elkaar niet goed genoeg, het was het geheim van haar leven. Begrijp je? Er verstreken twee jaar voordat ze het me eindelijk vertelde. Er was geen alcohol in het spel. Ik was er voor de volle honderd procent bij, ik luisterde geïnteresseerd en nauwlettend naar wat ze te vertellen had en daarna hadden we het er nog lang en breed over. En toen verdween het gewoon. Een paar maanden later was het helemaal weg. Ik herinnerde me er niets meer van. Daardoor kwam ik in een extreem lastige positie terecht, want het was ongelooflijk kwetsend voor haar, het was zo'n teer punt, ze zou me bijna hebben verlaten als ik had gezegd dat ik me er helaas niets meer van herinnerde. Dus toen moest ik elke keer als ze erover begon, net doen alsof ik er alles van afwist. En dat geldt voor zo veel dingen. Ik stelde Fredrik bij uitgeverij Damm bijvoorbeeld een keer voor een boek uit te geven met Noorse korte verhalen en daar kwam hij in zijn volgende mail op terug zonder direct naar het voorstel zelf te verwijzen, dus ik had geen idee waar hij het over had. Was het volkomen vergeten. Schrijvers hebben me verteld waar ze over schreven, razend enthousiast, en ik heb geantwoord, zat er net zo enthousiast over mee te praten, misschien wel een half uur of een uur lang. Een paar dagen later, alles weg. Ik weet nog steeds niet wat het onderwerp van mijn moeders scriptie eigenlijk was. Op een bepaald moment kun je dat niet meer vragen zonder de ander serieus te beledigen, toch, dus dan doe je maar alsof. Dan zit je te knikken en te glimlachen terwijl je je afvraagt waar het verdomme ook alweer over ging. En zo vergaat het me in alle mogelijke situaties. Nu denk jij waarschijnlijk dat het komt omdat het me niet echt interesseert of dat ik er niet met mijn hoofd bij ben, maar dat is het niet, het interesseert me wel en ik ben een en al oor. Toch: poef, weg. Yngve daarentegen, herinnert zich alles. Alles! Linda herinnert zich alles. En jij herinnert je alles. Maar om de zaak nog gecompliceerder te maken, er zijn ook dingen die nooit zijn gezegd of nooit zijn gebeurd, waarvan ik overtuigd ben dat ze wel zijn gezegd of gebeurd. Nogmaals Thure Erik: herinner je je dat ik Henrik Hovland op Biskops-Arnö ontmoette?'

'Natuurlijk herinner ik me dat.'

'Het bleek dat hij van een boerderij afkomstig was die vlak bij die van Thure Eriks familie lag. Hij kende hen goed en had het even over Thure Eriks vader. Toen zei ik dat zijn vader overleden was. O? zei Henrik Hovland, daar had hij niets over gehoord. Maar hij had ook niet meer zo veel contact met de mensen daar in de buurt, vertelde hij. Toch was hij duidelijk verrast. Hij twijfelde er niet aan dat het waar was. Waarom zou ik vertellen dat de vader van Thure Erik dood was, als hij dat niet was? Want dat was hij níet. De volgende keer dat ik Thure Erik ontmoette, had hij het in de tegenwoordige tijd over zijn vader, met grote vanzelfsprekendheid en zonder verdriet. De man was springlevend. Dus hoe kwam ik erbij te denken dat hij dood was? Overtuigd genoeg om het als feit te presenteren? Geen idee. Echt niet. Maar het betekende natuurlijk wel dat ik elke keer als ik Thure Erik daarna zag, bang was, want stel dat hij Hovland had ontmoet en die hem had gecondoleerd, waarna Ture Erik er als een groot vraagteken bij had gestaan: waar had hij het over, nou ja, je vader, hij is toch zo onverwachts gestorven, mijn vader, hoe kom je daar verdomme bij? Nou ja, dat zei Knausgård. Leeft hij nog? Echt waar? Maar Knausgård zei toch ...? Geen mens ter wereld zou geloven dat ik dat zonder bijbedoeling deed, dat ik het werkelijk geloofde, want hoe kwam het dat ik dat geloofde, niemand kon het me hebben verteld, geen van de vaders van andere mensen die ik kende was in die tijd gestorven, dus er was geen sprake van dat ik dingen door elkaar haalde. Het was pure fantasie, maar ik dacht dat het werkelijk waar was. Dat is een paar keer gebeurd en niet omdat ik mythomaan ben, ik geloof het echt. God mag weten van hoeveel dingen ik geloof dat het feiten zijn terwijl het gewoon onzin is!'

'Goed voor jou dat ik zo monomaan ben en de hele tijd over hetzelfde praat. Op die manier wordt het er bij je ingehamerd en kun je geen misstap begaan.'

'Weet je het zeker? Hoelang is het geleden dat je met je vader hebt gesproken?'

'Haha.'

'Het is een tekortkoming. Het is zoiets als slecht zien: dat daar, is dat een mens? Of een boompje? Hé, nu ben ik toch zomaar tegen iets opgelopen. Een tafel! Aha, dit is een restaurant! Dan gaat het erom dicht langs de muur te blijven en naar de bar zien te komen. Oeps! Iets zachts? Een mens? Sorry! Ként u mij? O, Knut Arild! Verdomme! Ik had je eerst niet herkend ... En de vreselijke gedachte die dat opwekt, is dat iedereen dergelijke tekortkomingen heeft. Dergelijke innerlijke, persoonlijke en geheime afgronden, die iedereen met veel moeite probeert te verbergen. Dat de wereld vol is van innerlijk gehandicapten die tegen elkaar op botsen. Verborgen achter al die mooie en minder mooie, maar op zijn minst normale en niet angstaanjagende gezichten waar we mee te maken hebben. Niet gehandicapt op het gebied van de ziel, de geest of de psyche, maar van het bewustzijn, fysiognomisch bijna. Defecten in gedachten, bewustzijn, herinnering, opvatting, begrip.'

'Maar zo ís het toch ook! Hahaha! Zo is het ook! Kijk om je heen, man! Word wakker! Hoeveel begripsmatige tekortkomingen denk je dat hier alleen al bij elkaar zitten? Waarom denk je dat we vormen hebben ontwikkeld voor alles wat we ondernemen? Gespreksvormen, aanspreekvormen, vormen voor voordrachten, voor serveren, eten, drinken, lopen, zitten, zelfs voor seks. *You name it*. Waarom denk je dat de normaliteit anders zo begerenswaardig zou zijn? Dat is het enige punt waar we er zeker van zijn dat we elkaar echt ontmoeten. Maar zelfs daar ontmoeten we elkaar natuurlijk niet. Arne Næss zei dat een keer: dat hij, als hij wist dat hij een gewoon, normaal mens zou treffen, zijn best deed om zo gewoon en normaal mogelijk te doen, terwijl de normale mens van zijn kant waarschijnlijk zo veel mogelijk zijn best deed om tegen Næss opgewassen te zijn. Toch zouden ze elkaar nooit echt ontmoeten, volgens Næss, niets kon een brug bouwen over de afgrond die tussen hen bestond. Formeel wel, natuurlijk, maar reëel niet.'

'Maar zei Arne Næss ook niet dat hij waar ook maar ter wereld met een parachute uit een vliegtuig kon springen in de zekerheid dat hij overal gastvrij zou worden ontvangen? Altijd iets te eten en ergens een bed aangeboden zou krijgen?'

'Ja, dat heeft hij gezegd. Daar heb ik in mijn proefschrift over geschreven.'

'Dan moet ik het daar vandaan hebben. De wereld is klein.'

'De onze in elk geval', zei Geir glimlachend. 'Maar hij heeft volkomen gelijk. Dat is ook mijn ervaring. Dat er een soort kleinste gemene deler aan menselijkheid bestaat die je overal tegenkomt. In Bagdad was dat zeker het geval.'

Achter hem kwam Gilda aanlopen, op halfhoge hakken en in een gebloemde, zomerachtige jurk.

'Hallo, Karl Ove', zei ze. 'Hoe gaat het?'

'Hoi, Gilda', zei ik. 'Niet slecht. Hoe is het met jou?'

'Ja, goed. Veel werk op het moment, natuurlijk. En hoe gaat het thuis? Met Linda en je dochtertje? Vreselijk zolang als we elkaar niet meer hebben gesproken. Gaat het goed met haar? Heeft ze het naar haar zin?'

'Ja, hoor. Zeker. Veel te doen op school op het moment. Dus ik loop overdag achter de kinderwagen.'

'En, hoe is dat?'

Ik haalde mijn schouders op. 'Oké.'

'Ik denk er zelf over na, zie je. Hoe het zou zijn om een kind te krijgen. Ze staan me een beetje tegen. En dat met die enorme buik en die melk in je borst, dat zie ik niet zo zitten als ik eerlijk ben. Maar Linda vindt het leuk?'

'O, ja.'

'Ja, zo zie je maar. Doe haar vooral de groeten. Ik bel een keer. Zeg dat maar!'

'Dat zal ik doen. Doe Kettil de groeten!'

Ze zwaaide even kort en liep toen terug naar haar plaats.

'Zij heeft net haar rijbewijs gehaald', zei ik. 'Heb ik dat verteld? De eerste rit dat ze alleen onderweg was, had ze een stukje voordat de twee rijstroken zich tot één versmalden een vrachtwagen voor zich, maar ze dacht dat ze het nog zou halen, gaf gas om te passeren en moest algauw inzien dat het niet ging lukken. De auto werd tegen de vangrail gedrukt, belandde op zijn kant en gleed een paar honderd meter door. Maar zij bleef ongedeerd.'

'Die vrouw daar gaat voorlopig niet dood', zei Geir.

De serveerster kwam onze tafel afruimen. We bestelden nog twee bier. Bleven een tijdje zitten zonder iets te zeggen. Ik stak een sjekkie op, duwde met de gloeiende punt de zachte as in de glanzende asbak tot een hoopje bijeen.

'Ik betaal vandaag, dat dat duidelijk is', zei ik.

'Oké', zei Geir.

Als ik dat niet zei voordat de rekening kwam, zou hij het zeggen en als hij het eenmaal had gezegd, was het onmogelijk hem van mening te doen veranderen. Een keer toen we met zijn vieren samen uit eten waren, Geir, Christina, Linda en ik, in een Thais restaurant aan het eind van de Birger Jarlsgata, had hij gezegd dat hij betaalde, maar ik had geweigerd, we zouden op zijn minst delen, nee, zei hij, ik betaal, afgelopen. Toen de kelner zijn pasje had meegenomen, legde ik de helft van het bedrag voor hem op tafel. Hij maakte geen aanstalten om het te pakken, ja, het leek zelfs alsof hij het niet had gezien. De koffie kwam, we dronken onze kopjes leeg en toen we tien minuten later opstonden om weg te gaan, had hij het geld nog steeds niet aangeroerd. Hé, pak dat geld nou, zei ik, natuurlijk delen we. Kom op. Nee, ik betaal, zei hij weer. Dat geld is van jou. Pak het nou maar. Er zat niets anders op dan het te pakken en terug in mijn zak te stoppen. Had ik dat niet gedaan, dan zou het daar zijn blijven liggen, dat wist ik. En hij glimlachte zijn onuitstaanbaarste ik-wist-het-wel-glimlach. Nu had ik er spijt van dat ik het niet had laten liggen. Geen enkel offer was te groot als het erom ging voor Geir je gezicht niet te verliezen. Maar te oordelen naar Christina's gezicht, dat zo ongelooflijk expressief was en alles verraadde wat ze dacht, leek het alsof ze zich voor hem schaamde. Of de situatie op zijn minst pijnlijk vond. Openlijk de strijd met hem aangaan had ik nooit gedaan. Wijselijk genoeg, misschien, want er was iets wat ik nooit zou kunnen winnen. Als we bijvoorbeeld een wedstrijdje zouden doen wie de ander het langst in de ogen kon kijken, zoals je doet als je klein bent, zou hij zijn blik desnoods een week lang niet afwenden. Dat zou ik weliswaar ook kunnen, maar vroeg of laat zou ik denken dat het niet nodig was en mijn blik neerslaan. Die gedachte zou hij bij hem nooit opkomen.

'En,' zei ik, 'hoe is jouw dag eigenlijk geweest?'

'Ik heb over de grenssituatie geschreven. Concreet over Stockholm in de achttiende eeuw. Hoe hoog het sterftecijfer was, hoe kort de mensen leefden en wat dat met hun leven deed, vergeleken met dat van ons. Toen kwam Cecilia binnen om te praten. We hebben samen geluncht. Ze was gister op stap met haar vriend en zijn kameraad. Ze had de hele avond met die kameraad zitten flirten, zei ze, en haar vriend was razend geweest toen ze thuiskwamen, uiteraard.'

'Hoelang zijn ze al bij elkaar?'

'Zes jaar.'

'Wil ze bij hem weg?'

'Nee, helemaal niet. Integendeel, ze wil een kind van hem.'

'Waarom dan dat geflirt?'

Geir keek me aan: 'Ze wil allebei, natuurlijk.'

'Wat heb je tegen haar gezegd? Want ze kwam beslist bij je om advies?'

'Ik zei dat ze moest ontkennen. Gewoon alles ontkennen. Ze had niet geflirt, was alleen vriendelijk geweest. Nee, nee en nog eens nee zeggen. En de volgende keer niet zo oerstom zijn, maar wachten tot de gelegenheid zich voordeed en hem dan rustig en weloverwogen benutten. Ik verwijt haar niet dat ze het heeft gedaan, maar wel dat ze helemaal geen rekening met haar vriend heeft gehouden. Ze heeft hem gekwetst. Dat was onnodig.'

'Ze moet hebben geweten dat je dat zou zeggen. Anders was ze niet naar jou toe gegaan.'

'Dat geloof ik ook. Was ze daarentegen naar jou toe gestapt, dan was dat geweest om het advies te krijgen alles toe te geven, op de knieën te gaan, om vergeving te smeken en zich vanaf dat moment tot haar rechtmatige man te beperken.'

'Ja, of te vertrekken.'

'Het ergste is dat je het meent.'

'Natuurlijk meen ik het', zei ik. 'Het jaar nadat ik Tonje ontrouw was zonder iets te zeggen, was het ergste jaar van mijn leven. Het was één grote duisternis. Eén enkele lange klotenacht. Ik moest er de hele tijd aan denken. Schrok elke keer als de telefoon ging. En als het woord 'ontrouw' op tv werd genoemd, bloosde ik van top tot teen. De vlammen sloegen me uit. Als we een video huurden, vermeed ik zorgvuldig alle films in die richting, want ik wist dat ze vroeg of laat zou merken hoe ik elke keer als dat onderwerp ter sprake kwam, kronkelde als een aal. En het feit dat ik het had gedaan, verpestte ook verder alles in mijn leven, ik kon niets meer in alle oprechtheid zeggen, alles was leugen en bedrog. Het was een nachtmerrie.'

'Zou je het nu hebben verteld?'

'Ja.'

'En hoe zit het dan met wat er op Gotland is gebeurd?'

'Dat was geen ontrouw.'

'Maar het zit je net zo dwars?'

'Ja, dat wel.'

'Cecilia was niet ontrouw. Waarom zou ze haar vriend vertellen wat ze van plan was?'

'Daar gaat het niet om. Het gaat om de intentie. Zolang die er is, moet je de consequenties ervan aanvaarden.'

'En hoe zat het met jouw intenties op Gotland?'

'Ik was dronken. Zoiets zou ik nooit doen als ik nuchter was.'

'Maar je zou eraan hebben gedacht?'

'Misschien. Maar dat is een grote stap.'

'Tony is katholiek, zoals je weet. De priester zei een keer tegen hem, dat heb ik onthouden, dat je in feite al zondigt als je jezelf in een situatie brengt waarin de zonde mogelijk is. Je te bezatten als je weet met welke gedachten je rondloopt en onder welke druk je staat, betekent dat je jezelf in een dergelijke situatie brengt.'

'Goed, maar tot ik begon te drinken, dacht ik dat er niets kon gebeuren.'

'Hahaha!'

'Het is echt waar.'

'Maar Karl Ove, wat jij hebt gedaan heeft niets te betekenen. Het is een bagatel. Dat begrijpt toch iedereen. Iedereen. Wat heb je eigenlijk gedaan? Op een deur staan bonzen?'

'Ja, een half uur lang. Midden in de nacht.'

'En je werd niet binnengelaten?'

'Nee, nee. Ze deed de deur open, gaf me een fles mineraalwater en deed hem weer dicht.'

'Hahaha! En daar zat jij met een doodsbleek gezicht te trillen als een rietje toen ik je tegenkwam. Je zag eruit alsof je iemand had vermoord.'

'Dat gevoel had ik ook.'

'Maar er was toch eigenlijk niets aan de hand?'

'Dat is mogelijk. Toch kan ik het mezelf niet vergeven. En dat zal tot mijn dood zo blijven. Ik heb een lange lijst met dingen die ik heb gedaan, waarbij ik tekort ben geschoten. Want dat is het punt. Gij zult verdomme niet bedriegen. En je zou toch denken dat het niet moeilijk was je aan dat ideaal te houden. Voor sommigen is dat ook zo. Ik ken er een paar, niet veel, maar een paar die altijd het juiste doen. Die altijd correct zijn, altijd goed zijn. Ik heb het niet over mensen die nooit iets verkeerds doen omdat ze nooit iets doen, omdat het leven dat ze leiden zo beperkt is dat er niets kapot te maken valt, want die bestaan natuurlijk ook. Ik heb het over mensen die door en door rechtvaardig zijn en die altijd in elke situatie weten wat het beste is. Zij die zichzelf niet op de eerste plaats zetten, maar zich ook niet al te bescheiden opstellen. Die heb jij ook wel ontmoet. Mensen die door en door goed zijn, toch? En die zouden niet weten waar ik het over had. Juist omdat ze daar niet op uit zijn, ze denken er niet eens aan dat ze goed moeten zijn, ze zíjn het gewoon zonder het te beseffen. Ze houden hun vrienden in ere, zijn zorgzaam ten opzichte van hen die ze liefhebben, zijn goede vaders, maar niet op een vrouwelijke manier, leveren altijd goed werk, willen dat wat goed is en doen dat wat goed is. Mensen uit één stuk. Jon Olav bijvoorbeeld, je weet wel, mijn neef.'

'Ja, ik heb hem ontmoet.'

'Hij is altijd al een idealist geweest, maar niet om iets voor zichzelf te bereiken. Hij heeft altijd iedereen geholpen die zijn hulp nodig had. En hij is absoluut onkreukbaar. Hetzelfde geldt voor Hans. Zijn eerzaamheid ... ja, dat is het woord dat ik zoek. Eerzaamheid. Als je eerzaam bent doe je het juiste. Ik ben zo verschrikkelijk oneerzaam er steekt altijd iets ... nou ja, niet iets ziekelijks, eigenlijk, meer iets minderwaardigs, vleierigs, kruiperigs de kop op, het straalt van me af. Beland ik in een situatie die bezonnenheid vereist en waarin iedereen begrijpt dat er bezonnenheid wordt vereist, dan storm ik er gewoon op los, en waarom? Omdat ik alleen aan mezelf denk, alleen mezelf zie, van mezelf overloop. Ik kan best aardig voor anderen zijn, maar dan moet ik dat van tevoren hebben bedacht. Het zit me niet in het bloed. Het is niet mijn aard.'

'En waar zie je mij in dat systeem van je, dan?'

'Jou?'

'Ja?'

'Nou ja, jij bent een cynicus. Jij bent trots en eerzuchtig, misschien de meest trotse mens die ik ken. Jij zou nooit iets openlijk vernederends doen, je zou liever honger lijden en op straat leven. Je bent loyaal ten opzichte van je vrienden. Ik vertrouw je blindelings. Aan de andere kant kom je zelf op de eerste plaats en kun je meedogenloos zijn ten opzichte van anderen als je om de een of andere reden iets tegen hen hebt of als iemand jou iets heeft aangedaan, óf als je daarmee iets kunt bereiken wat een hoger belang dient. Toch?'

'Jawel. Maar ik hou altijd rekening met de mensen om wie ik geef. Eigenlijk. Scrupuleus past misschien beter. Dat is eigenlijk een belangrijk verschil.'

'Scrupuleus, ook goed. Maar laat ik een voorbeeld geven. Jij bent in Irak met menselijke schilden opgetrokken, je bent helemaal vanaf Turkije met ze meegereden, hebt in Bagdad alles met hen gedeeld. Enkelen van hen zijn je vrienden geworden. Zij waren daar vanwege hun overtuiging, die jij weliswaar niet deelde, maar dat wisten zij niet.'

'Ze hadden er beslist een vermoeden van', zei Geir glimlachend.

'En als de Amerikaanse mariniers komen, zeg je gewoon tot ziens tegen je vrienden en loopt zonder om te kijken over naar hun vijand. Je hebt hen in de steek gelaten, anders kun je het niet noemen. Maar je bent jezelf trouw gebleven. Daar plaats ik jou ergens. Het is een zelfstandige en vrije positie, maar de prijs om er te komen is hoog. Mensen liggen als kegels om je heen gestrooid. Voor mij is dat onmogelijk, de sociale druk begint al zodra ik van mijn stoel op kantoor overeind kom en als ik de straat op stap, ben ik er aan handen en voeten door gebonden. Ik kan me nauwelijks bewegen. Hahaha! Maar het is waar. In wezen, en ik geloof niet dat jij dat hebt begrepen, ligt daar niets heldhaftigs aan ten grondslag, noch een hoge moraal, maar lafheid. Lafheid, en anders niet. Denk je niet dat ik alle banden met iedereen zou willen verbreken om te doen wat ik wil en niet wat zij willen?'

'Jawel.'

'Denk je dat ik dat zal doen?

'Nee.'

'Jij bent vrij. Ik ben onvrij. Zo simpel is het.'

'Nee, verre van', zei Geir. 'Het is mogelijk dat jij in het sociale verstrikt zit, hoewel dat merkwaardig klinkt, je ontmoet immers nooit een mens, hahaha! maar ik begrijp wat je bedoelt en je hebt gelijk, jij probeert met iedereen tegelijk rekening te houden, ik heb zelf gezien hoe je rondrent als we bij jullie eten. Maar er bestaan meer manieren waarop je vast kunt zitten, er bestaan meer manieren om onvrij te zijn. Jij mag niet vergeten dat je alles hebt gekregen wat je wilde. Je hebt je kunnen wreken op wie je je wilde wreken. Je hebt een positie. Er zitten mensen te wachten op wat jij doet en er zitten mensen met palmbladen te wuiven zodra jij je vertoont. Jij kunt een column schrijven over wat je bezighoudt dat een paar dagen later in de krant van jouw keus verschijnt. Mensen bellen je om je weet ik waarvoor uit te nodigen. Kranten vragen je commentaar te leveren op van alles en nog wat. Jouw boeken komen uit in Duitsland en Engeland. Begrijp je wat een vrijheid dat inhoudt? Begrijp je wat voor mogelijkheden er zijn ontstaan in jouw leven? Jij hebt het over het verlangen los te laten en je te laten vallen. Als ik losliet, zou ik op dezelfde plek blijven staan. Ik sta helemaal onder op de bodem. Niemand is geïnteresseerd in wat ik schrijf. Niemand is geïnteresseerd in wat ik denk. Niemand nodigt mij ergens voor uit. Ik ben gedwongen mezelf op de voorgrond te dringen. Iedere keer als ik een vertrek met mensen binnenkom, ben ik gedwongen mezelf tot iets te maken. Ik besta niet, zoals jij, ik heb geen naam, ik moet elke keer alles vanaf de bodem opbouwen.

Ik zit onder in een gat in de grond door een megafoon te roepen. Het maakt niet uit wat ik zeg, niemand hoort het. En je weet: wat ik buiten zeg, houdt kritiek in op wat zich binnen bevindt. En dan ben je per definitie al een betweter. Een verbitterde querulant. Dat alles terwijl de jaren verstrijken. Ik word binnenkort veertig en ik heb níets gekregen van wat ik wilde hebben. Jij zegt dat dat briljant en uniek is en misschien is dat ook wel zo, maar wat helpt dat? Jij hebt alles gekregen wat je wilt en dan kun je er ook afstand van nemen, het laten liggen, er geen gebruik van maken. Maar dat kan ik niet. Ik móet naar binnen. Intussen ben ik daar al twintig jaar mee bezig. Het boek waar ik aan werk, zal me nog drie jaar kosten, minstens. Ik merk nu al hoe mijn omgeving het geloof erin verliest en daarmee de belangstelling ervoor. Ik word meer en meer een gek die weigert zijn gekkenproject te laten varen. Alles wat ik zeg, wordt daaraan gemeten. Toen ik vlak na mijn proefschrift iets zei, werd het dááraan gemeten, toen was ik academisch en intellectueel beschouwd nog in leven, nu ben ik dood. En hoe langer het duurt, hoe beter het volgende boek moet worden. Het is niet voldoende dat het niet slecht is of oké of dat er veel goeds in staat, omdat ik er relatief gezien zo lang voor nodig heb en al zo oud ben dat het uniek moet zijn. In dat opzicht ben ik niet vrij. En om terug te komen op waar we het eerder over hadden, het victoriaanse ideaal – dat geen ideaal was, maar pure praktijk – het dubbelleven dus, daar schuilt natuurlijk ook tragiek in, want dat leven kan nooit perfect zijn. En dat is toch waar iedereen van droomt: van die ene verliefdheid of de verliefdheid op die ene persoon, als al het cynische en calculerende verdwijnt, als alles perfect is. Nou ja, je weet wel, de romantiek. Het dubbelleven is een adequate oplossing voor een probleem, maar het is niet probleemloos, als jij dacht dat ik dat dacht. Het is praktisch, provisorisch, pragmatisch, vitaal dus. Maar niet perfect, en niet ideaal. Het belangrijkste verschil tussen ons tweeën is niet dat ik vrij ben en jij onvrij, want ik geloof niet dat dat zo is. Het belangrijkste verschil is dat ik een vrolijk mens ben en jij niet.'

'Zo onopgewekt ben ik toch niet ...'

'Precies! Onopgewekt, jij bent de enige die dat woord kan gebruiken! Dat zegt alles over jou.'

'Onopgewekt is een goed Noors woord. Ik heb het uit de saga's. En Gustav Storms vertaling is al honderd jaar oud. Maar misschien wordt het nu tijd om van onderwerp te veranderen?'

'Als je dat twee jaar geleden had gezegd, had ik het begrepen.'

'Oké. Ik kan ook doorgaan. Nadat dat met Tonje gebeurd was, ben ik naar een eilandje vertrokken, waar ik twee maanden heb gewoond. Ik was er al eens eerder geweest, ik hoefde slechts een telefoontje te plegen en alles was in orde. Een huis, een eilandje ver in zee, nog drie andere mensen. Het was aan het eind van de winter, dus alles was bevroren en star. Daar liep ik rond en dacht na. En wat ik dacht was dat ik er alles aan moest doen om een goed mens te worden. Dat alles wat ik deed op dat doel moest zijn gericht. Maar niet op die kruiperige, ontwijkende manier die tot op dat moment zo kenmerkend voor me was, je weet wel, dat ik bij het minste of geringste door schaamte werd overmand. Die onwaardigheid. Nee, in dat nieuwe beeld dat ik van mezelf schetste, kwamen ook moed en standvastigheid voor. Mensen recht in de ogen kijken, voor mijn mening uitkomen. Ik dook steeds verder in elkaar, weet je, ik wilde steeds minder plaats innemen, maar daar op dat eiland begon ik mijn rug te rechten, letterlijk. Concreet. Bovendien las ik de dagboeken van Hauge. Alle drieduizend pagina's. Dat was een enorme troost.'

'Had hij het nog moeilijker?'

'Dat had hij zeker. Maar daar ging het niet om. Hij worstelde *onafgebroken* met hetzelfde, met het ideaal hoe hij zou moeten zijn in tegenstelling tot hoe hij was. De wil om die strijd te voeren was ontzettend sterk in hem aanwezig. En dat bij een man die eigenlijk niets deed, niets beleefde, alleen maar las, schreef en de strijd tegen zijn innerlijk uitvocht op een klein kutboerderijtje aan een kleine kutfjord in een klein kutland helemaal aan de rand van de wereld.'

'Nee, geen wonder dat hij af en toe volledig doordraaide.'

'Je krijgt de indruk dat het ook een verademing was. Als hij eraan toegaf. En dat een deel van het tempo waarin het misliep, ook uit oplichting voortkwam. Omdat hij die ijzeren discipline over zichzelf liet varen en zich overgaf, lijkt het soms wel.'

'Het is de vraag of dat God niet was', zei Geir. 'Het gevoel gezien te worden, op de knieën te worden gedwongen door dat wat jou ziet. Wij hebben er alleen een andere naam voor. Superego of schaamte of wat je maar wilt. Misschien dat God daardoor voor sommigen reëler was dan voor anderen.'

'Dus dan is de drang om je aan lagere gevoelens over te geven en je slechts in genot en zonde te wentelen de duivel?'

'Precies.'

'Daar heb ik nooit zin in gehad. Behalve als ik drink. Dan wordt alles overboord gegooid. Maar wat ik wil is reizen, zien, lezen, schrijven. Vrij zijn. Volkomen vrij. En daar had ik toen de kans toe, daar op dat eiland, want in feite was het toen al uit met Tonje. Ik had overal naartoe kunnen gaan: Tokio, Buenos Aires, München. Maar het werd dat eiland, waar nauwelijks een mens woonde. Ik begreep mezelf immers niet, had geen idee wie ik was, dus dat waar ik mijn toevlucht toe zocht, al die gedachten om een goed mens te zijn, was gewoon het enige wat ik had. Ik keek geen tv, ik las geen kranten en het enige wat ik at, was knäckebröd met soep. Als ik daar een feestje had, werd dat met viskoekjes en bloemkool gevierd. En sinaasappels. Ik begon met opdrukken en sit-ups. Kun je het je voorstellen? Hoe vertwijfeld is een man niet als hij zich gaat opdrukken om zijn problemen op te lossen?'

'Maar dat draait toch allemaal om zuiverheid? Verder niets. Ascese. Niet door tv of kranten worden bedorven, zo weinig mogelijk eten. Dronk je koffie?'

'Ja, koffie wel. Maar je hebt gelijk voor wat betreft die zuiverheid. Het heeft bijna iets fascistisch allemaal.'

'Hauge schreef dat Hitler een groot man was.'

'Toen was hij nog niet zo oud. Maar het ergste is dat ik het kan begrijpen, die drang om al dat pietluttige en kleingeestige wat in je ligt te rotten, overboord te gooien, al die futiliteiten waar je je over opwindt of ongelukkig van wordt, dat dat de behoefte aan iets puurs en groots kan oproepen waarin je kunt opgaan en verdwijnen. Weg met alle shit, nietwaar? *Ein Volk, ein Blut, ein Boden.* Nu is juist dat voor eeuwig in diskrediet geraakt, natuurlijk. Maar ik heb alle begrip voor wat erachter zit. En zo beïnvloedbaar door sociale druk als ik ben, zo gestuurd door wat anderen van me vinden ... God mag weten wat ik had gedaan als ik in de jaren veertig had geleefd.'

'Hahaha! Kalm maar. Jij bent nu niet net als alle anderen, dus dan was je toen ook niet net als alle anderen geweest.'

'Maar toen ik naar Stockholm verhuisde en verliefd werd op Linda, veranderde dat allemaal. Het was alsof ik boven al die kleine dingen verheven was, niets van dat alles speelde nog een rol, alles was in orde, er bestond nergens een probleem. Ik weet niet hoe ik het moet uitleggen ... Het was alsof ik innerlijk zo sterk werd dat alles daarbuiten onschadelijk werd gemaakt. Ik was onkwetsbaar, begrijp je? Van licht vervuld. Alles was licht! Ik kon zelfs Hölderlin lezen! Dat was een fantastische tijd. Ik heb het nog nooit zo goed gehad. Tot de rand toe vol geluk.'

'Dat herinner ik me nog, ja. Je zat te stralen in de Bastugata. Je was bijna lichtgevend. Draaide onafgebroken Manu Chao. Er viel nauwelijks met je te praten. Je liep over van geluk. Zat daar op bed te glimlachen als een of andere verdomde lotusbloem.'

'Het punt is dat het er allemaal om draait hoe je het bekijkt. Vanuit één gezichtspunt gezien schenkt alles vreugde. Vanuit een ander niets dan ellende en verdriet. Denk jij dat ik me om al die rotzooi bekommerde waarmee de tv en de kranten ons volproppen toen ik daar gelukkig zat te zijn? Denk jij dat ik me ook maar ergens voor schaamde? Ik stond overal boven. Ik was verdorie onoverwinnelijk. Dat was wat ik tegen je zei toen je die herfst daarna zo verdomd in de put zat en neerslachtig was. Dat het er alleen maar om gaat hoe je het bekijkt. Niets in jouw wereld was veranderd of opeens problematisch behalve de manier waarop jij hem bekeek. Maar je luisterde natuurlijk niet naar me en vertrok in plaats daarvan naar Irak.'

'Het laatste wat je wilt horen als je in de put zit, uiteraard, is het geraaskal van de een of andere opgewekte idioot. Maar toen ik terugkwam was ik weer opgevrolijkt. Dat trok me eruit.'

'Ja. En nu zijn de rollen weer omgekeerd. Nu zit ik hier te klagen over de lamlendigheid van het leven.'

'Ik geloof dat dat de natuurlijke gang van zaken is', zei hij. 'Ben je weer begonnen met sit-ups?'

'Ja.'
Hij glimlachte. Ik glimlachte ook.
'Wat moet ik verdomme anders?' zei ik.

Ongeveer een uur later verlieten we de Pelikan en namen samen de metro naar Slussen, waar Geir overstapte op de rode lijn. Hij legde zijn hand op mijn schouder, zei dat ik op mezelf moest passen en Linda en Vanja de groeten moest doen. Toen hij weg was, liet ik me op mijn plaats zakken, ik wou dat ik daar urenlang kon blijven zitten en door de nacht kon rijden in plaats van zoals nu bij Hötorget, drie stations verder, op te moeten staan om uit te stappen.

De wagon was bijna leeg. Aan de stang bij de deur hield een jongeman met een gitaarkist op zijn rug zich staande, mager als een lat en met zwart, krullend haar dat van onder de rand van zijn muts stak. Op de achterste bank toonden twee meisjes van een jaar of zestien elkaar sms'jes. Tegenover hen zat een oudere man met een zwarte jas, een roestrode das en zo'n grijze, wollige, bijna vierkante muts die in de jaren zeventig werd gedragen. Aan de andere kant naast hem zat een kleine, mollige vrouw met Zuid-Amerikaanse trekken in een enorm gewatteerd jack, een donkerblauwe, goedkope spijkerbroek en suède laarsjes met een rand van synthetisch bont.

Ik was het intermezzo met mijn mobieltje helemaal vergeten tot Geir me er vlak voordat we weggingen aan herinnerde. Hij gaf me zijn mobiel en zei dat ik mijn nummer moest bellen, dat deed ik, maar er nam niemand op. We spraken af dat hij een sms'je zou schrijven om haar te vragen mijn vaste telefoon te bellen, en dat hij dat een half uurtje later zou versturen, dan zou ik intussen thuis moeten zijn.

Misschien dacht ze wel dat het een soort flirttrucje was. Dat ik mijn mobieltje expres in haar tas had gestopt zodat ik haar kon bellen.

Op het centraal station stroomden de mensen de wagon binnen. Vooral jongeren, een paar luidruchtige groepjes, sommige met een koptelefoon op, andere met een sporttas tussen hun voeten.

Thuis zouden ze al wel slapen.

Die gedachte dook plotseling op en had iets prikkelends.

Dat was mijn leven. Dát was míjn leven.

Ik moest me vermannen. Mijn rug recht houden.

Op de rails naast ons passeerde een trein, een paar seconden lang keek ik recht in die op een aquarium lijkende wagon, waarin mensen in hun eigen dingen verdiept waren, toen werden zij opgeheven op de rails, terwijl wij verder een tunnel in werden geslingerd, waar het enige wat je zag de weerspiegeling van de wagon zelf was, mijn lege gezicht. Op het moment dat de trein vaart minderde, stond ik op en liep naar de deur. Ik stak het perron over en nam de roltrap naar de Tunnelgata. De dikke, blonde vrouw van in de dertig, die lange tijd anoniem voor me was tot Linda haar een keer groette en vertelde dat ze samen met haar op Biskops-Arnö had gezeten, zat achter het loket. Toen onze blikken elkaar kruisten, sloeg zij de hare neer. Haar probleem, dacht ik, ik duwde met mijn bovenbeen de slagboom opzij en holde de laatste trappen op naar boven.

Aan het feit dat mijn weg naar huis dezelfde was als die de moordenaar van Palme destijds waarschijnlijk had genomen, dacht ik bijna elke keer als ik de lange trap naar de Malmskillnadsgata op liep. De dag dat de moord bekend werd, herinnerde ik me nog precies. Wat ik had gedaan, wat ik had gedacht. Het was op een zaterdag. Mama was ziek, ik had samen met Jan Vidar de bus naar de stad genomen. We waren zeventien. Als die moord op Palme niet was gepleegd, was die dag verdwenen geweest, zoals alle andere dagen verdwenen waren. Alle uren, alle minuten, alle gesprekken, alle gedachten, alle gebeurtenissen. Alles weg in de poel der vergetelheid. En het beetje dat was blijven hangen, moest representatief zijn voor alles. Wat pure ironie was, aangezien het juist was blijven hangen omdat het afweek van de rest.

In KGB zaten een paar langharige snuiters voor het raam te drinken. Verder zag het er leeg uit. Maar misschien gebeurde het vanavond in de kelder.

Richting centrum zoefden twee zwart glanzende taxi's langs. Sneeuwkorrels wervelden op, bleven een seconde lang aan mijn gezicht kleven, dat zich ter hoogte van de weg bevond. Ik stak over, holde het laatste stukje tot de poort, deed die open. Gelukkig geen mens in de gang of op de trap. Alles stil in onze flat.

Ik kleedde me uit en liep zachtjes door de kamer, deed de deur van de slaapkamer open. Linda sloeg haar ogen open en keek me in het halfdonker aan. Strekte haar armen naar me uit.

'Was het leuk?'

'Ja, hoor', zei ik en ik boog voorover om haar te kussen. 'Alles goed gegaan hier?'

'Hm. We hebben je gemist. Kom je in bed?'

'Even wat eten. Dan kom ik. Oké?'

'Oké.'

In haar traliebedje lag Vanja zoals altijd met haar kontje omhoog en haar gezicht in het kussen gedrukt te slapen. Ik glimlachte toen ik langs haar liep. Dronk een glas water in de keuken, staarde een tijdje in de koelkast, waarna ik er margarine en een pakje ham uitnam. Ik pakte het brood uit de kast ernaast. Op het moment dat ik de deur dicht wilde doen, wierp ik een blik op de flessen op de bovenste plank. Die blik was niet toevallig, want de flessen stonden anders dan normaal. De halfvolle aquavit van Kerst was verruild met de calvados. De grappa, die helemaal achteraan had gestaan, stond nu aan de kant naast de gin. Als dat alles was geweest, zou ik er niet meer over hebben gepiekerd, gewoon hebben gedacht dat ik er zaterdag toen ik had schoongemaakt, niet op had gelet, maar het feit wilde dat er ook minder drank in de flessen leek te zitten. Diezelfde gedachte was nog maar een week geleden even in me opgekomen, toen had ik hem echter van me afgezet vanuit de veronderstelling dat er de keren dat we bezoek hadden gehad, meer was gedronken dan ik me herinnerde. Maar nu stonden ze ook anders.

Ik bleef een tijdje met de verschillende flessen in mijn handen staan draaien terwijl ik overwoog wat er kon zijn gebeurd. De fles grappa was nog bijna vol geweest, toch? Ik had er drie kleine glaasjes uit geschonken na een etentje dat we een paar weken geleden hadden gehad. Nu was hij al leeg tot het etiket. En de aquavit, daar had toch veel meer ingezeten dan een bodempje? En was ook de fles cognac niet voller geweest?

Het waren flessen die ik had meegebracht als ik op reis was geweest of die we cadeau hadden gekregen. We dronken er nooit uit, behalve als we gasten hadden.

Kon het Linda zijn?

Zat zij in haar eentje te drinken als ze alleen thuis was?

Stiekem?

Nee, geen sprake van. Sinds ze zwanger was geraakt, had ze geen druppel alcohol meer gedronken. En zolang ze de borst gaf, zou ze dat ook niet doen.

Loog ze daarover?

Linda?

Nee, verdomme. Zo blind kon ik toch niet zijn.

Ik zette de flessen terug, exact zoals ze hadden gestaan en zoals ik ze me zou herinneren. Ik probeerde me ook zo ongeveer in te prenten hoeveel er nog in zat. Toen deed ik de kastdeur dicht en ging zitten eten.

Waarschijnlijk kwam het alleen omdat ik het me verkeerd herinnerde. Waarschijnlijk was er de laatste weken meer drank doorgegaan dan me was opgevallen. Ik wist immers niet exact hoeveel er nog over was. En toen waren de flessen wat verschoven terwijl ik zaterdag de kast had schoongemaakt. Dat ik me dát niet herinnerde, was volkomen normaal. Schreef Tolstoj daar niet over in zijn dagboeken volgens Shklovsky? Dat hij plotseling niet meer wist of hij net de kamer had gestoft of niet? En als hij dat had gedaan, wat voor gewicht had dat gebeuren dan, en de tijd die het had gekost?

O, jij Russisch formalisme, waar ben je gebleven in mijn leven?

Ik kwam overeind en wilde net de tafel afruimen toen in de kamer de telefoon ging. Een angstscheut trok door mijn borst. Maar opeens schoot me het sms'je te binnen dat Geir naar mijn mobieltje had gestuurd. Niets aan de hand.

Ik liep snel naar de kamer en nam op.

'Hallo, met Karl Ove', zei ik.

Het bleef een paar seconden doodstil aan de andere kant. Toen zei een stem: 'Bent u degene die zijn mobieltje kwijt is?'

Het was de stem van een man. Hij praatte gebroken Zweeds en ook al had de toon niets agressiefs, echt vriendelijk klonk hij niet.

'Ja,' zei ik, 'hebt u het gevonden?'

'Het zat in de tas van mijn verloofde toen ze thuiskwam. Nu moet u mij maar eens vriendelijk uitleggen hoe dat ding daar is beland.'

Voor me ging de deur open. Linda kwam binnen en staarde me ongerust aan. Ik hief afwerend mijn hand op, glimlachte naar haar.

'Ik stond met mijn mobieltje in mijn hand op het metrostation bij de Rådmannsgata toen iemand me een duw gaf en ik het verloor. Ik draaide me om naar degene die me een duw had gegeven en zag niet waar het terechtkwam, maar ik hoorde het ook niet op de grond vallen. Toen zag ik een vrouw lopen met een open tas aan haar arm en ik begreep dat het daarin terecht was gekomen.'

'Waarom zei u niets tegen haar? Waarom wilde u dat ze contact met u opnam?'

'Mijn trein kwam net op dat moment. En ik had weinig tijd. Bovendien was ik er niet zeker van of het echt daarin terecht was gekomen. Ik kon toch een vreemde vrouw niet vragen of ik in haar tas mocht kijken?'

'Komt u uit Noorwegen?'

'Ja.'

'Oké. Ik geloof u. U kunt uw mobieltje terugkrijgen. Waar woont u?'

'Midden in de city. Regeringsgata.'

'Weet u waar de Banérgata is?'

'Nee.'

'Östermalm, een zijstraat van de Strandgata, vlak bij het Karlaplan. Daar is een ICA-winkel. Kom daar om twaalf uur naartoe. Ik sta buiten. Als ik er niet ben, ligt uw mobieltje bij de kassa. Vraag de bediening maar. Oké?'

'Prima. Hartelijk bedankt.'

'En wees wat zuiniger met uw spullen voortaan.'

Toen hing hij op. Linda, die met een wollen plaid over haar benen op de bank was gaan zitten, keek me vragend aan.

'Wat was dat?' vroeg ze. 'Wie belde er nog zo laat?'

Ze lachte toen ik haar vertelde wat er was gebeurd. Niet zozeer om wát er was gebeurd als wel om het wantrouwen dat het moest hebben gewekt. Als je met een vreemde vrouw in contact wilde komen van wie je het nummer niet had, wat was er dan slimmer dan je mobieltje in haar tas te stoppen en haar vervolgens te bellen?

Ik ging naast Linda op de bank zitten. Ze kroop tegen me aan.

'Nu staat Vanja op de lijst voor de crèche', zei ze. 'Ik heb vandaag gebeld.'

'Echt? Wat goed!'

'Ik moet toegeven dat ik hier met gemengde gevoelens zit', zei ze. 'Ze is nog zo klein. Maar misschien kunnen we haar eerst een halve dag brengen?'

'Natuurlijk.'

'Kleine Vanja.'

Ik keek Linda aan. Haar gezicht was mat van de slaap waaruit het net was opgedoken. De ogen smal, haar trekken zacht. Zij zou toch nooit stiekem een borrel drinken? Met die overweldigende gevoelens die ze voor Vanja koesterde en zo serieus als ze haar rol als moeder nam?

Nee, natuurlijk niet. Hoe kon ik dat ook maar denken?

'Er is iets geheimzinnigs aan de hand in de keukenkast', zei ik. 'Iedere keer als ik naar de flessen kijk, is het alsof er minder in zit. Is jou dat ook opgevallen?'

Ze glimlachte. 'Nee, maar er wordt vaak meer gedronken dan je denkt.'

'Dat zal dan wel', zei ik.

Ik drukte mijn voorhoofd tegen haar voorhoofd. Haar ogen, die recht in de mijne keken, vulden me totaal. Gedurende dat korte moment dat ze alles waren wat ik zag, straalden ze van het leven dat ze binnen in zichzelf leidde.

'Ik mis je', zei ze.

'Ik ben er toch?' zei ik. 'Wat is er, wil je me helemaal dan?'

'Ja, precies', zei ze, ze pakte mijn handen en trok me op de bank neer.

De volgende ochtend stond ik zoals gewoonlijk om half vijf op, ik werkte tot zeven uur aan de correctie van de vertaalde verhalenbundel en ontbeet stilzwijgend met Linda en Vanja. Om acht uur kwam Ingrid Vanja halen. Linda vertrok naar school en ik zat een half uurtje kranten te lezen op internet voor ik mijn e-mails begon te beantwoorden, die zich hadden opgehoopt. Toen douchte ik, ik kleedde me aan en ging naar buiten. De lucht was blauw, de laaghangende zon scheen over de stad en hoewel het nog steeds koud was, riep het licht een gevoel van lente in me op, zelfs hier in de schaduwrijke straat die ik naar Stureplan volgde. Zo te zien was ik niet de enige met dergelijke gevoelens: liepen de mensen de dag daarvoor nog met gebogen hoofd en opgetrokken schouders rond, nu rechtten ze hun rug en in de blikken waarmee ze om zich heen keken, was nieuwsgierigheid en vreugde te zien. Was deze open, levenslustige stad dezelfde als die in zichzelf gekeerde en depressieve waar we gister in rondliepen? Terwijl het gedempte winterlicht dat door de wolken drong, alle kleuren en alle vlakken als het ware naar elkaar toe had getrokken en grijzig en zwak als het was, de verschillen ertussen had geminimaliseerd, kregen ze in dit heldere, directe zonlicht juist meer contour. De hele stad was één explosie van kleur. Niet de warme, biologische van de zomer, maar de synthetisch kille, mineraalachtige van de winter. Rode baksteen, gele baksteen, donkergroene carrosserieën, blauwe bordjes, oranje jacks, lila sjaals, donkergrijs asfalt, kopergroen metaal, glanzend chroom. Blinkende ramen, glanzende muren en glimmende goten aan de ene kant van het gebouw, zwarte ramen, donkere muren, matte, bijna onzichtbare goten aan de andere. De Birger Jarlsgata in, waar de sneeuw in hopen langs de trottoirrand lag, hier glinsterend, daar grijs en dof, afhankelijk hoe het zonlicht erop viel. Verder naar Stureplan en boekhandel Hedengrens binnen, waar een jongeman net de deur openmaakte toen ik aankwam. Ik liep naar de kelderverdieping, zwierf tussen de schappen rond, zocht een stapel boeken bij elkaar en ging zitten om ze door te bladeren. Ik kocht een biografie over Ezra Pound omdat ik geïnteresseerd was in zijn theorie over geld en hoopte dat daar iets over in het boek stond, een werk over wetenschap in China tussen 1550 en 1900, een boek over de economische geschiedenis van de wereld, geschreven door een zekere Cameron, en een over de Amerikaanse inheemse bevolking, waarin alle stammen werden behandeld die er waren voordat de Europeanen kwamen, een prachtwerk van zeshonderd pagina's. Bovendien ontdekte ik een boek over Rousseau van Starobinski en een over Gerhard Richter, *Doubt and Belief in Painting*, dat ik kocht. Ik wist niets van Pound, economie, wetenschap, China of Rousseau af, ik wist ook niet of het me interesseerde, maar ik zou binnenkort aan een roman beginnen en daarvoor had ik een aanzet nodig. Wat die indianen betrof, daar liep ik al enige tijd mee rond. Een paar maanden geleden had ik een foto gezien van een paar indianen in een kano op weg over een meer, in de boeg stond een man verkleed als vogel met de vleugels uitgestrekt. Die foto boorde zich door alle voorstellingen heen die ik over indianen had, door alles wat ik in boeken en stripverhalen had gelezen en in films had gezien, zo de werkelijkheid binnen: ze hadden echt bestaan. Ze hadden echt geleefd met hun totempalen, hun speren en pijl en boog, alleen op een enorm continent zonder er enig vermoeden van te hebben dat andere levens dan de hunne niet alleen mogelijk waren, maar zelfs werkelijk bestonden. Het was een fantastische gedachte. De romantiek die de foto uitstraalde, dat wilde, die menselijke vogel en die onaangetaste natuur, ontsprong dan ook aan de werkelijkheid in plaats van andersom, zoals anders altijd het geval was. Het was een schok. Anders kan ik het niet noemen. Ik was geschokt. En ik wist dat ik erover moest schrijven. Niet over de foto op zich, maar over wat die inhield. Toen drongen alle bedenkingen zich op: natuurlijk hadden ze bestaan, maar ze bestonden niet meer, ze waren, inclusief hun hele cultuur, allang uitgeroeid. Waarom er dan over schrijven? Ze bestonden immers niet, en ze zouden ook nooit meer bestaan. Als ik een nieuwe wereld schiep, waarin zich elementen uit deze bevonden, zou het niets anders zijn dan literatuur, niets anders dan verzinsels en dus zonder waarde. Daar kon ik tegen inbrengen dat ook Dante bijvoorbeeld niets anders had gedaan dan verzinnen, dat Cervantes niets anders had gedaan dan verzinnen, dat Melville niets anders had gedaan dan verzinnen. Het zou ongetwijfeld niet hetzelfde zijn geweest om mens te zijn als die drie werken niet hadden bestaan. Dus waarom niet gewoon verzinnen? De verhouding waarheid – werkelijkheid was toch niet een-op-een? Goede argumenten, maar het hielp niet, alleen al bij de gedachte aan fictie, alleen al bij de gedachte aan een fictief karakter in een fictieve handeling werd ik misselijk, reageerde ik fysiek. Geen idee waarom. Maar zo was het. Dus de indianen moesten dan maar wachten. Met de gedachte in mijn achterhoofd dat ik dat gevoel misschien niet altijd zou houden.

Toen ik de boeken had betaald, ging ik naar Plattan, naar de muziek- en filmwinkel daar, waar ik drie dvd's en vijf cd's kocht, daarna naar de

Akademibokhandel, waar ik een proefschrift ontdekte over Swedenborg, uitgegeven door uitgeverij Atlantis, dat ik kocht, plus nog een paar tijdschriften. Ik zou hier nauwelijks iets van lezen, wat echter geen beletsel vormde om me kiplekker te voelen. Ik ging naar huis en pakte alles uit, at staande bij de aanrecht een paar boterhammen en ging weer op pad, deze keer richting Östermalm naar de winkel in de Banérgata, waar ik exact om twaalf uur aankwam.

Er was niemand. Ik stak een sigaret op en bleef staan wachten. Probeerde oogcontact te krijgen met de mensen die langsliepen, maar niemand bleef staan of kwam naar me toe. Na een kwartiertje ging ik de winkel binnen en vroeg de vrouwelijke bediening of iemand daar die dag een mobieltje had afgegeven. Ja hoor, dat klopte. Of ik het kon beschrijven?

Dat deed ik, waarop ze het uit een la naast de kassa haalde en me overhandigde.

'Bedankt', zei ik. 'Wie heeft het afgegeven, weet u dat?'

'Ja. Nou ja, zijn naam ken ik niet. Maar het is een jonge knul, hij werkt bij de Israëlische ambassade hier verderop.'

'Bij de Israëlische ambassade?'

'Ja.'

'O. Nogmaals bedankt. Tot ziens!'

'Tot ziens.'

Langzaam, bij mezelf glimlachend, liep ik de straat op. De Israëlische ambassade! Dan was het verdorie ook niet zo gek dat hij wantrouwig was geweest! Het apparaat moest van binnen en van buiten onderzocht zijn. Alle sms'jes, alle telefoonnummers ... Hihihi!

Ik zette het aan en belde Geir.

'Hallo?' zei hij.

'Iemand belde vanwege mijn mobieltje gisteravond', zei ik. 'Hij was ontzettend wantrouwig, maar stemde er ten slotte mee in het me terug te geven. Ik heb het net opgehaald. Hij had het afgegeven aan de kassa van een supermarkt. Ik vroeg de vrouw die daar werkte of ze wist wie hij was. Weet je wat ze zei?'

'Nee, natuurlijk niet.'

'Hij werkt bij de Israëlische ambassade.'

'Je maakt een grapje!'
'Nee. Verlies ik mijn mobiel een keer, valt hij niet op de grond, maar in een tas. En verlies ik mijn mobiel een keer in een tas, is het niet zomaar de tas van een doorsnee-Zweed, maar van de verloofde van iemand bij de Israëlische ambassade. Is dat niet gek?'
'Dat met die verloving kun je wel vergeten, volgens mij. Het is veel waarschijnlijker dat zij ook bij de ambassade werkt en er melding van heeft gemaakt toen ze jouw mobieltje vond. En toen zaten ze naar dat ding te staren en zich af te vragen wie het daar goddorie in had gestopt. En wat het was! Een bom? Een afluisterapparaat?'
'En wat in hemelsnaam de verbinding met Noorwegen te betekenen had. Iets met zwaar water? Wraak voor de Lillehammer-affaire?'
'Het is ongelooflijk hoe het jou lukt in dingen verwikkeld te raken. Russische prostituees en Israëlische agenten. Die schrijfster die jullie te eten hadden, die al het eten afwoog voor ze het at, hoe heette ze ook alweer?'
'Maria. Die had ook iets met Rusland, trouwens.'
'En die vlak na het eten iemand anders moest bellen om precies te vertellen wat ze had gegeten. Hahaha!'
'Wat heeft dat ermee te maken?'
'Geen idee. Merkwaardige dingen die gebeuren waar jij je ophoudt, misschien? Zoals die andere vriendin van Linda die verliefd is op een junk wiens zus bij jullie in huis woont? Die woning die je kreeg in de flat waar Linda woonde? Je laptop die aan allerlei dingen wordt blootgesteld, buiten staat en doornat wordt in de regen, bij het uitstappen uit de trein op de rails belandt zonder dat er iets mee aan de hand is. Dat je je telefoon verliest in de tas van iemand die bij de Israëlische ambassade werkt, is niets bijzonders in dit verband.'
'Dat klinkt erg boeiend en geweldig', zei ik. 'Maar de waarheid over mijn leven is een heel andere, zoals je weet.'
'O, kom op, kunnen we niet één keer net doen alsof?'
'Nee. Waar ben je mee bezig?' vroeg ik.
'Wat denk je?'
'Klinkt niet alsof je backstage aan het rommelen bent, in elk geval. Dus

dan zit je waarschijnlijk te schrijven.'
'Dat doe ik, ja. En jij?'
'Ik ben op weg naar het Filmhuset. Ga lunchen met Linda. We bellen.'
'Doen we.'
Ik verbrak de verbinding, stopte mijn mobieltje in mijn zak en zette de pas erin. Liep langs de drooggelegde fontein op het Karlaplan, door het winkelcentrum Fältöversten naar de Valhallaväg, die ik tot het Filmhuset volgde, dat daar aan de rand van het half met sneeuw bedekte Gärdet in de zon lag te schitteren.

Na de lunch nam ik de metro naar het Odenplan en liep vandaar naar mijn kantoor, in de eerste plaats om ergens ongestoord te kunnen zijn. Ingrid had een sleutel van de flat en was vast thuis met Vanja. Voor cafés met al die onbekende mensen en rusteloze blikken was ik niet in de stemming. Ik ging achter mijn bureau zitten en probeerde een tijdje aan de voordracht te schrijven, maar daar werd ik gedeprimeerd van. In plaats daarvan ging ik op de bank liggen, waar ik in slaap viel. Toen ik wakker werd, was het al tien over vier en donker op straat. De journalist van *Aftenposten* zou om zes uur komen, dus als ik die dag nog iets van Vanja en Linda wilde zien, zat er niets anders op dan mijn jas aan te trekken en naar huis te gaan.

'Iemand thuis?' riep ik toen ik de deur opendeed. Vanja kwam in volle vaart door de gang op me afgekropen, ze lachte en ik gooide haar een paar keer de lucht in, toen droeg ik haar naar de keuken, waar Linda in een pan stond te roeren.

'Kikkererwten', zei ze. 'Ik wist niets beters te bedenken.'
'Prima', zei ik. 'Hoe is het met Vanja gegaan vandaag?'
'Goed, geloof ik. Ze waren in elk geval de hele ochtend op Junibacken. Mama is net weg. Ben je haar niet tegengekomen?'
'Nee', zei ik en ik nam Vanja mee naar het bed, waar ik een tijdje wat met haar stoeide tot ik er genoeg van kreeg, haar rood en bezweet van het lachen in haar stoel aan de keukentafel zette en naar de kamer liep om mijn e-mail te checken. Toen ik de binnengekomen e-mailtjes had gelezen, zette ik mijn pc uit en keek naar buiten naar de flat die aan de over-

kant van de straat een verdieping lager lag en waar ook een pc oplichtte. Daar had ik een keer een man voor het scherm zien masturberen, hij ging er vast van uit dat niemand hem zag, had niet aan de mogelijkheid gedacht dat hij hiervandaan zichtbaar was. Hij was alleen in het vertrek, maar niet in de flat; aan de andere kant van de muur lag de keuken, waar een vrouw en een man zaten. Het was merkwaardig te zien hoe dicht het heimelijke en het openlijke bij elkaar kunnen liggen.

Nu was het vertrek leeg. Niets dan het gewemel van de lichtpuntjes op het scherm, het licht van een lamp in de hoek, dat over een stoel viel, en een tafeltje met een opengeslagen boek erop.

'Het eten is klaar!' riep Linda vanuit de keuken. Ik kwam overeind en ging naar hen toe. Het was al kwart over vijf.

'Wanneer zouden ze komen?' vroeg Linda, ze moest hebben gezien dat ik op de klok keek.

'Om zes uur. Maar we gaan meteen weg. Jij hoeft ze niet te ontmoeten. Nou ja, je kunt hen wel begroeten als je wilt, maar het hoeft niet.'

'Ik geloof dat ik hier blijf. Uit het zicht. Ben je nerveus?'

'Nee, maar echt zin heb ik ook niet. Je weet toch waar het op uitloopt.'

'Denk daar nu maar niet aan. Praat gewoon met ze, zeg wat je wilt en stel geen eisen aan jezelf. Hou het simpel.'

'Ik had het er een keer met Majgull Axelsson over, je weet wel, die mee was bij die lezingen in Tvedestrand en Göteborg. Ze ontwikkelde tijdens die trip een beetje moederlijke zorgzaamheid ten opzichte van me. Ze zei dat ze als stelregel had nooit iets te lezen wat over haar was geschreven, nooit naar iets op tv te kijken of op de radio te luisteren. Het als een eenmalige zaak te beschouwen. Zich alleen te beperken tot het moment waarop het plaatsvond dus. Dan werden het ontmoetingen met mensen, heel simpel, volkomen ongecompliceerd. Daar kon ik inkomen. Maar dan heb je de ijdelheid nog, natuurlijk. Word ik nu als een complete idioot afgeschilderd of gewoon als een idioot? En ligt het aan de manier waarop ik word afgeschilderd of aan mij?'

'Ik wou dat je dat allemaal eens van je af kon zetten', zei Linda. 'Het is zo zinloos! Het kost je zo veel kracht. Je bent er de hele tijd mee bezig.'

'Ja, dat weet ik. Maar ik zal ermee ophouden. Voor alles bedankt.'

'Je bent zo'n geweldig mens. Ik wou alleen dat je je ook zo kon voelen.'
'Mijn fundamentele gevoel is het tegenovergestelde. Dat dringt echt overal in door. En zeg niet dat ik in therapie moet.'
'Ik heb helemaal niets gezegd!'
'Jij hebt toch hetzelfde', zei ik. 'Het enige verschil is dat jij ook periodes kent waarin je gevoel van eigenwaarde in orde is, om het voorzichtig uit te drukken.'
'Ik hoop alleen dat het Vanja bespaard blijft', zei Linda terwijl ze naar haar keek. Vanja glimlachte naar ons. Voor haar op tafel lag overal rijst, net als op de grond onder haar stoel. Haar mond was rood van de saus, waarin witte rijstkorreltjes kleefden.
'Maar dat is niet zo', zei ik. 'Dat is onmogelijk. Of ze heeft het vanaf het begin af aan in zich of ze pikt het onderweg op. Het is onmogelijk het verborgen te houden. Het is alleen niet zeker dat het invloed op haar heeft. Dat hoeft niet per se.'
'Ik hoop het niet', zei Linda.
Ze had tranen in haar ogen.
'Dit was in elk geval lekker', zei ik terwijl ik opstond. 'Ik was af. Dat moet lukken voor ze komen.'
Ik draaide me om naar Vanja.
'Hoe groot is Vanja?' vroeg ik.
Trots hief ze haar armpjes boven haar hoofd.
'Zo groot!' zei ik. 'Kom, dan zal ik je even wassen.'
Ik tilde haar uit haar stoel en droeg haar naar de badkamer, waar ik haar handjes en gezichtje schoon waste. Ik hield haar voor de spiegel terwijl ik mijn wang tegen de hare drukte. Ze lachte.
Daarna deed ik haar in de slaapkamer een schone luier om, zette haar op de grond en ging naar de keuken om de tafel af te ruimen. Toen ik daarmee klaar was en de vaatwasser bromde, deed ik de kast open om te kijken of er tegen mijn verwachting in iets met de flessen was gebeurd.
Dat was het geval. Iemand had sinds gister van de grappa gedronken, daar was ik van overtuigd aangezien de drank precies tot de rand van het etiket kwam. De cognac stond op een andere plek en ook daar was uit gedronken, naar het scheen, ook al was ik daar minder zeker van.

Wat was hier verdomme aan de hand?

Ik weigerde te geloven dat Linda erachter zat. Zeker niet nadat we het er gisteravond nog over hadden gehad.

Maar verder was er toch niemand.

Wij hadden echt geen werkster of zo.

O, shit.

Ingrid.

Zij was hier vandaag geweest. En gister ook. Zij was het natuurlijk, dat moest wel.

Maar dronk ze dan als ze op Vanja paste? Zat ze hier een borrel achterover te slaan met haar kleinkind aan haar voeten?

Dan moest ze een drankprobleem hebben. Vanja betekende alles voor haar. Ze zou niets riskeren als het om Vanja ging. Maar als het waar was dat ze dronk, moest dat nog sterker zijn, iets waarvoor ze alles op het spel zette.

O, grote God in de hemel, wees genadig.

Ik hoorde Linda's voetstappen door de slaapkamer dichterbij komen, dus ik deed de kastdeur dicht, ging naar de aanrecht, pakte het doekje en begon de tafel af te nemen. Het was tien voor zes.

'Ik ga naar beneden om een sigaretje te roken, is dat oké?' vroeg ik. 'Ik ben nog niet helemaal klaar, maar ...'

'Natuurlijk, ga jij maar', zei Linda. 'Neem je het afval mee?'

Net op dat moment werd er gebeld. Ik liep naar de deur om open te doen. Een jongeman met een baard en een schoudertas stond naar me te glimlachen. Achter hem was een iets oudere, donker ogende man te zien met een grote cameratas over zijn schouder en een camera in zijn ene hand.

'Hoi,' zei de jongeman en hij stak zijn hand uit, 'Kjetil Østli.'

'Karl Ove Knausgård', zei ik.

'Aangenaam', zei hij.

Ik gaf de fotograaf een hand en verzocht hun binnen te komen.

'Willen jullie koffie?'

'Graag.'

Ik ging naar de keuken om de thermoskan met koffie en drie kopjes te halen. Toen ik terugkwam, stonden ze in de kamer rond te kijken.

'Hier zou je wel ingesneeuwd kunnen raken', zei de journalist. 'Aardig wat boeken, die je daar hebt!'

'De meeste heb ik niet gelezen', zei ik. 'En van die ik wel heb gelezen, herinner ik me niet veel meer.'

Hij was jonger dan ik had gedacht, ondanks zijn baard zo te zien niet ouder dan een jaar of zes-, zevenentwintig. Hij had grote tanden, een montere blik, een inschikkelijke, opgewekte uitstraling. Het type was me niet vreemd, ik had verscheidene mensen ontmoet die aan hem deden denken, maar alleen de laatste jaren, nooit tijdens mijn jeugd. Dat kon met klasse, geografie of generatie te maken hebben, waarschijnlijk met alles tezamen. Middenklasse uit het oosten van het land, gokte ik, gestudeerde ouders waarschijnlijk. Goede opvoeding, zelfverzekerd optreden, goed stel hersens, sociaal begaafd. Een mens die tot dusver geen tegenstand van betekenis had gekend, dat was de indruk die hij de eerste minuten maakte. De fotograaf was een Zweed, daardoor kreeg ik niet de kans om de nuances op te pikken uit de manier waarop hij zich gedroeg.

'Ik had eigenlijk besloten van nu af aan alle interviews af te slaan', zei ik. 'Maar op de uitgeverij zeiden ze dat jij zo goed was en dat ik die kans niet mocht mislopen. Hoop dat ze gelijk hebben.'

Een beetje gevlei kon nooit kwaad.

'Dat hoop ik ook', zei de journalist.

Ik schonk koffie voor hen in.

'Kan ik hier een paar foto's maken?' vroeg de fotograaf.

Toen ik aarzelde, verzekerde hij me dat alleen ik te zien zou zijn en dat niets van de omgeving erop zou komen.

Eerst wilde de journalist het interview bij mij thuis houden, ik zei nee, maar toen hij belde om de uiteindelijke ontmoetingsplaats af te spreken, zei ik dat ze wel langs konden komen, dan konden we van hieruit op pad. Ik hoorde dat het hem plezier deed.

'Oké', zei ik. 'Hier?'

Ik ging met het kopje koffie in mijn hand voor de boekenkast staan, hij liep om me heen foto's te maken.

Wat een klotegedoe, toch.

'Kun je je hand iets hoger houden?'
'Wordt dat niet een beetje gemaakt?'
'Oké, laat maar.'

In de gang hoorde ik Vanja komen aankruipen. Ze bleef in de deuropening naar ons zitten kijken.

'Hoi Vanja!' zei ik. 'Zijn hier allemaal enge mannen? Maar mij ken je toch ...'

Ik tilde haar op. Op hetzelfde moment kwam Linda binnen. Ze begroette het tweetal even, nam Vanja van me over en ging weer naar de keuken.

Alles waarvan ik niet wilde dat het werd gezien, werd gezien. Alles wat mij en het mijne betrof, werd stijf en gekunsteld zodra iemand zijn blik erop liet rusten. Dat wilde ik niet. Dat wilde ik verdomme niet. En nu stond ik hier weer als een idioot te glimlachen.

'Kan ik er nog een paar maken?' vroeg de fotograaf.

Ik nam dezelfde positie weer in.

'Een fotograaf zei een keer dat een foto van mij maken net was alsof je een foto maakte van een duimstok', zei ik.

'Moet een slechte fotograaf zijn geweest', zei de fotograaf.

'Maar je begrijpt wat hij bedoelt?'

Hij stopte even, liet de camera zakken, glimlachte, tilde hem weer op en ging verder.

'Ik stel voor dat we naar de Pelikan gaan', zei ik tegen de journalist. 'Daar ga ik meestal naartoe. En er is geen muziek. Dat komt goed uit, neem ik aan?'

'Dan doen we dat.'

'Maar we nemen buiten eerst nog een paar foto's. Dan laat ik jullie alleen', zei de fotograaf.

Op dat moment ging het mobieltje van de journalist. Hij keek naar het nummer.

'Dat moet ik even aannemen', zei hij. Het daaropvolgende gesprek, dat niet meer dan één, hooguit twee minuten duurde, ging over hoeveelheden sneeuw, auto's, treintijden en een huisje. Hij verbrak de verbinding en keek me aan.

'Ik ga van het weekend met een paar vrienden naar de bergen, zie je. Dat was de chauffeur die ons van de trein naar het huisje brengt. Een oude man die ons daar altijd heeft geholpen.'

'Klinkt goed', zei ik.

De bergen in met een paar vrienden, dat was iets wat ik nooit had gedaan. Toen ik op het gymnasium zat, en nog een paar jaar daarna op de universiteit ook, was dat een kwetsbaar punt. Ik had immers nauwelijks vrienden. En de paar die ik had, kende ik alleen elk afzonderlijk. Nu was ik te oud om me iets van zulke dingen aan te trekken, maar toch, ik voelde een steek, namens mijn oude ik, als het ware.

Hij stopte zijn mobieltje in zijn zak en zette zijn kopje op tafel. De fotograaf stopte de camera in de tas.

'Zullen we gaan?' vroeg ik.

Het was een beetje ongemakkelijk toen we onze jas aantrokken, onze gang was zo klein, ze kwamen zo dichtbij zonder dat iemand iets zei. Ik riep 'tot straks' naar Linda en we liepen de trappen af en naar buiten. Voor de deur stak ik een sigaret op. Het was bijtend koud. De fotograaf trok me mee naar de stoep aan de overkant van de straat, waar ik een paar minuten met de sigaret verborgen in mijn hand poseerde tot de fotograaf zei dat hij die ook graag op de foto had, als het mij niets uitmaakte. Ik begreep wat hij bedoelde, daarmee gebeurde er iets, dus bleef ik op de stoep staan roken terwijl hij erop los knipte en ik op zijn aanwijzingen poseerde, dat alles geregistreerd door de vele voorbijgangers. Vervolgens verhuisden we naar de ingang van de metro, waar hij nog eens vijf minuten bezig bleef tot hij tevreden was. Daarna ging hij ervandoor en liep ik zwijgend met de journalist de heuvel over naar het metrostation aan de andere kant. Op het moment dat we daar aankwamen, gleed er net een trein binnen langs het perron, we stapten in en gingen tegenover elkaar bij het raam zitten.

'De metro nemen doet me nog steeds aan de Norway Cup in Oslo denken', zei ik. 'Als ik die specifieke geur in ondergrondse ruimtes ruik, komt de herinnering aan dat toernooi altijd weer boven. Ik kom uit een kleine stad, weet je, daar was de metro het meest exotische wat er bestond. En Pepsi-Cola. Dat hadden we ook niet.'

'Heb je lang gevoetbald?'

'Tot mijn achttiende. Maar ik ben nooit goed geweest. Speelde op laag niveau.'

'Doe jij alles op laag niveau? De boeken die je in de kast hebt staan, heb je niet gelezen, zei je. En in interviews die ik met je heb gezien, heb je het er vaak over hoe slecht alles is wat je doet. Heb je niet een beetje veel zelfkritiek, denk je?'

'Nee, dat denk ik niet. Het komt erop aan hoe hoog je de lat legt, natuurlijk.'

Net op het moment dat de trein de tunnel bij het metrostation uit kwam, keek hij uit het raam.

'Denk je dat je die prijs krijgt?' vroeg hij.

'De Nordisk Råds Litteraturpris?'

'Ja?'

'Nee.'

'Wie krijgt hem dan?'

'Monika Fagerholm.'

'Je lijkt zo overtuigd?'

'Het is een ontzettend goede roman. De schrijver is een vrouw, het is langgeleden dat Finland de prijs heeft gekregen. Natuurlijk krijgt zij hem.'

Het bleef weer stil. De bufferzone voor en na een interview was altijd vaag: iemand die ik niet kende, was erop uit mij de meest intieme dingen te ontlokken, maar nog niet, die situatie was nog niet ingetreden, de rollen waren nog niet verdeeld, we stonden nog op gelijke voet, alleen, buiten het interview hadden we geen aanknopingspunten, toch moesten we met elkaar praten.

Ik moest aan Ingrid denken. Ik kon het niemand vertellen, ook Linda niet, voordat ik absoluut overtuigd was dat ik gelijk had. Ik moest gewoon de flessen merken. Dat kon ik het beste meteen vanavond doen. En dan morgen weer kijken. Als er weer uit gedronken was, moest ik maar zien wat de volgende stap werd.

We stapten bij Skanstull uit en liepen zonder iets te zeggen, met de stad in het donker glinsterend om ons heen, naar de Pelikan, waar we helemaal achteraan een tafeltje vonden. Daar zaten we zo'n anderhalf uur te praten over mij en het mijne, toen stond ik op en ging ervandoor terwijl hij bleef zitten aangezien zijn vliegtuig terug naar Noorwegen pas de volgende dag ging. Zoals altijd na een wat langdurig interview voelde ik me leeg, uitgeperst als een citroen. Zoals altijd had ik het gevoel dat ik mezelf had bedrogen. Alleen door daar te zitten had ik toegestemd met de voorwaarden, die erop neerkwamen dat de twee boeken die ik had geschreven, goed en belangrijk waren en dat ik, die ze had geschreven, een buitengewoon en interessant mens was. Dat was het uitgangspunt voor het gesprek: alles wat ik zei was belangrijk. Zei ik niets belangrijks, tja, dan hield ik het gewoon verborgen. Want ergens moest het toch zijn! Dus als ik iets over mijn jeugd vertelde bijvoorbeeld, zomaar iets volkomen normaals en gewoontjes waar iedereen ervaring mee had, werd dat belangrijk omdat ik het zei. Het zei iets over mij, de schrijver van twee goede en belangrijke boeken. En die bewering, waarop de hele situatie gebaseerd was, accepteerde ik niet alleen, ik deed dat zelfs maar al te graag. Zat daar te kakelen als een kip zonder kop. En dat hoewel ik wist hoe het eigenlijk zat. Hoe vaak kwam er een betekenisvolle en goede roman in Noorwegen uit? Ergens tussen elke tien en elke twintig jaar. De laatste goede Noorse roman was *Vuur en vlam* van Kjartan Fløgstad en die was in 1980 verschenen, vijfentwintig jaar geleden. De laatste goede daarvoor was *De vogels* van Vesaas, die in 1957 uitkwam, nog eens drieëntwintig jaar eerder dus. En hoeveel Noorse romans waren er in de tussentijd niet verschenen? Duizenden! Tienduizenden zelfs! Een paar daarvan goed, een paar meer minder goed, de meeste zwak. Zo is het toch, daar is niets opzienbarends aan, iedereen weet het. Het probleem is al het gedoe rondom al die schrijverschappen, de vleierij die er bij middelmatige schrijvers ingaat als koek, en alles wat ze vanuit hun verkeerde zelfbeeld uitkramen in kranten en op tv.

Ik weet waar ik het over heb, ik ben zelf een van hen.

O, ik zou mijn tong af kunnen bijten uit verbittering en schaamte omdat ik me daartoe heb laten verleiden, niet slechts één keer, maar keer op keer weer. Als ik deze jaren iets heb geleerd, iets wat me juist in onze tijd, die overloopt van middelmatigheid, mateloos belangrijk lijkt, is het wel het volgende:

Je moet niet denken dat je iets voorstelt.

Je moet verdomme niet denken dat je iets voorstelt.

Want dat doe je niet. Je bent niets anders dan een zelfingenomen, middelmatige nul.

Denk niet dat je iets voorstelt, denk niet dat je iets waard bent, want dat is niet zo. Je bent niets dan een nul.

Dus buig je hoofd en ga aan het werk, jij nul. Dan heb je er in elk geval nog iets aan. Hou je bek, buig je hoofd, ga aan het werk en weet dat je geen ene moer waard bent.

Dat was ongeveer wat had ik geleerd.

Dat waren mijn ervaringen samengevat tot één.

Dat was godsamme het enige ware wat ik ooit had gedacht.

Dat was de ene kant van de zaak. De andere was dat ik er abnormaal veel waarde aan hechtte aardig gevonden te worden en dat altijd al, vanaf dat ik klein was, had gedaan. Wat andere mensen van me vonden, had al vanaf mijn zevende enorm veel betekenis voor me gehad. Als kranten belangstelling toonden voor wat ik deed en wie ik was, was dat aan de ene kant een bevestiging dat ik aardig gevonden werd, en dus iets waar een deel van mij met grote animo en vreugde aan meewerkte, terwijl het aan de andere kant een bijna onhanteerbaar probleem werd omdat ik niet langer de controle had over wat andere mensen van me vonden, om de eenvoudige reden dat ik hen niet langer kende, niet langer zag. Dus elke keer als ik een interview had gegeven en daar iets in stond wat ik niet had gezegd of er iets heel anders in werd weergegeven dan ik het had gezegd, bewoog ik hemel en aarde om het te veranderen. Als dat niet ging, loste mijn zelfbeeld op in schaamte. Dat ik er ondanks dat alles toch mee doorging en telkens weer ergens oog in oog met een journalist zat, kwam omdat mijn behoefte aan vleierij sterker was dan én de vrees de indruk te wekken een idioot te zijn én mijn kwaliteitsideaal, plus dat ik begreep dat het belangrijk was om mijn boeken aan de man te brengen. Toen ik *Engelen vallen langzaam* had geschreven, zei ik tegen Geir Gulliksen dat ik geen interviews wilde geven, maar nadat ik een tijdje met hem had gepraat, besloot ik het toch te doen; die invloed had hij vaak op me en bovendien – en dat voerde ik als excuus aan voor mijn nieuwe besluit –

was ik het op zijn minst de uitgeverij verschuldigd. Maar het klopte niet: ik was schrijver, geen handelaar of hoer.

Al die dingen liepen door elkaar heen en vormden één grote warboel. Ik klaagde er vaak over dat ik in de kranten werd afgeschilderd als een idioot, maar dat was puur en alleen mijn fout, want als ik zag hoe andere schrijvers werden afgeschilderd, Kjartan Fløgstad bijvoorbeeld, was het in elk geval nooit als idioot. Fløgstad was een integer man, hij bleef overeind, wat er ook om hem heen gebeurde, hij moest, naar ik vermoedde, tot het zeldzame ras van mensen uit één stuk behoren.

En, hij praatte nooit over zichzelf.

Wat had ik net anders gedaan dan dat en dat alleen?

Ik overhandigde de gekleurde man achter het loket mijn strippenkaart, hij sloeg er hard met het stempel op en schoof hem met een uitdrukkingsloos gezicht terug, ik nam de roltrap weer naar de metro, liep door de tunnel naar het smalle perron, waar ik, nadat ik had geconstateerd dat de volgende trein pas over zeven minuten kwam, op een bank ging zitten.

Laat in de herfst van het jaar dat mijn debuut *Buiten de wereld* uitkwam, zou het nieuwsprogramma van TV2 een interview met me uitzenden. Ze kwamen me thuis in Bergen afhalen, we reden naar de kade van de Hurtigruten, waar het interview plaats zou vinden, en onderweg daarheen, ongeveer bij het gebouw van Høyteknologi aan het einde van het Nygårdspark, draaide de journalist zich om en vroeg wie ik was.

'Wie ben jij eigenlijk?' vroeg hij.

'Hoe bedoel je?' vroeg ik.

'Nou ja, Erik Fosnes Hansen is de wijsneus, de culturele conservatief, het wonderkind. Roy Jacobsen is de schrijver van de Arbeiderparti. Vigdis Hjort is de geile, dronken schrijfster. Maar wie ben jij? Ik weet niets van je af.'

Ik haalde mijn schouders op. Buiten glinsterde de zon in de sneeuw.

'Ik weet het niet', zei ik. 'Gewoon een normale vent?'

'Kom op, zeg! Je moet me iets geven. Iets wat je hebt gedaan?'

'Hier en daar wat gewerkt. Wat gestudeerd. Je weet wel ...'

Hij draaide zich weer om. Later die dag had hij het probleem opgelost en liet het zien in plaats van het te vertellen: aan het eind van het interview had hij een heleboel aarzelingen en pauzes bij elkaar gesneden die mijn persoonlijkheid moesten illustreren, en die liet hij uitmonden in de volgende uitspraak: 'Ibsen zei dat hij die alleen stond, het sterkst was. Dat is niet waar volgens mij.'

Daar op die bank in de ondergrondse gezeten maakte ik een wanhopig gebaar met mijn armen en ik hield mijn adem in bij de herinnering over wat ik had gezegd.

Hoe kon ik zoiets zeggen?

Had ik het geloofd?

Ja, dat had ik. Maar het waren de gedachten van mijn moeder die ik tot uitdrukking had gebracht, relaties tussen mensen was iets wat háár bezighield, zíj was van mening dat dat het enig waardevolle was, niet ik. Dat wil zeggen, toentertijd wel, toen geloofde ik daarin. Maar niet vanuit mijn persoonlijke ervaring, het was gewoon een van de dingen die waren zoals ze waren.

Ibsen had gelijk gehad. Alles wat ik om me heen zag, bevestigde dat. Relaties bestonden om de individualiteit te elimineren, de vrijheid te beknotten, wat omhoog wilde, tegen te houden. Mijn moeder werd dan ook nooit zo kwaad als wanneer we over het begrip 'vrijheid' discussieerden. Als ik mijn mening zei, snoof ze en zei dat dat weer echt iets Amerikaans was, een idee zonder inhoud, leeg en leugenachtig. Wij bestaan voor de anderen. Maar uit die gedachte was het overgesystematiseerde bestaan voortgekomen waarin we nu leefden, waarin het onvoorziene volkomen was verdwenen en je vanaf de kleuterschool via school en via de universiteit het arbeidzame leven binnentrad alsof het een tunnel was, overtuigd dat de genomen keus op vrijheid berustte terwijl je in werkelijkheid vanaf de allereerste dag op school als een zandkorrel was gezeefd: sommigen werden het praktische, werkende bestaan binnengeloodst, anderen het theoretische, sommigen naar de top en anderen de grond in, dat alles terwijl we leerden dat iedereen gelijk was. Die gedachte had ons, in elk geval mijn generatie, ertoe gebracht dingen van het leven te verwáchten, te leven in het geloof dat we ergens recht op hadden, er daadwerkelijk recht op hadden, en alle mogelijke andere omstandigheden behalve onszelf de schuld gaven als het niet zo liep als we hadden gedacht. Tekeergaan tegen de staat als er een tsunami kwam en je niet ogenblikkelijk werd geholpen. Kon het erbarmelijker? Verbitterd zijn als je niet de positie kreeg die je had verdiend. Door die gedachte was te gronde gaan niet langer mogelijk, behalve voor de allerzwaksten, want geld kreeg je altijd, en was het naakte bestaan, dat waarin je oog in oog staat met levensbedreigende situaties, nood of gevaar, volkomen uitgebannen. Die gedachte had ons een cultuur opgeleverd waarin de meest middelmatige figuren overal de grote mijnheer uithingen met hun goedkope meningen, volgegeten en warm, en had ertoe geleid dat op zich goede schrijvers als Lars Saabye Christensen vereerd werden alsof Vergilius zelf op de bank zat om uiteen te zetten of er met pen, op de typemachine of op de computer werd geschreven en wanneer in de loop van de dag dat werd gedaan. Ik haatte het, ik wilde er niets mee te maken hebben, maar wie zat daar zelf met journalisten te praten over hoe hij zijn middelmatige boeken schreef alsof hij een literaire held was, een kampioen van het woord? Ik!

Hoe kun je daar zitten en applaus in ontvangst nemen als je weet dat wat je hebt gedaan niet goed genoeg is?

Ik had één kans. Ik moest alle contacten verbreken met die hielenlikkende, door en door corrupte culturele wereld, waarin iedereen, tot de grootste nul toe, te koop was, alle contacten verbreken met die lege tv- en krantenwereld, me terugtrekken in een kamer en serieus beginnen te lezen, geen eigentijdse literatuur, maar literatuur van de hoogste kwaliteit, en dan schrijven alsof mijn leven ervan afhing. Twintig jaar lang als het nodig was.

Maar dat kon ik niet wagen. Ik had een gezin, ik was het hun verschuldigd er voor hen te zijn. Ik had vrienden. En ik had een zwak punt in mijn karakter, waardoor ik 'ja, ja' zei als ik 'nee, nee' bedoelde en zo bang was om anderen te kwetsen, zo bang voor conflicten, zo bang niet aardig gevonden te worden dat het afstand kon nemen van alle principes, alle dromen, alle kansen, alles wat naar waarheid smaakte, om dat te voorkomen.

Ik was een hoer. Dat was het enige passende woord.

Toen ik een half uur later thuis de voordeur achter me dichtdeed, klonken er stemmen uit de kamer. Ik stak mijn hoofd om de kamerdeur en zag dat Mikaela er was. Zij en Linda zaten elk met een kop thee in de hand en hun benen onder zich gevouwen op de bank. Op tafel voor hen stonden een kandelaar met drie brandende kaarsen, een schaal met drie soorten kaas en een mandje vol verschillende biscuitjes.

'Hoi, Karl Ove, hoe ging het?' vroeg Linda.

Ze keken me glimlachend aan.

'Wel goed, geloof ik', zei ik terwijl ik mijn schouders ophaalde. 'Niet de moeite waard om over te praten, in elk geval.'

'Wil je een kop thee en wat kaas?'

'Nee, dank je.'

Ik wikkelde mijn sjaal af, hing hem met mijn jas in de garderobe, maakte de veters van mijn schoenen los en zette ze op de plank tegen de muur. De vloer eronder zag helemaal grijs van zand en grind. Ik moest maar even bij hen gaan zitten om geen al te onvriendelijke indruk te maken, dacht ik en ik liep de kamer in.

Mikaela vertelde over een bespreking die ze met de minister van cultuur, Leif Pagrotsky, had gehad. Hij was een heel klein mannetje en had op een grote bank gezeten, vertelde ze, met een enorm kussen op zijn schoot dat hij in zijn armen geklemd hield en waar hij zelfs in had gebeten, volgens haar. Maar ze had alle respect voor hem, hij had een messcherp verstand en kon bergen verzetten. Wat Mikaela's kwalificaties waren, was me niet zo duidelijk aangezien ik haar alleen in situaties als deze had ontmoet, maar waar ze ook uit bestonden, het functioneerde blijkbaar uitstekend, nauwelijks dertig jaar oud had ze de ene toppositie na de andere. Zoals zo veel vrouwen die ik had ontmoet, had ze een nauwe band met haar vader, die iets in de literatuur deed. Met haar moeder, een veeleisende vrouw die, naar wat ik ervan begreep, in haar eentje in een flat in Göteborg woonde, had ze een gecompliceerdere relatie. Mikaela had steeds weer andere vriendjes, maar hoe verschillend ze ook waren, ze hadden één ding gemeen: zij was hun altijd de baas. Van alles wat ze in de loop van de drie jaar sinds ik haar voor het eerst had ontmoet, had gezegd, was me vooral één ding bijgebleven. We zaten in de bar van de Folkoperan en ze vertelde iets wat ze had gedroomd. Ze was op een feest en liep zonder broek rond, naakt vanaf haar middel, net als Donald Duck dus. Ze had zich daar een beetje ongemakkelijk bij gevoeld, vertelde ze, maar daarvan afgezien had het ook iets aanlokkelijks gehad en ze was zonder pardon met haar blote kont in de lucht op een tafel gaan liggen. Wat dachten wij dat die droom kon betekenen?

Tja, wat kon die droom betekenen?

Toen ze het vertelde, dacht ik dat het niet waar was of dat de mensen aan tafel iets wisten wat ik niet wist, want ze wilde toch niet dat iedereen zou weten wat die droom over haar vertelde? Door dat tikje naïviteit dat zo onverwachts in haar verder zo mondaine optreden doorbrak, bekeek ik haar daarna altijd met sympathie en verwondering. Misschien was dat ook de bedoeling. Hoe dan ook, van Linda had ze een hoge pet op, ze vroeg haar af en toe om raad, want net als ik was ze op de hoogte van Linda's betrouwbare intuïtie en goede smaak. Dat Mikaela onder dergelijke omstandigheden weleens wat erg egocentrisch was, was niet zo merkwaardig en verre van onvergeeflijk, bovendien was wat ze over het leven achter de schermen van de macht vertelde, altijd interessant, vond ik in elk geval, die daar zo ver vanaf stond. Draaide je het perspectief om en bekeek je de zaak van haar kant, dan was ze op bezoek bij een goede, maar kwetsbare vriendin en haar zwijgzame man, en wat kon ze anders dan het initiatief nemen en dat kleine gezinnetje een beetje van haar vreugde en kracht schenken? Ze was Vanja's peettante, was bij haar doop aanwezig geweest en ze had zo'n indruk op mijn moeder gemaakt dat die soms nog steeds naar haar vroeg. Mikaela had zich geïnteresseerd voor wat mijn moeder vertelde, was op haar afgestapt om te helpen afwassen toen het feest ten einde liep, en had daarmee begrip getoond voor de situatie zoals Linda nog nooit had gedaan, met alles wat dat met zich meebracht aan verborgen wrijvingen tussen haar en mama. Dat is het nut van omgangsvormen, ze helpen ons met elkaar om te gaan, zijn op zich al tekenen van vriendschappelijkheid of goede wil en op die basis is het gemakkelijker grotere persoonlijke afwijkingen, meer idiosyncrasie te accepteren, iets wat idiosyncratische personen helaas nooit begrijpen aangezien het in de aard van de idiosyncrasie ligt het niet te begrijpen. Linda wilde niet bedienen, ze wilde bediend worden, met als gevolg dat ze niet bediend werd. Terwijl Mikaela bediende zodat ze zelf bediend werd. Zo simpel was dat. Dat mama daar zo gevoelig voor was, sneed door mijn ziel, ook omdat Linda's wezen een heel ander soort rijkdom en onvoorspelbaarheid bezat. Plotselinge dieptes, onverwachte wendingen, enorme muren van weerstand. Dingen vanzelf laten gaan, naar weerstandloosheid streven, is het tegenovergestelde van het wezen van de kunst, is het tegenovergestelde van wijsheid, die erop gebaseerd zijn vast te leggen of vastgelegd te worden. Dus het is de vraag wat je kiest: de beweging, die dicht bij het leven staat, of de positie buiten de beweging, waar de kunst zich bevindt, maar ook, in zekere zin, de dood?

'Ik neem toch maar een kopje thee', zei ik.

'Het is kruidenthee', zei Linda. 'Dat wil je zeker niet? Maar het water in de keuken is vast nog heet.'

'Nee, liever niet', zei ik en ik ging naar de keuken. Terwijl ik wachtte tot het water kookte, pakte ik een potlood, ik ging op een stoel voor de kast staan en merkte alle flessen. Niet meer dan een stipje op het etiket, zo klein dat je moest weten dat het er was om het te zien.

Ik gedroeg me als de vader van een tiener en voelde me nogal dom terwijl ik daar stond, aan de andere kant wist ik niet hoe ik het anders moest aanpakken. Ik wilde niet dat de vrouw die op mijn kind paste en die behalve Linda en ik het meest met haar te maken had, een borrel dronk als ze hier met Vanja was.

Daarna deed ik een theezakje in het kopje en goot er water op. Keek naar beneden naar Nalen, waar de koks bezig waren de vloer te schrobben en waar de vaatwassers dampten. Uit de geluiden uit de kamer begreep ik dat Mikaela op huis aan ging. Ik liep naar de gang en zei tot ziens tegen haar. Toen ging ik voor mijn computer zitten, klikte internet aan, checkte mijn e-mails, niets, bekeek een paar kranten en googelde mezelf. Ik kreeg iets meer dan 29.000 hits. Het getal steeg en daalde als een soort index. Ik bladerde rond en klikte hier en daar wat. Vermeed de interviews en recensies, bekeek een paar blogs. Iemand schreef ergens dat mijn boeken het nog niet waard waren om er je kont mee af te vegen. Ergens anders kwam ik op de homepage van een kleine uitgeverij of een tijdschrift terecht. Mijn naam stond in het onderschrift bij een foto van Ole Robert Sunde, er stond dat hij iedereen die het wilde horen, vertelde hoe slecht het laatste boek van Knausgård was. Daarna ontdekte ik documenten over een burenruzie, waarbij een familielid van me betrokken was geweest, zo te zien. Het ging om de muur van een garage die een paar meter te kort of te lang was.

'Wat doe je?' vroeg Linda achter me.

'Ik google mezelf. Het is verdomme net de doos van Pandora. Je wilt niet weten wat mensen allemaal in staat zijn te schrijven.'

'Dat moet je ook niet doen', zei ze. 'Kom liever bij me zitten.'

'Ik kom', zei ik. 'Moet alleen eerst nog een paar dingen checken.'

Toen Ingrid Vanja de volgende ochtend rond een uur of acht kwam halen, ging ik naar kantoor. Daar zat ik tot drie uur aan mijn lezing te schrijven en om half vier was ik weer thuis. Linda lag in bad, ze zou die avond met Christina uit eten gaan. Ik ging naar de keuken en controleerde de flessen. Uit twee ervan was iets gedronken.

Ik liep naar de badkamer, ging op de wc-deksel zitten.

'Hoi', zei ze glimlachend. 'Ik heb een badbom gekocht vandaag.'

Het bad was vol schuim. Er bleef een hele flard aan haar arm hangen toen ze hem optilde om wat meer rechtop te gaan zitten.

'Dat zie ik', zei ik. 'Er is iets waar we over moeten praten.'

'O?'

'Het gaat om je moeder. Herinner je je dat ik zei dat de voorraad sterkedrank opvallend snel minder wordt de laatste tijd?'

Ze knikte.

'Ik heb gister de flessen gemerkt. Om het te controleren. Iemand heeft ervan gedronken. Als jij het niet bent, moet het je moeder zijn.'

'Mama?'

'Ja. Ze drinkt als ze hier op Vanja past. Dat heeft ze de hele week al gedaan en er is geen enkele reden te geloven dat het net is begonnen.'

'Weet je het zeker?'

'O ja. Zo zeker als maar kan.'

'Wat moeten we doen?'

'Haar vertellen dat we weten wat er aan de hand is. En dat het onacceptabel is voor ons.'

'Nou en of.'
Ze zweeg.
'Wanneer komen ze terug?' vroeg ik na een tijdje.
Ze keek me aan.
'Rond een uur of vijf', zei ze.
'Wat stel jij voor?' vroeg ik.
'We moeten het tegen haar zeggen. Haar gewoon voor het blok zetten. Als ze het nog eens doet, mag ze niet meer alleen op Vanja passen.'
'Ja', zei ik.
'Het is vast al een paar jaartjes aan de gang', zei ze als het ware in zichzelf verzonken. 'Het verklaart het een en ander. Ze is zo ongelooflijk opgejaagd, je krijgt nauwelijks contact met haar.'
Ik stond op.
'Dat hoeft niet per se', zei ik. 'Het kan ook met haar en Vidar te maken hebben, dat ze vastzit daar in dat dorp. En ongelukkig is.'
'Maar je begint niet te drinken omdat je ongelukkig bent als je boven de zestig bent', zei ze. 'Het moet een methode voor haar zijn. En dat moet al een hele tijd zo zijn.'
'Ze komen over ruim een half uur', zei ik. 'Zullen we ermee wachten tot later of zullen we er meteen over beginnen? Zodat we het achter de rug hebben?'
'Daar kunnen we toch niet mee wachten?' zei ze. 'Maar hoe pakken we het aan? Ik kan dat niet alleen doen. Dan ontkent ze het gewoon en weet er op een of andere manier zo'n draai aan te geven dat het alleen om mij gaat. Zullen we het samen doen?'
'Als een soort familieberaad?'
Linda haalde haar schouders op en maakte in het bad vol schuim een wanhopig gebaar met haar armen.
'Nou ja, ik weet het niet', zei ze.
'Dat wordt te gecompliceerd. En dan zijn we twee tegen een. Net een of ander tribunaal. Ik doe het wel. Ik ga een stukje met haar lopen om met haar te praten.'
'Wil je dat doen?'
'Willen? Het is het laatste wat ik wil! Ze is mijn schoonmoeder, verdo-

rie. Alles wat ik wil is een beetje fatsoen en waardigheid en rust.'

'Ik ben blij dat jij het doet', zei ze.

'Maar ik moet zeggen dat je het nogal kalm opneemt', zei ik.

'Dat zijn ongeveer de enige momenten dat ik absoluut kalm ben, als er iets onvoorziens gebeurt, als er een crisis ontstaat of zoiets. Dat is nog uit mijn jeugd. Dat was de normale gang van zaken. Ik ben eraan gewend. Maar ik ben wel kwaad, neem dat maar van me aan. Net nu we haar nodig hebben. Ze moet iets voor onze kinderen betekenen. Ze hebben verder immers nauwelijks familie. Ze mag ons nu niet in de steek laten. Dat kan ze niet maken, al moet ik daar zelf voor zorgen.'

'Kinderén?' vroeg ik. 'Weet jij iets wat ik niet weet?'

Ze glimlachte en schudde haar hoofd: 'Nee. Maar misschien voel ik iets.'

Ik liep de badkamer uit, deed de deur achter me dicht, ging voor het raam in de kamer staan. Ik hoorde het water door de afvoer van het bad lopen, keek naar beneden naar de fakkel, die buiten voor het café aan de overkant van de smalle straat flakkerde in de wind, naar de donkere gedaantes met de witte, bijna maskerachtige gezichten, die langsliepen. Op de verdieping boven ons begon de buurman gitaar te spelen. Linda kwam met een rode handdoek als een tulband om haar hoofd gewikkeld de gang in en verdween achter de openstaande kastdeur. Ik ging weg om mijn e-mail te checken. Een van Tore en een van Gina Winje. Ik begon aan een antwoord, maar wiste het weer. Ging naar de keuken en zette het koffiezetapparaat aan, dronk een glas water. Linda stond zich voor de spiegel in de gang op te maken.

'Hoe laat komt Christina?' vroeg ik.

'Om zes uur. Maar ik maak me liever nu al klaar zolang we alleen zijn. Hoe is het vandaag gegaan, trouwens? Lukte het?'

'Een beetje. De rest moet morgenavond en vrijdag maar.'

'Ga je zaterdag weg?' vroeg ze terwijl ze haar gezicht schuin naar achteren boog en het kleine borsteltje langs haar ene wimper haalde.

'Ja.'

In het trappenhuis ging de lift. Er woonden niet zo veel mensen in de flat, dus de kans was groot dat het Ingrid en Vanja waren. En ja hoor.

De motor stopte, de deur van de lift ging open en vlak daarna klonk het geluid van iemand die met een kinderwagen in de weer was.

Ingrid deed de deur open en kwam de gang in, die onmiddellijk met haar energiek-hectische aanwezigheid werd gevuld.

'Vanja is onderweg in slaap gevallen', vertelde ze. 'De kleine schat was doodop, arm ding. Maar ze heeft veel beleefd vandaag! We zijn in kinderland Junibacken geweest, ik heb een jaarkaart gekocht, die kunnen jullie wel krijgen ... dan kunnen jullie de rest van het jaar gratis naar binnen ...'

Ze zette de vele draagtassen die ze droeg neer, haalde een portemonnee uit haar jas en pakte er een gele kaart uit, die ze Linda gaf.

'En we hebben een nieuw winterpak gekocht, net zo eentje als het oude, dat wordt een beetje klein ... Ik hoop dat het oké is?'

Ze keek mij aan en ik schudde mijn hoofd.

'En meteen maar een paar nieuwe wantjes.'

Ze zocht in de tassen en haalde uit een ervan een paar rode wanten.

'Er zitten haakjes aan waarmee je ze aan de mouw kunt bevestigen. Ze zijn groot en lekker warm.'

Ze keek naar Linda. 'Ga je op stap? O, ja, je zou met Christina uit vanavond.' Ze keek naar mij. 'Dan zouden jij en Geir eigenlijk ook iets moeten bedenken. Maar ik zal niet storen. Ik ga ervandoor.'

Ze draaide zich om naar Vanja, die met haar muts over haar ogen achter haar in de wagen lag.

'Ze slaapt beslist nog een uurtje. Ze heeft vanmorgen niet zo lang geslapen, namelijk. Zal ik haar naar binnen rijden?'

'Dat doe ik wel', zei ik. 'Ga jij nu terug naar Gnesta?'

Ze keek me vragend aan. 'Nee? Ik ga naar de schouwburg met Barbro. Ik was van plan je kantoor nog een nachtje te lenen. Ik dacht ... Ik heb het tegen Linda gezegd. Heb je het zelf nodig?'

'Nee, nee', zei ik. 'Ik vroeg het me alleen af. Ik wilde even met je praten, zie je. Ik moet iets met je bespreken.'

De grote ogen achter de dikke brillenglazen keken me onderzoekend en lichtelijk ongerust aan.

'Kom je mee even een stukje lopen?' vroeg ik.

'Ja, natuurlijk', zei ze.
'Dan gaan we nu meteen. Het duurt niet lang.'
Ik draaide de moeren los van de schroeven die de dubbele deur bijeenhielden, trok de bout op die hem in de vloer verankerde, maakte hem open en duwde de wagen naar binnen. Terwijl ik daarmee bezig was, liep Ingrid naar de keuken om een glas water te drinken. Toen ik mijn jas aantrok, stond ze een paar meter van me vandaan te wachten, in gedachten verzonken. Linda was naar de kamer gegaan.
'Jullie gaan toch niet scheiden?' vroeg ze toen ik de deur achter ons dichtdeed. 'Zeg niet dat jullie gaan scheiden …'
Ze was helemaal wit weggetrokken toen ze dat zei.
'Welnee. Jeetje, nee, zeg. Er is iets heel anders waar ik met je over wilde praten.'
'O, dat is een hele opluchting.'
We liepen de binnenplaats over, de poort door en de David Bagaresgata in, die we volgden naar de Malmskillnadsgata. Ik zei niets, ik wist niet hoe ik het onder woorden moest brengen, hoe ik moest beginnen. Zij zei ook niets, keek een paar keer naar me, aanmoedigend of verwonderd.
'Ik weet niet helemaal hoe ik het moet zeggen', zei ik toen we bij het kruispunt waren en naar de Johanneskerk liepen.
Pauze.
'Maar het geval wil … Nou ja, het is het beste om er niet omheen te draaien. Ik weet dat je een borrel hebt gedronken toen je vandaag op Vanja paste. En dat je dat gister ook hebt gedaan. En dat … nou ja, dat accepteer ik gewoon niet. Dat gaat niet. Dat kun je niet maken.'
Ze keek me de hele tijd aandachtig aan terwijl we doorliepen.
'Niet dat ik je op wat voor manier ook wil controleren', ging ik verder. 'Wat mij betreft moet je doen waar je zin in hebt, natuurlijk. Maar niet als je op Vanja past. Daar moet ik een grens trekken. Dat gaat niet. Begrijp je?'
'Nee', zei ze verwonderd. 'Ik weet niet waar je het over hebt. Ik heb nooit iets gedronken als ik op Vanja paste. Nooit. En het zou ook niet in me opkomen. Hoe kom je erbij?'
De moed zonk me in de schoenen. Zoals altijd als ik me in een situatie

bevond waarin er veel op het spel stond, een ingrijpende situatie waarin ik verder ging of gedwongen was verder te gaan dan ik wilde, zag ik alles in mijn omgeving, ook mezelf, eigenaardig, bijna onwerkelijk scherp. Het groen koperen dak van de kerktoren voor ons, de zwarte, bladerloze takken op de begraafplaats waar we langsliepen, de auto die glanzend blauw aan de overkant door de straat reed. Mijn eigen ietwat gebogen manier van lopen, Ingrids meer energieke tred naast me. Hoe ze naar me opkeek. Verwonderd, en een lichtelijk, bijna onmerkbaar tikje verwijtend.

'Ik ontdekte dat er steeds iets minder in de flessen zat. Om erachter te komen wat er aan de hand was, heb ik ze gister gemerkt. Toen ik thuiskwam, zag ik dat iemand eruit had gedronken. Ik was het niet. De enigen die er vandaag verder nog waren, zijn jij en Linda. Ik weet dat het Linda niet was. Dat betekent dat jij het moet zijn. Er is geen andere verklaring.'

'Die moet er zijn', zei ze. 'Want ik ben het niet. Het spijt me, Karl Ove, maar ik heb niet aan je drank gezeten.'

'Luister', zei ik. 'Je bent mijn schoonmoeder. Ik heb het beste met je voor. Ik wil dit niet. Absoluut niet. Het laatste wat ik wil is jou ergens van beschuldigen. Maar wat kan ik anders als ik wéét hoe het zit?'

'Dat kun je niet weten', zei ze. 'Ik heb het niet gedaan.'

Ik had pijn in mijn buik. Het was net een hel waarin ik rondwandelde.

'Begrijp goed, Ingrid,' zei ik, 'dat dit consequenties heeft, wat je ook zegt. Je bent een fantastische grootmoeder. Je doet meer voor Vanja en je betekent meer voor haar dan wie dan ook. Daar ben ik ongelooflijk blij om. En ik wil dat het zo blijft. We hebben niet zo'n grote kennissenkring, zoals je weet. Maar als je dit niet toegeeft, kunnen we niet op je vertrouwen. Begrijp je? Niet dat je Vanja niet meer mag zien. Natuurlijk kun je dat, wat er ook gebeurt. Maar als je dit niet toegeeft en niet belooft dat het nooit meer voorkomt, dan kunnen we je niet meer alleen met haar laten. Dan kunnen we je nooit meer alleen met haar laten. Begrijp je wat ik bedoel?'

'Ja, dat begrijp ik. Het is vreselijk jammer. Maar dat moet dan maar. Ik kan niet iets toegeven wat ik niet heb gedaan. Ook al zou ik willen. Ik kan het niet.'

'Oké', zei ik. 'Verder komen we nu niet. Ik stel voor dat we het er een

tijdje bij laten, daarna kunnen we het er weer over hebben en kijken wat we doen.'
'Dat is prima', zei ze. 'Maar dat verandert er niets aan, weet je.'
'Nee', zei ik.
We liepen de trap voor de Franse school af en volgden de Döbelnsgata naar het Johannesplan, liepen verder door de Malmskillnadsgata naar de David Bagaresgata, al die tijd zonder iets te zeggen. Ik met gebogen hoofd en grote stappen, zij bijna op een holletje naast me. Dit hoorde niet te gebeuren, ze was mijn schoonmoeder, er bestond absoluut geen enkele reden voor mij om haar te corrigeren of te straffen, behalve deze. Het was een onwaardig gevoel. En dubbel nu ze alles ontkende.
Ik stak de sleutel in het slot en zwaaide de poort voor haar open. Ze glimlachte en ging naar binnen.
Hoe kon ze er zo rustig onder blijven, en zo zelfverzekerd antwoorden?
Zou het toch Linda zijn?
Nee, godsamme.
Vergiste ik me dan? Had ik verkeerd gemerkt?
Nee.
Toch?
Buiten op de binnenplaats stond de in het wit geklede kapster te roken. Ik groette haar, ze glimlachte naar me. Ingrid bleef voor de deur staan, ik maakte hem open.
'Dan ga ik ervandoor', zei ze toen we de trap op liepen. 'We kunnen het er later nog eens over hebben, zoals jij voorstelde. Misschien ben je er dan achter gekomen wat er is gebeurd.'
Ze pakte haar tas en twee van de plastic tassen, glimlachte zoals altijd toen ze tot ziens zei, maar ze gaf me geen zoen.
Linda kwam de gang in toen ze weg was.
'Hoe is het gegaan? Wat zei ze?'
'Ze zei dat ze nooit iets had gedronken als ze hier op Vanja paste. Ook vandaag niet. En dat ze niet begreep hoe het kwam dat er minder drank bij ons in de kast was.'
'Als ze alcoholiste is, hoort het erbij dat ze alles ontkent. Dat past in het beeld.'

'Mogelijk', zei ik. 'Maar verdomme, wat moeten we doen? Zij zegt: nee, dat heb ik niet gedaan. Ik zeg: jawel, dat heb je wel, zij zegt weer: nee, dat heb ik niet. Ik kan het immers niet bewíjzen. We hebben nu niet direct beveiligingscamera's in de keuken.'

'Zolang wij het weten speelt dat geen rol. Als zij een spelletje wil spelen, moet ze de consequenties aanvaarden.'

'En die zijn?'

'Nou ja, dat we haar niet meer met Vanja alleen kunnen laten.'

'Godsamme', zei ik. 'Wat een klerezooi. Dat ik een stukje met mijn schoonmoeder moet gaan wandelen om haar ervan te beschuldigen dat ze drinkt. Wat is dat nou?'

'Ik ben blij dat jij het hebt gedaan. Ze geeft uiteindelijk vast wel toe.'

'Dat geloof ik niet.'

Wat schiet een leven toch snel opnieuw wortel. Wat neemt de plek waar je een vreemde was, je toch snel op. Drie jaar geleden woonde en leefde ik in Bergen, ik wist niets van Stockholm, kende geen mens in Stockholm. Toen vertrok ik naar Stockholm, naar die onbekende stad bevolkt door vreemden, en langzamerhand, beetje bij beetje, maar volkomen onmerkbaar, begon ik mijn leven met dat van hen te verweven tot het er onontwarbaar mee verbonden was. Als ik naar Londen was gegaan, wat heel goed had gekund, zou daar hetzelfde zijn gebeurd, alleen met andere mensen. Wat een toeval, en wat een lotsbeschikking.

Ingrid belde Linda de volgende dag en gaf alles toe. Verder zei ze dat ze de zaak zelf niet zo ernstig opvatte, maar aangezien wij dat wel deden, zou ze de nodige maatregelen treffen zodat het nooit meer een probleem voor iemand zou zijn. Ze had al een afspraak bij een therapeut voor alcoholverslaafden en had besloten meer tijd aan zichzelf en haar eigen behoeftes te besteden, aangezien ze aannam dat daar een deel van het probleem lag, door de druk die ze zichzelf oplegde.

Linda was wat down na het gesprek, want, zoals ze zei, haar moeder was zo optimistisch en overijverig dat je niet echt tot haar doordrong, het was alsof ze het contact met de werkelijkheid had verloren en in een soort luchtige, onbekommerde toekomst leefde.

'Ik kan niet met haar práten! Ik dring niet echt tot haar door. Niets dan holle frasen en lege praatjes over hoe fantastisch alles is. Jou heeft ze bijvoorbeeld een enorm compliment gemaakt voor de manier waarop je bent opgetreden. Ik ben fantastisch en alles is geweldig. En dat één dag nadat we het er met haar over hebben gehad dat we niet willen dat ze drinkt als ze op Vanja past. Ik maak me echt zorgen om haar, Karl Ove. Het is alsof ze het moeilijk heeft, maar zelf niet doorheeft dat het zo is, begrijp je? Ze verdringt álles. Ze verdient een mooie oude dag. Waarom moet ze het dan moeilijk hebben en lijden en drinken om dat te verdringen? Maar wat kan ik doen? Ze aanvaardt immers geen hulp. Ze wil niet eens toegeven dat er problemen zijn in haar leven.'

'Ja, maar jij bent haar dochter', zei ik. 'Natuurlijk wil ze niet dat jij haar helpt. Of tegenover jou toegeven dat er iets niet in orde is. Haar hele leven is er immers op gericht anderen te helpen. Jou, je broer, jullie vader, haar buren. Als jullie haar zouden helpen, zou alles op losse schroeven komen te staan.'

'Daar heb je vast gelijk in. Maar ik wil gewoon contact met haar hebben, snap je?'

'Jazeker.'

Vijf dagen later kreeg ik een e-mail met het interview met *Aftenposten*. Ik werd er alleen maar somber van toen ik het las. Het was hopeloos. Ik had het puur aan mezelf te wijten, toch schreef ik een lange reactie aan de journalist, waarin ik mijn kant van de zaak probeerde uit te diepen, dat wil zeggen, het een vleugje van de ernst te verlenen die het in mijn opvatting had, wat er natuurlijk alleen maar toe leidde dat ik er nog slechter af kwam. De journalist belde me vlak daarna op, stelde voor om mijn e-mail op internet aan het interview toe te voegen, iets waarvoor ik bedankte, daar ging het niet om. Het enige wat ik kon doen, was de krant die dag niet kopen en er niet meer aan denken wat voor domme indruk ik maakte. Dan was ik maar dom, dan moest ik dat maar accepteren. Bij een portretinterview hoorden foto's uit het leven van de geportretteerde en aangezien ik die zelf niet had, had ik mijn moeder gevraagd me er een paar te sturen. Toen ze niet aankwamen binnen de termijn die mij was gesteld en de journalist ernaar vroeg, belde ik Yngve, die er een paar scande en naar hen mailde, terwijl de foto's van mama een week later per post kwamen, zorgvuldig op dikke schutbladen geplakt en van gedetailleerde onderschriften in haar handschrift voorzien. Ik begreep hoe trots ze was en werd overspoeld door een gevoel van wanhoop. Het liefst was ik ergens diep in een bos verdwenen, had daar een hutje gebouwd om ver van alle menselijke beschaving in een vuurtje te zitten staren. Mensen, wie had er nou mensen nodig?

'Een jonge Noor uit het zuiden met gele vingers van de nicotine en lichtelijk verkleurde tanden', had hij geschreven, die zin stond in mijn geheugen gegrift.

Maar het was mijn verdiende loon. Had ik zelf niet jaren geleden een interview met Jan Kjærstad geschreven met als titel: 'De man zonder kin'? Zonder in te zien hoe beledigend dat was?

Hahaha!

Ach, verdomme, niets van aantrekken. Ik moest van nu af aan overal maar nee op zeggen, de laatste maanden als vader met zwangerschapsverlof met Vanja thuis uitzingen en dan in april weer aan het werk gaan. Keihard, systematisch en mijn ogen openhouden voor wat vreugde, kracht en geluk schonk. Koesteren wat ik had, de rest vergeten.

Op dat moment werd Vanja wakker in de slaapkamer. Ik haalde haar uit bed, drukte haar tegen me aan en liep een paar minuten met haar rond tot ze stil was en bereid iets te eten. Ik warmde een aardappel en een paar doperwten op in de magnetron, prakte het met een beetje boter, keek of we nog iets van vlees in de koelkast hadden, ontdekte een schaaltje vissticks, warmde ook die op en zette het voor haar neer. Ze had honger en aangezien ik haar vanuit de kamer kon zien, ging ik daarheen om mijn mails nog eens te checken, ik beantwoordde er een paar terwijl ik de hele tijd met een half oor luisterde naar wat zij deed en of ze misschien ontevreden klonk.

'Heb je alles opgegeten?' zei ik toen ik de keuken weer binnenkwam. Ze glimlachte vergenoegd en slingerde haar drinkbeker met water op de grond. Ik tilde haar op, ze greep naar het baardje aan mijn kin en stak haar vinger in mijn mond. Ik lachte en wierp haar een paar keer de lucht in, haalde een luier uit de badkamer en verschoonde haar, zette haar op de grond en ging weg om de vieze luier in de emmer onder de wasbak te gooien. Toen ik terugkwam stond ze wankelend midden in de kamer. Kwam op me af lopen.

'Een! Twee! Drie! Vier! Vijf! Zes!' telde ik. 'Een nieuw record!'

Ze had zelf door dat er iets bijzonders was gebeurd, want ze straalde over haar hele gezicht. Misschien vol van het sensationele gevoel te lopen.

Ik deed haar jasje aan en droeg haar naar de kinderwagen in het fietsenhok. Hoewel de zon niet scheen, was het een heldere, lenteachtige dag. Het asfalt was droog. Ik stuurde Linda een sms'je over de eerste wat langere wandeling van onze dochter. *Fantastisch!* antwoordde ze. *Half een thuis. Hou van jullie!*

Ik ging de supermarkt in het metrostation bij Stureplan binnen, kocht een gegrilde kip, een krop sla, een paar tomaten, een komkommer, zwarte olijven, twee rode uien en een vers stokbrood, ging op de terugweg bij Hedengrens langs en ontdekte een boek over nazi-Duitsland, de eerste twee delen van *Het kapitaal*, Orwells *1984*, dat ik nooit had gelezen, een verzameling essays van dezelfde schrijver, een boek van Ekerwald over Céline en de laatste roman van Don DeLillo, tot Vanja protesteerde en ik moest gaan betalen. Van de roman van DeLillo had ik op het moment dat ik buitenkwam al spijt, want hoewel ik ooit een fan van hem was geweest, vooral vanwege de romans *De namen* en *Witte ruis*, was het me niet gelukt meer dan de helft van *Onderwereld* te lezen en toen het volgende boek een verschrikking bleek, was het duidelijk dat zijn ster aan het dalen was. Ik keerde bijna om om het te ruilen, ik had een paar andere boeken gezien die me wel wat leken, de laatste roman van Esterházy bijvoorbeeld, *Harmonia Caelestis*, die over zijn vader ging. Maar romans lezen in het Zweeds deed ik liever niet, het lag te dicht bij mijn eigen taal, dreigde er de hele tijd in door te sijpelen en hem te ondergraven, dus als dat boek in het Noors vertaald was, las ik het in het Noors, ook omdat ik te weinig in mijn moedertaal las. Bovendien had ik niet veel tijd meer om de lunch klaar te maken voordat Linda thuiskwam. En Vanja gaf duidelijk aan dat ze genoeg had van de boekhandel.

Thuis maakte ik een salade met kip klaar, ik sneed brood en dekte de tafel en dat alles terwijl Vanja op de grond met een houten hamertje op houten balletjes zat te slaan die dan door een gat in een houten raam vielen en langs een gleuf naar beneden op de grond rolden.

Daar was ze vijf minuten mee bezig tot de Russin op de buizen begon te hameren. Ik haatte dat geluid, ik haatte het dat ik er al op zat te wachten, maar deze keer was het niet geheel ten onrechte, dat getimmer kon iedereen tot waanzin drijven, dus pakte ik Vanja het ding af en zette haar in haar stoel, ik deed haar een slab om en gaf haar net een stukje brood met boter toen Linda binnenkwam.

'Hoi!' zei ze, ze kwam naar me toe en drukte me tegen zich aan.

'Hoi!' zei ik.

'Ik ben vanochtend bij de apotheek langs geweest', zei ze en ze keek me met stralende ogen aan.

'Ja?' vroeg ik.

'Om een zwangerschapstest te kopen.'

'En? Wat wil je daar eigenlijk mee zeggen?'

'We krijgen nog een kind, Karl Ove!'

'Echt waar?'

De tranen stonden me in de ogen.

Ze knikte. Ook haar ogen stonden vol tranen.

'O, wat ben ik daar blij mee!' zei ik.

'Ja, ik kon nergens anders over praten tijdens de therapie. De hele dag nergens anders aan denken. Het is fantastisch.'

'Heb je het je therapeut verteld voordat je het mij hebt verteld?'

'Ja.'

'Gebruik jij je hersens wel? Denk je dat het alleen jouw kind is? Dat kun je toch niet aan iemand anders vertellen voordat je het mij hebt verteld? Ben jij wel goed bij je hoofd?'

'O, Karl Ove, het spijt me. Daar heb ik niet aan gedacht. Ik was er gewoon zo vol van. Maar dat was niet de bedoeling. Alsjeblieft, laat het nu niet tussen ons komen.'

Ik keek haar aan.

'Nee', zei ik. 'Zo erg is het waarschijnlijk niet. Alles bij elkaar genomen, bedoel ik.'

's Nachts werd ik wakker doordat ze lag te huilen. Zo snikkend en verdrietig als alleen zij dat kon. Ik legde een hand in haar nek.

'Linda, wat is er?' fluisterde ik. 'Waarom huil je?'

Haar schouders schokten.

'Wat is er?' vroeg ik nogmaals.

Ze draaide haar gezicht naar me toe.

'Ik deed alleen mijn plicht!' zei ze. 'Verder niet.'

'Wat dan?' vroeg ik. 'Waar heb je het over?'

'Nou, vanochtend. Ik ben naar de apotheek gegaan om die test te kopen omdat ik zo nieuwsgierig was, ik kon niet meer wachten! En toen ik de uitslag zag, moest ik natuurlijk naar therapie! Het kwam niet eens in me op dat ik gewoon naar huis kon gaan! Ik dacht dat ik daarheen moest!'

Ze begon weer te snikken.

'Ik had toch naar huis kunnen gaan om jou het fantastische nieuws te vertellen! Eerst! Ik hoefde toch niet naar therapie te gaan!'

Ik streelde haar over haar rug, over haar haar.

'Maar lieverd, dat hindert toch niet!' zei ik. 'Dat maakt toch niets uit! Ik was even kwaad, maar ik begrijp het best. Het enige wat telt is dat we een kind krijgen, verdorie!'

Ze keek me met betraande ogen aan: 'Meen je dat?'

Ik kuste haar.

Haar lippen smaakten zout.

*

Die avond in november dat ik in het donker op het balkon van onze flat in Malmö zat, na met Vanja naar het verjaardagsfeestje te zijn geweest, waren er bijna twee jaar verstreken. Het kind dat destijds nog maar nauwelijks verwekt was, was niet alleen geboren, maar was intussen al een jaar oud. We hadden haar Heidi gedoopt, het was een lief, vrolijk meisje, in bepaalde opzichten robuuster dan haar zus, in andere net zo gevoelig. Tijdens de doop had Vanja in de kerk schallend 'Nee! Nee! Nee!' geroepen toen de dominee water over het hoofd van haar zusje wilde scheppen, en het was onmogelijk om niet te lachen, het was alsof ze fysiek op het wijwater reageerde als een kleine vampier of duivel. Toen Heidi negen maanden oud was, verhuisden we naar Malmö, in een opwelling bijna: geen van beiden waren we er al eens eerder geweest en we kenden er niemand, maar we gingen erheen om een flat te bekijken en namen de beslissing nadat we in totaal vijf uur in de stad hadden doorgebracht. Hier zouden we wonen. De flat lag helemaal boven in een gebouw midden in het centrum, hij was groot, honderddertig vierkante meter, en aangezien hij zo hoog lag, was er van 's ochtends tot 's avonds volop licht. Niets kwam ons beter uit, het bestaan in Stockholm was steeds somberder geworden, ten slotte hadden we geen andere uitweg gezien dan te maken dat we wegkwamen. Weg van die gekke Russin, met wie we in een uitzichtloos conflict waren geraakt en die haar klachten almaar naar de eigenaar bleef sturen. Die greep ten slotte in en nodigde ons uit voor een gesprek zonder dat dat ergens toe leidde, want hoewel ze ons uiteindelijk geloofden, konden ze niets doen. We namen de zaak in eigen hand. Na een incident – ze was naar boven gekomen en ik had haar met Vanja en Heidi in mijn armen verzocht ons met rust te laten, waarop ze had gezegd dat er een man bij haar was die ze naar boven zou sturen om mij in elkaar te slaan – belden we de politie en deden aangifte van bedreiging en overlast. Ik had nooit gedacht dat ik zo ver zou gaan, maar dat deed ik dus wel. De politie kon niets uitrichten, dat was echter niet het belangrijkste, want ze stuurden de sociale dienst op haar af, twee mensen die kwamen kijken onder welke omstandigheden ze leefde, groter kon de vernedering voor haar niet zijn. O, wat deed die gedachte me goed! Het maakte de verhouding er echter niet beter op. En met twee kinderen midden in een grote stad met de parken als enige autovrije, groene zones, waar ze als honden werden uitgelaten, was het slechts de vraag wanneer en waarheen we zouden verhuizen. Linda wilde naar Noorwegen, maar dat wilde ik niet, dus ging het tussen twee grote steden in Zweden, Göteborg en Malmö, en aangezien Linda de eerste met iets negatiefs verbond, nadat ze haar studie Literaire Vormgeving daar na een paar weken had moeten afbreken omdat ze ziek was geworden, was het duidelijk: als we een goed gevoel kregen gedurende de uren dat we er waren, zouden we naar Malmö verhuizen. Malmö was een open stad, de hemel erboven hoog, de zee vlakbij en slechts een paar minuten buiten het centrum bevond zich een lang strand, Kopenhagen lag op veertig minuten afstand en de sfeer in de stad was ontspannen, vakantieachtig, heel anders dan de strenge, harde, carrièreachtige uitstraling van Stockholm. De eerste maanden in Malmö waren fantastisch, we gingen elke dag zwemmen, wanneer de kinderen naar bed waren zaten we op het balkon te eten, vol optimisme, inniger met elkaar dan we de afgelopen twee jaar waren geweest. Maar ook daar sloop het duister binnen, langzaam en onmerkbaar vulde het alle delen van mijn leven, het nieuwe verloor zijn glans, de wereld ontglipte me, weer stond ik stijf van de frustratie.

Zoals die avond dat Linda en Vanja in de keuken zaten te eten terwijl Heidi met koorts in haar ledikantje op onze slaapkamer lag te slapen, en ik bijna werd gewurgd bij de gedachte aan de afwas die er stond, aan de kamers die eruitzagen alsof ze systematisch doorzocht waren, alsof iemand alles wat er in de lades en de kasten lag over de vloer had uitgestrooid, aan het vuil en het zand op de vloer, aan de stapel vuil goed in de badkamer. Aan de 'roman' waaraan ik bezig was en waar ik niet verder mee kwam. Twee jaar die vergooid waren. Het beklemmende van het leven in de flat. Onze ruzies, die steeds erger en steeds onhandelbaarder werden. De vreugde die was verdwenen.

Ik had een kort lontje, ik werd boos om niets: wat maakt het uit wie ooit wat heeft schoongemaakt als je terugkijkt op een leven, als je de balans opmaakt? Linda schommelde tussen haar gemoedstoestanden heen en weer, als ze diep in de put zat, bleef ze gewoon op de bank of in bed liggen en wat in het begin van onze verhouding bezorgdheid in me had opgeroepen, wekte nu slechts woede: moest ik dan álles doen terwijl zij daar lag te lanterfanten? O, dat kon, maar niet onvoorwaardelijk. Ik deed het, maar ik had alle recht om boos en chagrijnig, ironisch en sarcastisch, zo nu en dan razend te zijn. Die vreugdeloosheid breidde zich ver buiten me uit, tot in de kern van ons leven samen. Volgens Linda was alles wat ze wilde dat we een blij gezin zouden zijn. Dat was wat ze wilde, dat was waarvan ze droomde, dat we een blij en gelukkig gezin zouden zijn. Alles waar ik van droomde was dat zij net zo veel in de huishouding zou doen als ik. Ze zei dat ze dat ook deed, dus daar stonden we met onze aanklachten, onze woede en onze verlangens, midden in het leven, dat ons leven was en van niemand anders.

Hoe kon je je leven vergooien door je op te winden over de huishouding? Hoe was dat mógelijk?

Ik wilde zo veel mogelijk tijd voor mezelf hebben, zo min mogelijk gestoord worden. Ik wilde dat Linda, die toch al thuis was met Heidi, zich ook om Vanja bekommerde zodat ik aan het werk kon. Dat wilde zij niet. Of misschien wilde ze het wel, maar het lukte haar niet. En op de een of andere manier draaiden al onze conflicten en ruzies daarom, om die dynamiek. Als ik vanwege haar en haar eisen niet kon schrijven, ging ik bij haar weg, zo simpel was het. En ergens wist ze dat. Ze probeerde vanuit haar eigen levensbehoeftes hoe ver ze kon gaan, maar ze ging nooit zo ver dat ze mijn grens overschreed. Hoewel het niet veel scheelde. Ik nam wraak door haar alles te geven wat ze verlangde, dat wil zeggen: ik zorgde voor de kinderen, ik boende de vloeren, ik deed de was, ik deed boodschappen, ik kookte en ik verdiende al het geld zodat ze wat mij en mijn rol in het gezin betrof geen enkel concreet punt had om over te klagen. Het enige wat ik haar niet gaf, en het enige wat ze wilde, was mijn liefde. Dat was mijn manier om me te wreken. Volkomen onaangedaan kon ik toekijken hoe ze steeds wanhopiger werd tot ze het niet meer uithield en het uitgilde van woede, frustratie en verlangen. Wat is het probleem? vroeg ik dan. Vind je dat ik niet genoeg doe? Je bent moe, zeg je. Nou, dan kan ik de kinderen morgen wel nemen. Ik breng Vanja naar de crèche en ik ga met Heidi naar buiten terwijl jij slaapt en uitrust. Daarna haal ik Vanja 's middags uit de crèche en zorg 's avonds voor ze. Is dat niet fijn? Dan kun jij uitrusten als je zo moe bent. Uiteindelijk, als ze geen argumenten meer had, kon het gebeuren dat ze dingen kapotgooide. Een glas, een bord, wat er maar in de buurt was. Zíj zou dat eigenlijk allemaal voor mij moeten doen zodat ik aan het werk kon, maar dat deed ze niet. En aangezien de kern van het probleem voor haar niet was dat ze te veel deed, maar dat er bij de man van wie ze hield van liefde geen sprake was, alleen van hatelijkheid, chagrijn, frustratie en woede, zonder dat ze dat op wat voor manier ook onder woorden kon brengen, was de beste manier om me te wreken haar op haar woorden te pakken. O, wat deed het goed als ik haar in de val wist te lokken en aan al haar eisen voldeed. Na haar woede-uitbarsting, die onvermijdelijk volgde als we in bed lagen, begon ze vaak te huilen en wilde het goedmaken. Dat bood mij de gelegenheid er nog een schepje bovenop te doen, want dat wilde ik niet.

Maar zo te leven was onmogelijk en ook dat wilde ik niet, dus als de woede, hoe hard en onverzoenlijk hij ook was, wegebde en er niets meer overbleef dan de verscheurdheid van de ziel, alsof alles wat ik bezat kapotging, legden we het bij, verzoenden we ons, leefden we zoals we ooit continu hadden gedaan. En dan begon het hele proces opnieuw. Het was cyclisch, net zo cyclisch als de natuur.

Ik drukte mijn peuk uit, dronk het laatste slokje verschaalde cola op en kwam overeind, leunde op de balustrade terwijl ik naar de lucht staarde, waarin ergens buiten de stad een onbeweeglijk licht hing, te laag om een ster, te stil om een vliegtuig te zijn.

Wat was het in hemelsnaam?

Ik bleef er verscheidene minuten naar staan kijken. Toen kantelde het plotseling naar links en ik begreep dat het toch een vliegtuig was. Onbeweeglijk omdat het recht op me afkoerste boven de Sont.

Iemand klopte op het raam, ik draaide me om. Het was Vanja, ze glimlachte en zwaaide. Ik deed de deur open.

'Ga je naar bed?'

Ze knikte: 'Ik wilde welterusten zeggen, papa.'

Ik boog vooroverv en kuste haar op haar wang: 'Welterusten. Slaap lekker!'

'Slaap lekker!'

Ze holde door de gang naar haar kamer, vol energie, zelfs na zo'n lange dag nog.

Dan moest ik die kloteafwas maar eens gaan doen.

Etensresten wegschrapen boven de vuilnisbak, restjes melk en water uit de glazen gieten, appel- en wortelschillen, plastic verpakkingsmateriaal en theezakjes uit de gootsteen vissen, hem schoonspoelen en alles op de aanrecht zetten, gloeiend heet water in de bak laten lopen, er wat afwasmiddel in spuiten, met mijn voorhoofd tegen de kast geleund glas na glas, kopje na kopje, bord na bord afwassen. Afspoelen. Dan, als het rek vol stond, afdrogen om plaats voor meer te maken. Daarna de vloer, die waar Heidi had gezeten, gedweild moest worden. De afvalzak dichtknopen en de lift naar de kelder nemen, door die warme, labyrintische gangen naar de containerruimte, die volledig dichtgeslibd en glad van het vuil was, waar buizen als torpedo's vanaf het plafond hingen, vol gescheurd plakband en stukjes isolatietape en waar met een typisch Zweeds eufemisme 'milieuruimte' op de deur stond, de zakken in een van de grote, groene bakken gooien – niet zonder aan Ingrid te denken, die de laatste keer dat ze hier was in een van die bakken honderden kleine linnendoeken had gevonden en de hele boel mee naar boven had genomen in de veronderstelling dat de gedachte dat de kinderen nu enige jaren lang materiaal hadden om op te schilderen, ons net zo gelukkig zou maken als haarzelf –, de deksel dichtslaan en teruggaan naar de flat, waar Linda op dat moment uit de kinderkamer geslopen kwam.

'Slaapt ze?' vroeg ik.

Linda knikte.

'Wat netjes, fijn!' zei ze. Ze bleef in de deuropening van de keuken staan. 'Wil je een glas wijn? De fles die Sissel de laatste keer mee heeft gebracht, staat er nog.'

Mijn eerste impuls was nee, ik wil absoluut geen wijn. Maar dat korte uitje naar beneden had me wonderlijk genoeg een beetje milder gestemd, dus ik knikte.

'Mij best', zei ik.

Twee weken later, op een middag terwijl Heidi en Vanja om ons heen tekeergingen en gillend op de bank rondsprongen, stonden we dicht tegen elkaar aan en keken voor de derde keer in ons leven naar een blauw streepje op een wit staafje, overweldigd door gevoelens. Het was John die op die manier zijn komst meldde. Hij werd die nazomer geboren, vanaf het allereerste moment zachtaardig en geduldig, altijd bereid tot een lach zelfs als de storm om hem heen op z'n ergst woedde. Hij zag er vaak uit alsof iemand hem door een doornstruik had gesleept, vol krabben die Heidi hem toevoegde zodra ze daar de kans toe kreeg, vaak onder het mom van een omhelzing of een vriendelijke aai over zijn wang. Dat ik het ooit zo erg had gevonden in de stad achter de kinderwagen rond te lopen, was me intussen volkomen vreemd, iets wat ik achter me had gelaten terwijl ik een sjofele buggy met drie kinderen erin door de straten duwde, vaak met twee of drie boodschappentassen bungelend aan een hand, met rimpels als groeven in mijn voorhoofd en over mijn wangen gekerfd en ogen die brandden van een lege gedrevenheid, waar ik langgeleden het contact mee had verloren. Het eventueel vrouwelijke in wat ik deed, raakte me niet meer, het ging erom de kinderen daarheen te brengen waar ze ook maar naartoe moesten zonder dat ze dwars op straat gingen zitten en weigerden door te lopen of wat ze ook maar konden bedenken om mij en mijn verlangen naar een gemakkelijke ochtend of middag te dwarsbomen. Een keer bleef een groep Japanse toeristen aan de overkant van de straat naar me staan wijzen alsof ik vooraan in een circusparade liep of zoiets. Ze wézen! Daar loopt de Scandinavische man! Komt dat zien en vertel het aan je kleinkinderen!

Ik was zo trots op die kinderen. Vanja was wild en moedig, je kon je niet voorstellen dat dat dunne lijfje zo'n dorst naar beweging had, zich zo gulzig bediende van de fysieke wereld met zijn bomen, klimrekken, zwembaden en grasvelden, het geslotene wat haar de eerste maanden in de nieuwe crèche zo in de weg had gezeten, was volkomen verdwenen en wel in die mate dat het volgende 'ontwikkelingsgesprek' over het tegendeel ging. Nu was het probleem niet dat Vanja zich terugtrok, dat ze geen contact met de volwassenen wilde en dat ze nooit het voortouw nam bij het spel, maar juist dat ze misschien zo nu en dan een beetje te veel ruimte innam, zoals ze het voorzichtig uitdrukten, en het haar er veel te veel om ging nummer één te zijn. 'Om eerlijk te zijn', zei het hoofd van de crèche, 'komt het voor dat ze een paar van de andere kinderen pest. Het positieve daarvan', ging hij verder, 'is dat ze daarvoor situaties moet kunnen doorzien en intelligent genoeg moet zijn om er gebruik van te maken. Maar we proberen haar duidelijk te maken dat ze dat niet kan doen. Hebben jullie misschien enig idee waar ze dat deuntje, je weet wel, "na-na-na-na-naa-na" vandaan heeft? Of ze dat in een film of zo heeft gezien? Dan kunnen we die film hier namelijk vertonen en de kinderen verklaren wat het betekent.' Na het gesprek daarvoor, toen ze het over logopedie hadden en haar verlegenheid als een fout of een gebrek beschouwden, kon ik me niet minder aantrekken van wat zij van haar dachten. Ze was net vier geworden, over een paar maanden zou ze dat allemaal weer achter zich hebben gelaten ... Heidi was minder wild, zij bezat een heel ander soort lichaamsbeheersing, het was alsof ze op een heel andere manier in haar lijf zat dan Vanja, wier fantasie volledig met haar op de loop kon gaan en voor wie fictie slechts een variant van de werkelijkheid was. Terwijl Vanja razend werd, buiten zichzelf was van wanhoop als ze iets niet vanaf het eerste moment beheerste, en dankbaar hulp aanvaardde, wilde Heidi alles zelf doen, ze werd kwaad als we haar vroegen of we haar konden helpen en ze bleef maar doorgaan tot het haar lukte. Dat triomfantelijke gezicht op zo'n moment! Ze klom vóór Vanja helemaal in de top van de grote boom op de speelplaats. De eerste keer had ze haar armen om de bovenste tak geslagen. De tweede keer, aangespoord door kleinekinderhybris, klom ze erop. Ik zat op een bank de krant te lezen en hoorde haar roepen: daar zat ze, zes meter boven de grond helemaal op het puntje van de tak zonder iets om zich aan vast te houden. Eén onverhoedse beweging en ze zou naar beneden vallen. Ik klom erheen en pakte haar, maar het lukte me niet mijn lachen in te houden: wat moest je dáár nou? Ze maakte vaak een extra sprongetje bij het lopen en dat, dacht ik, was een sprongetje van geluk. Ze was de enige in de familie die werkelijk gelukkig was, leek het soms wel, of die daar aanleg voor had. Ze verdroeg alles behalve een standje krijgen. Dan begon haar lip te trillen, dan begonnen de tranen te stromen en het kon wel een uur duren voor ze zich liet troosten. Met Vanja spelen was voor haar het summum, dan accepteerde ze alles, en ze was gek op paardrijden. Toen ze in dat pretpark, waar we die zomer een bezoek aan brachten, op die ezel zat, straalde haar gezicht van trots. Maar zelfs toen ze dat zag, veranderde Vanja niet van mening, zij wilde niet paardrijden, wilde nooit meer paardrijden, ze duwde haar bril op haar neus, liet zich plotseling voor John op de grond vallen en gaf zo'n gil dat iedereen om ons heen naar ons keek. Maar John vond het leuk, hij gilde terug, en toen lachten ze.

De zon stond al schuin boven de dennenbomen in het westen. De lucht had die diepblauwe kleur die ik me uit mijn jeugd herinnerde en waar ik gek op was. Dan werd er iets in me wakker, kwam er iets boven. Maar ik kon er niets mee. Het verleden was niets.

Linda tilde Heidi van die domme ezel. Ze zwaaide ten afscheid naar het dier en naar de vrouw die de kaartjes verkocht.

'Zo,' zei ik, 'en nu linea recta naar huis.'

Onze auto was intussen bijna de enige die nog op de enorme met grind bedekte parkeerplaats stond. Ik ging met Heidi op schoot op de trottoirrand ervoor zitten en deed haar een schone luier om. Gespte John, die met zijn ogen knipperde, voorin vast terwijl Linda achterin hetzelfde met de meisjes deed.

We hadden een grote, rode Volkswagen gehuurd. Het was pas de vierde keer dat ik reed sinds ik mijn rijbewijs had, dus alles wat ermee te maken had, gaf me een lekker gevoel. Starten, schakelen, gas geven, achteruitrijden, sturen. Alles was leuk. Ik had nooit gedacht dat ik ooit auto zou rijden, dat paste niet bij het beeld dat ik van mezelf had, zodat de vreugde des te groter was toen ik met honderdvijftig kilometer per uur over de snelweg naar huis reed, in dat regelmatige, bijna luie ritme dat dan ontstond: knipperlichten aan, passeren, knipperlichten aan, weer naar rechts, door een landschap dat aanvankelijk door bos werd beheerst, vervolgens, na een lange, glooiende helling een grote heuvel op, door uitgestrekte korenvelden, langs lage boerengebouwen, intens mooi struikgewas en groepjes loofbomen, met in het westen al die tijd als een blauw lint de zee.

'Kijk eens!' zei ik toen we op de top waren en het landschap van Skåne voor ons lag. 'Wat ongelóóflijk mooi!'

Goudgele korenvelden, groene beukenbossen, blauwe zee. Alles nog intenser en bijna vibrerend in het licht van de ondergaande zon.

Niemand gaf antwoord.

Dat John sliep, wist ik. Maar die drie achterin, waren die ook ingedommeld?

Ik draaide me om en keek over mijn schouder.

Ja, hoor. Daar lagen drie meiden met hun mond open en hun ogen dicht.

Het geluk explodeerde in me.

Eén seconde, twee seconden, misschien drie seconden lang. Toen kwam de schaduw die er altijd op volgde, die donkere nasleep van het geluk.

Ik sloeg met mijn handen op het stuur en zong met de muziek mee. Het was de laatste van Coldplay, een plaat waar ik eigenlijk een hekel aan had, maar die perfect was tijdens het autorijden, had ik ontdekt. Ooit had ik exact hetzelfde gevoel gehad als nu. Toen was ik zestien en verliefd, bij het krieken van een zomerdag op weg door Denemarken, we zouden naar Nyköping op trainingskamp, behalve de chauffeur en ik, die voorin zat, sliepen ze allemaal. Hij draaide de plaat *Brothers in Arms* van Dire Straits, die die lente was uitgekomen en die samen met *The Dream of the Blue Turtles* van Sting en Talk Talks *It's My Life* de soundtrack was van al dat fantastische dat me de laatste maanden was overkomen. Het vlakke landschap, de opkomende zon, de onbeweeglijkheid buiten, de slapende mensen, de steek van geluk die zo sterk was dat ik me hem vijfentwintig jaar later nog herinnerde. Maar dat geluk had geen schaduw gehad, dat was puur geweest, onversneden, onvervalst. Toen lag het leven nog voor me. Alles kon gebeuren. Alles was mogelijk. Zo was het niet langer. Er was veel gebeurd en wat er was gebeurd, legde de voorwaarden vast voor wat er nog ging gebeuren.

Niet alleen dat er minder mogelijkheden bestonden, ook de gevoelens waarmee ik ze ervoer, waren zwakker. Het leven was minder intens. Ik wist dat ik halverwege was, misschien meer dan halverwege. Als John net zo oud was als ik nu, zou ik tachtig zijn. Met één been in het graf staan, dus, als ik er al niet met alle beenderen van mijn lijf in lag. Over tien jaar zou ik vijftig zijn. Over twintig jaar zestig.

Was het gek dat er een schaduw boven het geluk hing?

Ik knipperde en passeerde een vrachtwagen met oplegger. Ik had zo weinig ervaring dat ik onrustig werd als de auto even slingerde in de windstoot daarna. Maar bang was ik niet, dat was ik maar één keer geweest sinds ik reed: op de dag dat ik rijexamen deed. Het was vroeg op een ochtend midden in de winter, buiten was het volkomen donker, ik had nog nooit in het donker gereden. Het stroomde van de regen, ik had nog nooit in de stromende regen gereden. En de rijexaminator was een onvriendelijk uitziende man met een onvriendelijke uitstraling. Natuurlijk had ik de verplichte veiligheidscheck uit het hoofd geleerd. Het eerste wat hij zei was dat we de veiligheidscheck maar achterwege lieten. Zorg alleen dat de ramen niet beslagen zijn, dan is het wat mij betreft in orde. Ik wist niet hoe ik dat moest doen buiten de me ingeprente volgorde om en toen ik er na twee minuten geklooi aan het dashboard achter kwam, vergat ik dat ik eerst de motor moest starten voordat het ding kon functioneren, waarop de examinator me aankeek en vroeg: 'Maar autorijden kunt u toch wel?' terwijl hij geïrriteerd het sleuteltje voor me omdraaide. Met zo'n onwaarschijnlijk slechte start hielp het niet echt dat ik de controle kwijt was over mijn benen, die trilden en beefden, en geen enkele fijne motoriek had zodat we meer de weg op stuiterden dan dat we reden. Volkomen donker. Ochtendspits. Stromende regen. Na honderd meter vroeg de examinator wat voor werk ik deed. Ik zei dat ik schrijver was. Toen raakte hij mateloos geïnteresseerd. Hij was eigenlijk kunstschilder, vertelde hij. Had geëxposeerd en wat niet al. Hij begon me uit te vragen over wat ik schreef. Ik was net over *Engelen vallen langzaam* aan het vertellen toen hij een plaatsnaam opgaf. Voor ons lag een enorm verkeersknooppunt. Ik zag nergens een bordje met de naam die hij noemde. Hij vroeg of het boek in het Zweeds was verschenen. Ik knikte. Daar! Daar was het bord! Maar helemaal boven de binnenste rijstrook! En ik gooide het stuur om en gaf gas, en hij gaf een trap op de rem zodat we met een klap stilstonden.

'Het stoplicht staat op rood!' zei hij. 'Zag u dat niet? Hartstikke rood!'
Ik had niet eens gezien dat er stoplichten waren.
'Dus dat was het dan?' vroeg ik.
'Helaas', zei hij. 'Als we in moeten grijpen, ben je gezakt. Zo is het nu eenmaal. Wilt u nog wat rijden?'

'Nee. We keren om.'

Het hele rijexamen had drie minuten geduurd. Ik was om half tien thuis, Linda keek me gespannen aan.

'Gezakt', zei ik.

'O, nee', zei ze. 'Arme jongen! Wat is er gebeurd?'

'Ben door rood gereden.'

'Echt waar?'

'Natuurlijk is dat waar! Wie had dat gedacht toen ik vanmorgen vroeg opstond, dat ik tijdens mijn rijexamen door rood zou rijden! Maar het is geen ramp. Volgende keer beter. Ik rij heus niet twee keer achter elkaar door rood tijdens het examen.'

Het was inderdaad geen ramp. We hadden geen auto, het speelde geen rol of ik mijn rijbewijs in januari of in maart haalde. En ik had al zo ongelooflijk veel geld aan rijles uitgegeven dat een beetje meer of minder er ook niet meer toe deed. Het enige was dat we aan het eind van de maand een reis hadden gepland. Ik had ja gezegd tegen een lezing in Søgne in Zuid-Noorwegen en het was de bedoeling dat we er met het hele gezin met de auto heen zouden gaan en dat we na die lezing via Sandøya bij Tvedestrand terug zouden rijden en daar een paar dagen in een pension zouden verblijven om te kijken hoe het er was. Ik had namelijk jaren geleden mijn oog op Sandøya laten vallen met het idee dat het een perfecte plek voor ons zou zijn om te wonen. Een eiland zonder auto's met ongeveer tweehonderd inwoners, een kinderdagverblijf en de eerste drie klassen van de lagere school. Het landschap was exact hetzelfde als dat waarin ik was opgegroeid en waar ik zo naar terugverlangde, behalve dat het het niet was, dat het geen Tromøya of Arendal of Kristiansand was, waar ik voor niets ter wereld naar terug wilde, maar iets anders, iets nieuws. Af en toe dacht ik dat het verlangen naar het landschap waarin we waren opgegroeid, iets biologisch was, als het ware in ons opgeslagen. Dat het instinct waardoor een kat honderden kilometers kon afleggen om terug te keren naar de plek waar hij vandaan kwam, ook in ons, het mensdier, actief was, net zo diep als andere oerarchaïsche roerselen in ons.

Ik bekeek weleens foto's van Sandøya op internet en het verlangen dat het landschap in me opwekte, was zo sterk dat het besef hoe eenzaam en verlaten het kon zijn om daar te wonen, volledig op de achtergrond werd gedrongen. Niet wat Linda betrof, natuurlijk, zij was wat sceptischer, maar ze stond er niet geheel afwijzend tegenover. In het bos aan zee wonen was een stuk beter dan op de zesde verdieping midden in de stad. Dus dat overwogen we, overtuigd genoeg om er te gaan kijken. Maar toen haalde ik mijn rijexamen niet en dus moest ik alleen naar Søgne, waardoor die lezing geen enkele zin meer had. Wat moest ik er zeggen?

Dezelfde avond dat ik op internet een ticket voor de reis bestelde, belde Geir. We hadden elkaar die dag al gesproken, maar hij was de laatste weken wat van slag geweest, op zijn eigen beheerste manier, dus het was niet zo merkwaardig dat hij weer belde. Ik ging in de leunstoel zitten en legde mijn voeten op mijn bureau. Hij vertelde wat over de biografie waar hij aan bezig was, over Montgomery Clift, hoe die altijd en op alle mogelijke manieren probeerde zo veel mogelijk uit het leven te halen. Het enige waarvan ik Montgomery Clift kende, was van The Clash, van de regel 'Montgomery Clift, honey!' uit *London Calling*, en het bleek dat ook Geir hem daarvandaan had, zij het op een andere manier: in Irak had hij in een waterleidingbedrijf gewoond samen met Robin Banks, een Engelse junk, een van de beste vrienden van de band, die met hen op tournee was geweest en voor wie ze zelfs een lied hadden geschreven, en hij had Geir verteld hoe het kwam dat Montgomery Clift zo'n grote plaats in hun leven had ingenomen, waarna Geir de behoefte voelde Clift eens nader onder de loep te nemen. Bovendien was *The Misfits* een van zijn favoriete films. Ik had het even over *De Buddenbrooks* van Thomas Mann, waar ik net weer in was begonnen, over hoe perfect de zinnen daarin waren, het hoge niveau van het geheel waardoor ik van elke bladzijde genoot, echt genoot, iets wat verder nooit voorkwam, terwijl dat perfectionisme, evenals de zinnen en de vorm trouwens, tot een andere tijd behoorde dan die waarin Thomas Mann schreef, zodat er eigenlijk in eerste instantie sprake was van nabootsing, van reconstructie, of met andere woorden, van een pastiche. Wat gebeurde er als de pastiche beter was dan het origineel? Kón dat eigenlijk wel? Het was een klassiek vraagstuk, Vergilius moest er al mee hebben geworsteld. Hoe nauw is een stijl of een vorm verbonden met de tijd of de cultuur waarin hij is ontstaan? Is hij mislukt als hij op de voorgrond treedt als dat wat hij is, als stijl of vorm? Bij Thomas Mann was dat niet het geval, was mislukt niet het juiste woord, ambivalent misschien, eindeloos ambivalent, en daar kwam de ironie vandaan die het hele fundament aan het wankelen bracht. Vervolgens kregen we het over Stefan Zweigs boek *De wereld van gisteren*, het fantastische beeld dat daarin wordt geschilderd van de tijd rond de vorige eeuwwisseling toen ouderdom en waardigheid het ideaal vormden in plaats van jeugd en schoonheid, en alle jongeren er probeerden uit te zien alsof ze van middelbare leeftijd waren met buiken, horlogekettingen, sigaren en kale slapen. Allemaal overhoopgehaald door de Eerste Wereldoorlog, die samen met de Tweede een afgrond vormde tussen hen en ons. Geir begon weer over Montgomery Clift, over zijn bruisende leven, het allesomvattende vitalisme. Hij stelde vast dat alle biografieën die hij het laatste jaar had gelezen, één ding gemeen hadden: ze gingen allemaal over vitalisten. Niet theoretisch, maar in de praktijk, ze waren allemaal op zoek naar zo veel mogelijk leven: Jack London, André Malraux, Nordahl Grieg, Ernest Hemingway, Hunter S. Thompson, Majakovskij.

'Ik heb er alle begrip voor dat Sartre amfetamine nam', zei hij. 'De snelheid opvoeren, er meer uit halen, in vuur en vlam staan. Toch? Maar de meest consequente van allemaal was Mishima. Tot hem keer ik altijd weer terug. Hij was vijfenveertig toen hij zelfmoord pleegde. Hij was absoluut consequent: de held moest mooi zijn. Kon niet oud zijn. En dan Jünger, die de tegengestelde richting koos. Zat op zijn honderdste verjaardag nog cognac te drinken en sigaren te roken, met een vlijmscherp verstand. Alles draait om kracht. Dat is het enige waar ik in geïnteresseerd ben. Kracht, moed, wil. Intelligentie? Nee. Die verwerf je als je wilt, denk ik. Die is niet belangrijk, niet interessant. Opgegroeid zijn in de jaren zeventig en tachtig is belachelijk. Een farce. We brengen niets tot stand. En wat we tot stand brengen is pure onzin. Ik schrijf om mijn verloren ernst weer terug te veroveren. Daar ben ik mee bezig. Natuurlijk helpt het niet. Je weet waar ik zit. Je weet wat ik doe. Mijn leven is zo nietig. En mijn vijanden zijn zo klein. Ze zijn het niet waard om energie aan te besteden. Maar iets anders is er niet. Dus hier zit ik op mijn slaapkamer tegen windmolens te vechten.'

'Vitalisme, ja', zei ik. 'Er bestaat nog een andere soort vitalisme, weet je. Die verbonden is met land en geslacht. De jaren twintig in Noorwegen.'

'O, die interesseert me niet. Er is geen spoor van nazisme te vinden in het vitalisme waar ik het over heb. Niet dat het iets had uitgemaakt als dat wel het geval was geweest, maar het is niet zo. Ik heb het over de antiliberale cultuur met een grote C.'

'Er is geen spoor van nazisme in het Noorse vitalisme te vinden ook. De middenklasse introduceerde het nazisme erin, vormde het om tot iets abstracts, een idee, iets wat niet bestond dus. Oorspronkelijk ging het om het verlangen naar land, het verlangen naar familiebanden. Wat Hamsun zo gecompliceerd maakt, is dat hij als mens zo ontworteld was, zo labiel en daarmee zo modern, in Amerikaanse zin. Maar hij verachtte Amerika, de massamens, de ontworteldheid. Hij verachtte zichzélf. De ironie die daaruit voorvloeit, is dan ook ongelooflijk veel wezenlijker dan die van Thomas Mann, want zij heeft niet met stijl te maken, maar met het fundamentele bestaan.'

'Ik ben geen schrijver, ik ben boer', zei Geir. 'Hahaha! Maar nee, dat land mag je zelf houden. Ik ben alleen geïnteresseerd in het sociale aspect. Nergens anders in. Je kunt Lucretius lezen en halleluja roepen, je kunt het over de bossen in de zeventiende eeuw hebben. Interesseert me allemaal geen snars. Alleen de mens telt.'

'Heb je dat schilderij van Kiefer weleens gezien? Een bos, je ziet alleen bomen en sneeuw met hier en daar een rode vlek en verder een paar namen van Duitse dichters en denkers met witte letters geschreven: Hölderlin, Rilke, Fichte, Kleist. Het is het beste kunstwerk dat na de oorlog is gemaakt, misschien van de hele vorige eeuw. Wat stelt het voor? Een bos. Waar gaat het over? O, kijk, Auschwitz. Waar is het verband? Het gaat niet om gedachten, het reikt tot in de diepste lagen van de cultuur, en dat kan niet in gedachten worden uitgedrukt.'

'Heb je *Shoah* nu al gezien?'

'Nee.'

'Bos, bos en nog eens bos. En gezichten. Bos, gas en gezichten.'

'Het schilderij heet *Varus*, dat was een van de Romeinse legeraanvoerders, voor zover ik me herinner. Die een grote slag in Germania verloor. De lijn loopt dus vanaf de jaren zeventig helemaal terug tot Tacitus. Schama trekt deze lijn door in *Landscape and Memory*, dat boek dat ik heb gelezen, weet je. We zouden Odin erbij kunnen halen, die zich ophangt aan een boom. Misschien doet hij dat ook wel, ik herinner het me niet meer. Maar het gaat om bos.'

'Ik begrijp wat je bedoelt.'

'Als ik Lucretius lees, gaat het om de pracht van de wereld. En dat, de pracht van de wereld, is immers een barokke gedachte. Die is waarschijnlijk uitgestorven met de Barok. Het gaat om de dingen. Het fysieke van de dingen. De dieren. De bomen. De vissen. Jij vindt het erg dat de handeling is verdwenen, maar ik vind het erg dat de wereld is verdwenen. Het fysieke ervan. We hebben immers alleen nog maar afbeeldingen. Daar moeten wij het mee doen. Maar de apocalyps, wat is dat tegenwoordig? De bomen die verdwijnen in Zuid-Amerika. Het ijs dat smelt, het water dat stijgt. Jij schrijft om de ernst terug te krijgen, maar ik schrijf om de wereld terug te krijgen. Nou ja, niet die waar ik me in bevind. Juist niet die sociale. Maar de wonderkamers uit de Barok. De rariteitenkabinetten. En de wereld die in Kiefers bomen besloten ligt. Dat is kunst. Verder niets.'

'Een schilderij?'

'Ik geef het toe. Een schilderij, ja.'

Er werd aan de deur geklopt.

'Ik bel terug', zei ik en ik hing op. 'Ja, kom binnen!'

Linda deed de deur open.

'Zat je te telefoneren?' vroeg ze. 'Ik wilde alleen maar zeggen dat ik een bad neem. Let jij op of er iemand wakker wordt? Dat je niet met je koptelefoon op zit?'

'Natuurlijk. Ga je daarna naar bed?'

Ze knikte.

'Dan kom ik ook.'

'Oké', zei ze glimlachend en ze deed de deur weer dicht. Ik belde Geir weer.

'Ik heb verdomme geen idee', zei ik met een zucht.
'Ik ook niet', zei hij.
'En, wat heb jij vanavond gedaan?'
'Naar blues geluisterd. Er zaten vandaag tien nieuwe platen bij de post. En bovendien heb ik er nog … dertien, veertien, víjftien besteld.'
'Je bent gek.'
'Nee, dat ben ik niet … Mijn moeder is vandaag gestorven.'
'Wat zeg je nou?'
'Ze is ingeslapen. Dus nu is de angst voorbij. Waar die ook goed voor was, kun je je afvragen. Maar mijn vader is er kapot van. En Odd Steinar ook, natuurlijk. We gaan er over een paar dagen heen. De begrafenis is over een week. Zou jij ook niet rond die tijd naar Zuid-Noorwegen gaan?'
'Over tien dagen', zei ik. 'Ik heb net mijn tickets besteld.'
'Misschien zien we elkaar nog. Wij blijven beslist een paar dagen langer.'
Er viel een stilte.
'Waarom heb je dat niet meteen gezegd?' vroeg ik toen. 'We hebben wel een half uur gepraat voordat je het vertelde. Wil je daarmee misschien aangeven dat er niets veranderd is?'
'Nee. O, nee. Dat zie je verkeerd. O, nee. Ik wil er niet mee geconfronteerd worden. En als ik met jou praat, hou ik het een beetje op afstand. Zo simpel is dat. Er valt niet over te praten, begrijp je. Het helpt niet. Hetzelfde geldt voor de blues. Dat is een plekje waar je heen kunt vluchten. Nou ja, niet dat ik zo veel voel. Maar dat is ook een gevoel, zou ik denken.'
'Dat is het.'

Toen we hadden opgehangen, ging ik naar de gang tussen de keuken en de kamer en pakte een appel, stond kauwend de keuken in te kijken, die volkomen leeggehaald was. Steen waar de aanrecht had gestaan, lange planken die tegen de kale muren geleund stonden, de vloer bedekt met stof, divers gereedschap en leidingen, een paar voorwerpen in plastic verpakt, die binnenkort gemonteerd zouden worden. Twee weken zou de renovatie nog duren. Eigenlijk wilden we alleen een afwasmachine hebben, maar de aanrecht had daar niet de juiste afmetingen voor en volgens de monteur was het eenvoudiger om de hele keuken te vervangen. Dus dat deden we. De huiseigenaars betaalden.

Bij het geluid van een stem draaide ik mijn hoofd om.

Kwam het uit de kinderkamer?

Ik ging erheen en keek naar binnen. Ze sliepen, allebei. Heidi in het bovenbed, haar voeten op het hoofdkussen en haar hoofd op het in elkaar gefrommelde dekbed, Vanja in het bed daaronder, ook zij boven op het dekbed, met uitgestrekte armen en benen zodat haar lijf een kleine x vormde. Ze wierp haar hoofd van de ene kant naar de andere en weer terug.

'Mama mu', zei ze.

Ze had haar ogen open.

'Ben je wakker, Vanja?' vroeg ik.

Geen antwoord.

Waarschijnlijk sliep ze toch.

Het gebeurde wel dat ze 's avonds laat wakker werd en doordringend huilde zonder dat het mogelijk was contact met haar te krijgen, dan gilde ze het uit, leek in zichzelf gevangen alsof wij niet bestonden en ze daar waar ze was, helemaal alleen was. Tilden we haar op en drukten haar tegen ons aan, dan verzette ze zich met alle geweld, ze schopte en sloeg en wilde weer worden neergelegd. Legden we haar weer neer, was ze net zo buiten zichzelf en onbereikbaar. Ze sliep niet, maar ze was ook niet wakker. Het was een soort tussenstadium. Het was hartverscheurend om te zien. Als ze de volgende dag wakker werd, was ze echter in een goed humeur. Ik vroeg me af of ze zich haar wanhoop herinnerde of dat die als een droom van haar afgleed.

Ze zou het in elk geval leuk vinden om te horen dat ze 'mama mu' in haar slaap had gezegd, ik moest niet vergeten haar dat te vertellen.

Ik deed de deur dicht en ging naar de badkamer, waar het enige licht dat van een klein theelichtje op de rand van de kuip was, dat in de tocht van het raam stond te flakkeren. Er hing een dichte waas. Linda lag in bad met haar ogen dicht en haar hoofd half onder water. Kwam lang-

zaam overeind toen ze merkte dat ik er was.
'Hier zit je, in je hol', zei ik.
'Het is heerlijk', zei ze. 'Wil je er niet bijkomen?'
Ik schudde mijn hoofd.
'Wist ik wel', zei ze. 'Met wie belde je, trouwens?'
'Met Geir', zei ik. 'Zijn moeder is vandaag gestorven.'
'O, wat triest ...' zei ze. 'Hoe neemt hij het op?'
'Goed', zei ik.
Ze leunde weer achterover in het bad.
'Waarschijnlijk hebben we die leeftijd intussen', zei ik. 'Nog maar een paar maanden geleden is de vader van Mikaela gestorven. Jouw moeder heeft een hartinfarct gehad. De moeder van Geir sterft.'
'Dat mag je niet zeggen', zei Linda. 'Mama leeft nog vele jaren. Jouw moeder ook.'
'Misschien. Als ze eenmaal de zeventig gepasseerd zijn, kunnen ze oud worden. Dat is meestal zo. Hoe dan ook, het duurt niet lang meer of wij zijn de oudsten.'
'Karl Ove!' zei ze. 'Je bent nog niet eens veertig! En ik ben vijfendertig!'
'Ik heb het er een keer met Jeppe over gehad', zei ik. 'Hij heeft allebei zijn ouders verloren. Ik zei dat ik het het ergst zou vinden dat ik geen getuige van mijn leven meer had. Hij begreep niet wat ik bedoelde. En ik weet niet helemaal of ik het meende. Of, nou ja, ik wil geen getuige van mijn leven. Maar van onze kinderen. Ik wil dat mama ziet hoe het met ze gaat, niet alleen nu, nu ze klein zijn, maar als ze opgroeien. Dat ze hen echt kent. Begrijp je wat ik bedoel?'
'Natuurlijk. Maar ik weet niet of ik erover wil praten.'
'Herinner je je die keer dat je mijn kamer binnenkwam en vroeg of ik wist waar Heidi was? Ik liep met je mee om te zoeken. Berit was er, ze had de balkondeur opengedaan. En toen ik dat zag, die open deur, toen werd ik zo ongelooflijk bang. Al het bloed trok uit mijn hoofd weg. Ik viel bijna flauw. Die angst of paniek of schrik of wat het ook was, kwam zo spontaan. Ik dacht dat Heidi alleen naar het balkon was gegaan. Gedurende die seconden was ik ervan overtuigd dat we haar hadden verloren. Het waren de ergste seconden van mijn leven. Zo'n sterk gevoel heb ik

nog nooit gehad. Het gekke is waarschijnlijk dat ik dat niet eerder heb gevoeld. Dat het kan gebeuren, dat we ze werkelijk kunnen verliezen. Op de een of andere manier heb ik gedacht dat ze onsterfelijk waren. Maar goed, dat was waar we het niet over zouden hebben.'

'Dank je.'

Ze glimlachte. Als ze haar haar zo naar achteren had en haar gezicht onopgemaakt was, zag ze er zo jong uit.

'Je ziet er in elk geval niet uit alsof je vijfendertig bent', zei ik. 'Je ziet eruit als vijfentwintig.'

'Echt waar?'

Ik knikte.

'De laatste keer dat ik sterkedrank kocht, vroegen ze naar mijn legitimatie. Dat zou ik natuurlijk als compliment kunnen opvatten. Aan de andere kant word ik buiten op straat door allerlei christelijke organisaties aangeklampt. Ze pikken mij er altijd uit. Als ik samen met anderen ben, worden die met rust gelaten. Maar zodra ze mij zien, komen ze aanhollen. Het moet iets zijn wat ik uitstraal. Daar is iemand die we kunnen verlossen, denken ze. Die vrouw heeft verlossing nodig. Dacht je niet?'

Ik haalde mijn schouders op: 'Het kan ook komen omdat je er zo onschuldig uitziet.'

'Ha! Nog erger!'

Ze kneep met twee vingers haar neus dicht en dook met haar hele lijf onder water. Toen ze weer bovenkwam, schudde ze eerst haar hoofd. Toen keek ze me glimlachend aan.

'Wat is er? Waarom kijk je me zo aan?' vroeg ze.

'Dat, bijvoorbeeld,' zei ik, 'dat deed je als kind.'

'Wat?'

'Onderduiken.'

In onze slaapkamer, die aan de badkamer grensde, begon John te huilen.

'Aai jij hem even over zijn rug, dan kom ik zo.'

Ik knikte en ging naar hem toe. Hij lag al huilend op zijn rug met zijn armpjes te schermen. Ik draaide hem om alsof hij een schildpad was, en begon hem met vlakke hand over zijn ruggetje te aaien. Dat was een van de fijnste dingen die hij kende, dan werd hij altijd meteen stil, tenminste, als hij geen tijd had gehad om zich op te winden.

Ik zong de vijf wiegenliedjes die ik kende. Linda kwam binnen en legde hem op bed aan de borst. Ik ging naar de kamer, trok een jas aan, deed een sjaal om, een muts op en schoenen aan, die allemaal naast de deur naar het balkon lagen, en ging naar buiten. Ging op de stoel in de hoek zitten, schonk wat koffie in, stak een sigaret op. Het waaide, een oostenwind. De lucht was helder en met sterren bezaaid. Hier en daar flikkerden de lichtjes van een vliegtuig.

De zomer dat ik twintig was, had mama op een dag gebeld en verteld dat ze een grote knobbel in haar buik had en dat ze de volgende dag zou worden opgenomen om hem weg te laten halen. Ze zei dat ze niet wist of hij goedaardig of kwaadaardig was en dat ze niet kon zeggen hoe het zou aflopen. Ze zei dat hij zo groot was dat ze al een hele tijd niet op haar buik had kunnen liggen. Haar stem klonk mat en zwak. Ik was bij Hilde, een vriendin van het gymnasium, in Søm, even buiten Kristiansand, waar ik op de oprit naast de auto op haar had staan wachten, we zouden gaan zwemmen. Toen had ze me vanaf het balkon geroepen: Karl Ove, je moeder aan de telefoon. Ik zag onmiddellijk de ernst van de situatie in, maar het wekte geen gevoelens in me op, ik was volkomen onaangedaan. Ik legde de hoorn op de haak, ging naar buiten, naar Hilde, die in de auto was gaan zitten, deed het portier bij de bijrijdersstoel open en stapte in, vertelde dat mama geopereerd moest worden en dat ik de volgende dag naar Førde moest. Het riep een gevoel in me op van een bijzondere gebeurtenis, iets waar ik deel aan mocht hebben, een rol die ik kon spelen, de zoon die naar huis vliegt om voor zijn moeder te zorgen. Ik zag de begrafenis voor me, iedereen die me zou condoleren, het medelijden dat ze met me zouden hebben, en dacht aan de erfenis die ze zou nalaten. En toen dacht ik eraan dat ik eindelijk iets van betekenis had om over te schrijven. Terwijl dat allemaal door me heen ging, klonk er een andere stem als het ware naast die zei: nee, dit is ernstig, nee, luister eens, mama gaat dood, ze betekent heel veel voor je, je wilt dat ze leeft, dat wil je, Karl Ove! Dat ik het Hilde kon vertellen, voelde als een pre, daardoor kreeg ik meer aanzien in haar ogen, vermoedde ik. Ze bracht me de volgende dag naar het vliegveld, ik landde op Bringelandsåsen, nam de bus naar het centrum van Førde en vandaar een lokale bus naar het ziekenhuis, waar ik de sleutels kreeg van mama's huis. Ze was net verhuisd, alles zat nog in dozen, maar daar moest ik me maar niets van aantrekken, laat alles maar gewoon staan, daar bekommer ik me om als ik terugkom, zei ze. Áls je terugkomt, dacht ik. Ik nam de bus door het dal, door het felgroene landschap, was de hele avond en nacht alleen in het huis, ging de volgende dag naar het ziekenhuis, ze was groggy en zwak na de operatie, die goed was verlopen. Toen ik terugkwam in het huis, dat aan het eind van een kleine vlakte lag met aan de ene kant zacht glooiende weiden die naar een bergwand liepen en aan de andere kant de rivier, het bos en weer een bergwand, begon ik de dozen te sorteren, zette die met keukenspullen in de keuken enzovoort. Het werd donker, er reden steeds minder auto's langs, het geruis van de rivier werd sterker, de schaduw van mijn lichaam gleed onrustig flakkerend langs de muren en over de dozen. Wie was ik? Een eenzaam mens. Ik had net geleerd daarmee om te gaan, dat wil zeggen, de betekenis ervan te minimaliseren, maar had nog een aardig stuk te gaan, dus elke keer als ik het werk even onderbrak, hield dat in de kilte in mijn hoofd te voelen, dat ijzige klotegevoel, en wellicht een jas aan te trekken, wellicht door het gras te lopen, het hek door, de weg over naar de rivier, die in het donker van de zomernacht grijs en zwart langsstroomde, en tussen de glanzend witte berkenstammen naar het water te staan kijken, dat op een bepaalde manier mijn gevoelens opving of er in een bepaald opzicht mee overeenstemde, wist ik veel. Toch zat daar iets in, want dat was wat ik deed in die tijd, 's nachts naar buiten gaan op zoek naar water. Zee, rivieren, vijvers, het maakte niet uit. O, ik was zo vol van mezelf, en ik was zo groot, terwijl ik aan de andere kant niets voorstelde, zo beschamend alleen en zonder vrienden, vol van gedachten aan dat ene: de vrouw, zonder te weten wat ik met haar aan moest als ik haar zou krijgen, want ik was nog steeds niet met iemand naar bed geweest. Kut was theorie voor me. En ik zou niet op het idee komen een dergelijk woord te gebruiken. Schoot, borst, achterste, zo noemde ik het begeerde bij mezelf. Ik speelde met de gedachte aan zelfmoord, dat deed ik al sinds ik klein was, en ik verachtte mezelf erom, het zou nooit gebeuren, daarvoor had ik te veel te wreken, te veel mensen te haten en te veel te verwachten. Ik stak een sigaret op en toen die op was, liep ik terug naar het lege huis met al die kartonnen dozen. Rond een uur of drie die nacht stonden ze allemaal op hun plaats. Ik begon de schilderijen die in de gang stonden, naar de kamer te brengen. Toen ik er eentje op de grond zette, vloog er plotseling een vogel recht in mijn gezicht. Shit! Ik sprong wel een meter achteruit. Het bleek geen vogel, het was een vleermuis. Wild en opgewonden fladderde hij heen en weer. Ik was doodsbang. Ik rende de kamer uit, deed de deur achter me dicht en ging naar de slaapkamer op de eerste verdieping, waar ik de hele verdere nacht bleef. Om een uur of zes viel ik in slaap en ik sliep tot drie uur de volgende dag, trok haastig mijn kleren aan en nam de bus naar het ziekenhuis. Het ging beter met mama, maar ze was nog steeds een beetje verdoofd door de pijnstillers. We zaten buiten op een terras, zij in een rolstoel. Ik vertelde haar het een en ander over de vreselijke dingen die die lente waren gebeurd. Dat ik haar misschien niet ongerust had moeten maken, pas geopereerd als ze was, kwam pas jaren later in me op. Toen ik terugkwam in het huis, hing de vleermuis tegen de muur. Ik pakte een waskom en plaatste die over hem heen. Hoorde hem erin rondfladderen en moest bijna overgeven van afschuw. Ik trok de kom langs de muur naar beneden en wist hem op de grond te krijgen zonder dat het beest ontsnapte. Dan zat hij in elk geval gevangen, ook al was hij niet dood. Ik deed hetzelfde als de nacht ervoor, trok de deur van de kamer achter me dicht en ging naar boven naar de slaapkamer. Lag Stendhal te lezen, *Rood en zwart*, tot ik in slaap viel. De volgende ochtend vond ik een baksteen in de schuur. Ik tilde de kom voorzichtig op, ontdekte dat de vleermuis er onbeweeglijk bijzat, aarzelde even – kon ik hem niet op een of andere manier naar buiten zien te krijgen? Hem misschien in een emmer schuiven en die dan met een krant afdekken of zoiets? Ik wilde hem niet doodslaan als het niet nodig was. Nog voordat ik echt een beslissing had genomen, beukte ik uit alle macht met de baksteen op het beest in en sloeg hem op de grond te pletter. Drukte er met de steen op en wreef ermee heen en weer tot ik zeker wist dat er geen leven meer in zat. Het gevoel van dat zachte tegen dat harde zat nog dagenlang, wekenlang zelfs, in mijn lijf. Ik schoof het stofblik eronder en wierp hem in de greppel langs de weg. Toen maakte ik de plek schoon waar hij had gelegen, grondig, en nam de bus weer naar het ziekenhuis. De volgende dag kwam mama thuis en daarna was ik twee weken lang de lieve zoon. Midden in al dat wilde groen, onder die grijzige hemel boven het dal sleepte ik met meubelen en pakte dozen uit tot de tijd aanbrak dat ik op de universiteit moest beginnen en ik de bus naar Bergen nam.

Hoeveel van die twintigjarige was er nog over?

Niet veel, dacht ik terwijl ik naar de fonkelende sterren boven de stad zat te kijken. Het gevoel mij te zijn was hetzelfde. Dat dus waar ik elke dag mee wakker werd en elke avond mee in slaap viel. Maar dat trillerige, bijna panische was verdwenen. Net als dat enorme focussen op andere mensen. En het tegenovergestelde, die megalomane betekenis die ik mezelf toekende, was minder geworden. Misschien niet zo veel minder, maar minder.

Toen ik twintig was, was het maar tien jaar geleden dat ik tien was. Alles in mijn jeugd was nog steeds dichtbij. Ik relateerde dingen daar nog steeds aan, begreep zaken en dingen nog steeds van daaruit. Dat was nu niet langer het geval.

Ik kwam overeind en ging naar binnen. In de slaapkamer lagen Linda en John dicht tegen elkaar aan in het donker te slapen. John klein als een bal. Ik ging naast hen liggen en keek een tijdje naar hen, tot ook ik in slaap viel.

Vroeg op een ochtend tien dagen later landde ik op vliegveld Kjevik buiten Kristiansand. Hoewel ik daar vanaf mijn dertiende tot mijn achttiende tien kilometer vandaan had gewoond en het landschap vol herinneringen was, wekte het deze keer weinig tot niets in me op, misschien omdat ik er pas twee jaar daarvoor nog was geweest, misschien omdat het verder van me afstond dan ooit. Ik liep de trap van het vliegtuig af met links van me de Topdalsfjord schitterend in het licht van de februarizon, en rechts Ryensletta, waar Jan Vidar en ik ons ooit op oudejaarsavond door een sneeuwbui hadden voortgesleept.

Ik ging de terminal binnen, liep langs de lopende band voor de bagage naar de kiosk, waar ik een kop koffie kocht die ik mee naar buiten nam. Stak een sigaret op, keek naar de mensen die langzaam naar de bus of naar de rij taxi's slenterden, hoorde overal het Zuid-Noorse dialect dat zo'n dubbelzinnig gevoel in me opriep. Het hoorde hier thuis, het was hét kenmerk van de verbondenheid, cultureel en geografisch, en de zelfingenomenheid die ik er altijd in had gehoord, waarschijnlijk iets wat ik zelf had verzonnen, hoorde ik nog steeds en juist extra duidelijk omdat ik hier zelf niet thuishoorde en dat nooit had gedaan.

Een leven is gemakkelijk te begrijpen, er zijn slechts een paar factoren die het bepalen. In het mijne waren dat er twee. Mijn vader en dat ik nooit ergens thuis had gehoord.

Zo simpel was het.

Ik zette mijn mobieltje aan en keek op mijn horloge. Een paar minuten over tien. De eerste lezing die dag begon om één uur in de nieuwe universiteit van Agder, dus ik had alle tijd. De tweede zou ik om half acht die avond in Søgne houden, zo'n twintig kilometer buiten de stad. Ik had besloten het zonder uitgeschreven tekst te doen. Dat had ik nog nooit eerder gedaan, dus de nervositeit en de angst golfden ongeveer elke tien minuten weer door me heen. Slap in de benen was ik ook en ik had het gevoel alsof de hand die het kopje vasthield, trilde. Maar dat deed hij niet, constateerde ik, ik drukte mijn sigaret uit op het rooster boven de afvalbak, dat zwart zag van de as, en liep de automatische deuren door, terug naar de kiosk, waar ik een paar kranten kocht en op een van de hoge, barkrukachtige stoelen ging zitten. Tien jaar geleden had ik over deze plek geschreven, hier ging de hoofdpersoon uit *Buiten de wereld*, Henrik Vankel, heen om Miriam weer te ontmoeten, in de slotscène van de roman. Ik had dat in Volda zitten schrijven, waar het uitzicht over de fjord, de veerponten die heen en weer voeren, de lichten op de kade en onder aan de voet van de bergen aan de andere oever slechts een soort schaduw vormden in de plekken en de landschappen waarover ik schreef, dit Kristiansand, waar ik ooit gewoon in had rondgelopen en waar ik nu in gedachten weer in rondliep. Ook al herinnerde ik me niet wat mensen tegen me zeiden, herinnerde ik me niet wat er was gebeurd, ik herinnerde me nog precies hoe het eruitzag en in welke atmosfeer het gehuld was geweest. Ik herinnerde me alle plekken waar ik me had bevonden en alle landschappen. Deed ik mijn ogen dicht, dan kon ik alle details oproepen van het huis waarin ik was opgegroeid, net als van het huis van de buren en het landschap eromheen, in elk geval een paar kilometer in de omtrek. De scholen, de zwembaden, de sporthallen, de jongerencentra, de benzinestations, de winkels, de huizen van familieleden. Hetzelfde gold voor de boeken die ik had gelezen. Waar ze over gingen, verdween na een paar weken, terwijl de plaatsen waar ze zich afspeelden, me jarenlang bijbleven, misschien wel altijd, wist ik veel.

Ik bladerde *Dagbladet* door, daarna *Aftenposten* en *Fædrelandsvennen*, bleef naar de voorbijgangers zitten kijken. Ik zou de tijd moeten benutten om me voor te bereiden, alles wat ik tot nu toe had gedaan was de avond ervoor een paar oude aantekeningen doorbladeren en de teksten afdrukken die ik zou voorlezen. In het vliegtuig op weg hierheen had ik tien punten opgeschreven waar ik op in wilde gaan. Meer dan dat lukte me niet, want het gevoel dat ik alleen maar hoefde te praten, dat er niets gemakkelijkers was dan dat, was zo sterk en vormde zo'n dankbaar idee. Ik zou het hebben over de twee boeken die ik had geschreven. Dat kon ik niet, dus dan moest ik het maar hebben over hoe ze waren geschreven, de jaren met niets totdat een bepaald iets vorm begon te krijgen, dat het langzaam maar zeker overnam zodat uiteindelijk alles vanzelf sprak. Een roman schrijven betekent jezelf een doel stellen en daar dan slapend heen gaan, had Lawrence Durell een keer gezegd, en dat was waar, zo was het. We hebben niet alleen toegang tot onze eigen levens, maar tot bijna alle andere levens in ons cultuurgebied, niet alleen toegang tot onze eigen herinneringen, maar tot de herinneringen van die hele verdomde cultuur, want ik ben jij en jij bent iedereen, we komen uit hetzelfde voort en zijn op weg naar hetzelfde en onderweg luisteren we naar hetzelfde op de radio, zien we hetzelfde op tv, lezen hetzelfde in de kranten en in ons prijkt dezelfde fauna aan gezichten en glimlachen van bekende mensen. Zelfs als je in een piepklein kamertje, in een piepkleine stad duizenden kilometers van de centra van de wereld vandaan zit en geen mens ontmoet, is hun hel jouw hel, hun hemel jouw hemel, je hoeft alleen de ballon die de wereld is maar lek te prikken en alles wat zich daarin bevindt, over de pagina's uit te laten vloeien.

Dat was zo ongeveer wat ik zou zeggen.

De taal is iets gemeenschappelijks, daar groeien we in, en de vormen waarbinnen we die gebruiken, zijn ook gemeenschappelijk, dus hoe idiosyncratisch jij en jouw ideeën ook zijn, je kunt de anderen in de literatuur nooit achter je laten. Integendeel zelfs, ze brengt ons dichter tot elkaar. Via de taal, die niemand van ons bezit en nauwelijks kan beïnvloeden, en via de vorm, die niemand in zijn eentje kan doorbreken – en mocht iemand dat toch doen, dan is dat slechts zinnig als het onmiddellijk door anderen wordt nagevolgd. De vorm lokt je uit jezelf tevoorschijn, schept afstand tot je eigen ik en die afstand is de voorwaarde voor intimiteit met anderen.

Ik zou de voordracht beginnen met een anekdote over Hauge, die kniezerige oude man die mompelend in zichzelf opgesloten zo veel jaar bijna volledig geïsoleerd was en het centrum van de cultuur en de beschaving misschien toch zo veel nader stond dan menig ander in zijn tijd. Wat voor gesprek voerde hij? In wat voor oord bevond hij zich?

Ik liet me van mijn stoel glijden en liep naar het buffet om nog een kopje koffie te halen. Wisselde een briefje van vijftig voor kleingeld, ik moest Linda bellen voor ik mijn reis voortzette en met mijn mobieltje kon ik vanuit het buitenland niet bellen.

Het zou wel goed gaan, dacht ik toen ik de twee vellen met trefwoorden bekeek. Dat het oude gedachten waren waar ik niet langer achterstond, was niet zo belangrijk. Het belangrijkste was dat ik iets zei.

De laatste jaren had ik mijn geloof in de literatuur steeds meer verloren. Ik las en dacht: dit is iets wat iemand heeft verzonnen. Misschien kwam het omdat we volledig bezeten waren van fictie en verhalen. Dat het aan inflatie onderhevig was. Waar je ook keek, overal zag je fictie. Al die miljoenen pockets, boeken met harde kaft, dvd's en tv-series, het ging allemaal over verzonnen mensen in een verzonnen, maar waarheidsgetrouwe wereld. Het nieuws in de krant, op de tv en op de radio had precies dezelfde vorm, ook documentaires hadden dezelfde vorm, ook dat waren verhalen, en dan maakte het geen verschil of waar ze over gingen echt was gebeurd of niet. Het was een crisis, ik voelde het in elke vezel van mijn lijf, in mijn bewustzijn breidde zich een zekere verzadiging, iets ranzigs uit, niet op de laatste plaats omdat de kern in al die fictie, waar of niet waar, gelijkheid was en de afstand tot de werkelijkheid onveranderlijk. Dat ze overal hetzelfde zag, dus. Datzelfde, onze wereld, werd een serieproduct. Het unieke, waar iedereen het over had, werd daarmee opgeheven, bestond niet, was een leugen. Daarmee te leven, met het besef dat alles net zo goed anders had kunnen zijn, was om wanhopig van te worden. Het lukte me niet meer te schrijven, het ging niet, bij elke zin stuitte ik weer op die ene gedachte: maar dit is toch iets wat je gewoon hebt verzonnen. Het heeft geen waarde. Wat verzonnen is heeft geen waarde, de documentaire heeft geen waarde. Het enige waarin ik waarde zag, wat nog steeds zin gaf, waren dagboeken en essays, datgene in de literatuur wat niet om een verhaal ging, niet over iets ging, maar slechts uit een stem bestond, de stem van de eigen persoonlijkheid, een leven, een gezicht, een blik die je kon ontmoeten. Wat is een kunstwerk anders dan de blik op een ander mens? Niet boven ons, en ook niet onder ons, maar ter hoogte van onze eigen blik? Kunst kan niet collectief worden ervaren, niets kan dat, kunst is iets waarmee je alleen bent. Die blik ontmoet je alleen.

Zo ver kwam die gedachte, daar stuitte hij op een muur. Als fictie waardeloos was, was de wereld dat ook, want die bekeken we intussen door middel van fictie.

Nu kon ik ook dat relativeren, natuurlijk. Nu kon ik denken dat het meer iets over mijn mentale toestand zei, over mijn persoonlijke psychologie, dan over de werkelijke toestand van de wereld. Zou ik het hier met Espen of met Tore over hebben, intussen mijn oudste vrienden, die ik al lang voordat ze debuteerden en schrijver werden, kende, dan zouden ze mijn visie radicaal van de hand wijzen. Elk op zijn eigen manier. Espen was een kritisch mens, maar tegelijkertijd brandend nieuwsgierig, hij trad de wereld met een enorme gretigheid tegemoet en als hij schreef, was al zijn energie naar buiten gericht: op politiek, sport, muziek, filosofie, kerkgeschiedenis, de medische wetenschap, biologie, schilderkunst, grote actuele gebeurtenissen, grote historische gebeurtenissen, oorlogen en slagvelden, maar ook op zijn eigen dochters, zijn eigen vakanties, kleine intermezzo's waarvan hij getuige was geweest. Hij schreef overal over en probeerde alles te begrijpen, en wel met die bijzondere lichtvoetigheid die hij bezat omdat hij niet in de naar binnen gerichte blik was geïnteresseerd, niet in het introspectieve, waar de kritiek, die daarbuiten zo vruchtbaar was, zonder meer in staat was alles braak te leggen. Espen hield ervan en hunkerde ernaar deel te hebben aan de wereld. Toen ik hem pas leerde kennen, was hij introvert en verlegen, in zichzelf gekeerd en niet bovenmatig gelukkig. Ik was getuige van de lange weg die hij afgelegde naar het leven dat hij nu leefde, waar het hem serieus was gelukt, waar alles wat hem belastte, verdwenen was. Hij had zijn plek gevonden, hij was gelukkig en ook al stond hij kritisch tegenover een heleboel dingen op de wereld, hij verachtte ze niet. Tores luchthartigheid was van een heel ander karakter, hij hield van het heden, aanbad het, misschien als gevolg van zijn diepe fascinatie voor de popmuziek, de anatomie van de hitparade: wat de ene week belangrijk is, wordt de volgende door iets anders vervangen, en hij had de hele esthetiek van de popmuziek – veel verkopen, zichtbaar zijn in de media, rondreizen met je eigen show – op de literatuur overgedragen, iets waarvoor hij natuurlijk ontzettend op zijn donder kreeg, maar wat hij met zijn typerende standvastigheid desondanks doorzette. Als hij íets haatte, was dat het modernisme omdat dat niet-communicatief, niet-toegankelijk, elitair en eindeloos ijdel was zonder daar zelfs maar voor in te staan. Maar wat kon je zeggen om een man van gedachten te doen veranderen die in zijn tijd de Spice Girls ophemelde? Om een man van gedachten te doen veranderen die in zijn tijd een enthousiast essay over de sitcom *Friends* had geschreven? Mij beviel de kant die hij nu opging, die van de premoderne roman: Balzac, Flaubert, Zola, Dickens, maar ik geloofde niet, zoals hij, dat je die vorm kon overnemen. Het enige wat hij dan ook werkelijk bekritiseerde in wat ik deed, was de vorm, die hij zwak vond. Ook de kant die Espen opging, beviel me, namelijk die van het geleerde, maar uitvoerige en rijkgeschakeerde, allesomvattende essay, dat iets baroks had, maar de positie die hij daarin innam, beviel me niet, bijvoorbeeld dat het rationalisme werd verheerlijkt en de romantiek belachelijk werd gemaakt. Hoe dan ook, zowel Espen als Tore stond met beide benen in de wereld en zag daar niets verkeerds in, integendeel. Dat was wat ik ook moest doen: me in de geest van Nietzsche positief opstellen ten opzichte van alles, want er was niets anders. Dit was alles wat we hadden, dit was alles wat er was, en moest je daar dan nee tegen zeggen?

Ik pakte mijn mobieltje en klapte het open. De foto van Heidi en Vanja straalde me tegemoet. Heidi met haar gezichtje bijna tegen het schermpje gedrukt, één grote glimlach, Vanja ietwat terughoudender achter haar.

Het was kwart voor elf.

Ik stond op en liep naar de telefooncel, deed veertig kronen in de automaat en draaide het nummer van Linda's mobieltje.

'Hoe ging het vanochtend?' vroeg ik.

'Verschrikkelijk', zei ze. 'Pure chaos, ik had absoluut geen overwicht. Heidi heeft John weer gekrabd. Vanja en Heidi hadden ruzie. En Vanja kreeg een woedeaanval op straat toen we op stap zouden gaan.'

'O, jee, o, jee', zei ik. 'Wat jammer.'

'En toen we bij de crèche kwamen zei Vanja: "Jij en papa zijn altijd zo boos. Jullie zijn altijd zo boos!" Ik werd zo verdrietig! Zo ongelooflijk verdrietig.'

'Dat begrijp ik. Dat is heel erg. We moeten een oplossing vinden, Linda. Dat moet. Het moet ons lukken. Zo kan het niet doorgaan. Ik zal mijn best doen. Het is voor een groot deel mijn fout.'

'Ja, dat moeten we echt', zei Linda. 'We moeten er maar over praten als je thuiskomt. Het maakt me zo wanhopig, het enige wat ik wil is dat zij het goed hebben. Dat is het enige wat ik wil. En dan lukt me dat niet! Ik ben zo'n slechte moeder. Het lukt me niet eens alleen te zijn met mijn eigen kinderen.'

'Dat ben je niet. Je bent een fantastische moeder. Daar gaat het niet om. Maar het zal ons lukken. Zeker weten.'

'Ja ... Hoe ging de reis?'

'Goed. Ik ben nu in Kristiansand. Ga zo naar de universiteit. Ik zie er vreselijk tegenop. Het is echt het ergste wat ik ken. Erger kan het niet. En toch doe ik het elke keer weer.'

'Het gaat toch altijd goed?'

'Dat is een waarheid die nuancering vereist. Soms wel. Maar het was niet mijn bedoeling hier te staan jammeren. Het gaat goed, ik voel me prima. Ik bel vanavond weer, oké? Als er iets is, kun je me gewoon op mijn mobieltje bereiken. Inkomende gesprekken zijn geen probleem.'
'Goed.'
'Wat doe je?'
'Ik loop met John in het Pildammspark. Hij slaapt. Het is hier mooi, ik zou me eigenlijk lekker moeten voelen. Maar ... dat van vanochtend heeft me gevloerd.'
'Dat gaat voorbij. Jullie hebben vast een fijne middag. Maar ik moet ervandoor. Doei!'
'Doei. En succes!'
Ik hing de hoorn aan de haak, pakte mijn tas op en liep naar buiten om een laatste sigaret te roken.

WEL VERDOMME. VERDOMME.

Ik leunde tegen de muur en keek naar het bos, naar de grijze rotsblokken tussen al het groen en geel.

Ik voelde me zo rot vanwege de kinderen. Ik was zo boos en geïrriteerd thuis, bij het minste of geringste viel ik uit tegen Heidi, schreeuwde zelfs tegen haar. En Vanja, Vanja ... Als ze een van haar woedeaanvallen had en niet alleen niets wilde, maar gilde en schreeuwde en sloeg, schreeuwde ik terug, sleurde haar mee en smeet haar op haar bed, volkomen onbeheerst. En achteraf kwam het berouw, probeerde ik geduldig, aardig, vriendelijk en lief te zijn. Lief. Dat was wat ik wilde, het enige wat ik wilde, een lieve vader te zijn voor het drietal.

Was ik dat niet?

O, VERDOMME. VERDOMME. VERDOMME.

Ik knipte mijn peuk weg, pakte mijn tas op en ging op pad. Aangezien ik niet wist waar de universiteit lag – zoiets bestond nog niet toen ik hier woonde – nam ik de hele weg naar de stad maar een taxi. Die reed met mij achterin het parkeerterrein af, de weg op, eerst langs de startbaan, toen de rivier over, langs mijn oude school, die me niets, maar dan ook niets meer deed, heuvelop, heuvelaf, langs Hamresanden, de camping, het strand en de heuvels met de woonwijk erachter, waar de meeste van mijn klasgenoten hadden gewoond. Door het bos naar het kruispunt bij Timenes om vandaar de hele verdere weg naar Kristiansand de E18 te volgen.

De universiteit lag aan de andere kant van een tunnel, niet zo ver van het gymnasium vandaan waar ik op had gezeten, maar er volledig van geïsoleerd, als een eilandje midden in het bos. Grote, mooie, nieuwe gebouwen. Geen twijfel aan dat Noorwegen rijker was geworden sinds ik hier had gewoond. De mensen waren beter gekleed, ze hadden duurdere auto's en overal waren nieuwe bouwprojecten aan de gang.

Bij de ingang werd ik door een man met bril en baard, een typische docent, verwelkomd. We begroetten elkaar, hij liet me het lokaal zien waar de voordracht zou worden gehouden, en verdween. Ik zocht de kantine op, wist een stokbroodje weg te werken en ging buiten met een kopje koffie en een sigaret in de zon zitten. Overal zag je studenten, jonger dan ik dacht dat ze zouden zijn, het leek eerder alsof ze nog op het gymnasium zaten. Plotseling zag ik mezelf, een man van middelbare leeftijd met een tas en een holle blik, die daar in zijn eentje zat. Veertig, ik was bijna veertig. Was ik niet bijna van mijn stoel gevallen toen Olli, de vriend van Hans, een keer vertelde dat hij al veertig was? Ten eerste had ik dat nooit gedacht, ten tweede bekeek ik zijn leven opeens met heel andere ogen: wat deed die oude zak bij ons?

Nu was ik zelf zover.

'Karl Ove?'

Ik keek op. Voor me stond Nora Simonhjell te glimlachen.

'Hé, Nora! Wat doe jij hier? Werk je hier?'

'En of. Ik zag dat je zou komen. Dacht wel dat ik je hier zou vinden. Leuk je te zien!'

Ik stond op en omhelsde haar.

'Ga zitten!' zei ik.

'Wat zie je er goed uit!' zei ze. 'Vertel eens. Hoe staat het leven?'

Ik vertelde haar de korte versie. Drie kinderen, vier jaar Stockholm, twee Malmö. Alles in orde. Zij, die ik voor het eerst had ontmoet tijdens een doctoraalfeest op de universiteit in Bergen op de avond dat studenten vierden dat ze afgestudeerd waren, en die ik vervolgens in Volda tegen het lijf liep, waar zij lesgaf en ik mijn eerste roman schreef, die zij als eerste las en van commentaar voorzag, had een tijdje in Oslo gewoond, in een boekhandel en bij *Morgenbladet* gewerkt, haar tweede gedichtenbundel uitgegeven en vervolgens hier een baan gekregen. Ik zei dat Kristiansand voor mij een nachtmerrie betekende. Maar er moest veel zijn veranderd gedurende de twintig jaar dat ik weg was. En hier op het gymnasium zitten was één, verbonden zijn aan de universiteit iets heel anders.

Zij had het naar haar zin, zei ze. Ze maakte een opgeruimde indruk. Het schrijversschap had ze eraan gegeven, maar niet voorgoed, je wist nooit wat er ging gebeuren. Er kwam een vriendin van haar naar ons toe, een Amerikaanse, we praatten wat over het verschil tussen haar oude en haar nieuwe woonplaats en gingen toen naar de aula. Nog tien minuten voor het begon. Ik had pijn in mijn maag, nou ja, in mijn hele lijf, alles deed me zeer. En mijn handen, die in mijn verbeelding de hele dag al trilden, deden dat nu echt. Ik ging achter het spreekgestoelte staan, bladerde wat in de boeken, keek naar de deur. Er zaten twee mensen in de zaal. Behalve mij en de docent. Zou het zo'n dag worden?

De eerste keer dat ik in het openbaar voorlas uit eigen werk, een paar weken nadat mijn debuut was verschenen, was in Kristiansand. Er kwamen vier toehoorders opdagen. Een van hen, zag ik tot mijn grote voldoening, was Rosenvold, mijn oude geschiedenisleraar, intussen rector. Na afloop liep ik naar hem toe om een praatje te maken. Toen bleek dat hij zich mij nauwelijks herinnerde, maar dat hij was gekomen voor de tweede van de drie debutanten die avond, Bjarte Breiteig.

Tot zover die thuiskomst. Tot zover de wraak op het verleden.

'Goed, dan geloof ik dat we maar eens moesten beginnen', zei de docent.

Ik liet mijn blik over de rijen stoelen gaan. Er zaten zeven mensen.

Nora zei dat ze onder de indruk was toen het een uur later was afgelopen. Ik glimlachte en bedankte haar voor haar vriendelijke reactie, maar haatte mezelf hartgrondig, kon niet snel genoeg wegkomen. Gelukkig was Geir zo'n twintig minuten voordat we hadden afgesproken verschenen, hij stond midden in de grote foyer toen ik de trap af kwam. Het was meer dan een jaar geleden dat ik hem voor het laatst had gezien.

'Ik had niet gedacht dat je nog meer haar kon verliezen', zei ik. 'Maar daar heb ik me in vergist.'

We gaven elkaar een hand.

'Jouw tanden zijn zo geel geworden dat de honden in de stad zich om je heen zullen scharen', zei hij. 'Ze zullen je voor hun koning houden. Hoe ging het?'

'Er waren zeven mensen.'

'Hahaha!'

'Maakt niet uit. Verder ging het goed. Zullen we gaan? Staat de auto hier?'

'Ja', zei hij.

In aanmerking genomen dat hij de dag ervoor zijn moeder had begraven, was hij in een verbazend goed humeur.

'De laatste keer dat ik hier was, was voor een oefening van de jongerenafdeling van de BB', zei hij toen we buiten over het plein liepen. 'We kregen hier in de buurt onze uitrusting uitgedeeld. Maar toen bestond nog niets van dit alles, natuurlijk.'

Hij drukte op de sleutel en twintig meter verderop lichtte een rode Saab op. Achterin was een kinderzitje aangebracht, voor zijn zoon Njaal, die een dag na Heidi was geboren en mijn petekind was.

'Wil jij rijden?' vroeg hij glimlachend.

Er schoot mij geen geschikt antwoord te binnen, ik glimlachte slechts terug. Deed het portier open en stapte in, zette de stoel naar achteren, maakte de veiligheidsriem vast, keek hem aan. 'Zullen we gaan?'

'Waar gaan we heen?'

'Naar de stad, toch? Wat kunnen we anders doen?'

Hij startte en reed achteruit, draaide de weg op.

'Je maakt een beetje een sippe indruk', zei hij. 'Ging het niet zo goed, soms?'

'Het ging goed. En ik zal je niet lastigvallen met wat er niet goed gaat.'

'Waarom niet?'

'Ach, je weet ...', zei ik. 'Er zijn kleine problemen en er zijn grote problemen.'

'Dat mama gister is begraven valt niet onder de categorie "probleem"', zei hij. 'Wat gebeurd is, is gebeurd. Kom op. Wat zit je dwars?'

We reden door de korte tunnel en kwamen op de vlakte bij Kongsgård uit, die in het overvloedige, scherpe winterlicht bijna mooi aandeed.

'Ik heb vandaag met Linda gebeld', zei ik. 'Ze had een moeilijke ochtend, nou ja, je weet wel. Woedeaanvallen en chaos. Toen had Vanja gezegd dat wij altijd alleen maar boos waren. En daar heeft ze verdomme gelijk in. Ik zie het zodra ik weg ben. Eigenlijk heb ik alleen maar zin om naar huis te gaan en het goed te maken. Dat is wat me dwarszit.'

'Het gebruikelijke, dus', zei Geir.

'Ja.'

We reden de E18 op, bleven bij het tolhuisje staan, waar Geir het raampje opendraaide en het kleingeld in de grijze metalen bak wierp, we kwamen langs de Oddeneskerk met daarachter de kapel waar papa was bijgezet, en de Kristiansand Katedralskole, waar ik drie jaar op had gezeten.

'Deze plek is van grote betekenis voor me', zei ik. 'Opa en oma liggen hier begraven. En papa ...'

'Is hier ergens in een magazijn opgeslagen.'

'Juist. O, dat we dat niet voor elkaar hebben gekregen. Hèhèhè.'

'Ja, van je familie moet je het hebben. Hèhèhè!'

'Hahaha! Maar serieus, ik zal er binnenkort werk van maken. Hem de grond in krijgen. Dat moet echt.'

'Tien jaar in de opslag heeft nog nooit iemand geschaad', zei Geir.

'O jawel. Alleen niet iemand die al gecremeerd is.'

'Hahaha!'

Er viel een stilte. We reden langs de brandweer de tunnel in.

'Hoe was de begrafenis gister?' vroeg ik.

'Mooi', zei hij. 'Er waren echt veel mensen. De kerk zat helemaal vol. Een heleboel familieleden en vrienden die ik jaren niet meer had gezien, sinds ik klein was zelfs. Het was mooi en stijlvol. Papa en Odd Steinar hebben gehuild. Ze waren er kapot van ...'

'En jij?' vroeg ik.

Hij keek me even snel aan.
'Ik heb niet gehuild', zei hij. 'Papa en Odd Steinar omhelsden elkaar. Ik zat ernaast.'
'Zit dat je dwars?'
'Nee, hoezo? Ik voel wat ik voel, zij voelen wat zij voelen.'
'Hier linksaf', zei ik.
'Linksaf? Daar?'
'Ja.'
We kwamen bij de binnenstad oftewel het 'Kwadraat', reden door de Festningsgate.
'Hier vlakbij is rechts een parkeergarage', zei ik. 'Zullen we hem daar neerzetten?'
'Kunnen we doen.'
'Wat denk je dat je vader daarvan vindt?' vroeg ik.
'Dat ik niet verdrietig ben?'
'Ja.'
'Daar denkt hij niet over na. "Zo is Geir", denkt hij. Dat heeft hij altijd al gedaan. Hij heeft me altijd volledig geaccepteerd. Heb ik je verteld van die keer dat hij me van een feestje afhaalde? Ik was zestien en moest overgeven, hij stopt, ik geef over, hij rijdt door en heeft het er daarna nooit meer over. Volkomen vertrouwen. Dus dat ik niet huil bij de begrafenis van mijn moeder of mijn arm niet om hem heen sla, heeft voor hem niets te betekenen. Hij voelt wat hij voelt, en anderen voelen wat zij voelen.'
'Een fijne kerel, zo te horen.'
Geir keek me aan: 'Ja, hij is een fijne kerel. En hij is een goede vader. Maar we bevinden ons elk op onze eigen planeet. Bedoelde je hier? Dat daar?'
'Ja.'
We reden de ondergrondse garage binnen en parkeerden. Liepen wat door de stad, Geir wilde langs de muziekwinkels om naar bluesplaten te kijken, zijn nieuwe obsessie, en we bezochten de twee grote boekhandels voor we een gelegenheid zochten waar we iets konden eten. Het werd Pepes pizzeria naast de bibliotheek. Geir leek weinig onder de indruk van wat er die laatste week in zijn leven was gebeurd en terwijl we zaten te

eten en te praten, overwoog ik of dat kwam omdat het hem werkelijk niet raakte, en in dat geval waarom, of omdat hij per se wilde verbergen wat hij voelde. Toen ik pas in Stockholm was, las ik een paar novelles die hij had geschreven, opvallend was in de eerste plaats de grote afstandelijkheid tot de gebeurtenissen die erin werden beschreven, en naar ik me meende te herinneren, zei ik tegen hem dat het net was alsof er een reusachtig, gezonken schip geborgen moest worden. Het lag diep weggestopt in zijn bewustzijn. Hij trok zich er niets van aan, het was niet belangrijk voor hem, wat natuurlijk niet hetzelfde was als dat het geen betekenis had. Hij erkende het niet en leefde vanuit dat uitgangspunt. Maar welke status had het dan? Was het verdrongen? Weggerationaliseerd? Of was het, zoals hij het noemde, *yesterday's news*? Ook de afstandelijke houding tot zijn familie had daarmee te maken: hij hield alles van vroeger op armlengte afstand. Hun leven, dat uit een regelmatige reeks alledaagse gebeurtenissen bestond, naar wat hij vertelde, en waarin de hoogtepunten de tochtjes naar het winkelcentrum buiten de stad en het zondagse etentje in een of ander wegrestaurant waren, en de onderwerpen van gesprek, die zelden boven die over het eten en het weer uitstegen, maakten hem gek van rusteloosheid, ook omdat er geen plaats in was voor de dingen die hem bezighielden, naar ik aannam. Ze waren absoluut niet geïnteresseerd in wat hij deed, net zomin als hij geïnteresseerd was in wat zij deden. Wilde het functioneren, dan moest hij hen tegemoetkomen, en dat weigerde hij. Aan de andere kant prees hij vaak de warmte die er heerste, de aandacht voor intieme dingen, de omhelzingen en liefkozingen, maar dat deed hij bijna altijd nadat hij had verteld wat hij er niet om uit te houden vond, als een soort boetedoening en niet zonder steek in mijn richting, want terwijl ik in mijn familie alles had wat hij niet had, zoals intellectuele nieuwsgierigheid en ellenlange gesprekken, die hij middenklassewaarden noemde, heersten daar niet de warmte en de intimiteit die hij als typisch beschouwde voor de arbeidersklasse waar hij uit voortkwam. Het verlangen naar gezelligheid, dat in universitaire kringen zo werd veracht aangezien de smaak waarin het tot uitdrukking kwam, als eenvoudig werd beschouwd, simpel zelfs. Geir verachtte de middenklasse en de waarden van de middenklasse, maar hij besefte heel goed dat hij die zelf had overgenomen met zijn carrière aan de universiteit en alles wat daarbij kwam kijken, en daar ergens zat hij vast, als een vlieg in een spinnenweb.

Hij was blij me te zien, dat merkte ik, en misschien voelde hij ook een zekere opluchting omdat zijn moeder dood was, niet zozeer omwille van zichzelf, maar omwille van haar. Ongeveer het eerste wat hij zei, betrof de rol die haar angst nu speelde. Geen enkele ... En daar ging het om, we zaten net zo goed in elkaar gevangen als in onszelf, je kwam er niet los van, je kon je niet bevrijden, je kreeg het leven dat je kreeg.

We hadden het over Kristiansand. Voor hem was het gewoon een stad, voor mij was het een plaats waar ik me niet kon ophouden zonder dat de oude gevoelens weer bovenkwamen. Voor het grootste gedeelte haat, maar ook de gevoelens die met mijn eigen ontoereikendheid hadden te maken, omdat ik niet kon voldoen aan de eisen die hier naar mijn idee aan me werden gesteld. Geir was van mening dat het te maken had met de plaats waar je was opgegroeid, dat de tijd die kleurde, daar was ik het niet mee eens, er was een groot verschil tussen Arendal en Kristiansand, er heerste een heel andere mentaliteit. Ook steden hebben karakter, psychologie, geest, ziel of hoe je het maar wilt noemen, dat merk je zodra je er aankomt en het tekent de mensen die er wonen. Kristiansand was een handelsstad, had een kruideniersmentaliteit. Ook Bergen had een kruideniersmentaliteit, maar die stad bezat daarnaast ook humor en zelfironie, dat wil zeggen, had de wereld erbuiten geïncorporeerd en besefte heel goed dat hij niet de enige was.

'Ik heb trouwens van de zomer *Nieuwe aarde* weer eens gelezen', zei ik. 'Heb jij dat gelezen?'

'Langgeleden.'

'Daarin zingt Hamsun een lofzang op de zakenman. Hij is jong en dynamisch, de toekomst van de wereld en de grote held. Voor cultuurdragers heeft Hamsun niets dan verachting over. Schrijvers, schilders, ze stellen niets voor. Nee, dan de zakenman! Het is grappig. Zo tegendraads als die man was!'

'Hm', zei Geir. 'Er staat een alinea in zijn biografie waarin hij een paar dienstmeisjes probeert te versieren. Zijn biograaf Kollo behandelt het geheel stiefmoederlijk of liever, kan er absoluut geen begrip voor opbrengen. Maar Hamsun kwam natuurlijk uit de absolute onderklasse. Dat vergeet je. Eigenlijk was hij een arbeidersschrijver. Hij kwam uit de grootst denkbare armoede. Voor hem was een dienstmeisje een treetje hoger op de maatschappelijke ladder! Het is onmogelijk iets van Hamsun te begrijpen als je dat niet begrijpt.'

'Hij keek niet om', zei ik. 'Het is alsof zijn ouders geen enkele invloed hadden op zijn psychologie, als je begrijpt wat ik bedoel. Ik zie een beeld van een paar grijze, oude mensen tegen de achtergrond van een muur in een huisje ergens in Nordland, zo grijs en zo oud dat je ze nauwelijks van de meubels kunt onderscheiden. En zo ver van Hamsuns latere leven afstaand dat ze überhaupt niet relevant zijn. Maar dat kan natuurlijk niet kloppen.'

'Niet?'

'Nou ja, je begrijpt toch wel wat ik bedoel? Er is geen enkele jeugdschildering te vinden bij Hamsun, behalve in *De ring gesloten*. En er komen nauwelijks ouders in zijn werk voor. In zijn boeken komen de mensen uit het niets. Volkomen zonder verleden. Omdat dat eigenlijk niet van belang was of omdat het belang ervan verdrongen was? In die zin zijn zijn personages de eerste massamensen, dat wil zeggen, zonder eigen persoonlijke oorsprong. Ze worden door het heden bepaald.'

Ik pakte een stuk van de pizza, trok de lange kaasdraden los die eraan vasthingen, en beet er een hap af.

'Probeer die dip maar eens', zei hij. 'Die is lekker!'

'Die dip mag je houden', zei ik.

'Hoe laat moest je daar ook alweer zijn?'

'Zeven uur. Het begint om half acht.'

'Dan hebben we alle tijd, om het zacht uit te drukken. Of wil je nog wat rondrijden? Dan kun je een paar van je oude plekjes terugzien. Ik heb ook een paar plekjes in Kristiansand. De oom van mijn moeder en zijn gezin woonden in Lund. Ik heb best zin om daar weer eens een kijkje te nemen.'

'We drinken eerst ergens koffie. En dan gaan we op stap. Oké?'

'Er was hier in de buurt een café waar we altijd heen gingen toen ik klein was. Misschien kunnen we kijken of het er nog is?'

We betaalden en gingen naar buiten. Maakten een wandelingetje naar hotel Caledonien, ik vertelde hem van de brand daar toen ik achter de versperring had staan kijken, naar die zwarte gevel had staan turen, waarachter alles al voorbij was. We liepen langs de containers aan de haven naar het busstation, bij de beurs de stad in en via Markens naar een of ander artistiekerig café waar we ondanks de kou buiten gingen zitten zodat ik kon roken. Daarna liepen we terug naar de auto en reden we eerst naar het huis in de Elvegate, waar ik die winter had gewoond toen papa en mama gingen scheiden. Het was verkocht en opgeknapt. Daarna reden we verder naar het huis van opa en oma, waar opa was gestorven. We keerden op het pleintje bij de jachthaven, bleven in het nauwe steegje staan kijken. Het was intussen witgeschilderd. De betimmering was vernieuwd. De tuin netjes verzorgd.

'Was dat het?' vroeg Geir. 'Wat een mooi huis! Keurig, burgerlijk, duur. Dat had ik niet gedacht. Ik had het me anders voorgesteld.'

'Ja,' zei ik, 'dat was het. Maar ik voel er niets bij. Het is gewoon een huis. Het heeft niets meer te betekenen. Dat zie ik nu.'

Twee uur later stopten we voor de volkshogeschool, waar ik de lezing zou geven. De school lag midden in het bos even buiten Søgne. De lucht was volkomen zwart, overal fonkelden en straalden sterren, vlakbij klonk geruis van een rivier en van de bomen in het bos. Het geluid van het portier dat dicht werd geslagen, echode tussen de muren van de gebouwen. Toen sloot de stilte zich om ons heen.

'Weet je zeker dat het hier is?' vroeg Geir. 'Midden in het bos? Wie komt hier in hemelsnaam op een vrijdagavond naartoe om jou een lezing te horen geven?'

'Goeie vraag', zei ik. 'Maar hier is het. Mooi, toch?'

'O, ja. Sfeervol.'

Onze voetstappen knerpten in het bevroren grind toen we naar de gebouwen liepen. Het ene, een groot, witgeschilderd houten huis dat rond de vorige eeuwwisseling leek te zijn gebouwd, was volkomen donker. In het andere, dat er twintig meter verderop loodrecht op stond, waren drie ramen verlicht. Achter een ervan waren twee gedaantes zichtbaar. Ze speelden piano en viool. Verder was rechts nog een enorme hooischuur, ook die donker, waar de lezing zou worden gehouden.

We liepen een paar minuten rond, keken door de donkere ramen naar binnen, zagen een bibliotheek en iets wat op een woonkamer leek. We volgden de weg een stukje, kwamen bij een stenen brug over een kleine rivier of beek. Zwart water en aan de overkant, als een zwarte muur, het bos.

'Konden we maar een koffie of zo krijgen', zei Geir. 'Zullen we het tweetal daarbinnen vragen of ze een sleutel hebben?'

'Nee. We vragen niemand ergens om', zei ik. 'De organisatoren komen als ze komen.'

'Maar we moeten toch op zijn minst een beetje warm zien te worden', zei Geir. 'Daar heb je toch niets op tegen?'

'Nee.'

We stapten het smalle gebouw binnen dat weergalmde van de tonen van de twee jeugdige muzikanten. Ze waren een jaar of zestien, zeventien, zo te zien. Zij had een mooi, zacht gezicht en hij, net zo oud als zij, maar pukkelig en onhandig en zelfs een beetje blozend, leek niet echt blij met onze komst.

'Hebben jullie een sleutel van de gebouwen hier, misschien? Hij moet een lezing geven, snap je. We zijn een beetje vroeg.'

Ze schudde haar hoofd. Maar we konden in de kamer ernaast gaan zitten, daar was ook een koffiezetapparaat. Dus dat deden we.

'Ik krijg een beetje het gevoel alsof ik op schoolkamp ben', zei Geir. 'Het licht hierbinnen. De kou en het donker buiten. Het bos. En dat niemand weet waar ik ben. Niemand weet wat ik doe. Nou ja, een beetje een gevoel van vrijheid. Maar het heeft veel met de duisternis te maken. Met de sfeer erin.'

'Ik begrijp wat je bedoelt', zei ik. 'Zelf ben ik alleen maar nerveus. Mijn hele lijf doet pijn.'

'Hiervoor? Omdat je hier moet praten? Kom op, man! Dat gaat wel goed.'

Ik hield mijn hand in de lucht.

'Zie je dat?' vroeg ik.

Hij trilde als die van een oude man.

Een half uur later werd ik naar de zaal gebracht, waar de lezing zou plaatsvinden. Weer werd ik welkom geheten door een op een docent lijkende man van tegen de zestig met een bril en een baard.

'Is het niet mooi hier?' vroeg hij toen we binnenkwamen.

Ik knikte. Dat was het werkelijk. Een groot amfitheater met wel tweehonderd zitplaatsen lag ingekapseld in de hooischuur, zo gebouwd dat de akoestiek optimaal was. Verder hing in alle vertrekken kunst aan de muur. Dit land beschikte intussen over veel geld, dacht ik weer. Ik zette mijn tas tegen het spreekgestoelte, pakte mijn papieren en de boeken, begroette nog een paar mensen die ik moest begroeten, onder wie de boekhandelaar die was gekomen om boeken te verkopen na de lezing, en een oudere, gezellige, drukke vrouw, vervolgens ging ik naar beneden en liep ik even de duisternis in, naar de rivier, waar ik twee sigaretten rookte. Daarna zat ik een kwartier lang met mijn hoofd in mijn handen op het toilet. Toen ik weer boven kwam, waren er heel wat mensen gekomen. Veertig, of vijftig misschien? Dat was mooi. Verder was er nog een blazersensemble dat barokmuziek zou spelen. Ze waren een half uur bezig, op een vrijdagavond midden in het bos, toen was ik aan de beurt. Ik stond in het centrum van de belangstelling, dronk wat water, bladerde wat in mijn papieren, begon aarzelend te praten, slikte woorden in, had een wat beverige stem tot ik erin kwam en gewoon kon praten. Het was een aandachtig publiek, de belangstelling stroomde me tegemoet, ik liet me steeds meer gaan, ze lachten waar ze moesten lachen en een gevoel van geluk nam bezit van me, want er zijn weinig dingen zo bemoedigend als voor een groep mensen te spreken die een en al aandacht is, die niet alleen welwillend luistert, maar zich echt interesseert voor waar het over gaat. Ik zag het, ze raakten geanimeerd en toen ik daarna ging zitten om boeken te signeren, wilde iedereen het hebben over wat ik had gezegd, het raakte iets in hun eigen leven en dat wilden ze me vertellen, vol enthousiasme. Pas toen ik samen met Geir naar de auto liep, stortte ik weer in, belandde weer op de plek waar ik me altijd bevond, daar waar de verachting woekerde. Ik zei niets, stapte in en staarde naar de weg, die zich door het donkere landschap kronkelde.

'Dat was goed', zei Geir. 'Dát kun je. Ik begrijp niet waar je over zeurt.

Je zou rond kunnen reizen en er geld mee kunnen verdienen.'

'Het ging goed', zei ik. 'Maar ik geef hun wat ze willen hebben, zeg wat ze willen horen. Slijm met hen zoals ik met alles en iedereen slijm.'

'Voor me zat een vrouw', zei Geir. 'Zo te zien een lerares. Toen je het over geweld tegen kinderen kreeg, verstijfde ze. Vervolgens zei je het verlossende woord. Infantilisering. Toen knikte ze. Dat was een begrip waar ze iets mee kon. Het nam de scherpe kantjes af. Maar had je dat niet gedaan, was je er dieper op ingegaan, dan is het de vraag of ze daarna allemaal met je hadden willen praten. En wat is pedofilie anders dan infantiliteit?'

Hij lachte. Ik deed mijn ogen dicht.

'En dat blazersensemble midden in het bos. Barokmuziek! Wie had dat gedacht? Hahaha! Het was een fijne avond, Karl Ove, echt waar. Bijna magisch. De duisternis en de sterren en het geruis van het bos.'

'Ja', zei ik.

We reden langs Kristiansand, over de Varoddbrug, langs de dierentuin, langs Nørholm, Lillesand en Grimstad. Praatten af en toe even, bereikten Arendal, waar we wat rondliepen op Tyholmen, ik dronk een biertje op een terras, was volkomen van de kaart, zonder speciale reden. Hier te zijn, te midden van de bekende gebouwen rond Pollen met het silhouet van Tromøya aan de andere kant van de zee-engte, in een wereld zo vol herinneringen, gaf een goed, maar merkwaardig gevoel, niet in het minst omdat Geir erbij was, die ik alleen met mijn leven in Stockholm in verband bracht. Tegen een uur of twaalf vertrokken we naar Hisøya, daar liet hij me een paar plekken zien, die ik bekeek zonder echt belangstelling te kunnen opbrengen, zoals de kade helemaal aan de punt van het eiland, waar ze in zijn jeugd hadden rondgehangen, waarna we naar de wijk waar hij was opgegroeid reden. Hij parkeerde voor een garage, ik pakte mijn tas en de bloemen die ik had gekregen uit de kofferbak en liep achter hem aan naar het huis, dat een beetje hetzelfde type was, in elk geval uit dezelfde periode stamde, als dat van ons.

De kamer achter in de gang stond vol bloemen en kransen.

'Hier is een begrafenis geweest, zoals je ziet', zei hij. 'Als je wilt kun je die bos van je in een van de vazen hier zetten.'

Dat deed ik. Hij liet me de kamer zien waar ik zou slapen, die eigenlijk van zijn broer Odd Steinar was, maar die nu voor mij was klaargemaakt. In de keuken aten we een paar boterhammen, ik keek wat rond in de twee kamers. Hij had altijd gezegd dat zijn ouders eigenlijk tot de generatie vóór die van onze ouders behoorden en nu ik de inrichting zag, begreep ik wat hij bedoelde. Lopers, tapijten, kleedjes, het had iets van de jaren vijftig op het platteland, en hetzelfde gold voor de meubels en de schilderijen. Een huis uit de jaren zeventig ingericht als een huis uit de jaren vijftig, zo zag het eruit. Een heleboel familiefoto's aan de muren, een grote verzameling snuisterijen op de vensterbanken.

Ik was één keer eerder in een huis geweest waar iemand net was gestorven. Daar heerste overal chaos. Hier merkte je nauwelijks iets.

Ik rookte een sigaret buiten op het gazon. Toen zeiden we welterusten en ik ging naar bed, wilde mijn ogen niet dichtdoen, wilde niet worden geconfronteerd met waar ik dan mee zou worden geconfronteerd, maar ik ontkwam er niet aan, ik deed mijn uiterste best om aan iets neutraals te denken en viel na een paar minuten in slaap.

De volgende ochtend werd ik om een uur of zeven wakker door de activiteit in de kamers boven me. Njaal, Geirs zoon, en Christina waren al op. Ik douchte, trok schone kleren aan en ging naar boven. Een oudere man van een jaar of zeventig met een zachtaardig gezicht en vriendelijke ogen kwam de keuken uit en begroette me. Het was Geirs vader. We hadden het er even over dat ik hier in de buurt was opgegroeid en hoe mooi het was. Hij straalde vriendelijkheid uit, maar niet op die openhartige, bijna ontboezemende manier zoals Linda's vader, nee, in dit gezicht heerste ook beslistheid. Geen hardheid, dat niet, nee, maar … karakter. Dat was het. Toen kwam Geirs broer, Odd Steinar, binnen. We gaven elkaar een hand, hij ging op de bank zitten en begon over koetjes en kalfjes te praten, ook hij was vriendelijk en zachtaardig, maar met een verlegenheid die zijn vader niet had en Geir al helemaal niet. Hun vader dekte de tafel in de kamer voor het ontbijt, we gingen zitten en ik moest er de hele tijd aan denken dat hun vrouw en moeder gister was begraven en dat het ongepast was hier te zijn, terwijl ik aan de andere kant met welwillendheid en belangstelling werd ontvangen, Geirs vrienden waren hun vrienden, de deur stond voor hen open.

Toch haalde ik opgelucht adem toen ik weg kon.

Mijn vliegtuig ging 's middags en we waren van plan eerst nog wat rond te rijden, onder andere naar Tromøya – daar was ik lange tijd niet meer was geweest, in elk geval niet op Tybakken, waar ik was opgegroeid – en dan direct door te gaan naar het vliegveld, maar Geirs vader stond erop dat we nog even terugkwamen, het was zaterdag, hij zou garnalen kopen op de kade, dat mocht ik niet missen voordat ik naar Malmö vertrok, zulke garnalen hadden we daar vast niet.

Nee, dat moest lukken.

Toen stapten we in de auto en reden richting Tromøya. Geir vertelde over plaatsen waar we langsreden, anekdotes die ermee verbonden waren. Een heel leven had zijn wortels hier. Daarna vertelde hij over zijn familie. Wie zijn moeder was geweest, wie zijn vader en zijn broer waren.

'Het was interessant hen te ontmoeten', zei ik. 'Nu begrijp ik beter waar je het over hebt. Je vader en je broer – er is nauwelijks enige overeenkomst tussen jullie. Jouw temperament. Jouw woede en nieuwsgierigheid. Jouw rusteloosheid. Je vader en je broer? Pure vriendelijkheid en zachtaardigheid. Dus waar is de verbinding? Hoewel, er was natuurlijk iemand die ontbrak, dat was duidelijk. Je moeder moet net als jij zijn geweest. Toch?'

'Ja. Dat klopt wel. Ik begreep haar. Maar dat was ook de reden dat ik weg moest. Jammer dat je haar nooit hebt ontmoet, trouwens.'

'Ik kom als het te laat is.'

'De duidelijkste verbinding tussen de drie generaties is waarschijnlijk dat Njaal, papa en ik exact hetzelfde achterhoofd hebben.'

Ik knikte. We reden de heuvels voor de Tromøybrug op. Opgeblazen rotsen, nieuwe wegen, industrieachtige gebouwen zomaar ergens neergeplant, zoals overal in de provincie.

Voor ons zag ik Gjerstadholmen, een stukje verderop Ubekilen. Rechts het huis van Håvard. De bushalte, het bos waar we 's winters hadden geskied en 's zomers naar de rotspunt waren gegaan om te zwemmen.

'Daar afslaan', zei ik.

'Daar? Links? Sodeju, heb je dáár gewoond?'

Het huis van de oude Søren, de boom met de wilde kersen en daar, onze wijk. De Nordåsen-ringweg.

Mijn god, wat was het klein.

'Daar is het. Rechtdoor.'

'Daar? Dat rode huis?'

'Ja, toen wij er woonden was het bruin.'

Hij stopte.

Wat was het allemaal klein. En lelijk.

'Niet het bekijken waard', zei ik. 'Kom op, rij door. Hier de heuvel op.'

Er liep een vrouw in een wit gewatteerd jack met een kinderwagen. Verder was nergens een teken van leven te bekennen.

Het huis van Olsen.

De berg.

We noemden het de berg, maar het was eigenlijk een kleine heuvel. Daarachter het huis van Siv. Het huis van Sverre en zijn familie.

Geen mens te zien. O ja, daar, een groepje kinderen.

'Je bent zo stil?' vroeg Geir. 'Ben je overweldigd?'

'Overweldigd? Nee, eerder onderweldigd. Het is hier allemaal zo klein. Het is niets. Dat heb ik nooit eerder gezien. Het is niets. En ooit was het alles.'

'Tja', zei hij glimlachend. 'Rechtdoor?'

'We rijden naar de uiterste punt van het eiland, oké? Naar de kerk van Tromøy? Die is in elk geval mooi. Uit de dertiende eeuw. Er zijn daar een paar fantastische grafstenen uit de zeventiende eeuw, met schedels en zandlopers en slangen. Ik heb een inscriptie in een ervan gebruikt in de eerste echte novelle die ik heb geschreven. Als opschrift.'

Alle plaatsen die ik met me meedroeg, die ik in de loop van mijn leven zo eindeloos vaak voor me had gezien, gleden buiten voor het raampje langs, zonder enig charisma, volkomen neutraal, gewoon zoals ze eigenlijk waren. Een paar rotsen, een kleine baai, een vervallen pontonbrug, een inham, een paar oude huizen erachter, een vlakte die naar het water afliep. Dat was alles.

We stapten uit en liepen naar de begraafplaats. Wandelden wat rond, keken over zee uit, maar zelfs dat, en zelfs de aanblik van de dennen die tot aan het stenige strand groeiden, steeds kleiner naarmate ze meer in de volle wind stonden, wekten niets in me op.

'Kom op, we gaan ervandoor', zei ik. Ik zag de akkers waar ik 's zomers op had gewerkt, de weg naar het meer, waar we al rond 17 mei konden zwemmen. Sandumskilen. Het huis van mijn lerares, hoe heette ze ook alweer, Helga Torgersen? Ze moest intussen tegen de zestig lopen. Færvik, het benzinestation, het huis aan de overkant, waar de meisjes uit mijn klas zo veel belangstelling voor me hadden getoond tijdens een feestje op een avond vlak voordat ik verhuisde, de supermarkt, waarvan ik me nog kon herinneren dat hij werd gebouwd.

Het was niets. Maar in deze huizen werd nog steeds geleefd en betekenden die levens nog steeds alles. Er werden mensen geboren, er stierven mensen, er werd bemind en ruziegemaakt, gegeten en gescheten, gedronken en gefeest, gelezen en geslapen. Tv gekeken, gedroomd, gewassen, appels gegeten en over de daken van de huizen uitgekeken, de herfstwinden die de lange, slanke dennen heen en weer wiegden.

Klein en lelijk, maar alles wat er was.

Een uur later zat ik alleen aan de eettafel in razende vaart garnalen te eten, opgediend door Geirs vader, die zelf niet wilde hebben, maar er prijs op stelde dat ik iets typisch Zuid-Noors beleefde voor ik wegging. Daarna gaf ik hen een hand, bedankte voor de gastvrijheid, stapte naast Geir in de auto en vertrok naar het vliegveld. We namen de weg via Birkeland, want ik wilde zien hoe het tweede huis uit mijn jeugd, dat in Tveit, er nu uitzag.

Geir stopte er direct voor. Hij lachte.

'Heb je híér gewoond? Midden in het bos? Jeetje, wat geïsoleerd! Er is hier geen mens te bekennen! Wat eenzaam ... Je reinste *Twin Peaks*, als je het mij vraagt. Of dat kinderprogramma, *Pernille en Mister Nelson*, herinner je je dat? Dat vond ik doodeng toen ik klein was.'

Hij bleef lachen terwijl ik de verschillende plekken aanwees. Ook ik moest lachen, want ik bekeek het met zijn blik. Die oude, vervallen gebouwen, de autowrakken op het erf, de vrachtwagens die er stonden, hoe ver de gebouwen van elkaar af lagen, hoe armoedig het allemaal aandeed. Ik probeerde hem uit te leggen hoe mooi ons huis was geweest, en hoe fijn het was om hier te wonen, dat er niets ontbrak, dat hier alles was, maar ...

'Ach kom!' zei hij. 'Het moet een straf zijn geweest om hier te wonen.'

Ik gaf geen antwoord, was een beetje geïrriteerd, had er behoefte aan het te verdedigen. Maar ik kon het niet opbrengen. Het was hier precies hetzelfde: de innerlijke ervaring, waardoor alles glans en betekenis kreeg, vond daarbuiten geen weerklank.

Op het parkeerterrein gaven we elkaar een hand, hij stapte weer in de auto en ik liep naar de vertrekhal. Het vliegtuig ging naar Oslo, daar moest ik overstappen naar Billund in Denemarken, waar ik nogmaals moest overstappen naar Kastrup. Ik zou die avond pas om tien uur thuis zijn. Linda omhelsde me toen ik kwam, lang en innig, we gingen in de kamer zitten, ze had iets te eten gemaakt, ik vertelde over de reis, zij zei dat het die laatste dag beter was gegaan, maar dat ze had ingezien dat we iets moesten ondernemen om uit die vicieuze cirkel te komen waarin we ons bevonden, daar was ik het mee eens, het ging zo niet langer, echt niet, we moesten eruit zien te komen, een nieuwe weg inslaan. Om half twaalf ging ik naar de slaapkamer en zette mijn pc aan, opende een nieuw bestand, begon te schrijven.

In het raam voor me zie ik vaag de weerspiegeling van mijn eigen gezicht. Behalve het oog, dat glinstert, en het gedeelte daar vlak onder, dat mat een beetje licht reflecteert, ligt het hele linkergedeelte in de schaduw. Dwars over mijn voorhoofd lopen twee diepe groeven, over beide wangen loopt een diepe groef, alle als het ware gevuld met duisternis, en als mijn ogen ernstig en starend kijken en mijn mondhoeken ietsje schuin naar beneden hangen kan dit gezicht niet anders dan somber worden genoemd.

Wat heeft zijn sporen erin nagelaten?

De volgende dag ging ik hiermee verder. Het idee was mijn leven zo dicht mogelijke op de huid te komen, dus ik schreef over Linda en John, die in de kamer naast me lagen te slapen, over Vanja en Heidi, die op de crèche waren, over het uitzicht vanuit het raam, de muziek waar ik naar luisterde. De volgende dag vertrok ik naar onze volkstuin, daar schreef ik verder, een paar hoogmodernistische passages over gezichten en over de patronen die in alle grote systemen te vinden zijn, in hopen zand, wolken, de economie, het verkeer, terwijl ik tussendoor de tuin in ging om te roken en naar de vogels te kijken, die af en aan vlogen langs de hemel, het was februari en er was in dat enorme volkstuincomplex geen mens te zien, niets dan de ene rij na de andere met kleine, keurig onderhouden poppenhuisjes in kleine tuintjes, zo perfect dat het net kleine boerderijtjes leken. Tegen de avond kwam er een enorme vlucht kraaien aangevlogen, het moesten er wel een paar honderd zijn, een donkere wolk van fladderende vleugels die langsvloog en verdween. Het werd nacht en behalve wat zichtbaar werd in het licht dat uit de openstaande deur aan de andere kant van de tuin stroomde, was alles om me heen donker. Ik zat zo stil dat er op slechts een halve meter afstand van mijn voeten een egel langs slenterde.

'Ben jij daar?' zei ik en ik wachtte tot hij bij de heg was voor ik opstond en naar binnen ging. De volgende dag begon ik te schrijven over het voorjaar dat papa mama en mij verliet, en hoewel ik elke zin haatte, besloot ik ermee door te gaan, ik moest erdoorheen, het verhaal vertellen dat ik zo lang had geprobeerd te vertellen. Toen ik weer thuiskwam, ging ik daarmee verder, in een paar aantekeningen die ik had gemaakt toen ik achttien was en die ik om de een of andere reden niet had weggedaan, stond 'tassen met bier in de greppel', het had betrekking op een oudejaarsavond in mijn jeugd, dat kon ik gebruiken, ik moest alleen voldoende schijt aan alles hebben en het idee het hoogst verhevene te bereiken van me afzetten. De weken verstreken, ik schreef, bracht de kinderen naar of haalde ze uit de crèche, bracht samen met hen de middagen in een van de vele parken door, maakte eten klaar, las hen voor en bracht hen naar bed, besteedde de avonden aan mijn opdrachten als lector en verrichtte andere kleine werkzaamheden. 's Zondags fietste ik naar Limhamnsfältet om twee uur lang te voetballen, dat was mijn enige vrijetijdsbesteding, verder draaide alles of om mijn werk of om de kinderen. Limhamnsfältet was een enorme grasvlakte vlak buiten de stad, direct aan zee. Sinds het eind van de jaren zestig komt daar elke zondag om kwart over tien een bonte verzameling mannen bijeen. De jongste is soms een jaar of zestien, zeventien terwijl de oudste, Kai, bijna tachtig is – hij speelt op de vleugel en moet de bal exact op zijn voet krijgen, maar als dat het geval is steekt er nog zo veel voetbal in hem dat hij een voorzet weet te geven en zo nu en dan zelfs een doelpunt maakt. Het merendeel is echter tussen de dertig en de veertig, komt uit alle lagen van de bevolking en heeft alle mogelijke achtergronden, het enige wat ze echt gemeen hebben, is het plezier in het voetballen. De laatste zondag in februari kwamen Linda en de kinderen mee, Vanja en Heidi stonden me een beetje aan te moedigen, daarna gingen zij naar de speeltuin vlak bij het strand terwijl ik verder speelde. Er zat vorst in de grond, de normaal gesproken zachte grasmat was keihard en toen ik een uurtje later bij een duel werd getackeld en mijn evenwicht verloor, kwam ik recht op mijn schouder terecht en ik begreep onmiddellijk dat er iets mis was. Ik bleef liggen, de rest kwam om me heen staan, ik was misselijk van de pijn, liep langzaam en voorovergebogen naar het doel, de anderen begrepen dat ik me niet zomaar gewoon had bezeerd en het spel werd afgebroken, het was sowieso al half twaalf.

Fredrik, een schrijver van vijftigplus en een klassieke goalgetter, die nog steeds doelpunten bij de vleet maakt in de *korpligan*, het Zweedse equivalent van de bedrijfscompetitie, bracht me naar het ziekenhuis terwijl Martin, een meer dan twee meter grote reus van een Deen die ik van de crèche kende, de taak op zich nam om Linda en de kinderen van het gebeuren op de hoogte te stellen. Bij de spoedeisende hulp was het vol, ik trok een nummertje en ging zitten, het brandde in mijn schouder en elke keer als ik me bewoog ging er een steek doorheen, maar het was niet zo erg dat ik het niet uithield het half uurtje dat het duurde voor ik aan de beurt was te wachten. Ik legde de verpleegster achter het loket de situatie uit, ze kwam naar buiten om me even te onderzoeken, pakte mijn arm beet en bewoog hem langzaam opzij. Ik schreeuwde het uit. AUAUAUAU! Iedereen die er zat keek naar me. Een man van tegen de veertig, gekleed in het Argentijnse voetbaltenue met voetbalschoenen aan zijn voeten en het lange haar met een haarelastiekje in een soort ananasvormige knot op zijn hoofd, die het uitschreeuwde van de pijn.

'Kom maar mee naar binnen', zei de verpleegster. 'Dan kunnen we u fatsoenlijk onderzoeken.'

Ik liep mee naar de kamer ernaast, ze verzocht me te wachten, een paar minuten later kwam er een andere verpleegster, ze maakte dezelfde beweging met mijn arm en ik schreeuwde het weer uit.

'Sorry', zei ik. 'Ik kan er niets aan doen.'

'In orde', zei ze en ze trok voorzichtig mijn trainingsjack uit. 'We moeten het shirtje ook uit zien te krijgen', zei ze. 'Denkt u dat dat lukt?'

Ze begon aan de mouw te trekken, ik schreeuwde het uit, ze hield even op, probeerde het nog een keer. Deed een stap terug. Keek me aan. Ik voelde me net een enorm kind.

'We moeten het openknippen.'

Nu was het mijn beurt om haar aan te kijken. Mijn Argentijnse shirtje kapotknippen?

Ze haalde een schaar en knipte de mouwen open, toen het shirt uit was, verzocht ze me op een bed te gaan zitten en stak vlak boven de pols een canule in mijn arm. Ik zou een beetje morfine krijgen, zei ze. Toen dat was gebeurd, zonder dat ik enig verschil voelde, reed ze me naar een ander vertrek, misschien vijftig meter verderop in dat doolhof van een gebouw, waar ik in mijn eentje op de röntgenfoto bleef zitten wachten, niet zonder angst, want ik dacht dat mijn arm uit de kom was en wist dat het in dat geval pijnlijk zou worden hem weer op zijn plaats te krijgen. Maar hij was gebroken, constateerde de arts, en het zou tussen de acht en de twaalf weken duren voor hij was genezen. Ze gaven me wat pijnstillers mee en een recept voor nog meer, knoopten een verband in een harde acht over en onder mijn schouders, hingen mijn trainingsjack eroverheen en stuurden me naar huis.

Toen ik de deur van de flat openmaakte, kwamen Vanja en Heidi aangehold. Ze waren opgewonden, papa was in het ziekenhuis geweest, dat was een avontuur. Ik vertelde hun en Linda, die met John op haar arm achter hen aan kwam, dat ik mijn sleutelbeen had gebroken en een verband had, maar dat het niet gevaarlijk was, dat ik alleen de komende twee maanden niets mocht optillen of dragen en mijn arm niet mocht gebruiken.

'Serieus?' vroeg Linda. 'Twee maanden?'

'Ja, in het ergste geval drie', zei ik.

'Jij mag nooit meer voetballen, dat is een ding dat zeker is', zei Linda.

'O?' zei ik. 'Dus dat beslis jij?'

'Ik ben toch degene die de consequenties moet dragen', zei ze. 'Hoe moet ik me twee maanden alleen om alle kinderen bekommeren, als ik vragen mag?'

'Dat komt wel goed', zei ik. 'Kalm aan, maar. Ik heb wel mooi mijn sleutelbeen gebroken. Het doet pijn. En dat heb ik niet bepaald expres gedaan.'

Ik liep naar de kamer en ging op de bank zitten. Ik moest elke beweging langzaam maken en van tevoren plannen, want elke kleine afwijking had tot gevolg dat er een pijnscheut door me heen ging. Au, au, oo, zei ik terwijl ik me langzaam liet zakken. Vanja en Heidi volgden met grote ogen elke beweging.

Ik glimlachte naar hen terwijl ik probeerde het grote kussen in mijn rug te duwen. Ze kwamen vlak bij me staan, Heidi liet haar handje over mijn borst glijden om de zaak te onderzoeken.

'Mogen we het verband zien?' vroeg Vanja.

'Straks', zei ik. 'Het doet een beetje pijn om me aan en uit te kleden, snap je.'

'Het eten is klaar!' riep Linda vanuit de keuken.

John zat in de kinderstoel met zijn mes en vork op tafel te slaan. Vanja en Heidi staarden naar mij en mijn langzame, omslachtige bewegingen toen ik ging zitten.

'Wat een dag!' zei Linda. 'Martin wist natuurlijk niet wat er aan de hand was, alleen dat je naar de spoedeisende hulp was gebracht. Hij heeft ons thuisgebracht, gelukkig, maar toen ik de deur open wilde maken, brak de sleutel. Grote god! Ik zag al voor me dat we vannacht bij hen moesten overnachten. Maar toen keek ik voor de zekerheid in mijn tas en daar zat de sleutel van Berit in, dat was puur geluk, ik had hem nog niet op z'n plaats gehangen. En dan kom jij thuis met een gebroken sleutelbeen ...'

Ze keek me aan.

'Ik ben zo moe', zei ze.

'Het spijt me', zei ik. 'Maar ik kan vast alleen de eerste dagen niets doen. En met mijn andere arm is immers alles in orde.'

Na het eten lag ik met een kussen in mijn rug op de bank naar een Italiaanse wedstrijd op tv te kijken. Gedurende de vier jaar dat we kinderen hadden, had ik iets dergelijks maar één keer eerder gedaan. Toen was ik zo ziek dat ik me niet kon bewegen, lag de hele dag op de bank, keek tien minuten naar de eerste Jason Bournefilm, sliep wat, keek tien minuten, sliep wat, gaf tussendoor over en hoewel mijn hele lichaam pijn deed en het eigenlijk ondraaglijk was, genoot ik er toch elke seconde van. Midden op de dag op de bank naar een film liggen kijken! Geen enkele verplichting! Geen kleren die ik kon wassen, geen vloer die ik kon boenen, geen afwas die ik kon doen, geen kinderen om wie ik me kon bekommeren.

Nu had ik hetzelfde gevoel. Ik kón niks doen. Hoeveel pijn mijn schouder ook deed en hoe het ook stak en brandde, de vreugde dat ik stil kon blijven liggen was groter.

Vanja en Heidi draaiden wat om me heen, kwamen af en toe naar me toe om voorzichtig over mijn schouder te aaien, gingen weer naar hun kamer om verder te spelen, kwamen terug. Voor hen moest het heel raar zijn, bedacht ik, dat ik hier plotseling volkomen passief en onbeweeglijk zat. Het was alsof ze me opnieuw ontdekten.

Toen de wedstrijd was afgelopen, ging ik naar de badkamer om een bad te nemen. We hadden geen houder voor de douchekop, we moesten hem in de hand houden en die mogelijkheid was nu uitgesloten, dus bleef er niets anders over dan de kuip vol te laten lopen en er moeizaam in te klauteren. Vanja en Heidi keken toe.

'Heb je hulp nodig om je te wassen, papa?' vroeg Vanja. 'Mogen wij dat doen?'

'Ja, dat zou fijn zijn', zei ik. 'Zie je de washandjes daar? Pak er elk maar eentje, dan kunnen jullie die in het water dopen en er een beetje zeep op doen.'

Vanja volgde nauwkeurig mijn instructies, Heidi deed exact wat zij deed. En toen stonden ze me over de rand van het bad gebogen met hun washandjes in te zepen. Heidi lachte, Vanja was ernstig en doelbewust. Ze wasten mijn armen, mijn hals en mijn borst. Heidi had er na een tijdje genoeg van en holde naar de kamer, Vanja bleef nog een poosje staan.

'Is het goed zo?' vroeg ze ten slotte.

Ik glimlachte, dat vroeg ík haar altijd.

'Ja, hartstikke goed', zei ik. 'Ik weet niet wat ik zonder je had moeten doen!'

Ze begon te stralen, toen holde ook zij naar de kamer.

Ik bleef liggen tot het water koud werd. Eerst een wedstrijd op tv, toen een lang bad. Wat een zondag!

Vanja kwam een paar keer binnen om te kijken, ze wachtte er waarschijnlijk op dat het verband erom werd gedaan. Ze praatte Zweeds natuurlijk, nog steeds met een Stockholms accent, maar als ik een ochtend of een middag met haar had doorgebracht of als ze zich op andere wijze met me verbonden voelde, doken er vaak woorden uit mijn dialect op. Zoals nu. Ik moest daar elke keer om lachen.

'Kun je mama even halen?' vroeg ik.

Ze knikte en holde ervandoor. Ik klom voorzichtig uit bad en had me afgedroogd toen Linda kwam.

'Kun jij het verband erom doen?' vroeg ik.

'Natuurlijk', zei ze.

Ik legde uit hoe het moest zitten en zei dat ze er hard aan moest trekken, anders had het geen zin.

'Harder!'

'Doet het geen pijn, dan?'

'Een beetje, maar hoe steviger het zit, hoe minder pijn het doet als ik me beweeg.'

'Oké', zei ze. 'Als jij het zegt.'

En toen trok ze het achter aan.

'Auauau!' zei ik.

'Was dat te hard?'

'Nee, dat was goed', zei ik. Ik draaide me naar haar om.

'Sorry dat ik net zo boos werd', zei ze. 'Het was alleen zo'n verschrikkelijk toekomstperspectief dat ik er voorlopig een paar maanden alleen voor sta.'

'Maar dat is toch niet zo', zei ik. 'Over een paar dagen kan ik ze gewoon halen en brengen, daar ben ik van overtuigd.'

'Ik begrijp wel dat het pijn doet en dat je er niets aan kunt doen. Maar ik ben alleen zo moe.'

'Dat weet ik, maar het komt wel goed. Het regelt zich vanzelf.'

Vrijdags was Linda zo moe dat ik samen met John de meisjes uit de crèche haalde. De heenweg ging goed, ik duwde de buggy met John erin met mijn rechterhand voor me uit terwijl ik er zo voorzichtig mogelijk achteraan liep. De terugweg bood grotere problemen. Ik trok de buggy met John erin met mijn rechterhand achter me aan terwijl ik mijn gewonde linkerarm tegen mijn zij gedrukt hield en de dubbele buggy met Vanja en Heidi zo goed en zo kwaad als het ging met mijn hele lijf duwde, waar af en toe een pijnscheut doorheen trok, waarop ik niet anders kon reageren dan met een kreetje. Het moet een merkwaardig gezicht zijn geweest en de mensen staarden dan ook naar me terwijl ik daar liep. Merkwaardig was ook een andere ervaring die ik die weken opdeed. Het feit dat ik niets kon tillen of dragen en dat het me moeite kostte te gaan zitten en op te staan, had tot gevolg dat ik overvallen werd door een gevoel van machteloosheid dat tot ver buiten mijn lichamelijke beperkingen reikte. Ik had plotseling geen macht meer over de ruimte, geen kracht, en het gevoel van beheersing dat ik tot op dat moment als vanzelfsprekend had ervaren, werd opeens duidelijk. Ik zat stil, ik was passief en het was alsof ik de controle over mijn omgeving had verloren. Dus dan had ik altijd het gevoel gehad dat ik er controle over had en haar in mijn macht had? Ja, dat moest wel. Van die macht en die controle hoefde ik geen gebruik te maken, het was voldoende te weten dat ze bestonden, dat beïnvloedde alles wat ik deed en alles wat ik dacht. Nu ze waren verdwenen, werden ze voor het eerst zichtbaar. Nog merkwaardiger was dat hetzelfde voor het schrijven gold. Ook ten opzichte daarvan had ik een gevoel van macht en controle dat met mijn gebroken sleutelbeen verdween. Plotseling was ik aan de tekst onderworpen, plotseling had die macht over mij en alleen dankzij de grootste wilskracht lukte het me de vijf pagina's te schrijven die ik mezelf dagelijks tot doel had gesteld. Maar het ging, ook dat ging. Ik haatte elke lettergreep, elk woord, elke zin, maar dat het me niet beviel wat ik deed, betekende niet dat ik het niet moest doen. Nog een jaar, dan was het voorbij, dan zou ik over iets anders kunnen schrijven. De pagina's vlogen uit de pen, het verhaal vorderde en toen op een dag stuitte ik weer op een van die dingen waarover ik de laatste twintig jaar een aantekening in een notitieboekje had gehad, namelijk over een feestje dat papa voor vrienden en collega's had gegeven die zomer dat ik zestien was, toen dat feestje in het donker van de nazomer was versmolten met mijn eigen grote blijdschap en met papa die huilde: alles was zo bomvol gevoelens geweest, het was zo'n onmogelijke avond, alles kwam samen en nu zou ik er eindelijk over schrijven. Als dat was gebeurd, zou de rest over papa's dood gaan. Dat was een zware deur om open te maken, daarachter was het moeilijk toeven, maar ook daarmee ging ik op de nieuwe manier aan de slag: vijf pagina's per dag, wat er ook gebeurde. Dan kwam ik overeind, zette mijn pc uit, nam het afval mee, wierp het weg in de kelder en ging de kinderen halen. De verschrikking die in mijn borst zat, verdween als ze op het schoolplein op me af kwamen hollen. Het was een soort wedstrijdje tussen hen, wie het luidst kon roepen en me het heftigst kon omhelzen. Als John erbij was, zat hij te glimlachen en mee te roepen, voor hem betekenden zijn twee zussen alles. Ze strooiden hun leven om hem uit, hij zoog het in zich op, imiteerde hen waar hij kon en zelfs voor Heidi, die nog steeds zo jaloers op hem kon worden dat ze hem krabde, omverduwde of sloeg als we niet oppasten, was hij nooit bang, hij keek haar nooit angstig aan. Vergat hij het? Of was er verder zo veel positiefs dat het erin oploste?

Op een dag in maart ging de telefoon terwijl ik zat te werken, het was een onbekend nummer, maar aangezien het niet Noors was, maar Zweeds, nam ik toch op. Het was een collega van mijn moeder, ze hadden een congres in Göteborg, mama was plotseling flauwgevallen in een winkel en naar het ziekenhuis gebracht, waar ze nu op de hartbewaking lag. Ik belde, ze had een hartinfarct gehad, was geopereerd en buiten levensgevaar. Laat die avond belde ze zelf. Ik hoorde dat ze nog zwak was en ze leek lichtelijk in de war. Ze zei dat ze zo'n pijn had gehad dat ze liever wilde sterven dan dat die pijn bleef. Flauwgevallen was ze niet, alleen omgevallen. En niet in een winkel, maar buiten op straat. Terwijl ze daar lag, zei ze nu, in de overtuiging dat het voorbij was, had ze bedacht dat ze een fantastisch leven had gehad. Toen ze dat zei, liepen de koude rillingen me over mijn rug.

Dat had zoiets fijns.

Verder vertelde ze dat vooral haar jeugd in haar was bovengekomen toen ze daar dood lag te gaan, in een soort plotseling inzicht: ze had een absoluut unieke jeugd gehad, vrij en gelukkig, het was fantastisch geweest. In de dagen daarna kwam wat ze had gezegd steeds weer bij me boven. Ik was in zekere zin geschokt. Dat had ik nooit verwacht. Als ik nu zou omvallen en nog een paar seconden of misschien minuten zou hebben om na te denken voordat alles voorbij was, zou ik aan het tegenovergestelde hebben gedacht. Dat ik niets had gepresteerd, dat ik niets had gezien, dat ik niets had beleefd. Ik wil leven. Maar waarom leef ik dan niet? Waarom denk ik als ik in een vliegtuig of een auto zit en me voorstel dat het neer zal storten of een ongeluk zal krijgen, dat dat niet zo erg is? Er niet toe doet? Dat ik net zo goed kan sterven als leven? Want dat is wat ik meestal denk. Onverschilligheid, een van de zeven doodzonden, eigenlijk de ergste van allemaal omdat het de enige is die zondigt tegen het leven.

Later dat voorjaar, toen ik bijna klaar was met mijn verhaal over papa's dood, over die verschrikkelijke dagen in het huis in Kristiansand, kwam mama op bezoek. Ze had nog een congres in Göteborg gehad en kwam langs toen dat was afgelopen. Intussen waren er twee maanden verstreken sinds ze in diezelfde stad was omgevallen. Was dat thuis gebeurd, dan zou ze het waarschijnlijk niet hebben overleefd, ze woonde alleen en ook al had ze tegen alle verwachting in hulp kunnen inroepen, het was wel veertig minuten rijden naar het ziekenhuis. In Göteborg was ze onmiddellijk gevonden en had het niet lang geduurd voor ze op de operatietafel lag. Nu bleek dat het infarct niet uit het niets was gekomen. Ze had al eerder pijn gehad, hevige pijn af en toe, maar vermoed dat het stress was, het van zich afgeschoven, zich voorgenomen naar de dokter te gaan als ze thuiskwam, en toen was ze omgevallen.

Op een ochtend zat ze te breien terwijl ik hier zat te schrijven en Linda buiten was met John, nadat ze de twee anderen in de crèche had afgegeven. Toen ik na een tijdje even ging kijken hoe het met mama ging, begon ze uit zichzelf over papa te praten. Ze zei dat ze zich altijd had afgevraagd waarom ze bij hem was gebleven, waarom ze ons niet had meegenomen en hem had verlaten, kwam dat alleen omdat ze het niet aandurfde? Een paar weken daarvoor had ze het er met een vriendin over gehad, zei ze, en had ze zichzelf plotseling horen zeggen dat ze gek op hem was. Nu keek ze me aan.

'Ik wás ook gek op hem, Karl Ove. Ik hield van hem.'

Dat had ze nog nooit eerder gezegd. Niet eens bij benadering. Ik kon me zelfs niet herinneren dat ze de woorden 'houden van' ooit had gebezigd.

Het was een schok.

Wat gebeurt hier? dacht ik. Wat gebeurt hier? Want er veranderde iets om me heen. Gebeurde dat in mij zodat ik nu iets zag wat ik niet eerder had gezien, of had ik misschien iets op gang gebracht? Want ik had het met haar en Yngve veel over de tijd met papa gehad, het was plotseling allemaal weer zo dichtbij gekomen.

Die ochtend vertelde ze verder over de eerste keer dat ze elkaar hadden ontmoet. Ze had de zomer dat ze zeventien was in een hotel in Kristiansand gewerkt, op een dag zat ze in een groot park op een terras in de schaduw onder een boom toen ze aan de vriend van een vriendin en zijn kameraad werd voorgesteld.

'Ik verstond zijn naam niet zo goed en verkeerde lang in de veronderstelling dat hij Knudsen heette', zei ze. 'En eerst vond ik die ander leuker, zie je. Maar het werd je vader ... Het is zo'n mooie herinnering. De zon en het gras in het park, de schaduwrijke bomen, alle mensen die er waren ... We waren zo jong, weet je ... Ja, het was een sprookje. Het begin van een sprookje. Zo voelde het.'

Karl Ove Knausgård bij De Geus

Engelen vallen langzaam
In de tweede helft van de zestiende eeuw verschijnen twee engelen aan de elfjarige Antinous Bellori. Hij raakt zo van ze in de ban dat hij besluit zijn leven aan hen te wijden. Hebben ze echt bestaan? Zijn zij werkelijk de verbindende schakel tussen het goddelijke en de mens? En hoe ziet het goddelijke er eigenlijk uit?
Knausgårds magische en fascinerende vertelling roept vragen op over het bestaan van engelen, maar geeft uiteindelijk inzichten over het wezen van het mens-zijn.

Vader (Mijn strijd 1)
Karl Ove Knausgård is bezig aan een roman, maar wordt geplaagd door enorme onzekerheid. Dagelijkse frustraties over het huishouden en zijn gezin nemen veel tijd in beslag en tijdens het schrijven dwalen zijn gedachten af naar zijn kindertijd. Hij vraagt zich af of hij net zo'n beangstigende man is voor zijn kinderen als zijn vader was voor hem.

Zoon (Mijn strijd 3)
Op een milde augustusdag in 1969 betrekt een jong gezin met hun twee zoons hun nieuwe huis op Tromøya in Zuid-Noorwegen. Dit is de plek waar Karl Ove, dan nog geen jaar oud, zijn kindertijd zal doorbrengen. Het zullen lange jaren zijn, gevuld met ontdekkingstochten, meisjes, voetbal en muziek.
Maar de idylle heeft ook een keerzijde. De jongen die zo gevoelig lijkt, heeft ook een berekenende en manipulatieve kant – sterk beïnvloed als hij is door het leven in een gezin dat gedomineerd wordt door zijn onvoorspelbare en overheersende vader.